U0027526

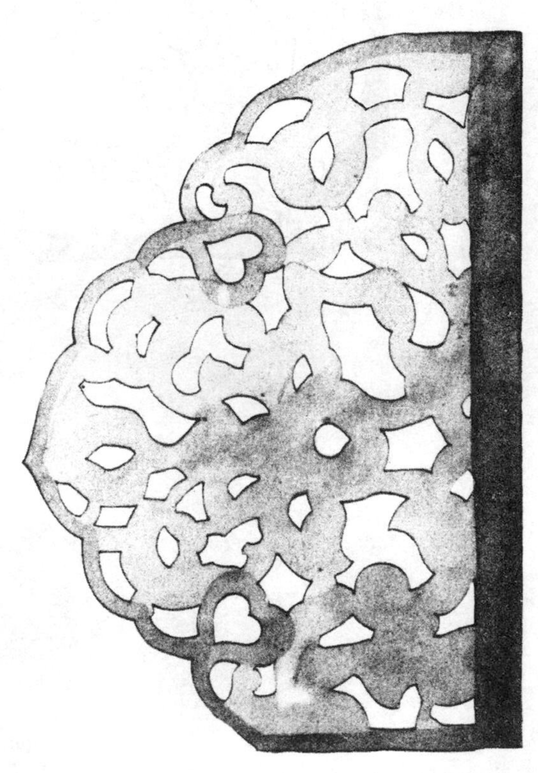

每日讀詩詞

唐詩鑑賞辭典

第二卷

無邊落木蕭蕭下

程千帆　等著

杜甫　李華　**岑參**　劉方平　民謠　裴迪　元結　孟雲卿　張繼　錢起　賈至　郎士元

韓翃　司空曙　皎然　李端　胡令能　嚴維　顧況　宣宗宮人　竇叔向　嚴武　張潮

于良史　柳中庸　戴叔倫　**韋應物**　盧綸　李益　于鵠　**孟郊**　李約　陳羽　楊巨源

武元衡　竇牟　無名氏　劉商　崔護　權德輿　張籍　王建　薛濤　**韓愈**　張仲素　王涯

呂溫　**劉禹錫**　**白居易**　李紳　**柳宗元**　李涉　施肩吾　崔郊　無名氏　**元稹**　楊敬之

目錄

白居易 1648

撰稿人（以姓氏筆畫為序）

王　松　王運熙　王啟興　王季思　王治芳　王思宇　王振漢　文達三　孔壽山　左成文

朱世英　安　旗　馬君驊　馬茂元　李　琳　李元洛　李廷先　李敬一　李景白　吳小如

吳小林　吳文治　吳企明　吳汝煜　吳調公　吳翠芬　杜　超　何慶善　何國治　余恕誠

宋　廓　沈　暉　沈祖棻　沈熙乾　宛敏灝　宛新彬　汪湧豪　林東海　林家英　周　海

周汝昌　周篤文　周振甫　周嘯天　周錫炎　周錫韍　周溶泉　尚永亮　金程宇　施紹文

施蟄存　姚奠中　胡　同　胡國瑞　俞平伯　孫　靜　孫藝秋　孫其芳　袁行霈　倪其心

徐　燕　徐永年　徐永端　徐竹心　徐傳禮　徐應佩　徐定祥　徐培均　高志忠　唐永德

范之麟　范民聲　曹　旭　曹慕樊　陶光友　陶道恕　陶慕淵　張志岳　張明非　張秉戍

張金海　張錫厚　張燕瑾　陳長明　陳永正　陳邦炎　陳志明　陳伯海　陳邇冬　陳貽焮

常振國　崔　閩　程千帆　傅如一　傅庚生　傅經順　傅思鈞　黃寶華　黃清士　黃清發

馮偉民　馮鐘芸　喬象鐘　湯貴仁　絳　雲　賈文昭　葛曉音　趙慶培　趙孝思　趙其鈞

褚斌杰　廖仲安　劉文忠　劉永年　劉學鍇　劉樹勛　劉逸生　劉惠芳　劉德重　蔡義江

蔡厚示　鄧光禮　鄭慶篤　鄭國銓　賴漢屏　霍松林　閻昭典　錢仲聯　韓小默　蕭哲庵

蕭滌非　龐　堅　饒芃子

每日讀詩詞

唐詩鑑賞辭典

啟動文化

凡　例

一、《唐詩鑑賞辭典》於一九八三年首次出版，本套書以其為基礎，全新增修校勘，共收唐代一百九十多位詩人的詩作一千一百餘篇，並搭配唐人詩意的書畫作品四十餘幅。

二、本套書正文中詩人的排列，大致以生年先後為序；生年無考的，則按在世年代先後為序。同一詩人的作品，一般依《全唐詩》篇目次序排列，必要時按作品編年順序略作調整。

三、本套書由一百三十餘位學者、專家及詩人，就其專長分別撰寫賞析文章。原則上採用一首詩一篇賞析文章，也有少數難以分割的組詩或唱和酬贈之作，則幾首詩合在一起分析，並於文末括注撰稿人姓名

四、詩中疑難詞句，一般在賞析文章中略作解釋，或於原詩末酌加注釋。

五、本套書對唐詩版本流傳中出現的異文，擇善而從，一般不作校勘說明，必要時只在注釋或賞析文章中略作交代。

六、本套書涉及古代史部分的歷史紀年，一般用舊紀年，括注公元紀年。括注內的公元紀年，一般省略「年」字。

七、每位作家的首篇作品正文前，均附有其小傳，無名氏從略。

杜甫

【作者小傳】（七一二～七七〇）字子美，詩中嘗自稱少陵野老。原籍襄陽（今屬湖北），遷居鞏縣（今屬河南）。杜審言之孫。唐玄宗開元後期，舉進士不第，漫遊各地。後寓居長安近十年。及安祿山軍陷長安，乃逃至鳳翔，謁見肅宗，官左拾遺。長安收復後，隨肅宗還京，尋出為華州司功參軍。不久棄官居秦州同谷。又移家成都，築草堂於浣花溪上，世稱浣花草堂。一度在劍南節度使嚴武幕中任參謀，武表為檢校工部員外郎，故世稱杜工部。晚年攜家出蜀，病死湘江途中。其詩顯示了唐代由盛轉衰的歷史過程，被稱為「詩史」。以古體、律詩見長，風格多樣，而以沉鬱為主。語言精練，具有高度的表達能力。有《杜工部集》。（新、舊《唐書》本傳、《唐才子傳》卷二）

望嶽　杜甫

岱宗夫如何？齊魯青未了。造化鍾神秀，陰陽割昏曉。
盪胸生曾雲，決眥入歸鳥。會當凌絕頂，一覽眾山小。

杜甫〈望嶽〉詩，共有三首，分詠東嶽（泰山）、南嶽（衡山）、西嶽（華山）。這一首是望東嶽泰山。

唐玄宗開元二十四年（七三六），二十四歲的詩人開始過一種「裘馬頗清狂」（杜甫〈壯遊〉）的漫遊生活。此詩

杜甫像——清刊本《古聖賢像傳略》

即寫於北遊齊、趙（今河南、河北、山東等地）時，是現存杜詩中年代最早的一首，字裡行間洋溢著青年杜甫那種蓬蓬勃勃的朝氣。

全詩沒有一個「望」字，但句句寫向嶽而望。距離是自遠而近，時間是從朝至暮，並由望嶽懸想將來的登嶽。首句「岱宗夫如何」，寫乍一望見泰山時，高興得不知怎樣形容才好的那種揣摩勁和驚嘆仰慕之情，非常傳神。岱是泰山的別名，因居五嶽之首，故尊為岱宗。「夫如何」，就是到底怎麼樣呢？「夫」字在古文中通常是用於句首的虛字，這裡把它融入詩句中，是個新創，很別致。這個「夫」字，雖無實在意義，卻少它不得，所謂「傳神寫照，正在阿堵中」（《世說新語．巧藝》語）。

「齊魯青未了」，是經過一番揣摩後得出的答案，真是驚人之句。它既不是抽象地說泰山高，也不是像南朝宋謝靈運〈泰山吟〉那要用「崔崒刺雲天」這類一般化的語言來形容，而是別出心裁地寫出自己的體驗——在古代齊魯兩大國的國境外還能望見遠遠橫亙在那裡的泰山，以距離之遠來烘托出泰山之高。泰山之南為魯，泰山之北為齊，所以這一句描寫出地理特點，寫其他山嶽時不能挪用。明代莫如忠〈登東郡望嶽樓〉詩說：「齊魯到今青未了，題詩誰繼杜陵人？」他特別提出這句詩，並認為無人能繼，是有道理的。

「造化鍾神秀，陰陽割昏曉」兩句，寫近望中所見泰山的神奇秀麗和巍峨高大的形象，是上句「青未了」的注腳。「鍾」字，將大自然寫得有情。山前向日的一面為「陽」，山後背日的一面為「陰」，由於山高，天色的一昏一曉判割於山的陰、陽面，所以說「割昏曉」。「割」本是個普通字，但用在這裡，確是「奇險」。由此可見，詩人杜甫那種「語不驚人死不休」（杜甫〈江上值水如海勢聊短述〉）的創作作風，在他的青年時期就已養成。

「盪胸生曾雲，決眥入歸鳥」兩句，是寫細望。曾，通「層」。見山中雲氣層出不窮，故心胸亦為之蕩漾；因長時間目不轉睛地望著，故感到眼眶有似決裂。「歸鳥」是投林還巢的鳥，可知時已薄暮，詩人還在望。不言而喻，其中蘊藏著詩人對東嶽的熱愛。

「會當凌絕頂，一覽眾山小」，這最後兩句，寫由望嶽而產生的登嶽的意願。「會當」是唐人口語，意即「一定要」。如王勃〈春思賦〉：「會當一舉絕風塵，翠蓋朱軒臨上春。」有時單用一個「會」字，即杜詩中亦往往有單用者，如「此生那老蜀，不死會歸秦！」（〈奉送嚴公入朝十韻〉）如果把「會當」解作「應當」，便欠準確，神氣索然。

從這兩句富有啟發性和象徵意義的詩中，可以看到詩人杜甫不怕困難，敢於攀登絕頂，俯視一切的雄心和氣概。這正是杜甫能夠成為一個偉大詩人的關鍵所在，也是一切有所作為的人們所不可缺少的。這就是為什麼這兩句詩千百年來一直為人們所傳誦，而至今仍能引起我們強烈共鳴的原因。清代浦起龍認為杜詩「當以是為首」，並說「杜子心胸氣魄，於斯可觀。取為壓卷，屹然作鎮」（《讀杜心解》）。也正是從這兩句詩的象徵意義著眼的。這和杜甫在政治上「竊比稷與契」（杜甫〈自京赴奉先縣詠懷五百字〉），在創作上「氣劘屈賈壘，目短曹劉牆」（杜甫〈壯遊〉），正是一致的。此詩被後人譽為「絕唱」，並刻石為碑，立在山麓。無疑，它將與泰山同垂不朽。

（蕭滌非）

題張氏隱居二首（其二） 杜甫

之子時相見，邀人晚興留。霽潭鱣發發，春草鹿呦呦。

杜酒偏勞勸，張梨不外求。前村山路險，歸醉每無愁。

原作共兩首，第一首是七律，殆初識張君時作，形容他的為人。這是第二首，大約跟張氏已很相熟了，所以開首便道「之子時相見」。清楊倫《杜詩鏡銓》以為「次首當是數至後再題」，清仇兆鰲《杜詩詳註》以為「日時相見則往來非一度矣」，皆是。

雖是一首應酬之作，卻可以看出作者的人情味與風趣。這首詩直說與用典雙管齊下。直說與用典是古詩常用的兩種表現方法，如不能分辨，詩意便不明白。在這裡卻兩兩密合。假如當作直說看，那簡直接近白話；假如當作用典看，那又大半都是些典故，所謂「無一句無來歷」。但這是形跡，杜詩往往如此，不足為奇。它能夠風趣，方是真正的難得。

如「之子」翻成白話當說「這人」或「這位先生」，但「之子」卻見《詩經·揚之水》「彼其之子」。第三句，池中鯉魚很多，游來游去；第四句鹿在那邊吃草呦呦地叫；但「鱣（音同沾）鮪發（音同撥）發」，「呦（音同幽）呦鹿鳴，食野之苹」，見《詩經》〈碩人〉及〈鹿鳴〉篇。用經典成語每苦迂腐板重，在這兒卻一點也不覺得。三、四驅遣六藝卻極清秀。而且〈鹿鳴〉原詩有宴樂嘉賓之意，所以這第四句雖寫實景，已景中含情，承上啟下了。

「杜酒」一聯，幾乎口語體，偏又用典故來貼切賓主的姓。杜康是創製秫酒的人。「張公大谷之梨」，見晉潘岳〈閑居賦〉。他說，酒本是我們杜家的，卻偏偏勞您來勸我；梨本是你們張府上的，自然在園中邊摘邊吃，不必向外找哩。典故用得這般巧，顯出主人的情重來，已是文章本天成，尤妙在說得這樣輕靈自然。清楊倫《杜詩鏡銓》引顧修遠云：「巧對，蘊藉不覺。」蘊藉不覺正是風趣的一種銓表。

詩還用透過一層的寫法。文章必須密合當時的實感，這原是通例。但這個現實性卻不可呆看，有些地方正以不必符合為佳。在這裡即超過，超過便是不很符合。唯其不很符合，才能把情感表現得非常圓滿，也就是進一步合乎現實了。這詩末聯「前村山路險，歸醉每無愁」。想那前村的山路很險，又喝醉了酒，跌跌撞撞地回去，彷彿盲人瞎馬夜半深池的光景，哪有不發愁之理；所以這詩末句實在該當作「歸醉每應愁」的，但他偏不說「應愁」，顛倒說「無愁」。究竟「應愁」符合現實呢，還是「無愁」符合現實？我們該說「應愁」是實；我們更應該知道「無愁」雖非實感，卻能進一步地表現這主題——主人情重，客人致謝，賓主極歡。

在這情景下，那麼不管老杜他在那天晚上愁也不愁，反正必須說「無愁」的。所以另外本可以有一個比較自然合理的解釋，喝醉了所以不知愁；但也早被前人給否決了。《杜詩集評》引李天生說：「末二句謂與張深契，故醉歸忘山路之險，若云醉而不知，則淺矣。」李氏的話是很對的。杜甫正要借這該愁而不愁來表示他對主人的傾倒和感謝，若把自己先形容成了一個酒糊塗，那詩意全失，不僅殺風景而已。這一句又結出首聯的意思來，「邀人晚興留」是這詩裡主要的句子。（俞平伯）

房兵曹胡馬

杜甫

胡馬大宛名，鋒稜瘦骨成。竹批雙耳峻，風入四蹄輕。
所向無空闊，真堪託死生。驍騰有如此，萬里可橫行。

這是一首詠物言志詩。一般認為作於唐玄宗開元二十八年（七四〇）或二十九年，正值詩人漫遊齊趙，飛鷹走狗，裘馬清狂的一段時期。詩的風格超邁遒勁，凜凜有生氣，反映了青年杜甫銳於進取的精神。

詩分前後兩部分。前面四句正面寫馬，是實寫。詩人恰似一位丹青妙手，用傳神之筆為我們描畫了一匹神清骨峻的「胡馬」。它來自大宛（漢代西域的國名，素以產「汗血馬」著稱），自然非凡馬可比。接著，對馬作了形象的刻畫。南齊謝赫的《古畫品錄》提出「六法」，第一為「氣韻生動」，第二即是「骨法用筆」，這是作為氣韻生動的首要條件提出來的。所謂「骨法」，就是要寫出對象的風度、氣格。杜甫寫馬的骨相：嶙峋聳峙，狀如鋒稜，勾勒出神峻的輪廓。接著寫馬耳如刀削斧劈一般銳利勁挺，這也是良馬的一個特徵。至此，駿馬的昂藏不凡已躍然紙上了，我們似見其咴咴噴氣、躍躍欲試的情狀，下面順勢寫其四蹄騰空、凌厲奔馳的雄姿就十分自然。「批」和「入」兩個動詞極其傳神。前者寫雙耳直豎，有一種挺拔的力度；後者不寫四蹄生風，而寫風入四蹄，別具神韻。從騎者的感受說，當其風馳電掣之時，好像馬是不動的，兩旁的景物飛速後閃，風也向蹄間呼嘯而入。詩人刻畫細緻，維妙逼真。頷聯兩句以「二二一」的節奏，突出每句的最後一字：「峻」

寫馬的氣概，「輕」寫它的疾馳，都顯示出詩人的匠心。這一部分寫馬的風骨，用的是大筆勾勒的方法，不必要的細節一概略去，只寫其骨相、雙耳和奔馳之態，因為這三者最能體現馬的特色。正如唐張彥遠評畫所云：「筆纔一二，象已應焉，離披點畫，時見缺落，此雖筆不周而意周也。」（《歷代名畫記》）這就是所謂「寫意傳神」。

詩的前四句寫馬的外形動態，後四句轉寫馬的品格，用虛寫手法，由詠物轉入了抒情。頸聯承上奔馬而來，寫它縱橫馳騁，歷塊過都，有著無窮廣闊的活動天地；它能逾越一切險阻的能力就足以使人信賴。這裡看似寫馬，實是寫人，這難道不是一個忠實的朋友、勇敢的將士、俠義的豪傑的形象嗎？尾聯先用「驍騰有如此」總挽上文，對馬作概括，最後宕開一句——「萬里可橫行」，包含著無盡的期望和抱負，將意境開拓得非常深遠。這一聯收得攏，也放得開，它既是寫馬馳騁萬里，也是期望房兵曹為國立功，更是詩人自己志向的寫照。盛唐時代國力的強盛，疆土的開拓，激發了民眾的豪情，書生寒士都渴望建功立業，封侯萬里。這種蓬勃向上的精神用駿馬來表現確是最合適不過了。這和後期杜甫透過對病馬的悲憫來表現憂國之情，真不可同日而語。

南朝宋人宗炳的〈畫山水序〉認為透過寫形傳神而達於「暢神」的道理。如果一個藝術形象不能「暢神」，即傳達作者的情志，那麼再酷肖也是無生命的。杜甫此詩將狀物和抒情結合得自然無間。在寫馬中也寫人，寫人又離不開寫馬，這樣一方面賦予馬以活的靈魂，用人的精神進一步將馬寫活；另一方面寫人有馬的品格，人的情志也有了形象的表現。前人講「詠物詩最難工，太切題則黏皮帶骨，不切題則捕風捉影，須在不即不離之間」（清錢泳《履園叢話・談詩》），這個要求杜甫是做到了。（黃寶華）

畫鷹 杜甫

素練風霜起，蒼鷹畫作殊。攫身思狡兔，側目似愁胡。
絛鏇光堪擿①，軒楹勢可呼。何當擊凡鳥，毛血灑平蕪。

〔註〕①「擿」一作「摘」。

畫上題詩，是中國繪畫藝術特有的一種風格。古代文人畫家，為了闡發畫意，寄託感慨，往往於作品完成以後，在畫面上題詩，收到了詩情畫意相得益彰的效果。為畫題詩自唐代始，但當時只是以詩贊畫，真正把詩題在畫上，是宋代以後的事。不過，唐代詩人的題畫詩，對後世畫上題詩產生了極大影響。其中，杜甫的題畫詩數量之多與影響之大，終唐之世未有出其右者。

這首題畫詩大概寫於唐玄宗開元末年（七四一），是杜甫早期的作品。此時詩人正當年少，富於理想，也過著「快意」的生活，充滿著青春活力，富有積極進取之心。詩人透過對畫鷹的描繪，抒發了他那嫉惡如仇的激情和凌雲的壯志。

全詩共八句，可分三層意思：

一、二兩句為第一層，點明題目。起用驚訝的口氣說：潔白的畫絹上，突然騰起了一片風霜肅殺之氣，這是怎麼回事呢？第二句隨即點明：原來是矯健不凡的畫鷹彷佛挾風帶霜而起，極贊繪畫的特殊技巧所產生的藝術效果。這首詩起筆是「倒插法」。試看杜甫〈姜楚公畫角鷹歌〉的起筆曰：「楚公畫鷹鷹戴角，殺氣森森到幽朔。」先從畫鷹之人所畫的角鷹寫起，然後描寫出畫面上所產生的肅殺之氣，是謂正起。而此詩則先寫「素練風霜起」，然後再點明「畫鷹」，所以叫作倒插法。這種手法，一起筆就有力地刻畫出畫鷹的氣勢，吸引著讀者。杜甫的題畫詩善用此種手法，如〈奉先劉少府新畫山水障歌〉的起筆曰：「堂上不合生楓樹，怪底江山起煙霧。」〈畫鶻行〉的起筆曰：「高堂見生鶻，颯爽動秋骨。」〈奉觀嚴鄭公廳事岷山沱江畫圖十韻〉的起筆曰：「沱水臨中座，岷山到北堂。」這些起筆詩句都能起到先聲奪人的效果。

中間四句為第二層，描寫畫面上蒼鷹的神態，是正面文章。頷聯的「㩳（音同聳）身」就是「竦身」。「側目」句見《漢書．酷吏傳》：「側目而視，號曰蒼鷹。」又見西晉孫楚〈鷹賦〉：「深目蛾眉，狀似愁胡。」再見西晉傅玄〈猿猴賦〉：「揚眉蹙額，若愁若瞋。」杜甫這兩句是說蒼鷹的眼睛和猢猻的眼睛相似，聳起身子的樣子，好像是想攫取狡猾的兔子似的，從而刻畫出蒼鷹搏擊前的動作及其心理狀態，真是傳神之筆，把畫鷹一下子寫活了，宛如真鷹。頸聯「絛鏇（音同掏炫）」的「絛」是繫鷹用的絲繩；「鏇」是轉軸，繫鷹用的金屬的圓軸。「軒楹」是堂前廊柱，此指畫鷹懸掛之地。這兩句是說繫著金屬圓軸的蒼鷹，光彩照人，只要把絲繩解掉，即可展翅飛翔；懸掛在軒楹上的畫鷹，神采飛動，氣雄萬夫，好像呼之即出，欲去追逐狡兔，從而描寫出畫鷹躍躍欲試的氣勢。

此兩聯中，「思」與「似」、「摘」與「呼」兩對詞，把畫鷹刻畫得極為傳神。「思」寫其動態，「似」寫其靜態，「摘」寫其情態，「呼」寫其神態。詩人用字精工，頗見匠心。透過這些富有表現力的字眼，把畫鷹描寫得同真鷹一樣。是真鷹，還是畫鷹，幾難分辨。但從「堪」與「可」這兩個推論之詞來玩味，畢竟仍是畫鷹。

最後兩句進到第三層，承上收結，直把畫鷹當成真鷹，寄託著作者的思想。大意是說：何時讓這樣卓然不凡的蒼鷹展翅搏擊，將那些「凡鳥」的毛血灑落在原野上。「何當」含有希幸之意，就是希望畫鷹能夠變成真鷹，奮飛碧霄去搏擊凡鳥。「毛血」句，見漢班固〈西都賦〉：「風毛雨血，灑野蔽天。」至於「凡鳥」，清人張上若說：「天下事皆庸人誤之，未有深意。」（清張溍《讀書堂杜工部詩文集註解》）這是把「凡鳥」喻為誤國的庸人，似有鋤惡之意。由此看來，此詩借詠〈畫鷹〉以表現作者嫉惡如仇之心，奮發向上之志。作者在〈楊監又出畫鷹十二扇〉一詩的結尾，同樣寄寓著自己的感慨曰：「為君除狡兔，會是翻韝上。」

總起來看，這首詩起筆突兀，先勾勒出畫鷹的氣勢，從「畫作殊」興起中間兩聯對畫鷹神態的具體描繪，而又從「勢可呼」順勢轉入收結，寄託著作者的思想，揭示主題。清浦起龍《讀杜心解》評曰：「起作驚疑問答之勢。……『攫身』、『側目』，此以真鷹擬畫，又是貼身寫。『堪摘』、『可呼』，此從畫鷹見真，又是飾色寫。結則竟以真鷹氣概期之。乘風思奮之心，疾惡如讎之志，一齊揭出。」可見此詩，不唯章法謹嚴，而且形象生動，寓意深遠，不愧為題畫詩的傑作。（孔壽山）

奉贈韋左丞丈二十二韻

杜甫

紈袴不餓死，儒冠多誤身。丈人試靜聽，賤子請具陳：
甫昔少年日，早充觀國賓①。讀書破萬卷，下筆如有神。
賦料揚雄敵，詩看子建親。李邕求識面，王翰願卜鄰。
自謂頗挺出，立登要路津。致君堯舜上，再使風俗淳。
此意竟蕭條，行歌非隱淪。騎驢十三載，旅食京華春。
朝扣富兒門，暮隨肥馬塵。殘杯與冷炙，到處潛悲辛。
主上頃見徵，欻然欲求伸。青冥卻垂翅，蹭蹬無縱鱗。
甚愧丈人厚，甚知丈人真。每於百僚上，猥誦佳句新②。
竊效貢公喜，難甘原憲貧。焉能心怏怏？只是走踆踆③。
今欲東入海，即將西去秦④。尚憐終南山，回首清渭濱⑤。

常擬報一飯⑥，況懷辭大臣。白鷗沒浩蕩，萬里誰能馴！

〔註〕①「甫昔」二句：指唐玄宗開元二十三年（七三五）杜甫二十四歲在洛陽參加進士考試一事。觀國賓：是說自己有幸看到國朝文物之盛，當時還只是一個在野的賓客。《周易．觀卦．象辭》：「觀國之光，尚賓也。」②猥：承蒙。誦佳句：指吟誦杜甫的詩，用意在宣揚推薦。③踆踆（音同逡）：進退兩難的樣子。④東入海：指避世隱居。《論語．公冶長》記孔子語：「道不行，乘桴浮於海。」西去秦：離開西方的秦地（指京城長安）。⑤終南山：在長安城南。渭水：在長安城北。二地也都指代長安。⑥報一飯：《史記．范雎傳》：「一飯之德必償。」

在杜甫困守長安十年時期所寫下的求人援引的詩篇中，要數這一首是最好的。這類社交性的詩，帶有明顯的急功求利的企圖。常人寫來，不是曲意討好對方，就是有意貶低自己，容易露出阿諛奉承、俯首乞憐的寒酸相。杜甫在這首詩中卻能做到不卑不亢，直抒胸臆，吐出長期鬱積下來的對封建統治者壓制人才的悲憤不平。這是他超出常人之處。

唐玄宗天寶七載（七四八），韋濟任尚書左丞前後，杜甫曾贈過他兩首詩，希望得到他的提拔。韋濟雖然很賞識杜甫的詩才，卻沒能給以實際的幫助，因此杜甫又寫了這首詩，表示如果實在找不到出路，就決心要離開長安，退隱江海。杜甫自二十四歲在洛陽應進士試落選，到寫詩的時候已有十三年了。特別是到長安尋求功名也已三年，結果卻是處處碰壁，素志難伸。青年時期的豪情，早已化為一腔牢騷憤激，不得已在韋濟面前發洩出來。

細品全詩，詩人主要運用了對比和頓挫曲折的表現手法，將胸中鬱結的情思，抒寫得如泣如訴，真切動人。這首詩應該說是體現杜詩「沉鬱頓挫」（杜甫〈進雕賦表〉）風格的最早的一篇。

詩中對比有兩種情況，一是以他人和自己對比，一是以自己的今昔對比。先說以他人和自己對比。開端的「紈袴不餓死，儒冠多誤身」，把詩人強烈的不平之鳴，像江河決口那樣突然噴發出來，真有劈空而起，銳不可當之勢。在詩人所處的時代，那些紈袴子弟，不學無術，一個個過著腦滿腸肥、趾高氣揚的生活；他們精神空虛，本是世上多餘的人，偏又不會餓死。而像杜甫那樣正直的讀書人，卻大多空懷壯志，一直掙扎在餓死的邊緣，眼看誤盡了事業和前程。這兩句詩，開門見山，鮮明揭示了全篇的主旨，有力地概括了封建社會賢愚倒置的黑暗現實。

從全詩描述的重點來看，寫「紈袴」的「不餓死」，主要是為了對比突出「儒冠」的「多誤身」，輕寫別人是為了重寫自己。所以接下去詩人對韋濟坦露胸懷時，便撇開「紈袴」，緊緊抓住自己在追求「儒冠」事業中今昔截然不同的苦樂變化，再一次運用對比，以濃彩重墨抒寫了自己少年得意蒙榮、眼下誤身受辱的無窮感慨。這第二個對比，詩人足足用了二十四句，真是大起大落，淋漓盡致。

從「甫昔少年日」到「再使風俗淳」十二句，是寫得意蒙榮。詩人用鋪敘追憶的手法，介紹了自己早年出眾的才學和遠大的抱負。少年杜甫很早就在洛陽一帶見過大世面。他博學精深，下筆有神。作賦自認可與揚雄匹敵，詠詩眼看就與曹植相親。頭角乍露，就博得當代文壇領袖李邕、詩人王翰的賞識。憑著這樣卓越挺秀的才華，他天真地認為求個功名，登上仕途，還不是易如反掌。到那時就可實現夢寐以求的「致君堯舜上，再使風俗淳」的政治理想了。詩人信筆寫來，高視闊步，意氣風發，大有躊躇滿志、睥睨一切的氣概。寫這一些，當然也是為了讓韋濟了解自己的為人，但更重要的還是要突出自己眼下的誤身受辱。從「此意竟蕭條」到「蹭蹬無縱鱗」，又用十二句寫誤身受辱，與前面的十二句形成強烈的對比。

現實是殘酷的，「要路津」早已被「紈袴」佔盡，主觀願望和客觀實際的矛盾無情地嘲弄著詩人。看一下詩人在繁華京城的旅客生涯吧：多少年來，詩人經常騎著一條瘦驢，奔波顛躓在鬧市的大街小巷。早上敲打豪富人家的大門，受盡紈袴子弟的白眼；晚上尾隨著貴人肥馬揚起的塵土鬱鬱歸來。成年累月就在權貴們的殘杯冷炙中討生活。不久前詩人又參加了朝廷主持的一次特試，誰料這場考試竟是奸相李林甫策劃的一個忌才的大騙局，在「野無遺賢」的遁詞下，詩人和其他應試的士子全都落選了。這對詩人是一個沉重的打擊，就像剛飛向藍天的大鵬又垂下了雙翅，也像遨遊於遠洋的鯨鯢一下子又失去了自由。詩人的誤身受辱、痛苦不幸也就達到了頂點。

這一大段的對比描寫，迤邐展開，猶如一個人步步登高，開始確是滿目春光，心花怒放，哪曾想會從頂峰失足，如高山墜石，一落千丈，從而使後半篇完全籠罩在一片悲憤悵惘的氛圍中。詩人越是把自己的少年得意寫得紅火熱鬧，越能襯托出眼前儒冠誤身的悲涼淒慘。這大概是詩人要著力運用對比的苦心所在吧！

從「甚愧丈人厚」到詩的終篇，寫詩人對韋濟的感激、期望落空，決心離去而又戀戀不捨的矛盾複雜心情。這樣豐富錯雜的思想內容，必然要求詩人另外採用頓挫曲折的筆法來表現，才能收到「入人也深」（《荀子．樂論》）的藝術效果。在坎坷的人生道路上，詩人再也不能忍受像孔子學生原憲那樣的貧困了。他為韋濟當上了尚書左丞而暗自高興，就像漢代貢禹聽到好友王吉升了官而彈冠相慶。詩人多麼希望韋濟能對自己有更實際的幫助呀！但現實已經證明這樣的希望是不可能實現了。詩人只能強制自己不要那樣憤憤不平，快要離去了卻仍不免在那裡顧瞻徘徊。辭闕遠遊，退隱江海之上，這在詩人是不甘心的，也是不得已的。他對自己曾寄以希望的帝京，對曾有「一飯之恩」的韋濟，是那樣戀戀不捨，難以忘懷。但是，又有什麼辦法呢？最後只能毅然引退，像白鷗那樣飄飄遠逝在萬里波濤之間。這一段，詩人寫自己由盼轉憤、欲去不忍、一步三回頭的矛盾心理，真是曲折盡情，絲絲入扣，和前面動人的對比相結合，充分體現出杜詩「思深意曲，極鳴悲慨」（清方東樹《昭昧詹言》）

的特色。

「白鷗沒浩蕩，萬里誰能馴！」從結構安排上看，這個結尾是從百轉千迴中逼出來的，宛若奇峰突起，末勢愈壯。它將詩人高潔的情操、寬廣的胸懷、剛強的性格，表現得辭氣噴薄，躍然紙上。正如清浦起龍指出的「一結高絕」（見《讀杜心解》）。董養性也說：「詞氣磊落，傲睨宇宙，可見公雖困躓之中，英鋒俊彩，未嘗少挫也。」（清仇兆鰲《杜詩詳註》引）吟詠這樣的曲終高奏，詩人青年時期的英氣豪情，會重新在我們心頭激盪。我們的詩人，經受著塵世的磨煉，沒有向社會嚴酷的不合理現實屈服，顯示出一種碧海展翅的衝擊力，從而把全詩的思想性昇華到一個新的高度。

全詩不僅成功地運用了對比和頓挫曲折的筆法，而且語言質樸中見錘鍊，含蘊深廣。如「殘杯與冷炙，到處潛悲辛」，道盡了世態炎涼和詩人精神上的創傷。一個「潛」字，表現悲辛的無所不在，可謂悲沁骨髓，比用一個尋常的「是」或「有」字，不知精細生動多少倍。句式上的特點是駢散結合，以散為主，因此一氣讀來，既有整齊對襯之美，又有縱橫飛動之妙。所有這一切，都足證詩人功力的深厚，也預示著詩人更趨成熟的長篇巨製，隨著時代的劇變和生活的充實，必將輝耀於中古的詩壇。（徐竹心）

同諸公登慈恩寺塔

杜甫

高標跨蒼穹，烈風無時休。自非曠士懷，登茲翻百憂。
方知象教力，足可追冥搜。仰穿龍蛇窟，始出枝撐幽。
七星在北戶，河漢聲西流。羲和鞭白日，少昊行清秋。
秦山忽破碎，涇渭不可求。俯視但一氣，焉能辨皇州？
回首叫虞舜，蒼梧雲正愁。惜哉瑤池飲，日晏昆侖丘。
黃鵠去不息，哀鳴何所投？君看隨陽雁，各有稻粱謀。

這首詩，是杜甫在唐玄宗天寶十一載（七五二）秋天登慈恩寺塔寫的。慈恩寺是唐高宗作太子時為他母親文德皇后而建，故稱「慈恩」，建於太宗貞觀二十一年（六四七）。塔是玄奘在高宗永徽三年（六五二）建的，稱大雁塔，共有六層。武則天大足元年（七〇一）改建，增高為七層，在今陝西省西安市東南。這首詩有個自註：「時高適、薛據先有此作。」此外，岑參、儲光羲也寫了詩。杜甫的這首是同題諸詩中的壓卷之作。

「高標跨蒼穹，烈風無時休。」詩一開頭就出語奇突，氣概不凡。不說高塔而說「高標」，使人想起晉左思〈蜀都賦〉中「陽烏迴翼乎高標」句所描繪的直插天穹的樹梢，又想起李白〈蜀道難〉中「上有六龍回日之高標」句所形容的高聳入雲的峰頂。這裡借「高標」極言塔高。不說蒼天而說「蒼穹」，即勾畫出天像穹窿形。用一「跨」字，正和「蒼穹」緊聯。天是穹窿形的，所以就可「跨」在上面。這樣誇張地寫高還嫌不夠，又引出「烈風」來襯托。風「烈」而且「無時休」，更見塔之極高。「自非曠士懷，登茲翻百憂」，二句委婉言懷，不無憤世之慨。詩人不說受不了烈風的狂吹而引起百憂，而是推開一步，說自己不如曠達之士那麼清逸風雅，登塔俯視神州，百感交集，心中翻滾起無窮無盡的憂慮。當時唐王朝表面上還是歌舞昇平，實際上已經危機四伏。對烈風而生百憂，正是感觸到這種政治危機所在。憂深慮遠，為其他諸公之作所不能企及。

接下去四句，拋開「百憂」，另起波瀾，轉而對寺塔建築進行描繪。「方知」承「登茲」，細針密線，銜接緊湊。象教即佛教，佛教用形象來教人，故稱「象教」。「冥搜」，意謂在高遠幽深中探索，這裡有冥思和想像的意思。「追」即「追攀」。由於塔是崇拜佛教的產物，這裡塔便成了佛教力量的象徵。「方知象教力，足可追冥搜」二句，極贊寺塔建築的奇偉宏雄，極言其巧奪天工，盡人間想像之妙。寫到這裡，又用驚人之筆，點明登塔，突出塔之奇險。「仰穿龍蛇窟」，沿著狹窄、曲折而幽深的階梯向上攀登，如同穿過龍蛇的洞穴；「始出枝撐幽」，繞過塔內犬牙交錯的幽暗梁欄，攀到塔的頂層，方才豁然開朗。此二句既照應「高標」，又引出塔頂遠眺，行文自然而嚴謹。

站在塔的最高層，宛如置身天宮仙闕。「七星在北戶」，眼前彷佛看到北斗七星在北窗外閃爍；「河漢聲西流」，耳邊似乎響著銀河水向西流淌的聲音。銀河既無水又無聲，這裡把它比作人間的河，引出水聲，曲喻奇妙。二句寫的是想像中的夜景。接著轉過來寫登臨時的黃昏景色。「羲和鞭白日，少昊行清秋」，交代時間是黃昏，時令是秋季。羲和是駕馭日車的神，相傳他趕著六條龍拉著的車子，載著太陽在空中跑。作者在這裡馳騁想像，把這個神話改造了一下，不是六條龍拉著太陽跑，而是羲和趕著太陽跑，他嫌太陽跑得慢，還用鞭子鞭打太陽，催它快跑。少昊，傳說是黃帝的兒子，是主管秋天的神，他正在推行秋令，掌管著人間秋色。這兩句點出登臨正值清秋日暮的特定時分，為下面觸景抒情醞釀了氣氛。

接下去寫俯視所見，從而引起感慨，是全篇重點。「秦山忽破碎，涇渭不可求。俯視但一氣，焉能辨皇州？」詩人結合登塔所見來寫，在寫景中有所寄託。秦山指終南山和秦嶺，在平地上望過去，只看到青蒼的一片，而在塔上遠眺，則群山大小相雜，高低起伏，大地好像被切成許多碎塊。涇水濁，渭水清，然而從塔上望去分不清哪是涇水，哪是渭水，清濁混淆了。再看皇州（即首都長安），只看到朦朧一片。這四句寫黃昏景象，卻又另有含意，道出了山河破碎，清濁不分，京都朦朧，政治昏暗。這正和「百憂」呼應。《資治通鑑》卷二百一十六載：「（天寶十一載）上（玄宗）晚年自恃承平，以為天下無復可憂，遂深居禁中，專以聲色自娛，悉委政事於（李）林甫。林甫媚事左右，迎會上意，以固其寵。杜絕言路，掩蔽聰明，以成其奸；妒賢嫉能，排抑勝己，以保其位；屢起大獄，誅逐貴臣，以張其勢。」「凡在相位十九年，養成天下之亂。」杜甫已經看到了這種情況，所以有百憂的感慨。

以下八句是感事。正由於朝廷政治黑暗，危機四伏，所以追思唐太宗時代。「回首叫虞舜，蒼梧雲正愁。」塔在長安東南區，上文俯視長安是面向西北，現在南望蒼梧，所以要「回首」。唐高祖號神堯皇帝，太宗受內禪，所以稱虞舜。舜葬蒼梧，比喻太宗的昭陵。雲正愁，寫昭陵上空的雲彷彿也在為唐朝的政治昏亂發愁。一個「叫」字，正寫出杜甫對太宗政治清明時代的深切懷念。下二句追昔，引出撫今：「惜哉瑤池飲，日晏昆侖丘。」瑤池飲，《穆天子傳》卷三記周穆王「觴西王母於瑤池之上」，《列子·周穆王》稱周穆王「升於昆侖之丘」，「遂賓於西王母，觴於瑤池之上」，「乃觀日之所入」。這裡借指唐玄宗與楊貴妃在驪山飲宴，過著荒淫的生活。

日晏結合日落，比喻唐朝將陷入危亂。這就同秦山破碎四句呼應，申述所懷百憂。正由於玄宗把政事交給李林甫，李排抑賢能，所以「黃鵠去不息，哀鳴何所投」。賢能的人才一個接一個地受到排斥，只好離開朝廷，像黃鵠那樣哀叫而無處可以投奔。最後，詩人憤慨地寫道：「君看隨陽雁，各有稻粱謀。」指斥那樣趨炎附勢的人，就像隨著太陽溫暖轉徙的候鳥，只顧自我謀生，追逐私利。

全詩有景有情，寓意深遠。清錢謙益說：「高標烈風，登茲百憂，岌岌乎有飄搖崩析之恐，正起興也。涇渭不可求，長安不可辨，所以回首而思叫虞舜」，唐人多以王母喻貴妃，「瑤池日晏，言天下將亂，而宴樂之不可為常也」。（《杜工部集箋注》）這就說明了全篇旨意。正因為如此，這首詩成為詩人前期創作中的一篇重要作品。（周振甫）

兵車行

杜甫

車轔轔，馬蕭蕭，行人弓箭各在腰。耶孃①妻子走相送，塵埃不見咸陽橋。
牽衣頓足攔道哭，哭聲直上干雲霄。道傍過者問行人，行人但云點行②頻。
或從十五北防河，便至四十西營田；去時里正③與裹頭，歸來頭白還戍邊。
邊庭④流血成海水，武皇開邊意未已。
君不聞漢家山東二百州，千村萬落生荊杞。
縱有健婦把鋤犁，禾生隴畝無東西。況復秦兵耐苦戰，被驅不異犬與雞。
長者雖有問，役夫敢申恨？且如今年冬，未休關西卒。
縣官急索租，租稅從何出？信知生男惡，反是生女好；
生女猶得嫁比鄰，生男埋沒隨百草！
君不見青海頭，古來白骨無人收。新鬼煩冤舊鬼哭，天陰雨濕聲啾啾。

〔註〕①耶孃，即爺娘、父母。②點行（音同形），徵召入伍。③唐制，百戶為一里，里置正一人。④一作「邊亭」。

唐玄宗天寶以後，唐王朝對西北、西南的戰爭越來越頻繁。這連年不斷的大規模戰爭，不僅給邊疆民族帶來沉重災難，也給廣大中原地區人民帶來同樣的不幸。

據《資治通鑑》卷二百一十六載：「天寶十載（七五一）四月，劍南節度使鮮于仲通討南詔蠻，大敗於瀘南。時仲通將兵八萬，……軍大敗，士卒死者六萬人，仲通僅以身免。楊國忠掩其敗狀，仍敘其戰功。……制大募兩京及河南北兵以擊南詔。人聞雲南多瘴癘，未戰，士卒死者什八九，莫肯應募。楊國忠遣御史分道捕人，連枷送詣軍所。……於是行者愁怨，父母妻子送之，所在哭聲震野。」這段歷史記載，可當作這首詩的說明來讀。而這首詩則藝術地再現了這一社會現實。

「行」是樂府歌曲的一種體裁。杜甫的〈兵車行〉沒有沿用古題，而是緣事而發，即事名篇，自創新題，運用樂府民歌的形式，深刻地反映了人民的苦難生活。

詩歌從驀然而起的客觀描述開始，以重墨鋪染的雄渾筆法，如風至潮來，在讀者眼前突兀展現出一幅震人心弦的巨幅送別圖：兵車隆隆，戰馬嘶鳴，一隊隊被抓來的窮苦百姓，換上了戎裝，佩上了弓箭，在官吏的押送下，正開往前線。征夫的爺娘妻子亂紛紛地在隊伍中尋找、呼喊自己的親人，扯著親人的衣衫，捶胸頓足，邊叮嚀邊呼號。車馬揚起的灰塵，遮天蔽日，連咸陽西北橫跨渭水的大橋都被遮沒了。千萬人的哭聲匯成震天的巨響在雲際迴蕩。「耶孃妻子走相送」，一個家庭支柱、主要勞動力被抓走了，剩下來的盡是些老弱婦幼，對一個家庭來說不啻是一個塌天大禍，怎麼不扶老攜幼，奔走相送呢？一個普通「走」字，寄寓了詩人多麼濃厚的感情色彩！親人被突然抓兵，又急促押送出征，眷屬們追奔呼號，去作那一剎那的生死離別，是何等倉促，何等悲憤！「牽衣頓足攔道哭」，一句之中連續四個動作，又把送行者那種眷戀、悲愴、憤恨、絕望的動作神態，表現得細膩入微。詩人筆下，灰塵彌漫，車馬人流，令人目眩；哭聲遍野，直沖雲天，震耳欲聾！這樣的描寫，給讀者以聽覺視覺上的強烈感受，集中展現了成千上萬家庭妻離子散的悲劇，令人怵目驚心！

接著，從「道傍過者問行人」開始，詩人透過設問的方法，讓當事者，即被徵發的士卒作了直接傾訴。「道傍過者」即過路人，也就是杜甫自己。上面的淒慘場面，是詩人親眼所見；下面的悲切言辭，又是詩人親耳所聞。這就增強了詩的真實感。「點行頻」，意思是頻繁地徵兵，是全篇的「詩眼」。它一針見血地點出了造成百姓妻離子散，萬民無辜犧牲，全國田畝荒蕪的根源。接著以一個十五歲出征，四十歲還在戍邊的「行人」作例，具體陳述「點行頻」，以示情況的真實可靠。「邊庭流血成海水，武皇開邊意未已。」「武皇」，是以漢喻唐，實指唐玄宗。杜甫如此大膽地把矛頭直接指向了帝王，這是從心底迸發出來的激烈抗議，充分表達了詩人怒不可遏的悲憤之情。

詩人寫到這裡，筆鋒陡轉，開拓出另一個驚心動魄的境界。詩人用「君不聞」三字領起，以談話的口氣提醒讀者，把視線從流血成海的邊庭轉移到廣闊的內地。詩中的「漢家」，也是影射唐朝。華山以東的原田沃野千村萬落，變得人煙蕭條，田園荒廢，荊棘橫生，滿目凋殘。詩人馳騁想像，從眼前的聞見，聯想到全國的景象，從一點推及到普遍，兩相輝映，不僅擴大了詩的表現容量，也加深了詩的表現深度。

從「長者雖有問」起，詩人又推進一層。「長者」，是征夫對詩人的尊稱。「役夫」是士卒自稱。「縣官」指唐王朝。「長者」二句透露出統治者加給他們的精神桎梏，但是壓是壓不住的，下句就終究引發出訴苦之詞。敢怒而不敢言，而後又終於說出來，這樣一闔一開，把征夫的苦衷和恐懼心理，表現得極為細膩逼真。這幾句寫的是眼前時事。因為「未休關西卒」，大量的壯丁才被徵發。而「未休關西卒」的原因，正是由於「武皇開邊意未已」所造成。「租稅從何出？」又與前面的「千村萬落生荊杞」相呼應。這樣前後照應，層層推進，對社會現實的揭示越來越深刻。這裡忽然連用了幾個短促的五言句，不僅表達了戍卒們沉痛哀怨的心情，也表現出那種傾吐苦衷的急切情態。這樣透過當事人的口述，又從抓兵、逼租兩個方面，揭露了統治者的窮兵黷武加給人民的雙重災難。

詩人接著感慨道：如今是生男不如生女好，女孩子還能嫁給近鄰，男孩子只能喪命沙場。這是發自肺腑的血淚控訴。重男輕女，是古代社會普遍存在的社會心理。但是由於連年戰爭，男子的大量死亡，在這一殘酷的社會條件下，人們卻一反常態，改變了這一社會心理。這個改變，反映出人們心靈上受到多麼嚴重的摧殘啊！最後，詩人用哀痛的筆調，描述了長期以來存在的悲慘現實：青海邊的古戰場上，平沙茫茫，白骨露野，陰風慘慘，鬼哭淒淒。寂冷陰森的情景，令人不寒而慄。這裡，淒涼低沉的色調和開頭那種人聲鼎沸的氣氛，悲慘哀怨的鬼泣和開頭那種驚天動地的人哭，形成了強烈的對照。這些都是「開邊未已」所導致的惡果。至此，詩人那飽滿酣暢的激情得到了充分的發揮，唐王朝窮兵黷武的罪惡也揭露得淋漓盡致。

〈兵車行〉是杜詩名篇，為歷代推崇。它揭露了唐玄宗長期以來的窮兵黷武，連年征戰，給人民造成了巨大的災難，具有深刻的思想內容。在藝術上也很突出。首先是寓情於敘事之中。這篇敘事詩，無論是前一段的描寫敘述，還是後一段的代人敘言，詩人激切奔越、濃郁深沉的思想感情，都自然地融匯在全詩的始終，詩人那種焦慮不安、憂心如焚的形象也彷彿展現在讀者面前。其次在敘述次序上參差錯落前後呼應，舒得開，收得起，變化開闔，井然有序。第一段的人哭馬嘶、塵煙滾滾的喧囂氣氛，給第二段的傾訴苦衷作了渲染鋪墊；而第二段的長篇敘言，則進一步深化了第一段場面描寫的思想內容，前後輝映，互相補充。同時，情節的發展與句型、音韻的變換緊密結合，隨著敘述，句型、韻腳不斷變化，三、五、七言，錯雜運用，加強了詩歌的表現力。

如開頭兩個三字句，急促短迫，扣人心弦。後來在大段的七字句中，忽然穿插上八個五字句，表現「行人」那種壓抑不住的憤怒哀怨的激情，格外傳神。用韻上，全詩八個韻，四平四仄，平仄相間，抑揚起伏，聲情並茂。再次，是在敘述中運用過渡句和習用詞語，如在大段代人敘言中，穿插「道傍過者問行人，行人但云點行頻」、「長者雖有問，役夫敢申恨」和「君不見」、「君不聞」等語，不僅避免了冗長平板，還不斷提示、驚醒讀者，造成了迴腸蕩氣的藝術效果。詩人還採用了民歌的接字法，如「牽衣頓足攔道哭，哭聲直上干雲霄」、「道傍過者問行人，行人但云點行頻」等。這樣蟬聯而下，累累如貫珠，朗讀起來，鏗鏘和諧，優美動聽。最後，採用了通俗口語，如「耶孃妻子」、「牽衣頓足攔道哭」、「被驅不異犬與雞」等，清新自然，明白如話，是杜詩中運用口語非常突出的一篇。語雜歌謠，最易感人，愈淺愈切。這些民歌手法的運用，給詩增添了明快而親切的感染力。（鄭慶篤）

飲中八仙歌

杜甫

知章騎馬似乘船，眼花落井水底眠。
汝陽三斗始朝天，道逢麴車口流涎，恨不移封向酒泉。
左相日興費萬錢，飲如長鯨吸百川，銜杯樂聖稱避賢。
宗之瀟灑美少年，舉觴白眼望青天，皎如玉樹臨風前。
蘇晉長齋繡佛前，醉中往往愛逃禪。
李白一斗詩百篇，長安市上酒家眠。天子呼來不上船，自稱臣是酒中仙。
張旭三杯草聖傳，脫帽露頂王公前，揮毫落紙如雲煙。
焦遂五斗方卓然，高談雄辯驚四筵。

〈飲中八仙歌〉是一首別具一格，富有特色的「肖像詩」。八個酒仙是同時代的人，又都在長安生活過，在嗜酒、豪放、曠達這些方面彼此相似。詩人以洗練的語言，人物速寫的筆法，將他們寫進一首詩裡，構成一幅栩栩如生的群像圖。

八仙中首先出現的是賀知章。他是其中資格最老、年事最高的一個。在長安，他曾「解金龜換酒為樂」（李白〈對酒憶賀監序〉）。詩中說他喝醉酒後，騎馬的姿態就像乘船那樣搖來晃去，醉眼朦朧，眼花繚亂，跌進井裡竟會在井裡熟睡不醒。相傳「阮咸嘗醉，騎馬傾欹，人曰：『箇老子如乘船遊波浪中』」（明王嗣奭《杜臆》卷一）。杜甫活用這一典故，用誇張手法描摹賀知章酒後騎馬的醉態與醉意，彌漫著一種諧謔滑稽與歡快的情調，維妙維肖地表現了他曠達縱逸的性格特徵。

其次出現的人物是汝陽王李璡。他是唐玄宗的侄子，寵極一時，所謂「主恩視遇頻」，「倍此骨肉親」（杜甫〈八哀詩八首：贈太子太師汝陽郡王璡〉），因此，他敢於飲酒三斗才上朝拜見天子。他的嗜酒心理也與眾不同，路上看到麴車（即酒車）竟然流起口水來，恨不得要把自己的封地遷到酒泉（今屬甘肅）去。相傳那裡「城下有金泉，泉味如酒」，故名酒泉（見《漢書．地理志》唐顏師古註）。唐代，皇親國戚，貴族勛臣有資格襲領封地，因此，八人中只有李璡才會勾起「移封」的念頭，其他人是不會這樣想入非非的。詩人就抓著李璡出身皇族這一特點，細膩地描摹他的享樂心理與醉態，下筆真實而有分寸。

接著出現的是李適之。他於唐玄宗天寶元年（七四二），代牛仙客為左丞相，雅好賓客，夜則宴賞，飲酒日費萬錢，豪飲的酒量有如鯨魚吞吐百川之水，一語點出他的豪華奢侈。然而好景不長，天寶五載適之為李林甫排擠，罷相後，在家與親友會飲，雖酒興未減，卻不免牢騷滿腹，賦詩道：「避賢初罷相，樂聖且銜杯。為問門前客，今朝幾個來？」（《舊唐書．李適之傳》）「銜杯樂聖稱避賢」即化用李適之詩句。「樂聖」即喜喝清酒，「避賢」即不喝濁酒。結合他罷相的事實看，「避賢」語意雙關，有諷刺李林甫的意味。這裡抓住權位的得失這一個重要方面刻畫人物性格，精心描繪李適之的肖像，含有深刻的政治內容，很耐人尋味。

三個顯貴人物展現後，跟著出現的是兩個瀟灑的名士崔宗之和蘇晉。崔宗之，是一個倜儻灑脫，少年英俊的風流人物。他豪飲時，高舉酒杯，用白眼仰望青天，睥睨一切，旁若無人；喝醉後，宛如玉樹迎風搖曳，不能自持。杜甫用「玉樹臨風」形容宗之的俊美風姿和瀟灑醉態，很有韻味。接著寫蘇晉。司馬遷寫《史記》，擅長以矛盾衝突的情節來表現人物的思想性格。杜甫也善於抓住矛盾的行為描寫人物的性格特徵。蘇晉一面耽禪，長期齋戒，一面又嗜飲，經常醉酒，處於「齋」與「醉」的矛盾鬥爭中，但結果往往是「酒」戰勝「佛」，所以他就只好「醉中愛逃禪」了。短短兩句詩，幽默地表現了蘇晉嗜酒而得意忘形，放縱而無所顧忌的性格特點。

以上五個次要人物展現後，中心人物隆重出場了。

詩酒同李白結了不解之緣，李白自己也說過「百年三萬六千日，一日須傾三百杯」（〈襄陽歌〉），「興酣落筆搖五嶽」（〈江上吟〉）。杜甫描寫李白的幾句詩，浮雕般地突出了李白的嗜好和詩才。李白嗜酒，醉中往往在「長安市上酒家眠」，習以為常，不足為奇。「天子呼來不上船」這一句，頓時使李白的形象變得高大奇偉了。李白醉後，更加豪氣縱橫，狂放不羈，即使天子召見，也不是那麼畢恭畢敬，誠惶誠恐，而是自豪地大聲呼喊：「臣是酒中仙！」強烈地表現出李白不畏權貴的性格。「天子呼來不上船」，雖未必是事實，卻非常符合李白的思想性格，因而具有高度的藝術真實性和強烈的藝術感染力。杜甫是李白的知友，他把握李白思想性格的本質方面並加以浪漫主義的誇張，將李白塑造成這樣一個桀驁不馴，豪放縱逸，傲視王侯的藝術形象。這肖像，神采奕奕，形神兼備，煥發著美的理想光輝，令人難忘。這正是千百年來人民所喜愛的富有浪漫色彩的李白形象。

另一個和李白比肩出現的重要人物是張旭。他「善草書，而好酒，每醉後，號呼狂走，索筆揮灑，變化無窮，若有神助」（《舊唐書・賀知章傳》）。當時人稱「草聖」。張旭三杯酒醉後，豪情奔放，絕妙的草書就會從他筆下流出。他無視權貴的威嚴，在顯赫的王公大人面前，脫下帽子，露出頭頂，奮筆疾書，自由揮灑，筆走龍蛇，字跡如雲煙般舒卷自如。「脫帽露頂王公前」，這是何等的倨傲不恭，不拘禮儀！它酣暢地表現了張旭狂放不羈，傲世獨立的性格特徵。

歌中殿後的人物是焦遂。唐袁郊在《甘澤謠・陶峴》中稱焦遂為布衣，可見他是個平民。焦遂喝酒五斗後方有醉意，那時他更顯得神情卓異，高談闊論，滔滔不絕，驚動了席間在座的人。詩裡刻畫焦遂的性格特徵，集中在渲染他的卓越見識和論辯口才，用筆精確、謹嚴。

〈八仙歌〉的情調幽默諧謔，色彩明麗，旋律輕快，情緒歡樂。在音韻上，一韻到底，一氣呵成，是一首嚴密完整的歌行。在結構上，每個人物自成一章，八個人物主次分明，每個人物的性格特點，同中有異，異中有同，多樣而又統一，構成一個整體，彼此襯托映照，有如一座群體圓雕，藝術上確有獨創性。正如明王嗣奭所說：「此創格，前無所因。」（《杜臆》）它在古典詩歌中確是別開生面之作。（何國治）

春日憶李白

杜甫

白也詩無敵，飄然思不群。清新庾開府，俊逸鮑參軍。

渭北春天樹，江東日暮雲。何時一樽酒，重與細論文①？

〔註〕①論文：六朝時有所謂文筆之分，把無韻的文章稱為筆，把有韻的作品稱為文。這裡「論文」，也即論詩。

杜甫同李白的友誼，首先是從詩歌上結成的。這首懷念李白的五律，是唐玄宗天寶五載（七四六）或六載春杜甫居長安時所作，主要就是從這方面來落筆的。開頭四句，一氣貫注，都是對李白詩的熱烈讚美。首句稱讚他的詩冠絕當代。第二句是對上句的說明，是說他之所以「詩無敵」，就在於他思想情趣，卓異不凡，因而寫出的詩，出塵拔俗，無人可比。接著讚美李白的詩像庾信那樣清新，像鮑照那樣俊逸。庾信、鮑照都是南北朝時的著名詩人。庾信在北周官至驃騎大將軍、開府儀同三司（司馬、司徒、司空），世稱「庾開府」。鮑照於劉宋時任荊州前軍參軍，世稱「鮑參軍」。這四句，筆力峻拔，熱情洋溢，首聯的「也」、「然」兩個語助詞，既加強了讚美的語氣，又加重了「詩無敵」、「思不群」的分量。

對李白奇偉瑰麗的詩篇，杜甫在題贈或懷念李白的詩中，總是讚揚備至。從此詩坦蕩真率的讚語中，也可以見出杜甫對李白詩是何等欽仰。這不僅表達了他對李白詩的無比喜愛，也體現了他們的誠摯友誼。清代楊倫評此詩說：「首句自是閱盡甘苦，上下古今，甘心讓一頭地語。竊謂古今詩人，舉不能出杜之範圍；惟太白天才超逸絕塵，杜所不能壓倒，故尤心服，往往形之篇什也。」（《杜詩鏡銓》卷一）這話說得很對。這四句是因憶其人而憶及其詩，讚詩亦即憶人。但作者並不明說此意，而是透過第三聯寫離情，自然補明。這樣處理，不但簡潔，還可避免平鋪直敘，而使詩意前後勾聯，曲折變化。

表面看來，第三聯兩句只是寫了作者和李白各自所在之景。「渭北」指杜甫所在的長安一帶；「江東」指李白正在漫遊的江浙一帶地方。「春天樹」和「日暮雲」都只是平實敘出，未作任何修飾描繪。分開來看，兩句都很一般，並無奇特之處。然而作者把它們組織在一聯之中，卻自然有了一種奇妙的緊密的聯繫。也就是說，當作者在渭北思念江東的李白之時，也正是李白在江東思念渭北的作者之時；而作者遙望南天，唯見天邊的雲彩，李白翹首北國，唯見遠處的樹色，又自然見出兩人的離別之恨，好像「春樹」、「暮雲」，也帶著深重的離情。故而清代黃生說：「五句寓言己憶彼，六句懸度彼憶己。」（《杜詩說》）兩句詩，牽連著雙方同樣的無限情思。回憶在一起時的種種美好時光，懸揣二人分別後的情形和此時的種種情狀，這當中該有多麼豐富的內容。這兩句，看似平淡，實則每個字都千錘百鍊；語言非常樸素，含蘊卻極豐富，是歷來傳頌的名句。清代沈德潛稱它「寫景而離情自見」（《唐詩別裁集》），明代王嗣奭《杜臆》卷一引王慎中語譽為「淡中之工」，都極為讚賞。

上面將離情寫得極深極濃，這就自然引出了末聯的熱切希望：什麼時候才能再次歡聚，像過去那樣，把酒論詩啊！把酒論詩，這是作者最難忘懷、最為嚮往的事，以此作結，正與詩的開頭呼應。言「重與」，是說過去曾經如此，這就使眼前不得重晤的悵恨更為悠遠，加深了對友人的懷念。用「何時」作詰問語氣，把希望早日重聚的願望表達得更加強烈，使結尾餘意不盡，令人讀完全詩，心中猶迴蕩著作者的無限思情。

清代浦起龍說：「此篇純於詩學結契上立意。」（《讀杜心解》）確實道出這首詩內容和結構上的特點。全詩以讚詩起，以「論文」結，由詩轉到人，由人又回到詩，轉折過接，極其自然。通篇始終貫穿著一個「憶」字，把對人和對詩的傾慕懷念，結合得水乳交融。以景寓情的手法，更是出神入化，把作者的思念之情，寫得深厚無比，情韻綿綿。（王思宇）

前出塞九首（其六）　杜甫

挽弓當挽強，用箭當用長。射人先射馬，擒賊先擒王。

殺人亦有限，列國自有疆。苟能制侵陵，豈在多殺傷？

詩人先寫〈出塞〉九首，後又寫〈出塞〉五首，故加「前」、「後」以示區別。〈前出塞〉是寫天寶末年哥舒翰征伐吐蕃的時事，意在諷刺唐玄宗的開邊黷武。本篇原列第六首，是其中較有名的一篇。

詩的前四句，很像是當時軍中流行的作戰歌訣，頗富韻致，饒有理趣，深得議論要領。所以清黃生說它「似謠似諺，最是樂府妙境」（《杜詩說》）。兩個「當」，兩個「先」，妙語連珠，開人胸臆。詩人提出了作戰步驟的關鍵所在，強調部伍要強悍，士氣要高昂，對敵有方略，智勇須並用。四句以排句出之，如數家珍，宛若總結戰鬥經驗。然而從整篇看，它還不是作品的主旨所在，而只是下文的襯筆。後四句才道出赴邊作戰應有的終極目的。

「殺人亦有限，列國自有疆。苟能制侵陵，豈在多殺傷？」詩人慷慨陳詞，直抒胸臆，發出振聾發聵的呼聲。他認為，擁強兵只為守邊，赴邊不為殺伐。不論是為制敵而「射馬」，不論是不得已而「殺傷」，不論是擁強兵而「擒王」，都應以「制侵陵」為限度，不能亂動干戈，更不應以黷武為能事，侵犯異邦。這種以戰去戰，以強兵制止侵略的思想，是恢宏正論，安邊良策；它反映了國家的利益，人民的願望。所以，清張遠在《杜詩會粹》裡說，這幾句「大經濟語，借戍卒口說出」。

從藝術構思說，作者採用了先揚後抑的手法：前四句以通俗而富哲理的謠諺體開勢，講如何練兵用武，怎樣克敵制勝；後四句卻寫如何節制武功，力避殺伐，逼出「止戈為武」本旨。先行輔筆，後行主筆；輔筆與主筆之間，看似掠轉，實是順接，看似矛盾，實為辯證。因為如無可靠的武備，就不能制止外來侵略；但自恃強大武裝而窮兵黷武，也是不可取的。所以詩人主張既擁強兵，又以「制侵陵」為限，才符合最廣大人民的利益。清浦起龍在《讀杜心解》中很有體會地說：「上四（句）如此飛騰，下四（句）忽然掠轉，兔起鶻落，如是！如是！」這裡說的「飛騰」和「掠轉」，就是指作品中的奔騰氣勢和波瀾；這裡說的「兔起鶻落」，就是指在奔騰的氣勢中自然地逼出「擁強兵而反黷武」的深邃題旨。在唐人的篇什中，以議論取勝的作品較少，而本詩卻以此見稱；它以立意高、正氣宏、富哲理、有氣勢而博得好評。（傅經順）

麗人行

杜甫

三月三日①天氣新，長安水邊多麗人。

態濃意遠淑且真，肌理細膩骨肉勻。繡羅衣裳照暮春，蹙金孔雀銀麒麟。

頭上何所有？翠為②㔩葉垂鬢脣③。背後何所見？珠壓腰衱穩稱身。

就中雲幕椒房親④，賜名大國虢與秦⑤。紫駝之峰出翠釜，水精之盤行素鱗。

犀箸厭飫⑥久未下，鸞刀縷切空紛綸。黃門飛鞚不動塵，御廚絡繹送八珍。

簫鼓哀吟感鬼神，賓從雜遝實要津。後來鞍馬何逡巡，當軒下馬入錦茵。

楊花雪落覆白蘋，青鳥飛去銜紅巾。炙手可熱勢絕倫，慎莫近前丞相嗔！

〔註〕①三月三日為上巳日，風俗於此日到長安城南曲江踏青、濯除不潔。②一作「翠微」。③㔩（音同萼）葉，髮飾或首飾。鬢脣，即鬢邊。④漢皇后房間以椒和泥塗壁，稱為椒房。椒房親即為皇后的親人。⑤楊貴妃的三位姊姊分封為韓國夫人、虢國夫人、秦國夫人。⑥厭飫（音同欲），飽食。

《舊唐書．楊貴妃傳》載：「玄宗每年十月，幸華清宮，國忠姊妹五家扈從。每家為一隊，著一色衣；五家合隊，照映如百花之煥發。而遺鈿墜舄，瑟瑟珠翠，燦爛芳馥於路。而國忠私於虢國，而不避雄狐之刺；每入朝，或聯鑣方駕，不施帷幔。每三朝慶賀，五鼓待漏，豔妝盈巷，蠟炬如晝。」又楊國忠於唐玄宗天寶十一載（七五二）十一月為右相。這首詩當作於十二載春，諷刺了楊家兄妹驕縱荒淫的生活，曲折地反映了君王的昏庸和時政的腐敗。

成功的文學作品，它的傾向應當從場面和情節中自然而然地流露出來，不應當特別把它指點出來；作者的見解愈隱蔽，對作品來說就愈好；而且作家不必要把他所描寫的社會衝突的未來解決辦法硬塞給讀者。〈麗人行〉就是這樣的一篇成功之作。這篇歌行的主題思想和傾向倒並不隱晦難懂，但確乎不是指點出來而是從場面和情節中自然而然地流露出來的。從頭到尾，詩人描寫那些簡短的場面和情節，都採取像漢代〈陌上桑〉那樣一些樂府民歌中所慣常用的正面詠嘆方式，態度嚴肅認真，筆觸精工細膩，著色鮮豔富麗、金碧輝煌，絲毫不露油腔滑調，也不作漫畫式的刻畫。但令人驚嘆不置的是，詩人就是在這一本正經的詠嘆中，出色地完成了詩歌揭露腐朽、鞭撻邪惡的神聖使命，獲得了比一般輕鬆的諷刺更為強烈的藝術批判力量。

詩中首先泛寫上巳日曲江水邊踏青麗人之眾多，以及她們意態之嫻雅、體態之優美、衣著之華麗。漢辛延年〈羽林郎〉：「胡姬年十五，春日獨當壚。長裾連理帶，廣袖合歡襦。頭上藍田玉，耳後大秦珠。兩鬟何窈窕，一世良所無。」〈陌上桑〉：「頭上倭墮髻，耳中明月珠。緗綺為下裙，紫綺為上襦。」〈孔雀東南飛〉：「著我繡夾裙，事事四五通。足下躡絲履，頭上玳瑁光。腰若流紈素，耳著明月璫。指如削蔥根，口如含朱丹。纖纖作細步，精妙世無雙。」迴環反復，詠嘆生情。「態濃」八句就是從這種民歌表現手法中變化出來的。明王嗣奭《杜臆》卷一：「鐘（惺）云：『本是風刺，而詩中直敘富麗，若深（羨）不容口，妙妙。』又云：『如此富麗，而一片清明之氣行乎其中。』……『態濃意遠』、『骨肉勻』，畫出一箇國色。狀姿色曰『骨肉勻』，狀服飾曰『穩稱身』，可謂善於形容。」前人已看到了這詩用工筆彩繪仕女圖畫法作諷刺畫的這一特色。清胡夏客說：「唐宣宗嘗語大臣曰：『玄宗時內府錦襖二，飾以金雀，一自御，一與貴妃；今則卿等家家有之矣。』此詩所云，蓋楊氏服擬於宮禁也。」（清仇兆鰲《杜詩詳註》引）總之，見麗人服飾的豪華，見麗人非等閒之輩。寫到熱鬧處，筆鋒一轉，點出「就中雲幕椒房親，賜名大國虢與秦」，則虢國、秦國（當然還有韓國）三夫人在眾人之內了。著力描繪眾麗人，著眼卻在三夫人（虢國夫人）；三夫人見，眾麗人見，整個上層貴族驕奢淫佚之頹風見，不諷而諷意見。

肴饌講究色、香、味和器皿的襯托。「紫駝之峰出翠釜，水精之盤行素鱗」，舉出一二品名，配以適當顏色，便寫出器皿的雅致，肴饌的精美豐盛以及其香、其味來。這麼名貴的山珍海味，縷切紛綸而厭飫久未下箸，不須明說，三夫人的嬌貴暴殄，已刻畫無遺了。「黃門飛鞚不動塵，御廚絡繹送八珍」，內廷太監鞚馬飛逝而來，卻路不動塵，這是何等的規矩，何等的排場！皇家氣派，畢竟不同尋常。寫得真好看煞人，也驚恐煞人。如此煞有介事地派遣太監前來，絡繹不絕於途，到底所為何事？原來是奉旨從御廚房裡送來珍饈美饌為諸姨上巳曲江修褉盛筵添菜助興。頭白阿瞞（唐玄宗宮中常自稱「阿瞞」）不可謂不體貼入微，不可謂不多情，也不可謂不昏庸了。宋樂史《楊太真外傳》載：「時新豐初進女伶謝阿蠻，善舞。上與妃子鍾念，因而受焉。就按於清元小殿，寧王吹玉笛，上羯鼓，妃琵琶，馬仙期方響，李龜年觱篥，張野狐箜篌，賀懷智拍。自旦至午，歡洽異常。時惟妃女弟秦國夫人端坐觀之。曲罷，上戲曰：『阿瞞樂籍，今日幸得供養夫人。請一纏頭！』秦國曰：『豈有大唐天子阿姨，無錢用邪？』遂出三百萬為一局焉。」黃門進饌是時人目睹，曲罷請賞是宋人傳奇，真真假假，事出有因。兩相對照，風流天子精神面貌的猥瑣可以想見了。

「簫鼓哀吟」、「賓從雜沓」，承上啟下，為「後來」者的出場造作聲勢，烘托氣氛。彼「後來」者鞍馬逡巡，無須通報，竟然當軒下馬，徑入錦茵與三夫人歡會：此情此景，純從旁觀冷眼中顯出，當目擊者和讀者目瞪口呆驚詫之餘，稍加思索，便知其人，便知其事了。

北魏胡太后曾威逼楊白花私通，楊白花懼禍，降梁，改名楊華。胡太后思念他，作〈楊白花歌〉，有「秋去春來雙燕子，願銜楊花入窠裡」之句。「青鳥」是神話傳說中西王母的使者，唐詩中多用來指「紅娘」一類角色。章碣〈曲江〉詩有「落絮卻籠他樹白」之句，可見曲江沿岸盛植楊柳。又隋唐時期，關中地域氣溫較高，上巳（農曆三月三日）飄楊花，當是實情。「楊花」二句似賦而實比興，暗喻楊國忠與虢國夫人的淫亂。《楊太真外傳》載：「虢國又與國忠亂焉。略無儀檢，每入朝謁，國忠與韓、虢連轡，揮鞭驟馬，以為諧謔。從官嫗百餘騎。秉燭如晝，鮮裝袨服而行，亦無蒙蔽。」他們倒挺開通，竟敢招搖過市，攜眾遨遊，公開表演種種肉麻醜態。既然如此，為什麼「先時丞相未至，觀者猶得近前，乃其既至，則呵禁赫然」（清黃生《杜詩說》），不許遊人圍觀了呢？為了顯示其「炙手可熱」權勢之赫，這固然是個原因，但觥籌交錯，酒後耳熱，放浪形骸之外，雖是開通人，也有不想讓旁人窺見的隱私。「春色滿園關不住，一枝紅杏出牆來」（宋葉紹翁〈遊園不值〉），青鳥銜去的一方紅手帕，便於有意無意中洩漏了一點春光。七絕〈虢國夫人〉：「虢國夫人承主恩，平明上馬入金門。卻嫌脂粉涴顏色，淡掃蛾眉朝至尊。」（見杜甫〈草堂逸詩〉，一作張祜詩）這詩寫出了虢國夫人的狐媚相，可與〈麗人行〉參讀。

清浦起龍評〈麗人行〉說：「無一刺譏語，描摹處語語刺譏；無一慨嘆聲，點逗處聲聲慨嘆。」（《讀杜心解》）這不是說，這詩的傾向不是指點出來，而是從場面和情節中自然而然地流露出來的麼？對於當時詩人所描寫的社會衝突到底有什麼解決辦法呢？他即使多少意識到了，恐怕也不敢認真去想，更談不上把它硬塞給讀者。

但讀者讀後卻不能不想：最高統治集團既然這樣腐敗，天下不亂才怪！這不是抽象的說教，這是讀者被激動起來的心靈直感地從藝術中所獲得的邏輯。（陳貽焮）

貧交行　杜甫

翻手作雲①覆手雨，紛紛輕薄何須數。

君不見管鮑貧時交，此道今人棄如土。

〔註〕①一作「翻手為雲」。

此詩約作於天寶中作者獻賦後。由於困守京華，「朝扣富兒門，暮隨肥馬塵；殘杯與冷炙，到處潛悲辛」（〈奉贈韋左丞丈二十二韻〉），作者飽諳世態炎涼、人情反覆的滋味，故憤而為此詩。

詩何以用「貧交」命題？這恰如一首古歌所謂：「采葵莫傷根，傷根葵不生。結交莫羞貧，羞貧友不成。」貧賤方能見真交，而富貴時的交遊則未必可靠。詩的開篇「翻手作雲覆手雨」，就給人一種勢利之交「誠可畏也」的感覺。得意時便如雲之趨合，失意時便如雨之紛散，翻手覆手之間，忽雲忽雨，其變化迅速無常。「只起一語，盡千古世態。」（清浦起龍《讀杜心解》）「翻雲覆雨」的成語，就出在這裡。所以首句不但凝練、生動，統攝全篇，而且在語言上是極富創造性的。

雖然世風澆薄如此，但人們還紛紛恬然侈談交道，「皆願摩頂至踵，隳膽抽腸；約同要離焚妻子，誓殉荊軻湛（沉）七族。是曰勢交」，「援青松以示心，指白水而旌信。是曰賄交」（南朝梁劉峻〈廣絕交論〉），說穿了，不過是「勢交」、「賄交」而已。次句斥之為「紛紛輕薄」，謂之「何須數」，輕蔑之極，憤慨之極。寥寥數字，

杜甫〈貧交行〉——〔明〕張駿 書

強有力地表現出作者對假、惡、醜的東西極度憎惡的態度。

這黑暗冷酷的現實不免使人絕望，於是詩人記起一樁古人的交誼。《史記·管晏列傳》載，管仲早年與鮑叔牙遊，鮑知其賢。管仲貧困，曾欺鮑叔牙，而鮑終善遇之。後來鮑事齊公子小白（即後來齊桓公），又薦舉之。管仲遂佐齊桓公成霸業，他感喟說：「生我者父母，知我者鮑子也。」鮑叔牙待管仲的這種貧富不移的交道，豈不感人肺腑。「君不見管鮑貧時交」，當頭一喝，將古道與現實作一對比，給這首抨擊黑暗的詩篇添了一點理想光輝。但其主要目的，還在於鞭撻現實。古人以友情為重，重於石，相形之下，「今人」之「輕薄」益顯。「此道今人棄如土」，末三字極形象，古人的美德被「今人」像土塊一樣拋棄了，拋棄得多麼徹底呵。這話略帶誇張意味。尤其是將「今人」一以概之，未免過情。但唯其過情，才把世上真交絕少這個意思表達得更加充分。

此詩「作『行』，止此四句，語短而恨長，亦唐人所絕少者」（清楊倫《杜詩鏡銓》卷二引王嗣奭語）。其所以能做到「語短恨長」，是由於它發唱驚挺，造形生動，透過正反對比手法和過情誇張語氣的運用，反覆詠嘆，造成了「慷慨不可止」的情韻，吐露出心中鬱結的憤懣與悲辛。（周嘯天）

醉時歌 杜甫

贈廣文館博士鄭虔①。

諸公袞袞登臺省，廣文先生官獨冷。甲第紛紛厭粱肉，廣文先生飯不足。
先生有道出羲皇，先生有才過屈宋。德尊一代常轗軻②，名垂萬古知何用！
杜陵野客人更嗤，被褐短窄鬢如絲。日糴太倉五升米，時赴鄭老同襟期。
得錢即相覓，沽酒不復疑。忘形到爾汝，痛飲真吾師。
清夜沉沉動春酌，燈前細雨檐花③落。但覺高歌有鬼神，焉知餓死填溝壑。
相如逸才親滌器，子雲識字終投閣。
先生早賦〈歸去來〉，石田茅屋荒蒼苔。儒術於我何有哉？孔丘盜跖俱塵埃！
不須聞此意慘愴，生前相遇且銜杯。

〔註〕①據《新唐書·鄭虔傳》載：「玄宗愛其才，欲置左右，以不事事，更為置廣文館，以虔為博士。……虔善圖山水，好書，常苦無

紙，於是慈恩寺貯柿葉數屋，遂往日取葉肄書，歲久殆遍。嘗自寫其詩並畫以獻，帝大署其尾曰：『鄭虔三絕』。」②轗軻（音同坎坷），形容人不得志、潦倒坎坷。③檐花，檐前雨水因燈映照如銀花。

根據詩人的自註，這首詩是寫給好友鄭虔的。鄭虔是當時有名的學者，他的詩、書、畫被玄宗評為「三絕」。天寶初，被人密告「私修國史」，遠謫十年。回長安後，任廣文館博士。性曠放絕俗，又喜喝酒。杜甫很敬愛他。兩人儘管年齡相差很遠（杜甫初遇鄭虔，年三十九歲，鄭虔估計已近六十歲），但過從很密。虔既抑塞，甫亦沉淪，更有知己之感。從此詩既可以感到他們肝膽相照的情誼，又可以感到那種抱負遠大而又沉淪不遇的焦灼苦悶和感慨憤懣。今天讀來，還使人感到「字向紙上皆軒昂」（韓愈〈盧郎中雲夫寄示送盤谷子詩兩章歌以和之〉），生氣滿紙。

全詩可分為四段，前兩段各八句，後兩段各六句。

從開頭到「名垂萬古知何用」這八句是第一段。前四句用「諸公」的顯達地位和奢靡生活與鄭虔的位卑窮窘對比。「袞袞」，相繼不絕之意。「臺省」，指中樞顯要之職。「諸公」未必都是英才吧，卻一個個相繼飛黃騰達；而廣文先生呢，「才名四十年，坐客寒無氈」（杜甫〈戲簡鄭廣文虔兼呈蘇司業源明〉）。那些侯門顯貴之家，精糧美肉已覺厭膩了，而廣文先生連飯也吃不飽。這四句，一正一襯，排對鮮明而強烈，突出了「官獨冷」和「飯不足」。後四句詩人以無限惋惜的心情為廣文先生鳴不平。論道德，廣文先生遠出伏羲氏；論才學，廣文先生抗行屈（原）宋（玉）。然而，道德被舉世推尊，仕途卻總是坎坷；辭采雖能流芳百世，亦何補於生前的飢寒啊！

第二段從「廣文先生」轉到「杜陵野客」，寫詩人和鄭廣文的忘年之交，二人像涸泉的魚，相濡以沫，交往頻繁。「時赴鄭老同襟期」和「得錢即相覓」，清仇兆鰲《杜詩詳註》說，前句是杜往，後句是鄭來。他們推心置腹，共敘懷抱，開懷暢飲，聊以解愁。

第三段六句是這首詩的高潮。前四句樽前放歌，悲慨突起，乃為神來之筆。後二句似寬慰，實憤激。司馬相如可謂一代逸才，卻曾親自賣酒滌器；才氣橫溢的揚雄就更倒楣了，因劉棻得罪被株連，逼得跳樓自殺。詩人似乎是用才士薄命的事例來安慰朋友，然而只要把才士的蹭蹬飢寒和首句「諸公袞袞登臺省」連起來看，就可以感到詩筆的針砭力量。

末段六句，憤激中含有無可奈何之情。既然仕路坎坷，懷才不遇，那麼儒術又有何用？孔丘、盜跖也可等量齊觀了！這樣說，既評儒術，暗諷時政，又似在茫茫世路中的自解自慰，一筆而兩面俱到。末聯以「痛飲」作結，孔丘非師，聊依杜康，以曠達為憤激。

諸家評本篇，或說悲壯，或曰豪宕，其實悲慨與豪放兼而有之，而以悲慨為主。普通的詩，豪放易盡（一滾而下，無含蓄），悲慨不廣（流於偏激）。杜詩豪放不失蘊藉，悲慨無傷雅正，本詩可為一例。

首段以對比起，不但撓直為曲，而且造成排句氣勢，運筆如風。後四句兩句一轉，愈轉感情愈烈，真是「浩歌彌激烈」（〈自京赴奉先縣詠懷五百字〉）。第二段接以緩調。前四句七言，後四句突轉五言，免去板滯之感。且短句促調，漸變軒昂，把詩情推向高潮。第三段先用四句描寫痛飲情狀，韻腳換為促、沉的入聲字，所謂「弦急知柱促」，「慷慨有餘哀」（〈古詩十九首〉）也。而語雜豪放，故無衰颯氣味。無怪詩評家推崇備至，說「清夜以下，神來氣來，千古獨絕」。「四句驚天動地。」（高步瀛《唐宋詩舉要》引）但他們忽略了「相如逸才」、「子雲識字」一聯的警策、廣大。此聯妙在以對句鎖住奔流之勢，而承上啟下，連環雙綰，過到下段使人不覺。此聯要與首段聯起來看，便會覺得「袞袞諸公」可恥。豈不是說「邦無道，富且貴焉，恥也」（《論語．泰伯》）嗎？由此便見得這篇贈詩不是一般的嘆老嗟卑、牢騷怨謗，而是傷時欽賢之作。激烈的鬱結而出之以蘊藉，尤為難能。

末段又換平聲韻，除「不須」句外，句句用韻，慷慨高歌，顯示放逸傲岸的風度，使人讀起來，涵泳無已，而精神振盪。（曹慕樊）

後出塞五首（其二）　杜甫

朝進東門營，暮上河陽橋。落日照大旗，馬鳴風蕭蕭。

平沙列萬幕，部伍各見招。中天懸明月，令嚴夜寂寥。

悲笳數聲動，壯士慘不驕。借問大將誰，恐是霍嫖姚。

本詩以一個剛剛入伍的新兵的口吻，敘述了出征關塞的部伍生活情景。

「朝進東門營，暮上河陽橋。」首句交代入伍的時間、地點，次句點明出征的去向。東門營，當指設在洛陽城東門附近的軍營。河陽橋，橫跨黃河的浮橋，在河南孟縣，是當時由洛陽去河北的交通要道。早晨到軍營報到，傍晚就隨隊向邊關開拔了。一「朝」一「暮」，顯示出軍旅生活中特有的緊張多變的氣氛。

「落日照大旗，馬鳴風蕭蕭」，顯然已經寫到了邊地傍晚行軍的情景。「落日」是接第二句的「暮」字而來，顯出時間上的緊湊；然而這兩句明明寫的是邊地之景，《詩經．小雅．車攻》就有「蕭蕭馬鳴，悠悠旆旌」句。從河陽橋到此，當然不可能瞬息即到，但詩人故意作這樣的承接，越發顯出部隊行進的迅疾。落日西照，將旗獵獵，戰馬長鳴，朔風蕭蕭。夕陽與戰旗相輝映，風聲與馬嘶相交織，這不是一幅有聲有色的暮野行軍圖嗎？表現出一種凜然莊嚴的行軍場面。其中「馬鳴風蕭蕭」一句的「風」字尤妙，「加一風字，便颯然有邊塞之氣矣」（明鍾惺《唐詩歸》）。

天色已暮，落日西沉，自然該是宿營的時候了。「平沙列萬幕，部伍各見招」兩句便描寫了沙地宿營的圖景：在平坦的沙地上，整整齊齊地排列著成千上萬個帳幕，那些行伍中的首領，正在各自招集自己屬下的士卒。這裡，不僅展示出千軍萬馬的壯闊氣勢，而且顯見這支部隊的整備有素。

入夜後，沙地上的軍營又呈現出另一派景象和氣氛。「中天懸明月，令嚴夜寂寥。悲笳數聲動，壯士慘不驕」，描畫了一幅形象的月夜宿營圖：一輪明月高懸中天，因軍令森嚴，萬幕無聲，荒漠的邊地顯得那麼沉寂。忽而，數聲悲咽的笳聲（靜營之號）劃破夜空，使出征的戰士肅然而生淒慘之感。

至此，這位新兵不禁慨然興問：「借問大將誰？」——統帥這支軍隊的大將是誰呢？但因為時當靜營之後，他也懾於軍令的森嚴，不敢向旁人發問，只是自己心裡揣測道：「恐是霍嫖姚」——大概是像西漢嫖姚校尉霍去病那樣治軍有方、韜略過人的將領吧！

從藝術手法上看，作者以時間的推移為順序，在起二句作了必要的交代之後，依次畫出了日暮、傍黑、月夜三幅軍旅生活的圖景。三幅畫都用速寫的畫法，粗筆勾勒出威嚴雄壯的軍容氣勢。而且，三幅畫面都以邊地曠野為背景，透過選取各具典型特徵的景物，分別描摹了出征大軍的三個場面：暮野行軍圖體現軍勢的凜然和莊嚴；沙地宿營圖體現軍容的壯闊和整肅；月夜靜營圖體現軍紀的森嚴和氣氛的悲壯。最後用新兵不可自抑的嘆問和想像收尾。全詩層次井然，步步相生，寫景敘意，有聲有色。故宋人劉辰翁贊云：「其時、其境、其情，真橫槊間意，復欲似此一語，千古不可得」（清楊倫《杜詩鏡銓》卷三引）。（崔閩）

自京赴奉先縣詠懷五百字

杜甫

杜陵有布衣，老大意轉拙。許身一何愚，竊比稷與契。
居然成濩落，白首甘契闊。蓋棺事則已，此志常覬豁。
窮年憂黎元①，嘆息腸內熱。取笑同學翁，浩歌彌激烈。
非無江海志，蕭灑送日月。生逢堯舜君，不忍便永訣。
當今廊廟具，構廈豈云缺？葵藿傾太陽，物性固難奪。
顧惟螻蟻輩，但自求其穴。胡為慕大鯨，輒擬偃溟渤？
以茲誤生理，獨恥事干謁。兀兀②遂至今，忍為塵埃沒。
終愧巢與由，未能易其節。沉飲聊自遣，放歌破愁絕③。
歲暮百草零，疾風高岡裂。天衢陰崢嶸，客子中夜發。
霜嚴衣帶斷，指直不得結。凌晨過驪山，御榻在嵽嵲④。

蚩尤塞寒空，蹴蹋崖谷滑。瑤池氣鬱律⑤，羽林相摩戛。
君臣留歡娛，樂動殷膠葛。賜浴皆長纓，與宴非短褐。
彤庭所分帛，本自寒女出。鞭撻其夫家，聚斂貢城闕。
聖人筐篚⑥恩，實欲邦國活。臣如忽至理，君豈棄此物？
多士盈朝廷，仁者宜戰慄。況聞內金盤，盡在衛霍⑦室。
中堂有神仙，煙霧蒙玉質。煖⑧客貂鼠裘，悲管逐清瑟。
勸客駝蹄羹，霜橙壓香橘。朱門酒肉臭，路有凍死骨。
榮枯咫尺異，惆悵難再述。北轅就涇渭，官渡又改轍。
群冰從西下，極目高崒兀。疑是崆峒來，恐觸天柱折。
河梁幸未坼，枝撐聲窸窣。行李相攀援，川廣不可越。
老妻寄異縣，十口隔風雪。誰能久不顧，庶往共飢渴。

入門聞號咷，幼子餓已卒。吾寧舍一哀，里巷亦嗚咽。
所愧為人父，無食致夭折。豈知秋禾登，貧窶⑨有倉卒。
生常免租稅，名不隸征伐。撫跡猶酸辛，平人固騷屑。
默思失業徒，因念遠戍卒。憂端齊終南，澒洞⑩不可掇。

〔註〕①黎元，黎民百姓。②兀兀，勞苦不止。③此二句一作「沉飲聊自適，放歌頗愁絕」。④嵽嵲（音同蝶聶），山的高處。⑤鬱律，煙氣騰升狀。⑥筐篚（音同匪），方形竹器，用以盛裝賞賜之物。⑦衛青、霍去病皆為漢室親戚，此處比喻楊貴妃的兄長楊國忠。⑧煖，通「暖」。⑨貧窶（音同具），貧窮人家。⑩澒洞（音同鬨同），瀰漫無邊際。

在杜甫的五言詩裡，這是一首代表作。杜甫自京赴奉先縣，是在天寶十四載（七五五）的十月、十一月之間。是年十月，唐玄宗攜楊貴妃往驪山華清宮避寒，十一月，安祿山即舉兵造反。杜甫途經驪山時，玄宗、貴妃正在大玩特玩，殊不知安祿山叛軍已鬧得不可開交。其時，安史之亂的消息還沒有傳到長安，然而詩人途中的見聞和感受，已經顯示出社會動亂的端倪。所以千載以後讀了這首詩，誠有「山雨欲來風滿樓」（許渾〈咸陽城西樓晚眺〉）之感。詩人敏銳的觀察力，不能不為人所嘆服。

原詩五百字，可分為三大段。開頭至「放歌破愁絕」為第一段。這一段千迴百折，層層如剝蕉心，出語的自然圓轉，雖用白話來寫很難得超過它。

杜甫舊宅在長安城南，所以自稱杜陵布衣。「老大意轉拙」，猶俗語說「越活越回去了」。怎樣笨拙法呢？偏要去自比稷與契這兩位虞舜的賢臣，所志如此迂闊，豈有不失敗之理。濩（音同霍）落，即廓落，大而無當，空廓而無用之意。「居然成濩落」，即果然失敗了。契闊，即辛苦。自己明知定要失敗，卻甘心辛勤到老。這六句是一層意思，自嘲中帶有幽憤，下邊更逼進了一步。人雖已老了，卻還沒死，只要還未蓋棺，就須努力，仍有志願通達的一天，口氣是非常堅決的。孟子說，「禹思天下有溺者，猶己溺之也，稷思天下有饑者，猶己饑之也，是以如是其急也」（《孟子．離婁下》）。老杜自比稷契，所以說「窮年憂黎元」，盡自己的一生，與萬民同哀樂，衷腸熱烈如此，自不免為同學老先生們所笑。他卻毫不在乎，只是格外慷慨悲歌。詩到這裡總為一小段，下文便轉了意思。

隱逸本為士大夫們所崇尚。老杜說，我難道真這樣地傻，不想瀟灑山林，度過時光嗎？無奈生逢堯舜之君，不忍走開罷了。從這裡又轉出意思來。既生在堯舜一般的盛世，當然人才濟濟，難道少你一人不得嗎？構造廊廟都是大才，原不少我這樣一個人，但我卻偏要挨上來。為什麼這樣呢？這說不上什麼原故，只是一種脾氣性情罷了，好比向日葵老跟著太陽轉呀。忠君愛國發乎天性，固然很好，不過卻也有一層意思必須找補的。世人會不會覺得自己過於熱衷功名，奔走利祿？所以接下去寫道：為個人利益著想的人，像螞蟻似地能夠經營自己的巢穴；我卻偏要向滄海的巨鯨看齊，自然把生計都給耽擱了。自己雖有用世之心，可是因為羞於干謁，直到現在還辛辛苦苦，埋沒風塵。

下面又反接找補。上文說「身逢堯舜君，不忍便永訣」，但即堯舜之世，何嘗沒有隱逸避世的？例如許由、巢父。巢、由是高尚的君子，我雖自愧不如，卻也不能改變我的操行。這兩句一句一折。既不能高攀稷契，亦不屑俯就利祿，又不忍像巢、由跳出圈子去逃避現實，只好飲酒賦詩。沉醉或能忘憂，放歌聊可破悶。詩酒留連，好像都很風雅，其實是不得已呵。詩篇開首到此，進退曲折，盡情抒懷，熱烈衷腸，非常真實。

第二段從「歲暮百草零」至「惆悵難再述」。這一段，記敘描寫議論並用。首六句敘上路情形，在初冬十月、十一月之交，半夜動身，清早過驪山，明皇貴妃正在華清宮。「蚩尤」兩句舊註多誤。蚩尤嘗作霧，即用作霧之代語，下云「塞寒空」分明是霧。在這裡，只見霧塞寒空，霧重故地滑。溫泉蒸氣鬱勃，羽林軍校往來如織。驪宮冬曉，氣象萬千。寥寥數筆，寫出了真正的華清宮。「君臣留歡娛，樂動殷膠葛」兩句亦即白居易〈長恨歌〉所云「驪宮高處入青雲，仙樂風飄處處聞」。說「君臣留歡娛」，輕輕點過，卻把唐明皇一起拉到渾水裡去。然則上文所謂堯舜之君，真不過說說好聽，遮遮世人眼罷了。

「彤庭」四句，沉痛極了。一絲一縷都出於女工之手，朝廷卻用橫暴鞭撻的方式攫奪來。然後皇帝再分賞群臣，叫他們好好地為朝廷效力。群臣如果忽視了這個道理，辜負國恩，豈不等於白扔了嗎？然而袞袞諸公，莫不如此，詩人心中怎能平靜！「臣如忽至理，君豈棄此物」，句中「如」、「豈」兩個虛詞，一進一退，逼問有力。百姓已痛苦不堪，而朝廷之上卻擠滿了這班貪婪庸鄙、毫無心肝的傢伙，國事的危險真像千鈞一髮，仁人之心應該戰慄的。

「況聞」以下更進了一步。「聞」者虛擬之詞，宮禁事祕，不敢說一定。豈但文武百官如此，「中樞」、「大內」的情形又何嘗好一些，或者更加厲害吧。聽說大內的奇珍異寶都已進了貴戚豪門，此當指楊國忠之流。「中堂」兩句，寫美人如玉，被煙霧般的輕紗籠著，指虢國夫人，還是楊玉環呢？這種攻擊法，一步逼緊一步，離唐明皇只隔一層薄紙了。

似乎不宜再尖銳地說下去，故轉入平鋪。「煖客」以下四句兩聯，十字作對，謂之隔句對，或扇面對，調子相當地紆緩。因意味太嚴重了，不能不借藻色音聲的曼妙渲染一番，稍稍沖淡。其實，紆緩中又暗蓄進逼之勢。貂鼠裘，駝蹄羹，霜橙香橘，各種珍品盡情享受，酒肉凡品，自任其臭腐，不須愛惜的了。

文勢稍寬平了一點兒，緊接著又大聲疾呼：「朱門酒肉臭，路有凍死骨。」老杜真是一句不肯放鬆，一筆不肯落平的。這是傳誦千古的名句。似乎一往高歌，暗地卻結上啟下，令人不覺，清楊倫《杜詩鏡銓》夾評「拍到路上無痕」，講得很對。驪山宮裝點得像仙界一般，而宮門之外即有路倒尸。咫尺之間，榮枯差別如此，那還有什麼可說的？是的，不能再說，亦無須再說了。在這兒打住，是很恰當的。

第三段從「北轅就涇渭」至末尾。全篇從自己憂念家國說起，最後又以自己的境遇聯繫時局作為總結。「詠懷」兩字通貫全篇。

「群冰」以下八句，敘述路上情形。首句有「群冰」、「群水」的異文。仇兆鰲《杜詩詳註》：「群水或作群冰，非。此時正冬，冰凌未解也。」此說不妥，此詩或作於十月下旬，正不必泥定仲冬。作「群冰」，詩意自愜。雖冬寒，高水激湍，故冰猶未合耳。觀下文「高崒兀」、「聲窸窣」，作「冰」為勝。這八句，句句寫實，只「疑是崆峒來，恐觸天柱折」兩句，用共工氏怒觸不周山的典故，暗示時勢的嚴重。

接著寫到家並抒發感慨。一進門，就聽見家人在號咷大哭，這實在是非常戲劇化的。「幼子餓已卒」，「無食致夭折」，景況是淒慘的。「吾寧舍一哀」，用《禮記・檀弓》記孔子的話：「遇於一哀而出涕，予惡夫涕之無從也。」「舍」字有割捨放棄的意思，說我能夠勉強達觀自遣，但鄰里且為之嗚咽，況做父親的人讓兒子生生的餓死，豈不慚愧。時節過了秋收，糧食原不該缺乏，窮人可還不免有倉皇捱餓的。像自己這樣，總算很苦的了。是否頂苦呢？倒也未必。因為他大小總是個官兒，照例可以免租稅和兵役的，尚且狼狽得如此，一般平民擾亂不安的情況，自必遠遠過於此。弱者填溝壑，強者想造反，都是一定的。想起世上有多少失業之徒，久役不歸的兵士，那些武行角色已都扎扮好了，只等上場鑼響，便要真殺真砍，大亂之來已迫眉睫，自然憂從中來不可斷絕，與終南山齊高，與大海接其混茫了。表面看來，似乎窮人發痴，痴人說夢，哪知過不了幾日，漁陽鼙鼓已揭天而來了，方知詩人的真知灼見啊！

這一段文字彷彿閒敘家常，不很用力，卻自然而然地於不知不覺中已總結了全詩，極其神妙。結尾最難，必須結束得住，方才是一篇完整的詩。他思想的方式無非「推己及人」，並沒有什麼神祕。結合小我的生活，推想到大群；從萬民的哀樂，定一國之興衰，自然句句都真，都會應驗的。以文而論，固是一代之史詩，即論事，亦千秋之殷鑑矣。（俞平伯）

月夜

杜甫

今夜鄜州月，閨中只獨看。遙憐小兒女，未解憶長安。
香霧雲鬟濕，清輝玉臂寒。何時倚虛幌，雙照淚痕乾？

唐玄宗天寶十五載（七五六）六月，安史叛軍攻進潼關，杜甫帶著妻小逃到鄜（音同膚）州（今陝西富縣），寄居羌村。七月，肅宗即位於靈武（今屬寧夏）。杜甫便於八月間離家北上延州（今陝西延安），企圖趕到靈武，為平叛效力。但當時叛軍勢力已膨脹到鄜州以北，他啟程不久，就被叛軍捉住，送到淪陷後的長安；望月思家，寫下了這首千古傳誦的名作。

題為〈月夜〉，作者看到的是長安月。如果從自己方面落墨，一入手應該寫「今夜長安月，客中只獨看」。但他更焦心的不是自己失掉自由、生死未卜的處境，而是妻子對自己的處境如何焦心。所以悄焉動容，神馳千里，直寫「今夜鄜州月，閨中只獨看」。這已經透過一層。自己隻身在外，當然是獨自看月。妻子尚有兒女在旁，為什麼也「獨看」呢？「遙憐小兒女，未解憶長安」一聯作了回答。妻子看月，並不是欣賞自然風光，而是「憶長安」，而小兒女未諳世事，還不懂得「憶長安」啊！用小兒女的「不解憶」反襯妻子的「憶」，突出了那個「獨」字，又進一層。

在一、二兩聯中，「憐」字，「憶」字，都不宜輕易滑過。而這，又應該和「今夜」、「獨看」聯繫起來加以吟味。明月當空，月月都能看到。特指「今夜」的「獨看」，則心目中自然有往日的「同看」和未來的「同看」。未來的「同看」，留待結句點明。往日的「同看」，則暗含於一、二兩聯之中。「今夜鄜州月，閨中只獨看。遙憐小兒女，未解憶長安。」這不是分明透露出他和妻子有過「同看」鄜州月而共「憶長安」的往事嗎？我們知道，安史之亂以前，作者困處長安達十年之久，其中有一段時間，是與妻子在一起度過的。和妻子一同忍飢受寒，也一同觀賞長安的明月，這自然就留下了深刻的記憶。當長安淪陷，一家人逃難到了羌村的時候，與妻子「同看」鄜州之月而共「憶長安」，已不勝其辛酸！如今自己身陷亂軍之中，妻子「獨看」鄜州之月而「憶長安」，那「憶」就不僅充滿了辛酸，而且交織著憂慮與驚恐。這個「憶」字，是含意深廣，耐人尋思的。往日與妻子同看鄜州之月而「憶長安」，雖然百感交集，但尚有自己為妻子分憂；如今呢，妻子「獨看」鄜州之月而「憶長安」，「遙憐」小兒女們天真幼稚，只能增加她的負擔，哪能為她分憂啊！這個「憐」字，也是飽含深情，感人肺腑的。

第三聯透過妻子獨自看月的形象描寫，進一步表現「憶長安」。霧濕雲鬟，月寒玉臂。望月愈久而憶念愈深，甚至會擔心她的丈夫是否還活著，怎能不熱淚盈眶？而這，又完全是作者想像中的情景。當想到妻子憂心忡忡，夜深不寐的時候，自己也不免傷心落淚。兩地看月而各有淚痕，這就不能不激起結束這種痛苦生活的希望。於是以表現希望的詩句作結：「何時倚虛幌（音同恍），雙照淚痕乾？」「雙照」而淚痕始乾，則「獨看」而淚痕不乾，也就意在言外了。

這首詩借看月而抒離情，但所抒發的不是一般情況下的夫婦離別之情。作者在半年以後所寫的〈述懷〉詩中說：「去年潼關破，妻子隔絕久」，「寄書問三川（鄜州的屬縣，羌村所在），不知家在否」；「幾人全性命？盡室豈相偶！」兩詩參照，就不難看出「獨看」的淚痕裡浸透著天下亂離的悲哀，「雙照」的清輝中閃耀著四海昇平的理想。字裡行間，時代的脈搏是清晰可辨的。

題為〈月夜〉，字字都從月色中照出，而以「獨看」、「雙照」為一詩之眼。「獨看」是現實，卻從對面著想，只寫妻子「獨看」鄜州之月而「憶長安」，而自己的「獨看」長安之月而憶鄜州，已包含其中。「雙照」兼包回憶與希望：感傷「今夜」的「獨看」，回憶往日的同看，而把並倚「虛幌」（薄帷）、對月舒愁的希望寄託於不知「何時」的未來。詞旨婉切，章法緊密。如清黃生所說：「五律至此，無忝詩聖矣！」（《杜詩說》）

（霍松林）

悲陳陶　杜甫

孟冬十郡良家子，血作陳陶澤中水。野曠天清無戰聲，四萬義軍同日死①。
群胡歸來血洗箭，仍唱胡歌飲都市。都人回面向北啼，日夜更望官軍至。

〔註〕①《新唐書．房琯傳》：「會琯請自將平賊，帝猶倚以成功……辛丑，中軍、北軍遇賊陳濤斜，戰不利……初，琯用春秋時戰法，以車二千乘繚營，騎步夾之。既戰，賊乘風噪，牛悉觳觫，賊投芻而火之，人畜焚燒，殺卒四萬，血丹野，殘眾才數千……琯雅自負，以天下為己任，然用兵本非所長。」

陳陶，地名，即陳濤斜，又名陳陶澤，在長安西北。唐肅宗至德元載（七五六）冬，唐軍跟安史叛軍在這裡作戰，唐軍四五萬人幾乎全軍覆沒。來自西北十郡（今陝西一帶）清白人家的子弟兵，血染陳陶戰場，景象是慘烈的。杜甫這時被困在長安，詩即為這次戰事而作。

這是一場遭到慘重失敗的戰役。杜甫是怎樣寫的呢？他不是客觀主義地描寫四萬唐軍如何潰散，乃至橫尸郊野。而是第一句就用了鄭重的筆墨大書這一場悲劇的時間、犧牲者的籍貫和身份。這就顯得莊嚴，使「十郡良家子」給人一種重於泰山的感覺。因而，第二句「血作陳陶澤中水」，便叫人痛心，乃至目不忍睹。這一開頭，把唐軍的死，寫得很沉重。至於下面「野曠天清無戰聲，四萬義軍同日死」兩句，不是說人死了，野外沒有聲息了，而是寫詩人的主觀感受。是說戰罷以後，原野顯得格外空曠，天空顯得清虛，天地間肅穆得連一點聲息也沒有，好像天地也在沉重哀悼「四萬義軍同日死」這樣一個悲慘事件，渲染「天地同悲」的氣氛和感受。

詩的後四句，從陳陶戰場掉轉筆來寫長安。寫了兩種人，一是胡兵，一是長安人民。「群胡歸來血洗箭，仍唱胡歌飲都市。」兩句活現出叛軍得志驕橫之態。胡兵想靠血與火，把一切都置於其鐵蹄之下，但這是怎麼也辦不到的，於無聲處可以感到長安在震盪。人民抑制不住心底的悲傷，他們北向而哭，向著陳陶戰場，向著肅宗所在的彭原方向啼哭，更加渴望官軍收復長安。一「哭」一「望」，而且中間著一「更」字，充分體現了人民的情緒。

陳陶之戰傷亡是慘重的，但是杜甫從戰士的犧牲中，從宇宙的沉默氣氛中，從人民流淚的悼念，從他們悲哀的心底仍然發現並寫出了悲壯的美。它能給人們以力量，鼓舞人民為討平叛亂而繼續鬥爭。

從這首詩的寫作，說明杜甫沒有客觀主義地展覽傷痕，而是有正確的指導思想，他根據戰爭的正義性質，寫出了人民的感情和願望，表現出他在創作思想上達到了很高的境界。（余恕誠）

對雪 杜甫

戰哭多新鬼，愁吟獨老翁。亂雲低薄暮，急雪舞迴風。
瓢棄樽無綠，爐存火似紅。數州消息斷，愁坐正書空①。

〔註〕①《晉書．殷浩傳》載：「浩雖被黜放，口無怨言，夷神委命，談詠不輟，雖家人不見其有流放之戚。但終日書空，作『咄咄怪事』四字而已。」

杜甫這首詩是在被安祿山占領下的長安寫的。長安失陷時，他逃到半路就被叛軍抓住，解回長安。幸而安祿山並不怎麼留意他，他也設法隱蔽自己，得以保存氣節；但是痛苦的心情，艱難的生活，仍然折磨著詩人。

在寫這首詩之前不久，泥古不化的宰相房琯率領唐軍在陳濤斜和青坂與敵人作車戰，大敗，死傷幾萬人。消息很快就傳開了。詩的開頭——「戰哭多新鬼」，正暗點了這個使人傷痛的事實。房琯既敗，收復長安暫時沒有希望，不能不給詩人平添一層愁苦，又不能隨便向人傾訴。所以上句用一「多」字，以見心情的沉重；下句「愁吟獨老翁」，就用一「獨」字，以見環境的險惡。

三、四兩句「亂雲低薄暮，急雪舞迴風」，正面揭出題目。先寫黃昏時的亂雲，次寫旋風中亂轉的急雪。這樣就分出層次，顯出題中那個「對」字，暗示詩人獨坐斗室，反覆愁吟，從亂雲欲雪一直待到急雪迴風，滿懷愁緒，彷彿和嚴寒的天氣交織融化在一起了。

接著寫詩人貧寒交困的景況。「瓢棄樽無綠」，葫蘆，古人詩文中習稱為「瓢」，通常拿來盛茶酒的。樽，又作「尊」，似壺而口大，盛酒器。句中以酒的綠色代替「酒」字。詩人困居長安，生活非常艱苦。在苦寒中找不到一滴酒。葫蘆早就扔掉，樽裡空空如也。「爐存火似紅」，也沒有柴火，剩下來的是一個空爐子。這裡，詩人不說爐中沒有火，而偏偏要說有「火」，而且還下一「紅」字，寫得好像爐火熊熊，滿室生輝，然後用一「似」字點出幻境。明明是冷不可耐，明明是爐中只存灰燼，由於對溫暖的渴求，詩人眼前卻出現了幻象：爐中燃起了熊熊的火，照得眼前一片通紅。這樣的無中生有、以幻作真的描寫，非常深刻地挖出了詩人此時內心世界的隱祕。這是在一種渴求滿足的心理驅使下出現的幻象。這樣來刻畫嚴寒難忍，比之「爐冷如冰」之類，有著不可比擬的深度。因為它不僅沒有局限於對客觀事物的如實描寫，而且融進了詩人本身的主觀情感，做到了既有現實感，又有浪漫感。

末了，詩人再歸結到對於時局的憂念。唐肅宗至德元載至二載（七五六～七五七），唐王朝和安祿山、史思明等的戰爭，在黃河中游一帶地區進行，整個形勢對唐軍仍然不利。詩人陷身長安，前線戰況和妻子弟妹的消息都無從獲悉，所以說「數州消息斷」，而以「愁坐正書空」結束全詩。「書空」是晉人殷浩的典故，意思是憂愁無聊，用手在空中劃著字。這首詩表現了杜甫對國家和親人的命運深切關懷而又無從著力的苦惱心情。

（劉逸生）

春望

杜甫

國破山河在，城春草木深。感時花濺淚，恨別鳥驚心。
烽火連三月，家書抵萬金。白頭搔更短，渾欲不勝簪。

唐肅宗至德元載（七五六）六月，安史叛軍攻下唐都長安。七月，杜甫聽到唐肅宗在靈武即位的消息，便把家小安頓在鄜州（今陝西富縣）的羌村，去投奔肅宗。途中為叛軍俘獲，帶到長安。因他官卑職微，未被囚禁。《春望》寫於次年三月。

詩的前四句寫春城敗象，飽含感嘆；後四句寫心念親人境況，充溢離情。全詩沉著蘊藉，真摯自然。

「國破山河在，城春草木深。」開篇即寫春望所見：國都淪陷，城池殘破，雖然山河依舊，可是亂草遍地，林木蒼蒼。一個「破」字，使人怵目驚心；繼而一個「深」字，令人滿目淒然。宋司馬光說：「『山河在』，明無餘物矣；『草木深』，明無人矣。」（《溫公續詩話》）詩人在此明為寫景，實為抒感，寄情於物，託感於景，為全詩創造了氣氛。此聯對仗工巧，圓熟自然，詩意翻跌。「國破」對「城春」，兩意相反。「國破」的頹垣殘壁同富有生意的「城春」對舉，對照強烈。「國破」之下繼以「山河在」，意思相反，出人意表；「城春」原當為明媚之景，而後綴以「草木深」則敘荒蕪之狀，先後相悖，又是一翻。明代胡震亨極贊此聯說：「對偶未嘗不精，而縱橫變幻，盡越陳規，濃淡淺深，動奪天巧。」（《唐音癸籤》卷九）

「感時花濺淚，恨別鳥驚心。」這兩句一般解釋是，花鳥本為娛人之物，但因感時恨別，卻使詩人見了反而墮淚驚心。另一種解釋為，以花鳥擬人，感時傷別，花也濺淚，鳥亦驚心。兩說雖則有別，其精神卻能相通，一則觸景生情，一則移情於物，正見好詩含蘊之豐富。

詩的這前四句，都統在「望」字中。詩人俯仰瞻視，視線由近而遠，又由遠而近，視野從城到山河，再由滿城到花鳥。感情則由隱而顯，由弱而強，步步推進。在景與情的變化中，彷彿可見詩人由翹首望景，逐步地轉入了低頭沉思，自然地過渡到後半部分——想望親人。

「烽火連三月，家書抵萬金。」自安史叛亂以來，「烽火苦教鄉信斷」（金元好問〈永寧南原秋望〉），直到如今春深三月，戰火仍連續不斷。多麼盼望家中親人的消息，這時的一封家信真是勝過「萬金」啊！「家書抵萬金」，寫出了消息隔絕久盼音訊不至時的迫切心情，這是人人心中所有的想法，很自然地使人共鳴，因而成了千古傳誦的名句。

「白頭搔更短，渾欲不勝簪。」烽火遍地，家信不通，想念遠方的慘戚之象，眼望面前的頹敗之景，不覺於極無聊賴之際，搔首躊躇，頓覺稀疏短髮，幾不勝簪。「白髮」為愁所致，「搔」為想要解愁的動作，「更短」可見愁的程度。這樣，在國破家亡，離亂傷痛之外，又嘆息衰老，則更增一層悲哀。

這首詩反映了詩人熱愛國家、眷念家人的美好情操，意脈貫通而不平直，情景兼具而不游離，感情強烈而不淺露，內容豐富而不蕪雜，格律嚴謹而不板滯，以仄起仄落的五律正格，寫得鏗然作響，氣度渾灝，因而一千二百餘年來一直膾炙人口，歷久不衰。（徐應佩、周溶泉）

哀江頭

杜甫

少陵野老①吞聲哭，春日潛行曲江曲。江頭宮殿鎖千門，細柳新蒲為誰綠？
憶昔霓旌下南苑，苑中萬物生顏色。昭陽殿②裡第一人，同輦隨君侍君側。
輦前才人帶弓箭，白馬嚼齧黃金勒。翻身向天仰射雲，一笑③正墜雙飛翼。
明眸皓齒今何在？血汙遊魂歸不得。清渭東流劍閣深，去住彼此無消息！
人生有情淚沾臆，江水江花豈終極？黃昏胡騎塵滿城，欲往城南望城北④。

〔註〕①少陵：在長安城東南，杜甫曾在這一帶住過，故自稱「少陵野老」。②指班婕妤之後得寵的趙飛燕姊妹，喻楊貴妃。③一作「一箭」。④望城北：即「向城北」。宋陸游《老學庵筆記》云：「北人謂『向』為『望』，謂欲往城南，乃向城北，亦皇惑避死，不能記南北之意。」此句一作「欲往城南忘南北」。

唐肅宗至德元年（七五六）秋天，杜甫離開鄜州（今陝西富縣）去投奔剛即位的唐肅宗，不巧，被安史叛軍抓獲，帶到淪陷了的長安。舊地重來，觸景傷懷，詩人的內心是十分痛苦的。第二年春天，詩人沿長安城東南的曲江行走，感慨萬千，哀慟欲絕。〈哀江頭〉就是當時心情的真實記錄。

全詩分為三部分。

前四句是第一部分，寫長安淪陷後的曲江景象。曲江原是長安有名的遊覽勝地，經過唐玄宗開元年間疏鑿修建，亭臺樓閣參差，奇花異卉爭芳，一到春天，彩幄翠幬，匝於堤岸，鮮車健馬，比肩擊轂，真是說不盡的煙柳繁華、富貴風流。但這已經成為歷史了，往日的繁華像夢一樣過去了。現在呢，「少陵野老吞聲哭，春日潛行曲江曲」。一個泣咽聲堵的老人，偷偷行走在曲江的角落裡，這就是曲江今日的「遊人」！第一句有幾層意思：行人少，一層；行人哭，二層；哭又不敢大放悲聲，只能吞聲而哭，三層。第二句既交代時間、地點，又寫出詩人情態：在春日遊覽勝地不敢公然行走，卻要「潛行」，而且是在冷僻無人的角落裡潛行，這是何等地不幸！重複用一個「曲」字，給人一種紆曲難伸、愁腸百結的感覺。兩句詩，寫出了曲江的蕭條和氣氛的恐怖，寫出了詩人憂思惶恐、壓抑沉痛的心理，含蘊無窮，不愧是文章聖手！

「江頭宮殿鎖千門，細柳新蒲為誰綠？」寫詩人曲江所見。「千門」，極言宮殿之多，說明昔日的繁華。而著一「鎖」字，便把昔日的繁華與今日的蕭條冷落並擺在一起，巧妙地構成了今昔對比，看似信手拈來，卻極見匠心。「細柳新蒲」，景物是很美的。岸上是依依嫋嫋的柳絲，水中是抽芽返青的新蒲。「為誰綠」三字陡然一轉，以樂景反襯哀慟，一是說江山換了主人，二是說沒有遊人，無限傷心，無限淒涼，大有使人肝腸寸斷的筆力。

「憶昔霓旌下南苑」至「一笑正墜雙飛翼」是第二部分，回憶安史之亂以前春到曲江的繁華景象。這裡用「憶昔」二字一轉，引出了一節極繁華熱鬧的文字。「憶昔霓旌下南苑，苑中萬物生顏色」，先總寫一筆。南苑即曲江之南的芙蓉苑。開元二十年（七三二），自大明宮築複道夾城，直抵曲江芙蓉苑。玄宗和后妃公主經常透過夾城去曲江遊賞。「苑中萬物生顏色」一句，寫出御駕遊苑的豪華奢侈，明珠寶器映照得花木生輝。

然後具體描寫唐明皇與楊貴妃遊苑的情景。「同輦隨君」，事出《漢書．外戚傳》。漢成帝遊於後宮，曾想與班婕妤同輦載。班婕妤拒絕說：「觀古圖畫，聖賢之君，皆有名臣在側，三代末主，乃有嬖女。今欲同輦，得無近似之乎？」漢成帝想做而沒有做的事，唐明皇做出來了；被班婕妤拒絕了的事，楊貴妃正幹得自鳴得意。這就清楚地說明，唐玄宗不是「賢君」，而是「末主」。筆墨之外，有深意存焉。下面又透過寫「才人」來寫楊貴妃。「才人」是宮中的女官，她們戎裝侍衛，身騎以黃金為嚼口籠頭的白馬，射獵禽獸。侍從豪華如此，那「昭陽殿裡第一人」的妃子，那擁有大唐江山的帝王，該是何等景象啊！才人們仰射高空，正好射中比翼雙飛的鳥。可惜，這精湛的技藝不是去用來維護天下的太平和國家的統一，卻僅僅是為了博得楊貴妃的粲然「一笑」。這些帝王后妃們哪裡想得到，這種放縱的生活，卻正是他們親手種下的禍亂根苗！

「明眸皓齒今何在」以下八句是第三部分，寫詩人在曲江頭產生的感慨。分為兩層。第一層（「明眸皓齒今何在」至「去住彼此無消息」）直承第二部分，感嘆唐玄宗和楊貴妃的悲劇。「明眸皓齒」照應「一笑正墜雙飛翼」的「笑」字，把楊貴妃「笑」時的情態補足，生動而自然。「今何在」三字照應第一部分「細柳新蒲為誰綠」一句，把「為誰」二字說得更具體，感情極為沉痛。「血汙遊魂」點出了楊貴妃遭變橫死。長安失陷，身為遊魂亦「歸不得」，他們自作自受，結局何等淒慘！楊貴妃埋葬在渭水之濱的馬嵬，唐玄宗卻經由劍閣深入山路崎嶇的蜀道，死生異路，彼此音容渺茫。昔日芙蓉苑裡仰射比翼鳥，今日馬嵬坡前生死兩離分，詩人運用這鮮明而又巧妙的對照，指出了他們佚樂無度與大禍臨頭的因果關係，寫得驚心動魄。第二層（「人生有情淚沾臆」至「欲往城南望城北」）總括全篇，寫詩人對世事滄桑變化的感慨。前兩句是說，人是有感情的，觸景傷懷，淚灑胸襟；大自然是無情的，它不隨人世的變化而變化，花自開謝水自流，永無盡期。這是以無情反襯有情，而更見情深。最後兩句，用行為動作描寫來體現他感慨的深沉和思緒的迷惘煩亂。「黃昏胡騎塵滿城」

一句，把高壓恐怖的氣氛推向頂點，使開頭的「吞聲哭」、「潛行」有了著落。黃昏來臨，為防備人民的反抗，叛軍紛紛出動，以致塵土飛揚，籠罩了整個長安城。本來就憂憤交迫的詩人，這時就更加心如火焚。他想回到長安城南的住處，卻反而走向了城北。心煩意亂竟到了不辨南北的程度，充分而形象地揭示詩人內心的巨大哀慟。

在這首詩裡，詩人流露的感情是深沉的，也是複雜的。當他表達出真誠的愛國激情的時候，也流露出對蒙難君王的傷悼之情。這是李唐盛世的輓歌，也是國勢衰微的悲歌。全篇表現的，是對國破家亡的深哀巨慟。

「哀」字是這首詩的核心。開篇第一句「少陵野老吞聲哭」，就創造出了強烈的藝術氛圍，後面寫春日潛行是哀，睹物傷懷還是哀，最後，不辨南北更是極度哀傷的表現。「哀」字籠罩全篇，沉鬱頓挫，意境深邈。

詩的結構，從時間上說，是從眼前翻到回憶，又從回憶回到現實。從感情上說，首先寫哀，觸類傷情，無事不哀；哀極而樂，回憶李、楊極度佚樂的腐朽生活；又樂極生悲，把亡國的哀慟推向高潮。這不僅寫出「樂」與「哀」的因果關係，也造成了強烈的對比效果，以樂襯哀，今昔對照，更突出詩人難以抑止的哀愁，造成結構上的波折跌宕，紆曲有致。文筆則發斂抑揚，極開闔變化之妙，「其詞氣如百金戰馬，注坡驀澗，如履平地，得詩人之遺法」（南宋魏慶之《詩人玉屑》卷十四）。（張燕瑾）

喜達行在所三首（其二） 杜甫

自京竄至鳳翔。

愁思胡笳夕，淒涼漢苑春。生還今日事，間道暫時人。
司隸章初睹①，南陽氣已新。喜心翻倒極，嗚咽淚霑巾。

〔註〕① 《後漢書．光武帝紀上》：「三輔豪桀共誅王莽……光武行司隸校尉，使前整修宮府。於是置僚屬，作文移，從事司察，一如舊章。時三輔吏士東迎更始……及見司隸僚屬，皆歡喜不自勝。老吏或垂涕曰：『不圖今日復見漢官威儀！』」

這首詩表達的是一種極致的感情。唐肅宗至德二載（七五七）四月，杜甫乘隙逃出被安史叛軍占據的長安，投奔在鳳翔的肅宗。歷經千辛萬苦，他終於到達了帝王行幸所至地（「行在所」），並被授予左拾遺的官職。他剛剛脫離了叛軍的淫威，一下子又得到了朝廷的任用。生活中這種巨大的轉折在心底激起的波濤，使詩人簡直不能自已。

冒死來歸，「喜達行在所」，是應該高興的時候了，可是詩人彷彿驚魂未定，舊日在長安近似俘虜的生活如歷目前：「愁思胡笳夕，淒涼漢苑春」。「淒涼」、「愁思」，那是怎樣一種度日如年的生活呵！倏而，詩人的思緒又回到了「今日」：「生還今日事」。今日值得慶幸；可是「生還」，也只有今日才敢想的啊！昨日在山間小路上逃命的情形就在眼前，那時性命就如懸在頃刻之間，誰還會想到「今日」！「間道暫時人」，正回味著昨日的艱險。詩人忽而又轉向眼前「中興」氣象的描寫：「司隸章初睹，南陽氣已新」。這兩句用的是漢光武帝劉秀重建漢室的典故。南陽，是劉秀的故鄉。劉秀把漢王朝從王莽篡政的逆境中恢復過來，不正如眼前鳳翔的景象嗎？中興有望，正使人欣喜至極。然而詩人卻「嗚咽淚霑巾」，哭起來了。這啼哭正是極致感情的體現，是激動和喜悅的淚水。

從表面上看，這首詩的結構，東一句，西一句，似乎零亂而不完整；其實，藝術來源於生活，運用這種手法倒是比較適合表現生活實際的。詩人九死一生之後喜達行在所，感情是不平常的。非常的事件，引起的是非常的感情，表現形式上也就不同一般。在杜詩其他篇章中亦有這種情況。如〈羌村三首〉其一，詩人寫戰亂與家人離散，生死未卜，突然的會見，使詩人驚喜萬狀：「妻孥怪我在，驚定還拭淚」。本來應該「喜我在」，生應當喜，怎麼反倒奇怪了呢？說「怪」，說「驚」，說流淚，正是出乎意外，喜極而悲的情狀。這首詩也是如此。所以宋人范溫《潛溪詩眼》說：「語或似無倫次，而意若貫珠。」詩人真實地表達了悲喜交集，喜極而悲的激動心情。看來參差不齊，實則錯落有致，散中見整。詩人從變化中求和諧，而有理殊趣合之妙。（王振漢）

北征　杜甫

歸至鳳翔，墨制放往鄜州作。

皇帝二載秋，閏八月初吉①。杜子將北征，蒼茫問家室。
維時遭艱虞，朝野少暇日。顧慚恩私被，詔許歸蓬蓽。
拜辭詣闕下，怵惕久未出。雖乏諫諍姿，恐君有遺失。
君誠中興主，經緯固密勿。東胡反未已，臣甫憤所切。
揮涕戀行在，道途猶恍惚。乾坤含瘡痍，憂虞何時畢！
靡靡逾阡陌，人煙眇蕭瑟。所遇多被傷，呻吟更流血。
回首鳳翔縣，旌旗晚明滅。前登寒山重，屢得飲馬窟。
邠郊入地底，涇水中蕩潏②。猛虎立我前，蒼崖吼時裂。
菊垂今秋花，石戴古車轍。青雲動高興，幽事亦可悅。

山果多瑣細，羅生雜橡栗。或紅如丹砂，或黑如點漆。
雨露之所濡，甘苦齊結實。緬思桃源內，益嘆身世拙。
坡陀望鄜畤，巖谷互出沒。我行已水濱，我僕猶木末。
鴟鳥鳴黃桑，野鼠拱亂穴。夜深經戰場，寒月照白骨。
潼關百萬師，往者散何卒？遂令半秦民，殘害為異物。

況我墮胡塵，及歸盡華髮。經年至茅屋，妻子衣百結。
慟哭松聲回，悲泉共幽咽。平生所嬌兒，顏色白勝雪。
見耶[3]背面啼，垢膩腳不襪。床前兩小女，補綻才過膝。
海圖坼波濤，舊繡移曲折。天吳及紫鳳[4]，顛倒在裋褐[5]。
老夫情懷惡，嘔泄臥數日。那無囊中帛，救汝寒凜慄。
粉黛亦解包，衾裯稍羅列。瘦妻面復光，癡女頭自櫛。

學母無不為，曉妝隨手抹。移時施朱鉛，狼藉畫眉闊。
生還對童稚，似欲忘飢渴。問事競挽鬚，誰能即嗔喝？
翻思在賊愁，甘受雜亂聒。新歸且慰意，生理焉能說！

至尊尚蒙塵，幾日休練卒？仰觀天色改，坐覺祆[6]氛豁。
陰風西北來，慘澹隨回紇。其王願助順，其俗善馳突。
送兵五千人，驅馬一萬匹。此輩少為貴，四方服勇決。
所用皆鷹騰，破敵過箭疾。聖心頗虛佇，時議氣欲奪。
伊洛指掌收，西京不足拔。官軍請深入，蓄銳伺俱發。
此舉開青徐，旋瞻略恆碣。昊天積霜露，正氣有肅殺。
禍轉亡胡歲，勢成擒胡月。胡命其能久，皇綱未宜絕。

憶昨狼狽初，事與古先別。奸臣竟菹醢⑦，同惡隨蕩析。
不聞夏殷衰，中自誅褒妲。周漢獲再興，宣光⑧果明哲。
桓桓陳將軍⑨，仗鉞奮忠烈。微爾人盡非，於今國猶活。
淒涼大同殿，寂寞白獸闥。都人望翠華，佳氣向金闕。
園陵固有神，掃灑數不缺。煌煌太宗業，樹立甚宏達。

〔註〕①初吉，即初一。②蕩潏（音同決），搖蕩湧出。③耶，通「爺」。④呼應上兩句，「天吳」為海圖所畫之物，「紫鳳」為舊繡所刺之物。《山海經．海外東經》：「朝陽之谷，神曰天吳，是為水伯……其為獸也，八首人面，八足八尾，皆青黃。」⑤裋褐（音同豎禾），僮豎所穿的毛布短衣。⑥「祅」一作「妖」。⑦菹醢（音同拘海），將人剁成肉醬的刑罰。⑧宣光，周宣王和東漢光武帝。⑨桓桓，狀其威武。《詩經．魯頌．泮水》：「桓桓于征，狄彼東南。」陳將軍，指主張誅除楊國忠及楊貴妃的陳玄禮。

這首長篇敘事詩是杜甫在唐肅宗至德二載（七五七）閏八月寫的，共一百四十句。它像是用詩歌體裁寫的陳情表，是這位在職的左拾遺向肅宗皇帝匯報自己探親路上及到家以後的見聞感想。它結構自然而精當，筆調樸實而深沉，充滿憂國憂民的情思，懷抱中興國家的希望，反映了當時的政治形勢和社會現實，表達了人民的情緒和願望。

全詩五大段，開頭至「憂虞何時畢」為第一段，「靡靡逾阡陌」至「殘害為異物」為第二段，「況我墮胡塵」

至「生理焉能說」為第三段，「至尊尚蒙塵」至「皇綱未宜絕」為第四段，「憶昨狼狽初」至最後為第五段。按照「北征」即從朝廷所在的鳳翔（今屬陝西）到杜甫家小所在的鄜州（今陝西富縣）的歷程，依次敘述了蒙恩放歸探親、辭別朝廷登程時的憂慮情懷；歸途所見景象和引起的感慨；到家後與妻子兒女團聚的悲喜交集情景；在家中關切國家形勢和提出如何借用回紇兵力的建議；最後回顧了朝廷在安祿山叛亂後的可喜變化和表達了自己對國家前途的信心、對肅宗中興的期望。它像上表奏章一樣，寫明年月日，謹稱「臣甫」，恪守臣節，忠悃陳情。先說離職的不安，次敘征途的觀感，再述家室的情形，更論國策的得失，而歸結到歌功頌德。這一結構合乎禮數，盡其諫職，順理成章，而見美刺。不難看到，詩人採用這樣的陳情表的構思，顯然出於他「奉儒守官」的思想修養和「別裁偽體」（見杜甫〈戲為六絕句〉）的創作要求，更凝聚著他與國家、人民休戚與共的深厚感情。

「乾坤含瘡痍，憂虞何時畢！」痛心山河破碎，深憂民生塗炭。這是全詩反覆詠嘆的主題思想，也是詩人自我形象的主要特徵。詩人深深懂得，當他在蒼茫暮色中踏上歸途時，國家正處危難，朝野都無閒暇，一個忠誠的諫官是不該離職的，此行與他本心也是相違的。因而他憂虞不安，留戀恍惚。正由於滿懷憂國憂民，他沿途穿過田野，翻越山岡，夜經戰場，看見的是戰爭創傷和苦難現實，想到的是人生甘苦和身世浮沉，憂慮的是將帥失策和人民遭難。總之，滿目瘡痍，觸處憂虞，遙望前途，征程艱難。他深切希望皇帝和朝廷了解這一切，汲取這教訓。因此，回到家裡，他雖然獲得家室團聚的歡樂，卻更體會到一個士大夫在戰亂年代的辛酸苦澀，不能忘懷被叛軍拘留長安的日子，而心裡仍關切國家大事，考慮政策得失，急於為君拾遺。可見貫串全詩的主題思想便是憂慮國家前途、人民生活，而體現出來的詩人形象主要是這樣一位忠心耿耿、憂國憂民的士大夫。

「緬思桃源內，益嘆身世拙。」遙想桃源中人避亂世外，深嘆自己身世遭遇艱難。這是全詩伴隨著憂國憂民主題思想而交織起伏的個人感慨，也是詩人自我形象的重要特徵。肅宗皇帝放他回家探親，其實是厭棄他，冷落他。這是詩人心中有數的，但他無奈，有所怨望，而只能感慨。他痛心而苦澀地敘述、議論、描寫這次皇恩放回的格外優遇：在國家危難、人民傷亡的時刻，他竟能有閒專程探親，有興觀賞秋色，有幸全家團聚。這一切都違反他愛國的志節和愛民的情操，使他哭笑不得，尷尬難堪。因而在看到山間叢生的野果時，他不禁感慨天賜雨露相同，而果實苦甜各別；人生於世一樣，而安危遭遇迥異；自己卻偏要選擇艱難道路，自甘其苦。所以回到家中，看到妻子兒女窮困的生活，飢瘦的身容，體會到老妻愛子對自己的體貼，天真幼女在父前的嬌痴，回想到自己捨家赴難以來的種種遭遇，不由把一腔辛酸化為生聚的欣慰。這裡，詩人的另一種處境和性格，一個艱難度日、愛憐家小的平民當家人的形象，便生動地顯現出來。

「煌煌太宗業，樹立甚宏達。」堅信大唐國家的基礎堅實，期望唐肅宗能夠中興。這是貫串全詩的思想信念和衷心願望，也是詩人的政治立場和出發點。因此他雖然正視國家戰亂、人民傷亡的苦難現實，雖然受到厭棄冷落的待遇，雖然一家老小過著飢寒的生活，但是他並不因此而灰心失望，更不逃避現實，而是堅持大義，顧全大局。他受到形勢好轉的鼓舞，積極考慮決策的得失，並且語重心長地回顧了事變以後的歷史發展，強調指出事變使奸佞蕩析，熱情讚美忠臣除奸的功績，表達了人民愛國的意願，歌頌了唐太宗奠定的國家基業，從而表明了對唐肅宗中興國家的殷切期望。顯然，由於階級和時代的局限，詩人的社會理想不過是恢復唐太宗的業績，對唐明皇（玄宗）有所美化，對唐肅宗有所不言，然而應當承認，詩人的愛國主義思想情操是達到時代的高度，站在時代的前列的。

綜上可見，這首長篇敘事詩，實則是政治抒情詩。從藝術上說，它既要透過敘事來抒情達志，又要明確表達思想傾向，因而主要用賦的方法來寫，是自然而恰當的。它也確像一篇陳情表，慷慨陳詞，長歌浩嘆，然而謹嚴寫實，指點有據。從開頭到結尾，對所見所聞，一一道來，指事議論，即景抒情，充分發揮了賦的長處，具體表達了陳情表的內容。但是為了更形象地表達思想感情，也由於有的思想感情不宜直接道破，詩中又靈活地運用了各種比興方法，既使敘事具有形象，意味深長，不致枯燥；又使語言精練，結構緊密，避免行文拖沓。例如詩人登上山岡，描寫了戰士飲馬的泉眼，州郊野山水地形勢態，以及那突如其來的「猛虎」、「蒼崖」，顯然含有感慨和寄託，讀者自可意會。又如詩人用觀察天象方式概括當時平叛形勢，實際上也是一種比興。天色好轉，妖氣消散，豁然開朗，顯然是指叛軍將失敗；而陰風飄來，則暗示了詩人對回紇軍的態度。諸如此類，倘使都用直陳，勢必繁複而無詩味，便當真成了章表。因而詩人採用以賦為主、有比有興的方法，恰可適應表現本詩所包括的宏大的歷史內容，也顯示出詩人在詩歌藝術上的高度才能和渾熟技巧，足以得心應手、運用自如地用詩歌體裁來寫出這樣一篇「博大精深，沉鬱頓挫」的陳情表。（倪其心）

羌村三首

杜甫

崢嶸赤雲西，日腳下平地。柴門鳥雀噪，歸客千里至。
妻孥怪我在，驚定還拭淚。世亂遭飄盪，生還偶然遂。
鄰人滿牆頭，感嘆亦歔欷。夜闌更秉燭，相對如夢寐。

晚歲迫偷生，還家少歡趣。嬌兒不離膝，畏我復卻去。
憶昔好追涼，故繞池邊樹。蕭蕭北風勁，撫事煎百慮。
賴知禾黍收，已覺糟床①注。如今足斟酌，且用慰遲暮。

群雞正亂叫，客至雞鬥爭。驅雞上樹木，始聞叩柴荊。
父老四五人，問我久遠行。手中各有攜，傾榼②濁復清。
苦辭「酒味薄，黍地無人耕。兵革既未息，兒童③盡東征」。

請為父老歌，艱難愧深情。歌罷仰天嘆，四座淚縱橫。

〔註〕①槽床，壓酒的器具。②榼（音同克），盛酒的器具。③「兒童」一作「兒郎」。

唐肅宗至德二載（七五七）杜甫為左拾遺時，房琯罷相，他上書援救，觸怒肅宗，被放還鄜州羌村（在今陝西富縣南）探家。〈羌村三首〉就是這次還家所作。三首詩蟬聯而下，構成一組還家「三部曲」。

第一首寫剛到家時闔家悲喜交集的情景。

前四句敘寫在夕陽西下時分抵達羌村的情況。迎接落日的是滿天崢嶸萬狀、重崖疊嶂似的赤雲，這絢爛的景色，自會喚起「歸客」親切的記憶而為之激動。「日腳」是指透過雲縫照射下來的光柱，像是太陽的腳。「日腳下平地」一句，既融入口語又頗有擬人化色彩，似乎太陽經過一天奔勞，也急於跨入地底休息。而此時詩人恰巧也結束漫長行程，到家了。「白頭拾遺徒步歸」（杜甫〈徒步歸行〉），長途奔勞，早巴望著到家休息。開篇的寫景中融進了到家的興奮感覺。「柴門鳥雀噪」是具有特徵性的鄉村黃昏景色，同時，這鳥兒喧賓奪主的聲浪，又反襯出那年月村落的蕭索荒蕪。寫景中隱隱流露出一種悲涼之感。「歸客千里至」一句，措語平實，卻極不尋常。其中寓有幾分如釋重負之感，又暗暗摻雜著「近鄉情更怯」（宋之問〈渡漢江〉）的忐忑不安。

後八句寫初見家人、鄰里時悲喜交集之狀。這裡沒有任何繁縟沉悶的敘述，而簡潔地用了三個畫面來再現。首先是與妻孥見面。乍見時似該喜悅而不當驚怪。然而，在那兵荒馬亂的年月，人命危淺，朝不保夕，親人忽然出現，真叫妻孥不敢信，不敢認，乃至發愣（「怪我在」），直到「驚定」，才「喜心翻倒極，嗚咽淚霑巾」（杜甫〈喜達行在所三首〉其二）。這反常的情態，曲折反映出那個非常時代的影子。寫見面畢，詩人從而感慨道：「世亂遭飄盪，生還偶然遂。」這裡，「偶然」二字含有極豐富的內容和無限的感慨。杜甫從陷叛軍之手到脫離叛軍亡歸，從觸怒肅宗到此次返家，風波險惡，現在竟得生還，不是太偶然了嗎？妻子之怪，又何足怪呢？言下大有「歸來始自憐」（杜甫〈喜達行在所三首〉其三）意，刻畫患難餘生之人的心理極切。

其次是鄰里的圍觀。消息不脛而走，引來偌多鄰人。古時農村牆矮，所以鄰人能憑牆相望。這些鄰人，一方面是旁觀者，故只識趣地遠看，不忍攪擾這一家人既幸福而又頗心酸的時刻；另一方面他們又並非無動於衷地旁觀，而是人人都進入角色，「感嘆亦歔欷」。是對之羨慕？為之心酸？還是勾起自家的傷痛？短短數語，多麼富於人情味，又多麼含蓄蘊藉。

其三是一家子夜闌秉燭對坐情景。深夜了，最初的激動也該過去了，可杜甫一家還沉浸在興奮的餘情之中。「宜睡而復秉燭，以見久客喜歸之意。」（宋陸游《老學庵筆記》卷六）這個畫面即成為首章搖曳生姿的結尾。

第二首寫還家後矛盾苦悶的心情。

前八句寫無聊寡歡的情狀。杜甫這次奉旨回家，實際上無異於放逐。對於常人來說，「生還偶然遂」自是不幸中之大幸；而對於憂樂關乎天下的詩人，適成為幸運中之大不幸。居定之後，他即時就感到一種責任心的煎熬，覺得值此萬方多難之際守著個小家庭，無異於苟且偷生。可這一切又是迫不得已的。這樣一種缺乏歡趣的情態，連孩子也有所察覺：「嬌兒不離膝，畏我復卻去」，「早見此歸不是本意，於是繞膝慰留，畏爺復去」（明末清初金聖嘆《杜詩解》）。對於「生還對童稚，似欲忘飢渴」（杜甫〈北征〉）的詩人，沒有比這個細節更能表現他的鬱悒寡歡的了。

於是他回憶去年六七月間納涼「池邊樹」的往事。那時他對在靈武即位的肅宗和自己立朝報國寄予很大希望，故而多少有些「歡趣」。誰知事隔一年，卻遭到如許失望，不禁憂從中來，百感交集，備受煎熬。敘事抒情中忽插入「蕭蕭北風勁」的寫景，又大大添加了一種悲涼悽苦的氣氛。

末四句寫到秋收已畢，雖然新酒未曾釀出，卻計日可待，似乎可感到它從糟床汩汩流出。「賴知」、「已覺」均屬料想之詞。說酒是因愁，深切表現出詩人矛盾苦悶的心理——他其實是「醉翁之意不在酒」呵。

第三首寫鄰人來訪情事。

前四句先安排了一個有趣的序曲：「客至」的當兒，庭院裡發生著一場雞鬥，群雞亂叫。待到主人把雞趕到它們棲息的庭樹上（古代黃河流域一帶養雞之法如此），院內安靜下來時，這才聽見客人叩柴門的聲音。這開篇不但頗具村野生活情趣，同時也表現出意外值客的欣喜。

來的四五人全是父老，沒有年輕的人，這為後文父老感傷的話張本。這些老人都攜酒而來，酒色清濁不一，各各表示著一家心意。在如此艱難歲月還這樣看重情禮，是難能可貴的，表現了淳厚的民風並未被戰爭完全泯滅。緊接四句以父老不經意的口吻道出時事：由斟酒謙稱「酒味薄」，從酒味薄說到生產的破壞，再引出「兵革既未息，兒童盡東征」。時世之艱難，點明而不說盡，耐人尋思。

末了寫主人致答詞。父老們的盛意使他感奮，因而情不自禁地為之高歌以表謝忱。此處言「愧」，暗中照應「晚歲迫偷生」意。如果說全組詩的情緒在第二首中有些低落，此處則由父老致詞而重新高漲。所以他答謝作歌，強為歡顏，「歌罷」終不免仰天長嘆。所歌內容雖無具體敘寫，但從「艱難愧深情」句和歌所產生的「四座淚縱橫」的效果可知，其中當含有對父老的感激，對時事的憂慮，以及身世的感喟等等情感內容。不明寫，讓讀者從詩中氣氛、意境玩味，以聯想作補充，更能豐富詩的內涵。寫到歌哭結束，語至沉痛，令讀者三復斯言，掩卷而情不自已。

安史之亂給唐代人民帶來深重苦難。「兒童盡東征」、「黍地無人耕」的現象，遍及整個北國農村，何止羌村而然。〈羌村三首〉就透過北國農村之一角，反映出當時社會現實與詩人繫心國事的情懷，具有很高的典型意義。

這組詩，每章既能獨立成篇，卻又相互聯結，構成一個完整的統一體。第一首寫初見家人，是組詩的總起，三首中唯此章以興法開篇。第二首敘還家後事，上承「妻孥」句；而說到「偷生」，又下啟「艱難愧深情」意。第三首寫鄰人的交往，上承「鄰人」句；寫斟酒，則承「如今足斟酌」意；最終歸結到憂國憂民、傷時念亂，又成為組詩的結穴。這樣的組詩，通常又謂之「連章體」。詩人從還家情事中抽選三個有代表性的生活片段予以描繪，不但每章筆墨集中，以點概面，而且利用章與章的自然停頓，造成幕閉幕啟的效果，給讀者以發揮想像與聯想的空間，所以組詩篇幅不大而能含蓄深沉。

〈羌村三首〉以白描見長，雖然取材於一時見聞，而景實情真，略無誇飾。由於能抓住典型的生活情景與人物心理活動，詩句表現力強，大都耐人含咀。寫景如「柴門鳥雀噪」、「鄰人滿牆頭」及「群雞正亂叫」四句等，清申涵光評「摹寫村落田家，情事如見」（清仇兆鰲《杜詩詳註》引）。寫人如「妻孥怪我在，驚定還拭淚」，「夜闌更秉燭，相對如夢寐」，均窮極人物情態，後一聯竟被後世詩人詞客屢屢化用。如唐司空曙「乍見翻疑夢，相悲各問年」（〈雲陽館與韓紳宿別〉）；宋晏幾道「今宵剩把銀釭照，猶恐相逢是夢中」（〈鷓鴣天．彩袖殷勤捧玉鍾〉）；宋陳師道「了知不是夢，忽忽心未穩」（〈示三子〉）等。又如「嬌兒不離膝，畏我復卻去」，寫幼子倚人情狀，栩栩如生。恰如前人評贊：「一字一句，鏤出肺腸，而婉轉周至，躍然目前，又若尋常人所欲道者」（見清楊倫《杜詩鏡銓》引王慎中語）。這種「若尋常人所欲道」而終使「才人莫知措手」的描寫，充分體現作者白描之功力。總之，由於這組詩語言平易，詩意凝練，音韻諧調，抒情氣氛濃郁，在杜詩中占有重要地位。（周嘯天）

送鄭十八虔貶台州司戶傷其臨老陷賊之故闕為面別情見於詩

杜甫

鄭公樗散鬢成絲，酒後常稱老畫師。萬里傷心嚴譴日，百年垂死中興時。
蒼惶已就長途往，邂逅無端出餞遲。便與先生應永訣，九重泉路盡交期。

鄭虔以詩、書、畫「三絕」著稱，更精通天文、地理、軍事、醫藥和音律。杜甫稱讚他「才過屈宋」，「道出羲皇」，「德尊一代」（杜甫〈醉時歌〉）。然而他的遭遇卻很坎坷。安史亂前始終未被重用，連飯都吃不飽。安史亂中，又和王維等一大批官員一起，被叛軍劫到洛陽。安祿山給他一個「水部郎中」的官兒，他假裝病重，一直沒有就任，還暗中給唐政府通消息。可是當洛陽收復，唐肅宗在處理陷賊官員時，卻給他定了「罪」，貶為台州司戶參軍。杜甫為此，寫下了這首「情見於詩」的七律。

前人評這首詩，有的說：「從肺腑流出」（清浦起龍《讀杜心解》），「萬轉千迴，純是淚點，都無墨痕」（清仇兆鰲《杜詩詳註》引明盧世潅語）。有的說：「一片血淚，更不辨是詩是情。」（高步瀛《唐宋詩舉要》引吳星叟語）這都可以說抓住了最本質的東西。至於說它「屈曲赴題，清空一氣，與〈聞官軍收河南河北〉同是一格」（清沈德潛《唐詩別裁集》），則是就藝術特點而言的；說它「直可使暑日霜飛，午時鬼泣」（盧世潅語，同上），則是就藝術感染力而言的。

杜甫和鄭虔是「忘形到爾汝」（〈醉時歌〉）的好友。鄭虔的為人，杜甫最了解；他陷賊的表現，杜甫也清楚。因此，他對鄭虔的受處分，就不能不有些看法。第三句中的「嚴譴」，不就是他的看法嗎？而一、二兩句，則是為這種看法提供依據。說「鄭公樗散」，說他「鬢成絲」，說他「酒後常稱老畫師」，都是有含意的。

「樗（音同梳）」和「散」，見於《莊子．逍遙遊》：「吾有大樹，人謂之樗，其大本擁腫而不中繩墨，其小枝捲曲而不中規矩。立之塗，匠者不顧。」又《莊子．人間世》載：有一木匠往齊國去，路見一高大櫟樹，人甚奇之，木匠卻說：「『散木』也，以為舟則沉，以為棺槨則速腐，以為器則速毀，以為門戶則液樠，以為柱則蠹，是不材之木也。」說鄭公「樗散」，有這樣的含意：鄭虔不過是「樗櫟」那樣的「無用之材」罷了，既無非分之想，又無犯「罪」行為，不可能是什麼危險人物。何況他已經「鬢成絲」，又能有何作為呢！第二句，即用鄭虔自己的言談作證。人們常說：「酒後見真言。」鄭虔酒後，有什麼越禮犯分的言論沒有呢？沒有。他不過常常以「老畫師」自居而已，足見他並沒有什麼政治野心。既然如此，就讓這個「鬢成絲」的、「垂死」的老頭子畫他的畫兒去，不就行了嗎？可見一、二兩句，並非單純是刻畫鄭虔的聲容笑貌；而是透過寫鄭虔的為人，為鄭虔鳴冤。要不然，在第三句中，憑什麼突然冒出個「嚴譴」呢？

次聯緊承首聯，層層深入，抒發了對鄭虔的同情，表現了對「嚴譴」的憤慨，的確是一字一淚，一字一血。對於鄭虔這樣一個無罪、無害的人，本來就不該「譴」。如今卻不但「譴」了，還「譴」得那樣「嚴」，竟然把他貶到「萬里」之外的台州去，真使人傷心啊！這是第一層。鄭虔如果還年輕力壯，或許能經受那樣的「嚴譴」，可是他已經「鬢成絲」了，眼看是個「垂死」的人了，卻被貶到那麼遙遠、那麼荒涼的地方去，不是明明要他早一點死嗎？這是第二層。如果不明不白地死在亂世，那就沒啥好說；可是兩京都已經收復了，大唐總算「中興」了，該過太平日子了，而鄭虔偏偏在這「中興」之時受到了「嚴譴」，真是太不幸了！這是第三層。由「嚴譴」和「垂死」激起的情感波濤奔騰前進，化成後四句，真「不辨是詩是情」。

「蒼惶」一聯，緊承「嚴譴」而來。正因為「譴」得那麼「嚴」，所以百般凌逼，不准延緩；作者沒來得及送行，鄭虔已經「蒼惶」地踏上了漫長的道路。「永訣」一聯，緊承「垂死」而來。鄭虔已是「垂死」之年，而「嚴譴」又必然會加速他的死，不可能活著回來了；因而發出了「便與先生應永訣」的感嘆。然而即使活著不能見面，仍然要「九重泉路盡交期」啊！情真意切，沉痛不忍卒讀。詩的結尾，是需要含蓄的，但也不能一概而論。盧世㴶評這首詩，就說得很不錯：「末徑作『永訣』之詞，詩到真處，不嫌其直，不妨於盡也。」（同上）

杜甫當然是忠於唐王朝的；但他並沒有違心地為唐王朝冤屈好人的做法唱贊歌，而是實事求是地斥之為「嚴譴」，毫不掩飾地為受害者鳴不平、表同情，以至於堅決表示要和他在泉下交朋友，這不是表現了一個真正的詩人應有的人格嗎？有這樣的人格，才會有「從肺腑流出」、「真意彌滿」（清方東樹《昭昧詹言》）、「情見於詩」的藝術風格。（霍松林）

春宿左省　杜甫

花隱掖垣暮，啾啾棲鳥過。星臨萬戶動，月傍九霄多。
不寢聽金鑰，因風想玉珂。明朝有封事，數問夜如何。

唐肅宗至德二載（七五七）九月，唐軍收復了被安史叛軍所控制的京師長安；十月，肅宗自鳳翔（今屬陝西）還京，杜甫於是從鄜州（今陝西富縣）到京，仍任左拾遺。左拾遺掌供奉諷諫，大事廷諍，小事上封事。所謂「封事」，就是密封的奏疏。這首作於乾元元年（七五八）的五律，描寫作者上封事前在門下省值夜時的心情，表現了他忠勤為國的思想。詩題中的「宿」，指值夜；「左省」，即左拾遺所屬的門下省，和中書省同為掌機要的中央政府機構，因在殿廡之東，故稱「左省」。

「花隱掖垣暮，啾啾棲鳥過。」起首兩句描繪開始值夜時「左省」的景色。看來好似信手拈來，即景而寫，實則章法謹嚴，很有講究。首先它寫了眼前景：在傍晚越來越暗下來的光線中，「左省」裡開放的花朵隱約可見，天空中投林棲息的鳥兒飛鳴而過，描寫自然真切，歷歷如繪。其次它還襯了詩中題：寫花、寫鳥是點「春」；「花隱」的狀態和「棲鳥」的鳴聲是傍晚時的景致，是作者值宿開始時的所見所聞，和「宿」相關聯；「掖垣（音同夜元）」本意是「左掖」（即「左省」）的矮牆，這裡指門下省，交代值夜的所在地，扣「左省」。兩句可謂字字點題，一絲不漏，很能見出作者的匠心。「星臨萬戶動，月傍九霄多。」此聯由暮至夜，寫夜中之景。

前句說夜空群星閃動，宮殿下臨千門萬戶，後句說宮殿上傍雲霄，照到的月光也特別多。這兩句是寫得很精彩的警句，對仗工整妥帖，描繪生動傳神，不僅把星月映照下宮殿巍峨清麗的夜景活畫出來了，並且寓含著帝居高遠的頌聖味道，虛實結合，形神兼備，語意含蓄雙關。其中「動」字和「多」字用得極好，被稱為「句眼」（清仇兆鰲《杜詩詳註》引明趙汸語），此聯因之境界全出。這兩句既寫景，又含情，在結構上是由寫景到寫情的過渡。

「不寢聽金鑰，因風想玉珂。」這聯描寫夜中值宿時的情況。金鑰，即金鎖。玉珂（音同柯），即馬鈴。兩句是說自己值夜時睡不著覺，彷彿聽到了有人開宮門的鎖鑰聲；風吹簷間鈴鐸，好像聽到了百官騎馬上朝的馬鈴響。這些都是想像之辭，深切地表現了詩人勤於國事，唯恐次晨耽誤上朝的心情。在寫法上不僅刻畫心情很細緻，而且構思新巧。此聯本來是進一步貼詩題中的「宿」字，可是作者反用「不寢」兩字，描寫自己宿省時睡不著覺時的心理活動，另闢蹊徑，獨出機杼，顯得詞意深蘊，筆法空靈。「明朝有封事，數問夜如何。」最後兩句交代「不寢」的原因，繼續寫詩人宿省時的心情：第二天早朝要上封事，心緒不寧，所以好幾次訊問宵夜時辰幾何。後句化用《詩經．小雅．庭燎》中的詩句：「夜如何其？夜未央。」用在這裡非常貼切自然；而加了「數問」二字，則更加重了詩人寢臥不安的程度。全詩至此戛然而止，便覺有一種悠悠不盡的韻味。結尾二句由題後繞出，從宿省中發到次日早朝上封事，語句矯健有力，詞意含蓄雋永，忠愛之情充溢於字裡行間。

這首詩多少帶有某些應制詩的色彩，寫得平正妥帖，在杜甫五律中很有特色。全詩八句，前四句寫宿省之景，後四句寫宿省之情。自暮至夜，自夜至將曉，自將曉至明朝，敘述詳明而富於變化，描寫真切而生動傳神，體現了杜甫律詩結構既嚴謹又靈動，詩意既明達又蘊藉的特點。（吳小林）

曲江二首　杜甫

一片花飛減卻春，風飄萬點正愁人。且看欲盡花經眼，莫厭傷多酒入脣。
江上小堂巢翡翠，苑邊高冢臥麒麟。細推物理須行樂，何用浮榮絆此身？

朝回日日典春衣，每日江頭盡醉歸。酒債尋常行處有，人生七十古來稀。
穿花蛺蝶深深見，點水蜻蜓款款飛。傳語風光共流轉，暫時相賞莫相違。

曲江又名曲江池，故址在今西安城南五公里處，原為漢武帝所造。唐玄宗開元年間大加整修，池水澄明，花卉環列。其南有紫雲樓、芙蓉苑；西有杏園、慈恩寺，是著名遊覽勝地。

第一首寫他在曲江看花吃酒，布局出神入化，抒情感慨淋漓。

在曲江看花吃酒，正遇「良辰美景」，可稱「賞心樂事」了；但作者卻別有懷抱，一上來就表現出無可奈何的惜春情緒，產生出驚心動魄的藝術效果。他一沒有寫已經來到曲江，二沒有寫來到曲江時的節令，三沒有寫曲江周圍花木繁饒，而只用「風飄萬點」四字，就概括了這一切。「風飄萬點」，不只是客觀地寫景，綴上「正愁人」三字，重點就落在見景生情、託物言志上了。「風飄萬點」，這對於春風得意的人來說，會煞是好看，為何又「正愁人」呢?作者面對的是「風飄萬點」,那「愁」卻早已萌生於前此的「一片花飛」,因而用跌筆開頭:「一片花飛減卻春!」歷盡漫長的嚴冬,好容易盼到春天來了,花兒開了。這春天,這花兒,不是很值得人們珍惜的嗎?然而「一片花飛」,又透露了春天消逝的消息。敏感的、特別珍惜春天的詩人又怎能不「愁」?「一片」,是指一朵花兒上的一個花瓣。因一瓣花兒被風吹落就感到春色已減,暗暗發愁,可如今,面對著的分明是「風飄萬點」的嚴酷現實啊!因此「正愁人」三字,非但沒有概念化的毛病,簡直力透紙背。

「風飄萬點」已成現實,那尚未被風飄走的花兒就更值得愛惜。然而那風還在吹,剩下的,又一片、一片地飄走,眼看即將飄盡了!第三句就寫這番情景:「且看欲盡花經眼。」「經眼」之花「欲盡」,只能「且看」。「且」,是暫且、姑且之意。而當眼睜睜地看著枝頭殘花一片、一片地隨風飄走,加入那「萬點」的行列,心中又是什麼滋味呢?於是來了第四句:「莫厭傷多酒入脣。」吃酒為了消愁。一片花飛已愁;風飄萬點更愁;枝上殘花繼續飄落,即將告盡,愁上添愁。因而「酒」已「傷多」,卻禁不住繼續「入脣」啊!

蔣弱六云:「只一落花,連寫三句,極反覆層折之妙。接入第四句,魂消欲絕。」(清楊倫《杜詩鏡銓》卷四引)這是頗有見地的。然而作者何以要如此「反覆層折」地寫落花,以至魂消欲絕?究竟是僅僅嘆春光易逝,還是有概於難於直陳的人事問題呢?

第三聯「江上小堂巢翡翠,苑邊高冢臥麒麟」,就寫到了人事。或謂此聯「更發奇想驚人」(高步瀛《唐宋詩舉要》引),乍看確乎「奇」得出人意料,細想卻恰恰在人意中。詩人「且看欲盡花經眼」,目光隨著那「風飄萬點」在移動:落到江上,就看見原來住人的小堂如今卻巢著翡翠——翡翠鳥築起了窩,何等荒涼;落到苑邊,就看見原來雄踞高冢之前的石雕墓飾麒麟倒臥在地,不勝寂寞。經過安史之亂,曲江往日的盛況遠沒有恢復;可是,好容易盼來的春天,眼看和萬點落花一起,就要被風葬送了!這並不是什麼「驚人」的「奇想」,而是觸景傷情。

面對這殘敗景象有什麼辦法呢？仍不外是「莫厭傷多酒入唇」，只不過換了一種漂亮的說法，就是「行樂」：「細推物理須行樂，何用浮榮絆此身？」難道「物理」就是這樣的嗎？如果只能如此，無法改變，那就只須行樂，何必讓浮榮絆住此身，失掉自由呢？

聯繫全篇來看，所謂「行樂」，不過是他自己所說的「沉飲聊自遣」（〈自京赴奉先縣詠懷五百字〉），或李白所說的「舉杯銷愁愁更愁」（〈宣州謝脁樓餞別校書叔雲〉）而已，「樂」云乎哉！

絆此身的浮榮何所指？指的就是「左拾遺」那個從八品上的諫官。因為疏救房琯，觸怒了肅宗，從此，為肅宗疏遠。作為諫官，他的意見卻不被採納，還蘊含著招災惹禍的危機。這首詩就是乾元元年（七五八）暮春任「左拾遺」時寫的。到了這年六月，果然受到處罰，被貶為華州司功參軍。從寫此詩到被貶，不過兩個多月的時間。明乎此，就會對這首詩有比較確切的理解。

這是「聯章詩」，上、下兩首之間有內在的聯繫。下一首，即緊承「何用浮榮絆此身」而來。

前四句一氣旋轉，而又細針密線。清仇兆鰲註：「酒債多有，故至典衣；七十者稀，故須盡醉。二句分應。」（《杜詩詳註》）就章法而言，大致是不錯的。但把「盡醉」歸因於「七十者稀」，對詩意的理解就表面化了。時當暮春，長安天氣，春衣才派用場；即使窮到要典當衣服的程度，也應該先典冬衣。如今竟然典起春衣來，可見冬衣已經典光。這是透過一層的寫法。而且不是偶爾典，而是「日日典」。這是更透過一層的寫法。「日日典春衣」，讀者準以為不是等米下鍋，就是另有燃眉之急；然而讀到第二句，才知道那不過是為了「每日江頭盡醉歸」，真有點出人意外。出人意外，就不能不引人深思：為什麼要日日盡醉呢？

詩人還不肯回答讀者的疑問，又逼進一層：「酒債尋常行處有」。「尋常行處」，包括了曲江，又不限於曲江。行到曲江，就在曲江盡醉；行到別的地方，就在別的地方盡醉。因而只靠典春衣買酒，無異於杯水車薪，於是乎由買到賒，以至「尋常行處」，都欠有「酒債」。付出這樣高的代價就是為了換得個醉醺醺，這究竟是為什麼？

詩人終於作了回答：「人生七十古來稀。」意謂人生能活多久，既然不得行其志，就「莫思身外無窮事，且盡生前有限杯」（〈絕句漫興九首〉其四）吧！這是憤激之言，聯繫詩的全篇和杜甫的全人，是不難了解言外之意的。

「穿花」一聯寫江頭景，在杜詩中也是別具一格的名句。宋葉夢得曾指出：「詩語固忌用巧太過，然緣情體物，自有天然工妙，雖巧而不見刻削之痕。老杜……『穿花蛺蝶深深見，點水蜻蜓款款飛』：『深深』字若無『穿』字，『款款』字若無『點』字，皆無以見其精微如此。然讀之渾然，全似未嘗用力，此所以不礙其氣格超勝。使晚唐諸子為之，便當如『魚躍練波拋玉尺，鶯穿絲柳織金梭』體矣。」（《石林詩話》卷下）這一聯「體物」有天然之妙，但不僅妙在「體物」，還妙在「緣情」。「七十古來稀」，人生如此短促，而「一片花飛減卻春，風飄萬點正愁人」，大好春光，又即將消逝，難道不值得珍惜嗎？詩人正是滿懷惜春之情觀賞江頭景物的。「穿花蛺蝶深深見，點水蜻蜓款款飛」，這是多麼恬靜、多麼自由、多麼美好的境界啊！可是這樣恬靜、這樣自由、這樣美好的境界，還能存在多久呢？於是詩人「且盡芳樽戀物華」（〈曲江陪鄭八丈南史飲〉），寫出了這樣的結句：「傳語風光共流轉，暫時相賞莫相違。」「傳語」猶言「寄語」，對象就是「風光」。這裡的「風光」，就是明媚的春光。「穿花」一聯體物之妙，不僅在於寫小景如畫，而且在於以小景見大景。讀這一聯，難道喚不起春光明媚的美感嗎？蛺蝶、蜻蜓，正是在明媚的春光裡自由自在地穿花、點水，「深深見（現）」、「款款飛」的。失掉明媚的春光，這樣恬靜、這樣自由、這樣美好的境界也就不復存在了。詩人以情觀物，物皆有情，因而「傳語風光」說：「可愛的風光呀，你就同穿花的蛺蝶、點水的蜻蜓一起流轉，讓我欣賞吧，哪怕是暫時的；可別連這點心願也違背了啊！」

清仇兆鰲註引張綖語云：「二詩以仕不得志，有感於暮春而作。」（《杜詩詳註》）言簡意賅，深得詩人用心。因「有感於暮春而作」，故暮春之景與惜春、留春之情融合無間。因「仕不得志」而有感，故惜春、留春之情飽含深廣的社會內容，耐人尋味。

這兩首詩總的特點，用中國傳統的美學術語說，就是「含蓄」，就是有「神韻」。所謂「含蓄」，所謂「神韻」，就是留有餘地。抒情、寫景，力避傾困倒廩，而要抒寫最典型最有特徵性的東西，從而使讀者透過已抒之情和已寫之景去玩味未抒之情，想像未寫之景。「一片花飛」、「風飄萬點」，寫景並不工細。然而「一片花飛」，最足以表現春減；「風飄萬點」，也最足以表現春暮。一切與春減、春暮有關的景色，都可以從「一片花飛」、「風飄萬點」中去冥觀默想。比如說，從花落可以想到鳥飛，從紅瘦可以想到綠肥……「穿花」一聯，寫景可謂工細；但工而不見刻削之痕，細也並非詳盡無遺。例如只說「穿花」，不復具體地描寫花；只說「點水」，不復具體地描寫水，而花容、水態以及與此相關的一切景物，都宛然可想。

就抒情方面說，「何用浮榮絆此身」，「朝回日日典春衣」，其「仕不得志」是依稀可見的。但如何不得志，為何不得志，卻祕而不宣，只是透過描寫暮春之景抒發惜春、留春之情；而惜春、留春的表現方式，也只是吃酒，只是賞花玩景，只是及時行樂。詩中的抒情主人公「日日江頭盡醉歸」，從「一片花飛」到「風飄萬點」，已經目睹了、感受了春減、春暮的全過程，還「傳語風光共流轉，暫時相賞莫相違」，真可謂樂此不疲了！然而仔細探索，就發現言外有意，味外有味，弦外有音，景外有景，情外有情，「測之而益深，究之而益來」（宋范溫《潛溪詩眼》），真正體現了「神餘象外」的藝術特點。（霍松林）

曲江對酒

杜甫

苑外江頭坐不歸，水精宮殿轉霏微。桃花細逐楊花落，黃鳥時兼白鳥飛。縱飲久判人共棄，懶朝真與世相違。吏情更覺滄洲遠，老大徒傷未拂衣。

這首詩寫於唐肅宗乾元元年（七五八）春，是杜甫最後留住長安時的作品。一年以前，杜甫隻身投奔肅宗李亨，受職左拾遺。因上疏為宰相房琯罷職一事鳴不平，激怒肅宗，遭到審訊。以後，雖仍任拾遺，但有名無實，不受重用。杜甫無所作為，空抱報國之心，不免滿腹牢騷。這首〈曲江對酒〉便是詩人此種心境的反映。

曲江，即曲江池，故址在今陝西西安市東南，因池水曲折而得名，是當時京都的第一勝地。前兩聯是曲江即景。「苑外江頭坐不歸」，苑，指芙蓉苑，在曲江西南，是帝妃遊幸之所。坐不歸，表明詩人已在江頭多時。這個「不」字很有講究，如用「坐未歸」，只反映客觀現象，沒有回去；「坐不歸」，則突出了詩人的主觀意願，不想回去，可見心中有情緒。這就為三、四聯的述懷作了墊筆。

以下三句，接寫坐時所見。「水精宮殿轉霏微」，水精（水晶）宮殿，即苑中宮殿。霏微，迷濛的樣子。在「宮殿」、「霏微」間，又著一「轉」字，突出了景物的變化。這似乎是承「坐不歸」而來的：久坐不歸，時已向晚，故而宮殿霏微。但是，我們從下面的描寫中，卻看不到日暮的景象，這就透露了詩人另有筆意。清浦起龍《讀杜心解》曾將詩人這一時期所寫的〈曲江二首〉、〈曲江對酒〉、〈曲江對雨〉，跟作於安史之亂以前的〈麗人行〉作過比較，指出：「此處曲江詩，所言皆『花』、『鳥』、『蜻』、『蝶』。一及宮苑，則云『巢翡翠』，『轉霏微』，『雲覆』，『晚靜』而已。視前此所詠『雲幕』，『御廚』，覺盛衰在目，彼此一時。」這種看法是有道理的。「水精宮殿轉霏微」所顯示的，即是一種虛空寥落的情景。這個「轉」字，則有時過境遷的意味。與此適成對照的，是如期而至的自然界的春色：「桃花細逐楊花落，黃鳥時兼白鳥飛」。短短一聯，形、神、聲、色、香俱備。「細逐」、「時兼」四字，極寫落花輕盈無聲，飛鳥歡躍和鳴，生動而傳神。兩句襯托出詩人此時的心緒：久坐江頭，空閒無聊，因而才這樣留意於花落鳥飛。「桃花細逐楊花落」一句，原作「桃花欲共楊花語」，後杜甫「自以淡筆改三字」（宋《漫叟詩話》），由擬人法改為描寫法。何以有此改？就因為「桃花欲共楊花語」顯得過於恬適而富有情趣，跟詩人當時仕途失意，懶散無聊的心情不相吻合。

這一聯用「自對格」，兩句不僅上下對仗，而且本句的某些字詞也相對。此處「桃」對「楊」，「黃」對「白」。鳥分黃白，這是明點，桃楊之色則是暗點：桃花紅而楊花白。這般色彩又隨著花之「細逐」和鳥之「兼飛」而呈現出上下飄舞的動人景象，把一派春色渲染得異常絢麗。

風景雖好，卻是暮春落花時節。落英繽紛，固然賞心悅目，但也很容易勾起傷春之情，於是三、四聯對酒述懷，轉寫心中的牢騷和愁緒。

先寫牢騷：「縱飲久判人共棄，懶朝真與世相違。」判（音同潘），「割捨之辭；亦甘願之辭」（張相《詩詞曲語辭匯釋》）。這兩句的意思是：我整日縱酒，早就甘願被人嫌棄；我懶於朝參，的確有違世情。這顯然是牢騷話，實際是說：既然人家嫌棄我，不如借酒自遣；既然我不被世用，何苦恭勤朝參？正話反說，更顯其牢愁之盛，又妙在含蓄委婉。這裡所說的「人」和「世」，不光指朝廷碌碌之輩，牢騷已經發到了肅宗李亨的頭上。

詩人素以「忠君」為懷，但失望過甚時，也禁不住口出微詞。以此二句，足見詩人的憤懣不平之氣。

最後抒發愁緒：「吏情更覺滄洲遠，老大徒傷未拂衣。」滄洲，水邊綠洲，古時常用來指隱士的居處。拂衣，指辭官。這一聯是說：只因為微官縛身，不能解脫，故而雖老大傷悲，也無可奈何，終未拂衣而去。這裡，以「滄洲遠」、「未拂衣」，和上聯的「縱飲」、「懶朝」形成對照，顯示一種欲進既不能，欲退又不得的兩難境地。杜甫雖然仕途失意，畢生坎坷，但「致君堯舜上，再使風俗淳」（〈奉贈韋左丞丈二十二韻〉）的政治抱負始終如一，直至逝世的前一年（七六九），他還勉勵友人「致君堯舜付公等，早據要路思捐軀」（〈暮秋枉裴道州手札率爾遣興寄近呈蘇渙侍御〉），希望以國事為己任。可見詩人之所以縱飲懶朝，是因為抱負難展，理想落空；他把自己的失望和憂憤託於花鳥清樽，正反映出詩人報國無門的苦痛。（周錫炎）

九日藍田崔氏莊

杜甫

老去悲秋強自寬，興來今日盡君歡。羞將短髮還吹帽，笑倩旁人為正冠。藍水遠從千澗落，玉山高並兩峰寒。明年此會知誰健？醉把茱萸①仔細看。

〔註〕①茱萸：古代風俗，九月初九日，佩茱萸（植物名，有濃香）囊可以去邪辟惡，益壽延年。

「老去悲秋強自寬，興來今日盡君歡。」人已老去，對秋景更生悲，只有勉強寬慰自己。今日重九興致來了，一定要和你們盡歡而散。這裡「老去」一層，「悲秋」一層，「強自寬」又一層；「興來」一層，「今日」一層，「盡君歡」又一層，真是層層變化，轉折翻騰。首聯即用對仗，讀來宛轉自如。

「羞將短髮還吹帽，笑倩旁人為正冠。」人老了，怕帽一落，顯露出自己的蕭蕭短髮，作者以此為「羞」，所以風吹帽子時，笑著請旁人幫他正一正。這裡用「孟嘉落帽」的典故。東晉王隱《晉書》：「孟嘉為桓溫參軍，九月溫遊龍山，僚屬畢集，風吹嘉帽落不覺，如廁，孫盛時在坐，溫授紙筆命嘲之，著嘉坐處。嘉還見之，笑請紙作答。」杜甫曾授率府參軍，此處以孟嘉自比，合乎身份。然而孟嘉落帽顯出名士風流蘊藉之態，而杜甫此時心境不同，他怕落帽，反倩人正冠，顯出別是一番滋味。說是「笑」倩，實是強顏歡笑，骨子裡透出一縷傷感、悲涼的意緒。這一聯用典入化，傳神地寫出杜甫那幾分醉態。宋代楊萬里說：「孟嘉以落帽為風流，少陵以不落為風流，翻盡古人公案，最為妙法。」（《誠齋詩話》）

「藍水遠從千澗落，玉山高並兩峰寒。」按照一般寫法，頸聯多半是順承前二聯而下，那此詩就仍應寫嘆老悲秋。詩人卻不同凡響，猛然推開一層，筆勢陡起。這兩句描山繪水，氣象崢嶸。藍水遠來，千澗奔瀉，玉山高聳，兩峰並峙。山高水險，令人只能仰視，不由人不振奮。用「藍水」、「玉山」相對，色澤淡雅。用「遠」、「高」拉出開闊的空間，用「落」、「寒」稍事點染，既標出深秋的時令，又令人有高危蕭瑟之感。詩句豪壯中帶幾分悲涼，「雄傑挺峻，喚起一篇精神，自非筆力拔山，不至於此。」（《誠齋詩話》）

「明年此會知誰健？醉把茱萸仔細看。」當他抬頭仰望秋山秋水，如此壯觀，低頭再一想，山水無恙，人事難料，自己已這樣衰老，又何能久長？所以他趁著幾分醉意，手把著茱萸仔細端詳：茱萸呀茱萸，明年此際，還有幾人健在，佩戴著你再來聚會呢？上句一個問句，表現出詩人沉重的心情和深廣的憂傷，含有無限悲天憫人之意。下句用一「醉」字，妙絕。若用「手把」，則嫌笨拙，而「醉」字卻將全篇精神收攏，鮮明地刻畫出詩人此時的情態：雖已醉眼，卻仍盯住手中茱萸細看，不置一言，卻勝過萬語千言。

這首詩跌宕騰挪，酣暢淋漓，清浦起龍評謂：「字字亮，筆筆高。」（《讀杜心解》）詩人滿腹憂情，卻以壯語寫出，讀之更覺慷慨曠放，悽楚悲涼。（徐永端）

日暮

杜甫

牛羊下來久，各已閉柴門。風月自清夜，江山非故園。

石泉流暗壁，草露滴秋根。頭白燈明裡，何須花燼繁。

唐代宗大曆二年（七六七）秋，杜甫在流寓夔州（治今重慶市奉節）瀼西東屯期間，寫下了這首詩。瀼西一帶，地勢平坦，清溪縈繞，山壁峭立，林寒澗肅，草木繁茂。

黃昏時分，展現在詩人眼前的是一片山村寂靜的景色：「牛羊下來久，各已閉柴門。」夕陽的淡淡餘暉灑滿偏僻的山村，一群群牛羊早已從田野歸來，家家戶戶深閉柴扉，各自團聚。首聯從《詩經．王風．君子于役》「日之夕矣，羊牛下來」句點化而來。「牛羊下來久」句中僅著一「久」字，便另創新的境界，使人自然聯想起山村傍晚時的閑靜；而「各已閉柴門」，則使人從闃寂而冷漠的村落想像到戶內人們享受天倫之樂的景況。這就隱隱透出一種思鄉戀親的情緒。

皓月悄悄升起，詩人凝望著這寧靜的山村，禁不住觸動思念故鄉的愁懷：「風月自清夜，江山非故園。」秋夜，晚風清涼，明月皎潔，瀼西的山川在月光覆照下明麗如畫，無奈並非自己的故鄉風物！淡淡二句，有著多少悲鬱之感。杜甫在這一聯中採用拗句。「自」字本當用平聲，卻用了去聲，「非」字應用仄聲而用了平聲。「自」與「非」是句中關鍵的字眼，一拗一救，顯得波瀾有致，正是為了服從內容的需要，深曲委婉地表達了懷念故園的深情。江山美麗，卻非故園。這一「自」一「非」，隱含著一種無可奈何的情緒和濃重的思鄉愁懷。

夜愈深，人更靜，詩人帶著鄉愁的眼光觀看山村秋景，彷彿蒙上一層清冷的色彩：「石泉流暗壁，草露滴秋根。」這兩句詞序有意錯置，原句順序應為：「暗泉流石壁，秋露滴草根。」意思是，清冷的月色照滿山川，幽深的泉水在石壁上潺潺而流，秋夜的露珠凝聚在草根上，晶瑩欲滴。意境是多麼淒清而潔淨！給人以悲涼、抑鬱之感。詞序的錯置，不僅使聲調更為鏗鏘和諧，而且突出了「石泉」與「草露」，使「流暗壁」和「滴秋根」所表現的詩意更加奇逸、濃郁。從淒寂幽邃的夜景中，隱隱地流露出一種遲暮之感。

景象如此冷漠，詩人不禁默默走回屋裡，挑燈獨坐，更覺悲涼淒愴：「頭白燈明裡，何須花燼繁。」杜甫居蜀近十載，晚年老弱多病，如今，花白的頭髮和明亮的燈光交相輝映；濟世既渺茫，歸鄉又遙遙無期，因而儘管面前燈燼結花斑斕繁茂，似乎在預報喜兆，詩人不但不覺歡欣，反而倍感煩惱。「何須」一句，說得幽默而又悽婉，表面看來好像是宕開一層的自我安慰，其實卻飽含辛酸的眼淚和痛苦的嘆息。

「情語能以轉折為含蓄者，唯杜陵居勝。」（《薑齋詩話》）清王夫之對杜詩的評語也恰好闡明本詩的藝術特色。詩人的衰老感，懷念故園的愁緒，詩中都沒有正面表達，結句只委婉地說「何須花燼繁」，嗔怪燈花報喜，彷彿喜兆和自己根本無緣，沾不上邊似的。這樣寫確實婉轉曲折，含蓄蘊藉，耐人尋味，給人以更鮮明的印象和深刻的感受，可謂達到爐火純青的境地。（何國治）

贈衛八處士

杜甫

人生不相見，動如參與商。今夕復何夕，共此燈燭光。
少壯能幾時？鬢髮各已蒼！訪舊半為鬼，驚呼熱中腸。
焉知二十載，重上君子堂。昔別君未婚，兒女忽成行。
怡然敬父執，問我來何方。問答乃未已①，驅兒②羅酒漿。
夜雨翦春韭，新炊間黃粱。主稱會面難，一舉累十觴。
十觴亦不醉，感子故意長。明日隔山岳，世事兩茫茫。

〔註〕①「乃未已」一作「未及已」。②「驅兒」一作「兒女」。

這首詩是肅宗乾元二年（七五九）春天，杜甫自洛陽（今屬河南）返回華州（治今陝西華縣）途中所作。衛八處士，名字和生平事跡已不可考。處士，指隱居不仕的人。

開頭四句說，人生動輒如參、商二星，此出彼沒，不得相見；今夕又是何夕，咱們一同在這燈燭光下敘談。

這幾句從離別說到聚首，亦悲亦喜，悲喜交集，把強烈的人生感慨帶入了詩篇。詩人與衛八重逢時，安史之亂已延續了三年多，雖然兩京已經收復，但叛軍仍很猖獗，局勢動蕩不安。詩人的慨嘆，正暗隱著對這個亂離時代的感受。

久別重逢，彼此容顏的變化，自然最容易引起注意。別離時兩人都還年輕，而今俱已鬢髮斑白了。「少壯能幾時，鬢髮各已蒼」兩句，由「能幾時」引出，對於世事、人生的迅速變化，表現出一片惋惜、驚悸的心情。接著互相詢問親朋故舊的下落，竟有一半已不在人間了，彼此都不禁失聲驚呼，心裡火辣辣地難受。按說，杜甫這一年才四十八歲，何以親故已經死亡半數呢？如果說開頭的「人生不相見」已經隱隱透露了一點時代氣氛，那麼這種親故半數死亡，則更強烈地暗示著一場大的干戈亂離。「焉知」二句承接上文「今夕復何夕，共此燈燭光」，詩人故意用反問句式，含有意想不到彼此竟能活到今天的心情。其中既不無倖存的欣慰，又帶著深深的痛傷。

前十句主要是抒情。接下去，則轉為敘事，而無處不關人世感慨。隨著二十年歲月的過去，此番重來，眼前出現了兒女成行的景象。這裡面當然有倏忽之間遲暮已至的喟嘆。「怡然」以下四句，寫出衛八的兒女彬彬有禮、親切可愛的情態。詩人款款寫來，毫端始終流露出一種真摯感人的情意。這裡「問我來何方」一句後，本可以寫些路途顛簸的情景，然而詩人只用「問答乃未已」一筆輕輕帶過，可見其裁剪淨練之妙。接著又寫處士的熱情款待：酒是讓兒子即刻去張羅的佳釀，菜是冒著夜雨翦來的春韭，飯是新煮的摻有黃米的香噴噴的二米飯。這自然是隨其所有而具辦的家常飯菜，體現出老朋友間不拘形跡的淳樸友情。「主稱」以下四句，敘主客暢飲的情形。故人重逢話舊，不是細斟慢酌，而是一連就進了十大杯酒，這是主人內心不平靜的表現。主人尚且如此，杜甫心情的激動，當然更不待言。「感子故意長」，概括地點出了今昔感受，總束上文。這樣，對「今夕」的眷戀，自然要引起對明日離別的慨嘆。末二句回應開頭的「人生不相見，動如參與商」，暗示著明日之別，悲於昔日之別：昔日之別，今幸復會；明日之別，後會何年？低迴深婉，耐人玩味。

詩人是在動亂的年代、動盪的旅途中，尋訪故人的；是在長別二十年，經歷了滄桑巨變的情況下與老朋友見面的，這就使短暫的一夕相會，特別不尋常。於是，那眼前燈光所照，就成了亂離環境中倖存的美好的一角；那一夜時光，就成了烽火亂世中帶著和平寧靜氣氛的僅有的一瞬；而蕩漾於其中的人情之美，相對於紛紛擾擾的殺伐爭奪，更顯出光彩。「今夕復何夕，共此燈燭光」，被戰亂推得遙遠的、恍如隔世的和平生活，似乎一下子又來到眼前。可以想像，那燭光融融，散發著黃粱與春韭香味，與故人相伴話舊的一夜，對於飽經離亂的詩人，是多麼值得眷戀和珍重啊。詩人對這一夕情事的描寫，正是流露出對生活美和人情美的珍視，它使讀者感到結束這種戰亂，是多麼符合人們的感情與願望。

這首詩平易真切，層次井然。詩人只是隨其所感，順手寫來，便有一種濃厚的氣氛。它與杜甫以沉鬱頓挫為顯著特徵的大多數古體詩有別，而更近於渾樸的漢魏古詩和陶淵明的創作；但它的感情內涵畢竟比漢魏古詩豐富複雜，有杜詩所獨具的感情波瀾，如層漪疊浪，展開於作品內部。清代張上若說它「情景逼真，兼極頓挫之妙」（清楊倫《杜詩鏡銓》卷五引），正是深一層地看到了其內在的沉鬱頓挫。詩寫朋友相會，卻由「人生不相見」的慨嘆發端，因而轉入「今夕復何夕，共此燈燭光」時，便格外見出內心的激動。但下面並不因為相會便抒寫喜悅之情，而是接以「少壯能幾時」至「驚呼熱中腸」四句，感情又趨向沉鬱。詩的中間部分，酒宴的款待，沖淡了世事茫茫的悽婉，帶給詩人幸福的微醺，但勸酒的語辭卻是「主稱會面難」，又帶來離亂的感慨。詩以「人生不相見」開篇，以「世事兩茫茫」結尾，前後一片蒼茫，把一夕的溫馨之感，置於蒼涼的感情基調上。這些，正是詩的內在沉鬱的表現。如果把這首詩和孟浩然的〈過故人莊〉對照，就可以發現，二者同樣表現故人淳樸而深厚的友情，但由於不同的時代氣氛，詩人的感受和文字風格都很不相同，孟浩然心情平靜而愉悅，連文字風格都是淡淡的。而杜甫則是悲喜交集，內心蘊積著深深的感情波瀾，因之，反映在文字上儘管自然渾樸，而仍極頓挫之致。（余恕誠）

洗兵馬　杜甫

收京後作。

中興諸將收山東，捷書夜報清晝同。河廣傳聞一葦過，胡危命在破竹中。
祇殘鄴城不日得，獨任朔方無限功。京師皆騎汗血馬，回紇餧肉蒲萄宮。
已喜皇威清海岱，常思仙仗過崆峒。三年笛裡關山月，萬國兵前草木風。
成王功大心轉小，郭相謀深古來少。司徒清鑑懸明鏡，尚書氣與秋天杳。
二三豪俊為時出，整頓乾坤濟時了。東走無復憶鱸魚，南飛覺有安巢鳥。
青春復隨冠冕入，紫禁正耐煙花繞。鶴駕通宵鳳輦備，雞鳴問寢龍樓曉。
攀龍附鳳勢莫當，天下盡化為侯王。汝等豈知蒙帝力，時來不得誇身強！
關中既留蕭丞相，幕下復用張子房。張公一生江海客，身長九尺鬚眉蒼；
徵起適遇風雲會，扶顛始知籌策良。青袍白馬更何有？後漢今周喜再昌。

寸地尺天皆入貢，奇祥異瑞爭來送。不知何國致白環，復道諸山得銀甕①。
隱士休歌紫芝曲，詞人解撰河清頌。田家望望惜雨乾，布穀處處催春種。
淇上健兒歸莫懶，城南思婦愁多夢。安得壯士挽天河，盡洗甲兵長不用！

〔註〕①清仇兆鰲《杜詩詳註》：「《竹書紀年》帝舜九年西王母來朝，獻白環玉玦。《瑞應圖》王者宴不及醉，刑罰中，則銀甕出焉。」

今日讀者於古詩，常覺具有現實批判性的作品名篇甚多，而「頌」體詩歌難得佳構。杜甫〈洗兵馬〉似乎是個例外。「洗兵馬」三字出西晉左思〈魏都賦〉：「洗兵海島，刷馬江洲。」本篇賦予新意，於末句點出：「盡洗甲兵長不用」。詩中有句道：「詞人解撰河清頌」（南朝宋文帝元嘉中河、濟俱清，鮑照作〈河清頌〉讚美），這首詩本身就可說是熱情洋溢的〈河清頌〉。

此詩於唐肅宗乾元二年（七五九）春二月，即兩京克復後，相州兵敗前，作於洛陽。當時平叛戰爭形勢很好，大有一舉復興的希望。故詩多欣喜願望之詞。此詩凡四轉韻，每韻十二句，自成段落。

第一段（從「中興諸將收山東」至「萬國軍前草木風」）以歌頌戰局神變發端。唐室在「中興諸將」（即後文提到的郭子儀、李光弼等人）的努力下，已光復華山以東包括河北大片土地，捷報晝夜頻傳。《詩經·衛風·河廣》云：「誰謂河廣，一葦杭之。」三句借用以言克敵極易，安史亂軍的覆滅已成「破竹」之勢。當時，安慶緒困守鄴城（即相州，治所在今河南安陽），故云「祇殘鄴城不日得」。復興大業與善任將帥關係甚大，

「獨任朔方無限功」既是肯定與讚揚當時朔方節度使郭子儀在平叛戰爭中的地位和功績，又是表達一種意願，望朝廷信賴諸將，以奏光復無限之功。以上多敘述，「京師」二句則描繪了兩個顯示勝利喜慶氣氛的畫面：長安街上出入的官員們，都騎著產於邊地的名馬（「汗血馬」），春風得意；助戰有功的回紇兵則在「蒲萄宮」（漢元帝嘗宴單于處，此借用）備受款待，大吃大喝。「餧（餵）肉」二字描狀生動，客觀鋪寫中略寓諷意（杜甫一貫反對借兵於回紇）。從「捷書夜報」句至此，句句申戰爭克捷之意，節奏急促，幾使人應接不暇，亦似有破竹之勢。以下意略轉折，「已喜皇威清海岱」一句束上，時河北尚未完全克復，言「清海岱」（「海岱」，指古青、徐二州之域）則語有分寸；「常思仙仗過崆峒」一句啟下，意在警告肅宗居安思危，勿忘鑾輿播遷、往來於崆峒山（在今甘肅平涼西）的艱難日子。緊接以「三年笛裡」一聯，極概括地寫出戰爭帶來的創傷。安史之亂三年來，笛咽關山，兵驚草木，人民飽受亂離的痛苦。此聯連同上聯，恰是撫今追昔，痛定思痛，淋漓悲壯，於歡快詞中小作波折，不一味流走，極抑揚頓挫之致，將作者激動而複雜的心情寫出。故明胡應麟說「三年笛裡」一聯「以和平端雅之調，寓憤鬱淒悷之思，古今言壯句者難及此」（《詩藪》卷五）。

第二段（從「成王功大心轉小」到「雞鳴問寢龍樓曉」）逆接篇首「中興諸將」四字，以鋪張排比句式，對李豫、郭子儀等人致詞讚美。「成王」即後來的唐代宗李豫，收復兩京時為天下兵馬元帥，「功大心轉小」云云，讚頌其成大功後更加小心謹慎。隨後盛讚郭子儀的謀略、司徒李光弼的明察、尚書王思禮的高遠氣度。四句中，前兩句平直敘來，後兩句略作譬喻，鋪述排比中有變化。贊語既切合各人身份事跡，又表達出對光復大業卓有貢獻的「豪俊」的欽仰。「二三豪俊為時出」，總束前意，說他們本來就為重整乾坤，應運而生的。「東走無復」以下六句承「整頓乾坤濟時了」而展開描寫，從普天下的喜慶到宮禁中的新氣象，調子輕快：做官的人彈冠慶賀，不必棄官避亂（「憶鱸魚」翻用《晉書》張翰語）；平民百姓也能安居樂業，如鳥之有歸巢；

春天的繁華景象正隨朝儀之再整而重新回到宮禁，天子與上皇也能實施「昏定晨省」的宮廷故事。上上下下都是一派熙洽氣象。

喜慶的同時，另有一些現象卻是詩人斷乎不能容忍的。第三段（從「攀龍附鳳勢莫當」至「後漢今周喜再昌」）一開頭就揭示一種政治弊端：朝廷賞爵太濫，許多投機者無功受祿，一時有「天下盡化為侯王」之虞。「汝等」二句即對此輩作申斥語，聲調一變而為憤激。繼而又將張鎬、房琯等作為上述腐朽勢力的對立面來歌頌，聲調復轉為輕快，這樣一張一弛，極富擒縱唱嘆之致。「青袍白馬」句以南朝北來降將侯景比安、史，言其不堪一擊；「後漢今周」句則以周、漢的中興比喻時局。當時，房琯、張鎬俱已罷相，詩人希望朝廷能復用他們，故特加表彰，與贊「中興諸將」相表裡。鎬於去年五月罷相，改荊王府長史。此言「幕下復用」，措意深婉。這一段表明杜甫的政治眼光。

第四段（從「寸地尺天皆入貢」到篇終）先用六句申「後漢今周喜再昌」之意，說四方皆來入貢，海內遍呈祥瑞，舉國稱賀。以下繼續說：隱士們也不必再避亂遁世（「紫芝歌」為秦末號稱「四皓」的四位隱士所作），文人們都大寫歌頌詩文。至此，詩人是「頌其已然」，同時他又並未忘記民生憂患，從而又「禱其將然」：時值春耕逢旱，農夫盼雨；而「健兒」、「思婦」猶未得團圓，社會的安定，生產的恢復，均有賴戰爭的最後勝利。詩人勉勵圍鄴的「淇上健兒」以「歸莫懶」，寄託著欲速其成功的殷勤之意。這幾句話雖不多，卻唱出詩人對人民的關切，表明他是把戰爭勝利作為安定社會與發展生產的重要前提來歌頌的。正由於這樣，詩人在篇末唱出了自己的強烈願望和詩章的最強音：「安得壯士挽天河，盡洗甲兵長不用！」

這首詩基調是歌頌祝願性的，熱烈歡暢，興會淋漓，將詩人那種熱切關懷國家命運，充滿樂觀信念的感情傳達出來了，可以說，是一曲展望勝利的頌歌。詩中對大好形勢下出現的某些不良現象也有批評和憂慮，但並不影響詩人對整體形勢的興奮與樂觀。詩章以宏亮的聲調，壯麗的詞句，浪漫誇張的語氣，表達了極大的喜悅和歌頌。杜詩本以「沉鬱」的詩風見稱，而此篇在杜甫古風中堪稱別調。

從藝術形式看，採用了華麗嚴整，兼有古近體之長的「初唐四傑體」。詞藻富贍，對偶工整，用典精切，氣勢雄渾闊大，與詩歌表達的喜慶內容完全相宜。詩的韻腳，逐段平仄互換；聲調上忽疾忽徐，忽翕忽張，於熱情奔放中饒頓挫之致，清詞麗句而能兼蒼勁之氣，讀來覺跌宕生姿，大大增強了詩篇的感染力。

北宋王安石選杜詩，標榜此篇為壓卷之作（見《臨川集》卷八十四〈老杜詩後集序〉）。今天看來，無論就感情之充沛，結撰之精心而言，〈洗兵馬〉都不失為杜詩的一篇力作。（周嘯天）

新安吏

杜甫

收京後作。雖收兩京，賊猶充斥。

客行新安道，喧呼聞點兵。借問新安吏：「縣小更無丁？」

「府帖昨夜下，次選中男行。」「中男絕短小，何以守王城？」

肥男有母送，瘦男獨伶俜。白水暮東流，青山猶哭聲。

「莫自使眼枯，收汝淚縱橫。眼枯即見骨，天地終無情！

我軍取相州，日夕望其平。豈意賊難料，歸軍星散營。

就糧近故壘，練卒依舊京。掘壕不到水，牧馬役亦輕。

況乃王師順，撫養甚分明。送行勿泣血，僕射①如父兄。」

〔註〕①僕射：官職名。這裡指郭子儀，當時因戰敗降職為左僕射。

唐肅宗乾元元年（七五八）冬，郭子儀收復長安和洛陽，旋即，郭和李光弼、王思禮等九節度使乘勝率軍進擊，以二十萬兵力在鄴郡（即相州，治所在今河南安陽）包圍了安慶緒叛軍，局勢甚可喜。然而昏庸的肅宗對郭子儀、李光弼等領兵並不信任，諸軍不設統帥，只派宦官魚朝恩為觀軍容宣慰處置使，使諸軍不相統屬，又兼糧食不足，士氣低落，兩軍相持到次年春天，史思明援軍至，唐軍遂在鄴城大敗。郭子儀退保東都洛陽，其餘各節度使逃歸本鎮。唐王朝為了補充兵力，大肆抽丁拉伕。杜甫這時正由洛陽回華州（今陝西華縣）任所，耳聞目睹了這次慘敗後人民罹難的痛苦情狀，經過藝術提煉，寫成組詩「三吏」、「三別」。〈新安吏〉是組詩的第一首。新安，在洛陽西。

「客行新安道，喧呼聞點兵。」這兩句是全篇的總起。「客」，杜甫自指。以下一切描寫，都是從詩人「喧呼聞點兵」五字中生出。

「借問新安吏：『縣小更無丁？』」這是杜甫的問話。唐高祖武德七年（六二四）定制：男女十六歲為中，二十一歲為丁。至玄宗天寶三載（七四四），又改以十八歲為中男，二十二歲為丁。按照正常的徵兵制度，中男不該服役。杜甫的問話是很尖銳的，眼前明明有許多人被當作壯丁抓走，卻撇在一邊，跳過一層問：「新安縣小，再也沒有丁男了吧？」大概他以為這樣一問，就可以把新安吏問住了。「府帖昨夜下，次選中男行。」吏很狡黠，也跳過一層回答說，州府昨夜下的軍帖，要挨次往下抽中男出征。看來，吏敏感得很，他知道杜甫用中男不服兵役的王法難他，所以立即拿出府帖來壓人。看來講王法已經沒有用了，於是杜甫進一步就實際問題和情理發問：「中男又矮又小，怎麼能守衛東都洛陽呢？」王城，指洛陽，周代曾把洛邑稱作王城。這在杜甫是又逼緊了一步，但接下去卻沒有答話。也許吏被問得張口結舌，但更大的可能是吏不願跟杜甫嚕囌下去了。這就把吏對杜甫的厭煩，杜甫對人民的同情，以及詩人那種迂執的性格都表現出來了。

「肥男有母送，瘦男獨伶俜（音同乒）。白水暮東流，青山猶哭聲。」跟吏已經無話可說了，於是杜甫把目光轉向被押送的人群。他懷著沉痛的心情，把這些中男仔細地打量再打量。他發現那些似乎長得壯實一點的男孩子是因為有母親照料，而且有母親在送行。中男年幼，當然不可能有妻子。但為什麼父親不來呢？上面說過「縣小更無丁」，有父親在還用抓孩子嗎？所以「有母」之言外，正可見另一番慘景。「瘦男」之「瘦」已叫人目不忍睹，加上「獨伶俜」三字，更見無親無靠。無限痛苦，茫茫無堪告語，這就是「獨伶俜」三字給人的感受。杜甫對著這一群哀號的人流，究竟站了多久呢？只覺天已黃昏了，白水在暮色中無語東流，青山好像帶著哭聲。這裡用一個「猶」字便見恍惚。人走以後，哭聲仍然在耳，彷彿連青山白水也嗚咽不止。似幻覺又似真實，讀起來叫人驚心動魄。以上四句是詩人的主觀感受。它在前面與吏的對話和後面對征人的勸慰語之間，在行文與感情的發展上起著過渡作用。

「莫自使眼枯，收汝淚縱橫。眼枯即見骨，天地終無情！」這是杜甫勸慰征人的開頭幾句話。照說中男已經走了，話講給誰聽呢？好像是把先前曾跟中男講的話補敘在這裡，又像是中男走過以後，杜甫覺得太慘了，一個人對著中男走的方向自言自語，那種發痴發呆的神情，更顯出其茫茫然的心理。照說抒發悲憤一般總是要把感情往外放，可是此處卻似乎在收。「使眼枯」、「淚縱橫」本來似乎可以再作淋漓盡致的刻畫，但杜甫卻加上了「莫」和「收」。「不要哭得使眼睛發枯，收起奔湧的熱淚吧。」然後再用「天地終無情」來加以堵塞。「莫」、「收」在前，「終無情」在後一筆煞住，好像要人把眼淚全部吞進肚裡。這就收到了「抽刀斷水水更流」的藝術效果。這種悲憤也就顯得更深、更難控制，「天地」也就顯得更加「無情」。

照說杜甫寫到「天地終無情」，已經極其深刻地揭露了兵役制度的不合理，然而這一場戰爭的性質不同於寫〈兵車行〉的時候。當此國家存亡迫在眉睫之時，詩人在控訴「天地終無情」之後，又說了一些寬慰的話。

相州之敗，本來罪在朝廷和唐肅宗，杜甫卻說敵情難以預料，用這樣含混的話掩蓋失敗的根源，目的是要給朝廷留點面子。本來是敗兵，卻說是「歸軍」，也是為了不致過分叫人喪氣。「況乃王師順，撫養甚分明」。唐軍討伐安史叛軍，當然可以說名正言順，但哪裡又能談得上愛護士卒、撫養分明呢？另外，所謂戰壕挖得淺，牧馬勞役很輕，郭子儀對待士卒親如父兄等等，也都是安慰被強徵入伍的中男。詩在揭露的同時，又對朝廷有所回護，杜甫這樣說，用心是很苦的。實際上，人民蒙受的慘痛，國家面臨的災難，都深深地刺激著他沉重而痛苦的心靈。

杜甫在詩中所表現的矛盾，除了有他自己思想上的根源外，同時又是社會現實本身矛盾的反映。一方面，當時安史叛軍燒殺擄掠，對中原地區生產力和人民生活的破壞是空前的。另一方面，唐朝統治者在平時剝削、壓迫人民，在國難當頭的時候，卻又昏庸無能，把戰爭造成的災難全部推向人民，要捐要人，根本不顧人民死活。這兩種矛盾，在當時社會現實中尖銳地存在著，然而前者畢竟居於主要地位。可以說，在平叛這一點上，人民和唐王朝多少有一致的地方。因此，杜甫的「三吏」、「三別」既揭露統治集團不顧人民死活，又旗幟鮮明地肯定平叛戰爭，甚至對應徵者加以勸慰和鼓勵，也就不難理解了。因為當時的人民雖然怨恨唐王朝，但終究咬緊牙關，含著眼淚，走上前線支持了平叛戰爭。（余恕誠）

石壕吏

杜甫

暮投石壕村，有吏夜捉人。老翁踰牆走，老婦出門看。
吏呼一何怒！婦啼一何苦！聽婦前致詞：「三男鄴城戍。
一男附書至，二男新戰死。存者且偷生，死者長已矣！
室中更無人，唯有乳下孫。有孫母未去，出入無完裙。
老嫗力雖衰，請從吏夜歸。急應河陽役，猶得備晨炊。」
夜久語聲絕，如聞泣幽咽。天明登前途，獨與老翁別。

唐肅宗乾元二年（七五九）春，郭子儀等九節度使號稱六十萬大軍包圍安慶緒於鄴城，由於指揮不統一，被史思明援兵打得全軍潰敗。唐王朝為補充兵力，便在洛陽以西至潼關一帶，強行抓人當兵，人民苦不堪言。這時，杜甫正由洛陽經過潼關，趕回華州任所。途中就其所見所聞，寫成了「三吏」、「三別」。〈石壕吏〉是「三吏」中的一篇。全詩的主題是透過對「有吏夜捉人」的形象描繪，揭露官吏的橫暴，反映人民的苦難。

前四句可看作第一段。首句「暮投石壕村」，單刀直入，直敘其事。「暮」字、「投」字、「村」字都需玩味，不宜輕易放過。在古代，由於社會秩序混亂和旅途荒涼等原因，旅客們都「未晚先投宿」，更何況在兵禍連接的時代！而杜甫，卻於暮色蒼茫之時才匆匆忙忙地投奔到一個小村莊裡借宿，這種異乎尋常的情景就富於暗示性。可以設想，他或者是壓根兒不敢走大路；或者是附近的城鎮已蕩然一空，無處歇腳；或者……總之，寥寥五字，不僅點明了投宿的時間和地點，而且和盤托出了兵荒馬亂，雞犬不寧，一切脫出常軌的景象，為悲劇的演出提供了典型環境。清浦起龍指出這首詩「起有猛虎攫人之勢」（《讀杜心解》）。這不僅是就「有吏夜捉人」說的，而且是就頭一句的環境烘托說的。「有吏夜捉人」一句，是全篇的提綱，以下情節，都從這裡生發出來。不說「徵兵」、「點兵」、「招兵」而說「捉人」，已於如實描繪之中寓揭露、批判之意。再加上一個「夜」字，含意更豐富。第一，表明官府「捉人」之事時常發生，人民白天躲藏或者反抗，無法「捉」到；第二，表明縣吏「捉人」的手段狠毒，於人民已經入睡的黑夜，來個突然襲擊。同時，詩人是「暮」投石壕村的，從「暮」到「夜」，已過了幾個小時，這時當然已經睡下了；所以下面的事件發展，他沒有參與其間，而是隔門聽出來的。「老翁踰牆走，老婦出門看」兩句，表現了人民長期以來深受抓丁之苦，晝夜不安；即使到了深夜，仍然寢不安席，一聽到門外有了響動，就知道縣吏又來「捉人」，老翁立刻「踰牆」逃走，由老婦開門周旋。

從「吏呼一何怒」至「猶得備晨炊」這十六句，可看作第二段。「吏呼一何怒！婦啼一何苦！」兩句，極其概括、極其形象地寫出了「吏」與「婦」的尖銳矛盾。一「呼」、一「啼」，一「怒」、一「苦」，形成了強烈的對照；兩個狀語「一何」，加重了感情色彩，有力地渲染出縣吏如狼似虎，叫囂隳突的橫蠻氣勢，並為老婦以下的訴說製造出悲憤的氣氛。矛盾的兩方面，具有主與從、因與果的關係。「婦啼一何苦」，是「吏呼一何怒」逼出來的。下面，詩人不再寫「吏呼」，全力寫「婦啼」，而「吏呼」自見。「聽婦前致詞」承上啟下。那「聽」是詩人在「聽」，那「致詞」是老婦「苦啼」著回答縣吏的「怒呼」。寫「致詞」內容的十三句詩，多次換韻，明顯地表現出多次轉折，暗示了縣吏的多次「怒呼」、逼問。讀這十三句詩的時候，千萬別以為這是「老婦」一口氣說下去的，而縣吏則在那裡洗耳恭聽。實際上，「吏呼一何怒！婦啼一何苦！」不僅發生在事件的開頭，而且持續到事件的結尾。

從「三男鄴城戍」到「死者長已矣」，是第一次轉折。可以想見，這是針對縣吏的第一次逼問訴苦的。在這以前，詩人已用「有吏夜捉人」一句寫出了縣吏的猛虎攫人之勢。等到「老婦出門看」，便撲了進來，賊眼四處搜索，卻找不到一個男人，撲了個空。於是怒吼道：「你家的男人都到哪兒去了？快交出來！」老婦泣訴說：「三個兒子都當兵守鄴城去了。一個兒子剛剛捎來一封信，信中說，另外兩個兒子已經犧牲了！……」泣訴的時候，也許縣吏不相信，還拿出信來交縣吏看。總之，「存者且偷生，死者長已矣」，處境是夠使人同情的，她很希望以此博得縣吏的同情，高抬貴手。不料縣吏又大發雷霆：「難道你家裡再沒有別人了？快交出來！」她只得針對這一點訴苦：「室中更無人，唯有乳下孫。」這兩句，也許不是一口氣說下去的，因為「更無人」與下面的回答發生了明顯的矛盾。合理的解釋是：老婦先說了一句：「家裡再沒人了！」而在這當兒，被兒媳婦抱在懷裡躲到什麼地方的小孫兒，受了怒吼聲的驚嚇，哭了起來，掩口也不頂用。於是縣吏抓到了把柄，威逼道：「你竟敢撒謊！不是有個孩子哭嗎？」老婦不得已，這才說：「只有個孫子啊！還吃奶呢，小得很！」「吃誰的奶？總有個母親吧！還不把她交出來！」老婦擔心的事情終於發生了！她只得硬著頭皮解釋：「孫兒是有個母親，她的丈夫在鄴城戰死了，因為要奶孩子，沒有改嫁。可憐她衣服破破爛爛，怎麼見人呀！還是行行好吧！」（「有孫母未去，出入無完裙」兩句，有的本子作「孫母未便出，見吏無完裙」，可見縣吏是要她出來的。）但縣吏仍不肯罷手。老婦生怕守寡的兒媳被抓，餓死孫子，只好挺身而出：「老嫗力雖衰，請從吏夜歸。急應河陽役，猶得備晨炊。」老婦的「致詞」，到此結束，表明縣吏勉強同意了，不再「怒吼」了。

最後一段雖然只有四句，卻照應開頭，涉及所有人物，寫出了事件的結局和作者的感受。「夜久語聲絕，如聞泣幽咽。」表明老婦終於被抓走。「夜久」二字，反映了老婦一再哭訴、縣吏百般威逼的漫長過程。「如聞」二字，是說詩人通夜為之悲傷，甚至產生了幻覺，在寂靜中似乎還「聽到」老婦幽咽的哭聲。「天明登前途，獨與老翁別」兩句，收盡全篇，於敘事中含無限深情。試想昨日傍晚投宿之時，老翁、老婦雙雙迎接，而時隔一夜，老婦被捉走，只能與逃走歸來的老翁作別了。老翁是何心情？詩人作何感想？給讀者留下了想像的餘地。

清仇兆鰲在《杜詩詳註》裡說：「古者有兄弟，始遣一人從軍。今驅盡壯丁，及於老弱。詩云：三男戍，二男死，孫方乳，媳無裙，翁踰牆，婦夜往。一家之中，父子、兄弟、祖孫、姑媳慘酷至此，民不聊生極矣！當時唐祚，亦岌岌乎哉！」就是說，「民為邦本」，把人民整成這個樣子，統治者的寶座也就岌岌可危了。詩人杜甫面對這一切，沒有美化現實，卻如實地揭露了政治黑暗，發出了「有吏夜捉人」的呼喊，這是值得高度評價的。

在藝術表現上，這首詩最突出的一點則是精練。明陸時雍稱讚道：「其事何長！其言何簡！」（《唐詩鏡》）就是指這一點說的。全篇句句敘事，無抒情語，亦無議論語；但實際上，作者卻巧妙地透過敘事抒了情，發了議論，愛憎十分強烈，傾向性十分鮮明。寓褒貶於敘事，既節省了很多筆墨，又毫無概念化的感覺。詩還運用了藏問於答的表現手法。「吏呼一何怒！婦啼一何苦！」概括了矛盾雙方之後，便集中寫「婦」，不復寫「吏」，而「吏」的蠻悍、橫暴，卻於老婦「致詞」的轉折和事件的結局中暗示出來。詩人又十分善於剪裁，敘事中藏有不盡之意。一開頭，只用一句寫投宿，立刻轉入「有吏夜捉人」的主題。又如只寫了「老翁踰牆走」，未寫他何時歸來；只寫了「如聞泣幽咽」，未寫泣者是誰；只寫老婦「請從吏夜歸」，未寫她是否被帶走；卻用照應開頭、結束全篇既敘事又抒情的「獨與老翁別」一句告訴讀者：老翁已經歸家，老婦已被捉走；那麼，那位吞聲飲泣，不敢放聲痛哭的，自然是給孩子餵奶的年輕寡婦了。正由於詩人筆墨簡潔、洗練，全詩一百二十個字，在驚人的廣度與深度上反映了生活中的矛盾與衝突，這是十分難能可貴的。（霍松林）

潼關吏 杜甫

士卒何草草，築城潼關道。大城鐵不如，小城萬丈餘。

借問潼關吏：「修關還備胡？」要我下馬行，為我指山隅：

「連雲列戰格，飛鳥不能踰。胡來但自守，豈復憂西都。

丈人視要處，窄狹容單車。艱難奮長戟，萬古用一夫。」

「哀哉桃林戰，百萬化為魚。請囑防關將，慎勿學哥舒！」

唐肅宗乾元二年（七五九）春，唐軍在相州（治所在今河南安陽）大敗，安史叛軍乘勢進逼洛陽。如果洛陽再次失陷，叛軍必將西攻長安，那麼作為長安和關中地區屏障的潼關勢必有一場惡戰。杜甫經過這裡時，剛好看到了緊張的備戰氣氛。開頭四句可以說是對築城的士兵和潼關關防的總寫。漫漫潼關道上，無數的士卒在辛勤地修築工事。「草草」，勞苦的樣子。前面加一「何」字，更流露出詩人無限讚嘆的心情。放眼四望，沿著起伏的山勢而築的大小城牆，既高峻又牢固，顯示出一種威武的雄姿。這裡大城小城應作互文來理解。一開篇杜甫就用簡括的詩筆寫出唐軍加緊修築潼關所給予他的總印象。

「借問潼關吏：『修關還備胡？』」這兩句引出了「潼關吏」。胡，即指安史叛軍。「修關」何為，其實杜甫是不須問而自明的。這裡故意發問，而且又有一個「還」字，暗暗帶出了三年前潼關曾經失守一事，從而引起人們對這次潼關防衛效能的關心與懸念。這對於開拓下文，是帶關鍵性的一筆。

接下來，應該是潼關吏的回答了。可是他似乎並不急於作答，卻「要（同「邀」）我下馬行，為我指山隅」。從結構上看，這是在兩段對話中插入一段敘述，筆姿無呆滯之感。然而，更主要的是這兩句暗承了「修關還備胡」。杜甫不是憂心忡忡嗎？而那位潼關吏看來對所築工事充滿了信心。他可能以為這個問題不必靠解釋，口說不足為信，還是請下馬來細細看一下吧。下面八句，都是潼關吏的話，他首先指看高聳的山巒說：「瞧，那層層戰柵，高接雲天，連鳥也難以飛越。敵兵來了，只要堅決自守，何須再擔心長安的安危呢！」語調輕鬆而自豪，可以想像，關吏說話時因富有信心而表現出的神采。他又興致勃勃地邀請杜甫察看最險要處：老丈，您看那山口要衝，狹窄得只能容單車透過。真是一夫當關，萬夫莫開。這十二句，「神情聲口俱活」（清浦起龍《讀杜心解》），不只是關吏簡單的介紹，更主要的是表現了一種「胡來但自守」的決心和「艱難奮長戟」的氣概。而這雖然是透過關吏之口講出來的，卻反映了守關將士昂揚的鬥志。

緊接關吏的話頭，詩人卻沒有贊語，而是一番深深的感慨。為什麼呢？因為詩人並沒有忘記「前車之覆」。桃林，即桃林塞，指河南靈寶縣以西至潼關一帶地方。三年前，占據了洛陽的安祿山派兵攻打潼關，當時守將哥舒翰本擬堅守，但為楊國忠所疑忌。在楊國忠的慫恿下，唐玄宗派宦官至潼關督戰。哥舒翰不得已領兵出戰，結果全軍覆沒，許多將士被淹死在黃河裡。睹今思昔，杜甫餘哀未盡，深深覺得要特別注意吸取上次失敗的教訓，避免重蹈覆轍。「請囑防關將，慎勿學哥舒。」「慎」字意味深長，它並非簡單地指責哥舒翰的無能或失策，而是深刻地觸及了多方面的歷史教訓，表現了詩人久久難以消磨的沉痛悲憤之感。

與「三別」通篇作人物獨白不同，「三吏」是夾帶問答的。而此篇的對話又具有自己的特點。首先是在對話的安排上，緩急有致，表現了不同人物的心理和神態。「修關還備胡」，是詩人的問話，然而關吏卻不急答，這一「緩」，使人感覺到關吏胸有成竹。關吏的話一結束，詩人馬上表示了心中的憂慮，這一「急」，更顯示出對歷史教訓的痛心。其次，對話中神情畢現，形象鮮明。關吏的答話並無刻意造奇之感，而守關的唐軍卻給讀者留下一種堅韌不拔、英勇沉著的印象。其中「艱難奮長戟，萬古用一夫」兩句又格外精警突出，塑造出猶如戰神式的英雄形象，具有精神鼓舞的力量。（余恕誠）

新婚別

杜甫

兔絲附蓬麻，引蔓故不長。嫁女與征夫，不如棄路旁。
結髮為君妻，席不煖君床。暮婚晨告別，無乃太匆忙！
君行雖不遠，守邊赴河陽。妾身未分明，何以拜姑嫜？
父母養我時，日夜令我藏。生女有所歸，雞狗亦得將。
君今往死地，沉痛迫中腸。誓欲隨君去，形勢反蒼黃①。
勿為新婚念，努力事戎行！婦人在軍中，兵氣恐不揚。
自嗟貧家女，久致羅襦裳。羅襦不復施，對君洗紅妝。
仰視百鳥飛，大小必雙翔。人事多錯迕，與君永相望！

〔註〕①蒼黃：本指青色和黃色。《墨子·所染》：「見染絲者而嘆曰：染於蒼則蒼，染於黃則黃。」後因以「蒼黃」比喻極大的變化。

杜甫「三別」中的〈新婚別〉，精心塑造了一個深明大義的少婦形象。此詩採用獨白形式，全篇先後用了七個「君」字，都是新娘對新郎傾吐的肺腑之言，讀來深切感人。

這首詩大致可分為三段，也可以說是三層，但是這三層並不是平列的，而是一層比一層深，一層比一層高，而且每一層當中又都有曲折。這是因為人物的心情本來就是很複雜的。第一段，從「兔絲附蓬麻」到「何以拜姑嫜」，主要是寫新娘子訴說自己的不幸命運。她是剛過門的新嫁娘，過去和丈夫沒見過面，沒講過話。所以語氣顯得有些羞澀，有些吞吞吐吐。這明顯地表現在開頭這兩句：「兔絲附蓬麻，引蔓故不長。」新嫁娘這番話不是單刀直入，而是用比喻來引起的。這很符合她的特定身份和她這時的心理狀態。「兔絲」是一種蔓生的草，常寄生在別的植物身上。「蓬」和「麻」也都是小植物，所以，寄生在蓬麻上的兔絲，它的蔓兒也就不能延長。在古代，女子得依靠丈夫才能生活，可是現在她嫁的是一個「征夫」，很難指望白頭偕老，用「兔絲附蓬麻」的比喻非常貼切。「嫁女與征夫，不如棄路旁」，這是一種加重的說法，為什麼這位新娘子會傷心到這步田地呢？「結髮為君妻」以下的八句，正是申明這個問題。「結髮」二字，不要輕易讀過，它說明這個新娘子對丈夫的好歹看得很重，因為這關係到她今後一生的命運。然而，誰知道這洞房花燭之夜，卻就是生離死別之時呢！頭一天晚上剛結婚，第二天一早就得走，連你的床席都沒有睡暖，這哪裡像個結髮夫妻呢？「無乃太匆忙」的「無乃」，是反問對方的口氣，意即「豈不是」。如果是為了別的什麼事，匆忙相別，也還罷了，因為將來還可以團圓；偏偏你又是到河陽去作戰，將來的事且不說，眼面前，我這媳婦的身份都沒有明確，怎麼去拜見公婆、侍候公婆呢？古代婚禮，新嫁娘過門三天以後，要先告家廟，上祖墳，然後拜見公婆，正名定份，才算成婚。「君行雖不遠，守邊赴河陽」兩句，點明了造成新婚別的根由是戰爭；同時說明了當時進行的戰爭是一次「守邊」戰爭。從詩的結構上看，這兩句為下文「君今往死地」和「努力事戎行」張本。當時正值安史之亂，廣大地區淪陷，邊防不得不往內地一再遷移，而現在，邊境是在洛陽附近的河陽，守邊居然守到自己家門口來了，這豈不可嘆？所以，我們還要把這兩句看作是對統治階級昏庸誤國的譏諷，詩人在這裡用的是一種「婉而多諷」的寫法。

第二段，從「父母養我時」到「形勢反蒼黃」。新娘子把話題由自身進一步落到丈夫身上了。她關心丈夫的死活，並且表示了對丈夫的忠貞，要和他一同去作戰。「父母養我時，日夜令我藏」，當年父母對自己非常疼愛，把自己當作寶貝兒似的。然而女大當嫁，父母也不能藏我一輩子，還是不能不把我嫁人，而且嫁誰就得跟誰。「雞狗亦得將」，「將」字當「跟隨」講，就是俗話說的「嫁雞隨雞，嫁狗隨狗」。可是現在，「君今往死地，沉痛迫中腸」。你卻要到那九死一生的戰場去，萬一有個三長兩短，我還跟誰呢？想到這些，怎能不叫人沉痛得柔腸寸斷？緊接著，新娘子表示：「我本來決心要隨你前去，死也死在一起，省得牽腸掛肚。但又怕這樣一來，不但沒有好處，反而要把事情弄得更糟糕，更複雜。軍隊裡是不允許有年輕婦女的，你帶著妻子去從軍，也有許多不方便，我又是一個剛出門的閨女，沒見過世面，更不用說是打仗了。真是叫人左右為難。」這段話，刻畫了新娘子那種心痛如割、心亂如麻的矛盾心理，非常曲折、深刻。

詩的第三段，是從「勿為新婚念」到「與君永相望」。在這裡，女主人公經過一番痛苦的傾訴和內心劇烈的掙扎以後，終於從個人的不幸中、從對丈夫的關切中，跳了出來，站在更高的角度，把眼光放得更遠了。「勿為新婚念，努力事戎行！」她一變哀怨沉痛的訴說而為積極的鼓勵，話也說得痛快，不像開始時候那樣吞吞吐吐的了，她決定不隨同丈夫前去，並且，為了使丈夫一心一意英勇殺敵，她表示了自己生死不渝的堅貞愛情。這愛情，是透過一些看來好像不重要，其實卻大有作用的細節，或者說具體行動表達出來的。這就是「自嗟貧家女」這四句所描寫的。新娘說，費了許久的心血好不容易才備辦得一套美麗的衣裳，現在不再穿了。並且，當著你的面，我這就把臉上的脂粉洗掉。你走了以後，我更沒心情梳妝打扮了。這固然是她對丈夫堅貞專一的愛情表白，但是更可貴的，是她的目的在於鼓勵丈夫，好叫他放心，並且滿懷信心、滿懷希望地去殺敵。她對丈夫的鼓勵是明智的。因為只有把幸福的理想寄託在丈夫的努力殺敵、奏凱而歸上面，才有實現的可能。應該說，她是識大體，明大義的。

「仰視百鳥飛，大小必雙翔。人事多錯迕，與君永相望！」這四句是全詩的總結。其中有哀怨，有傷感，但是已經不像最初那樣強烈、顯著，主要意思還是在鼓勵丈夫，所以才說出「人事多錯迕」，好像有點人不如鳥，但立即又振作起來，說出了「與君永相望」這樣含情無限的話，用生死不渝的愛情來堅定丈夫的鬥志。

〈新婚別〉是一首高度思想性和完美藝術性結合的作品。詩人運用了大膽的浪漫的藝術虛構，實際上杜甫不可能有這樣的生活經歷，不可能去偷聽新娘子對新郎官說的私房話。在新娘子的身上，作者傾注了浪漫主義的理想色彩。另一方面，在人物塑造上，〈新婚別〉又具有現實主義的精雕細琢的特點，詩中主人公形象有血有肉，透過曲折劇烈的痛苦的內心掙扎，最後毅然勉勵丈夫「努力事戎行」，表現戰爭環境中人物思想感情的發展變化，絲毫不感到勉強和抽象，而覺得非常自然，符合事件和人物性格發展的邏輯，並且深受感染。

人物語言的個性化，也是〈新婚別〉的一大特點。詩人化身為新娘子，用新娘子的口吻說話，非常生動、逼真。詩裡採用了不少俗語，這也有助於語言的個性化，因為他描寫的本來就是一個「貧家女」。

此外，在押韻上，〈新婚別〉和〈石壕吏〉有所不同。〈石壕吏〉換了好幾個韻腳，〈新婚別〉卻是一韻到底，〈垂老別〉和〈無家別〉也是這樣。這大概和詩歌用人物獨白的方式有關，一韻到底，一氣呵成，更有利於主人公的訴說，也更便於讀者的傾聽。（蕭滌非）

垂老別

杜甫

四郊未寧靜，垂老不得安。子孫陣亡盡，焉用身獨完！
投杖出門去，同行為辛酸。幸有牙齒存，所悲骨髓乾。
男兒既介冑，長揖別上官。老妻臥路啼，歲暮衣裳單。
孰知是死別，且復傷其寒。此去必不歸，還聞勸加餐。
土門壁甚堅，杏園度亦難①。勢異鄴城下，縱死時猶寬。
人生有離合，豈擇衰盛端！憶昔少壯日，遲回竟長嘆。
萬國盡征戍，烽火被岡巒。積屍草木腥，流血川原丹。
何鄉為樂土？安敢尚盤桓！棄絕蓬室居，塌然摧肺肝。

〔註〕①土門：地名，在今河南孟縣附近。杏園：地名，在今河南汲縣東南。

在平定安史叛亂的戰爭中，唐軍於鄴城兵敗之後，朝廷為防止叛軍重新向西進擾，在洛陽一帶到處徵丁，連老翁老婦也不能倖免。〈垂老別〉就是抒寫一老翁暮年從軍與老妻惜別的苦情。

一開頭，詩人就把老翁放在「四郊未寧靜」的時代的動亂氣氛中，讓他吐露出「垂老不得安」的遭遇和心情，語勢低落，給人以沉鬱壓抑之感。他慨嘆著說：子孫都已在戰爭中犧牲了，剩下我這個老頭，又何必一定要苟活下來！話中飽蘊著老翁深重的悲思。現在，戰火逼近，官府要我上前線，那麼，走就走吧！於是老翁把拐杖一扔，顫巍巍地跨出了家門。「投杖出門去」，筆鋒一振，暗示出主人公是一個深明大義的老人，他知道在這個多難的時代應該怎樣做。但是他畢竟年老力衰了，同行的戰士看到這番情景，不能不為之感嘆欷歔。「同行為辛酸」，就勢跌落，從側面烘托出這個已處於風燭殘年的老翁的悲苦命運。「幸有牙齒存，所悲骨髓乾。」牙齒完好無缺，說明還可以應付前線的艱苦生活，表現出老翁的倔強；骨髓行將榨乾，又使他不由得悲憤難已。這裡，語氣又是一揚一跌，曲折地展示了老翁內心複雜的矛盾和變化。「男兒既介冑，長揖別上官。」作為男子漢，老翁既已披上戎裝，那就義無反顧，告別長官慷慨出發吧。語氣顯得昂揚起來。

接下去，就出現了全詩最扣人心弦的描寫：臨離家門的時候，老翁原想瞞過老妻，來個不辭而別，好省去無限的傷心。誰知走了沒有幾步，迎面卻傳來了老妻的悲啼聲。啊！唯一的親人已哭倒在大路旁，襤褸的單衫正在寒風中瑟瑟抖動。這突然的發現，使老翁的心不由一下子緊縮起來。接著就展開了老夫妻間強抑悲痛、互相愛憐的催人淚下的心理描寫：老翁明知生離就是死別，還得上前去攙扶老妻，為她的孤寒無靠吞聲飲泣；老妻這時已哭得淚流滿面，她也明知老伴這一去，十成是回不來了，但還在那裡啞聲叮嚀：到了前方，你總要自己保重，努力加餐呀！這一小節細膩的心理描寫，在結構上是一大跌落，把人物善良悽惻、愁腸寸斷、難捨難分的情狀，刻畫得入木三分。正如吳齊賢《杜詩論文》所說：「此行已成死別，復何顧哉？然一息尚存，不能恝然，故不暇悲己之死，而又傷彼之寒也；乃老妻亦知我不返，而猶以加餐相慰，又不暇念己之寒，而悲我之死也。」究其所以感人，是因為詩人把「傷其寒」、「勸加餐」這類生活中極其尋常的同情勸慰語，分別放在「是死別」、「必不歸」的極不尋常的特定背景下。再加上無可奈何的「且復」，迴出人意的「還聞」，層層跌出，曲折狀寫，便收到了驚心動魄的藝術效果。

「土門」以下六句，用寬解語重又振起。老翁畢竟是堅強的，他很快就意識到必須從眼前悽慘的氛圍中掙脫出來。他不能不從大處著想，進一步勸慰老妻，也似乎在安慰自己：這次守衛河陽，土門的防線還是很堅固的，敵軍要越過黃河上杏園這個渡口，也不是那麼容易。情況和上次鄴城的潰敗已有所不同，此去縱然一死，也還早得很哩！人生在世，總不免有個聚散離合，哪管你是年輕還是年老！這些故作通達的寬慰話語，雖然帶有強自振作的意味，不能完全掩飾老翁內心的矛盾，但也道出了亂世的真情，多少能減輕老妻的悲痛。「憶昔少壯日，遲回竟長嘆。」眼看就要分手了，老翁不禁又回想起年輕時候度過的那些太平日子，不免徘徊感嘆了一陣。情思在這裡稍作頓挫，為下文再掀波瀾，預為鋪墊。

「萬國」以下六句，老翁把話頭進一步引向現實，發出悲憤而又慷慨的呼聲：睜開眼看看吧！如今天下到處都是征戰，烽火燃遍了山岡；草木叢中散發著積屍的惡臭，百姓的鮮血染紅了廣闊的山川，哪兒還有什麼樂土？我們怎敢只想到自己，還老在那裡躊躇徬徨？這一小節有兩層意思。一是逼真而廣闊地展開了時代生活的畫面，這是山河破碎、人民塗炭的真實寫照。他告訴老妻：人間的災難並不只是降臨在我們兩人頭上。言外之意是要想開一些。一是面對凶橫的敵人，我們不能再徘徊了，與其束手待斃，還不如撲上前去拚一場！透過這些既形象生動又概括集中的話語，詩人給我們塑造了一個正直的、豁達大度而又富有愛國心的老翁形象，這在中國詩史上還不多見。從詩情發展的脈絡來看，這是一大振起，難捨難分的局面終將結束了。

「棄絕蓬室居，塌然摧肺肝。」到狠下心真要和老妻訣別離去的時候，老翁突然覺得五內有如崩裂似地苦痛。這不是尋常的離別，而是要離開生於斯、長於斯、老於斯的家鄉呵！長期患難與共、冷暖相關的親人，轉瞬間就要見不到了，此情此景，將何以堪！感情的閘門再也控制不住，淚水匯聚成人間的深悲巨痛。這一結尾，情思大跌，卻蘊蓄著何等豐厚深長的意境：獨行老翁的前途將會怎樣，被扔下的孤苦伶仃的老妻是否將陷入絕境，蒼黃莫測的戰局將怎樣發展變化，這一切都將留給讀者自己去體會、想像、思索……

從上面的分析，可以看出這首敘事短詩，並不以情節的曲折取勝，而是以人物的心理刻畫見長。詩人用老翁自訴自嘆、慰人亦即自慰的獨白語氣來展開描寫，著重表現人物時而沉重憂憤，時而曠達自解的複雜的心理狀態；而這種多變的情思基調，又決定了全詩的結構層次，於謹嚴整飭之中，具有跌宕起伏、緣情宛轉之妙。清浦起龍在《讀杜心解》中評此詩敘別妻：「忽而永訣，忽而相慰，忽而自奮，千曲百折，末段又推開解譬，作死心塌地語，猶云無一寸乾淨地，愈益悲痛。」是很有道理的。

杜甫高出於一般詩人之處，主要在於他無論敘事抒情，都能做到立足生活，直入人心，剖精析微，探驪得珠，透過個別反映一般，準確傳神地表現他那個時代的生活真實，概括勞苦人民包括詩人自己的無窮辛酸和災難。他的詩，博得「詩史」的美稱，絕不是偶然的。（徐竹心）

無家別

杜甫

寂寞天寶後，園廬但蒿藜。我里百餘家，世亂各東西。
存者無消息，死者為塵泥。賤子因陣敗，歸來尋舊蹊。
久行見空巷，日瘦氣慘悽。但對狐與狸，豎毛怒我啼。
四鄰何所有？一二老寡妻。宿鳥戀本枝，安辭且窮棲。
方春獨荷鋤，日暮還灌畦。縣吏知我至，召令習鼓鞞。
雖從本州役，內顧無所攜。近行止一身，遠去終轉迷。
家鄉既蕩盡，遠近理亦齊。永痛長病母，五年委溝谿。
生我不得力，終身兩酸嘶。人生無家別，何以為烝黎！

〈無家別〉和「三別」中的其他兩篇一樣，敘事詩的「敘述人」不是作者，而是詩中的主人公。這個主人公是一位又一次被徵去當兵的獨身漢，既無人為他送別，又無人可以告別；然而在踏上征途之際，依然情不自禁地自言自語，彷彿是對老天爺訴說他無家可別的悲哀。

從開頭至「一二老寡妻」共十四句，總寫亂後回鄉所見，而以「賤子因陣敗，歸來尋舊蹊」兩句插在中間，將這一大段隔成兩個小段。前一小段，以追敘發端，寫那個自稱「賤子」的軍人回鄉之後，看見自己的家鄉面目全非，一片荒涼，於是撫今憶昔，概括地訴說了家鄉的今昔變化。「寂寞天寶後，園廬但蒿藜」，這兩句正面寫今，但背後已藏著昔。「天寶後」如此，那麼天寶前怎樣呢？於是自然地引出下兩句。那時候「我里百餘家」，應是園廬相望，雞犬相聞，當然並不寂寞；「天寶後」則遭逢世亂，居人各自東西，園廬荒廢，蒿藜（野草）叢生，自然就寂寞了。一起頭就用「寂寞」二字，渲染滿目蕭條的景象，表現出主人公觸目傷懷的悲涼心情，為全詩定了基調。「世亂」二字與「天寶後」呼應，寫出了今昔變化的原因，也點明了「無家」可「別」的根源。「存者無消息，死者為塵泥」兩句，緊承「世亂各東西」而來，如聞「我」的嘆息之聲，強烈地表現了主人公的悲傷情緒。

前一小段概括全貌，後一小段則描寫細節，而以「賤子因陣敗，歸來尋舊蹊」承前啟後，作為過渡。「尋」字刻畫入微，「舊」字含意深廣。家鄉的「舊蹊」走過千百趟，閉著眼都不會迷路，如今卻要「尋」，見得已非舊時面貌，早被蒿藜淹沒了。「舊」字追昔，應「我里百餘家」；「尋」字撫今，應「園廬但蒿藜」。「久行見空巷，日瘦氣慘悽。但對狐與狸，豎毛怒我啼。四鄰何所有，一二老寡妻」，寫「賤子」由接近村莊到進入村巷，訪問四鄰。「久行」承「尋舊蹊」來，傳「尋」字之神。距離不遠而需久行，見得舊蹊極難辨認，尋來尋去，繞了許多彎路。「空巷」言其無人，應「世亂各東西」。「日瘦氣慘悽」一句，用擬人化手法融景入情，烘托出主人公「見空巷」時的悽慘心境。「但對狐與狸」的「但」字，與前面的「空」字照應。當年「百餘家」聚居，村巷中人來人往，笑語喧闐，如今卻只與狐狸相對。而那些「狐與狸」竟反客為主，一見我就脊毛直豎，衝著我怒叫，好像責怪我不該闖入牠們的家園。遍訪四鄰，發現只有「一二老寡妻」還活著！見到她們，自然有許多話要問要說，但杜甫卻把這些全省略了，給讀者留下了馳騁想像的空間。而當讀到後面的「永痛長病母，五年委溝谿」時，就不難想見與「老寡妻」問答的內容和彼此激動的表情。

「宿鳥戀本枝，安辭且窮棲。方春獨荷鋤，日暮還灌畦。」——這在結構上自成一段，寫主人公回鄉後的生活。前兩句，以宿鳥為喻，表現了留戀鄉土的感情。後兩句，寫主人公懷著悲哀的感情又開始了披星戴月的辛勤勞動，希望能在家鄉活下去，不管多麼貧困和孤獨！

最後一段，寫無家而又別離。「縣吏知我至，召令習鼓鞞」，波瀾忽起。以下六句，層層轉折。「雖從本州役，內顧無所攜」，這是第一層轉折。上句自幸，下句自傷。這次雖然在本州服役，但內顧一無所有，既無人為我送行，又無東西可攜帶，怎能不令我傷心！「近行止一身，遠去終轉迷」，這是第二層轉折。「近行」孑然一身，已令人傷感；但既然當兵，將來終歸要遠去前線的，真是前途迷茫，未知葬身何處！「家鄉既蕩盡，遠近理亦齊」，這是第三層轉折。回頭一想，家鄉已經蕩然一空，「近行」、「遠去」，又有什麼差別！六句詩抑揚頓挫，層層深入，細緻入微地描寫了主人公聽到召令之後的心理變化。如宋劉辰翁所說：「寫至此，無復餘恨，可以泣鬼神矣！」（見清楊倫《杜詩鏡銓》卷五引）清沈德潛在講到杜甫「獨開生面」的表現手法時指出：「……又有透過一層法。如〈無家別〉篇中云：『縣吏知我至，召令習鼓鞞。』無家客而遣之從征，極不堪事也；然明說不堪，其味便淺。此云『家鄉既蕩盡，遠近理亦齊』，轉作曠達，彌見沉痛矣。」（《說詩晬語》）

「永痛長病母，五年委溝谿。生我不得力，終身兩酸嘶。」儘管強作達觀，自寬自解，而最悲痛的事終於湧上心頭：前次應徵之前就已長期臥病的老娘在我五年從軍期間死去了，死後又得不到我的埋葬，以致委骨溝谿！這使我一輩子都難過。這幾句，極寫母亡之痛、家破之慘。於是緊扣題目，以反詰語作結：「人生無家別，何以為烝黎！」——已經沒有家，還要抓走，叫人怎樣做老百姓呢？

詩題「無家別」，第一大段寫亂後回鄉所見，以主人公行近村莊、進入村巷劃分層次，由遠及近，有條不紊。遠景只概括全貌，近景則描寫細節。第三大段寫主人公心理活動，又分幾層轉折，愈轉愈深，刻畫入微。層次清晰，結構謹嚴。詩人還善用簡練、形象的語言，寫富有特徵性的事物。詩中「園廬但蒿藜」，「但對狐與狸」，概括性更強。「蒿藜」、「狐狸」，在這裡是富有特徵性的事物。誰能容忍在自己的房院田園中長滿蒿藜？在人煙稠密的村莊裡，狐狸又怎敢橫行無忌？「園廬但蒿藜」，「但對狐與狸」，僅僅十個字，就把人煙滅絕、田廬荒廢的慘象活畫了出來。其他如「四鄰何所有？一二老寡妻」，也是富有特徵性的。正因為是「老寡妻」，所以還能在那裡苟延殘喘。稍能派上用場的，如果不是事前逃走，就必然被官府抓走。詩中的主人公不是剛一回村，就又被抓走了嗎？詩用第一人稱，讓主人公直接出面，對讀者訴說他的所見、所遇、所感，因而不僅透過人物的主觀抒情表現了人物的心理狀態，而且透過環境描寫也反映了人物的思想感情。幾年前被官府抓去當兵的「我」死裡逃生，好容易回到故鄉，滿以為可以和骨肉鄰里相聚了；然而事與願違，看見的是一片「蒿藜」，走進的是一條「空巷」，遇到的是豎毛怒叫的狐狸……真是滿目淒涼，百感交集！於是連日頭看上去也消瘦了。「日」無所謂肥瘦，由於自己心情悲涼，因而看見日光黯淡，景象悽慘。正因為情景交融，人物塑造與環境描寫結合，所以能在短短的篇幅裡塑造出一個有血有肉的人物形象，反映出當時戰區人民的共同遭遇，對統治者的殘暴、腐朽，進行了有力的鞭撻。清鄭東甫在《杜詩鈔》裡說這首〈無家別〉「刺不恤窮民也」。清浦起龍在《讀杜心解》裡說：「『何以為烝黎？』可作六篇（指「三吏」、「三別」）總結。反其言以相質，直可云：『何以為民上？』」——意思是：把百姓逼到沒法做百姓的境地，又怎樣做百姓的主子呢？看起來，這兩位封建時代的杜詩研究者對〈無家別〉的思想意義的理解，倒是值得參考的。（霍松林）

佳人

杜甫

絕代有佳人，幽居在空谷。自云良家子，零落依草木。
關中昔喪亂，兄弟遭殺戮。官高何足論，不得收骨肉。
世情惡衰歇，萬事隨轉燭。夫婿輕薄兒，新人美如玉。
合昏①尚知時，鴛鴦不獨宿。但見新人笑，那聞舊人哭。
在山泉水清，出山泉水濁。侍婢賣珠回，牽蘿補茅屋。
摘花不插髮，采柏動盈掬。天寒翠袖薄，日暮倚修竹。

〔註〕①合昏，植物名，即合歡，亦稱夜合。因其葉朝開夜合，故說「尚知時」。

詩的主人公是一個戰亂時被遺棄的女子。在中國古典文學的人物畫廊中，這是一個獨特而鮮明的女性形象。詩一開頭，便引出這位幽居空谷的絕代佳人，接著以「自云」領起，由佳人訴說自己的身世遭遇。她說自己出身於高門府第，但生不逢時，遇上了社會動亂；兄弟雖官居高位，但慘死於亂軍之中，連屍骨也無法收葬。

在這人情世態隨著權勢轉移而冷暖炎涼的社會裡，命運對於不幸者格外冷酷。由於娘家人亡勢去，輕薄的夫婿無情地拋棄了她，在她的痛哭聲中與新人尋歡作樂去了。社會的、家庭的、個人的災難紛至沓來，統統降臨到這個弱女子頭上。女主人公的長篇獨白，邊敘述，邊議論，傾訴個人的不幸，慨嘆世情的冷酷，言辭之中充溢著悲憤不平。尤其是「合昏尚知時，鴛鴦不獨宿」的比喻，「但見新人笑，那聞舊人哭」的對照，使人想見她聲淚俱下的痛苦神情。

但是，女主人公沒有被不幸壓倒，沒有向命運屈服，她吞下生活的苦果，獨向深山而與草木為鄰了。詩的最後六句，著力描寫深谷幽居的淒涼景況。茅屋需補，翠袖稱薄，賣珠飾以度日，採柏子而為食，見得佳人生活的清貧困窘；首不加飾，髮不插花，天寒日暮之際，倚修竹而臨風，表現她形容憔悴和內心的寂寞、哀怨。無論從物質、從精神來說，佳人的境遇都是苦不堪言的。幸而尚有一個勤快的侍婢，出則變賣舊物，歸則補屋採食，與主人相依為命，否則，那將是何等孤苦難耐啊！

詩人在用賦的手法描寫佳人孤苦生活的同時，也借助比興讚美了她高潔自持的品格。固然，「牽蘿補茅屋」——那簡陋而清幽的環境，「摘花不插髮」——那愛美而不為容的情趣，已經展示出佳人純潔樸素的心靈；但「采柏動盈掬」和「日暮倚修竹」的描寫，卻更將佳人形象與「竹」、「柏」這些崇高品質的象徵聯繫起來，從而暗示讀者：你看這位時乖命蹇的女子，不是很像那經寒不凋的翠柏和挺拔勁節的綠竹嗎？同樣，「在山泉水清，出山泉水濁」兩句也是象徵女主人公的高潔情操的。出山水濁是在山水清的陪襯，核心在於一個「清」字。詩人是要用山中泉水之清比喻空谷佳人的品格之清，與「倚竹」、「采柏」是出於同一機杼的。

命運是悲慘的，情操是高潔的，這是佳人形象的兩個側面。詩人刻畫人物的這兩個側面，在行文上採用了不同的人稱。敘述佳人命運，是第一人稱的傾訴，語氣率直酣暢；讚美佳人品格，是第三人稱的描狀，筆調含蓄蘊藉。率直酣暢，所以感人肺腑，觸發讀者的共鳴；含蓄蘊藉，所以耐人尋味，給讀者留下想像的餘地。兩者互相配合，使得女主人公的形象既充滿悲劇色彩又富於崇高感。

關於這首詩的作意，清人黃生認為：「偶有此人，有此事，適切放臣之感，故作此詩。」（《杜詩說》）詩作於唐肅宗乾元二年（七五九）秋季，那是安史之亂發生後的第五年。早些時候，詩人不得已辭掉華州司功參軍職務，為生計所驅使，挈婦將雛，翻過隴山，來到邊遠的秦州。杜甫對大唐朝廷，竭忠盡力，丹心耿耿，竟落到棄官漂泊的窘境。但他在關山難越、衣食無著的情況下，也始終不忘國家民族的命運。這樣的不平遭際，這樣的高風亮節，同這首詩的女主人公是很有些相像的。「同是天涯淪落人，相逢何必曾相識。」（白居易〈琵琶行〉）杜甫的〈佳人〉，應該看作是一篇客觀反映與主觀寄託相結合的佳作。（趙慶培）

夢李白二首

杜甫

死別已吞聲，生別常惻惻。江南瘴癘地，逐客無消息。
故人入我夢，明我長相憶。君今在羅網，何以有羽翼？①
恐非平生魂，路遠不可測。魂來楓林青，魂返關塞黑。
落月滿屋梁，猶疑照顏色。水深波浪闊，無使蛟龍得！

浮雲終日行，遊子久不至。三夜頻夢君，情親見君意。
告歸常局促，苦道來不易：江湖多風波，舟楫恐失墜。
出門搔白首，若負平生志。冠蓋滿京華，斯人獨憔悴！
孰云網恢恢？將老身反累！千秋萬歲名，寂寞身後事。

〔註〕①清仇兆鰲《杜詩詳註》：「『君今』二句舊在『關塞黑』之下，今從黃生本移在此處，于兩段語氣方順。」

唐肅宗乾元元年（七五八）李白流放夜郎（治所在今貴州正安西北），二年春行至巫山遇赦，回到江陵（今湖北荊州市）。杜甫遠在北方，只聞李白流放，不知已被赦還，憂思拳拳，久而成夢。

這兩首記夢詩，分別按夢前、夢中、夢後敘寫，依清人仇兆鰲說，兩篇都以四、六、六行分層，所謂「一頭兩腳體」。（見《杜詩詳註》卷七。本篇文字亦依仇本。）上篇寫初次夢見李白時的心理，表現對故人吉凶生死的關切；下篇寫夢中所見李白的形象，抒寫對故人悲慘遭遇的同情。

「死別已吞聲，生別常惻惻。」詩要寫夢，先言別；未言別，先說死，以死別襯托生別，極寫李白流放絕域、久無音訊在詩人心中造成的苦痛。開頭便如陰風驟起，吹來一片彌漫全詩的悲愴氣氛。

「故人入我夢，明我長相憶。」不說夢見故人，而說故人入夢；而故人所以入夢，又是有感於詩人的長久思念，寫出李白幻影在夢中倏忽而現的情景，也表現了詩人乍見故人的喜悅和欣慰。但這欣喜只不過一剎那，轉念之間便覺不對了：「君今在羅網，何以有羽翼？」你既累繫於江南瘴癘之鄉，怎麼就能插翅飛出羅網，千里迢迢來到我身邊呢？聯想世間關於李白下落的種種不祥的傳聞，詩人不禁暗暗思忖：莫非他真的死了？眼前的他是生魂還是死魂？路遠難測啊！乍見而喜，轉念而疑，繼而生出深深的憂慮和恐懼，詩人對自己夢幻心理的刻畫，是十分細膩逼真的。

「魂來楓林青，魂返關塞黑。」夢歸魂去，詩人依然思量不已：故人魂魄，星夜從江南而來，又星夜自秦州而返，來時要飛越南方青鬱鬱的千里楓林，歸去要渡過秦隴黑沉沉的萬丈關塞，多麼遙遠，多麼艱辛，而且是孤零零的一個。「落月滿屋梁，猶疑照顏色。」在滿屋明晃晃的月光裡面，詩人忽又覺得李白那憔悴的容顏依稀尚在，凝神細辨，才知是一種朦朧的錯覺。想到故人魂魄一路歸去，夜又深，路又遠，江湖之間，風濤險惡，詩人內心祝告著、叮嚀著：「水深波浪闊，無使蛟龍得。」這驚駭可怖的景象，正好是李白險惡處境的象徵；

這惴惴不安的祈禱，體現著詩人對故人命運的殷憂。這裡，用了兩處有關屈原的典故。「魂來楓林青」，出自《楚辭·招魂》：「湛湛江水兮，上有楓，目極千里兮，傷春心，魂兮歸來，哀江南！」舊說係宋玉為招屈原之魂而作。「蛟龍」一語見於梁吳均《續齊諧記》：東漢初年，有人在長沙見到一個自稱屈原的人，聽他說：「聞君當見祭，甚善。常年為蛟龍所竊。」透過用典將李白與屈原聯繫起來，不但突出了李白命運的悲劇色彩，而且表示著杜甫對李白的稱許和崇敬。

上篇所寫是詩人初次夢見李白的情景，此後數夜，又連續出現類似的夢境，於是詩人又有下篇的詠嘆。「浮雲終日行，遊子久不至。」見浮雲而念遊子，是詩家比興常例，李白也有「浮雲遊子意，落日故人情」（〈送友人〉）的詩句。天上浮雲終日飄去飄來，天涯故人卻久望不至；所幸李白一往情深，魂魄頻頻前來探訪，使詩人得以聊釋愁懷。「三夜頻夢君，情親見君意」，與上篇「故人入我夢，明我長相憶」互相照應，體現著兩人形離神合、肝膽相照的情誼。其實，我見君意也好，君明我憶也好，都是詩人推己及人，抒寫自己對故人的一片衷情。

「告歸」以下六句選取夢中魂返前的片刻，描述李白的幻影：每當分手的時候，李白總是匆促不安地苦苦訴說：「來一趟好不容易啊，江湖上風波迭起，我真怕會沉船呢！」看他走出門時用手搔著頭上白髮的背影，分明是為自己壯志不遂而悵恨。「告歸常局促，苦道來不易」寫神態；「江湖多風波，舟楫恐失墜」是獨白；「出門搔白首，若負平生志」，透過動作、外貌揭示心理。寥寥三十字，從各個側面刻畫李白形象，其形可見，其聲可聞，其情可感，枯槁慘淡之狀，如在目前。「江湖」二句，意同上篇「水深波浪闊，無使蛟龍得」，雙關著李白魂魄來去的艱險和他現實處境的惡劣；「出門」二句則抒發了詩人「惺惺惜惺惺」的感慨。

夢中李白的幻影，給詩人的觸動太強太深了，每次醒來，總是愈思愈憤懣，愈想愈不平，終於發為如下的浩嘆：「冠蓋滿京華，斯人獨憔悴！孰云網恢恢？將老身反累！」高冠華蓋的權貴充斥長安，唯獨這樣一個了不起的人物，獻身無路，困頓不堪，臨近晚年更被囚繫放逐，連自由也失掉了，還有什麼「天網恢恢」之可言！生前遭遇如此，縱使身後名垂萬古，人已寂寞無知，夫復何用！「千秋萬歲名，寂寞身後事。」在這沉重的嗟嘆之中，寄託著對李白的崇高評價和深厚同情，也包含著詩人自己的無限心事。所以，清人浦起龍說：「次章純是遷謫之慨。為我耶？為彼耶？同聲一哭！」（《讀杜心解》）

〈夢李白二首〉，上篇以「死別」發端，下篇以「身後」作結，形成一個首尾完整的結構；兩篇之間，又處處關聯呼應，「逐客無消息」與「遊子久不至」，「明我長相憶」與「情親見君意」，「君今在羅網」與「孰云網恢恢」，「水深波浪闊，無使蛟龍得」與「江湖多風波，舟楫恐失墜」等等，都是維繫其間的紐帶。但兩首詩的內容和意境卻頗不相同：從寫「夢」來說，上篇初夢，下篇頻夢；上篇寫疑幻疑真的心理，下篇寫清晰真切的形象。從李白來說，上篇寫對他當前處境的關注，下篇寫對他生平遭際的同情；上篇的憂懼之情專為李白而發，下篇的不平之氣兼含著詩人自身的感慨。總之，兩首記夢詩是分工而又合作，相關而不雷同，全為至誠至真之文字。（趙慶培）

秦州雜詩二十首（其七）　杜甫

莽莽萬重山，孤城山谷間。無風雲出塞，不夜月臨關。

屬國歸何晚？樓蘭斬未還。煙塵一長望，衰颯正摧顏。

唐肅宗乾元二年（七五九）秋天，杜甫拋棄華州司功參軍的職務，開始了「因人作遠遊」（〈秦州雜詩二十首〉其二）的艱苦歷程。他從長安出發，首先到了秦州（治今甘肅天水）。在秦州期間，他先後用五律形式寫了二十首歌詠當地山川風物，抒寫傷時感亂之情和個人身世遭遇之悲的詩篇，統題為〈秦州雜詩〉。本篇是第七首。

「莽莽萬重山，孤城山谷間。」首聯大處落墨，概寫秦州險要的地理形勢。秦州城坐落在隴東山地的渭河上游河谷中，北面和東面，是高峻綿延的六盤山和它的支脈隴山，南面和西面，有嶓冢山和鳥鼠山，四周山嶺重疊，群峰環繞，是當時邊防上的重鎮。「莽莽」二字，寫出了山嶺的綿延長大和雄奇莽蒼的氣勢，「萬重」則描繪出它的複沓和深廣。在「莽莽萬重山」的狹窄山谷間矗立著的一座「孤城」，由於四周環境的襯托，越發顯出了它那獨扼咽喉要道的險要地位。同是寫高山孤城，王之渙的〈涼州詞〉「黃河遠上白雲間，一片孤城萬仞山」，雄渾闊大中帶有閑遠的意態；而「莽莽萬重山，孤城山谷間」，則隱約透露出一種嚴峻緊張的氣氛。清沈德潛說：「起手壁立萬仞。」（《唐詩別裁集》）這個評語不僅道出了這首詩發端雄峻的特點，也表達了這兩句詩所給予人的感受。

「無風雲出塞，不夜月臨關。」首聯托出雄渾莽蒼的全景，次聯縮小範圍，專從「孤城」著筆。雲動必因風，這是常識；但有時地面無風，高空則風動雲移，從地面上的人看來，就有雲無風而動的感覺。「不夜」，就是未入夜。上弦月升起得很早，天還沒有黑就高懸天上，所以有不夜而月已照臨的直接感受。雲無風而動，月不夜而臨，一屬於錯覺，一屬於特定時間的景象，孤立地寫它們，幾乎沒有任何意義。但一旦將它們和「關」、「塞」聯結在一起，便立即構成奇警的藝術境界，表達出特有的時代感和詩人的獨特感受。在唐代全盛時期，秦州雖處交通要道，卻不屬邊防前線。安史亂起，吐蕃乘機奪取隴右、河西之地，地處隴東的秦州才成為邊防軍事重鎮。生活在這樣一個充滿戰爭烽火氣息的邊城中，即使是本來平常的景物，也往往敏感到其中彷彿蘊含著不平常的氣息。在繫心邊防形勢的詩人感覺中，孤城的雲，似乎離邊塞特別近，即使無風，也轉瞬間就飄出了邊境；孤城的月，也好像特別關注防關戍守，還未入夜就早早照臨著險要的雄關。兩句賦中有興，景中含情，不但警切地表現了邊城特有的緊張警戒氣氛，而且表達了詩人對邊防形勢的深切關注，正如清人浦起龍《讀杜心解》所評的那樣：「三、四警絕。一片憂邊心事，隨風飄去，隨月照著矣。」

三、四兩句在景物描寫中已經寓含邊愁，因而五、六兩句便自然引出對邊事的直接描寫：「屬國歸何晚？樓蘭斬未還。」漢代蘇武出使匈奴，被扣留十九年，歸國後，任典屬國。第五句的「屬國」即「典屬國」之省，這裡指唐朝使節。大約這時唐朝有出使吐蕃的使臣遲留未歸，故說「屬國歸何晚」。第六句反用傅介子斬樓蘭王首還闕事，說吐蕃侵擾的威脅未能解除。兩句用典，同賦一事，而用語錯綜，故不覺複沓，反增感愴。蘇武歸國，傅介子斬樓蘭，都發生在漢王朝強盛的時代，他們後面有強大的國家實力作後盾，故能取得外交與軍事上的勝利。而現在的唐王朝，已經從繁榮昌盛的頂峰上跌落下來，急劇趨於衰落，像蘇武、傅介子那樣的故事已經不可能重演了。同樣是用這兩個典故，在盛唐時代，是「單車欲問邊，屬國過居延」（王維〈使至塞上〉）的高唱，是「黃沙百戰穿金甲，不破樓蘭終不還」（王昌齡〈從軍行七首〉其四）的豪語，而現在，卻只能是「屬國歸何晚？樓蘭斬未還」的深沉慨嘆了。對比之下，不難體味出這一聯中所寓含的今昔盛衰之感和詩人對於國家衰弱局勢的深切憂慮。

「煙塵一長望，衰颯正摧顏。」遙望關塞以外，彷彿到處戰塵彌漫，烽煙滾滾，整個西北邊地的局勢，正十分令人憂慮。目接衰颯的邊地景象，聯想起唐王朝的衰颯趨勢，不禁使自己疾首蹙額，悵恨不已。「煙塵」、「衰颯」均從五、六句生出。「一」、「正」兩字，開合相應，顯示出這種衰颯的局勢正在繼續發展，而自己為國事憂傷的心情也正未有盡期。全詩在雄奇闊大的境界中寓含著時代的悲涼，表現為一種悲壯的美感。（劉學鍇）

天末懷李白 杜甫

涼風起天末，君子意如何？鴻雁幾時到，江湖秋水多。
文章憎命達，魑魅喜人過。應共冤魂語，投詩贈汨羅。

這首詩為詩人客居秦州（治所在今甘肅天水）時所作。時李白坐永王事長流夜郎（治所在今貴州正安西北），途中遇赦還至湖南，杜甫因賦詩懷念他。

首句以秋風起興，給全詩籠罩一片悲愁。時值涼風乍起，景物蕭疏，悵望雲天，此意如何？只此兩句，已覺人海滄茫，世路凶險，無限悲涼，憑空而起。次句不言自己心境，卻反問遠人：「君子意如何？」看似不經意的寒暄，而於許多話不知應從何說起時，用這不經意語，反表現出最關切的心情。這是返樸歸真的高度概括，言淺情深，意象悠遠。以杜甫論，自身淪落，本不足慮，而才如遠人，罹此兇險，定知其意之難平，遠過於自己，含有「與君同命，而君更苦」之意。此無邊揣想之辭，更見詩人想念之殷。代人著想，「懷」之深也。

摯友遇赦，急盼音訊，故問「鴻雁幾時到」；瀟湘洞庭，風波險阻，因慮「江湖秋水多」。清李慈銘曰：「楚天為結恨之鄉，秋水實懷人之物。」（〈沅江秋思圖序〉）悠悠遠隔，望消息而不可得；茫茫江湖，唯寄語以祈珍攝。然而鴻雁不到，江湖多險，覺一種蒼茫惆悵之感，襲人心靈。

對友人深沉的懷念，進而發為對其身世的同情。「文章憎命達」，意謂文才出眾者總是命途多舛，語極悲憤，有「悵望千秋一灑淚」（杜甫〈詠懷古跡五首〉其二）之痛；「魑魅喜人過」，隱喻李白長流夜郎，是遭人誣陷。此二句議論中帶情韻，用比中含哲理，意味深長，有極為感人的藝術力量，是傳誦千古的名句。近人高步瀛引邵長蘅評：「一憎一喜，遂令文人無置身地。」（《唐宋詩舉要》）這二句詩道出了自古以來才智之士的共同命運，是對無數歷史事實的高度總結。

此時李白流寓江湘，杜甫很自然地想到被讒放逐、自沉汨羅的愛國詩人屈原。李白的遭遇和這位千載冤魂，在身世遭遇上有某些相同點，所以詩人飛馳想像，遙想李白會向屈原的冤魂傾訴內心的憤懣：「應共冤魂語，投詩贈汨羅」。這一聯雖係想像之詞，但因詩人對屈原萬分景仰，覺得他自沉殉國，雖死猶存。李白是亟思平定安史叛亂，一清中原，結果獲罪遠謫，雖遇赦而還，滿腔的怨憤，自然會對前賢因秋風而寄意。這樣，「應共冤魂語」一句，就很生動真實地表現了李白的內心活動。最後一句「投詩贈汨羅」，用一「贈」字，是想像屈原永存，他和李白千載同冤，斗酒詩百篇的李白，一定作詩相贈以寄情。這一「贈」字之妙，正如清黃生所說：「不日弔而日贈，說得冤魂活現。」（《杜詩說》）

這首因秋風感興而懷念友人的抒情詩，感情十分強烈，但不是奔騰浩蕩、一瀉千里地表達出來，感情的潮水千迴百轉，縈繞心際。吟誦全詩，如展讀友人書信，充滿殷切的思念、細微的關注和發自心靈深處的感情，反覆詠嘆，低迴婉轉，沉鬱深微，實為古代抒情名作。（孫藝秋、王啟興）

月夜憶舍弟　杜甫

戍鼓斷人行，邊秋①一雁聲。露從今夜白，月是故鄉明。

有弟皆分散，無家問死生。寄書長不達，況乃未休兵。

〔註〕①一作「秋邊」。

這首詩是唐肅宗乾元二年（七五九）秋杜甫在秦州（治所在今甘肅天水）所作。這年九月，史思明從范陽引兵南下，攻陷汴州，西進洛陽，山東、河南都處於戰亂之中。當時，杜甫的幾個弟弟正分散在這一帶，由於戰事阻隔，音信不通，引起他強烈的憂慮和思念。〈月夜憶舍弟〉即是他當時思想感情的真實記錄。在古典詩歌中，思親懷友是常見的題材，這類作品要力避平庸，不落俗套，單憑作者生活體驗是不夠的，還必須在表現手法上匠心獨運。杜甫正是在對這類常見題材的處理中，顯出了他的大家本色。

詩一起即突兀不平。題目是「月夜」，作者卻不從月夜寫起，而是首先描繪了一幅邊塞秋天的圖景：「戍鼓斷人行，邊秋一雁聲。」路斷行人，寫出所見；戍鼓雁聲，寫出所聞。耳目所及皆是一片淒涼景象。沉重單調的更鼓和天邊孤雁的叫聲不僅沒有帶來一絲活氣，反而使本來就荒涼不堪的邊塞顯得更加冷落沉寂。「斷人行」點明社會環境，說明戰事頻仍、激烈，道路為之阻隔。兩句詩渲染了濃重悲涼的氣氛，這就是「月夜」的背景。

頷聯點題。「露從今夜白」，既寫景，也點明節候。那是在白露的夜晚，清露盈盈，令人頓生寒意。「月是故鄉明」，也是寫景，卻與上句略有不同。作者所寫的不完全是客觀實景，而是融入了自己的主觀感情。明明是普天之下共一輪明月，本無差別，偏要說故鄉的月亮最明；明明是自己的心理幻覺，偏要說得那麼肯定，不容置疑。然而，這種以幻作真的手法卻並不使人覺得於情理不合，這是因為它極深刻地表現了作者微妙的心理，突出了對故鄉的感懷。這兩句在鍊句上也很見工力，它要說的不過是「今夜露白」，「故鄉月明」，只是將詞序這麼一換，語氣便分外矯健有力。所以宋王得臣說：「杜子美善於用事及常語，多離析或倒句，則語峻而體健，意亦深穩。如『露從今夜白，月是故鄉明』是也。」（《麈史》）從這裡也可以看出杜甫化平板為神奇的本領。

以上四句信手揮寫，若不經意，看似與憶弟無關，其實不然。不僅望月懷鄉寫出「憶」，就是聞戍鼓，聽雁聲，見寒露，也無不使作者感物傷懷，引出思念之情。實乃字字憶弟，句句有情。

詩由望月轉入抒情，過渡十分自然。月光常會引人遐想，更容易勾起思鄉之念。詩人今遭逢離亂，又在這清冷的月夜，更是別有一番滋味在心頭。在他的綿綿愁思中夾雜著生離死別的焦慮不安，語氣也分外沉痛。「有弟皆分散，無家問死生」，上句說弟兄離散，天各一方；下句說家已不存，生死難卜，寫得傷心折腸，令人不忍卒讀。這兩句詩也概括了安史之亂中人民飽經憂患喪亂的普遍遭遇。

「寄書長不達，況乃未休兵」，緊承五、六兩句進一步抒發內心的憂慮之情。親人們四處流散，平時寄書尚且常常不達，更何況戰事頻仍，生死茫茫當更難預料。含蓄蘊藉，一結無限深情。讀了這首詩，我們便不難明白杜甫為什麼能夠寫出「烽火連三月，家書抵萬金」（〈春望〉）那樣凝練警策的詩句來。深刻的生活體驗是藝術創作最深厚的源泉。

全詩層次井然，首尾照應，承轉圓熟，結構嚴謹。「未休兵」則「斷人行」，望月則「憶舍弟」，「無家」則「寄書不達」，人「分散」則「死生」不明，一句一轉，一氣呵成。

在安史之亂中，杜甫顛沛流離，備嘗艱辛，既懷家愁，又憂國難，真是感慨萬端。稍一觸動，千頭萬緒便一齊從筆底流出，所以把常見的懷鄉思親的題材寫得如此淒楚哀感，沉鬱頓挫。（張明非）

乾元中寓居同谷縣作歌七首（其七）　杜甫

男兒生不成名身已老，三年飢走荒山道。
長安卿相多少年，富貴應須致身早。
山中儒生舊相識，但話宿昔傷懷抱。
嗚呼七歌兮悄終曲，仰視皇天白日速。

唐肅宗乾元二年（七五九），杜甫四十八歲。七月，他自華州（今陝西華縣）棄官流寓秦州（今甘肅天水），十月，轉赴同谷（今甘肅成縣），在那裡住了約一個月。這是他生活最為困窘的時期。一家人因飢餓病倒床上，只能挖掘土芋來充腸。在飢寒交迫的日子裡，詩人以七古體裁，寫了「同谷七歌」，描繪流離顛沛的生涯，抒發老病窮愁的感喟，大有「長歌當哭」的意味。此為第七首，是組詩中最精彩的篇章。

此詩開頭使用了九字句：「男兒生不成名身已老」。濃縮〈離騷〉「老冉冉其將至兮，恐修名之不立」意，抒發了身世感慨。杜甫素有匡世報國之抱負，卻始終未得施展。如今年將半百，名未成，身已老，而且轉徙流離，幾乎「餓死填溝壑」（〈醉時歌〉），怎不叫他悲憤填膺！六年後杜甫在嚴武幕府，曾再次發出這種嘆窮嗟老的感慨：「男兒生無所成頭皓白，牙齒欲落真可惜。」（〈莫相疑行〉）其意是相仿的。

次句「三年飢走荒山道」，把「三年」二字綴於句端，進一步突現了詩人近幾年的苦難歷程。「三年」，指至德二載（七五七）至乾元二年。杜甫因上疏營救房琯觸怒肅宗而遭貶斥，為飢餓驅迫，在「荒山道」上嘗夠了艱辛困苦。

三、四句，詩人追敘了困居長安時的感受，全詩陡然出現高潮。十二年前，杜甫西入長安，然而進取無門，度過了慘淡的十年。他接觸過各種類型的達官貴人，發現長安城中憑藉父兄餘蔭，隨手取得卿相的，以少年為多：「長安卿相多少年。」這不能不使詩人發出憤激之詞：「富貴應須致身早。」「致身早」，似是勸人的口吻，卻深蘊著對出現「少年」「卿相」這種腐敗政治的憤慨。這和他早年所寫的「紈袴不餓死，儒冠多誤身」（〈奉贈韋左丞丈二十二韻〉），顯然同屬憤激之言。

五、六句又回到現實，映現出詩人和「山中儒生」對話的鏡頭：「山中儒生舊相識，但話宿昔傷懷抱。」詩人身處異常窘困的境地，當然感嘆自己不幸的遭遇，因而和友人談起的都是些令人很不愉快的往事。憂國憂民的「懷抱」無法實現，自然引起無限傷感。

第七句「嗚呼七歌兮悄終曲」，詩人默默地收起筆，停止了他那悲憤激越的吟唱，然而思緒的巨潮如何一下子收住？「仰視皇天白日速」，擱筆望天，只見白日在飛速地奔跑。這時，一種遲暮之感，一種淒涼沉鬱、哀壯激烈之情，在詩人心底湧起，不能自已。

〈乾元中寓居同谷縣作歌七首〉在形式上學習漢張衡〈四愁詩〉、蔡琰〈胡笳十八拍〉，採用了定格聯章的寫法，在內容上較多地汲取了鮑照〈擬行路難〉的藝術經驗，然而又「神明變化，不襲形貌」（清沈德潛《唐詩別裁集》），自創一體，深為後人所讚許。此詩作為組詩的末篇，集中地抒發了詩人身世飄零之感。藝術上，長短句錯綜使用，悲傷憤激的情感，猶如潮水般衝擊著讀者的心弦。（陶道恕）

成都府 杜甫

翳翳桑榆日①，照我征衣裳。我行山川異，忽在天一方。
但逢新人民，未卜見故鄉。大江東流去，遊子日月長。
曾城②填華屋，季冬樹木蒼。喧然名都會，吹簫間笙簧。
信美③無與適，側身望川梁。鳥雀夜各歸，中原杳茫茫。
初月出不高，眾星尚爭光。自古有羈旅，我何苦哀傷。

〔註〕①翳翳，昏暗不明。桑榆，借指傍晚。②「曾」通「層」，此指層疊高大的城闕房屋。③東漢王粲〈登樓賦〉：「華實蔽野，黍稷盈疇。雖信美而非吾土兮，曾何足以少留？」

這首五言古詩，是杜甫由同谷（今甘肅成縣）赴西川途中所寫的十二首紀行組詩的末篇。肅宗乾元二年（七五九）十二月一日，詩人舉家從同谷出發，艱苦跋涉，終於在年底到達成都。此詩真實地刻畫了他初到成都時喜憂交並的感情，風格古樸渾成，有漢魏遺風。全詩並沒有什麼驚人之語，奇險之筆，只是將自己的所見所聞，所感所想，迤邐寫出，明白如話，然而卻蘊含了深沉的情思，耐人咀嚼。

抒情的深婉含蓄是本詩最大的特色。初讀此詩，以為只是一般的紀行寫景；吟詠再三，則可感到平和外表下激盪著的感情波瀾。這裡有著喜和憂兩種感情的摻和交融，內心微妙的變化，曲折盡致。杜甫舉家遠徙，歷盡艱辛，為的是尋找一塊棲身之地；如今來到富庶繁華的成都，「我行山川異，忽在天一方」，眼前展開一個新天地，給了他新的生活希望，欣慰之感，自不待言。「但逢新人民，未卜見故鄉」，快慰之情剛生，馬上又想到了夢魂縈繞的故鄉，何時再見，未可預卜，但見大江東去，自己只能做長年飄泊的遊子了。下面接寫成都市廛的繁華、氣候的溫和，又轉悲為喜。但成都雖美，終非故土，鳥雀天黑猶各自歸巢，而茫茫中原，關山阻隔，自己何日才能回去呢？詩人又陷入了痛苦之中。當時中原州郡尚陷於安史叛軍之手，一句「中原杳茫茫」，包含著多少憂國傷時之情！詩人遙望星空，愁思悵惘，最後只能以自寬之詞作結。可以看到，全詩寫喜，並不欣喜若狂；訴悲，也不泣血迸空，在舒緩和平的字裡行間，寓含著一股喜憂交錯的複雜的感情潛流。

作為紀行詩，本詩用「賦」來鋪陳其事，而「賦」中又往往兼有比興，因而形成了曲折迴旋，深婉含蓄的風格。詩一上來就直道出眼前之景：夕陽西下，暮色朦朧，詩人風塵僕僕地在歲暮黃昏中來到成都，渲染出一種蒼茫的氣氛。它既是賦，又兼比興。桑榆之日難道不正是詩人垂暮飄零的寫照嗎？同時它也興起了深沉的羈旅之情。下面寫「大江東流去，遊子日月長」，「鳥雀夜各歸，中原杳茫茫」，都是賦中兼興。最後寫「初月出不高，眾星尚爭光」，暗寓中興草創、寇亂未平的憂思。詩人妙用比興手法，筆下的自然景物都隱含深摯的感情。全詩一一閃過山川、城郭、原野、星空這些空間景物，同時也使人覺察到由薄暮至黃昏至星出月升的時光流逝。這種時空的交織使意境呈現出立體的美，烘托出感情上多層次的變化，達到情與景的自然交融。

明胡應麟論東漢末年時的〈古詩十九首〉說：「蓄神奇於溫厚，寓感愴於和平；意愈淺愈深，詞愈近愈遠；篇不可句摘，句不可字求。」（《詩藪．內編》卷二）杜甫此篇正繼承了〈古詩〉的這一風格。而在思想感情上，它又突破了〈古詩〉多寫失意飄泊之士苦悶憂傷的小天地，運用喜憂交錯的筆法，寫出了關懷國家和人民命運的詩人豐富複雜的內心世界。其高處正在於此。（黃寶華）

蜀相　杜甫

丞相祠堂何處尋，錦官城①外柏森森。映階碧草自春色，隔葉黃鸝空好音。
三顧頻煩天下計，兩朝開濟老臣心。出師未捷身先死，長使英雄淚滿襟。

〔註〕①成都別稱「錦官城」、「蓉城」。

題曰「蜀相」，而不曰「諸葛祠」，可知老杜此詩意在人而不在祠。然而詩又分明自祠寫起。何也？蓋人物千古，莫可親承；廟貌數楹，臨風結想。因武侯祠廟而思蜀相，亦理之必然。但在學詩者，虛實賓主之間，詩筆文情之妙，人則祠乎？祠豈人耶？看他如何著墨，於此玩索，宜有會心。

開頭一句，以問引起。祠堂何處？錦官城外，數里之遙，遠遠望去，早見翠柏成林，好一片蔥蔥鬱鬱，氣象不凡——那就是諸葛武侯祠所在了。這首一聯，開門見山，灑灑落落，而兩句又一問一答，自開自合。

接下去，老杜便寫到映階草碧，隔葉禽鳴。

有人說：「那首聯是起，此頷聯是承，章法井然。」不錯。又有人說：「從城外森森，到階前碧色，迤迤邐邐，自遠望而及近觀，由尋途遂至入廟，筆路最清。」也不錯。——不過，倘若僅僅如此，誰個不能？老杜又在何處呢？

有人說：既然你說詩人意在人而不在祠，那他為何八句中為碧草黃鸝、映階隔葉就費去了兩句？此豈不是正寫祠堂之景？可知意不在祠的說法不確。

又有人說：杜意在人在祠，無須多論，只是律詩幅短，最要精整，他在此題下，竟然設此二句，既無必要，也不精彩；至少是寫「走」了，豈不是老杜的一處敗筆？

我說：哪裡，哪裡。莫拿八股時文的眼光去衡量杜子美。要是句句「切題」，或是寫成「不啻一篇孔明傳」，諒他又有何難。如今他並不如彼，道理定然有在。

須看他，上句一個「自」字，下句一個「空」字。此二字適為拗格，即「自」本應平聲，今故作仄；「空」本應仄聲，今故作平。彼此互易，聲調上有一種變換美。吾輩學詩之人，斷不能於此等處失去心眼。

且說老杜風塵澒洞，流落西南，在錦城定居之後，大約頭一件事就是走謁武侯祠廟。「丞相祠堂何處尋」？從寫法說，是開門見山，更不紆曲；從心情說，祠堂何處，嚮往久矣！當日這位老詩人，懷著一腔崇仰欽慕之情，問路尋途，奔到了祠堂之地——他既到之後，一不觀賞殿宇巍巍，二不瞻仰塑像凜凜，他「首先」注意的卻是階前的碧草，葉外的黃鸝！這是什麼情理？

要知道，老杜此行，不是「旅遊」，入祠以後，殿宇之巍巍，塑像之凜凜，他和普通人一樣，自然也是看過了。不過到他寫詩之時（不一定即是初謁祠堂的當時），他感情上要寫的絕不是這些形跡的外觀。他要寫的是內心的感受。寫景云云，已是活句死參；更何況他本未真寫祠堂之景？

換言之，他正是看完了殿宇之巍巍，塑像之凜凜，使得他百感中來，萬端交集，然後才越發覺察到滿院萋萋碧草，寂寞之心難言；才越發感受到數聲嚦嚦黃鸝，荒涼之境無限。

在這裡，你才看到一位老詩人，獨自一個，滿懷心事，徘徊瞻眺於武侯祠廟之間。

沒有這一聯兩句，詩人何往？詩心安在？只因有了這一聯兩句，才讀得出下面的腹聯所說的「三顧頻煩」

（即屢屢、幾次，不是頻頻煩請），「兩朝開濟」（啟沃匡助），一方面是知人善任，始終不渝；一方面是鞠躬盡瘁，死而後已；一方面付托之重，一方面圖報之誠：這一切，老杜不知想過了幾千百回，只是到面對著古廟荒庭，這才寫出了諸葛亮的心境，字字千鈞之重。莫說古人只講一個「士為知己者死」，難道詩人所理解的天下之計，果真是指「劉氏子孫萬世皇基」不成？老臣之心，豈不也懷著華夏河山，蒼生水火？一生志業，六出祁山，五丈原頭，秋風瑟瑟，大星遽隕，百姓失聲……想到此間，那階前林下徘徊的詩人老杜，不禁汍瀾被面，老淚縱橫了。

庭草自春，何關人事；新鶯空囀，只益傷情。老杜一片詩心，全在此處凝結，如何卻說他是「敗筆」？就是「過渡」云云（意思是說，杜詩此處頷聯所以如此寫，不過是為自然無跡地過渡到下一聯正文），我看也還是只知正筆是文的錯覺。

有人問：長使英雄淚滿襟袖的英雄，所指何人？答曰：是指千古的仁人志士，為國為民，大智大勇者是，莫作「躍馬橫槍」、「拿刀動斧」之類的簡單解釋。老杜一生，許身稷契，志在匡國，亦英雄之人也。說此句實包詩人自身而言，方得其實。

然而，老杜又絕不是單指個人。心念武侯，高山仰止，也正是寄希望於當世的良相之材。他之所懷者大，所感者深，以是之故，天下後世，凡讀他此篇的，無不流涕，豈偶然哉！（周汝昌）

戲題王宰畫山水圖歌 杜甫

十日畫一水，五日畫一石。能事不受相促迫，王宰始肯留真跡。
壯哉崑崙方壺圖，掛君高堂之素壁。
巴陵①洞庭日本東②，赤岸③水與銀河通，中有雲氣隨飛龍。
舟人漁子入浦溆，山木盡亞洪濤風。
尤工遠勢古莫比，咫尺應須論萬里。焉得并州快剪刀④，剪取吳淞半江水。

〔註〕①巴陵：郡名。唐天寶、至德年間改岳州為巴陵郡，治所在今湖南岳陽市，地處洞庭湖東。②日本東：指日本東面的海。③赤岸：地名，一說在今江蘇六合縣東。漢枚乘《七發》：「淩赤岸，篲扶桑。」李善注：「以赤岸在廣陵，而此文勢似在遠方，非廣陵也。」這裡並非實指，而是泛指江海的岸。④并州：地名。唐開元中為太原府，州治在今山西太原市，以產剪刀著稱，有所謂「并州剪」。

杜甫定居成都期間，認識四川著名山水畫家王宰，應邀約於唐肅宗上元元年（七六〇）作這首題畫詩。王宰的原作沒有傳世，然而由於杜甫熟悉王宰的人品及其作品，透過他的神來之筆，彷彿為後人再現了這幅氣勢恢宏的山水圖，詩情畫意，無不令人賞心悅目。

首四句先不談畫，極力讚揚王宰嚴肅認真、一絲不苟的創作態度。他不願受時間的催迫，倉猝從事，十日五日才畫一水一石。只在經過長時間的醞釀後，胸有成竹，意興所到，才從容不迫地揮毫寫畫，留下真實的筆跡於人間。這真是大家風度，筆墨自然高超。然後詩人進而描寫掛在高堂白壁上的崑崙方壺圖。崑崙，傳說中西方神山。方壺，神話中東海仙山。這裡泛指高山，並非實指。極西的崑崙和極東的方壺對舉，山嶺峰巒，巍峨高聳，由西至東，高低起伏，連綿不斷，縱橫錯綜，蔚為壯觀。畫面空間非常遼遠廣闊，構圖宏偉，氣韻生動，給人以雄奇壯美的感受。「壯哉」一詞，表達了詩人觀畫時的美感體會和由衷的讚嘆。此圖顯然不是某一山岳的實地寫生，而是崇山峻嶺在藝術上集中的典型概括，帶有中國山水畫想像豐富、構圖巧妙的特色。

中間五句，杜甫從仄聲韻轉押平聲東、鐘韻，用昂揚鏗鏘的音調描摹畫面上的奇偉水勢，與巍巍群山相間，筆墨酣暢淋漓。「巴陵洞庭日本東」句中連舉三個地名，一氣呵成，表現圖中江水從洞庭湖的西部起，一直流向日本東部海面，源遠流長，一瀉千里，波瀾壯闊。詩裡的地名也不是實指而是泛指，是藝術上的誇張和典型概括。「赤岸水與銀河通」和「黃河遠上白雲間」（王之渙〈涼州詞〉）有異曲同工之妙，江岸水勢浩瀚渺遠，連接天際，水天一色，彷彿與銀河相通。這裡形容水勢的壯美，與上面描繪山勢的雄奇相呼應，山水一體，相得益彰。「中有雲氣隨飛龍」句，語意出《莊子．逍遙遊》：「藐姑射之山，有神人居焉……乘雲氣，御飛龍，而遊乎四海之外。」古書也有「雲從龍」的說法。這裡指畫面上雲氣迷漫飄忽，雲層團團飛動。詩人化虛為實，以雲氣烘托風勢的猛烈，使不易捉摸的風力得以形象地體現出來，筆勢自然活潑。在狂風激流中，漁人正急急駕舟駛向岸邊躲避，山上樹木被掀起洪濤巨浪的暴風吹得低垂俯偃。「山木盡亞洪濤風」，亞，通「壓」，俯偃低垂；著一「亞」字，便把大風的威力表現得活靈活現。詩人著意渲染風猛、浪高、水急，使整個畫面神韻飛動。

這樣巨大的藝術魅力是怎樣產生的呢？詩人進一步評論王宰無與倫比的繪畫技巧：「尤工遠勢古莫比，咫尺應須論萬里。」遠勢，指繪畫中的平遠、深遠、高遠的構圖背景。詩人高度評價王宰山水圖在經營位置、構圖布局及透視比例等方面曠古未有的技法，在尺幅畫面上繪出了萬里江山景象。「咫尺應須論萬里」，此論亦可看作詩人以極為精練的詩歌語言概括了中國山水畫的表現特點，富有美學意義。詩人深為這幅山水圖的魅力所吸引：「焉得并州快剪刀，剪取吳淞半江水。」詩人極讚畫的逼真，驚嘆道：不知從哪裡弄來鋒利的剪刀，把吳淞江水也剪來了！結尾兩句用典，語意相關。相傳晉索靖觀賞顧愷之畫，傾倒欲絕，不禁讚嘆：「恨不帶并州快剪刀來，剪松江半幅練紋歸去。」（見明王嗣奭《杜臆》卷四註引邵寶之說）杜甫在這裡以索靖自比，以王宰畫和顧愷之畫相提並論，用以讚揚昆侖方壺圖的巨大藝術感染力，寫得含蓄簡練，精絕無比。

這首歌行體詩，寫得生動活潑，揮灑自如。詩情畫意融為一體，也不知何者是詩，何者為畫，可謂天衣無縫。清方熏在《山靜居畫論》中說：「讀老杜入峽諸詩，奇思百出，便是吳生、王宰蜀中山水圖，自來題畫詩亦惟此老使筆如畫。」可見杜甫題畫詩歷來為人稱道，影響很大。（何國治）

堂成　杜甫

背郭堂成蔭白茅，緣江路熟俯青郊。榿林①礙日吟風葉，籠竹和煙滴露梢。

暫止飛烏將數子，頻來語燕定新巢。旁人錯比揚雄宅，懶惰無心作〈解嘲〉。

〔註〕①榿（音同凄）林：榿木林。榿木為一種樺木科落葉喬木。

杜甫於唐肅宗乾元二年（七五九）年底來到成都，在百花潭北、萬里橋邊營建一所草堂。經過兩三個月時間，到第二年春末，草堂落成了。這詩便是那時所作。

詩以〈堂成〉為題，寫的主要是草堂景物和定居草堂的心情。堂用白茅蓋成，背向城郭，鄰近錦江，坐落在沿江大路的高地上。從草堂可以俯瞰郊野青蔥的景色。詩的開頭兩句，從環境背景勾勒出草堂的方位。中間四句寫草堂本身之景，透過自然景色的描寫，把自己歷盡兵燹之後新居初定時的生活和心情，細緻而生動地表現了出來。

「榿林礙日」、「籠竹和煙」，寫出草堂的清幽。它隱在叢林修篁深處，透不進強烈的陽光，好像有一層漠漠輕煙籠罩著。「吟風葉」，「滴露梢」，是「葉吟風」，「梢滴露」的倒文。說「吟」，說「滴」，則聲響極微。連這微細的聲響都能察覺出，可見詩人生活得多麼寧靜；他領略、欣賞這草堂景物，心情和草堂景物完全融合在一起。因此，在他的眼裡，烏飛燕語，各有深情。「暫止飛烏將數子，頻來乳燕定新巢」，南宋羅大經《鶴林玉露》說這兩句「蓋因烏飛燕語而喜己之攜雛卜居，其樂與之相似。此比也，亦興也」。詩人正是以自己的歡欣，來體會禽鳥的動態。在這之前，他像那「繞樹三匝，無枝可棲」（三國曹操〈短歌行〉）的烏鵲一樣，帶著孩子們奔波於關隴之間，後來才飄流到這裡。草堂營成，不但一家人有了個安身之處，連禽鳥也都各得其所。那麼，翔集的飛烏，營巢的燕子，不正是與自己同其喜悅，莫逆於心嗎？在寫景狀物的詩句中往往寓有比興之意，這是杜詩的特點之一。然而杜甫之卜居草堂，畢竟不同於陶淵明之歸隱田園，杜甫為了避亂才來到成都。他初來成都時，就懷著「信美無與適，側身望川梁。鳥雀夜各歸，中原杳茫茫」（〈成都府〉）的羈旅之思；直到後來，他還是說：「此生那老蜀，不死會歸秦。」（〈奉送嚴公入朝十韻〉）因而草堂的營建，對他只不過是顛沛流離的辛苦途程中息肩之地，而終非投老之鄉。從這個意義來說，儘管新居初定，景物怡人，而在寧靜喜悅的心情中，總不免有徬徨憂傷之感。「以我觀物，故物皆著我之色彩。」（近代王國維《人間詞話》）這種複雜而微妙的矛盾心理狀態，透過「暫止飛烏」的「暫」字微微地透露了出來。

尾聯「旁人錯比揚雄宅，懶惰無心作〈解嘲〉」，有兩層含意。漢揚雄宅又名草玄堂，故址在成都少城西南角，和杜甫的浣花草堂有著地理上的聯繫。杜甫在浣花草堂吟詩作賦，幽靜而落寞的生活，有些和晉左思〈詠史八首〉其四裡說的「寂寂揚子宅，門無卿相輿」的情況相類似。揚雄曾閉門著書，寫他那模擬《周易》的《太玄》，草玄堂因而得名。當杜甫初到成都，寓居浣花溪寺時，高適寄給他的詩說：「傳道招提客，詩書自討論。……草《玄》今已畢，此後更何言？」（〈贈杜二拾遺〉）就拿他和揚雄草《太玄》相比。可是他的答覆卻是：「草《玄》吾豈敢，賦或似相如。」（〈酬高使君相贈〉）這詩說草堂不能比擬揚雄宅，也是表示自己並沒有像揚雄那樣，寫《太玄》之類的鴻篇巨著。這意思是可以從上述答高適詩裡得到印證的。此其一。揚雄在〈解嘲〉裡，高自標榜，說自己閉門草《太玄》，闡明聖賢之道，無意於富貴功名。實際上，他之所以寫這篇〈解嘲〉，正是發洩宦途不得意的憤懣之情。而杜甫只不過把這草堂作為避亂偷生之所，和草玄堂裡的揚雄心情是不同的，因而也就懶於發那〈解嘲〉式的牢騷了。這是第二層意思。

詩從草堂營成說起；中間寫景，用「語燕新巢」作為過脈；最後由物到人，仍然回到草堂，點出身世感慨。「背郭堂成」的「堂」，和「錯比揚雄宅」的「宅」遙相呼應。闔合之妙，不見痕跡。（馬茂元）

南鄰

杜甫

錦里先生烏角巾，園收芋粟未全貧。慣看賓客兒童喜，得食階除鳥雀馴。

秋水纔深四五尺，野航恰受兩三人。白沙翠竹江村暮，相送柴門月色新。

距離成都浣花草堂不遠，有位錦里先生，杜甫稱之為「南鄰」。在一個秋天的傍晚，杜甫從他家走出，路上，也許是回家以後，寫了這首〈南鄰〉詩。說它是詩吧，卻又是畫，是用兩幅畫面組成的一首詩。

前半篇展現出來的是一幅山莊訪隱圖。

到人家作客，這家人家給予杜甫的印象是怎樣的呢？詩人首先看到的，主人是位頭戴「烏角巾」的山人；進門是個園子，園裡種了不少的芋頭；栗子也都熟了。說「未全貧」，則這家境況並不富裕。可是從山人和全家的愉快表情中，可以知道他是個安貧樂道之士，很滿足於這種樸素的田園生活。說起山人，人們總會聯想到隱士的許多怪脾氣，但這位山人卻不是這樣。進了庭院，兒童笑語相迎。原來這家時常有人來往，連孩子們都很好客。階除上啄食的鳥雀，看人來也不驚飛，因為平時並沒有人去驚擾、傷害牠們。這氣氛是多麼和諧、寧靜！三、四兩句是具體的畫圖，是一幅形神兼備的絕妙的寫意畫，連主人耿介而不孤僻，誠懇而又熱情的性格都給畫出來了。

隨著時間的推進，下半篇又換了另一幅江村送別圖。「白沙」、「翠竹」，明淨無塵，在新月掩映下，意境顯得特別清幽。這就是這家人家的外景。由於是「江村」，所以河港縱橫，「柴門」外便是一條小河。明王嗣奭《杜臆》卷四曰：「『野航』乃鄉村過渡小船，所謂『一葦杭之』者，故『恰受兩三人』。」杜甫在主人的「相送」下登上了這「野航」；來時，他也是從這兒擺渡的。

從「慣看賓客兒童喜」到「相送柴門月色新」，不難想像，主人是殷勤接待，客人是竟日淹留。中間「具雞黍」、「話桑麻」這類事情，都略而不寫。這是詩人的剪裁，也是畫家的選景。（馬茂元）

狂夫

杜甫

萬里橋西一草堂，百花潭水即滄浪。風含翠篠①娟娟淨，雨裛②紅蕖冉冉香。

厚祿故人書斷絕，恆飢稚子色淒涼。欲填溝壑唯疏放，自笑狂夫老更狂。

〔註〕①篠（音同小），通「筱」，細竹。②裛（音同溢），通「浥」，溼潤。

這首七律作於杜甫客居成都時。詩題為「狂夫」，當以寫人為主，詩卻先從居住環境寫來。

成都南門外有座小石橋，相傳為諸葛亮送費禕處，名「萬里橋」。過橋向東，就來到「百花潭」（即浣花溪），這一帶地處水鄉，景致幽美。當年杜甫就在這裡營建草堂。飽經喪亂之後有了一個安身立命之地，他的心情舒展乃至曠放了。首聯「即滄浪」三字，暗寓《孟子．離婁》「滄浪之水清兮，可以濯我纓」句意，逗起下文疏狂之意。「即」字表示出知足的意味，「豈其食魚，必河之魴」（《詩經．陳風．衡門》），有此清潭，又何必「滄浪」呢。「萬里橋」與「百花潭」，「草堂」與「滄浪」，略相映帶，似對非對，有形式天成之美；而一聯之中涵四專名，由於它們展現極有次第，使讀者目接一路風光，而境中又略有表意（「即滄浪」），便令人不覺痕跡。「萬里」、「百花」這類字面，使詩篇一開頭就不落寒儉之態，為下文寫「狂」預作鋪墊。

這是一個斜風細雨天氣，光景別饒情趣：翠竹輕搖，帶著水光的枝枝葉葉，明淨悅目；細雨出落得荷花格外嬌豔，而微風吹送，清香可聞。頷聯結撰極為精心，寫微風細雨全從境界見出。「含」、「裛」兩個動詞運用極細膩生動。「含」比通常寫微風的「拂」字感情色彩更濃，有小心愛護意味，則風之微不言而喻。「裛」通「浥」，比洗、灑一類字更輕柔，有「潤物細無聲」的意味，則雨之細也不言而喻。兩句分詠風雨，而第三句風中有雨，這從「淨」字可以體味（雨後翠如洗，方「淨」）；第四句雨中有風，這從「香」字可以會心（沒有微風，是嗅不到細香的）。這也就是通常使詩句更為凝練精警的「互文」之妙了。兩句中各有三個形容詞：「翠」、「娟娟」（美好貌）、「淨」；「紅」、「冉冉」（漸進貌，這裡指香一陣一陣地飄來）、「香」，卻安置妥帖，無堆砌之感；而「冉冉」、「娟娟」的疊詞，又平添音韻之美。要之，此聯意蘊豐富，形式精工，充分體現作者的「晚節漸於詩律細」（〈遣悶戲呈路十九曹長〉）。

前四句寫草堂及浣花溪的美麗景色，令人陶然。然而與此並不那麼和諧的是詩人現實的生活處境。初到成都時，他曾靠故人嚴武接濟，分贈祿米，而一旦這故人音書斷絕，他一家子免不了捱餓。「厚祿故人書斷絕」即寫此事，這就導致「恆飢稚子色淒涼」。「飢而曰恆，虧及幼子，至形於顏色，則全家可知」（蕭滌非《杜甫詩選》），這是舉一反三、舉重該輕的手法。頸聯句法是「上二下五」，「厚祿」、「恆飢」前置句首顯著地位，從聲律要求說是為了黏對，從詩意看，則強調「恆飢」的貧困處境，使接下去「欲填溝壑」的誇張說法不致有失實之感。「填溝壑」，即倒斃路旁無人收葬，意猶餓死。這是何等嚴酷的生活現實啊。要在凡夫俗子，早從精神上被摧垮了。然而杜甫卻不如此，他是「欲填溝壑唯疏放」，飽經患難，從沒有被生活的磨難壓倒，始終用一種倔強的態度來對待生活打擊，這就是所謂「疏放」。詩人的這種人生態度，不但沒有隨同歲月流逝而衰退，反而越來越增強了。你看，在幾乎快餓死的境況下，他還興致勃勃地在那裡讚美「翠篠」、「紅蕖」，美麗的自然風光哩！「自笑狂夫老更狂」。聯繫眼前的迷醉與現實的處境，詩人都不禁啞然「自笑」了：你是怎樣一個越來越狂放的老頭兒啊！

在杜詩中，原不乏歌詠優美自然風光的佳作，也不乏抒寫潦倒窮愁中開愁遣悶的名篇。而〈狂夫〉值得玩味之處，在於它將兩種看似無法調合的情景成功地調合起來，形成一個完整的意境。一面是「風含翠篠」、「雨裛紅蕖」的賞心悅目之景，一面是「淒涼」、「恆飢」、「欲填溝壑」的可悲可嘆之事，全都由「狂夫」這一形象而統一起來。沒有前半部分優美景致的描寫，不足以表現「狂夫」的貧困不能移的精神；沒有後半部分潦倒生計的描述，「狂夫」就會失其所以為「狂夫」。兩種成分，真是缺一不可。因而，這種處理在藝術上是服從內容需要的，是十分成功的。（周嘯天）

江村

杜甫

清江一曲抱村流，長夏江村事事幽。自去自來梁上燕，相親相近水中鷗。
老妻畫紙為棋局，稚子敲針作釣鉤。但有故人供祿米①，微軀此外更何求？

〔註〕①「但有」此句一作「多病所須唯藥物」。

這首詩寫於唐肅宗上元元年（七六〇）。在幾個月之前，詩人經過四年的流亡生活，從同州（治今陝西大荔縣）經由綿州（治今四川綿陽市東），來到了這不曾遭到戰亂騷擾，暫時還保持安靜的西南富庶之鄉——成都郊外浣花溪畔。他依靠親友故舊的資助而辛苦經營的草堂已經初具規模；飽經離鄉背井的苦楚，備嘗顛沛流離的艱虞的詩人，終於獲得了一個暫時安居的棲身之所。時值初夏，浣花溪畔，江流曲折，水木清華，一派恬靜幽雅的田園景象。詩人拈來〈江村〉詩題，放筆詠懷，愉悅之情是可以想見的。

本詩首聯第二句「事事幽」三字，是全詩關緊的話，提挈一篇旨意。中間四句，緊緊貼住「事事幽」，一路敘下。樑間燕子，時來時去，自由而自在；江上白鷗，忽遠忽近，相伴而相隨。從詩人眼裡看來，燕子也罷，鷗鳥也罷，都有一種忘機不疑、樂群適性的意趣。物情如此幽靜，人事的幽趣尤其使詩人愜心快意：老妻畫紙為棋局的痴情憨態，望而可親；稚子敲針作釣鉤的天真無邪，彌覺可愛。棋局最宜消夏，清江正好垂釣，村居樂事，件件如意。經歷長期離亂之後，重新獲得家室兒女之樂，詩人怎麼不感到欣喜和滿足呢？

杜甫〈江村〉——明刊本《唐詩畫譜》

結句「但有故人供祿米，微軀此外更何求」，雖然表面上是喜幸之詞，而骨子裡正包藏著不少悲苦之情。曰「但有」，就不能保證必有；曰「更何求」，正說明已有所求。杜甫確實沒有忘記，自己眼前優游閒適的生活，是建築在「故人供祿米」的基礎之上的。這是一個十分敏感的壓痛點。一旦分祿賜米發生了問題，一切就都談不到了。所以，我們無妨說，這結末兩句，與其說是幸詞，倒毋寧說是苦情。艱窶貧困、依人為活的一代詩宗，在暫得棲息，甫能安居的同時，便吐露這樣悲酸的話語，實在是對統治階級摧殘人才的強烈控訴。

中聯四句，從物態人情方面，寫足了江村幽事，然後，在結句上，用「此外更何求」一句，關合「事事幽」，收足了一篇主題，最為簡淨，最為穩當。

〈江村〉一詩，在藝術處理上，也有獨特之處。

一是複字不犯複。此詩首聯的兩句中，「江」字、「村」字皆兩見。照一般做律詩的規矩，頷、頸兩聯同一聯中忌有複字，首尾兩聯散行的句子，要求雖不那麼嚴格，但也應該盡可能避複字。現在用一對複字，就有一種輕快俊逸的感覺，並不覺得是犯複了。這情況，很像律句中的拗救，拗句就要用拗句來救正，複字也要用複字來彌補。況且，第二句又安下了另外兩個疊字「事事」，這樣一來，頭兩句詩在讀起來的時候，就完全沒有支撐之感了。

二是全詩前後翕合，照應緊湊。「梁上燕」屬「村」，「水中鷗」屬「江」；「棋局」正頂「長夏」，「釣鉤」又暗寓「清江」。頷聯「自去自來梁上燕，相親相近水中鷗」，兩「自」字，兩「相」字，當句自對；「去」、「來」與「親」、「近」又上下句為對。自對而又互對，讀起來輕快流盪。頸聯的「畫」字、「敲」字，字皆現成。且兩句皆用樸直的語氣，最能表達夫妻投老，相敬彌篤，稚子痴頑，不隔賢愚的意境。

三是結句，忽轉悽婉，很有杜甫詠懷詩的特色。杜甫有兩句詩自道其作詩的甘苦，說是「愁極本憑詩遣興，詩成吟詠轉淒涼」（〈至後〉）。此詩本是寫閒適心境，但他寫著寫著，最後結末的地方，也不免吐露落寞不歡之情，使人有悵悵之感。杜甫很多登臨即興感懷的詩篇，幾乎都是如此。前人謂杜詩「沉鬱」，其契機恐怕就在此處。

（韓小默）

野老

杜甫

野老籬邊江岸迴，柴門不正逐江開。漁人網集澄潭下，賈客①船隨返照②來。
長路關心悲劍閣，片雲何意傍琴臺？王師未報收東郡，城闕秋生畫角哀。

〔註〕①賈（音同股）客，即商人。②返照，夕陽餘暉反射。

此詩寫於唐肅宗上元元年（七六〇），這時杜甫剛在成都西郊的草堂定居下來。經過長年顛沛流離之後，總算得到了一個憩息之處，這使他聊感欣慰。然而國家殘破、生民塗炭的現實，卻時時在撞擊他的心靈，使他無法寧靜。這首詩就揭示了他內心這種微妙深刻的感情波動。

詩的前四句寫草堂之景，筆觸悠閒疏淡，詩句好像信手拈來似的。開頭「野老」二字，是杜甫自稱。江岸迴曲，竹籬茅舍，此時詩人正在草堂前的江邊漫步觀賞。「柴門」一句妙在寫得毫不費力。這個柴門好像是隨意安上去的，既然江流在這裡拐了個彎，就迎江安個門吧，方位不正也無所謂，一切任其自然。而那邊澄碧的百花潭中，漁民們正在歡快地下網捕魚呢。「澄潭」指百花潭，是草堂南面的水域。也許因為江流迴曲，適於泊舟，那一艘艘商船也映著晚霞，紛紛在此靠岸了。這四句，是詩人野望之景，出語那麼純真自然，猶如勾畫了一幅素淡恬靜的江村閒居圖。整個畫面充滿了村野之趣，傳達了此時此刻詩人的閒適心情。然而杜甫並不是一個超然物外的隱士，久望之下，竟又生出另一番情思來了。

「長路」承上「賈客船」而來，接得極自然。杜甫有詩云：「門泊東吳萬里船」（〈絕句四首〉其三），大概就指這些「賈客船」。正是這些「萬里船」，擾亂了他平靜的心境，令人想起那漫漫長途。這「長路」首先把他的思緒引向大江南北，那裡有他日夜思念的弟妹，他常想順江東下。由此又想到另一條「長路」：北上長安，東下洛陽，重返故里。然而劍門失守，不僅歸路斷絕，而且整個局勢是那樣緊張危急，使人憂念日深。在這迷惘痛苦之中，他仰頭見到白雲，不禁發出一聲痴問：「片雲何意傍琴臺？」琴臺是成都的一個名勝，相傳為司馬相如和卓文君當壚賣酒的地方，此代指成都。「片雲」用以自喻，意思是：自己浮雲般的漂泊之身，為何留滯蜀中呢？首先當然是戰亂未平，兵戈阻絕。但又是誰把他趕出朝廷，剝奪了他為國效力的機會呢？這一句借雲抒情，深婉含蓄。雲傍琴臺，本是自然現象，無須怪問。因而這一問好似沒頭沒腦，也無法回答，其實正表達了詩人流寓劍外、報國無門的痛苦，以及找不到出路的迷亂心情。

尾聯二句，傳出了詩人哀愁傷感的心情。詩人感嘆去年洛陽再次失陷後，至今尚未光復，而西北方面吐蕃又在虎視眈眈。蜀中也隱伏著戰亂的危機，聽那從蕭瑟秋風中的成都城頭傳來的晝角聲，多麼淒切悲涼！全詩以此作結，餘味無窮。

詩的前四句所寫之景，恰如近代王國維所說的「無我之境」。「無我之境，以物觀物，故不知何者為我，何者為物。」（《人間詞話》）這就是說，詩人以寧靜的心境去觀照外物，「自我」好像融入客觀世界，這時寫出的意境即是「無我之境」。本詩前四句詩人心境淡泊閑靜，完全陶醉於優美的江邊晚景中，達到了物我兩忘的境界。詩的後四句轉入抒情後，仍未脫離寫景，但這時又進入了「有我之境」：「有我之境，以我觀物，故物皆著我之色彩。」（《人間詞話》）這裡的景物，無論是雲彩還是城闕，是秋色還是角音，都浸染了詩人哀傷的感情色彩。兩種境界，互相映襯，產生了強烈的感染力。當詩的上半部展現出那幅江村圖時，人們以為詩人是忘情於自然了；讀到下面，才感受到他深沉的憂國憂民之心。原來他的閒適放達，是在報國無門的困境中的一種自我解脫。這種出於無奈的超脫，反過來加深了痛苦心情的表達，在平靜水面下奔湧著痛苦的潛流，是一種更為深沉的哀痛。（黃寶華）

恨別

杜甫

洛城一別四千里，胡騎長驅五六年。草木變衰行劍外，兵戈阻絕老江邊。
思家步月清宵立，憶弟看雲白日眠。聞道河陽近乘勝，司徒急為破幽燕。

這是杜甫於唐肅宗上元元年（七六〇）在成都寫的一首七言律詩。作品抒發了詩人流落他鄉的感慨和對故園、骨肉的懷念，表達了他希望早日平定叛亂的愛國思想，情真語摯，沉鬱頓挫，扣人心弦。

首聯領起「恨別」，點明思家、憂國的題旨。「四千里」，恨離家之遠；「五六年」，傷戰亂之久。個人的困苦經歷，國家的艱難遭遇，都在這些數字中體現出來。詩人於唐肅宗乾元二年（七五九）春別了故鄉洛陽，返華州司功參軍任所，不久棄官客秦州，寓同谷，至成都，輾轉四千里。詩人寫此詩時，距唐玄宗天寶十四載（七五五）十一月安史之亂爆發已五六個年頭。在這幾年中，叛軍鐵蹄蹂躪中原各地，生靈塗炭，血流成河。這是詩人深為憂慮的事。

頷聯兩句描述詩人流落蜀中的情況。「草木變衰」，語出宋玉〈九辯〉「蕭瑟兮，草木搖落而變衰」。這裡是指草木的盛衰變易，承上句的「五六年」，暗示入蜀已有多年，同時也與下一句的「老」相呼應，暗比自己的飄零憔悴。詩人到成都，多虧親友幫助，過著比較安定的草堂生活，但思鄉戀親之情是念念不忘的。由於「兵戈阻絕」，他不能重返故土，只好老於錦江之邊了。「老江邊」的「老」字，悲涼沉鬱，尋味不盡。

頸聯透過「宵立晝眠，憂而反常」（清仇兆鰲《杜詩詳註》）的生活細節描寫，曲折地表達了思家憶弟的深情。杜甫有四弟，名為穎、觀、豐、占，其中穎、觀、豐散在各地，只有占隨杜甫入蜀。此二句中的「思家」、「憶弟」為互文。月夜，思不能寐，忽步忽立；白晝，臥看行雲，倦極而眠。詩人這種坐臥不寧的舉動，正委婉曲折地表現了懷念親人的無限情思，突出了題意的「恨別」。清沈德潛評論此聯說：「若說如何思，如何憶，情事易盡。『步月』、『看雲』，有不言神傷之妙。」（《唐詩別裁集》）這就是說，它不是抽象言情，而是用具體生動的形象說話，讓讀者自己去體會形象中所蘊含的憂傷之情。手法含蓄巧妙，詩味雋永，富有情致。

尾聯回應次句，抒寫詩人聽到唐軍連戰皆捷的喜訊，盼望盡快破幽燕、平叛亂的急切心情。上元元年三月，檢校司徒李光弼破安太清於懷州城下；四月，又破史思明於河陽西渚。這就是詩中「乘勝」的史實。當時李光弼又亟欲直搗叛軍老巢幽燕，以打破相持局面。杜甫盼望國家復興，自己亦可還鄉，天下可喜可樂之事，孰有逾於此者乎？作品以充滿希望之句作結，感情由悲涼轉為歡快，顯示詩人胸懷的開闊。

這首七律用簡樸優美的語言敘事抒情，言近旨遠，辭淺情深。詩人把個人的遭際和國家的命運結合起來寫，每一句都蘊蓄著豐富的內涵，飽和著濃郁的詩情，值得反覆吟味。（傅思均）

和裴迪登蜀州東亭送客逢早梅相憶見寄　杜甫

東閣官梅動詩興，還如何遜在揚州。此時對雪遙相憶，送客逢春可自由？

幸不折來傷歲暮，若為①看去亂鄉愁。江邊一樹垂垂發，朝夕催人自白頭。

〔註〕①若為，唐人用語，「如何」、「怎堪」之意。

裴迪，關中（今陝西省）人，早年隱居終南山，與王維交誼很深，晚年入蜀作幕僚，與杜甫頻有唱和。蜀州，治所在今四川省崇州市。裴迪寄了一首題為〈登蜀州東亭送客逢早梅〉的詩給杜甫，表示了對杜甫的懷念；杜甫深受感動，便寫詩作答。

「東閣官梅動詩興，還如何遜在揚州。」二句讚美裴迪詠早梅詩：你在蜀州東亭看到梅花凌冬盛開，詩興勃發，寫出了如此動人的詩篇，倒像當年何遜在揚州詠梅那般高雅。何遜是杜甫所服膺的南朝梁代的詩人，杜甫〈解悶十二首〉其七，有「頗學陰（鏗）何（遜）苦用心」的詩句。這裡把裴迪與何遜相比，是表示對裴迪和他來詩的推崇。

「此時對雪遙相憶，送客逢春可自由？」二句上承「動詩興」，說在這樣的時候，單是看到飛雪就會想起故人，思念不已，何況你去東亭送客，更何況又遭遇到那惱人的梅花，要你不想起我，不思念我，那怎麼可能？這樣遙領故人對自己的相憶，表達了對故人的深深謝忱和心心相印的情誼。「此時」，即肅宗上元元年（七六〇）

二年初，正是安史叛軍氣焰囂張、大唐帝國萬方多難之際，裴、杜二人又都來蜀中萬里作客，「同是天涯淪落人」（白居易〈琵琶行〉），相憶之情，彌足珍重。

「幸不折來傷歲暮，若為看去亂鄉愁。」早梅開花在歲末春前，它能使人感到歲月無情，老之易至，又能催人加倍思鄉，渴望與親人團聚。大概裴詩有嘆惜不能折梅相贈之意吧，詩人說：幸而你未折梅寄來勾起我歲暮的傷感，要不然，我面對折梅一定會鄉愁繚亂、感慨萬千的。詩人慶幸未蒙以梅相寄，懇切地告訴友人，不要以此而感到不安和抱歉。在我草堂門前的浣花溪上，也有一株梅樹呢。「江邊一樹垂垂發，朝夕催人自白頭。」這一樹梅花啊，目前也在漸漸地開放，好像朝朝暮暮催人老去，催得我早已白髮滿頭了。倘蒙您再把那裡的梅花寄來，讓它們一起來折磨我，我可怎麼承受得了！催人白頭的不是梅，而是愁——老去之愁，失意之愁，思鄉之愁，憶友之愁，最重要的當然還是憂國憂民、傷時感世之愁，千愁百感，攢聚一身，此頭安得不白？與梅花梅樹又有什麼相干！可憐這「江邊一樹」，也實在晦氣，自家無端捱罵不算，還牽連得百里之外的東亭梅花，也被宣佈為不受歡迎者。

本詩通篇都以早梅傷愁立意，前兩聯就著「憶」字感謝故人對自己的思念，後兩聯圍繞「愁」字抒寫詩人自己的情懷，構思重點在於抒情，不在詠物，但此詩歷來被推為詠梅詩的上品，明代王世貞更有「古今詠梅第一」的說法（清仇兆鰲《杜詩詳註》卷九引）。原來，詩歌大抵以寫情為第一要義，詠物詩也須物中見情，而且越真摯越深切越好，王世貞立論的出發點，應該也是一個「情」字。這首詩感情深摯，語言淺白，始終出以談話的口吻，推心置腹，蕩氣迴腸，「直而實曲，率而實潤，樸而實秀」（清人黃生《杜詩說》卷八），在杜詩七律中，別具一種風格。吳東巖云：「用意曲折飛舞，自是生龍活虎，不受排偶拘束者，然亦開宋人門庭。」（清楊倫《杜詩鏡銓》引）（趙慶培）

後遊

杜甫

寺憶曾遊處，橋憐再渡時。江山如有待，花柳自無私。

野潤煙光薄，沙暄①日色遲。客愁全為減，捨此復何之？

〔註〕①暄（音同宣），溫暖。

杜甫於唐肅宗上元二年（七六一）春曾一度到新津（今屬四川），寫了〈遊修覺寺〉，第二次即寫了這首〈後遊〉。前四句回應往日之遊而寫今日之遊，後四句寫觀景減愁之感。全篇景象鮮明，理趣盎然。

「寺憶曾遊處，橋憐再渡時。」寺和橋都是曾遊之地，再遊時對橋和寺都更生愛憐之情。兩句採取倒裝句式，將賓詞的「寺」和「橋」提到動詞謂語「憶」與「憐」前，突出遊覽的處所，將對景物的深厚感情和盤托出，點出後遊在感情上的深進。

「江山如有待，花柳自無私。」自從上次遊覽之後，美好的江山好像也在那兒「憶」著我，「等待」著我的再遊；花也綻笑臉，柳也扭柔腰，無私地奉獻著自己的一切，歡迎我再度登臨。頭兩句寫詩人對「寺」、「橋」有情，這兩句轉入寫此地山水草木也都對詩人有情，真可謂人有意，物有情。細味這兩句詩，是很有含蘊的，它透露了詩人對世態炎涼的感慨。弦外之音是大自然是有情的、無私的，而人世間卻是無情的、偏私的。正如清人薛雪說「花柳自無私」，「下一『自』字，便覺其寄身離亂、感時傷事之情，掬出紙上。」（《一瓢詩話》）

「野潤煙光薄，沙暄日色遲。」在概述了江山花柳之情後，又具體描繪晨景和晚景兩幅畫面，清早薄如輕紗的晨曦，滋潤著大地，原野像浸透了酥油；傍晚滯留大地的餘暉，遲遲不退，沙地閃閃發光。這兩句表明了時間推移，詩人從早到暮在此，可見留連之久，又從側面說明了景色之美。「潤字從薄字看出，暄字從遲字看出，寫景極細。」（清楊倫《杜詩鏡詮》卷八引張上若評）

「客愁全為減，捨此復何之？」全詩以感慨作結。看了如此美好的景色，在外作客的愁悶完全減消了，除了這兒還要往哪兒去呢？表面看來好像仍是讚美這兒風景絕佳，其實，這正是詩人心中有愁難解，強作豁達之語。杜甫流落西南山水間，中原未定，干戈不止，山河破碎，民生多艱，滿腔愁憤，無由排解，只好終日徜徉於山水之間，所以愁減是以喜寫悲，益增其哀。

這首詩寫得表面豁達，實則沉鬱，只是以頓挫委曲之態出之。正因為如此，感人更深。詩採用散文句式，而極為平順自然。這一種創新，對後世尤其是宋代詩人的影響頗大。（徐應佩、周溶泉）

客至　杜甫

舍南舍北皆春水，但見群鷗日日來。花徑不曾緣客掃，蓬門今始為君開。

盤飧市遠無兼味①，樽酒家貧只舊醅②。肯與鄰翁相對飲，隔籬呼取盡餘杯。

〔註〕①兼味，多種食物。②古人以新酒為佳，「只舊醅」則意指無好酒。

這是一首洋溢著濃郁生活氣息的紀事詩，表現詩人誠樸的性格和喜客的心情。作者自註：「喜崔明府（「明府」為唐人對縣令的稱呼）相過」，簡要說明了題意。一、二兩句先從戶外的景色著筆，點明客人來訪的時間、地點和來訪前夕作者的心境。「舍南舍北皆春水」，把綠水繚繞、春意蕩漾的環境表現得十分秀麗可愛。這就是臨江近水的成都草堂。「皆」字暗示出春江水勢漲溢的情景，給人以江波浩渺、茫茫一片之感。群鷗，在古人筆下常常作水邊隱士的伴侶。它們「日日」到來，點出環境清幽僻靜，為作者的生活增添了隱逸的色彩。「但見」，含弦外之音：群鷗固然可愛，而不見其他的來訪者，不是也過於單調麼！作者就這樣寓情於景，表現了他在閒逸的江村中的寂寞心情。這就為貫串全詩的喜客心情，巧妙地作了鋪墊。

頷聯把筆觸轉向庭院，引出「客至」。作者採用與客談話的口吻，增強了賓主接談的生活實感。上句說，長滿花草的庭院小路，還沒有因為迎客打掃過。下句說，一向緊閉的家門，今天才第一次為你崔明府打開。寂寞之中，佳客臨門，一向閒適恬淡的主人不由得喜出望外。這兩句，前後映襯，情韻深厚。前句不僅說客不常來，還有主人不輕易延客意；今日「君」來，益見兩人交情之深厚，使後面的酣暢歡快有了著落。後句的「今始為」又使前句之意顯得更為超脫，補足了首聯兩句。

以上虛寫客至，下面轉入實寫待客。作者捨棄了其他情節，專拈出最能顯示賓主情分的生活場景，重筆濃墨，著意描畫。「盤飧市遠無兼味，樽酒家貧只舊醅」，使我們彷彿看到作者延客就餐、頻頻勸飲的情景，聽到作者抱歉酒菜欠豐盛的話語：遠離街市買東西真不方便，菜肴很簡單，買不起高貴的酒，只好用家釀的陳酒，請隨便進用吧！家常話語聽來十分親切，我們很容易從中感受到主人竭誠盡意的盛情和力不從心的歉疚，也可以體會到主客之間真誠相待的深厚情誼。字裡行間充滿了款曲相通的融洽氣氛。

「客至」之情到此似已寫足，如果再從正面描寫歡悅的場面，顯然露而無味，然而詩人卻巧妙地以「肯與鄰翁相對飲，隔籬呼取盡餘杯」作結，把席間的氣氛推向更熱烈的高潮。詩人高聲呼喊著，請鄰翁共飲作陪。這一細節描寫，細膩逼真。可以想見，兩位摯友真是越喝酒意越濃，越喝興致越高，興奮、歡快，氣氛相當熱烈。就寫法而言，結尾兩句真可謂峰迴路轉，別開境界。

杜甫〈賓至〉、〈有客〉、〈過客相尋〉等詩中，都寫到待客吃飯，但表情達意各不相同。在〈賓至〉中，作者對來客敬而遠之，寫到吃飯，只用「百年粗糲腐儒餐」一筆帶過；在〈有客〉和〈過客相尋〉中說，「自鋤稀菜甲，小摘為情親」，「掛壁移筐果，呼兒問煮魚」，表現出待客親切、禮貌，但又不夠隆重、熱烈，都只用一兩句詩交代，而且沒有提到飲酒。反轉來再看〈客至〉中的待客描寫，卻不惜以半首詩的篇幅，具體展現了酒菜款待的場面，還出人料想地突出了邀鄰助興的細節，寫得那樣情彩細膩，語態傳神，表現了誠摯、真率的友情。這首詩，把門前景，家常話，身邊情，編織成富有情趣的生活場景，以它濃郁的生活氣息和人情味，顯出特點，吸引著後代的讀者。（范之麟）

絕句漫興九首（其二） 杜甫

眼見客愁愁不醒，無賴春色到江亭。
即遣花開深造次，便教鶯語太丁寧。

這組絕句寫在杜甫寓居成都草堂的第二年，即肅宗上元二年（七六一）。題作「漫興」，有興之所到隨手寫出之意。不求寫盡，不求寫全，也不是同一時成之。從九首詩的內容看，當為由春至夏相率寫出，亦有次第可尋。

杜甫草堂周圍的景色很秀麗，他在那兒的生活也比較安定。然而飽嘗亂離之苦的詩人並沒有忘記國難未除，故園難歸；儘管眼前繁花簇簇，家國的愁思還時時縈繞在心頭。明王嗣奭《杜臆》卷四云：「『客愁』二字乃九首之綱領。」這第一首正是圍繞「客愁」來寫詩人惱春的心緒。「眼見客愁愁不醒」，概括地說明眼下詩人正沉浸在客居愁思之中而不能自拔。「不醒」二字，刻畫出這種沉醉迷惘的心理狀態。然而春色卻不曉人情，莽莽撞撞地闖進了詩人的眼簾。春光本來是令人愜意的，「桃花一簇開無主，可愛深紅愛淺紅？」（杜甫〈江畔獨步尋花七絕句〉其五）但是在被客愁纏繞的詩人心目中，這突然來到江亭的春色卻多麼擾人心緒！你看它就在詩人的眼前匆急地催遣花開，又令鶯啼頻頻，似乎故意來作弄家國愁思綿綿中的他鄉遊子。此時此地，如此的心緒，這般的花開鶯啼，司春的女神真是「深造次」，她的殷勤未免過於輕率了。

杜甫善於用反襯的手法，在情與景的對立之中，深化他所要表達的思想感情，加強詩的藝術效果。這首詩裡惱春煩春的情景，就與〈春望〉中「感時花濺淚，恨別鳥驚心」的意境相彷彿。只不過一在亂中，愁思激切；一在暫安，客居惆悵。雖然抒發的感情有程度上的不同，但都是用「樂景寫哀」（清王夫之《薑齋詩話》）則哀感倍生的寫法。所以詩中望江亭春色則頓覺其無賴，見花開春風則深感其造次，聞鶯啼嫩柳則嫌其過於丁寧，這就加倍寫出了詩人的煩惱憂愁。這種表現手法，很符合生活中的實際。清仇兆鰲評此詩說：「人當適意時，春光亦若有情；人當失意時，春色亦成無賴。」（《杜詩詳註》卷九）正是詩人充分描繪出當時的真情實感，因而能深深打動讀者的心，引起共鳴。（左成文）

絕句漫興九首（其三） 杜甫

熟知茅齋絕低小，江上燕子故來頻。

銜泥點汙琴書內，更接飛蟲打著人。

這首詩寫頻頻飛入草堂書齋裡的燕子擾人的情景。首句說茅齋的極度低矮狹窄。「熟知」，乃就燕子言。連江上的燕子都非常熟悉這茅齋的低小，大概是更宜於築巢吧！所以第二句接著說「故來頻」。燕子頻頻而來，自然要引起主人的煩惱。三、四兩句就細緻地描寫了燕子在屋內的活動：築巢銜泥點汙了琴書不算，還要追捕飛蟲甚至碰著了人。詩人以明白如話的口語，作了細膩生動的刻畫，給人以親切逼真的實感；而且透過實感，使人聯想到這低小的茅齋，由於江燕的頻頻進擾，使主人也難以容身了。從而寫出了草堂困居，詩人心境諸多煩擾的情態。明王嗣奭《杜臆》卷四就此詩云：「遠客孤居，一時遭遇，多有不可人意者。」這種不可人意，還是由客愁生發，借燕子引出禽鳥亦若欺人的感慨。

清王夫之在《薑齋詩話》中說：「情景名為二，而實不可離。神於詩者，妙合無垠。巧者則有情中景，景中情。」這首詩也是善於景中含情的一例……全詩俱從茅齋江燕著筆，三、四兩句更是描寫燕子動作的景語，就在這「點汙琴書」、「打著人」的精細描寫中，包蘊著遠客孤居的諸多煩擾和心緒不寧的神情，體物緣情，神物妙合。「不可人意」的心情，雖不著一字，卻全在景物描繪中表現出來了。富有韻味，耐人咀嚼。（左成文）

絕句漫興九首（其七）　杜甫

糝①徑楊花鋪白氈，點溪荷葉疊青錢。

筍根雉子無人見，沙上鳧②雛傍母眠。

〔註〕①糝（音同傘），撒落。②鳧（音同伏），野鴨。

這一首是寫初夏的景色。前兩句寫景，後兩句景中狀物，而景物相間相融，各得其妙。

詩中展現了一幅美麗的初夏風景圖：漫天飛舞的楊花撒落在小徑上，好像鋪上了一層白氈；而溪水中片片青綠的荷葉點染其間，又好像層疊在水面上的圓圓青錢。詩人掉轉目光，忽然發現：那一隻隻幼雉隱伏在竹叢筍根旁邊，真不易為人所見。那岸邊沙灘上，小鳧雛們親昵地偎依在母鳧身邊安然入睡。首句中的「糝徑」，是形容楊花紛散落於路面，詞語精練而富有形象感。第二句中的「點」、「疊」二詞，把荷葉在溪水中的狀態寫得十分生動傳神，使全句活了起來。後兩句清浦起龍在《讀杜心解》中說它「微寓蕭寂憐兒之感」，我們從全詩看，「微寓蕭寂」或許有之，「憐兒」之感，則未免過於深求。

這四句詩，一句一景，字面看似乎是各自獨立的，一句詩一幅畫面；而聯繫在一起，就構成了初夏郊野的自然景觀。細緻的觀察描繪，透露出作者漫步林溪間時對初夏美妙自然景物的留連欣賞的心情，閑靜之中，微寓客居異地的蕭寂之感。這四句如截取七律中間二聯，雙雙皆對，又能針腳細密，前後照應。起兩句明寫楊花、青荷，已寓林間溪邊之意；後兩句則摹寫雉子、鳧雛，但也俱在林中沙上。前後關照，互相映襯，於散漫中渾成一體。這首詩刻畫細膩逼真，語言通俗生動，意境清新雋永，而又充滿深摯淳厚的生活情趣。（左成文）

春夜喜雨

杜甫

好雨知時節，當春乃發生。隨風潛入夜，潤物細無聲。

野徑雲俱黑，江船火獨明。曉看紅濕處，花重錦官城。

這是描繪春夜雨景，表現喜悅心情的名作。

一開頭就用一個「好」字讚美「雨」。在生活裡，「好」常常被用來讚美那些做好事的人。如今用「好」讚美雨，已經會喚起關於做好事的人的聯想。接下去，就把雨擬人化，說它「知時節」，懂得滿足客觀需要。不是嗎？春天是萬物萌芽生長的季節，正需要下雨，雨就下起來了。你看它多麼「好」！

第二聯，進一步表現雨的「好」。雨之所以「好」，就好在適時，好在「潤物」。春天的雨，一般是伴隨著和風細細地滋潤萬物的。然而也有例外。有時候，它會伴隨著冷風，由雨變成雪。有時候，它會伴隨著狂風，下得很凶暴。這樣的雨儘管下在春天，但不是典型的春雨，只會損物而不會「潤物」，自然不會使人「喜」，也不可能得到「好」評。所以，光有首聯的「知時節」，還不足以完全表現雨的「好」。等到第二聯寫出了典型的春雨——伴隨著和風的細雨，那個「好」字才落實了。

「隨風潛入夜，潤物細無聲。」這仍然用的是擬人化手法。「潛入夜」和「細無聲」相配合，不僅表明那雨是伴隨和風而來的細雨，而且表明那雨有意「潤物」，無意討「好」。如果有意討「好」，它就會在白天來，就會造一點聲勢，讓人們看得見，聽得清。唯其有意「潤物」，無意討「好」，它才選擇了一個不妨礙人們活動的時間悄悄地來，在人們酣睡的夜晚無聲地、細細地下。

雨這樣「好」，就希望它下多下夠，下個通宵。倘若只下一會兒，就雲散天晴，那「潤物」就很不徹底。詩人抓住這一點，寫了第三聯。在不太陰沉的夜間，小路比田野容易看得見，江面也比岸上容易辨得清。如今呢？放眼四望，「野徑雲俱黑，江船火獨明」，只有船上的燈火是明的。此外，連江面也看不見，小路也辨不清，天空裡全是黑沉沉的雲，地上也像雲一樣黑。好呀！看起來，準會下到天亮。

尾聯寫的是想像中的情景。如此「好雨」下上一夜，萬物就都得到潤澤，發榮滋長起來了。萬物之一的花，最能代表春色的花，也就帶雨開放，紅豔欲滴。等到明天清早去看看吧！整個錦官城（成都）雜花生樹，一片「紅濕」，一朵朵紅豔豔、沉甸甸，匯成花的海洋。那麼，田裡的禾苗呢？山上的樹林呢？一切的一切呢？

清浦起龍說：「寫雨切夜易，切春難。」（《讀杜心解》）這首〈春夜喜雨〉，不僅切夜、切春，而且寫出了典型春雨也就是「好雨」的高尚品格，表現了詩人也是一切「好人」的高尚人格。詩人盼望這樣的「好雨」，喜愛這樣的「好雨」。所以題目中的那個「喜」字在詩裡雖然沒有露面，但「『喜』意都從罅縫裡迸透」（《讀杜心解》）。詩人正在盼望春雨「潤物」的時候，雨下起來了，於是一上來就滿心歡喜地叫「好」。第二聯所寫，顯然是聽出來的。詩人傾耳細聽，聽出那雨在春夜裡綿綿密密地下，只為「潤物」，不求人知，自然「喜」得睡不著覺。由於那雨「潤物細無聲」，聽不真切，生怕它停止了，所以出門去看。第三聯所寫，分明是看見的。看見雨意正濃，就情不自禁地想像天明以後春色滿城的美景。其無限喜悅的心情，又表現得多麼生動！

中唐詩人李約有一首〈觀祈雨〉：「桑條無葉土生煙，簫管迎龍水廟前。朱門幾處看歌舞，猶恐春陰咽管弦。」和那些朱門裡看歌舞的人相比，杜甫對春雨「潤物」的喜悅之情難道不是一種很崇高的感情嗎？（霍松林）

江亭　杜甫

坦腹江亭暖，長吟野望時。水流心不競，雲在意俱遲。
寂寂春將晚，欣欣物自私。江東猶苦戰，回首一顰眉①。

〔註〕①「江東猶苦戰，回首一顰眉」，各本作「故林歸未得，排悶強裁詩」，此據草堂本。

這首詩寫於唐肅宗上元二年（七六一），那時杜甫居於成都草堂，生活暫時比較安定，有時也到郊外走走。表面看上去，「坦腹江亭暖，長吟野望時」，和那些山林隱士的感情沒有很大的不同；然而一讀三、四兩句，區別卻是明顯的。

從表面看，「水流心不競」，是說江水如此滔滔，好像為了什麼事情，爭著向前奔跑；而我此時卻心情平靜，無意與流水相爭。「雲在意俱遲」，是說白雲在天上移動，那種舒緩悠閒，與我此時的閒適心情全沒兩樣。清仇兆鰲說它「有淡然物外、優游觀化意」（《杜詩詳註》），是從這方面理解的，可惜只是一種表面的看法。

不妨拿王維的「流水如有意，暮禽相與還」（〈歸嵩山作〉）來對比一下。王維是自己本來心中寧靜，從靜中看出了流水、暮禽都有如向自己表示歡迎、依戀之意；而杜甫這一聯則從靜中得出相反的感想。「水流心不競」，本來心裡是「競」的，看了流水之後，才忽然覺得平日如此棲棲遑遑，畢竟無謂，心中陡然冒出「何須去競」的一種念頭來。「雲在意俱遲」也一樣，本來滿腔抱負，要有所作為，而客觀情勢卻處處和自己為難。

在平時，本是極不願意「遲遲」的，如今看見白雲悠悠，於是也突然覺得一向的做法未免是自討苦吃，應該同白雲「俱遲」才對了。

王詩「流水如有意」，「有意」顯出詩人的「無意」；杜詩「水流心不競」，「不競」洩漏了詩人平日的「競」。真是「正言若反」，在作者卻是不自覺的。

下面第三聯，更是進一步揭出詩人杜甫的本色。「寂寂春將晚」，帶出心頭的寂寞；「欣欣物自私」，透露了眾榮獨瘁的悲涼。這是一種融景入情的手法。晚春本來並不寂寞，詩人此時處境閑寂，移情入景，自然覺得景色也是寂寞無聊的了；眼前百草千花爭奇鬥豔，欣欣向榮，然而都與己無關，引不起自己心情的欣悅，所以就嗔怪春物的「自私」了。當然，這當中也不盡是個人遭逢上的感慨，但正好說明詩人此時心境並非是那樣悠閒自在的。讀到這裡，回顧上聯的「水流」、「雲在」，寫的是一種什麼樣的思想感情，豈不是更加明白了嗎！

杜甫寫此詩時，安史之亂未平。李光弼於是年春間大敗於邙山，河陽、懷州皆陷。作者雖然避亂在四川，暫時得以「坦腹江亭」，到底還是忘不了國家安危的，因此詩的最後，就不能不歸結到「江東猶苦戰，回首一顰眉」，又陷入滿腹憂國憂民的愁緒中去了。杜甫這首詩表面上悠閒恬適，骨子裡仍是一片焦灼苦悶。這正是杜甫不同於一般山水詩人的地方。（劉逸生）

琴臺　杜甫

茂陵多病後，尚愛卓文君。酒肆人間世，琴臺日暮雲。
野花留寶靨，蔓草見羅裙。歸鳳求凰意，寥寥不復聞。

此詩是杜甫晚年在成都憑弔漢代司馬相如遺跡——琴臺時所作。

「茂陵多病後，尚愛卓文君」，起首凌空而下，從相如與文君的晚年生活著墨，寫他倆始終不渝的真摯愛情。司馬相如晚年退居茂陵（古縣名，治所在今陝西興平市東北），這裡以地名指代相如。這兩句是說，司馬相如雖已年老多病，而對文君仍然懷著熱烈的愛，一如當初，絲毫沒有衰減。短短二句，如清仇兆鰲說：「病後猶愛，言鍾情獨至。」（《杜詩詳註》）還有人評論說：「言茂陵多病後，尚愛文君，其文采風流，固足以傳聞後世矣。」（清沈寅、朱昆輯解《杜詩直解》）詩的起筆不同尋常，用相如、文君晚年的相愛彌深，暗點他們當年琴心相結的愛情的美好。

「酒肆人間世」一句，筆鋒陡轉，從相如、文君的晚年生活，回溯到他倆的年輕時代。司馬相如因愛慕蜀地富人卓王孫孀居的女兒文君，在琴臺上彈〈鳳求凰〉的琴曲以通意，文君為琴音所動，夜奔相如。這事遭到卓王孫的竭力反對，不給他們任何嫁妝和財禮，但兩人絕不屈服。相如家徒四壁，生活困窘，夫妻倆便開了個酒舍，以賣酒營生。「文君當鑪，相如身自著犢鼻褌（即圍裙，形如犢鼻），與庸保雜作，滌器於市中」（《史記．

司馬相如列傳》）。一個文弱書生，一個富戶千金，竟以「酒肆」來蔑視世俗禮法，在當時社會條件下，是要有很大的勇氣的。詩人對此情不自禁地表示了讚賞。「琴臺日暮雲」句，則又回到詩人遠眺之所見，景中有情，耐人尋味。我們可以想像，詩人默默徘徊於琴臺之上，眺望暮靄碧雲，心中自有多少追懷歆羨之情！「日暮雲」用南朝梁江淹詩「日暮碧雲合，佳人殊未來」（〈休上人怨別〉）語，感慨今日空見琴臺，文君安在？引出下聯對「野花」、「蔓草」的聯翩浮想。這一聯，詩人有針對性地選擇了「酒肆」、「琴臺」這兩個富有代表性的事物，既體現了相如那種倜儻慢世的性格，又表現出他與文君愛情的執著。前四句詩，在大開大闔、陡起陡轉的敘寫中，從晚年回溯到年輕時代，從追懷古跡到心中思慕，縱橫馳騁，而又緊相勾連，情景俱出，而又神思邈邈。

「野花留寶靨，蔓草見羅裙」兩句，再現文君光彩照人的形象。相如的神采則伴隨文君的出現而不寫自見。兩句是從「琴臺日暮雲」的抬頭仰觀而回到眼前之景：看到琴臺旁一叢叢美麗的野花，使作者聯想到它彷彿是文君當年臉頰上的笑靨；一叢叢嫩綠的蔓草，彷彿是文君昔日所著的碧羅裙。這一聯是寫由眼前景引起的，出現在詩人眼中的幻象。這種聯想，既有真實感，又富有浪漫氣息，宛似文君滿面花般笑靨，身著碧草色羅裙已經飄然悄臨。五代前蜀牛希濟〈生查子〉詞中的「記得綠羅裙，處處憐芳草」，當受此詩啟發。

結句「歸鳳求凰意，寥寥不復聞」，明快有力地點出全詩主題。這兩句是說，相如、文君反抗世俗禮法，追求美好生活的精神，後來幾乎是無人繼起了。詩人在憑弔琴臺時，其思想感情也是和相如的〈琴歌〉緊緊相連的。〈琴歌〉中唱道：「鳳兮鳳兮歸故鄉，遨遊四海求其凰。……胡頡頏兮共翱翔。」正因為詩人深深地了解相如與文君，才能發出這種千古知音的慨嘆。這裡，一則是說琴聲已不可再得而聞；一則是說後世知音之少。因此，〈琴歌〉中所含之意，在詩人眼中絕不是一般後世輕薄之士慕羨風流，而是「胡頡頏兮共翱翔」的那種值得千古傳誦的真情至愛。（施紹文）

水檻遣心二首（其一） 杜甫

去郭軒楹敞①，無村眺望賒②。澄江平少岸，幽樹晚多花。
細雨魚兒出，微風燕子斜。城中十萬戶，此地兩三家。

〔註〕①軒：長廊。楹：柱子。②賒：遠。

杜甫定居成都草堂後，經過他的一番經營，草堂園畝擴展了，樹木栽多了。水亭旁，還添了專供垂釣、眺望的水檻。詩人經過了長期顛沛流離的生活以後，現在得到了安身的處所，面對著綺麗的風光，情不自禁地寫下了一些歌詠自然景物的小詩。

〈水檻遣心二首〉，大約作於唐肅宗上元二年（七六一）。此為第一首，寫出了詩人離開塵囂的閒適心情。首聯先寫草堂的環境：這兒離城郭很遠，庭園開闊寬敞，旁無村落，因而詩人能夠極目遠眺。中間四句緊接著寫眺望到的景色。「澄江平少岸」，詩人憑檻遠望，碧澄清澈的江水，浩浩蕩蕩，似乎和江岸齊平了。這是寫遠景。「幽樹晚多花」則寫近景。草堂四周鬱鬱蔥蔥的樹木，在春日的黃昏裡，盛開著姹紫嫣紅的花朵，散發出迷人的清香。五、六兩句刻畫細膩，描寫極為生動：「細雨魚兒出，微風燕子斜。」你看，魚兒在毛毛細雨中搖曳著身軀，噴吐著水泡兒，歡欣地游到水面來了。燕子呢，輕柔的軀體，在微風的吹拂下，傾斜著掠過水瀠瀠的天空……這是歷來為人傳誦的名句。宋葉夢得《石林詩話》卷下云：「詩語固忌用巧太過。然緣情體物，自有天然工妙……老杜『細雨魚兒出，微風燕子斜』，此十字，殆無一字虛設。細雨著水面為漚（水泡），魚常上浮而淰（音同審，原意為魚驚駭之狀，此處解作魚在歡欣地跳躍）。若大雨，則伏而不出矣。燕體輕弱，風猛則不能勝，唯微風乃受以為勢，故又有『輕燕受風斜』之句。」唯其雨細，魚兒才歡騰地游到上面；如果雨猛浪翻，魚兒就潛入水底了。唯其風微，燕子才輕捷地掠過天空；如果風大雨急，燕子就會禁受不住了。詩人遣詞用意精微至此，為人嘆服。「出」，寫出了魚的歡欣，極其自然；「斜」，寫出了燕子的輕盈，逼肖生動。詩人細緻地描繪了微風細雨中魚和燕子的動態，其意在託物寄興。從這二句詩中，我們不是可以感到詩人熱愛春天的喜悅心情嗎？這就是所謂「緣情體物」之工。

尾聯呼應起首兩句。以「城中十萬戶」與「此地兩三家」對比，更顯得這兒非常閒適幽靜。全詩八句都是對仗，而且描寫中，遠近交錯，精細自然，「雖巧而不見其刻削之痕」（《石林詩話》）。它句句寫景，句句有「遣心」之意。黃賓虹先生曾經說過：「山水畫乃寫自然之性，亦寫吾人之心。」（《黃賓虹畫語錄》）高明的繪畫如此，感人的詩歌更是如此。此詩描繪的是草堂環境，然而字裡行間含蘊的，卻是詩人優游閒適的心情和對大自然春天的熱愛。（宋廓）

送韓十四江東覲省① 杜甫

兵戈不見老萊衣②，嘆息人間萬事非。我已無家尋弟妹，君今何處訪庭闈③？

黃牛峽靜灘聲轉④，白馬江⑤寒樹影稀。此別應須各努力，故鄉猶恐未同歸。

〔註〕①韓十四：名不詳，十四是指他的排行。覲省：看望父母，探親。②老萊衣：傳說春秋時代楚國有隱士老萊子，七十歲還常常穿上彩衣，模仿兒童，歡娛他的雙親。③庭闈（音同圍），父母所居廳室，代指父母。④黃牛峽：長江峽名，在今湖北宜昌西。峽下有黃牛灘。⑤白馬江：在蜀州（治所在今四川崇州市）東北十里處。

這首七律，寫於唐肅宗上元二年（七六一）深秋，其時杜甫在成都。當時安史之亂尚未平定，史朝義逆勢正熾。江東（長江下游）一帶雖未遭受兵禍，但九月間江淮大饑，再加上統治者嚴加盤剝，於是暴動四起，餓殍塞途。此詩是詩人在成都附近的蜀州白馬江畔送韓十四去江東探親時寫的，在深沉的別情中流露出蒿目時艱、憂心國難的浩茫心事。

詩發端即自不凡，蒼勁中蘊有一股抑鬱之氣。詩人感嘆古代老萊子彩衣娛親這樣的美談，在干戈遍地的今天，已經很難找到。這就從側面扣住題意「覲省」，並且點示出背景。第二句，詩的脈絡繼續沿著深沉的感慨向前發展，突破「不見老萊衣」這種天倫之情的範圍，而著眼於整個時代。安史之亂使社會遭到極大破壞，開元盛世一去不復返了。詩人深感人間萬事都已顛倒，到處是動亂、破壞和災難，不由發出了聲聲嘆息。「萬事非」

三字，包容著多麼巨大的世上滄桑，概括了多少辛酸的人間悲劇，表現出詩人何等深厚的憂國憂民的思想感情。

三、四兩句，緊承「萬事非」而來，進一步點明題意。送友人探親，不由勾起詩人對自己骨肉同胞的懷念。相形之下，在動亂中，詩人與弟妹長期離散，生死未卜，豈非有家等於「無家」！這也正是「萬事非」中的一例。相形之下，韓十四似乎幸運得多了。可是韓十四與父母分手年久，現在江東一帶又不太平，「訪庭闈」恐怕也還有一番周折。所以詩人用了一個搖曳生姿的探問句，表示對韓十四此行的關切，感情十分真摯。同時透露出際此亂世，韓十四的前途也不免有渺茫之感。這一聯是前後相生的流水對，從自己的「無家尋弟妹」，引出對方的「何處訪庭闈」，賓主分明，寄慨遙深，有一氣流貫之妙。

韓十四終於走了。五、六兩句，描寫分手時詩人的遐想和悵惘。詩人佇立白馬江頭，目送著韓十四登船解纜，揚帆遠去，逐漸消失在水光山影之間了，他還在凝想入神。韓十四走的主要是長江水路，宜昌西面的黃牛峽是必經之地。這時詩人的耳際似乎響起了峽下黃牛灘的流水聲。水聲迴響不絕，韓十四乘坐的船也就越走越遠，詩人的離情別緒，也被曲曲彎彎牽引得沒完沒了。一個「靜」字，越發突出了灘聲汩汩，如在目前。所謂以靜襯動，寫得實在傳神。等到把離思從幻覺中拉回來，才發現自己依然站在二人分袂之地。只是江上的暮靄漸濃，一陣陣寒風吹來，砭人肌骨。稀疏的樹影在水邊掩映搖晃，秋意更深了。一種孤獨感驀然向詩人襲來。此二句一縱一收，堪稱大家手筆。別緒隨船而去，道出綿綿情意；突然收回，景象更覺悵然。此情此景，簡直催人淚下。

尾聯更是餘音嫋嫋，耐人咀嚼。出句（上句）是說，分手不宜過多傷感，我們應各自努力，珍重前程。「此別」，總括前面離別的情景；「各」字，又雙綰行者、留者，也起到收束全詩的作用。對句（下句）意為，雖說如此，只怕不能實現同返故鄉的願望。韓十四與杜甫可能是同鄉，詩人盼望有一天能和他在故鄉重逢。但是，世事茫茫難卜，這年頭誰能說得準呢？詩就在這樣欲盡不盡的誠摯情意中結束。「猶恐」二字，用得很好，隱隱露出詩人對未來的擔憂，與「嘆息人間萬事非」前後呼應，倍覺意味深長。

這是一首送別詩，但不落專寫淒淒慼慼之情的窠臼。詩人筆力蒼勁，伸縮自如，包容國難民憂，個人遭際，離情別緒深沉委婉，可謂送別詩中的上乘之作。（徐竹心）

茅屋為秋風所破歌

杜甫

八月秋高風怒號，卷我屋上三重茅。
茅飛渡江灑江郊，高者掛罥①長林梢，下者飄轉沉塘坳。
南村群童欺我老無力，忍能對面為盜賊。
公然抱茅入竹去，脣焦口燥呼不得，歸來倚杖自嘆息。
俄頃風定雲墨色，秋天漠漠向昏黑。
布衾多年冷似鐵，驕兒惡臥踏裡裂。
床頭屋漏無乾處，雨腳如麻未斷絕。
自經喪亂少睡眠，長夜霑濕何由徹！
安得廣廈千萬間，大庇天下寒士俱歡顏，風雨不動安如山！
嗚呼！何時眼前突兀見此屋，吾廬獨破受凍死亦足！

〔註〕①罥（音同眷）：懸掛糾結。

唐肅宗乾元三年（七六〇）的春天，杜甫求親告友，在成都浣花溪邊蓋起了一座茅屋，總算有了一個棲身之所。不料到了八月，大風破屋，大雨又接踵而至。詩人長夜難眠，感慨萬千，寫下了這篇膾炙人口的詩篇。詩寫的是自己的數間茅屋，表現的卻是憂國憂民的情感。

這首詩可分為四節。第一節五句，句句押韻，「號」、「茅」、「郊」、「梢」、「坳」五個開口呼的平聲韻腳傳來陣陣風聲。「八月秋高風怒號，卷我屋上三重茅。」起勢迅猛。「風怒號」三字，音響宏大，讀之如聞秋風咆哮。一個「怒」字，把秋風擬人化，從而使下一句不僅富有動作性，而且富有濃烈的感情色彩。詩人好容易蓋了這座茅屋，剛剛定居下來，秋風卻故意同他作對似的，怒吼而來，卷起層層茅草，怎能不使詩人萬分焦急？「茅飛渡江灑江郊」的「飛」字緊承上句的「卷」字，「卷」起的茅草沒有落在屋旁，卻隨風「飛」走，「飛」過江去，然後分散地、雨點似地「灑」在「江郊」：「高者掛罥長林梢」——很難取下來；「下者飄轉沉塘坳」——也很難收回來。「卷」、「飛」、「渡」、「灑」、「掛」、「飄轉」，一個接一個的動態不僅組成一幅幅鮮明的圖畫，而且緊緊地牽動詩人的視線，撥動詩人的心弦。詩人的高明之處在於他並沒有抽象地抒情達意，而是寓情意於客觀描寫之中。我們讀這幾句詩，分明看見一個衣衫單薄、破舊的乾瘦老人拄著拐杖，立在屋外，眼巴巴地望著怒吼的秋風把他屋上的茅草一層又一層地卷了起來，吹過江去，稀里嘩啦地灑在江郊的各處；而他對大風破屋的焦灼和怨憤之情，也不能不激起我們心靈上的共鳴。

第二節五句。這是前一節的發展，也是對前一節的補充。前節寫「灑江郊」的茅草無法收回。是不是還有落在平地上可以收回的呢？有的，然而卻被「南村群童」抱跑了！「欺我老無力」五字宜著眼。如果詩人不是「老無力」，而是年當壯健有氣力，自然不會受這樣的欺侮。「忍能對面為盜賊！這不過是表現了詩人因「老無力」而受欺侮的憤懣心情而已，絕不是真的給「群童」加上「盜賊」的罪名，要告到官府裡去辦罪。所以，「脣焦口燥呼不得」，也就無可奈何了。用詩人〈又呈吳郎〉一詩中的話說，這正是「不為困窮寧有此」！詩人如果不是十分困窮，就不會對大風颳走茅草那麼心急如焚；「群童」如果不是十分困窮，也不會冒著狂風抱那些並不值錢的茅草。這一切，都是結尾的伏線。「安得廣廈千萬間，大庇天下寒士俱歡顏」的崇高願望，正是從「四海困窮」的現實基礎上產生出來的。

「歸來倚杖自嘆息」總收一、二兩節。詩人大約是一聽到北風狂叫，就擔心蓋得不夠結實的茅屋發生危險，因而就拄杖出門，直到風吹屋破，茅草無法收回，這才無可奈何地走回家中。「倚杖」，當然又與「老無力」照應。「自嘆息」中的「自」字，下得很沉痛！詩人如此不幸的遭遇只有自己嘆息，未引起別人的同情和幫助，則世風的澆薄，就意在言外了，因而他「嘆息」的內容，也就十分深廣！當他自己風吹屋破，無處安身，得不到別人的同情和幫助的時候，分明聯想到類似處境的無數窮人。

第三節八句，寫屋破又遭連夜雨的苦況。「俄頃風定雲墨色，秋天漠漠向昏黑」兩句，用飽蘸濃墨的大筆渲染出暗淡愁慘的氛圍，從而烘托出詩人暗淡愁慘的心境，而密集的雨點即將從漠漠的秋空灑向地面，已在預料之中。「布衾多年冷似鐵，嬌兒惡臥踏裡裂」兩句，沒有窮困生活體驗的作者是寫不出來的。值得注意的是這不僅是寫布被又舊又破，而是為下文寫屋破漏雨蓄勢。成都的八月，天氣並不「冷」，正由於「床頭屋漏無乾處，雨腳如麻未斷絕」，所以才感到冷。「自經喪亂少睡眠，長夜霑濕何由徹」兩句，一縱一收。一縱，從眼前的處境擴展到安史之亂以來的種種痛苦經歷，從風雨飄搖中的茅屋擴展到戰亂頻仍、殘破不堪的國家；一收，又回到「長夜霑濕」的現實。憂國憂民，加上「長夜霑濕」，怎能入睡呢？「何由徹」和前面的「未斷絕」

照應，表現了詩人既盼雨停，又盼天亮的迫切心情。而這種心情，又是屋破漏雨、布衾似鐵的艱苦處境激發出來的。於是由個人的艱苦處境聯想到其他人的類似處境，水到渠成，自然而然地過渡到全詩的結尾。「安得廣廈千萬間，大庇天下寒士俱歡顏，風雨不動安如山」，前後用七字句，中間用九字句，句句蟬聯而下，而表現闊大境界和愉快情感的詞兒如「廣廈」、「千萬間」、「大庇」、「天下」、「歡顏」、「安如山」等等，又聲音洪亮，從而構成了鏗鏘有力的節奏和奔騰前進的氣勢，恰切地表現了詩人從「床頭屋漏無乾處」、「長夜霑濕何由徹」的痛苦生活體驗中迸發出來的奔放的激情和火熱的希望。這種奔放的激情和火熱的希望，詠歌之不足，故嗟嘆之：「嗚呼！何時眼前突兀見此屋，吾廬獨破受凍死亦足！」詩人的博大胸襟和崇高理想，至此表現得淋漓盡致。

俄國別林斯基（Vissarion Belinsky）〈杰爾查文的作品〉曾說：「任何一個詩人也不能由於他自己和靠描寫他自己而顯得偉大，不論是描寫他本身的痛苦，或者描寫他本身的幸福。任何偉大詩人之所以偉大，是因為他們的痛苦和幸福的根子深深地伸進了社會和歷史的土壤裡，因為他是社會、時代、人類的器官和代表。」（《別林斯基論文學》）杜甫在這首詩裡描寫了他本身的痛苦，但當我們讀完最後一節的時候，就知道他不是孤立地、單純地描寫他本身的痛苦，而是透過描寫他本身的痛苦來表現「天下寒士」的痛苦，來表現社會的苦難、時代的苦難。如果說讀到「歸來倚杖自嘆息」的時候，對他「嘆息」的內容還理解不深的話，那麼讀到「嗚呼！何時眼前突兀見此屋，吾廬獨破受凍死亦足」，總該看出他並不是僅僅因為自身的不幸遭遇而哀嘆、而失眠、而大聲疾呼吧！在狂風猛雨無情襲擊的秋夜，詩人腦海裡翻騰的不僅是「吾廬獨破」，而且是「天下寒士」的茅屋俱破……杜甫這種熾熱的憂國憂民的情感和迫切要求變革黑暗現實的崇高理想，千百年來一直激動讀者的心靈。（霍松林）

贈花卿　杜甫

錦城絲管日紛紛，半入江風半入雲。
此曲只應天上有，人間能得幾回聞。

這首絕句，字面上明白如話，但對它的主旨，歷來註家頗多異議。有人認為它只是讚美樂曲，並無弦外之音；而明楊慎《升庵詩話》卷十三卻說：「花卿在蜀頗僭用天子禮樂，子美作此諷之，而意在言外，最得詩人之旨。」清沈德潛《說詩晬語》卷下也說：「詩貴寄意，有言在此而意在彼者……刺花敬定之僭竊，則想新曲於天上。」楊、沈之說是較為可取的。

在中國封建社會裡，禮儀制度極為嚴格，即使音樂，亦有異常分明的等級界限。據《舊唐書．音樂》載，唐朝建立後，高祖李淵即命太常少卿祖孝孫考訂大唐雅樂，「皇帝臨軒，奏〈太和〉；王公出入，奏〈舒和〉；皇帝食舉及飲酒，奏〈休和〉；皇帝受朝，奏〈政和〉；皇太子軒懸出入，奏〈承和〉」。這些條分縷析的樂制都是當朝的成規定法，稍有違背，即是紊亂綱常，大逆不道。

花卿，名敬定，是成都尹崔光遠的部將，曾因平叛立過功。但他居功自傲，驕恣不法，放縱士卒大掠東蜀；又目無朝廷，僭用天子音樂。杜甫贈詩予以委婉的諷刺。

耐人尋味的是，作者並沒有對花卿明言指摘，而是採取了一語雙關的巧妙手法。字面上看，這儼然是一首十分出色的樂曲讚美詩。你看：

「錦城絲管日紛紛」，錦城，即成都；絲管，指弦樂器和管樂器；紛紛，本意是既多而亂的樣子，通常是用來形容那些看得見、摸得著的具體事物的，這裡卻用來比狀看不見、摸不著的抽象的樂曲，這就從人的聽覺和視覺的通感上，化無形為有形，極其準確、形象地描繪出弦管那種輕悠、柔靡，雜錯而又和諧的音樂效果。「半入江風半入雲」也是採用同樣的寫法：那悠揚動聽的樂曲，從花卿家的宴席上飛出，隨風蕩漾在錦江上，冉冉飄入藍天白雲間。這兩句詩，使我們真切地感受到了樂曲的那種「行雲流水」般的美妙。兩個「半」字空靈活脫，給全詩增添了不少的情趣。

樂曲如此之美，作者禁不住慨嘆說：「此曲只應天上有，人間能得幾回聞。」天上的仙樂，人間當然難得一聞，難得聞而竟聞，愈見其妙得出奇了。

全詩四句，前兩句對樂曲作具體形象的描繪，是實寫；後兩句以天上的仙樂相誇，是遐想。因實而虛，虛實相生，將樂曲的美妙讚譽到了極度。

然而這僅僅是字面上的意思，其弦外之音是意味深長的。這可以從「天上」和「人間」兩詞看出端倪。「天上」者，天子所居皇宮也；「人間」者，皇宮之外也。這是古代社會極常用的雙關語。說樂曲屬於「天上」，且加「只應」一詞限定。既然是「只應天上有」，那麼，「人間」當然就不應「得聞」。不應「得聞」而竟然「得聞」，不僅「幾回聞」，而且「日紛紛」，於是乎，作者的諷刺之旨就從這種矛盾的對立中，既含蓄婉轉又確切有力地顯現出來了。

宋人張天覺曾論詩文的諷刺云：「諷刺則不可怒張，怒張則筋骨露矣。」（宋魏慶之《詩人玉屑》卷九引）杜甫這首詩柔中有剛，綿裡藏針，寓諷於諫，意在言外，忠言而不逆耳，可謂作得恰到好處。

正如清楊倫所評：「似諛似諷，所謂言之者無罪，聞之者足戒也。此等絕句，亦復何減龍標（王昌齡）、供奉（李白）。」（《杜詩鏡銓》）（崔閩）

不見

杜甫

近無李白消息。

不見李生久，佯狂真可哀！世人皆欲殺，吾意獨憐才。

敏捷詩千首，飄零酒一杯。匡山讀書處，頭白好歸來。

這首詩寫於客居成都的初期，或許杜甫此時輾轉得悉李白已在流放夜郎（治所在今貴州正安西北）途中獲釋，遂有感而作。詩用質樸的語言，表現了對摯友的深情。

開頭一句，突兀陡起，好像蓄積於內心的感情一下子迸發出來了。「不見」二字置於句首，表達了渴望見到李白的強烈願望，又把「久」字放到句末，強調思念時間之長。杜甫和李白自唐玄宗天寶四載（七四五）在兗州（治所在今山東兗州市）分手，已有整整十五年沒有見面了。

緊接著第二句，詩人便流露出對李白懷才不遇，因而疏狂自放的哀憐和同情。古代一些不滿現實的人也往往佯狂避世，像春秋時的接輿。李白即自命「我本楚狂人」（〈廬山謠寄盧侍御虛舟〉），並常常吟詩縱酒，笑傲公侯，以狂放不羈的態度來抒發欲濟世而不得的悲憤心情。一個有著遠大抱負的人卻不得不「佯狂」，這實在是一個大悲劇。「佯狂」雖能蒙蔽世人，然而杜甫卻深深地理解和體諒李白的苦衷。「真可」兩字修飾「哀」，生動地傳達出詩人無限嘆惋和同情的心事。

這種感情在頷聯中得到進一步展現。這兩句用了一個反對，產生了強烈對比的效果。「世人」指統治集團中的人，永王一案，李白被牽連，這些人就叫嚷要將「亂臣賊子」李白處以極刑。這裡「皆欲殺」和「獨憐才」，突出表現了杜甫與「世人」態度的對立。「憐」承上「哀」而來，「憐才」不僅是指文學才能，也包含著對李白政治上蒙冤的同情。杜甫另有〈寄李十二白二十韻〉一詩，以蘇武、黃公比李白，力言他不是叛臣，又用賈誼、孔子之典來寫他政治抱負不能實現的悲劇。而這種悲劇也同樣存在於杜甫的身上，他因疏救房琯而被逐出朝廷，不也是「世人」的不公嗎？「憐才」也是憐己。共同的遭遇使兩位摯友的心更加緊密地連在一起了，這就是杜甫深切哀憐的根本原因。

頸聯宕開一筆，兩句詩是對李白一生的絕妙概括，勾勒出一個詩酒飄零的浪漫詩人的形象。杜甫想像李白在漂泊中以酒相伴，酒或許能澆其塊壘，慰其憂愁。這一聯仍然意在寫李白的不幸，更深一層地抒發了懷念摯友的綿綿情思。

深情的懷念最後化為熱切的呼喚：「匡山讀書處，頭白好歸來。」詩意承上「飄零」而來，杜甫為李白的命運擔憂，希望他葉落歸根，終老故里。聲聲呼喚，表達了對老友的深長情意。「匡山」，指綿州彰明（在今四川北部）之大匡山，李白少時讀書於此。這時杜甫客居成都，因而希望李白回歸蜀中正是情理中事。就章法言，開頭慨嘆「不見」，結尾渴望相見，首尾呼應，全詩渾然一體。

這首詩在藝術上的最大特色是直抒胸臆，不假藻飾。律詩往往借景抒情，或情景結合，明胡應麟說：「作詩不過情景二端。如五言律體，前起後結，中四句，二言景，二言情，此通例也。」（《詩藪》卷四）杜甫往往打破這種傳統寫法，「通篇一字不黏帶景物，而雄峭沉著，句律天然」（同上）。這首詩就是用傾訴心曲的寫法，不裝點景物，感情深厚，同樣產生巨大的藝術感染力。採用這種寫法必然要吸收口語、散文的成分入詩，首先是剝落華藻，語言質樸自然，如本詩語言看似平常，卻寫出了對友人的一往情深；其次是透過散文化使精工整飭的律體變得靈活多姿，便於傳情達意，如本詩用虛字轉折詩意，使對偶不切等。這種律詩改變了傳統的妃青儷白、四平八穩的老調，增強了律詩的表現力。（黃寶華）

江畔獨步尋花七絕句（其六）

杜甫

黃四娘①家花滿蹊，千朵萬朵壓枝低。

留連戲蝶時時舞，自在嬌鶯恰恰啼。

〔註〕①「娘」或「娘子」是唐代習慣上對婦女的美稱。

唐肅宗上元元年（七六〇）杜甫卜居成都西郭草堂，在飽經離亂之後，開始有了安身的處所，詩人為此感到欣慰。春暖花開的時節，他獨自沿江畔散步，情隨景生，一連成詩七首。此為組詩之六。

首句點明尋花的地點，是在「黃四娘家」的小路上。此句以人名入詩，生活情趣較濃，頗有民歌味。次句「千朵萬朵」，是上句「滿」字的具體化。「壓枝低」，描繪繁花沉甸甸地把枝條都壓彎了，景色宛如歷歷在目。「壓」、「低」二字用得十分準確、生動。第三句寫花枝上彩蝶蹁躚，因戀花而「留連」不去，暗示出花的芬芳鮮妍。花可愛，蝶的舞姿亦可愛，不免使漫步的人也「留連」起來。但他也許並未停步，而是繼續前行，因為風光無限，美景尚多。「時時」，則不是偶爾一見。有這二字，就把春意鬧的情趣渲染出來。正在賞心悅目之際，恰巧傳來一串黃鶯動聽的歌聲，將沉醉花叢的詩人喚醒。這就是末句的意境。「嬌」字寫出鶯聲輕軟的特點。「自在」，不僅是嬌鶯姿態的客觀寫照，也傳出它給人心理上的愉快輕鬆的感覺。詩在鶯歌「恰恰」聲中結束，饒有餘韻。讀這首絕句，彷彿自己也走在千年前成都郊外那條通往「黃四娘家」的路上，和詩人一

杜甫〈江畔獨步尋花七絕句〉——明刊本《唐詩畫譜》

同享受那春光給予視聽的無窮美感。此詩寫的是賞景，這類題材，盛唐絕句中屢見不鮮。但像此詩這樣刻畫十分細微，色彩異常穠麗的，則不多見。如「故人家在桃花岸，直到門前溪水流」（常建〈三日尋李九莊〉），「昨夜風開露井桃，未央前殿月輪高」（王昌齡〈春宮曲〉），這些景都顯得「清麗」；而杜甫在「花滿蹊」後，再加「千朵萬朵」，更添蝶舞鶯歌，景色就穠麗了。這種寫法，可謂前無古人。

其次，盛唐人很講究詩句聲調的和諧。他們的絕句往往能被諸管弦，因而很講協律。杜甫的絕句不為歌唱而作，純屬誦詩，因而常常出現拗句。如此詩「千朵萬朵壓枝低」句，按律第二字當平而用仄。但這種「拗」絕不是對音律的任意破壞，「千朵萬朵」的複疊，便具有一種口語美。而「千朵」的「朵」與上句相同位置的「四」字，雖同屬仄聲，但彼此有上、去聲之別，聲調上仍具有變化。詩人也並非不重視詩歌的音樂美。這表現在三、四兩句雙聲詞、擬聲詞與疊字的運用。「留連」、「自在」均為雙聲詞，如貫珠相連，音調宛囀。「恰恰」為擬聲詞，形容嬌鶯的叫聲，給人一種身臨其境的聽覺形象。「時時」、「恰恰」為疊字，既使上下兩句形成對仗，使語意更強，更生動，更能表達詩人迷戀在花、蝶之中，忽又被鶯聲喚醒的剎那間的快意。這兩句除卻「舞」、「鶯」二字，均為舌齒音。這一連串舌齒音的運用造成一種喁喁自語的語感，維妙維肖地狀出看花人為美景陶醉、驚喜不已的感受。聲音的效用極有助於心情的表達。

在句法上，盛唐詩句多天然渾成，杜甫則與之異趣。比如「對結」（後聯駢偶）乃初唐絕句格調，盛唐絕句已少見，因為這種結尾很難做到神完氣足。杜甫卻因難見巧，如此詩後聯既對仗工穩，又饒有餘韻，使人感到用得恰到好處：在賞心悅目之際，聽到鶯歌「恰恰」，不是更使人陶然神往麼？此外，這兩句按習慣文法應作：戲蝶留連時時舞，嬌鶯自在恰恰啼。把「留連」、「自在」提到句首，既是出於音韻上的需要，同時又在語意上強調了它們，使含義更易為人體味出來，句法也顯得新穎多變。（周嘯天）

戲為六絕句　杜甫

庾信文章老更成，凌雲健筆意縱橫。今人嗤點流傳賦，不覺前賢畏後生。

楊王①盧駱當時體，輕薄為文哂未休。爾曹身與名俱滅，不廢江河萬古流。

縱使「盧王操翰墨，劣於漢魏近風騷」；龍文虎脊皆君馭，歷塊過都見爾曹②。

才力應難跨數公，凡今誰是出群雄。或看翡翠蘭苕上③，未掣鯨魚碧海中。

不薄今人愛古人，清詞麗句必為鄰。竊攀屈宋宜方駕，恐與齊梁作後塵。

未及前賢更勿疑，遞相祖述復先誰？別裁偽體親風雅，轉益多師是汝師。

〔註〕①一作「王楊」。②龍文虎脊：龍文、虎脊，都是毛色斑駁的駿馬，用以比喻瑰麗的詞采。歷塊過都：語本漢王褒〈聖主得賢臣頌〉：「過都越國，蹶如歷塊。」呂延濟注：「言過都國，急如行一小塊之間。」這裡略變其意，是說歷田野，過城市，指長距離的奔馳。（「塊」，可作土地解。《莊子．齊物論》：「大塊噫氣，其名為風。」）「見爾曹」，意謂相形之下，就能見出高低。③晉郭璞〈遊仙詩〉：「翡翠戲蘭苕，容色更相鮮。」「或看翡翠蘭苕上」，語即本此。

清人李重華在《貞一齋詩說》裡有段評論杜甫絕句詩的話：「七絕乃唐人樂章，工者最多。……李白、王昌齡後，當以劉夢得（禹錫）為最。緣落筆朦朧縹緲，其來無端，其去無際故也。杜老七絕欲與諸家分道揚鑣，故爾別開異徑。獨其情懷，最得詩人雅趣。」

他說杜甫「別開異徑」，在盛唐七絕中走出一條新路子，這是熟讀杜甫絕句的人都能感覺到的。除了極少數篇章如〈贈花卿〉、〈江南逢李龜年〉等外，他的七絕確是與眾不同。

首先，從內容方面擴展了絕句的領域。一切題材，感時議政，談藝論文，記述身邊瑣事，凡能表現於其他詩體的，他同樣用來寫入絕句小詩。

其次，與之相聯繫的，這類絕句詩在藝術上，它不是朦朧縹緲，以韻致見長之作，也缺乏被諸管弦的唱嘆之音。它所獨開的勝境，乃在於觸機成趣，妙緒紛披，讀之情味盎然，有如圍爐閒話，剪燭論心；無論感喟欷歔，或者嬉笑怒罵，都能給人以親切、真率、懇摯之感，使人如見其人，如聞其聲。樸質而雅健的獨特風格，是耐人咀嚼不盡的。

〈戲為六絕句〉就是杜甫這類絕句詩標本之一。

以詩論詩，最常見的形式是論詩絕句。它，每首可談一個問題；把許多首連綴成組詩，又可見出完整的藝術見解。在中國詩歌理論遺產中，有不少著名的論詩絕句，而最早出現、最有影響的則是杜甫的〈戲為六絕句〉。

〈戲為六絕句〉作於唐肅宗上元二年（七六一），前三首評論作家，後三首揭示論詩宗旨。其精神前後貫通，互相聯繫，是一個不可分割的整體。

〈戲為六絕句〉第一首論庾信。杜甫在〈春日憶李白〉裡曾說，「清新庾開府」。此詩中指出庾信後期文章（兼指詩、賦），風格更加成熟：「庾信文章老更成，凌雲健筆意縱橫。」健筆凌雲，縱橫開闔，不僅以「清新」見長。唐代的「今人」，指手畫腳，嗤笑指點庾信，適足以說明他們的無知。因而「前賢畏後生」，也只是諷刺的反話罷了。

第二、三首論初唐四傑。初唐詩文，尚未完全擺脫六朝藻繪餘習。第二首中，「輕薄為文」，是時人譏哂「四傑」之辭。史炳《杜詩瑣證》解此詩云：「言四子文體，自是當時風尚，乃嗤其輕薄者至今未休。曾不知爾曹身名俱滅，而四子之文不廢，如江河萬古長流。」

第三首，「縱使」是杜甫的口氣，「盧王操翰墨，劣於漢魏近風騷」則是時人哂笑四傑的話（詩中「盧王」，即概指四傑）。杜甫引用了他們的話而加以駁斥，所以後兩句才有這樣的轉折。意謂即使如此，但四傑能以縱橫的才氣，駕馭「龍文虎脊」般瑰麗的文辭，他們的作品是經得起時間考驗的。

這三首詩的用意很明顯：第一首說，觀人必觀其全，不能只看到一個方面，而忽視了另一方面。第二首說，評價作家，不能脫離其時代的條件。第三首指出，作家的成就雖有大小高下之分，但各有特色，互不相掩。我們應該恰如其分地給以評價，要善於從不同的角度向前人學習。

這些觀點，無疑是正確的。但這三首詩的意義，遠不止這些。

魏、晉六朝是中國文學由質樸趨向華彩的轉變階段。麗辭與聲律，在這一時期得到急劇的發展，詩人們對詩歌形式及其語言技巧的探求，取得了很大的成績。而這，則為唐代詩歌的全面繁榮創造了條件。然而從另一方面看來，六朝文學又有重形式、輕內容的不良傾向，特別到了齊、梁宮體出現之後，詩風就更淫靡萎弱了。因此，唐代詩論家對六朝文學的接受與批判，是個極為艱巨而複雜的課題。

當齊、梁餘風還統治著初唐詩壇的時候，陳子昂首先提出復古的主張，李白繼起，完成了廓清摧陷之功。「務華去實」的風氣扭轉了，而一些胸無定見、以耳代目的「後生」、「爾曹」之輩卻又走向「好古遺近」的另一極端，他們尋聲逐影，竟要全盤否定六朝文學，並把攻擊的目標指向庾信和初唐四傑。

庾信總結了六朝文學的成就，特別是他那句式整齊、音律諧和的詩歌以及用詩的語言寫的抒情小賦，對唐代的律詩、樂府歌行和駢體文，都起有直接的先導作用。在唐人的心目中，他是最有代表性的近代作家，因而是非毀譽也就容易集中到他的身上。至於初唐四傑，雖不滿於以「綺錯婉媚為本」的「上官體」，但他們主要的貢獻，則是在於對六朝藝術技巧的繼承和發展，今體詩體制的建立和鞏固。而這，也就成了「好古遺近」者所謂「劣於漢魏近風騷」的攻擊的口實。

如何評價庾信和四傑，是當時詩壇上論爭的焦點所在。杜甫抓住了這一焦點，在〈戲為六絕句〉的後三首裡正面說了自己的看法。

「不薄今人愛古人」中的「今人」，指的是庾信、四傑等近代作家。杜甫之所以愛古而不薄今，是從「清詞麗句必為鄰」出發的。「為鄰」，即引為同調之意。在杜甫看來，詩歌是語言的藝術，「清詞麗句」不可廢而不講。更何況庾信、四傑除了「清詞麗句」而外，尚有「凌雲健筆」、「龍文虎脊」的一面，因此他主張兼收並蓄：力崇古調，兼取新聲，古、今體詩並行不廢。「不薄今人愛古人，清詞麗句必為鄰」，當從這個意義上去理解。

但是，僅僅學習六朝，一味追求「翡翠戲蘭苕，容色更相鮮」（晉郭璞〈遊仙詩〉）一類的「清詞麗句」，雖也能賞心悅目，但風格畢竟柔媚而淺薄；要想超越前人，必須恢宏氣度，縱其才力之所至，才能掣鯨魚於碧海；於嚴整體格之中，見氣韻飛動之妙；不為篇幅所窘，不被聲律所限，從容於法度之中，而神明於規矩之外。要想達到這種藝術境界，杜甫認為只有「竊攀屈宋」。因為《楚辭》的精彩絕豔，是千古詩人的不祧之祖；由六朝而上追屈、宋，才能如南朝梁劉勰所說「酌奇而不失其貞，翫華而不墜其實，則顧盼可以驅辭力，欬唾可以窮文致」（《文心雕龍．辨騷》），不至於沿流失源，墮入齊、梁輕浮側豔的後塵了。

杜甫對六朝文學既要繼承，也要批判的思想，集中表現在「別裁偽體」、「轉益多師」上。

〈戲為六絕句〉的最後一首，前人說法不一。這裡的「前賢」，係泛指前代有成就的作家（包括庾信、四傑）。「遞相祖述」，意謂因襲成風。「遞相祖述」是「未及前賢」的根本原因。「偽體」之偽，癥結在於以模擬代替創造。真偽相混，則偽可亂真，所以要加以「別裁」。創造和因襲，是杜甫區別真、偽的分界線。只有充分發揮創造力，才能直抒襟抱，自寫性情，寫出真的文學作品。庾信之「健筆凌雲」，四傑之「江河萬古」，乃在於此。反之，拾人牙慧，傍人門戶，必然是沒有生命力的。堆砌詞藻，步齊、梁之後塵，固然是偽體；而高談漢、魏的優孟衣冠，又何嘗不是偽體？在杜甫的心目中，只有真、偽的區別，並無古、今的成見。

「別裁偽體」和「轉益多師」是一個問題的兩面。「別裁偽體」，強調創造；「轉益多師」，重在繼承。兩者的關係是辯證的。「轉益多師是汝師」即無所不師而無定師。這話有好幾層意思：無所不師，故能兼取眾長；無定師，不囿於一家，雖有所繼承、借鑑，但並不妨礙自己的創造性。此其一。只有在「別裁偽體」區別真偽的前提下，才能確定「師」誰，「師」什麼，才能真正做到「轉益多師」。此其二。要做到無所不師而無定師，就必須善於從不同的角度學習別人的成就，在吸取的同時，也就有所揚棄。此其三。在既批判又繼承的基礎上，進行創造，熔古今於一爐而自鑄偉辭，這就是杜甫「轉益多師」、「別裁偽體」的精神所在。

〈戲為六絕句〉雖主要談藝術方面的問題，但和杜甫總的創作精神是分不開的。詩中「竊攀屈宋」、「親風雅」則是其創作的指導思想和論詩的宗旨。

這六首小詩，實質上是杜甫詩歌創作實踐經驗的總結，詩論的總綱；它所涉及的是關係到唐詩發展中一系列的重大理論問題。在這類小詩裡發這樣的大議論，是前所未有的。詩人即事見義，如地湧泉，寓嚴正筆意於輕鬆幽默之中，娓娓而談，莊諧雜出。清李重華說杜甫七絕「別開異徑」（《貞一齋詩說》），正在於此。明乎此，這詩之所以標為〈戲為六絕句〉，也就不煩辭費了。（馬茂元）

奉濟驛重送嚴公四韻　杜甫

遠送從此別，青山空復情。幾時杯重把？昨夜月同行。
列郡謳歌惜，三朝出入榮。江村獨歸處，寂寞養殘生。

奉濟驛，在成都東北的綿陽縣。嚴公，即嚴武，曾兩度為劍南節度使。唐代宗寶應元年（七六二）四月，肅宗死，代宗即位；六月，召嚴武入朝，杜甫送別贈詩。因前已寫過〈送嚴侍郎到綿州同登杜使君江樓〉，故稱「重送」。律詩雙句押韻，八句詩四個韻腳，故稱「四韻」。

嚴武有文才武略，品性與杜甫相投。鎮蜀期間，親到草堂探視杜甫，並在經濟上給予接濟；彼此贈詩，相互敬重，結下了深厚的友誼。

詩一開頭，點明「遠送」，可見意深而情長。詩人送了一程又一程，送了一站又一站，一直送到了二百里外的奉濟驛，真有說不盡的知心話。「青山空復情」一句，饒有深意。宋蘇軾〈南鄉子．送述古〉說：「誰似臨平山上塔，亭亭，迎客西來送客行。」山也當是這樣。青峰佇立，也似含情送客；途程幾轉，那山仍若戀戀不捨，目送行人。然而送君千里，也終須一別了。借山言人，情致婉曲，表現了詩人那種不忍相別而又不得不別的無可奈何之情。

傷別之餘，自然想到「昨夜」相送的情景：皎潔的月亮下，自己曾和嚴公「同行」，月下同飲共醉，行吟敘情的情景歷歷在目；而今一別，後會難期，感情的閘門再也關不住了，於是詩人發問道：「幾時杯重把？」「杯重把」，把詩人憧憬中重逢的情景，具體形象地表現出來了。這裡用問句，是問自己，也是問友人。社會動蕩，生死未卜，能否再會還是個未知數。詩人此時此刻極端複雜的感情，凝聚在一個尋常的問語中。

詩人想到，像嚴武這樣知遇至深的官員恐怕將來也難得遇到，於是離愁之中又添一層淒楚。關於嚴武，詩人沒有正面頌其政績，而說「列郡謳歌惜，三朝出入榮」，說他於玄、肅、代三朝出守外郡或入處朝廷，都榮居高位。離任時東西兩川屬邑的人們謳歌他，表達依依不捨之情。言簡意賅，雍雅得體。

最後兩句抒寫詩人自己送別後的心境。「江村獨歸處，寂寞養殘生。」「江村」指成都西郊的浣花溪邊。「獨」字見離別之後的孤單無依；「殘」字含風燭餘年的悲涼淒切；「寂寞」則道出知遇遠去的冷落和惆悵。兩句充分體現了詩人對嚴武的真誠感激和深摯友誼，依戀惜別之情溢於言表。

這首詩語言質樸含情，章法謹嚴有度，平直中有奇致，淺易中見沉鬱，情真意摯，淒楚感人。（傅經順）

聞官軍收河南河北

杜甫

劍外忽傳收薊北，初聞涕淚滿衣裳。卻看妻子愁何在，漫卷詩書喜欲狂。白首①放歌須縱酒，青春作伴好還鄉。即從巴峽穿巫峽，便下襄陽向洛陽。

〔註〕①白首：一作「白日」。如果作「白日」，就與下句中的「青春」顯得重複，故作「白首」較好。

這首詩，作於唐代宗廣德元年（七六三）春天，作者五十二歲。代宗寶應元年（七六二）冬季，唐軍在洛陽附近的橫水打了一個大勝仗，收復了洛陽和鄭（今河南鄭州）、汴（今河南開封）等州，叛軍頭領薛嵩、張忠志等紛紛投降。第二年，即廣德元年正月，史思明的兒子史朝義兵敗自縊，其部將田承嗣、李懷仙等相繼投降。正流寓梓州（治所在今四川三臺），過著漂泊生活的杜甫聽到這個消息，以飽含激情的筆墨，寫下了這篇膾炙人口的名作。

杜甫於此詩下自註：「余田園在東京。」詩的主題是抒寫忽聞叛亂已平的捷報，急於奔回老家的喜悅。「劍外忽傳收薊北」，起勢迅猛，恰切地表現了捷報的突然。「劍外」乃詩人所在之地；「薊北」乃安史叛軍的老巢，在今河北東北部一帶。詩人多年漂泊「劍外」，艱苦備嘗，想回故鄉而不可能，就由於「薊北」未收，安史之亂未平。如今「忽傳收薊北」，真如春雷乍響，山洪突發，驚喜的洪流，一下子沖開了鬱積已久的情感閘門，噴薄而出，濤翻浪湧。「初聞涕淚滿衣裳」，就是這驚喜的情感洪流湧起的第一個浪頭。

「初聞」緊承「忽傳」。「忽傳」表現捷報來得太突然，「涕淚滿衣裳」則以形傳神，表現突然傳來的捷報在「初聞」的一剎那所激發的感情波濤，這是喜極而悲、悲喜交集的逼真表現。「薊北」已收，戰亂將息，乾坤瘡痍、黎元疾苦，都將得到療救，個人顛沛流離、感時恨別的苦日子，總算熬過來了，怎能不喜！然而痛定思痛，回想八年來的重重苦難是怎樣熬過來的，又不禁悲從中來，無法壓抑。可是，這一場浩劫，終於像噩夢一般過去了，自己可以返回故鄉了，人們將開始新的生活了，於是又轉悲為喜，喜不自勝。這「初聞」捷報之時的心理變化、複雜感情，如果用散文的寫法，必需很多筆墨，而詩人只用「涕淚滿衣裳」五個字作形象的描繪，就足以概括這一切。

第二聯以轉作承，落腳於「喜欲狂」，這是驚喜的情感洪流湧起的更高洪峰。「卻看妻子」、「漫卷詩書」，這是兩個連續性的動作，帶有一定的因果關係。當自己悲喜交集，「涕淚滿衣裳」之時，自然想到多年來同受苦難的妻子兒女。「卻看」就是「回頭看」。「回頭看」這個動作極富意蘊，詩人似乎想向家人說些什麼，但又不知從何說起。其實，無須說什麼了，多年籠罩全家的愁雲不知跑到哪兒去了，親人們都不再是愁眉苦臉，而是笑逐顏開，喜氣洋洋。親人的喜反轉來增加了自己的喜，再也無心伏案了，隨手捲起詩書，大家同享勝利的歡樂。

「白首放歌須縱酒，青春作伴好還鄉」一聯，就「喜欲狂」作進一步抒寫。「白首」，點出人已到了老年。老年人難得「放歌」，也不宜「縱酒」；如今既要「放歌」，還須「縱酒」，正是「喜欲狂」的具體表現。這句寫「狂」態，下句則寫「狂」想。「青春」指春季。春天已經來臨，在鳥語花香中與妻子兒女們「作伴」，正好「還鄉」。想到這裡，又怎能不「喜欲狂」！

尾聯寫「青春作伴好還鄉」的狂想鼓翼而飛，身在梓州，而彈指之間，心已回到故鄉。驚喜的感情洪流於洪峰迭起之後捲起連天高潮，全詩也至此結束。這一聯，包涵四個地名。「巴峽」與「巫峽」，「襄陽」與「洛陽」，既各自對偶（句內對），又前後對偶，形成工整的地名對；而用「即從」、「便下」綰合，兩句緊連，一氣貫注，又是活潑流走的流水對。再加上「穿」、「向」的動態與兩「峽」、兩「陽」的重複，文勢、音調，迅急有如閃電，準確地表現了想像的飛馳。試想，巴峽、巫峽、襄陽、洛陽，這四個地方之間都有多麼漫長的距離，而一用「即從」、「穿」、「便下」、「向」貫串起來，就出現了「即從巴峽穿巫峽，便下襄陽向洛陽」疾速飛馳的畫面，一個接一個地從眼前一閃而過。這裡需要指出的是：詩人既展示想像，又描繪實境。從「巴峽」到「巫峽」，峽險而窄，舟行如梭，所以用「穿」；出「巫峽」到「襄陽」，順流急駛，所以用「下」；從「襄陽」到「洛陽」，已換陸路，所以用「向」，用字高度準確。

這首詩，除第一句敘事點題外，其餘各句，都是抒發忽聞勝利消息之後的驚喜之情。萬斛泉源，出自胸臆，奔湧直瀉。清仇兆鰲在《杜詩詳註》中引明王嗣奭的話說：「此詩句句有喜躍意，一氣流注，而曲折盡情，絕無妝點，愈樸愈真，他人決不能道。」後代詩論家都極為推崇此詩，贊其為老杜「生平第一首快詩也」（清浦起龍《讀杜心解》）。（霍松林）

送路六侍御入朝

杜甫

童稚情親四十年，中間消息兩茫然。更為後會知何地？忽漫相逢是別筵！
不分桃花紅似錦①，生憎②柳絮白於棉。劍南春色還無賴，觸忤愁人到酒邊。

〔註〕①不分：猶言不滿，嫌惡的意思。「分」，一作「忿」。「似」，一作「勝」。②生憎：猶言偏憎、最憎。

這詩作於唐代宗廣德元年（七六三）春。前一年，杜甫因徐知道在成都叛變，避亂流寓梓州（治所在今四川三臺）。這年正月，唐軍收復幽燕，史朝義自縊身死。延續八年之久的安史之亂雖然告一段落，但是已經激化了的各類社會矛盾並沒有得到解決，動亂不寧的時局並未因此而真正平息。曾經因勝利而一度在杜甫心底燃起的歡快的火花，「青春作伴好還鄉」（〈聞官軍收河南河北〉）的暢想，很快就破滅了。當時，杜甫有一些朋友由梓州回長安，他作詩送行，說道：「飄零為客久，衰老羨君還。」（〈涪江泛舟送韋班歸京〉）「帝鄉愁緒外，春色淚痕邊。」（〈泛舟送魏十八倉曹還京，因寄岑中允參、范郎中季明〉）自傷留滯，情見乎詞。這詩也是借聚散離合之情，寫遲暮飄零的身世之感的。

關於路六侍御的生平，詳不可考，從詩的開頭一句看，知是杜甫兒時舊友。作此詩時，杜甫五十一歲，四十年前，他們都在十歲左右，正是竹馬童年。詩人用「童稚情親四十年」完滿地表現出童年夥伴那種特有的親切的感情。「四十年」，在這裡不僅點明分別的時間，更主要的是表明童年時代的友情，並不隨著四十年漫長歲月的遷流而歸於淡忘。正因為如此，下句說，「中間消息兩茫然」。在兵戈滿地，流離轉徙的動亂年代裡，朋友間失去聯繫，想知道他的消息而又無從問訊，故有「茫然」之感。而這種心情，彼此間是相同的，故曰「兩茫然」。一別四十年，時間是這樣地久，哪還能想到現在的重新會合？所以說「忽漫相逢」。他鄉遇故知，本來是值得高興的事；然而同樣沒有想到，久別重逢，乍逢又別；當故交敘舊之日，即離筵餞別之時。「忽漫相逢是別筵」，在「相逢」和「別筵」之間著一「是」字，使會合的歡娛，立即轉化為別離的愁思。筆力千鈞，直透紙背。

從過去到現在，聚散離合是這樣地迷離莫測；從現在懸想將來，又將如何呢？詩人把感慨集中地寫在「更為後會知何地」這句話裡。這是全詩的主腦。它包含有下列兩重意思：

路六侍御這次離開梓州，回到長安去做官，顯然勾起了杜甫滿腹心事。他設想，倘若今後和路六再度會見，這地點又將在哪裡？自己能不能夠也被召還朝？回答是不可知的。從自身蹭蹬坎坷的生活歷程，從這次和路六的聚散離合，他懂得了亂世人生，有如飄蓬泛梗，一切都無從說起。這是就空間而言的。從時間方面來說，過去的分別，一別就是四十年；別時彼此都在童年，如今俱入老境。人生幾何？「更為後會」，實際上是不大可能的。詩人沒有直說後會無期，而是造作詰問語，以詠嘆出之，以見嚮往之切、感慨之深。

前四句寫送別之情，由過去到現在，再由現在想到未來，它本身有個時間的層次。這裡值得注意的是：詩從「童稚情親」依次寫來，寫到四十年來，「中間消息兩茫然」，不接著寫現在的相逢和送別，而突然插入「更為後會知何地」。乍讀時，恍如天外奇峰，劈空飛來，有點摸不著頭腦。但仔細體味，則「更為後會」，就已逆攝了下文的「忽漫相逢」。因為沒有現在的「忽漫相逢」，是不可能想到將來的「更為後會」的。這句對上句來說，是突接。由於這樣的突接，故能掀起波瀾，把感傷離亂的情懷，表現得沉鬱蒼涼，百端交集。就下文來說，這是在一聯之內的逆挽，也就是顛倒其次序，用上句帶動下句。由於這樣的逆挽，故能化板滯為飛動，使得全詩神完氣足，精彩四溢。如果沒有詩人思想情感上的深度和廣度以及他在詩歌上湛深的造詣，也是不可能達到這種境界的。

詩的後四句寫景，另起了一個頭，頸聯和頷聯似乎了不相涉。其實，這景物描寫，全是從上文的「別筵」生發出來的。尾聯結句「觸忤愁人到酒邊」的「酒」，正是「別筵」餞別之酒；「酒邊」的「劍南春色」，亦即「別筵」的眼前風光。「桃花紅似錦」，「柳絮白於棉」，這風光是明豔的，而詩偏說是「不分」，「生憎」，惱怒春色「無賴」，是因為它「觸忤」了「愁人」；而它之所以「觸忤愁人」，則是由於後會無期，離懷難遣，對景傷情的緣故。讀了尾聯，回過頭來一看，則這「不分」和「生憎」，恰恰成為綰合上半篇和下半篇的紐帶，把情景融為不可分割的完美的詩的整體。全詩句句提得起，處處打得通，一氣運轉，跌宕昭彰；而其語言措注，脈絡貫輸，則又絲絲入扣，於宏大中見精細。律詩寫到這樣，可說是工而能化，優入聖域了。（馬茂元）

將赴荊南寄別李劍州　杜甫

使君高義驅今古，寥落三年坐劍州。但見文翁①能化俗，焉知李廣未封侯？

路經灩澦②雙蓬鬢，天入滄浪一釣舟。戎馬相逢更何日？春風回首仲宣樓③。

〔註〕①見《漢書．循吏傳》，文翁「景帝末，為蜀郡守，仁愛好教化……修起學官於成都市中，招下縣子弟以為學官弟子……數年，爭欲為學官弟子，富人至出錢以求之。由是大化……文翁終於蜀，吏民為立祠堂，歲時祭祀不絕。至今巴蜀好文雅，文翁之化也。」②灩澦：即灩澦灘，在重慶奉節縣東五公里瞿塘峽口，舊時是長江三峽的著名險灘。③王粲，字仲宣，建安七子之一。東漢時因戰亂離開長安，南下荊州依劉表，未受重用，作〈登樓賦〉云：「雖信美而非吾土兮，曾何足以少留？」

此詩作於唐代宗廣德元年（七六三）。從詩看，知李劍州當時任劍州刺史，是位有才能而未被朝廷重用的地方官。前一年，杜甫到過那裡，和他有交往。這年，杜甫曾經準備離蜀東行，寫了這詩寄給他。

律詩受到聲律和對仗的束縛，容易流於板滯平衍，萎弱拖沓，正如清劉熙載所說：「聲諧語儷，往往易工而難化。」（《藝概．詩概》）而這首七律寫得縱橫排奡，轉掉自如，句句提得起，處處打得通，而在拿擲飛騰之中，又能見出精細的脈絡。

詩的前半篇寫李，熱情地歌頌了他「能化俗」的政績，為他的「未封侯」而鳴不平。詩從「高義」和「寥落」生發出這兩層意思，使人對他那沉淪州郡的坎坷遭遇，更深為惋惜。「文翁」和「李廣」，用的是兩個典故。

文翁政績流傳蜀中，用以比擬李之官劍州刺史；未封侯的李廣，則和李同姓。典故用得非常貼切，然而也僅僅貼切而已。可是在「文翁能化俗」的上面加上個「但見」，在「李廣未封侯」的上面加上個「焉知」，「但見」和「焉知」，一呼一應，一開一闔，運之以動蕩之筆，精神頓出，有如畫龍點睛，立即破壁飛去。不僅如此，在歷史上，李廣對自己屢立戰功而未得封侯，是時刻耿耿於懷，終身引為恨事的。這裡卻推開來，說「焉知李廣未封侯」，這就改造了舊典，注入了新義，提高了詩的思想性。從這裡，可以看出杜甫是怎樣把七言歌行中縱橫揮斥的筆意，創造性地運用、融化於律體之中。在杜甫歌行裡像「但覺高歌有鬼神，焉知餓死填溝壑」（〈醉時歌〉）之類的句子，和這不正是波瀾莫二嗎？

下半篇敘身世之感，離別之情，境界更大，感慨更深。詩人完全從空際著筆，寫的是意想中的自己「將赴荊南」的情景。

「路經灩澦」，見瞿塘風濤之險惡；「天入滄浪」，見江漢煙波之浩渺。這是他赴荊南途中所經之地。在這裡，詩人並未訴說其遲暮飄零之感，而是以「一釣舟」和「滄浪」，「雙蓬鬢」和「灩澦」相對照，構成鮮明的形象，展示出一幅扁舟出峽圖。倘若說，這是詩中之畫，那麼借用杜甫自己的另外兩句詩「親朋無一字，老病有孤舟」（〈登岳陽樓〉）來說明畫意，是頗為確切的。

到了荊南以後又將怎樣呢？尾聯用「仲宣樓」輕輕點出。詩人清楚地意識到自己所處的時代和命運，即使到了那裡，也還是和當年避難荊州的王粲一樣，仍然作客依人，託身無所。而在此時，回望蜀中，懷念故人，想到兵戈阻隔，相見無期，那就會更加四顧蒼茫，百端交集了。

全詩由李寫到自己，再由自己的離別之情，一筆兜回到李，脈絡貫通，而起結轉折，闔合無痕。杜甫這類的詩，往往劈空而來，一起既挺拔而又沉重，有籠罩全篇的氣勢。寫到第四句，似乎要說的話都已說完，可是到了五、六兩句，忽然又轉換一個新的意思，開出一個新的境界，噴薄出更為洶湧、更為壯闊的波瀾。然而它又不是一瀉無餘；收束處，總是盪漾縈迴，和篇首遙相照映，顯得氣固神完，而情韻不匱，耐人尋味。

作為杜甫七律風格的基本特徵，是他能在尺幅之中，運之以磅礴飛動的氣勢；而這磅礴飛動的氣勢，又是和精密平整的詩律水乳交融地結合在一起的，所以工而能化，「雖律而有不為律縛者」（元楊維楨《東維子集·蕉囪律選序》）。從這詩，便可窺見其一斑。（馬茂元）

別房太尉墓　杜甫

他鄉復行役，駐馬別孤墳。近淚無乾土，低空有斷雲。
對棋陪謝傅，把劍覓徐君。唯見林花落，鶯啼送客聞。

房太尉即房琯，玄宗幸蜀時拜相，為人比較正直。至德二載（七五七），為肅宗所貶。杜甫曾毅然上疏力諫，結果得罪肅宗，幾遭刑戮。房琯罷相後，於代宗寶應二年（七六三）拜特進、刑部尚書，在路遇疾，卒於閬州（治今四川中），死後贈太尉。（見《舊唐書．房琯傳》）二年後杜甫經過閬州，特來看看老友的墳。

「他鄉復行役，駐馬別孤墳。」——既在他鄉，復值行役之中，公事在身，行色匆匆。儘管如此，詩人還是駐馬暫留，來到孤墳前，向亡友致哀。先前堂堂宰相之墓，如今已是煢煢「孤墳」，則房琯的晚歲坎坷，身後淒涼可想。

「近淚無乾土，低空有斷雲。」——「無乾土」的緣由是「近淚」。詩人在墳前灑下許多傷悼之淚，以至於身旁周圍的土都濕潤了。詩人哭墓之哀，似乎使天上的雲也不忍離去。天低雲斷，空氣裡都帶著愁慘凝滯之感，使人倍覺寂寥哀傷。

「對棋陪謝傅，把劍覓徐君。」——謝傅指謝安。《晉書．謝安傳》說：謝玄等破苻堅，有驛書至，安方對客圍棋，了無喜色。詩人以謝安的鎮定自若、儒雅風流來比喻房是很高妙的，足見其對房的推崇備至。下句則用了另一典故。西漢劉向《新序·節士》載：吳季札聘晉過徐，心知徐君愛其寶劍，及還，徐君已歿，解劍繫其冢樹而去。詩人以延陵季子自比，表示對亡友的深情厚誼，雖死不忘。這又照應前兩聯，道出為何痛悼的原因。詩篇布局嚴謹，前後關聯十分緊密。

「唯見林花落，鶯啼送客聞。」——「唯」字貫兩句，意思是，只看見林花紛紛落下，只聽見鶯啼送客之聲。這兩句收尾，顯得餘韻悠揚不盡。詩人著意刻畫出一個幽靜肅穆之極的氛圍，引人聯想：林花飄落似珠淚紛紛，啼鶯送客，亦似哀樂陣陣。此時此地，唯見此景，唯聞此聲，格外襯托出孤零零的墳地與孤零零的弔客的悲哀。

此詩極不易寫。因房琯不是一般的人，所以句句要得體；杜甫與房琯又非一般之交，又句句要有情誼。而此詩寫得既雍容典雅，又一往情深，十分切合題旨。

詩人表達的感情十分深沉而含蓄，這是因為房琯的問題，事干政局，已經為此吃了苦頭的杜甫，自有難言之苦。但詩中那陰鬱的氛圍，那深沉的哀痛，還是使人感到：這不單是悼念亡友而已，更多的是詩人內心對國事的殷憂和嘆息。對此，只要仔細揣摩，是不難體會的。（徐永端）

將赴成都草堂途中有作先寄嚴鄭公五首（其四）　杜甫

常苦沙崩損藥欄，也從江檻落風湍。新松恨不高千尺，惡竹應須斬萬竿！

生理祇憑黃閣老，衰顏欲付紫金丹。三年奔走空皮骨，信有人間行路難。

因徐知道據成都叛亂，杜甫曾一度離開成都草堂，避難於梓州（治今四川三臺）、閬州（治今四川閬中）等地。唐代宗廣德二年（七六四）正月，杜甫攜家由梓州赴閬州，準備出陝謀生。二月，聞嚴武再為成都尹兼劍南節度使，同時，嚴武也來信相邀，詩人於是決定重返成都。於閬州還成都途中作詩五首，此為其中第四首。詩題中的「嚴鄭公」，即嚴武，廣德元年嚴武被封為鄭國公。

首四句是設想回成都後整理草堂之事，但卻給人以啟迪世事的聯想：「常苦沙崩損藥欄，也從江檻落風湍。」大意是說：自離草堂，常常焦慮沙岸崩塌，損壞藥欄，現在恐怕連同江檻一起落到湍急的水流中去了。這雖是遙想離成都之後，草堂環境的自然遭遇，但它不也是對風風雨雨的社會現狀的焦慮嗎？「新松恨不高千尺，惡竹應須斬萬竿！」想當年，詩人離開草堂時，自己親手培植的四株小松，當時才「大抵三尺強」（〈四松〉）。詩人很喜愛它，恨不得它迅速長成千尺高樹；那到處侵蔓的惡竹，有萬竿亦須芟除！詩人喜愛新松是因它峻秀挺拔，不隨時態而變；詩人痛恨惡竹，是因惡竹隨亂而生。玩味這兩句，其句外意全在「恨不」、「應須」四字上。清楊倫在《杜詩鏡銓》旁註中說此二句「兼寓扶善疾惡意」，這是頗有見地的。亂世之歲，匡時濟世之才難為世用，而各種醜惡勢力競相作充分表演，詩人怎能不感慨萬分！這二句，深深交織著詩人對世事的愛憎。正因為它所表現的感情十分鮮明、強烈而又分寸恰當，所以時過千年，至今人們仍用以表達對於客觀事物的愛憎之情。

詩的後四句落到「贈嚴鄭公」的題意上。「生理祇憑黃閣老，衰顏欲付紫金丹。」生理，即生計。黃閣老，指嚴武。唐代中書、門下省的官員稱「閣老」，嚴武以黃門侍郎鎮成都，故稱。金丹，燒煉的丹藥。這兩句說，自己的生計全憑嚴武照顧，衰老的身體也可托付給益壽延年的丹藥了。這裡意在強調生活有了依靠，療養有了條件，顯示了詩人對朋友的真誠信賴和歡樂之情。最後兩句忽又從瞻望未來轉到回顧過去，似有痛定思痛意：「三年奔走空皮骨，信有人間行路難。」詩人自代宗寶應元年（七六二）七月與嚴武分別，至廣德二年（七六四）返草堂，前後三年。這三年，兵禍不斷，避亂他鄉，漂泊不定，人瘦得只剩皮包骨頭了。過去常讀古樂府詩〈行路難〉，今身經其事，方知世路艱辛，人生坎坷，真是「行路難」啊！「行路難」三字，語意雙關。一個「信」字，包涵著詩人歷經艱難困苦後的無限感慨。

全詩描寫了詩人重返草堂的歡樂和對美好生活的憧憬。真情真語，情致圓足，辭采穩稱，興寄微婉。歡欣和感慨相融，瞻望與回顧同敘，更顯出了此詩思想情感的深厚。（傅經順）

登樓

杜甫

花近高樓傷客心，萬方多難此登臨。錦江春色來天地，玉壘浮雲變古今。

北極朝廷終不改，西山寇盜莫相侵。可憐後主還祠廟，日暮聊為梁甫吟。

這首詩寫於成都，時在代宗廣德二年（七六四）春，上年正月，官軍收復河南河北，安史之亂平定；十月便有吐蕃陷長安、立傀儡、改年號，代宗奔陝州事；隨後郭子儀復京師，乘輿反正；年底吐蕃又破松、維、保等州（在今四川北部），繼而再陷劍南、西山諸州。詩中「西山寇盜」即指吐蕃；「萬方多難」也以吐蕃入侵為最烈，同時，也指宦官專權、藩鎮割據、朝廷內外交困、災患重重的日益衰敗景象。

首聯提挈全篇，「萬方多難」，是全詩寫景抒情的出發點。當此萬方多難之際，流離他鄉的詩人愁思滿腹，登上此樓，雖是繁花觸目，卻叫人更加黯然心傷。花傷客心，以樂景寫哀情，和「感時花濺淚」（〈春望〉）一樣，同是反襯手法。在行文上，先寫見花傷心的反常現象，再說是由於萬方多難的緣故，因果倒裝，起勢突兀；「登臨」二字，則以高屋建瓴之勢，領起下面的種種觀感。

頷聯描述山河壯觀，「錦江」、「玉壘」是登樓所見。錦江，源出灌縣，自郫縣流經成都入岷江；玉壘，山名，在今茂汶羌族自治縣。憑樓遠望，錦江流水挾著蓬勃的春色，奔來天地之間；古今世勢風雲變幻，正像玉壘山上的浮雲飄忽起滅。上句向空間開拓視野，下句就時間馳騁遐思，天高地迥，古往今來，形成一個闊大悠遠、囊括宇宙的境界，飽含著對祖國山河的讚美和對民族歷史的追懷；而且，登高臨遠，視通八方，獨向西北前線遊目騁懷，也透露詩人憂國憂民的無限心事。

頸聯議論天下大勢。「朝廷」、「寇盜」，是登樓所想。北極，星名，居北天正中，這裡象徵大唐政權。上句「終不改」，反承第四句的「變古今」，是從去歲吐蕃陷京、代宗旋即復辟一事而來，明言大唐帝國氣運久遠；下句「寇盜」「相侵」，申說第二句的「萬方多難」，針對吐蕃的覬覦寄語相告：莫再徒勞無益地前來侵擾！詞嚴義正，浩氣凜然，於如焚的焦慮之中透著堅定的信念。

尾聯詠懷古跡，諷喻當朝昏君，寄託個人懷抱。後主，指蜀漢劉禪，寵信宦官，終於亡國；先主廟在成都錦官門外，西有武侯祠，東有後主祠；〈梁甫吟〉是諸葛亮遇劉備前喜歡誦讀的樂府詩篇，用來比喻這首〈登樓〉，含有對諸葛武侯的仰慕之意。佇立樓頭，徘徊沉吟，忽忽日已西落，在蒼茫的暮色中，城南先主廟、後主祠依稀可見。想到後主劉禪，詩人不禁喟然而嘆：可憐那亡國昏君，竟也配和諸葛武侯一樣，專居祠廟，歆饗後人香火！這是以劉禪喻代宗李豫。李豫重用宦官程元振、魚朝恩，造成國事維艱、吐蕃入侵的局面，同劉禪信任黃皓而亡國極其相似。所不同者，當今只有劉後主那樣的昏君，卻沒有諸葛亮那樣的賢相！而詩人自己，空懷濟世之心，苦無獻身之路，萬里他鄉，危樓落日，憂端難掇，聊吟詩以自遣，如斯而已！

全詩即景抒懷，寫山川聯繫著古往今來社會的變化，談人事又借助自然界的景物，互相滲透，互相包容；融自然景象、國家災難、個人情思為一體，語壯境闊，寄慨遙深，體現著詩人沉鬱頓挫的風格。

這首七律，格律嚴謹。中間兩聯，對仗工穩，頸聯為流水對，讀來有一種飛動流走的快感。在語言上，特別工於各句（末句例外）第五字的錘鍊。首句的「傷」，為全詩點染一種悲愴氣氛，而且突如其來，造成強烈的懸念。次句的「此」，兼有此時、此地、此人、此行等多重含義，也包含著只能如此而已的感慨。三句的「來」，烘托錦江春色逐人、氣勢浩大，令人有蕩胸撲面的感受。四句的「變」，浮雲如白雲變蒼狗，世事如滄海變桑田，一字雙關，引人作聯翩無窮的想像。五句的「終」，是「終於」，是「始終」，也是「終久」；有慶幸，有祝願，也有信心，從而使六句的「莫」字充滿令寇盜聞而卻步的威力。七句的「還」，是不當如此而居然如此的語氣，表示對古今誤國昏君的極大輕蔑。只有末句，鍊字的重點放在第三字上，「聊」是不甘如此卻只能如此的意思，抒寫詩人無可奈何的傷感，與第二句的「此」字遙相呼應。

更值得注意的，是首句的「近」字和末句的「暮」字，這兩個字在詩的構思方面起著突出的作用。全詩寫登樓觀感，俯仰瞻眺，山川古跡，都是從空間著眼；「日暮」，點明詩人徜徉時間已久。這樣就兼顧了空間和時間，增強了意境的立體感。單就空間而論，無論西北的錦江、玉壘，或者城南的後主祠廟，都是遠處的景物；開端的「花近高樓」卻近在咫尺之間。遠景近景互相配合，便使詩的境界闊大雄渾而無豁落空洞的遺憾。

歷代詩家對於此詩評價極高。清人浦起龍評謂：「聲宏勢闊，自然傑作。」（《讀杜心解》卷四）清沈德潛更為推崇說：「氣象雄偉，籠蓋宇宙，此杜詩之最上者。」（《唐詩別裁集》卷十三）（趙慶培）

絕句二首（其二）　杜甫

遲日江山麗，春風花草香。
泥融飛燕子，沙暖睡鴛鴦。

清代的詩論家陶虞開在《說杜》一書中指出，杜集中有不少「以詩為畫」的作品。這一首寫於成都草堂的五言絕句，就是極富詩情畫意的佳作。

詩一開始，就從大處著墨，描繪出在初春燦爛陽光的照耀下，浣花溪一帶明淨絢麗的春景，用筆簡潔而色彩濃豔。「遲日」即春日，語出《詩經・豳風・七月》「春日遲遲」。這裡用以突出初春的陽光，以統攝全篇。同時用一「麗」字點染「江山」，表現了春日陽光普照，四野青綠，溪水映日的秀麗景色。這雖是粗筆勾畫，筆底卻是春光駘蕩。

第二句詩人進一步以和煦的春風，初放的百花，如茵的芳草，濃郁的芳香來展現明媚的大好春光。因為詩人把春風、花草及其散發的馨香有機地組織在一起，所以讀者透過聯想，可以有惠風和暢、百花競放、風送花香的感受，收到如臨其境的藝術效果。

在明麗闊遠的圖景之上，三、四兩句轉向具體而生動的初春景物描繪。

第三句詩人選擇初春最常見，也是最具有特徵性的動態景物來勾畫。春暖花開，泥融土濕，秋去春歸的燕子，正繁忙地飛來飛去，銜泥築巢。這生動的描寫，使畫面更加充滿勃勃生機，春意盎然，還有一種動態美。杜甫對燕子的觀察十分細緻，「泥融」緊扣首句，因春回大地，陽光普照才「泥融」；紫燕新歸，銜泥做巢而不停地飛翔，顯出一番春意鬧的情狀。

第四句是勾勒靜態景物。春日沖融，日麗沙暖，鴛鴦也要享受這春天的溫暖，在溪邊的沙洲上靜睡不動。這也和首句緊相照應，因為「遲日」才沙暖，沙暖才引來成雙成對的鴛鴦出水，沐浴在燦爛的陽光中，是那樣悠然自適。從景物的描寫來看，和第三句動態的飛燕相對照，動靜相間，相映成趣。這兩句以工筆細描銜泥飛燕、靜睡鴛鴦，與一、二兩句粗筆勾畫闊遠明麗的景物相配合，使整個畫面和諧統一，構成一幅色彩鮮明，生意勃發，具有美感的初春景物圖。就詩中所含蘊的思想感情而言，反映了詩人經過「一歲四行役」（〈發同谷縣〉），「三年飢走荒山道」（〈乾元中寓居同谷縣作歌七首〉其七）的奔波流離之後，暫時定居草堂的安適心情，也是詩人對初春時節自然界一派生機、欣欣向榮的歡悅情懷的表露。

這首五言絕句，意境明麗悠遠，格調清新。全詩對仗工整，但又自然流暢，毫不雕琢，描摹景物清麗工緻，渾然無跡，是杜集中別具風神的篇章。（王啟興）

絕句二首（其二）　杜甫

江碧鳥逾白，山青花欲燃。
今春看又過，何日是歸年？

此詩為杜甫入蜀後所作，抒發了羈旅異鄉的感慨。

「江碧鳥逾白，山青花欲燃」，這是一幅鑲嵌在鏡框裡的風景畫，濡飽墨於紙面，施濃彩於圖中，有令人目迷神奪的魅力。你看，漫江碧波蕩漾，顯露出白翎的水鳥，掠翅江面，好一派怡人的風光！滿山青翠欲滴，遍布的朵朵鮮花紅豔無比，簡直就像燃燒著一團旺火，多麼綺靡，多麼燦爛！以江碧襯鳥翎的白，碧白相映生輝；以山青襯花葩的紅，青紅互為競麗。一個「逾」字，將水鳥借江水的碧色襯底而愈顯其翎毛之白，寫得深中畫理；而一個「欲」字，則在擬人化中賦花朵以動態，搖曳多姿。兩句詩狀江、山、花、鳥四景，並分別敷碧綠、青蔥、火紅、潔白四色，景象清新，令人賞心悅目。

可是，詩人的旨意卻不在此，緊接下去，筆路陡轉，慨而嘆之——

今春看又過，何日是歸年？

句中「看又過」三字直點寫詩時節。春末夏初景色不可謂不美，然而可惜歲月荏苒，歸期遙遙，非但引不起遊玩的興致，卻反而勾起了漂泊的感傷。

此詩的特點是以樂景寫哀情，唯其極言春光融洽，才能對照出詩人歸心殷切。它並沒有讓思歸的感傷從景象中直接透露出來，而是以客觀景物與主觀感受的不同來反襯詩人鄉思之深厚，別具韻致。(周溶泉、徐應佩)

絕句四首（其三）　杜甫

兩箇黃鸝鳴翠柳，一行白鷺上青天。

窗含西嶺千秋雪，門泊東吳萬里船。

自代宗寶應元年（七六二），成都尹嚴武入朝，蜀中發生動亂，杜甫一度避往梓州（治今四川三臺），翌年安史之亂平定，再過一年，嚴武還鎮成都。杜甫得知這位故人的消息，也跟著回到成都草堂。這時他的心情特別好，面對這生氣勃勃的景象，情不自禁，寫下了這一組即景小詩。興到筆隨，事先既未擬題，詩成後也不打算擬題，乾脆以「絕句」為題。

詩的上聯是一組對仗句。草堂周圍多柳，新綠的柳枝上有成對黃鸝在歡唱，一派愉悅景象，有聲有色，構成了新鮮而優美的意境。「翠柳」是春天物候，詩約作於三四月間。「兩箇黃鸝鳴翠柳」，鳥兒成雙成對，呈現一片生機，具有喜慶的意味。次句寫藍天上的白鷺在自由飛翔。這種長腿鳥飛起來姿態優美，自然成行。晴空萬里，一碧如洗，白鷺在「青天」映襯下，色彩極其鮮明。兩句中一連用了「黃」、「翠」、「白」、「青」四種鮮明的顏色，織成一幅絢麗的圖景；首句還有聲音的描寫，傳達出無比歡快的感情。

詩的下聯也由對仗句構成。上句寫憑窗遠眺西山雪嶺。嶺上積雪終年不化，所以積聚了「千秋雪」。而雪山在天氣不好時見不到，只有空氣清澄的晴日，它才清晰可見。用一「含」字，此景彷彿是嵌在窗框中的一幅圖畫，近在目前。觀賞到如此難得見到的美景，詩人心情的舒暢不言而喻。下句再寫向門外一瞥，可以見到停泊在江岸邊的船隻。江船本是常見的。但「萬里船」三字卻意味深長。因為它們來自「東吳」。當人們想到這些船隻行將開行，沿岷江，穿三峽，直達長江下游時，就會覺得很不平常。因為多年戰亂，水陸交通為兵戈阻絕，船隻是不能暢行萬里的。而戰亂平定，交通恢復，才看到來自東吳的船隻，詩人也可「青春作伴好還鄉」（〈聞官軍收河南河北〉）了，怎不叫人喜上心頭呢？「萬里船」與「千秋雪」相對，一言空間之廣，一言時間之久。詩人身在草堂，思接千載，視通萬里，胸次何等開闊！

全詩看起來是一句一景，是四幅獨立的圖景。而一以貫之，使其構成一個統一意境的，正是詩人的內在情感。一開始表現出草堂的春色，詩人的情緒是陶然的，而隨著視線的游移、景物的轉換，江船的出現，便觸動了他的鄉情。四句景語就完整表現了詩人這種複雜細緻的思想過程。（周嘯天）

丹青引贈曹將軍霸[1]

杜甫

將軍魏武之子孫，於今為庶為清門。英雄割據雖已矣，文采風流今尚存。
學書初學衛夫人，但恨無過王右軍。丹青不知老將至，富貴於我如浮雲。
開元之中常引見，承恩數上南薰殿。凌煙功臣少顏色，將軍下筆開生面。
良相頭上進賢冠，猛將腰間大羽箭。褒公鄂公毛髮動，英姿颯爽來酣戰。
先帝御馬玉花驄，畫工如山貌不同。是日牽來赤墀下，迥立閶闔生長風。
詔謂將軍拂絹素，意匠慘淡經營中。斯須九重真龍出，一洗萬古凡馬空。
玉花卻在御榻上，榻上庭前屹相向。至尊含笑催賜金，圉人太僕皆惆悵。
弟子韓幹早入室，亦能畫馬窮殊相。幹惟畫肉不畫骨，忍使驊騮氣凋喪。
將軍畫善蓋有神，必逢佳士亦寫真。即今飄泊干戈際，屢貌尋常行路人。
途窮反遭俗眼白，世上未有如公貧。但看古來盛名下，終日坎壈纏其身。

〔註〕①丹青：繪畫。引：唐代樂曲的一種，也是一種詩體的名稱，相當於長篇歌行。曹霸：唐張彥遠《歷代名畫記》：「曹霸，魏曹髦之後。髦畫稱於後代。霸在開元中已得名。天寶末，每詔寫御馬及功臣。官至左武衛將軍。」

曹霸是盛唐著名畫馬大師，安史之亂後，潦倒漂泊。唐代宗廣德二年（七六四），杜甫和他在成都相識，十分同情他的遭遇，寫下這首〈丹青引〉。

詩起筆洗練，蒼涼。先說曹霸是魏武帝曹操之後，如今削籍，淪為尋常百姓。據清仇兆鰲《杜詩詳註》卷十三：「明皇末年（七五六），霸得罪，削籍為庶人。」然後宕開一筆，頌揚曹霸祖先。曹操稱雄中原的業績雖成往史，但其詩歌的造詣高超，辭采美妙，流風餘韻，至今猶存。開頭四句，抑揚起伏，跌宕多姿，大氣包舉，統攝全篇。清詩人王士禛十分讚賞，稱為「工於發端」（《漁洋詩話》卷中）。

接著寫曹霸在書畫上的師承淵源，進取精神，刻苦態度和高尚情操。曹霸最初學東晉衛夫人的書法，寫得一手好字，只恨不能超過王羲之。他一生沉浸在繪畫藝術之中而不知老之將至，情操高尚，不慕榮利，把功名富貴看得如天上浮雲一般淡薄。詩人筆姿靈活，「學書」二句只是陪筆，故意一放；「丹青」二句點題，才是正意所在，寫得主次分明，抑揚頓挫，錯落有致。

「開元」以下八句，轉入主題，高度讚揚曹霸在人物畫上的輝煌成就。開元年間，曹霸應詔去見唐玄宗，有幸屢次登上南薰殿。凌煙閣上的功臣像，因年久褪色，曹霸奉命重繪。他以生花妙筆畫得栩栩如生。文臣頭戴朝冠，武將腰插大竿長箭。褒國公段志玄、鄂國公尉遲敬德，毛髮飛動，神采奕奕，彷彿呼之欲出，要奔赴沙場鏖戰一番似的。曹霸的肖像畫，形神兼備，氣韻生動，表現了高超的技藝。

詩人一層層寫來，在這裡，畫人仍是襯筆，畫馬才是重點所在。「先帝」以下八句，詩人細膩地描寫了畫玉花驄的過程。

唐玄宗的御馬玉花驄，眾多畫師都描摹過，各各不同，無一肖似逼真。有一天，玉花驄牽至閶闔宮的赤色臺階前，揚首卓立，神氣軒昂。玄宗即命曹霸展開白絹當場寫生。作畫前曹霸先巧妙運思，然後淋漓盡致地落筆揮灑，須臾之間，一氣呵成。那畫馬神奇雄駿，好像從宮門騰躍而出的飛龍，一切凡馬在此馬前都不免相形失色。詩人先用「生長風」形容真馬的雄駿神氣，作為畫馬的有力陪襯；再用眾畫工的凡馬來烘托畫師的「真龍」，著意描摹曹霸畫馬的神妙。這一段文字傾注了熱烈讚美之情，筆墨酣暢，精彩之極。「玉花」以下八句，詩人進而形容畫馬的藝術魅力。

榻上放著畫馬玉花驄，乍一看，似和殿前真馬兩兩相對，昂首屹立。詩人把畫馬與真馬合寫，實在高妙，不著一「肖」字，卻極為生動地寫出了畫馬的逼真傳神，令人真假莫辨。玄宗看到畫馬神態軒昂，十分高興，含笑催促侍從，趕快賜金獎賞。掌管朝廷車馬的官員（太僕）和養馬人（圉人）都不勝感慨，悵然若失。杜甫以玄宗、太僕和圉（音同宇）人的不同反應渲染出曹霸畫技的高妙超群。隨後又用他的弟子、也以畫馬有名的韓幹來作反襯。

詩人用前後對比的手法，以濃墨彩筆鋪敘曹霸過去在宮廷作畫的盛況；最後八句，又以蒼涼的筆調描寫曹霸如今流入民間的落泊境況。「將軍善畫蓋有神」句，總收上文，點明曹霸畫藝的精湛絕倫。他不輕易為人畫像。可是，在戰亂的動盪歲月裡，一代畫馬宗師，流落漂泊，竟不得不靠賣畫為生，甚至屢屢為尋常過路行人畫像了。曹霸走投無路，遭到流俗的輕視，生活如此窮苦，世上沒有比他更貧困的了。畫家的辛酸境遇和杜甫的坎坷蹭蹬又何其相似！詩人內心不禁引起共鳴，感慨萬分：自古負有盛名、成就傑出的藝術家，往往坎壈（音同坎纜）時運不濟，困頓纏身，鬱鬱不得志！詩的結句，推開一層講，以此寬解曹霸，同時也聊以自慰，飽含對封建社會世態炎涼的憤慨。

這首詩在章法上錯綜絕妙，詩中賓主分明，對比強烈。如學書與學畫，畫人與畫馬，真馬與畫馬，凡馬與「真龍」，畫工與曹霸，韓幹與曹霸，昔日之盛與今日之衰等等。前者為賓，是綠葉；後者為主，是紅花。綠葉扶紅花，烘托映襯，紅花見得更為突出而鮮明。在詩情發展上，抑揚起伏，波瀾層出。前四句寫曹霸的身世，包含兩層抑揚，搖曳多姿。「至尊含笑催賜金」句，將全詩推向高潮，一起後緊跟著一跌，與末段「途窮反遭俗眼白」，又形成尖銳的對比。詩的結構，一抑一揚地波浪式展開，最後以抑的沉鬱調子結束，顯得錯綜變化而又多樣統一。在結構上，前後呼應，首尾相連。詩的開頭「於今為庶為清門」與結尾「世上未有如公貧」，一脈貫通，構成一種悲慨的主調與蒼涼的氣氛。中間三段，寫曹霸畫人畫馬的盛況，與首段「文采風流今尚存」句相照應。

杜甫以〈丹青引〉為題，熱情地為畫家立傳，以詩摹寫畫意，評畫論畫，詩畫結合，富有濃郁的詩情畫意。詩人把深邃的現實主義畫論和詩傳體的特寫熔為一爐，具有獨特的美學意義，在中國唐代美術史和繪畫批評史上也有一定的認識價值。這在唐詩的發展上未嘗不是一種新貢獻。（何國治）

宿府

杜甫

清秋幕府井梧寒，獨宿江城蠟炬殘。永夜角聲悲自語，中天月色好誰看？

風塵荏苒音書絕，關塞蕭條行路難。已忍伶俜十年事，強移棲息一枝安。

唐代宗廣德二年（七六四）六月，新任成都尹兼劍南節度使嚴武保薦杜甫為節度使幕府的參謀。做這麼個參謀，每天天剛亮就得上班，直到夜晚才能下班。杜甫家住成都城外的浣花溪，下班後來不及回家，只好長期住在府內。這首詩，就寫於這一年的秋天。所謂「宿府」，就是留宿幕府的意思。因為別人都回家了，所以他常常是「獨宿」。

首聯倒裝。按順序說，第二句應在前。其中的「獨宿」二字，是一詩之眼。「獨宿」幕府，眼睜睜地看著「蠟炬殘」，其夜不能寐的苦衷，已見於言外。而第一句「清秋幕府井梧寒」，則透過環境的「清」、「寒」，烘托心境的悲涼。未寫「獨宿」而先寫「獨宿」的氛圍、感受和心情，意在筆先，起勢峻聳。

頷聯寫「獨宿」的所聞所見，誠如清方東樹《昭昧詹言》所言：「景中有情，萬古奇警。」而造句之新穎，也令人嘆服。七言律句，一般是上四下三，而這一聯卻是四、一、二的句式，每句讀起來有三個停頓。翻譯一下，就是：「長夜的角聲啊，多悲涼！但只是自言自語地傾訴亂世的悲涼，沒有人聽。中天的明月啊，多美好！但儘管美好，在漫漫長夜裡，又有誰看她呢？」詩人就這樣化百鍊鋼為繞指柔，以頓挫的句法，吞吐的語氣，活托出一個看月聽角、獨宿不寐的人物形象，恰切地表現了無人共語、沉鬱悲抑的複雜心情。

前兩聯寫「獨宿」之景，而情含景中。後兩聯則就「獨宿」之景，直抒「獨宿」之情。

「風塵」句緊承「永夜」句。「永夜角聲」，意味著戰亂未息。那悲涼的、自言自語的「永夜角聲」，引起詩人許多感慨。「風塵荏苒音書絕」，就是那許多感慨的中心內容。「風塵荏苒」者，戰亂侵尋也。詩人時常想回到故鄉洛陽，卻由於「風塵荏苒」，連故鄉的音信都得不到啊！

「關塞」句緊承「中天」句。詩人早在〈恨別〉一詩裡寫道：「洛城一別四千里，胡騎長驅五六年。草木變衰行劍外，兵戈阻絕老江邊。思家步月清宵立，憶弟看雲白日眠……」好幾年又過去了，卻仍然流落劍外。一個人在這淒清的幕府裡長夜不眠，仰望中天明月，怎能不心事重重！「關塞蕭條行路難」，就是那重重心事之一。思家、憶弟之情有增無已，還是沒法子回到洛陽啊！

這一聯直抒「宿府」之情。但「宿府」時的心情很複雜，怎能用兩句詩寫完！於是用「伶俜十年事」加以概括，給讀者留下了結合詩人的經歷去馳騁想像的空間。

尾聯照應首聯。作為幕府的參謀而感到「幕府井梧寒」，這就會聯想到《莊子．逍遙遊》中所說的那個鷦鷯鳥來：「鷦鷯巢於深林，不過一枝。」自己從安史之亂以來，「支離東北風塵際，飄泊西南天地間」（〈詠懷古跡五首〉其一），那飽含辛酸的「伶俜十年事」都已經忍受過來了，如今為什麼又要到這幕府裡來忍受「井梧寒」呢？用「強移」二字，表明自己並不願意來占這幕府中的「一枝」，而是嚴武拉來的。用一個「安」字，不過是自我解嘲。看看這一夜徘徊徬徨、輾轉反側的景況，能算是「安」嗎？

杜甫的理想是「致君堯舜上，再使風俗淳」（〈奉贈韋左丞丈二十二韻〉）。然而無數事實證明這理想難得實現，所以早在肅宗乾元二年（七五九），他就棄官不作，擺脫了「苦被微官縛，低頭愧野人」（〈獨酌成詩〉）的牢籠生活。

這次作參謀，雖然並非出於自願，但為了「酬知己」，還是寫了〈東西兩川說〉，為嚴武出謀劃策。但到幕府不久，就受到幕僚們的嫉妒、誹謗和排擠，感到日子很不好過。因此，在〈遣悶奉呈嚴公二十韻〉裡訴說了自己的苦況之後，就請求嚴武把他從「龜觸網」、「鳥窺籠」的困境中解放出來。讀到那首的結句「時放倚梧桐」，再回頭來讀這首的「清秋幕府井梧寒」，就會有更多的體會。詩人寧願回到草堂去「倚梧桐」，而不願「棲」那「幕府井梧」的「一枝」；因為「倚」草堂的「梧桐」，比較「安」，也不那麼「寒」。（霍松林）

倦夜　杜甫

竹涼侵臥內，野月滿庭隅。重露成涓滴，稀星乍有無。
暗飛螢自照，水宿鳥相呼。萬事干戈裡，空悲清夜徂！

吳齊賢《論杜》曰：「唐人作詩，於題目不輕下一字，而杜詩尤嚴。」此詩題目，就頗令人感覺蹺蹊。按說，疲倦只有在緊張的工作之後才會產生，夜間人們休息安眠，怎麼會「倦」？這是一個怎樣的夜？詩人為什麼會倦？讓我們順著這條線索，看一看詩中的描寫吧。

起句云：「竹涼侵臥內，野月滿庭隅。」涼氣陣陣襲入臥室，月光把庭院的角落都灑滿了。好一個清秋月夜！「竹」、「野」二字，不僅暗示出詩人宅旁有竹林，門前是郊野，也分外渲染出一派秋氣：夜風吹動，竹葉蕭蕭，入耳分外生涼，真是「綠竹助秋聲」（李白〈題宛溪館〉）；郊野茫茫，一望無際，月光可以普照，更顯得秋空明淨，秋月皓潔。開頭十個字，勾畫出清秋月夜村居的特有景況。三、四兩句緊緊相承，又有所變化：「重露成涓滴，稀星乍有無。」上句扣竹，下句扣月。夜越來越涼，露水越來越重，在竹葉上凝聚成許多小水珠兒，不時地滴滴答答地滾落下來；此時月照中天，映襯得小星星黯然失色，像瞌睡人的眼，忽而睜，忽而閉。這已經是深夜了。五、六兩句又轉換了另外一番景色：「暗飛螢自照，水宿鳥相呼。」這是秋夜破曉前的景色：月亮已經西沉，大地漸漸暗下來，只看到螢火蟲提著小燈籠，閃著星星點點微弱的光；那竹林外小溪旁棲宿的鳥兒，已經睡醒，它們互相呼喚著，準備結伴起飛，迎接新的一天……

以上六句，把從月升到月落的秋夜景色，描寫得歷歷如在目前。表面看，這六句全寫自然景色，單純寫「夜」，沒有一字寫「倦」；但仔細一看，我們從這幅「秋夜圖」中，不僅看到綠竹、庭院、朗月、稀星、暗飛的螢、水宿的鳥，還看到這些景物的目擊者——詩人自己。我們彷彿看到他孤棲「臥內」，輾轉反側，不能成眠：一會兒擁被支肘，聽窗外竹葉蕭蕭，露珠滴答；一會兒對著灑滿庭院的溶溶月光，沉思默想；一會兒披衣而起，步出庭院，仰望遙空，環視曠野，心事浩茫……這一夜從月升到月落，詩人何曾闔眼！徹夜不眠，他該有多麼疲倦啊！如此清靜、涼爽的秋夜，詩人為何不能酣眠？有什麼重大的事苦纏住他的心？詩的最後兩句詩人直吐胸臆：「萬事干戈裡，空悲清夜徂（音同殂）！」原來他是為國事而憂心。這時，「安史之亂」剛剛平息，西北吐蕃兵又騷擾中原；並於廣德元年（七六三）十月，直搗長安，逼得唐代宗李豫一度逃往陝州避難（《新唐書．吐蕃傳》）。北方廣大人民又一次蒙遭戰禍，「田園寥落干戈後，骨肉流離道路中」（白居易〈自河南經亂，關內阻饑，兄弟離散，各在一處。因望月有感，聊書所懷，寄上浮梁大兄、於潛七兄、烏江十五兄，兼示符離及下邽弟妹〉）。這時杜甫寓居成都西郊浣花溪草堂（據前人考證，此詩作於廣德二年），自身雖未直接受害，但他對國家和人民一向懷有深情，值此多難之秋，他怎能不憂心如焚！「萬事干戈裡」，這一夜他思考著千樁萬樁事，哪一樁不與戰事有關！詩人是多麼深切地關注著國家和人民的命運，難怪他坐臥不安，徹夜難眠。但是，當時昏君庸臣當政，有志之士橫遭賤視和摒棄，老杜自己也是報國無門。故詩的結語云：「空悲清夜徂！」枉自悲嘆如此良夜白白逝去。「空悲」二字，抒發了詩人無限感慨與憂憤。

詩的最後兩句，對全篇起了「點睛」的作用。讀了這兩句，我們回過頭來再看前面所描寫的那些自然景物，彷彿顯現出一層新的光彩，無一不寄寓著詩人憂國憂時的感情，與詩人的心息息相通：由於詩人為國事而心寒，故分外感到「竹涼侵臥內」；由於詩人嘆息廣大人民的亂離之苦，故對那如淚珠滾動般的「重露成涓滴」之聲特別敏感；那光華萬里的「野月」，使人會聯想到詩人思緒的廣闊和遙遠；那乍隱乍現、有氣無力的「稀星」，似乎顯示出詩人對當時政局動蕩不定的擔心；至於那暗飛自照的流螢，相呼結伴的水鳥，則更鮮明地襯托出詩人「消中衹自惜，晚起索誰親」（〈贈王二十四侍御契四十韻〉）的孤寂心情。

前人讚美杜詩「情融乎內而深且長，景耀乎外而遠且大」（明謝榛《四溟詩話》卷四）。這首詩中由於詩人以「情眼」觀景、攝景，融情於景，故詩的字面雖不露聲色，只寫「夜」，不言「倦」，只寫「耀乎外」的景，不寫「融乎內」的情，但詩人的羈孤老倦之態，憂國憂時之情，已從這特定的「情中之景」裡鮮明地流露出來。在這裡，情與景，物與我，妙合無垠，情寓於景，景外含情，讀之令人一詠三嘆，味之無盡。

這首詩的構思布局精巧玲瓏。全詩起承轉合，井然有序。前六句寫景，由近及遠，由粗轉細，用空間的變換暗示時間的推移，畫面變幻多姿，情采步步誘人。詩的首聯「竹涼侵臥內，野月滿庭隅」，峭拔而起，統領下兩聯所寫之景。設若此兩句寫作「夜涼侵臥內，明月滿庭隅」，不僅出語平庸，畫面簡單，而且下面所寫之景也無根無絆。因為無「竹」，「重露」就無處「成涓滴」；無「野」，飛螢之火、水鳥之聲的出現，就不知從何而來。由「竹」、「野」二字，可見詩人鍊字之精，構思布局之細。此詩結尾由寫景轉入抒情，驟看殊覺突然，細看似斷實聯，外斷內聯，總結了全篇所寫之景，點明了題意，使全詩在結處翼然振起，情景皆活，煥發出異樣的光彩。（何慶善）

有感五首（其三）　杜甫

洛下舟車入，天中貢賦均。日聞紅粟腐，寒待翠華春。

莫取金湯固，長令宇宙新。不過行儉德，盜賊本王臣。

〈有感五首〉，作於代宗廣德元年（七六三）秋。這是其中第三首，內容和當時朝廷中遷都洛陽之議有關。安史亂後，長安所在的關中地區殘破，每年要從江淮轉運大量糧食到長安；加上吐蕃進擾，長安處在直接威脅之下，因此朝中有遷都之議。這首詩即為此有感而發。

「洛下舟車入，天中貢賦均。」首聯先從洛陽所處的優越地理位置寫起。據《史記．周本紀》載，周成王使召公復營洛邑，說：「此天下之中，四方入貢道里均。」次句本此。兩句是說，洛陽居於全國中心，水陸交通便利，四方入貢賦稅，到這裡的路程也大致相等。這裡所說的內容也就是主張遷都洛陽的人所持的主要理由。詩人用肯定的口吻加以轉述，是因為單就地理位置而論，洛陽確有建都的優越條件。這裡先讓一步，正是為了使下面轉出的議論更加有力。這是一種欲擒故縱的手法。

「日聞紅粟腐，寒待翠華春。」頷聯緊承「舟車」、「貢賦」，翻出新意。「紅粟腐」，用《漢書．食貨志》「太倉之粟，陳陳相因，充溢露積於外，至腐敗不可食」語意。「翠華」是天子之旗，這裡指代皇帝。兩句是說，我近日常聽說，洛陽的國家糧倉裡堆滿了已經腐敗的糧食，貧寒的老百姓正延首等待皇上能給他們帶來春天般的溫暖呢。話說得很委婉。實際上杜甫是反對遷都洛陽的，但他一則旁敲側擊，說「天中」只不過提供了苛斂之便；一則反話正說，明言百姓所待以見百姓所怨。當時持遷都之議的人們中，必有以百姓盼望皇帝東幸洛陽為辭的，所以詩人含而不露地反脣相譏說：百姓所望的是「翠華春」，可不是盼來一場更大的災難！

主張遷都洛陽的人還將洛陽的地險作為遷都的理由，於是詩人又針對這種議論而發表見解道：「莫取金湯固，長令宇宙新。」「莫取」，就是「不要只著眼於」的意思。杜甫並不是否認「金湯固」的作用，而是認為，對於鞏固國家政權來說，根本的憑藉是不斷革新政治，使人民安居樂業。兩句一反一正，一諄諄告誡，一熱情希望，顯得特別語重心長。詩寫到這裡，已經從具體的遷都問題引申開去，提高、昇華到根本的施政原則，因此下一聯就進一步說到怎樣才能「長令宇宙新」。

「不過行儉德，盜賊本王臣。」答案原極簡單而平常：只不過是皇帝躬行儉德，減少靡費，減輕人民的負擔罷了。要知道，所謂「盜賊」，本來都是皇帝的臣民呵。腹聯「莫取」、「長令」，反覆叮嚀，極其鄭重，末聯卻輕描淡寫地拈出「不過」二字。這高舉輕放的戲劇性轉折，使得輕描淡寫的「不過」更加引人注目，更增含蘊。為了進一步強調「行儉德」的重要，詩人又語重心長地補上一句「盜賊本王臣」，一針見血地揭示了官逼民反的事實。思想的深刻，感情的深沉和語言的明快尖銳，在這裡被和諧地統一起來了。

這首詩富於政論色彩，又具有強烈藝術感染力，是帶有杜甫獨特個性的。如果說將議論引入五律這種通常用來抒情寫景的形式，是杜甫的一種有意義的嘗試，那麼議論而挾情韻以行，便是杜甫成功的藝術經驗。（劉學鍇）

禹廟　杜甫

禹廟空山裡，秋風落日斜。荒庭垂橘柚，古屋畫龍蛇。
雲氣噓青壁，江聲走白沙。早知乘四載，疏鑿控三巴。

杜甫寫的禹廟，建在忠州（治所在今重慶忠縣）臨江的山崖上。杜甫在唐代宗永泰元年（七六五）出蜀東下，途經忠州時，參謁了這座古廟。

「禹廟空山裡，秋風落日斜。」開門見山，起筆便令人森然、肅然。山是「空」的，可見荒涼；加以秋風瑟瑟，氣氛更覺蕭森。但山空，那古廟就更顯得巍然獨峙；加以晚霞的塗染，格外鮮明莊嚴，令人肅然而生敬意。詩人正是懷著這種心情登山入廟的。

「荒庭垂橘柚，古屋畫龍蛇。」廟內，庭院荒蕪，房屋古舊，一「荒」二「古」，不免使人感到淒涼、冷落。但詩人卻觀察到另一番景象：庭中橘柚碩果垂枝，壁上古畫神龍舞爪。橘柚和龍蛇，給荒庭古屋帶來一片生氣和動感。「垂橘柚」、「畫龍蛇」，既是眼前實景，又暗含著歌頌大禹的典故。據《尚書．禹貢》載，禹治洪水後，九州人民得以安居生產，遠居東南的「島夷」之民也「厥包橘柚」——把豐收的橘柚包裹好進貢給禹。又傳說，禹「驅蛇龍而放之菹（澤中有水草處）」，使龍蛇也有所歸宿，不再興風作浪（見《孟子．滕文公》）。這兩個典故正好配合著眼前景物，由景物顯示出來；景與典，化為一體，使人不覺詩人是在用典。前人稱讚這兩句「用事入化」，是「老杜千古絕技」（明胡應麟《詩藪·內篇》卷四）。這樣用典的好處是，對於看出它是用典的，固然更覺意味深濃，為古代英雄的業績所鼓舞；即使看不出它是用典，也同樣可以欣賞這古色古香、富有生氣的古廟景物，從中領會詩人豪邁的感情。

五、六兩句寫廟外之景：「雲氣噓青壁，江聲走白沙。」雲霧團團，在長滿青苔的古老的山崖峭壁間緩緩捲動；江濤澎湃，白浪淘沙，向三峽滾滾奔流。這裡「噓」、「走」二字特別傳神。古謂：「雲從龍。」從迷離的雲霧，奔騰的江流，恍惚間，我們彷彿看到廟內壁畫中的神龍，飛到峭壁間盤旋嬉遊，口中噓出團團雲氣；又彷彿看到有個巨人，牽著長江的鼻子，讓它沿著沙道馴服地向東方迅奔……在這裡，神話和現實，廟內和廟外之景，大自然的磅礴氣勢和大禹治理山河的偉大氣魄，疊合到一起了。這壯觀的畫面，令人感到無限的力與美。

詩人佇立崖頭，觀此一番情景，怎能不對英雄大禹發出衷心的讚美，故結句云：「早知乘四載，疏鑿控三巴。」傳說禹治水到處奔波，水乘舟，陸乘車，泥乘輴，山乘樏，是為「四載」。三巴指巴郡、巴東、巴西（今重慶忠縣、雲陽，四川閬中等地）。傳說這一帶原為澤國，大禹鑿通三峽後始為陸地。這兩句詩很含蓄，意思是說：禹啊，禹啊，我早就耳聞你乘四載、鑿三峽、疏長江、控三巴的英雄事跡；今天親臨現場，目睹遺跡，越發敬佩你的偉大了！

這首詩重點在於歌頌大禹不懼艱險、征服自然、為民造福的創業精神。唐王朝自安史之亂後，長期戰亂，像洪水橫流，給人民帶來了無邊的災難；山「空」庭「荒」，正是當時整個社會面貌的真實寫照。詩人用「春秋筆法」暗暗諷刺當時禍國殃民的昏庸統治者，而寄希望於新當政的代宗李豫，希望他能發揚大禹「乘四載」、「控三巴」的艱苦創業精神，重振山河，把國家治理好。

在抒情詩中，情與景本應協調、統一。而這首詩，詩人歌頌英雄，感情基調昂揚、豪邁，但禹廟之景卻十分荒涼：山空，風寒，庭荒，屋舊。這些景物與感情基調不協調。詩人為解決這個矛盾，巧妙地運用了抑揚相襯的手法：山雖空，但有禹廟之崢嶸；秋風雖蕭瑟，但有落日之光彩；庭雖荒，但有橘柚垂枝；屋雖古舊，但有龍蛇在畫壁間飛動……這樣一抑一揚，既真實地再現了客觀景物，又不使人產生冷落、低沉之感；加以後四句聲宏氣壯，調子愈來愈昂揚，令人愈讀愈振奮。由此可見詩人的匠心。（何慶善）

旅夜書懷

杜甫

細草微風岸，危檣獨夜舟。星垂平野闊，月湧大江流。
名豈文章著，官應老病休。飄飄何所似？天地一沙鷗。

唐代宗永泰元年（七六五），杜甫帶著家人離開成都草堂，乘舟東下，在岷江、長江漂泊。這首五言律詩大概是他舟經渝州（治所在今重慶）、忠州（治所在今重慶忠縣）一帶時寫的。

詩的前半描寫「旅夜」的情景。第一、二兩句寫近景：微風吹拂著江岸上的細草，豎著高高桅杆的小船在月夜孤獨地停泊著。當時杜甫離成都是迫於無奈。這一年的正月，他辭去節度使參謀職務，四月，在成都賴以存身的好友嚴武死去。處此淒孤無依之境，便決意離蜀東下。因此，這裡不是空泛地寫景，而是寓情於景，透過寫景展示他的境況和情懷：像江岸細草一樣渺小，像江中孤舟一般寂寞。第三、四兩句寫遠景：明星低垂，平野廣闊；月隨波湧，大江東流。這兩句寫景雄渾闊大，歷來為人所稱道。在這兩個寫景句中寄寓著詩人的什麼感情呢？有人認為是「開襟曠遠」（清浦起龍《讀杜心解》卷三之四），有人認為是寫出了「喜」的感情（見劉開揚《唐詩論文集·杜甫五律例解》）。很明顯，這首詩是寫詩人暮年漂泊的悽苦景況的，而上面的兩種解釋只強調了詩的字面意思，這就很難令人信服。實際上，詩人寫遼闊的平野、浩蕩的大江、燦爛的星月，正是為了反襯出他孤苦伶仃的形象和顛連無告的淒愴心情。這種以樂景寫哀情的手法，在古典作品中是經常使用的。如《詩經·小雅·

采薇》「昔我往矣，楊柳依依」，用春日的美好景物反襯出征士兵的悲苦心情，寫得多麼動人！

詩的後半是「書懷」。第五、六兩句說，有點名聲，哪裡是因為我的文章好呢？做官，倒應該因為年老多病而退休。這是反話，立意至為含蓄。詩人素有遠大的政治抱負，但長期被壓抑而不能施展，因此聲名竟因文章而著，這實在不是他的心願。杜甫此時確實是既老且病，但他的休官，卻主要不是因為老和病，而是由於被排擠。這裡表現出詩人心中的不平，同時揭示出政治上失意是他漂泊、孤寂的根本原因。關於這一聯的含義，清黃生說是「無所歸咎，撫躬自怪之語」（《杜詩說》卷五），清仇兆鰲說是「五屬自謙，六乃自解」（《杜詩詳註》卷十四），恐怕不很妥當。最後兩句說，飄然一身像個什麼呢？不過像廣闊的天地間的一隻沙鷗罷了。詩人即景自況以抒悲懷。水天空闊，沙鷗飄零；人似沙鷗，轉徙江湖。這一聯借景抒情，深刻地表現了詩人內心漂泊無依的感傷，真是一字一淚，感人至深。

清王夫之《薑齋詩話》卷下說：「情景雖有在心在物之分，而景生情，情生景……互藏其宅。」情景互藏其宅，即寓情於景和寓景於情。前者寫宜於表達詩人所要抒發的情的景物，使情藏於景中；後者不是抽象地寫情，而是在寫情中藏有景物。杜甫的這首〈旅夜書懷〉，就是古典詩歌中情景相生、互藏其宅的一個範例。（傅思均）

八陣圖 杜甫

功蓋三分國，名成八陣圖。
江流石不轉，遺恨失吞吳①。

〔註〕①清黃生《杜詩說》卷十：「先主志欲吞吳，乃疏於立陣，連營七百里，不知進退分合之法，以至一敗塗地，豈非千古之大恨哉。」

這是作者初到夔州（治今重慶奉節）時作的一首詠懷諸葛亮的詩，寫於唐代宗大曆元年（七六六）。「八陣圖」，指由天、地、風、雲、龍、虎、鳥、蛇八種陣勢所組成的軍事操練和作戰的陣圖，是諸葛亮的一項創造，反映了他卓越的軍事才能。

「功蓋三分國，名成八陣圖。」這兩句讚頌諸葛亮的豐功偉績。第一句是從總的方面寫，說諸葛亮在確立魏蜀吳三分天下、鼎足而立局勢的過程中，功績最為卓絕。三國並存局面的形成，固然有許多因素，而諸葛亮輔助劉備從無到有地創建蜀國基業，應該說是重要原因之一。杜甫這一高度概括的贊語，客觀地反映了三國時代的歷史真實。第二句是從具體的方面來寫，說諸葛亮創制八陣圖使他聲名更加卓著。對這一點古人曾屢加稱頌，如成都武侯祠中的碑刻就寫道：「一統經綸志未酬，布陣有圖誠妙略。」「江上陣圖猶布列，蜀中相業有輝光。」而杜甫的這句詩則是更集中、更凝練地讚頌了諸葛亮的軍事業績。

頭兩句詩在寫法上用的是對仗句，「三分國」對「八陣圖」，以全域性的業績對軍事上的貢獻，顯得精巧工整，自然妥帖。在結構上，前句劈頭提起，開門見山；後句點出詩題，進一步讚頌功績，同時又為下面憑弔遺跡作了鋪墊。

「江流石不轉，遺恨失吞吳。」這兩句就「八陣圖」的遺址抒發感慨。「八陣圖」遺址在夔州西南永安宮前平沙上。據《荊州圖副》和唐韋絢《劉賓客嘉話錄》記載，這裡的八陣圖聚細石成堆，高五尺，大樹十圍，縱橫棋布，排列為六十四堆，始終保持原來的樣子不變；即使被夏天大水衝擊淹沒，等到冬季水落平川，萬物都失故態，唯獨八陣圖的石堆卻依然如舊，六百年來巋然不動。前一句極精練地寫出了遺跡這一富有神奇色彩的特徵。「石不轉」，化用了《詩經·邶風·柏舟》中的詩句「我心匪石，不可轉也」。在作者看來，這種神奇色彩和諸葛亮的精神心志有內在的聯繫：他對蜀漢政權和統一大業忠貞不貳，矢志不移，如磐石之不可動搖。同時，這散而復聚、長年不變的八陣圖石堆的存在，似乎又是諸葛亮對自己齎志以歿表示惋惜、遺憾的象徵，所以杜甫緊接著寫的最後一句是「遺恨失吞吳」，說劉備吞吳失計，破壞了諸葛亮聯吳抗曹的根本策略，以致統一大業中途夭折，而成了千古遺恨。

當然，這首詩與其說是在寫諸葛亮的「遺恨」，毋寧說是杜甫在為諸葛亮惋惜，並在這種惋惜之中滲透了傷己垂暮無成的抑鬱情懷。

這首懷古絕句，具有融議論入詩的特點。但這種議論並不空洞抽象，而是語言生動形象，抒情色彩濃郁。詩人把懷古和述懷融為一體，渾然不分，給人一種此恨綿綿、餘意不盡的感覺。（吳小林）

白帝　杜甫

白帝城中雲出門，白帝城下雨翻盆。高江急峽雷霆鬥，古木蒼藤日月昏。
戎馬不如歸馬逸，千家今有百家存。哀哀寡婦誅求盡，慟哭秋原何處村？

這是一首拗體律詩，作於唐代宗大曆元年（七六六）杜甫寓居夔州（治今重慶奉節）期間。它打破了固有的格律，以古調或民歌風格摻入律詩，形成奇崛奧峭的風格。

詩的首聯即用民歌的複沓句法來寫峽江雲雨翻騰的奇險景象。登上白帝城樓，只覺雲氣翻滾，從城門中騰湧而出，此極言山城之高峻。往下看，「城下」大雨傾盆，使人覺得城還在雲雨的上頭，再次襯出城高。這兩句用俗語入詩，再加上音節奇崛，不合一般律詩的平仄，讀來頗為拗拙，但也因而有一種勁健的氣骨。

下一聯承「雨翻盆」而來，具體描寫雨景；而且一反上一聯的拗拙，寫得非常工巧。首先是成功地運用當句對，使形象凝練而集中。「高江」對「急峽」，「古木」對「蒼藤」，對偶工穩，銖兩悉稱；「雷霆」和「日月」各指一物（「日月」為偏義複詞，即指「日」），上下相對。這樣，兩句中集中了六個形象，一個接一個奔湊到詩人筆下，真有急管繁弦之勢，有聲有色地傳達了雨勢的急驟。「高江」，指長江此段地勢之高，藏「江水順勢而下」意；「急峽」，說兩山夾水，致峽中水流至急，加以翻盆暴雨，江水猛漲，水勢益急，竟使人如聞雷霆一般。從音節上言，這兩句平仄完全合律，與上聯一拙一工，而有跌宕錯落之美。如此寫法，後人極為讚賞，宋人范溫說：「老杜詩，凡一篇皆工拙相半，古人文章類如此。皆拙固無取，使其皆工，則峭急無古氣。」

這兩聯先以雲雨寄興，暗寫時代的動亂，實際是為展現後面那個腥風血雨中的社會面貌造勢、作鋪墊。

後半首境界陡變，由緊張激烈化為陰慘淒冷。雷聲漸遠，雨簾已疏，詩人眼前出現了一片雨後蕭條的原野。頸聯即是寫所見：荒原上閒蹓著的「歸馬」和橫遭洗劫後的村莊。這裡一個「逸」字值得注意。眼前之馬逸則逸矣，看來是無主之馬。雖然不必拉車耕地了，其命運難道不可悲嗎？十室九空的荒村，那更是怵目驚心了。這一聯又運用了當句對，但形式與上聯不同，即是將包含相同詞素的詞語置於句子的前後部分，形成一種紆徐回復、一唱三嘆的語調，傳達出詩人無窮的感喟和嘆息，這和上面急驟的調子形成鮮明對照。

景色慘淡，滿目凋敝，那人民生活如何呢？這就逼出尾聯碎人肝腸的哀訴。它以典型的悲劇形象，控訴了黑暗現實。孤苦無依的寡婦，終日哀傷，有著多少憂愁和痛苦啊！她的丈夫或許就是死於戰亂，然而官府對她家也並不放過，搜刮盡淨，那麼其他人可想而知。最後寫荒原中傳來陣陣哭聲，在收穫的秋季尚且如此，其苦況可以想見。「何處村」是說辨不清哪個村莊有人在哭，造成一種蒼茫的悲劇氣氛，實際是說無處沒有哭聲。

本詩在意境上的參差變化很值得注意。首先是前後境界的轉換，好像樂隊在金鼓齊鳴之後奏出了如泣如訴的縷縷哀音；又好像電影在風狂雨暴的場景後，接著出現了一幅滿目瘡痍的秋原荒村圖。這一轉移，展現了經過安史之亂後唐代社會的縮影。其次是上下聯，甚至一聯之內都有變化。如頷聯寫雨景兩句色彩即不同，出句（上句）如千軍萬馬，而對句（下句）則陰慘淒冷，為轉入下面的意境作了鋪墊。這種多層次的變化使意境更為豐富，跌宕多姿而不流於平板。明王世貞在《藝苑卮言》中引李夢陽曰「前疏者後必密，半闊者半必細，一實者一必虛」，或王世貞指出的「篇法有起有束，有放有斂，有喚有應，一開則一闔，一揚則一抑，一象則一意，無偏用者」，就是這個道理。（黃寶華）

夔州歌十絕句（其二）　杜甫

中巴之東巴東山，江水開闢流其間。
白帝高為三峽鎮，瞿塘險過百牢關。

長江滔滔東流至重慶奉節，即古代的夔州，就進入了舉世聞名的長江三峽之第一峽——瞿塘峽。此詩作於唐代宗大曆初，描繪歌頌了此處的山川形勝。

東漢末劉璋據蜀，分其地為三巴，有中巴、西巴、東巴。夔州為巴東郡，在「中巴之東」。「巴東山」即大巴山，在渝、陝、鄂三省市邊境，詩中特指三峽兩岸連山。「巴」、「東」字在首句重複，前分後合，構成由舒緩轉急促的節拍，使人從聲音上感受到大山的氣勢。「中巴之東巴東山」，七字皆陰平聲，更屬創格，形成奇崛拗峭的音調，有助於氣氛渲染，給人以石破天驚之感。次句寫江水。「開闢」用如時間狀語，意為「從開天闢地以來」，「自古以來」。不說「自古」而說「開闢」，極見推敲。因為「自古」只能表達一個抽象的時間概念，而「開闢」這個動詞聯合結構的詞彙富於形象性，能引起一種動感，彷彿夔門的形成是浪打波穿的結果，既形容出自然的偉力，又見出其地勢的古老和險要。

前兩句從較大角度，交代出夔州的地理環境，下兩句進而更具體地描繪其山川形勝。「白帝」即白帝城，城在夔州之東的北岸高峰頂上。這裡是公孫述割據稱雄之處，也是三國時蜀漢防東吳的要衝，因它守住瞿塘峽口，足資鎮壓，所以說是「三峽鎮」。在湍急的瞿塘峽江心，舊時有灩澦堆，冬日出水，夏日沒入水中成為暗礁，所以「人言道路古來難」（劉禹錫〈竹枝詞九首〉其七），不可謂不險。「百牢關」在漢中，兩岸絕壁相對而立，六十里不斷，因為它和夔州的瞿塘相似，所以用來作比。下聯十四字抓住「高」、「險」特徵，筆力千鈞，把「高江急峽」寫得極有氣勢。兩句分承山水，句式對仗，音韻砍截，與散行作結風味全殊。

如果我們用盛唐絕句傳統手法作對照，就會發現此詩在寫作上有以下幾個突出特點：一、傳統絕句注重音調的平仄諧調，句格的穩順；而此詩有意追求拗調，首句全用平聲字，給人以奇離突兀之感。二、傳統絕句注重風調，追求一唱三嘆之音，尾聯多取散行，一般「以第三句為主，而第四句發之」（元楊載《詩法家數．絕句》），構成轉合，即使用對結，也多採取流水對；此詩用「的對」作結，類半首律詩，詩意的轉折在兩聯之間，結束的音調戛然而止。三、傳統絕句注重情景交融的表現手法，純寫景的不多，而此詩兩聯皆分寫山水，純乎寫景，卻又並非無情。它透過奇突雄渾的自然景物的描寫，取得激動人心的效果，而抒情已存乎寫景之中，讀者能感到詩人對奇異山川的熱愛和由衷的讚美。（周嘯天）

宿江邊閣 杜甫

暝色延山徑，高齋次水門。薄雲巖際宿，孤月浪中翻。
鸛鶴追飛靜，豺狼得食喧。不眠憂戰伐，無力正乾坤。

唐代宗大曆元年（七六六）春，杜甫由雲安（今屬重慶雲陽）到夔州（治今重慶奉節），同年秋寓居夔州的西閣。閣在長江邊，有山川之勝。此詩是其未移寓前宿西閣之作。詩人透過不眠時的所見所聞，抒發了他關心時事，憂國憂民的思想感情。

首聯對起。「暝色」句點明時間。一條登山小徑，蜿蜒直抵閣前。「延」有接引義，聯接「暝色」和「山徑」，彷彿暝色是山徑迎接來的一般，賦予無生命的自然景物以生趣。這句寫出了蒼然暮色自遠而至之狀。「高齋」指西閣，有居高臨下之勢。此句是說西閣位置臨近雄踞長江邊的瞿塘關。

詩人寄宿西閣，夜長不寐，起坐眺望。頷聯寫當時所見。詩人欣賞絕境的物色，為初夜江上的山容水態所吸引，寫下了「薄雲巖際宿，孤月浪中翻」的名句。這兩句清仇兆鰲解釋說：「雲過山頭，停巖似宿。月浮水面，浪動若翻。」（《杜詩詳註》）是概括得很好的。薄薄的雲層飄浮在巖腹裡，就像棲宿在那兒似的。江上波濤騰湧，一輪孤獨的明月映照水中，好像月兒在不停翻滾。這兩句是改南朝梁何遜「薄雲巖際出，初月波中上」（〈入西塞示南府同僚〉）句而成。詩人從眼前生動景色出發，只換了四個字，就把前人現成詩句和自己真實感受結合起來，煥發出奪目的異彩。仇兆鰲把它比作張僧繇畫龍，有「點睛欲飛」之妙。何詩寫的是金陵附近西塞山前雲起月出的向晚景色；杜詩寫的是夔州附近瞿塘關上薄雲依山、孤月沒浪的初夜景致。夔州群山萬壑，連綿不絕。飛雲在峰壑中緩慢飄流，夜間光線暗淡，就像停留在那裡一樣。詩人用一個「宿」字，顯得極為穩帖。夔州一帶江流向以波騰浪湧著稱。此詩用「浪中翻」三字表現江上月色，就飛動自然。詩人如果沒有實感，是寫不出來的。我們從這裡可以悟出藝術表現上「青勝於藍」的道理。

頸聯寫深夜無眠時所見所聞。這時傳入耳中的，只有水禽山獸的聲息。鸛，形似鶴的水鳥。鸛鶴等專喜捕食魚介類生物的水鳥，白天在水面往來追逐，搜尋食物，此刻已停止了捕逐活動；生性貪狠的豺狼，這時又公然出來攫奪獸畜，爭喧不止。這兩句所表現的情景，切合夔州附近既有大江，又有叢山的自然環境，也在一定程度上喚起人們對當時黑暗社會現實的聯想。被鸛鶴追飛捕捉的魚介，被豺狼爭喧噬食的獸畜，不正是在戰亂中被掠奪、壓榨的人民的一種象徵麼？

尾聯對結。中間兩聯都寫詩人不眠時見聞，這一聯才點出「不眠」的原委。代宗永泰元年（七六五）五月，杜甫離開成都草堂東下，次年春末來到夔州。這時嚴武剛死不久，繼任的郭英乂因暴戾驕奢，為漢州刺史崔旰所攻，逃亡被殺。邛州牙將柏茂琳等又合兵討崔，於是蜀中大亂。杜甫留滯夔州，憂念「戰伐」，寄宿西閣時聽到鸛鶴、豺狼的追逐喧囂之聲而引起感觸。詩人早年就有「致君堯舜上」（〈奉贈韋左丞丈二十二韻〉）、「竊比契與稷」（〈自京赴奉先縣詠懷五百字〉）的政治抱負，而今漂泊羈旅，無力實現整頓乾坤的夙願，社會的動亂使他憂心如焚，徹夜無眠。這一聯正是詩人憂心國事的情懷和潦倒艱難的處境的真實寫照。

此詩全篇皆用對句，筆力雄健，毫不見雕飾痕跡。它既寫景，又寫情；先寫景，後寫情；可說是融景入情、情景並茂的一首傑作。（陶道怒）

諸將五首（其二）　杜甫

韓公本意築三城，擬絕天驕拔漢旌。豈謂盡煩回紇馬，翻然遠救朔方兵。

胡來不覺潼關隘，龍起猶聞晉水清。獨使至尊憂社稷，諸君何以答昇平？

〈諸將五首〉是一組政治抒情詩，唐代宗大曆元年（七六六）作於夔州（治今重慶奉節）。這裡選的是其中第二首。當時安史之亂雖已平定，但邊患卻未根除，詩人痛感朝廷將帥平庸無能，故作詩以諷。正是由於這樣的命意，五首都以議論為詩。在律詩中發絕大議論，是杜甫之所長，而〈諸將〉表現尤為突出。施議論於律體，有兩重困難，一是議論費詞，容易破壞詩的凝練；二是議論主理，容易破壞詩的抒情性。而這兩點都被作者解決得十分妥善。

題意在「諸將」，詩卻並不從這裡說起，而先引述前賢事跡。「韓公」，即歷事則天、中宗朝以功封韓國公的名將張仁願。最初，朔方軍與突厥以黃河為界，中宗神龍三年（七〇七），朔方軍總管沙吒忠義為突厥所敗，中宗詔張仁願攝御史大夫代之。仁願乘突厥之虛奪漠南之地，於河北築三「受降城」，首尾相應，以絕突厥南侵之路。自此突厥不敢逾山牧馬，朔方遂安。首聯揭出「築三城」這一壯舉及意圖，別有用意。將制止外族入侵寫成「擬絕天驕（匈奴自稱「天之驕子」，見《漢書·匈奴傳》）拔漢旌」，就把冷冰冰的敘述化作激奮人心的圖畫，讚美之情洋溢紙上。不說「已絕」而謂之「擬絕」，一個「擬」字頗有意味，這猶如說韓公此舉非一時應急，乃百年大計，有待來者繼承。因而首聯實為「對面生情」，明說韓公而暗著意於「諸將」。

頷聯即緊承此意，筆鋒一轉，落到「諸將」方面來。肅宗時朔方軍收京，敗吐蕃，皆借助回紇騎兵，所以說「盡煩回紇馬」。而回紇出兵，本為另有企圖，至代宗永泰元年（七六五），便毀盟聯合吐蕃入寇。這裡追述肅宗朝借兵事，意在指出禍患的原因在於諸將當年無遠見，因循求助，為下句斥其而今庸懦無能，不能制外患張本。專提朔方兵，則照應韓公事，透過兩聯今昔對照，不著議論而褒貶自明。這裡，一方面是化議論為敘事，具體形象；一方面以「豈謂」、「翻然」等字勾勒，帶著強烈不滿的感情色彩，勝過許多議論，達到了含蓄、凝練的要求。

「盡煩回紇馬」的失計，養癰遺患，五句即申此意。安祿山叛亂，潼關曾失守；後來回紇、吐蕃為僕固懷恩所誘連兵入寇。「胡來不覺潼關隘」實兼而言之。潼關非不險隘，而今不覺其險隘，正是譏誚諸將無人，亦是以敘代議，言少意多。

六句突然又從「諸將」宕開一筆，寫到代宗。龍起晉水云云，是以唐高祖起兵晉陽譬喻，讚揚代宗復興唐室。傳說高祖師次龍門，代水清；而肅宗至德二載（七五七）七月，嵐州合關河清，九月廣平王（即後來的代宗）收西京。事有相類，所以引譬。初收京師時，廣平王曾親拜回紇馬前，祈免剽掠。下句「憂社稷」三字，著落在此。六句引入代宗，七句又言「獨使至尊憂社稷」，這是又一次從「對面生情」，運用對照手法，暴露「諸將」的無用。一個「獨」字，意味尤長。蓋收京之後，國家危機遠未消除，諸將居然坐享「昇平」，而「至尊」則獨自食不甘味（至少詩人認為是這樣），言下之意實深，如發出來便是堂堂正正一篇忠憤填膺的文章。然而詩人不正面下一字，只冷冷反詰道：「諸君何以答昇平？」戛然而止，卻「含蓄可思」。這裡「諸君」一喝，語意冷峭，簡勁有力。

對於七律這種抒情詩體，「總貴不煩而至」（明陸時雍《詩鏡總論》）。而作者能融議論於敘事，兩次運用對照手法，耐人玩味，正做到「不煩而至」。又透過驚嘆（「豈謂」二句）、反詰（「獨使」二句）語氣，為全篇增添感情色彩。議論敘事夾情韻以行，便絕無「傷體」（傷抒情詩之體）之嫌。在遣詞造句上，「本意」、「擬絕」、「豈謂」、「翻然」、「不覺」、「猶聞」、「獨使」、「何以」等字前後呼應，使全篇意脈流貫，流暢中又具轉折頓宕，所謂「橫縱出沒中，復含醞藉微遠之致」（清沈德潛《說詩晬語》卷上），也加強了作品的感染力。

（周嘯天）

秋興八首

杜甫

其一．

玉露凋傷楓樹林，巫山巫峽氣蕭森。江間波浪兼天湧，塞上風雲接地陰。

叢菊兩開①他日淚，孤舟一繫故園心。寒衣處處催刀尺，白帝城高急暮砧。

其二．

夔府孤城落日斜，每依北斗望京華。聽猿實下三聲淚，奉使虛隨八月槎②。

畫省香爐違伏枕，山樓粉堞③隱悲笳。請看石上藤蘿月，已映洲前蘆荻花。

其三．

千家山郭靜朝暉，日日江樓坐翠微。信宿漁人還汎汎，清秋燕子故飛飛。

匡衡抗疏功名薄，劉向傳經心事違④。同學少年多不賤，五陵衣馬自輕肥⑤。

其四·

聞道長安似弈棋，百年世事不勝悲。王侯第宅皆新主，文武衣冠異昔時。直北關山金鼓振，征西車馬羽書馳。魚龍寂寞秋江冷，故國平居有所思。

其五·

蓬萊宮闕對南山，承露金莖霄漢間。西望瑤池降王母，東來紫氣滿函關⑥。雲移雉尾開宮扇，日繞龍鱗識聖顏。一臥滄江驚歲晚，幾迴青瑣點朝班。

其六·

瞿塘峽口曲江頭，萬里風煙接素秋。花萼夾城通御氣，芙蓉小苑入邊愁⑦。朱簾繡柱圍黃鵠，錦纜牙檣起白鷗。迴首可憐歌舞地，秦中自古帝王州。

其七·

昆明池⑧水漢時功，武帝旌旗在眼中。織女機絲虛夜月，石鯨鱗甲動秋風。

波漂菰米沉雲黑，露冷蓮房墜粉紅。關塞極天唯鳥道，江湖滿地一漁翁。

其八·

昆吾御宿⑨自逶迤，紫閣峰陰入渼陂⑩。香稻啄餘鸚鵡粒，碧梧棲老鳳凰枝。
佳人拾翠春相問，仙侶同舟晚更移。綵筆昔曾干氣象，白頭吟望苦低垂。

〔註〕①兩開，指離開成都已兩年，秋菊已開兩次。②八月槎（音同茶），據晉張華《博物志》卷十：「舊說云，天河與海通。近世有人居海濱者，年年八月有浮槎去來不失期。」此指欲乘槎歸鄉。③粉堞（音同碟），城牆上塗成粉色的女牆。④匡衡於漢元帝、漢成帝時，數度上疏直言。漢成帝在劉向的勸導下「精於詩書，觀古文」，兩人皆受重用。⑤輕肥，輕裘肥馬。指少時的同學大多顯貴，於長安五陵過著輕裘肥馬的生活。⑥東來紫氣，指老子過函谷關一事。此借西王母及老子，言昔日長安之華貴。⑦二句指皇城東南興慶宮旁的「花萼相輝之樓」，以及由興慶宮築夾城入曲江池畔的「芙蓉園」。⑧昆明池。據《漢書．食貨志》載，漢武帝元狩三年，「故吏皆適令伐棘上林，作昆明池」，並用以操演戰船，「是時粵欲與漢用船戰逐，乃大修昆明池，列館環之。治樓船，高十餘丈，旗幟加其上，甚壯。」詩後織女、石鯨、菰米、蓮花等皆為昆明池景色。⑨昆吾、御宿，漢武帝時上林苑所在地。《漢書．揚雄傳》：「武帝廣開上林，南至宜春、鼎胡、御宿、昆吾。」⑩紫閣峰，終南山峰。渼陂（音同美皮），位於終南山北面，為名勝遊玩處，杜甫曾寫〈渼陂行〉：「岑參兄弟皆好奇，攜我遠來遊渼陂。」

〈秋興八首〉是唐代宗大曆元年（七六六）杜甫五十五歲旅居夔州（治今重慶奉節）時的作品。它是八首蟬聯、結構嚴密、抒情深摯的一組七言律詩，體現了詩人晚年的思想感情和藝術成就。

持續八年的安史之亂，至代宗廣德元年（七六三）始告結束，而吐蕃、回紇乘虛而入，藩鎮擁兵割據，戰亂時起，唐王朝難以復興了。此時，嚴武去世，杜甫在成都生活失去憑依，遂沿江東下，滯留夔州。詩人晚年多病，知交零落，壯志難酬，心境是非常寂寞、抑鬱的。〈秋興八首〉這組詩，熔鑄了夔州蕭條的秋色，清淒的秋聲，暮年多病的苦況，關心國家命運的深情，悲壯蒼涼，意境深閎。

這組詩，前人評論較多，其中以明王嗣奭《杜臆》的意見最為妥切。他說：「秋興八首，以第一首起興，而後七首俱發中懷；或承上，或起下，或互相發，或遙相應，總是一篇文字。」可見八首詩，章法縝密嚴整，脈絡分明，不宜拆開，亦不可顛倒。從整體看，從詩人身在的夔州，聯想到長安；由暮年飄零，羈旅江上，面對滿目蕭條景色而引起國家盛衰及個人身世的感嘆；以對長安盛世勝事的追憶而歸結到詩人現實的孤寂處境、今昔對比的哀愁。這種憂思不能看作是杜甫一時一地的偶然觸發，而是自經喪亂以來，他憂國傷時感情的集中表現。目睹國家殘破，而不能有所作為，其中曲折，詩人不忍明言，也不能盡言。這就是他所以望長安，寫長安，婉轉低迴，反覆慨嘆的道理。

為理解這組詩的結構，須對其內容先略作說明。第一首是組詩的序曲，透過對巫山巫峽的秋色秋聲的形象描繪，烘托出陰沉蕭森、動蕩不安的環境氣氛，令人感到秋色秋聲撲面驚心，抒發了詩人憂國之情和孤獨抑鬱之感。這一首開門見山，抒情寫景，波瀾壯闊，感情強烈。詩意落實在「叢菊兩開他日淚，孤舟一繫故園心」兩句上，下啟第二、三首。第二首寫詩人身在孤城，從落日的黃昏坐到深宵，翹首北望，長夜不寐，上應第一首。最後兩句，側重寫自己已近暮年，兵戈不息，臥病秋江的寂寞，以及身在劍南，心懷渭北，「每依北斗望京華」，表現出對長安的強烈懷念。第三首寫晨曦中的夔府，是第二首的延伸。詩人日日獨坐江樓，秋氣清明，江色寧靜，而這種寧靜給作者帶來的卻是煩擾不安。面臨種種矛盾，深深感嘆自己一生的事與願違。第四首是組詩的前後過渡。前三首詩的憂鬱不安步步緊逼，至此才揭示它們的中心內容，接觸到「每依北斗望京華」的核心：

杜甫〈秋興八首〉——明刊本《唐詩畫譜》

長安像「弈棋」一樣彼爭此奪，反覆不定。人事的更變，綱紀的崩壞，以及回紇、吐蕃的連年進犯，這一切使詩人深感國運大非昔比。對杜甫說來，長安不是個抽象的地理概念，他在這唐代的政治中心住過整整十年，深深印在心上的有依戀，有愛慕，有歡笑，也有到處「潛悲辛」的苦悶。當此國家殘破、秋江清冷、個人孤獨之際，所熟悉的長安景象，一一浮現眼前。「故國平居有所思」一句挑出以下四首。第五首，描繪長安宮殿的巍峨壯麗，早朝場面的莊嚴肅穆，以及自己曾得「識聖顏」至今引為欣慰的回憶。值此滄江病臥，歲晚秋深，更加觸動他的憂國之情。第六首懷想昔日帝王歌舞遊宴之地曲江的繁華。帝王佚樂遊宴引來了無窮的「邊愁」，輕歌曼舞，斷送了「自古帝王州」，在無限惋惜之中，隱含斥責之意。第七首憶及長安的昆明池，展示唐朝當年國力昌盛、景物壯麗和物產富饒的盛景。第八首表現了詩人當年在昆吾、御宿、渼陂春日郊遊的詩意豪情。「綵筆昔曾干氣象」，更是深刻難忘的印象。

八首詩是不可分割的整體，正如一個大型抒情樂曲有八個樂章一樣。這個抒情曲以憂念國家興衰的愛國思想為主題，以夔府的秋日蕭瑟，詩人的暮年多病、身世飄零，特別是關切國家安危的沉重心情作為基調。其間穿插有輕快歡樂的抒情，如「佳人拾翠春相問，仙侶同舟晚更移」；有壯麗飛動、充滿豪情的描繪，如對長安宮闕、昆明池水的追述；有表現慷慨悲憤情緒的，如「同學少年多不賤，五陵衣馬自輕肥」；有極為沉鬱低迴的詠嘆，如「關塞極天唯鳥道，江湖滿地一漁翁」、「白頭吟望苦低垂」等。就以表現詩人孤獨和不安的情緒而言，其色調也不盡相同。「江間波浪兼天湧，塞上風雲接地陰」，以豪邁、宏闊寫哀愁；「信宿漁人還汎汎，清秋燕子故飛飛」，以清麗、寧靜寫「剪不斷、理還亂」的不平靜的心緒。總之，八首中的每一首都以自己獨特的表現手法，從不同的角度表現基調的思想情緒。它們每一首在八首中又是互相支撐，構成了整體。這樣不僅使整個抒情曲錯綜、豐富，而且抑揚頓挫，有開有闔，突出地表現了主題。清王夫之對此說：「八首如正變

七音旋相為宮而自成一章，或為割裂，則神態盡失矣。」（《船山遺書．唐詩評選》卷四）

〈秋興八首〉中，杜甫除採用強烈的對比手法外，反覆運用了循環往復的抒情方式，把讀者引入詩的境界中去。組詩的綱目是由夔府望長安——「每依北斗望京華」。組詩的樞紐是「瞿塘峽口曲江頭，萬里風煙接素秋」。從瞿塘峽口到曲江頭，相去遙遠，詩中以「接」字，把客蜀望京，撫今追昔，憂邦國安危……種種複雜感情交織成一個深厚壯闊的藝術境界。第一首從眼前叢菊的開放聯繫到「故園」。追憶「故園」的沉思又被白帝城黃昏的四處砧聲所打斷。這中間有從夔府到長安，又從長安回到夔府的往復。第二首，由夔府孤城按著北斗星的方位遙望長安，聽峽中猿啼，想到「畫省（尚書省）香爐」。這是兩次往復。聯翩的回憶，又被夔府古城的悲笳所喚醒。這是第三次往復。第三首雖然主要在抒發悒鬱不平，但詩中有「五陵衣馬自輕肥」，仍然有夔府到長安的往復。第四、五首，一寫長安十數年來的動亂，一寫長安宮闕之盛況，都是先從對長安的回憶開始，在最後兩句回到夔府。第六首，從瞿塘峽口到曲江頭，從目前的萬里風煙，想到過去的歌舞繁華。第七首懷想昆明池水盛唐武功，回到目前「關塞極天唯鳥道」的冷落。第八首，從長安的「昆吾……」回到「白頭吟望」的現實，都是往復。循環往復是〈秋興八首〉的基本表現方式，也是它的特色。不論從夔府寫到長安，還是從追憶長安而歸結到夔府，從不同的角度，層層加深，不僅毫無重複之感，還起了加深感情，增強藝術感染力的作用，真可以說是「毫髮無遺恨，波瀾獨老成」（〈敬贈鄭諫議十韻〉）了。

情景的和諧統一，是抒情詩裡一個異常重要的方面。〈秋興八首〉可說是一個極好的範例。如「江間波浪兼天湧，塞上風雲接地陰」，波浪洶湧，彷彿天也翻動；巫山風雲，下及於地，似與地下陰氣相接。前一句由下及上，後一句由上接下。波浪滔天，風雲匝地，秋天蕭森之氣充塞於巫山巫峽之中。我們感到這兩句形象有力，內容豐富，意境開闊。詩人不是簡單地再現他的眼見耳聞，也不是簡單地描摹江流湍急、塞上風雲、三峽秋深的外貌特徵，詩人捕捉到它們內在的精神，而賦予江水、風雲某種性格。這就是天上地下、江間關塞，到處是驚風駭浪，動盪不安；蕭條陰晦，不見天日。這就形象地表現了詩人的極度不安，翻騰起伏的憂思和胸中的鬱勃不平，也象徵了國家局勢的變易無常和鮠脆不安的前途。兩句詩把峽谷的深秋，詩人個人身世以及國家喪亂都包括在裡面。既掌握景物的特點，又把自己人生經驗中最深刻的感情融會進去，用最生動、最有概括力的語言表現出來，這樣景物就有了生命，而作者企圖表現的感情也就有所附麗。情因景而顯，景因情而深。語簡而意繁，心情苦悶而意境開闊（意指不局促，不狹窄）。宋蘇東坡曾說：「賦詩必此詩，定知非詩人。」（〈書鄢陵王主簿所畫折枝二首〉）確實是有見識、有經驗之談。

杜甫住在成都時，在〈江村〉裡說「自去自來梁上燕」，從棲居草堂的燕子的自去自來，表現詩人所在的江村長夏環境的幽靜，顯示了詩人漂泊後，初獲暫時安定生活時自在舒展的心情。在〈秋興八首〉第三首裡，同樣是燕飛，詩人卻說：「清秋燕子故飛飛。」詩人日日江樓獨坐，百無聊賴中看著燕子的上下翩翩，燕之辭歸，好像故意奚落詩人的不能歸，所以說它故意飛來繞去。一個「故」字，表現出詩人心煩意亂下的著惱之情。又如「瞿塘峽口曲江頭，萬里風煙接素秋」，瞿塘峽在夔府東，臨近詩人所在之地，曲江在長安東南，是所思之地。清黃生《杜詩說》：「（二句）分明言在此地思彼地耳，卻只寫景。杜詩至化處，景即是情也。」不失為精到語。至如「花萼夾城通御氣，芙蓉小苑入邊愁」的意在言外；「魚龍寂寞秋江冷」的寫秋景兼自喻；「請看石上藤蘿月，已映洲前蘆荻花」的純是寫景，情也在其中。這種情景交融的例子，八首中處處皆是。

前面所說的情景交融，是指情景一致，有力地揭示詩人豐富複雜的內心世界所產生的藝術效果。此外，杜甫善於運用壯麗、華美的字和詞表現深沉的憂傷。〈秋興八首〉裡，把長安昔日的繁榮昌盛描繪得那麼氣象萬千，充滿了豪情，詩人早年的歡愉說起來那麼快慰、興奮。對長安的一些描寫，不僅與回憶中的心情相適應，也與詩人現實的蒼涼感情成為統一不可分割、互相襯托的整體。這更有助讀者體會到詩人在國家殘破、個人暮年漂泊時極大的憂傷和抑鬱。詩人愈是以滿腔熱情歌唱往昔，愈使人感受到詩人雖老衰而憂國之情彌深，其「無力正乾坤」（〈宿江邊閣〉）的痛苦也越重。

〈秋興八首〉中，交織著深秋的冷落荒涼、心情的寂寞淒楚和國家的衰敗殘破。按通常的寫法，總要多用一些「清」、「淒」、「殘」、「苦」等字眼。然而杜甫在這組詩裡，反而更多地使用了絢爛、華麗的字和詞來寫秋天的哀愁。乍看起來似和詩的意境截然不同，但它們在詩人巧妙的驅遣下，卻更有力地烘托出深秋景物的蕭條和心情的蒼涼。如「蓬萊宮闕」、「瑤池」、「紫氣」、「雲移雉尾」、「日繞龍鱗」、「朱簾繡柱」、「錦纜牙檣」、「武帝旌旗」、「織女機絲」、「佳人拾翠」、「仙侶同舟」……都能引起美麗的聯想，透過字句，泛出絢麗的光彩。可是在杜甫的筆下，這些詞被用來襯托荒涼和寂寞，用字之勇，出於常情之外，而意境之深，又使人感到無處不在常情之中。這種不協調的協調，不統一的統一，不但絲毫無損於形象和意境的完整，而且往往比用協調的字句來寫，能產生更強烈的效果。正如用「笑」寫悲遠比用「淚」寫悲要困難得多，可是如果寫得好，就把思想感情表現得更為深刻有力。南朝梁劉勰在《文心雕龍》的〈麗辭〉篇中講到對偶時，曾指出「反對」較「正對」為優。其優越正在於「理殊趣合」，取得相反相成、加深意趣、豐富內容的積極作用。運用豪華的字句、場面表現哀愁、苦悶，同樣是「理殊趣合」，也可以說是情景在更高的基礎上的交融。其間的和諧，也是在更深刻、更複雜的矛盾情緒下的統一。

有人以為杜甫入蜀後，詩歌不再有前期那樣大氣磅礴、濃烈熾人的感情。其實，詩人在這時期並沒消沉，只是生活處境不同，思想感情更複雜、更深沉了；而在藝術表現方面，經長期生活的鍛鍊和創作經驗的積累，比起前期有進一步的提高或豐富，〈秋興八首〉就是明證。（馮鍾芸）

詠懷古跡五首（其二）　杜甫

搖落深知宋玉悲，風流儒雅亦吾師。悵望千秋一灑淚，蕭條異代不同時。

江山故宅空文藻，雲雨荒臺豈夢思。最是楚宮俱泯滅，舟人指點到今疑。

〈詠懷古跡五首〉是杜甫於唐代宗大曆元年（七六六）在夔州（治今重慶奉節）寫成的一組詩。夔州和三峽一帶本來就有宋玉、王昭君、劉備、諸葛亮、庾信等人留下的古跡，杜甫正是借這些古跡，懷念古人，同時也抒寫自己的身世家國之感。這首〈詠懷古跡〉是杜甫憑弔戰國時楚國著名辭賦作家宋玉的。宋玉的〈高唐賦〉、〈神女賦〉寫楚襄王和巫山神女夢中歡會故事，因而傳為巫山佳話；又相傳在江陵有宋玉故宅。所以杜甫暮年出蜀，過巫峽，至江陵（今湖北荊州市），不禁懷念楚國這位作家，勾起身世遭遇的同情和悲慨。在杜甫看來，宋玉既是詞人，更是志士。而他生前身後卻都只被視為詞人，其政治上失志不遇，則遭誤解，至於曲解。這是宋玉一生遭遇最可悲哀處，也是杜甫自己一生遭遇最為傷心處。這詩便是矚目江山，悵望古跡，弔宋玉，抒己懷；以千古知音寫不遇之悲，體驗深切；於精警議論見山光天色，藝術獨到。

杜甫到江陵，在秋天。宋玉名篇〈九辯〉正以悲秋發端：「悲哉，秋之為氣也，蕭瑟兮草木搖落而變衰。」其辭旨又在抒寫「貧士失職而志不平」，與杜甫當時的情懷共鳴，因而便藉以興起本詩，簡潔而深切地表示對宋玉的了解、同情和尊敬，同時又點出了時節天氣。「風流儒雅」是北周庾信〈枯樹賦〉中形容東晉名士兼志士般仲文的成語，這裡藉以強調宋玉主要是一位政治上有抱負的志士。「亦吾師」用東漢王逸說：「宋玉者，屈原弟子也。閔惜其師忠而被逐，故作〈九辯〉以述其志。」（《楚辭章句》）這裡藉以表示杜甫自己也可算作師承宋玉，同時表明本詩旨意也在閔惜宋玉，「以述其志」。所以次聯接著就說明自己雖與宋玉相距久遠，不同朝代，不同時代，但蕭條不遇，惆悵失志，其實相同。因而望其遺跡，想其一生，不禁悲慨落淚。

詩的前半感慨宋玉生前，後半則為其身後不平。這片大好江山裡，還保存著宋玉故宅，世人總算沒有遺忘他。但人們只欣賞他的文采詞藻，並不了解他的志向抱負和創作精神。這不符宋玉本心，也無補於後世，令人惘然，故曰「空」。就像眼前這巫山巫峽，使人想起宋玉的〈高唐賦〉、〈神女賦〉。它的故事題材雖屬荒誕夢想，但作家的用意卻在諷諫君主淫惑。然而世人只把它看作荒誕夢想、欣賞風流豔事。這更從誤解而曲解，使有益作品閹割成荒誕故事，把有志之士歪曲為無謂詞人。這一切，使宋玉含屈，令杜甫傷心。而最為叫人痛心的是，隨著歷史變遷，歲月消逝，楚國早已蕩然無存，人們不再關心它的興亡，也更不了解宋玉的志向抱負和創作精神，以至將曲解當史實，以訛傳訛，以訛為是。到如今，江船經過巫山巫峽，船夫們津津有味，指指點點，談論著哪個山峰荒臺是楚王神女歡會處，哪片雲雨是神女來臨時。詞人宋玉不滅，志士宋玉不存，生前不獲際遇，身後為人曲解。宋玉悲在此，杜甫悲為此。前人或說，此「言古人不可復作，而文采終能傳世」（清仇兆鰲《杜詩詳註》），則恰與杜甫本意相違，似為非是。

顯然，體驗深切，議論精警，耐人尋味，是這詩的突出特點和成就。但這是一首詠懷古跡詩，詩人實到其地，親弔古跡，因而山水風光自然顯露。杜甫沿江出蜀，飄泊水上，旅居舟中，年老多病，生計窘迫，境況蕭條，情緒悲愴，本來無心欣賞風景，只為宋玉遺跡觸發了滿懷悲慨，才灑淚賦詩。詩中的草木搖落，景物蕭條，江山雲雨，故宅荒臺，以及舟人指點的情景，都從感慨議論中出來，蒙著歷史的迷霧，充滿詩人的哀傷，彷彿確是淚眼看風景，隱約可見，實而卻虛。從詩歌藝術上看，這樣的表現手法富有獨創性。它緊密圍繞主題，顯出古跡特徵，卻不獨立予以描寫，而使之融於議論，化為情境，渲染著這詩的抒情氣氛，增強了詠古的特色。

這是一首七律，要求諧聲律，工對仗。但也由於詩人重在議論，深於思，精於義，傷心為宋玉寫照，悲慨抒壯志不酬，因而通體用賦，鑄詞熔典，精警切實，不為律拘。它諧律從乎氣，對仗順乎勢，寫近體而有古體風味，卻不失清麗。前人或譏其「起二句失黏」（《杜詩詳註》），只從形式批評，未為中肯。（倪其心）

詠懷古跡五首（其三）　杜甫

群山萬壑赴荊門，生長明妃①尚有村。一去紫臺②連朔漠，獨留青冢向黃昏。畫圖省識③春風面，環珮空歸月夜魂。千載琵琶作胡語，分明怨恨曲中論。

〔註〕①王嬙，字昭君。晉時因避諱晉文帝司馬昭，故稱王昭君為明妃。②南朝江淹〈恨賦〉：「明妃去時，仰天太息。紫臺稍遠，關山無極。」紫臺指紫禁漢宮。③《西京雜記》載：「元帝後宮既多，不得常見，乃使畫工圖形，案圖召幸之。諸宮人皆賂畫工，多者十萬，少者亦不減五萬。獨王嬙不肯，遂不得見。匈奴入朝，求美人為閼氏，於是上案圖，以昭君行。及去，召見，貌為後宮第一，善應對，舉止閑雅。帝悔之。」

這是〈詠懷古跡五首〉中的第三首，詩人借詠昭君村、懷念王昭君來抒寫自己的懷抱。

「群山萬壑赴荊門，生長明妃尚有村」。詩的發端兩句，首先點出昭君村所在的地方。據《明一統志》說：「昭君村，在（荊州府）歸州東北四十里。」其地址，即在今湖北秭歸縣的香溪。杜甫寫這首詩的時候，正住在夔州（治今重慶奉節）白帝城。這是三峽西頭，地勢較高。他站在白帝城高處，東望三峽東口外的荊門山及其附近的昭君村。遠隔數百里，本來是望不到的，但他發揮想像力，由近及遠，構想出群山萬壑隨著險急的江流，奔赴荊門山的雄奇壯麗的圖景。他就以這個圖景作為本詩的首句，起勢很不平凡。杜甫寫三峽江流有「眾水會涪萬，瞿塘爭一門」（〈長江二首〉其二）的警句，用一個「爭」字，突出了三峽水勢之驚險。這裡則用一個「赴」

字突出了三峽山勢的雄奇生動。這可說是一個有趣的對照。但是，詩的下一句，卻落到一個小小的昭君村上，頗有點出人意外，因引起評論家一些不同的議論。明人胡震亨評注的《杜詩通》就說：「群山萬壑赴荊門，當似生長英雄起句，此未為合作。」意思是這樣氣象雄偉的起句，只有用在生長英雄的地方才適當，用在昭君村上是不適合，不協調的。清人吳瞻泰的《杜詩提要》則又是另一種看法。他說：「發端突兀，是七律中第一等起句，謂山水逶迤，鐘靈毓秀，始產一明妃。說得窈窕紅顏，驚天動地。」意思是說，杜甫正是為了抬高昭君這個「窈窕紅顏」，要把她寫得「驚天動地」，所以才借高山大川的雄偉氣象來烘托她。清楊倫《杜詩鏡銓》說：「從地靈說入，多少鄭重。」亦與此意相接近。究竟誰是誰非，如何體會詩人的構思，須要結合全詩的主題和中心才能說明白，所以留到後面再說。

「一去紫臺連朔漠，獨留青冢向黃昏。」前兩句寫昭君村，這兩句才寫到昭君本人。詩人只用這樣簡短而雄渾有力的兩句詩，就寫盡了昭君一生的悲劇。從這兩句詩的構思和詞語說，杜甫大概是借用了南朝梁江淹〈恨賦〉裡的話：「明妃去時，仰天太息。紫臺稍遠，關山無極……望君王兮何期，終蕪絕兮異域。」但是，仔細地對照一下之後，我們應該承認，杜甫這兩句詩所概括的思想內容的豐富和深刻，大大超過了江淹。清人朱瀚《杜詩解意七言律》說：「『連』字寫出塞之景，『向』字寫思漢之心，筆下有神。」說得很對。但是，有神的並不只這兩個字。只看上句的紫臺和朔漠，自然就會想到離別漢宮、遠嫁匈奴的昭君在萬里之外，在異國殊俗的環境中，一輩子所過的生活。而下句寫昭君死葬塞外，用「青冢」、「黃昏」這兩個最簡單而現成的詞彙，尤其具有大巧若拙的藝術匠心。在日常的語言裡，「黃昏」兩字都是指時間，而在這裡，它似乎更主要是指空間了。它指的是那和無邊的大漠連在一起的，籠罩四野的黃昏的天幕，它是那樣地大，彷佛能夠吞食一切，消化一切，但是，獨有一個墓草長青的青冢，它吞食不下，消化不了。想到這裡，這句詩自然就給人一種天地無情、青冢有恨的無比廣大而沉重之感。

「畫圖省識春風面，環珮空歸月夜魂。」這是緊接著前兩句，更進一步寫昭君的身世家國之情。「畫圖」句承前第三句，「環」句承前第四句。「畫圖」句是說，由於漢元帝的昏庸，對后妃宮人們，只看圖畫不看人，把她們的命運完全交給畫工們來擺布。省識，是「略識」之意。說元帝從圖畫裡略識昭君，實際上就是根本不識昭君，所以就造成了昭君葬身塞外的悲劇。「環」句是寫她懷念故國之心，永遠不變，雖骨留青冢，魂靈還會在月夜回到生長她的父母之邦。南宋詞人姜夔在他的詠梅名作〈疏影〉裡曾經把杜甫這句詩從形象上進一步豐富提高：「昭君不慣胡沙遠，但暗憶，江南江北。想環珮，月夜歸來，化作此花幽獨。」這裡寫昭君想念的是江南江北，不是長安的漢宮特別動人。月夜歸來的昭君幽靈，經過提煉，化身成為芬芳縞素的梅花，想像更是幽美！

「千載琵琶作胡語，分明怨恨曲中論。」這是此詩的結尾，借千載作胡音的琵琶曲調，點明全詩寫昭君「怨恨」的主題。據漢劉熙的《釋名．釋樂器》說：「枇杷（琵琶），本出於胡中，馬上所鼓也。推手前曰枇（琵），引手卻曰杷（琶）。」晉石崇〈王昭君辭〉序說：「昔公主嫁烏孫，令琵琶馬上作樂，以慰其道路之思。其送明君亦必爾也。」琵琶本是從胡人傳入的樂器，經常彈奏的是胡音胡調的塞外之曲，後來許多人同情昭君，又寫了〈昭君怨〉、〈王明君〉等琵琶樂曲，於是琵琶和昭君在詩歌裡就密切難分了。

前面已經反覆說明，昭君的「怨恨」儘管也包含著「恨帝始不見遇」（漢蔡邕《琴操．王昭君》）的「怨思」，但更主要的，還是一個遠嫁異域的女子永遠懷念鄉土，懷念故土的怨恨憂思，它是千百年中世代積累和鞏固起來的對自己的鄉土和祖國的最深厚的共同的感情。

話又回到本詩開頭兩句上了。明胡震亨說「群山萬壑赴荊門」的詩句只能用於「生長英雄」的地方，用在「生長明妃」的小村子就不適當，正是因為他只從哀嘆紅顏薄命之類的狹隘感情來理解昭君，沒有體會昭君怨恨之情的分量。清吳瞻泰意識到杜甫要把昭君寫得「驚天動地」，清楊倫體會到杜甫下筆「鄭重」的態度，但也未把昭君何以能「驚天動地」，何以值得「鄭重」的道理說透。昭君雖然是一個女子，但她身行萬里，冢留千秋，心與祖國同在，名隨詩樂長存，為什麼不值得用「群山萬壑赴荊門」這樣壯麗的詩句來鄭重地寫呢？

杜甫的詩題叫〈詠懷古跡〉，顯然他在寫昭君的怨恨之情時，是寄託了自己的身世家國之情的。他當時正「飄泊西南天地間」（〈詠懷古跡五首〉其一），遠離故鄉，處境和昭君相似。雖然他在夔州，距故鄉洛陽偃師一帶不像昭君出塞那樣遠隔萬里，但是「書信中原闊，干戈北斗深」（〈風疾舟中伏枕書懷三十六韻奉呈湖南親友〉），洛陽對他來說，仍然是可望不可即的地方。他寓居在昭君的故鄉，正好借昭君當年想念故土、月夜魂歸的形象，寄託自己想念故鄉的心情。

清人李子德說：「只敘明妃，始終無一語涉議論，而意無不包。後來諸家，總不能及。」（清楊倫《杜詩鏡銓》引）這個評語的確說出了這首詩最重要的藝術特色，它自始至終，全從形象落筆，不著半句抽象的議論，而「獨留青冢向黃昏」、「環珮空歸月夜魂」的昭君的悲劇形象，卻在讀者的心上留下了難以磨滅的深刻印象。（廖仲安）

詠懷古跡五首（其五）　杜甫

諸葛大名垂宇宙，宗臣遺像肅清高。三分割據紆籌策，萬古雲霄一羽毛。

伯仲之間見伊呂，指揮若定失蕭曹。運移漢祚終難復，志決身殲軍務勞。

這是〈詠懷古跡五首〉中的最末一篇。當時詩人瞻仰了武侯祠，衷心敬慕，發而為詩。作品以激情昂揚的筆觸，對其雄才大略進行了熱烈的頌揚，對其壯志未遂嘆惋不已！

「諸葛大名垂宇宙」，上下四方為宇，古往今來曰宙，「垂宇宙」，將時間空間共說，給人以「名滿寰宇，萬世不朽」的具體形象之感。首句如異峰突起，筆力雄放。次句「宗臣遺像肅清高」，進入祠堂，瞻望諸葛遺像，不由肅然起敬；遙想一代宗臣，高風亮節，更添敬慕之情。「宗臣」二字，總領全詩。

接下去進一步具體寫諸葛亮的才能、功績。它緊承首聯的進廟、瞻像，到看了各種文物後，自然地對其豐功偉績作出高度的評價：「三分割據紆籌策，萬古雲霄一羽毛。」紆，屈也。紆策而成三國鼎立之勢，此好比鸞鳳高翔，獨步青雲，奇功偉業，歷代敬仰。然而詩人用詞精微，一「紆」字，突出諸葛亮屈處偏隅，經世懷抱百施其一而已，三分功業，亦只雄鳳一羽罷了。「萬古雲霄」句形象有力，議論達情，情托於形，自是議論中高於人之處。

想及武侯超人的才智和膽略，使人如見其羽扇綸巾，一掃千軍萬馬的瀟灑風度。感情所至，詩人不由呼出

「伯仲之間見伊呂，指揮若定失蕭曹」的贊語。伊尹是商代開國君主湯的大臣，呂尚輔佐周文王、武王滅商有功，蕭何和曹參，都是漢高祖劉邦的謀臣，漢初的名相。詩人盛讚諸葛亮的人品與伊尹、呂尚不相上下，而胸有成竹，從容鎮定的指揮才能卻使蕭何、曹參為之黯然失色。這，一則表現了對武侯的極度崇尚之情，同時也表現了作者不以事業成敗持評的高人之見。宋劉克莊曰：「臥龍公沒已千載，而有志世道者，皆以三代之佐許之。如云『萬古雲霄一羽毛』，如儕之伊呂伯仲間，而以蕭曹為不足道，此論皆自子美發之。」（《後村詩話》）清黃生曰：此論出，「區區以成敗持評者，皆可廢矣」（《杜詩說》卷八）。可見詩人這一論斷的深遠影響。

最後，「運移漢祚終難復，志決身殲軍務勞」。詩人抱恨漢朝「氣數」已終，長嘆儘管有武侯這樣稀世傑出的人物，下決心恢復漢朝大業，但竟未成功，反而因軍務繁忙，積勞成疾而死於征途。這既是對諸葛亮「鞠躬盡瘁，死而後已」高尚品節的贊歌，也是對英雄未遂平生志的深切嘆惋。

這首詩，由於詩人以自身肝膽情志弔古，故能滌腸蕩心，浩氣熾情動人肺腑，成為詠古名篇。詩中除了「遺像」是詠古跡外，其餘均是議論，不僅議論高妙，而且寫得極有情韻。三分霸業，在後人看來已是赫赫功績了，而對諸葛亮來說，輕若一羽耳；「蕭曹」尚不足道，那區區「三分」就更不值掛齒。如此曲折回宕，處處都是抬高了諸葛亮。全詩議而不空，句句含情，層層推進：如果把首聯比作一雷乍起，傾盆而下的暴雨，那麼，頷聯、頸聯則如江河奔注，波濤翻捲，愈漲愈高，至尾聯蓄勢已足，突遇萬丈絕壁，瀑布而下，空谷傳響——「志決身殲軍務勞」。——全詩就結於這動人心弦的最強音上。（傅經順）

閣夜

杜甫

歲暮陰陽催短景，天涯霜雪霽①寒宵。五更鼓角聲悲壯，三峽星河影動搖。
野哭千家聞戰伐，夷歌數處起漁樵。臥龍躍馬終黃土，人事音書漫寂寥。

〔註〕①霽（音同季），雨或霜雪停止後放晴。

這是唐代宗大曆元年（七六六）冬杜甫寓居夔州（治今重慶奉節）西閣時所作。當時西川軍閥混戰，連年不息；吐蕃也不斷侵襲蜀地。而杜甫的好友鄭虔、蘇源明、李白、嚴武、高適等，都先後死去。感時憶舊，他寫了這首詩，表現出異常沉重的心情。

開首二句點明時間。首句「歲暮」，指冬季；「陰陽」，指日月；「短景」，指冬天日短。一「催」字，形象地說明夜長晝短，使人覺得光陰荏苒，歲序逼人。次句「天涯」，指夔州，又有淪落天涯意。當此霜雪方歇的寒冬夜晚，雪光明朗如晝，詩人對此淒涼寒愴的夜景，不由感慨萬千。

「五更」二句，承次句「寒宵」，寫出了夜中所聞所見。上句「鼓角」，指古代軍中用以報時和發號施令的鼓聲、號角聲。晴朗的夜空，鼓角聲分外響亮，值五更欲曙之時，愁人不寐，那聲音更顯得悲壯感人。這就從側面烘托出夔州一帶也不太平，黎明前軍隊已在加緊活動。詩人用「鼓角」二字點示，再和「五更」、「聲悲壯」等詞語結合，兵革未息、戰爭頻仍的氣氛就自然地傳達出來了。下句說雨後玉宇無塵，天上銀河顯得格外澄澈，群星參差，映照峽江，星影在湍急的江流中搖曳不定。景色是夠美的。前人讚揚此聯寫得「偉麗」。它的妙處在於：透過對句，詩人把他對時局的深切關懷和三峽夜深美景的欣賞，有聲有色地表現出來。詩句氣勢蒼涼恢廓，音調鏗鏘悅耳，辭采清麗奪目，「偉麗」中深蘊著詩人悲壯深沉的情懷。

「野哭」二句，寫拂曉前所聞。一聞戰伐之事，就立即引起千家的慟哭，哭聲傳徹四野，其景多麼悽慘！「夷歌」，指四川境內少數民族的歌謠。夔州是民族雜居之地。杜甫客寓此間，漁夫樵子不時在夜深傳來「夷歌」之聲。「數處」言不只一起。這兩句把偏遠的夔州的典型環境刻畫得很真實：「野哭」、「夷歌」，一個富有時代感，一個具有地方性。對這位憂國憂民的偉大詩人來說，這兩種聲音都使他倍感悲傷。

「臥龍」二句，詩人極目遠望夔州西郊的武侯廟和東南的白帝廟，而引出無限感慨。「臥龍」，指諸葛亮。「躍馬」，化用晉左思〈蜀都賦〉「公孫躍馬而稱帝」句，意指公孫述在西漢末乘亂據蜀稱帝。杜甫曾屢次詠到他：「公孫初恃險，躍馬意何長？」（〈白帝城〉）「勇略今何在？當年亦壯哉！」（〈上白帝城二首〉其二）一世之雄，而今安在？他們不都成了黃土中的枯骨嗎！「人事音書」，詞意平列。「漫」，任便。這句說，人事與音書，如今都只好任其寂寞了。結尾二句，流露出詩人極為憂憤感傷的情緒。清沈德潛說：「結言賢愚同盡，則目前人事，遠地音書，亦付之寂寥而已。」（《唐詩別裁集》）像諸葛亮、公孫述這樣的歷史人物，不論他是賢是愚，都同歸於盡了。現實生活中，征戍、誅掠更造成廣大人民天天都在死亡，我眼前這點寂寥孤獨，又算得了什麼呢？這話看似自遣之詞，實際上卻充分反映出詩人感情上的矛盾與苦惱。「志士幽人莫怨嗟，古來材大難為用！」（〈古柏行〉）「英雄餘事業，衰邁久風塵」（〈上白帝城二首〉其一）。這些詩句正好傳達出詩中某些未盡之意。明盧世㴶認為此詩「意中言外，愴然有無窮之思」（《尊水園集畧》），是頗有見地的。

此詩向來被譽為杜律中的典範性作品。詩人圍繞題目，從幾個重要側面抒寫夜宿西閣的所見所聞所感，從寒宵雪霽寫到五更鼓角，從天空星河寫到江上洪波，從山川形勝寫到戰亂人事，從當前現實寫到千年往跡。氣象雄闊，彷彿把宇宙籠入毫端，有上天下地、俯仰古今之概。明胡應麟《詩藪・內編》卷五云：「老杜七言律全篇可法者，〈紫宸殿退朝〉、〈九日〉、〈登高〉、〈送韓十四〉、〈香積寺〉、〈玉臺觀〉、〈登樓〉、〈閣夜〉、〈崔氏莊〉、〈秋興八篇〉，氣象雄蓋宇宙，法律細入毫芒，自是千秋鼻祖。」是很有道理的。（陶道恕）

孤雁

杜甫

孤雁不飲啄，飛鳴聲念群。誰憐一片影，相失萬重雲？
望盡①似猶見，哀多如更聞。野鴉無意緒，鳴噪自紛紛。

〔註〕①一作「望斷」。

這首詠物詩寫於唐代宗大曆初杜甫居夔州（治今重慶奉節）時。它是一首孤雁念群之歌，體物曲盡其妙，同時又融注了作者的思想感情，堪稱佳絕。

依常法，詠物詩以曲為佳，以隱為妙，所詠之物是不宜道破的。杜甫則不然，他開篇即喚出「孤雁」。而此孤雁不同一般，牠不飲，不啄，只是一個勁地飛著，叫著，聲音裡透出：牠是多麼想念牠的同伴！不獨想念，而且還拚命追尋，這真是一隻情感熱烈而執著的「孤雁」。清人浦起龍評曰：「『飛鳴聲念群』，一詩之骨。」（《讀杜心解》）是抓住了要領的。

次聯境界倏忽開闊。高遠浩茫的天空中，這小小的孤雁僅是「一片影」，牠與雁群相失在「萬重雲」間，此時此際的心情該多麼惶急、焦慮，又該多麼迷茫啊！天高路遙，雲海迷漫，將往何處去找失去的伴侶？此聯以「誰憐」二字設問。這一問，彷彿打開了一道閘門，詩人胸中情感的泉流滾滾流出：「孤雁兒啊，我不正和你一樣悽惶麼？天壤茫茫，又有誰來憐惜我呢？」詩人與雁，物我交融，渾然一體了。清人朱鶴齡註此詩說：

「此託孤雁以念兄弟也。」（《杜工部詩集輯注》）而詩人所思念者恐不獨是兄弟，還包括他的親密的朋友。經歷了安史之亂，在那動蕩不安的年月裡，詩人流落他鄉，親朋離散，天各一方，可他無時不渴望骨肉團聚，無日不夢想知友重逢。這孤零零的雁兒，寄寓了詩人自己的影子。

三聯緊承上聯，從心理方面刻畫孤雁的鮮明個性：牠被思念纏繞著，被痛苦煎熬著，迫使牠不停地飛鳴。牠望盡天際，望啊，望啊，彷彿那失去的雁群老在牠眼前晃；牠哀喚聲聲，喚啊，喚啊，似乎那侶伴的鳴聲老在牠耳畔響。所以，牠更要不停地追飛，不停地呼喚了。這兩句血淚文字，情深意切，哀痛欲絕。清浦起龍評析說：「惟念故飛，望斷矣而飛不止，似猶見其群而逐之者；惟念故鳴，哀多矣而鳴不絕，如更聞其群而呼之者。寫生至此，天雨泣矣！」（《讀杜心解》）

結尾用了陪襯的筆法，表達了詩人的愛憎感情。孤雁念群之情那麼迫切，牠那麼痛苦、勞累；而野鴉們是全然不懂的，牠們紛紛然鳴噪不停，自得其樂。「無意緒」是孤雁對著野鴉時的心情，也是杜甫既不能與知己親朋相見，卻面對著一些俗客庸夫時厭惡無聊的心緒。「知我者，謂我心憂，不知我者，謂我何求」（《詩經．王風．黍離》），與這般「不知我者」有什麼可談呢？

這是一篇念群之雁的贊歌，它表現的情感是濃摯的，悲中有壯的。牠那樣孤單、困苦，同時卻還要不斷地呼號、追求。牠那念友之情在胸中熾烈地燃燒，牠甚至連吃喝都可拋棄，更不顧處境的安危。牠雖命薄卻心高，寧願飛翔在萬重雲裡，未曾留意暮雨寒塘。詩情激切高昂，思想境界很高。

就藝術技巧而論，全篇詠物傳神，是大匠運斤，自然渾成，全無斧鑿之痕。中間兩聯有情有景，一氣呵成，而且景中有聲有色，甚至還有光和影，能給人以「立體感」，彷彿電影鏡頭似的表現那雲間雁影，真神來之筆。

（徐永端）

又呈吳郎

杜甫

堂前撲棗任西鄰，無食無兒一婦人。不為困窮寧有此？只緣恐懼轉須親。

即防遠客雖多事，便插疏籬卻甚真。已訴徵求貧到骨，正思戎馬淚盈巾。

唐代宗大曆二年（七六七），即杜甫漂泊到夔州（治今重慶奉節）的第二年，他住在瀼西的一所草堂裡。草堂前有幾棵棗樹，西鄰的一個寡婦常來打棗，杜甫從不干涉。後來，杜甫把草堂讓給一位姓吳的親戚（即詩中「吳郎」），自己搬到離草堂十幾里路遠的東屯去。不料這姓吳的一來就在草堂插上籬笆，禁止打棗。寡婦向杜甫訴苦，杜甫便寫此詩去勸告吳郎。以前杜甫寫過一首〈簡吳郎司法〉，所以此詩題作〈又呈吳郎〉。吳郎的年輩要比杜甫小，杜甫不說「又簡吳郎」，而有意地用了「呈」這個似乎和對方身份不大相稱的敬詞，這是讓吳郎易於接受。

詩的第一句開門見山，從自己過去怎樣對待鄰婦撲棗說起。「撲棗」就是打棗。這裡不用那個猛烈的上聲字「打」，而用這個短促的、沉著的入聲字「撲」，是為了取得聲調和情調的一致。「任」就是放任。為什麼要放任呢？第二句說，「無食無兒一婦人」。原來這位西鄰竟是一個沒有吃的、沒有兒女的老寡婦。詩人彷彿是在對吳郎說：對於這樣一個無依無靠的窮苦婦人，我們能不讓她打點棗兒嗎？

三、四兩句緊接一、二句：「不為困窮寧有此？只緣恐懼轉須親。」「困窮」，承上第二句；「此」，指撲棗一事。如果不是因為窮得萬般無奈，她又哪裡會去打別人家的棗子呢？正由於她撲棗時總是懷著一種恐懼的心情，所以我們不但不應該干涉，反而還要表示些親善，使她安心撲棗。這裡說明杜甫十分同情體諒窮苦人的處境。陝西民歌云：「唐朝詩聖有杜甫，能知百姓苦中苦。」真是不假。以上四句，一氣貫串，是杜甫自敘以前的事情，目的是為了啟發吳郎。

五、六兩句才落到吳郎身上。「即防遠客雖多事，便插疏籬卻甚真。」這兩句上下一氣，相互關聯，相互依賴，相互補充，要聯繫起來看。「防」是提防，心存戒備，其主語是寡婦。「遠客」，指吳郎。「多事」，就是多心，或者說過慮。下句「插」字的主語是吳郎。這兩句詩是說，那寡婦一見你插籬笆就防你不讓她打棗，雖未免多心，未免神經過敏；但是，你一搬進草堂就忙著插籬笆，卻也很像真的要禁止她打棗呢！言外之意是：這不能怪她多心，倒是你自己有點太不體貼人。她本來就是提心吊膽的，你不特別表示親善，也就算了，為啥還要插上籬笆呢！這兩句詩，措詞十分委婉含蓄。這是因為怕話說得太直、太生硬，教訓意味太重，會引起對方的反感，反而不容易接受勸告。

最後兩句「已訴徵求貧到骨，正思戎馬淚盈巾」，是全詩結穴，也是全詩的頂點。表面上是對偶句，其實並非平列的句子，因為上下句之間由近及遠，由小到大是一個發展的過程。上句，杜甫借寡婦的訴苦，指出了寡婦的、同時也是當時廣大人民窮困的社會根源。這就是官吏們的剝削，也就是詩中所謂「徵求」，使她窮到了極點。這也就為寡婦撲棗行為作了進一步的解脫。下句說得更遠、更大、更深刻，指出了使人民陷於水深火熱之中的又一社會根源。這就是安史之亂以來持續了十多年的戰亂，即所謂「戎馬」。由一個窮苦的寡婦，由一件撲棗的小事，杜甫竟聯想到整個國家大局，以至於流淚。這一方面固然是他那熱愛國家、熱愛人民的思想感情的自然流露；另一方面，也是點醒、開導吳郎的應有的文章。讓他知道：在這兵荒馬亂的情況下，苦難的人還有的是，絕不只寡婦一個；戰亂的局面不改變，就連我們自己的生活也不見得有保障，我們現在不正是因為戰亂而同在遠方作客，而你不是還住著我的草堂嗎？最後一句詩，好像扯得太遠，好像和勸阻吳郎插籬笆的主題無關，其實是大有關係，大有作用的。希望他由此能站得高一點，看得遠一點，想得開一點，他自然就不會在幾顆棗子上斤斤計較了。我們正是要從這種地方看出詩人的「苦用心」和他對待人民的態度。

這首詩的人民性是強烈而鮮明的，在通常用來歌功頌德以「高華典雅」為特徵的七言律詩中，尤其值得重視。詩的藝術表現方面也很有特點。首先是現身說法，用自己的實際行動來啟發對方，用顛撲不破的道理來點醒對方，最後還用自己的眼淚來感動對方，盡可能地避免抽象的說教，措詞委婉，入情入理。其次是，運用散文中常用的虛字來作轉接。像「不為」、「只緣」、「已訴」、「正思」，以及「即」、「便」、「雖」、「卻」等，因而能化呆板為活潑，既有律詩的形式美、音樂美，又有散文的靈活性，抑揚頓挫，耐人尋味。（蕭滌非）

九日五首（其二） 杜甫

重陽獨酌杯中酒，抱病起登江上臺。竹葉於人既無分，菊花從此不須開。

殊方①日落玄猿哭，舊國霜前白雁來。弟妹蕭條各何在，干戈衰謝兩相催！

〔註〕①殊方，即異地、他鄉。

此詩是唐代宗大曆二年（七六七）重九日杜甫在夔州（治今重慶奉節）登高之作。詩人聯繫兩年來客寓夔州的現實，抒寫自己九月九日重陽登高的感慨，思想境界和藝術造詣，都遠在一般登高篇什之上。

首聯表現了詩人濃烈的生活情趣。詩人在客中，重陽到來，一時興致勃發，抱病登臺，獨酌杯酒，欣賞九秋佳色。詩人酷好飲酒、熱愛生活的情態，便在詩行中活現。

頷聯詩筆頓轉。重九飲酒賞菊，本是古代高士的傳統；可是詩人因病戒酒，雖「抱病」登臺，卻「無分」飲酒，遂也無心賞菊。於是詩人向菊花發號施令起來：「菊花從此不須開」！這一帶著較強烈主觀情緒的詩句，妙趣神來，好像有些任性，恰好證明詩人既喜飲酒，又愛賞菊。而詩人的任性使氣，顯然是他艱難困苦的生活遭遇使然。這一聯，杜甫巧妙地使用借對（亦即清人沈德潛《唐詩別裁集》所謂「真假對」），借「竹葉青」酒的「竹葉」二字與「菊花」相對，「蕭散不為繩墨所窘」（南宋魏慶之《詩人玉屑》），被稱為杜律的創格。菊花雖是實景，「竹葉」卻非真物，然而由於字面工整貼切，特別顯得新鮮別致，全聯遂成為歷來傳誦的名句。

頸聯進一步寫詩人矚目遐思，因景傷情，牽動了萬千愁緒。詩人獨自漂泊異地，日落時分聽到一聲聲黑猿的啼哭，不免淚下霑裳。霜天秋晚，白雁南來，更容易觸發詩人思親懷鄉的感情。詩中用他鄉和故園的物候作對照，很自然地透露了詩人內心的隱祕：原來他對酒停杯，對花輟賞，並不只是由於病肺，更是因為鄉愁撩人啊！

尾聯以佳節思親作結，遙憐弟妹，寄託飄零寥落之感。上句由雁來想起了弟妹音信茫然；下句哀嘆自己身遭戰亂，衰老多病。詩人一邊詛咒「干戈」像逼命似地接連發生，一邊惋惜歲月不停地催人走向死亡，對造成生活悲劇的根源——「干戈」，發洩出更多的不滿情緒。這正是詩人傷時憂國的思想感情的直接流露。

此詩由因病戒酒，對花發慨，黑猿哀啼，白雁南來，引出思念故鄉，憶想弟妹的情懷，進而表現遭逢戰亂，衰老催人的感傷。結尾將詩的主題昇華：詩人登高，不僅僅是思親，更多的是傷時，正所謂「杜陵有句皆憂國」。此詩全篇皆對，語言自然流轉，蒼勁有力，既有氣勢，更見性情。句句講詩律卻不著痕跡，很像在寫散文；直接發議論而結合形象，毫不感到枯燥。寫景、敘事又能與詩人的憂思關合很緊。筆端蓄聚感情，主人公呼之欲出，頗能顯示出杜甫在夔州時期七律詩的悲壯風格。（陶道恕）

登高　杜甫

風急天高猿嘯哀，渚清沙白鳥飛回。無邊落木蕭蕭下，不盡長江滾滾來。
萬里悲秋常作客，百年多病獨登臺。艱難苦恨繁霜鬢，潦倒新停濁酒杯。

此詩是杜甫唐代宗大曆二年（七六七）秋在夔州（治今重慶奉節）時所寫。夔州在長江之濱。全詩透過登高所見秋江景色，傾訴了詩人長年漂泊、老病孤愁的複雜感情，慷慨激越，動人心弦。清楊倫稱讚此詩為「杜集七言律詩第一」（《杜詩鏡銓》卷十七），明胡應麟《詩藪・內編》卷五更推重此詩「精光萬丈」，是「古今七言律第一」。

前四句寫登高見聞。首聯對起。詩人圍繞夔州的特定環境，用「風急」二字帶動全聯，一開頭就寫成了千古流傳的佳句。夔州向以猿多著稱，峽口更以風大聞名。秋日天高氣爽，這裡卻獵獵多風。詩人登上高處，峽中不斷傳來「高猿長嘯」之聲，大有「空谷傳響，哀轉久絕」（《水經注・江水》）的意味。詩人移動視線，由高處轉向江水洲渚，在水清沙白的背景上，點綴著迎風飛翔、不住迴旋的鳥群，真是一幅精美的畫圖。其中「天」、「風」，「沙」、「渚」，「猿嘯」、「鳥飛」，天造地設，自然成對。不僅上下兩句對，而且還有句中自對，如上句「天」對「風」，「高」對「急」；下句「沙」對「渚」，「白」對「清」，讀來富有節奏感。經過詩人的提煉，十四個字，字字精當，無一虛設，用字遣辭，「盡謝斧鑿」（《詩藪》），達到了奇妙難名的境界。

更值得注意的是：對起的首句，末字常用仄聲，此詩卻用平聲入韻。清沈德潛因有「八句皆對，起二句對舉之中仍復用韻，格奇而變」（《唐詩別裁集》）的贊語。

頷聯集中表現了夔州秋天的典型特徵。詩人仰望茫無邊際、蕭蕭而下的木葉，俯視奔流不息、滾滾而來的江水，在寫景的同時，便深沉地抒發了自己的情懷。「無邊」、「不盡」，使「蕭蕭」、「滾滾」更加形象化，不僅使人聯想到落木之聲，長江洶湧之狀，也無形中傳達出韶光易逝，壯志難酬的感愴。透過沉鬱悲涼的對句，顯示出神入化之筆力，確有明胡應麟所言「建瓴走阪」、「百川東注」的磅礴氣勢。前人把它譽為「古今獨步」的「句中化境」（《詩藪》），是有道理的。

前兩聯極力描寫秋景，直到頸聯，才點出一個「秋」字。「獨登臺」，則表明詩人是在高處遠眺，這就把眼前景和心中情緊密地聯繫在一起了。「常作客」，指出了詩人漂泊無定的生涯。「百年」，本喻有限的人生，此處專指暮年。「悲秋」兩字寫得沉痛。秋天不一定可悲，只是詩人目睹蒼涼恢廓的秋景，不由想到自己淪落他鄉、年老多病的處境，故生出無限悲愁之緒。詩人把久客最易悲秋，多病獨愛登臺的感情，概括進一聯「雄闊高渾，實大聲弘」（錢鍾書《談藝錄》）的對句之中，使人深深地感到了他那沉重地跳動著的感情脈搏。此聯的「萬里」、「百年」和上一聯的「無邊」、「不盡」，還有相互呼應的作用：詩人的羈旅愁與孤獨感，就像落葉和江水一樣，推排不盡，驅趕不絕，情與景交融相洽。詩到此已給作客思鄉的一般含意，添上久客孤獨的內容，增入悲秋苦病的情思，加進離鄉萬里、人在暮年的感嘆，詩意就更見深沉了。

尾聯對結，並分承五、六兩句。詩人備嘗艱難潦倒之苦，國難家愁，使自己白髮日多，再加上因病斷酒，悲愁就更難排遣。本來興會盎然地登高望遠，現在卻平白無故地惹恨添悲，詩人的矛盾心情是容易理解的。前六句「飛揚震動」，到此處「軟冷收之，而無限悲涼之意，溢於言外」（《詩藪》）。

詩前半寫景，後半抒情，在寫法上各有錯綜之妙。首聯著重刻畫眼前具體景物，好比畫家的工筆，形、聲、色、態，一一得到表現。頷聯著重渲染整個秋天氣氛，好比畫家的寫意，只宜傳神會意，讓讀者用想像補充。頸聯表現感情，從縱（時間）、橫（空間）兩方面著筆，由異鄉漂泊寫到多病殘生。尾聯又從白髮日多，護病斷飲，歸結到時世艱難是潦倒不堪的根源。這樣，杜甫憂國傷時的情操，便躍然紙上。

此詩八句皆對。粗略一看，首尾好像「未嘗有對」，胸腹好像「無意於對」。仔細玩味，「一篇之中，句句皆律，一句之中，字字皆律」。不只「全篇可法」，而且「用句用字」，「皆古今人必不敢道，決不能道者」。它能博得「曠代之作」（均見《詩藪》）的盛譽，就是理所當然的了。（陶道恕）

觀公孫大娘弟子舞劍器行 并序　杜甫

大曆二年十月十九日，夔府別駕元持宅，見臨潁李十二娘舞劍器，壯其蔚跂。問其所師，曰：「余公孫大娘弟子也。」開元五載，余尚童稚，記於郾城觀公孫氏舞劍器渾脫，瀏灕頓挫，獨出冠時。自高頭宜春、梨園二伎坊內人洎外供奉，曉是舞者，聖文神武皇帝初，公孫一人而已。玉貌錦衣，況余白首；今茲弟子，亦匪盛顏。既辨其由來，知波瀾莫二。撫事慷慨，聊為〈劍器行〉。昔者吳人張旭，善草書書帖，數常於鄴縣見公孫大娘舞西河劍器，自此草書長進，豪蕩感激，即公孫可知矣。

昔有佳人公孫氏，一舞劍器動四方。觀者如山色沮喪，天地為之久低昂。
㸌如羿射九日落，矯如群帝驂龍翔。來如雷霆收震怒，罷如江海凝清光。
絳脣珠袖兩寂寞，晚有弟子傳芬芳。臨潁美人在白帝，妙舞此曲神揚揚。
與余問答既有以，感時撫事增惋傷。先帝侍女八千人，公孫劍器初第一。
五十年間似反掌，風塵澒洞①昏王室。梨園弟子散如煙，女樂餘姿映寒日。
金粟堆南木已拱，瞿唐石城草蕭瑟。玳筵②急管曲復終，樂極哀來月東出。
老夫不知其所往，足繭荒山轉愁疾。

〔註〕①澒洞（音同鬨同），瀰漫無邊際。②玳（音同代）筵，即玳瑁筵，形容盛筵。

有人說，杜甫是以詩為文，韓愈是以文為詩。杜甫這個序，正是以詩為文，不僅主語虛詞大半省略，而且在感慨轉折之處，還用跳躍跌宕的筆法。不過，序文的內容仍然是清楚的：他先敘唐代宗大曆二年（七六七）在夔州看了公孫大娘弟子所表演的劍器舞，然後回憶唐玄宗開元五載（七一七）自己童年時在郾城親見公孫大娘的舞蹈，說明當唐玄宗初年，公孫大娘的劍器舞在內外教坊獨享盛名的情況。撫今思昔，深有感慨，因而寫成這首〈劍器行〉。這篇序寫得很有詩意，結尾講大書法家張旭見公孫劍舞而草書長進的故事，尤其見出詩人對公孫舞蹈的敬佩。

「劍器舞」是什麼樣的舞蹈呢？唐代的舞蹈分為健舞和軟舞兩大類，劍器舞屬於健舞之類。晚唐鄭嵎〈津陽門詩〉說：「公孫劍伎方神奇。」自註說：「有公孫大娘舞劍，當時號為雄妙。」唐司空圖〈劍器〉詩說：「樓下公孫昔擅場，空教女子愛軍裝。」可見這是一種女子穿著軍裝的舞蹈，舞起來，有一種雄健剛勁的姿勢和瀏灕頓挫的節奏。

詩的開頭八句是先寫公孫大娘的舞蹈：很久以前有一個公孫大娘，她善舞劍器的名聲傳遍了四面八方。人山人海似的觀眾看她的舞蹈都驚訝失色，整個天地好像也隨著她的劍器舞而起伏低昂，無法恢復平靜。「㸌（音同霍，閃耀）如羿射九日落」四句，或稱為「四如句」，前人解釋不一。這大體是描繪公孫舞蹈給杜甫留下的美好印象。羿射九日，可能是形容公孫手持紅旗、火炬或劍器作旋轉或滾翻式舞蹈動作，好像一個接一個的火球從高而下，滿堂旋轉；驂龍翔舞，是寫公孫翩翩輕舉，騰空飛翔；雷霆收怒，是形容舞蹈將近尾聲，聲勢收斂；江海凝光，則寫舞蹈完全停止，舞場內外肅靜空闊，好像江海風平浪靜，水光清澈的情景。

「絳脣珠袖兩寂寞」以下六句，突然轉到公孫死後劍器舞的沉寂無聞，幸好晚年還有弟子繼承了她的才藝。跟著寫她的弟子臨潁李十二娘在白帝城重舞劍器，還有公孫氏當年神采飛揚的氣概。同李十二娘一席談話，不僅知道她舞技的師傳淵源，而且引起了自己撫今思昔的無限感慨。

「先帝侍女八千人」以下六句，筆勢又一轉折，思緒又回到五十年前。回憶開元初年，當時政治清明，國勢強盛，唐玄宗在日理萬機之暇，親自建立了教坊和梨園，親選樂工，親教法曲，促成了唐代歌舞藝術的空前繁榮。當時宮廷內和內外教坊的歌舞女樂就有八千人，而公孫大娘的劍器舞又在八千人中「獨出冠時」，號稱第一。可是五十年歷史變化多大啊！一場安史之亂把大唐帝國的整個天下鬧得風塵四起、天昏地黑。唐玄宗當年親自挑選、親自培養的成千上萬的梨園弟子、歌舞人才，也在這一場浩劫中煙消雲散了，如今只有這個殘存的教坊藝人李十二娘的舞姿，還在冬天殘陽的餘光裡映出美麗而淒涼的影子。對曾經親見開元盛世的文藝繁榮，曾經親見公孫大娘〈劍器舞〉的老詩人杜甫說來，這是他晚年多麼難得的精神安慰，可是又多麼地令他黯然神傷啊！這一段是全詩的高潮。善於用最簡短的幾句話集中概括巨大的歷史變化和廣闊的社會內容，正是杜詩「沉鬱頓挫」的表現。

「金粟堆南木已拱」以下六句，是全詩的尾聲。詩人接著上段深沉的感慨，說玄宗已死了六年，在他那金粟山上的陵墓上，樹已夠雙手拱抱了。而自己這個玄宗時代的小臣，卻流落在這個草木蕭條的白帝城裡。末了寫別駕府宅裡的盛筵，在又一曲急管繁弦的歌舞之後告終了。這時下弦月已經東出了，一種樂極哀來的情緒支配著詩人，他不禁四顧茫茫，百端交集，行不知所往，止不知所居，長滿老繭的雙足，拖著一個衰老久病的身軀，寒月荒山，踽踽獨行。身世的悲涼，就不言而可知了。「轉愁疾」三字，是說自己以繭足走山道本來很慢，但在心情沉重之時，卻反而怪自己走得太快了。

這首七言歌行自始至終並沒有離開公孫大娘師徒和劍器舞，但是從全詩那雄渾的氣勢，從「五十年間似反掌，風塵澒洞昏王室」這樣力透紙背的詩史之筆，又感到詩人的確是在透過歌舞的事，反映五十年來興衰治亂的歷史。清仇兆鰲《杜詩詳註》引明王嗣奭語總評這首詩說：「此詩見劍器而傷往事，所謂撫事慷慨也。故詠李氏，卻思公孫；詠公孫，卻思先帝；全是為開元天寶五十年治亂興衰而發。不然，一舞女耳，何足搖其筆端哉！」這一段評語，分析全詩的層次、中心，說得相當中肯。但是，他說「一舞女耳，何足搖其筆端哉」，並不符合杜甫本來的思想，杜甫是十分重視和熱愛藝術的。

這首詩的藝術風格，既有「瀏漓頓挫」的氣勢節奏，又有「豪蕩感激」的感人力量，是七言歌行中沉鬱悲壯的傑作。開頭八句，富麗而不浮豔，鋪排而不呆板。「絳脣珠袖」以下，則隨意境之開合，思潮之起伏，語言音節也隨之頓挫變化。全詩既不失雄渾完整的美，用字造句又有渾括錘鍊的功力。篇幅雖然不太長，包容卻相當廣大。從樂舞之今昔對比中見五十年的興衰治亂，沒有沉鬱頓挫的筆力是寫不出來的。（廖仲安）

漫成一絕

杜甫

江月去人只數尺，風燈照夜欲三更。
沙頭宿鷺聯拳靜，船尾跳魚撥剌鳴。

在絕句體中，有一種「一句一絕」的格調。即每句寫一景，多用兩聯駢偶，句子之間似無關聯。它最初起源於晉代〈四時詠〉：「春水滿四澤，夏雲多奇峰。秋月揚明輝，冬嶺秀孤松。」唐代作者已不多，唯杜甫最喜運用這種體格。大約是因為他太精於詩律，運用這種絕體，可以因難見巧吧。他最膾炙人口的絕句如「兩箇黃鸝鳴翠柳」（〈絕句四首〉其三）、「糝徑楊花鋪白氈」（〈絕句漫興九首〉其七）、「遲日江山麗」（〈絕句二首〉其一）等，也都是用這種體格。這些詩的優點不只在於寫景生動，律對精切，而尤其在於能形成一個統一完美的意境，句與句彼此照應，融為一幅完整圖畫。

這首詩是杜甫流寓巴蜀時期寫的，詩寫夜泊之景。寫一個月夜，詩人不從天上月寫起，卻寫水中月影（「江月」），一開始就抓住江上夜景的特色。「去人只數尺」是說月影靠船很近，「江清月近人」（孟浩然〈宿建德江〉），它同時寫出江水之清明。江中月影近人，畫出了「江天一色無纖塵，皎皎空中孤月輪」（張若虛〈春江花月夜〉）的江間月夜美景，境界是寧靜安謐的。第二句寫舟中檣竿上掛著照夜的燈，在月下燈光顯得沖淡而柔和。桅燈當有紙罩避風，故曰風燈。其時江間並沒有風，否則江水不會那樣寧靜，月影也不會那樣清晰可接了。一、二句似乎都是寫景，但讀者能夠真切感到一個未眠人的存在（第一句已點出「人」字），這就是詩人自己。從「江月」寫到「風燈」，從舟外寫到舟內，由遠及近。然後再寫到江岸，又是由近移遠。由於月照沙岸如雪，沙頭景物隱略可辨。夜宿的白鷺屈曲著身子，三五成群團聚在沙灘上，它們睡得那樣安恬，與環境極為和諧；同時又表現出寧靜的景物中有生命的呼吸。這和平境界的可愛，唯有飽經喪亂的不眠人才能充分體會。詩句中洋溢著詩人對和平生活的嚮往和對於自然界小生命的熱愛，這與詩人憂國憂民的精神是一脈相通的。詩人對著「沙頭宿鷺」，不禁衷心讚美夜的「靜」美。由於他與自然萬類息息相通，這「靜」與「深林人不知，明月來相照」（王維〈竹里館〉）的寂靜幽獨該有多少不同。忽然船尾傳來「撥剌」的聲響，使凝神諦視著的詩人猛地驚醒，他轉向船尾，那裡波光粼粼，顯然剛剛有一條大魚從那兒躍出水面。詩的前三句著力刻畫都在一個「靜」字，末句卻寫動、寫聲，似乎破了靜謐之境；然而給讀者的實際感受恰好相反，以動破靜，愈見其靜，以聲破靜，愈見其靜，這是陪襯的手法，適當把對立因素滲入統一的基調，可以強化總的基調。這是詩、畫、音樂都常採用的手法。詩的末兩句分寫魚、鳥，一動一靜，相反相成，抓住了江上月夜最有特點同時又最富於詩意的情景，寫得逼真、親切而又傳神，可見詩人體物之工。

此詩乍看上去，四句分寫月、燈、鳥、魚，各成一景，不相聯屬，確是「一句一絕」。然而，詩人透過遠近推移、動靜相成的手法，使舟內舟外、江間陸上、物與物、情與景之間相互關聯，渾融一體，讀之如身歷其境，由境會意。因而絕不是什麼「斷錦裂繒」（明胡應麟《詩藪·內編》卷六）。「老去詩篇渾漫與」（〈江上值水如海勢聊短述〉），從詩題「漫成」可知是詩人一時得心應手之作，這種工緻而天然的境界不是徒事雕章琢句者能達到的。

（周嘯天）

短歌行贈王郎司直　杜甫

王郎酒酣拔劍斫地歌莫哀！我能拔爾抑塞磊落之奇才。
豫章翻風白日動，鯨魚跋浪滄溟開。且脫佩劍休裴回。
西得諸侯櫂錦水，欲向何門趿珠履？
仲宣樓頭①春色深，青眼高歌②望吾子。眼中之人吾老矣！

〔註〕①王粲，字仲宣，建安七子之一，曾作〈登樓賦〉，未受劉表重用，此處以王郎比王粲。②據《晉書．阮籍傳》，阮籍能為青白眼，母喪時，「見禮俗之士，以白眼對之。及嵇喜來弔，籍作白眼，喜不懌而退。喜弟康聞之，乃齎酒挾琴造焉，籍大悅，乃見青眼。」

〈短歌行〉是樂府舊題，稱「短歌」是指歌聲短促，這裡可能指音調的急促。王郎是年輕人，稱「郎」，名不詳。司直是糾劾的官。唐代宗大曆三年（七六八）春天，杜甫一家從夔州（治今重慶奉節）出三峽，到達江陵（今湖北荊州）。這詩當是這年春末在江陵所作。

上半首表達勸慰王郎之意。王郎在江陵不得志，趁著酒興正濃，拔劍起舞，斫地悲歌，所以杜甫勸他不要悲哀。當時王郎正要西行入蜀，去投奔地方長官，杜甫久居四川，表示可以替王郎推薦，所以說「我能拔爾」，把你這個俊偉不凡的奇才從壓抑中推舉出來。下面二句承上，用奇特的比喻讚譽王郎。豫、章，兩種喬木名，都是優良的建築材料。詩中說豫、章的枝葉在大風中搖動時，可以動搖太陽，極力形容樹高。又說鯨魚在海浪中縱游時可以使蒼茫大海翻騰起來，極力形容魚大。兩句極寫王郎的傑出才能，說他能夠擔當大事，有所作為，因此不必拔劍斫地，徘徊起舞，可以把劍放下來，休息一下。

下半首抒寫送行之情。詩人說以王郎的奇才，此去西川，一定會得到蜀中大官的賞識，卻不知要去投奔哪一位地方長官。「踀珠履」，穿上裝飾著明珠的鞋。《史記．春申君傳》：「春申君客三千餘人，其上客皆躡珠履。」仲宣樓，當是杜甫送別王郎的地方，在江陵城東南。仲宣是漢末詩人王粲的字，他到荊州去投靠劉表，作〈登樓賦〉，後梁時高季興在江陵建了仲宣樓。送別時已是春末，杜甫用欽佩的眼光望著王郎，高歌寄予厚望，希望他入川能夠施展才能。「眼中之人」，指王郎。最後一句由人及己，喟然長嘆道：王郎啊王郎，你正當年富力強，大可一展宏圖，我卻已衰老無用了！含有勸勉王郎及時努力之意。

這首詩突兀橫絕，跌宕悲涼。從「拔劍斫地」寫出王郎的悲歌，是一悲；作者勸他「莫哀」，到「我能拔爾」，是一喜。「拔劍斫地」，情緒昂揚，是一揚；「我能拔爾」，使情緒稍緩，是一落。「抑塞磊落」呼應悲歌，「我能拔爾」照應「莫哀」。接著引出「奇才」，以「豫章翻風」、「鯨魚跋浪」，極盡誇飾之能事，激起軒然大波，是再起；承接「莫哀」，「且脫劍佩」趨向和緩，是再落。指出「得諸侯」，應該是由哀轉喜，但又轉到「何門未定」，「得諸侯」還是空的，又由喜轉悲。既然「我能拔爾」，又是「青眼」相望，不是可喜嗎？可是又一轉「吾老矣」，不能有所作為了，於是所謂「我能拔爾」只成了美好願望，又落空了，又由喜轉悲。一悲一喜，一起一落，轉變無窮，終不免回到「拔劍」悲歌。「莫哀」只成了勸慰的話，總不免歸到抑塞磊落上。正由於「豫章」兩句的奇峰拔起，更加強抑塞磊落的可悲，抒發了作者對人才不得施展的悲憤，它的意義就更深刻了。

這首詩在音節上很有特色。開頭兩個十一字句字數多而音節急促，五、十兩句單句押韻，上半首五句一組平韻，下半首五句一組仄韻，節奏短促，在古詩中較少見，亦獨創之格。（周振甫）

江漢 杜甫

江漢思歸客，乾坤一腐儒。片雲天共遠，永夜月同孤。
落日心猶壯，秋風病欲蘇。古來存老馬，不必取長途。

唐代宗大曆三年（七六八）正月，杜甫自夔州（治今重慶奉節）出峽，流寓湖北江陵（今荊州市）、公安等地。這時他已五十六歲，北歸無望，生計日蹙。此詩以首句頭兩字「江漢」為題，正是漂泊流徙的標誌。儘管如此，詩人孤忠仍存，壯心猶在，此詩就集中地表現了一種到老不衰、頑強不息的精神，十分感人。

「江漢」句，表現出詩人客滯江漢的窘境。「思歸客」三字飽含無限的辛酸，因為詩人思歸而不能歸，成為天涯淪落人。「乾坤」代指天地。「『一腐儒』上著『乾坤』字，自鄙而兼自負之辭……身在草野，心憂社稷，乾坤之內，此腐儒能有幾人？」（《杜詩說》卷五）清黃生對這句詩的理解，是深得詩人用心的。

「片雲」二句緊扣首句，對仗十分工整。透過眼前自然景物的描寫，詩人把他「思歸」之情表現得很深沉。他由遠浮天邊的片雲，孤懸明月的永夜，聯想到了自己客中情事，彷彿自己就與雲、月共遠同孤一樣。這樣就把自己的感情和身外的景物融為一片。詩人表面上是在寫片雲孤月，實際是在寫自己：雖然遠在天外，他的一片忠心卻像孤月一樣地皎潔。昔人認為這兩句「情景相融，不能區別」（清仇兆鰲《杜詩詳註》），是很能說明它的特點的。

「落日」二句直承次句，生動形象地表現出詩人積極用世的精神。《周易》云：「君子以自強不息。」這恰好說明：次句的「腐儒」，並非純是詩人對自己的鄙薄。上聯明明寫了永夜、孤月，本聯的落日，就絕不是寫實景，而是用作比喻。清黃生指出「落日乃借喻暮齒」（《杜詩說》），是詠懷而非寫景。否則一首律詩中，既見孤月，又見落日，是自相矛盾的。他的話很有道理。落日相當於「日薄西山」的意思。「落日」句的本意，就是「暮年心猶壯」。它和三國曹操「烈士暮年，壯心不已」（〈步出夏門行·龜雖壽〉）的詩意，是一致的。就律詩格式說，此聯用的是借對法。「落日」與「秋風」相對，但「落日」實際上是比喻「暮年」。「秋風」句是寫實。「蘇」有「康復」意。詩人飄流江漢，面對颯颯秋風，不僅沒有悲秋之感，反而覺得「病欲蘇」。這與李白「我覺秋興逸，誰云秋興悲」（〈秋日魯郡堯祠亭上宴別杜補闕范侍御〉）的思想境界，頗為相似，表現出詩人身處逆境而壯心不已的精神狀態。明胡應麟《詩藪·內編》卷四讚揚此詩的二、三聯「含闊大於沉深」，是十分精當的。

這兩聯詩的意境，宋代蘇軾曾深得其妙。他貶謫嶺外、晚年歸來時，曾有詩云：「浮雲世事改，孤月此心明。」（〈次韻江晦叔二首〉其二）表明他不因政治上遭到打擊迫害，而改變自己匡國利民的態度。「孤月此心明」實際上就是從杜詩「永夜月同孤」兩句化用而成的。

「古來」二句，再一次表現了詩人老當益壯的情懷。「老馬」用了《韓非子·說林上》「老馬識途」的故事：齊桓公伐孤竹返，迷惑失道。他接受管仲「老馬之智可用」的建議，放老馬而隨之，果然「得道」。「老馬」是詩人自比，「長途」代指驅馳之力。詩人指出，古人存養老馬，不是取它的力，而是用他的智。我雖是一個「腐儒」，但心猶壯，病欲蘇，同老馬一樣，並不是沒有一點用處的。詩人在這裡顯然含有怨憤之意：莫非我真是一個毫無可取的腐儒，連一匹老馬都不如麼？這是詩人言外之意，是從詩句中自然流露出來的。

此詩用凝練的筆觸，抒發了詩人懷才見棄的不平之氣和報國思用的慷慨情思。詩的中間四句，情景相融，妙合無垠，有著強烈的藝術感染力，歷來為人所稱道。（陶道恕）

登岳陽樓 杜甫

昔聞洞庭水，今上岳陽樓。吳楚東南坼，乾坤日夜浮。
親朋無一字，老病有孤舟。戎馬關山北，憑軒涕泗流。

這首詩的意境是十分寬闊宏偉的。

詩的頷聯「吳楚東南坼（音同撤，裂開），乾坤日夜浮」，是說廣闊無邊的洞庭湖水，劃分開吳國和楚國的疆界，日月星辰都像是整個地飄浮在湖水之中一般。只用了十個字，就把洞庭湖水勢浩瀚、無邊無際的巨大形象特別逼真地描畫出來了。

杜甫到了晚年，已經是「漂泊西南天地間」（〈詠懷古跡五首〉其一），沒有一個安居之所，只好「以舟為家」了。所以下邊接著寫：「親朋無一字，老病有孤舟。」親戚朋友們這時連音信都沒有了，只有年老多病的詩人泛著一葉扁舟到處飄流！從這裡就可以領會到開頭的兩句「昔聞洞庭水，今上岳陽樓」，本來含有一個什麼樣的意境了。

這兩句詩，從表面上看來，意境像是很簡單：詩人說他在若干年前就聽得人家說洞庭湖的名勝，今天居然能夠登上岳陽樓，親眼看到這一片山色湖光的美景。因此清人仇兆鰲就認為：「『昔聞』、『今上』，喜初登也。」（《杜詩詳註》）但僅這樣理解，就把杜詩原來的意境領會得太淺了。這裡並不是寫登臨的喜悅，而是在這平平的敘述中，寄寓著漂泊天涯，懷才不遇，桑田滄海，壯氣蒿萊……許許多多的感觸，才寫出這麼兩句：過去只是耳朵裡聽到有這麼一片洞庭水，哪想到遲暮之年真個就上了這岳陽樓？本來是沉鬱之感，不該是喜悅之情；若是喜悅之情，就和結句的「憑軒涕泗流」連不到一起了。我們知道，杜甫在當時的政治生活是坎坷的，不得意的，然而他從來沒有放棄「致君堯舜上，再使風俗淳」（〈奉贈韋左丞丈二十二韻〉）的抱負。哪裡想到一事無成，昔日的抱負，今朝都成了泡影！詩裡的「今」、「昔」兩個字有深深的含意。因此在這一首詩的結句才寫出：「戎馬關山北，憑軒涕泗流。」眼望著萬里關山，天下到處還動蕩在兵荒馬亂裡，詩人倚定了欄杆，北望長安，不禁涕泗滂沱，聲淚俱下了。

這首詩，以其意境的開闊宏麗為人稱道，而這意境是從詩人的抱負中來，是從詩人的生活思想中來，也有時代背景的作用。清初黃生《杜詩說》對這一首詩有一段議論，大意說：這首詩的前四句寫景，寫得那麼寬闊廣大，五、六兩句敘述自己的身世，又是寫得這麼淒涼落寞，詩的意境由廣闊到狹窄，忽然來了一個極大的轉變；這樣，七、八兩句就很難安排了。哪想到詩人忽然把筆力一轉，寫出「戎馬關山北」五個字，這樣的胸襟，和上面「吳楚東南坼，乾坤日夜浮」一聯寫自然界宏奇偉麗的氣象，就能夠很好地上下襯托起來，斤兩相稱。這樣創造的天才，當然就壓倒了後人，誰也不敢再寫岳陽樓的詩了。

黃生這一段話是從作詩的方法去論杜詩的，把杜詩的意境說成是詩筆一縱一收的產物，說意境的結構是從創作手法的變換中來。這不是探本求源的說法。我們說，詩的意境是詩人的生活思想從各方面凝結而成的，至於創作方法和藝術加工，鍊字鍊句等等，只能更準確地把意境表達出來，並不能以這些形式上的條件為基礎從而醞釀成詩詞的意境。昔人探討創作問題，偏偏不從生活實踐這方面去考慮，當然就不免倒果為因了。（傅庚生）

南征　杜甫

春岸桃花水，雲帆楓樹林。偷生長避地，適遠更霑襟。
老病南征日，君恩北望心。百年歌自苦，未見有知音。

此詩是唐代宗大曆四年（七六九）春，杜甫由岳陽往長沙（今俱屬湖南）途中所作。這時距他去世只有一年。詩篇反映了詩人死前不久極度矛盾的思想感情。

「春岸」二句寫南行途中的春江景色。春水方生，桃花夾岸，錦浪浮天；雲帆一片，征途千里，極目四望，楓樹成林。這是一幅多麼美妙迷人的大自然圖景。

「偷生」二句表現了詩人長年顛沛流離，遠適南國的羈旅悲愁。如果是一次愉快的旅行，面對眼前的美景，詩人應該分外高興。可是詩人光景無多，前途渺茫，旅程中的憂鬱情懷與春江上的盎然生意，就很不協調。觸景傷情，怎能不泣下霑襟呢？

「老病」二句，道出了自己思想上的矛盾。詩人此時已是年老多病之身，按理應當北歸長安，然而命運卻迫使他南往衡湘。這不是很可悲麼？但即使這樣，詩人仍然一片忠心，想望著報效朝廷。「君恩」當指經嚴武表薦，蒙授檢校工部員外郎一事。這裡，詩人運用流水對，短短十個字，凝聚著豐富的內容。「南征日」、「北望心」六字，透過工對，把詩人矛盾心情加以鮮明對照，給人很深的印象。

詩人「老病」還不得不「南征」，「百年」二句對此作了回答。杜甫是有政治抱負的，可是仕途坎坷，壯志未酬，他有絕代才華，然而「百年歌自苦」，一生苦吟，又能有幾人理解？他在詩壇的光輝成就生前並未得到重視，這怎能不使詩人發出「未見有知音」的感慨呢？這確是杜甫一生的悲劇。三、四兩聯，正是杜甫晚年生活與思想的自我寫照。

此詩以明媚的江上春光開頭，接著又讓「偷生」「適遠」的霑襟淚水，把明朗歡快的氣息，抹洗得乾乾淨淨。詩人正於此不協調處展現自己內心深處的苦惱。整首詩悲涼淒楚，反映了詩人衰病時愁苦悲哀、無以自遣的心境，讀之令人愴然而涕下。（陶道恕）

發潭州 杜甫

夜醉長沙酒，曉行湘水春。岸花飛送客，檣燕語留人。賈傅才未有，褚公書絕倫。名高前後事，回首一傷神。

唐代宗大曆三年（七六八）正月，杜甫由夔州（治今重慶奉節）出峽，準備北歸洛陽，終因時局動亂，親友盡疏，北歸無望，只得以舟為家，漂泊於江陵、公安、岳州、潭州一帶。〈發潭州〉一詩，是詩人在大曆四年春離開潭州（治今湖南長沙）赴衡州（治今湖南衡陽）時所作。

首聯緊扣題面，點明題意，但又含蘊著奔波無定、生計日窘的悲辛。杜甫本來是「性豪業嗜酒」（〈壯遊〉）的，何況現在是天涯淪落，前途渺茫，所以夜來痛飲沉醉而眠，其中飽含著借酒澆愁的無限辛酸。天明之後，湘江兩岸一派春色，詩人卻要孤舟遠行，黯然傷情的心緒可以想見。

頷聯緊承首聯，描寫啟程時的情景。詩人揚帆起航，環顧四周，只有岸上春風中飛舞的落花為他送行；船桅上的春燕呢喃作語，似乎在親切地挽留他，一種濃重的寂寥淒楚之情溢於言表。岸上風吹落花，檣桅春燕作語，這本是極普通的自然現象；但詩人以我觀物，而使「物色帶情」（日僧空海《文鏡秘府論．南卷．論文意》），賦予落花、飛燕以人的感情來「送客」、「留人」，這就有力地渲染了一種十分悲涼冷落的氣氛。這種氣氛生動地表現了世情的淡薄，人不若岸花檣燕；同時也反映了詩人輾轉流徙、飄蕩無依的深沉感喟。這一聯情景妙合無垠，有著強烈感人的藝術力量。南朝梁代詩人何遜〈贈諸遊舊〉一詩中，有「岸花臨水發，江燕繞檣飛」之句，寫得很工緻。杜甫這一聯似從此脫化而來。但詩人在藝術上進行了新的創造，他用擬人化手法，把花、鳥寫得如此楚楚動人，以寄寓孤寂寥落之情，這就不是何遜詩所能比擬的。

頸聯是用典抒情。詩人登舟而行，百感交集，情不能已，浮想聯翩。身處湘地，他很自然地想到西漢時的賈誼，因才高而為大臣所忌，被貶為長沙王太傅；他又想到初唐時的褚遂良，書法冠絕一時，因諫阻立武則天為皇后，被貶為潭州都督。歷史上的才人志士命運是何等相似，詩人不也是因疏救房琯，離開朝廷而沉淪不偶嗎？正因為如此，這兩位古人的遭遇才引起詩人感情上強烈的共鳴。顯然，詩人是在借古人以抒寫情懷。前人論及詩中用典時強調以「不隔」為佳，就是說不要因為用典而使詩句晦澀難懂。杜甫這裡用典，因是觸景而聯想，十分妥帖，「借人形己」，手法高妙。

詩的最後一聯進一步借古人以抒懷，直接抒發自己淪落他鄉、抱負不能施展的情懷。賈誼、褚遂良在不同的時代都名高一時，但俱被貶抑而死；而今詩人流落荊、湘，漂泊無依，真是世事不堪回首，沉鬱悲憤之情在這裡達到了高潮。詩人感嘆身世、憂國傷時的愁緒，如湘水一樣悠長。

這首五言律詩在藝術表現手法上，或託物寓意，或用典言情，或直接抒懷，句句含情，百轉千迴，創造了深切感人、沉鬱深婉的意境，成為杜甫晚年詩作中的名篇。（王啟興）

燕子來舟中作 杜甫

湖南為客動經春，燕子銜泥兩度新。舊入故園嘗①識主，如今社日②遠看人。可憐處處巢居室，何異飄飄託此身。暫語船檣還起去，穿花貼水益霑巾。

〔註〕①「嘗」一作「常」。②社日，春分前後祭祀土神的日子。

杜甫於唐代宗大曆三年（七六八）出峽，先是漂泊湖北，後轉徙湖南，大曆四年正月由岳州（治今湖南岳陽）到潭州（治今湖南長沙）。寫此詩時，已是第二年的春天了，詩人仍留滯潭州，以舟為家。所以詩一開始就點明「湖南為客動經春」，接著又以燕子銜泥築巢來形象地描繪春天的景象，引出所詠的對象——燕子。

「舊入故園嘗識主，如今社日遠看人。」舊時你入我故園之中曾經認識了我這主人，如今又逢春社之日，小燕兒，你竟遠遠地看著我，莫非你也在疑惑嗎？為什麼主人變成這麼孤獨，這麼衰老？他的故園又怎樣了？他為什麼在孤舟中漂流？

「可憐處處巢居室，何異飄飄託此身。」我老病一身，有誰來憐我，只有你小燕子倒來關心我了。而我也正在哀憐你，天地如此廣闊，小小的燕子卻只能到處為家，沒有定居之所，這又何異於飄飄蕩蕩託身於茫茫江湖之中的我呢？

「暫語船檣還起去，穿花貼水益霑巾。」為了安慰我的寂寞，小燕子啊，你竟翩然來我舟中，暫歇船檣上，可剛和我說了幾句話馬上又起身飛去，因為你也忙於生計，要不斷地去銜泥捉蟲呀。而你又不忍逕去，穿花貼水，徘徊顧戀，真令我禁不住老淚縱橫了。

此詩寫燕來舟中，似乎是來陪伴寂寞的詩人；而詩人的感情像泉水般汩汩地流入讀者的心田。我們的眼前彷佛出現那衰顏白髮的詩人，病滯孤舟中，而在船檣上卻站著一隻輕盈的小燕子，這活潑的小生命給詩人帶來春天的信息。我們的詩人呢，只見他抬頭對著燕子充滿愛憐地說話，一邊又悲嘆著喃喃自語……還有比這樣的情景更令人感動的麼？

全詩極寫漂泊動盪之憂思，「為客經春」是一篇的主骨。中間四句看似句句詠燕，實是句句關連著自己的茫茫身世。最後一聯，前十一字，也是字字貼燕，後三字「益霑巾」突然轉為寫己。體物緣情，渾然一體，使人分不清究竟是人憐燕，還是燕憐人，淒楚悲愴，感人肺腑。明盧世漼評曰：「〈燕子來舟中〉是子美晚歲客湖南時作。七言律詩以此收卷，五十六字內，比物連類，似複似繁，茫茫有身世無窮之感，卻又一字說不出，讀之但覺滿紙是淚，大世之相後也，一千歲矣，而其詩能動人如此。」（《尊水園集畧》）（徐永端）

小寒食舟中作　杜甫

佳辰強飲食猶寒，隱几蕭條戴鶡冠。春水船如天上坐，老年花似霧中看。
娟娟戲蝶過閒幔，片片輕鷗下急湍。雲白山青萬餘里，愁看直北是長安。

這首詩寫在詩人去世前半年多，即唐代宗大曆五年（七七〇）春淹留潭州（治今湖南長沙）的時候，表現他暮年落泊江湖而依然深切關懷唐王朝安危的思想感情。

小寒食是指寒食的次日，清明的前一天。從寒食到清明三日禁火，所以首句說「佳辰強飲食猶寒」，逢到節日佳辰，詩人雖在老病之中還是打起精神來飲酒。「強飲」不僅說多病之身不耐酒力，也透露著漂泊中勉強過節的心情。這個起句為詩中寫景抒情，安排了一個有內在聯繫的開端。第二句刻畫舟中詩人的孤寂形象。「鶡冠」傳為楚隱者鶡冠子所戴的鶡羽所製之冠，點出作者失去官職，不為朝廷所用的身份。窮愁潦倒，身不在官而依然憂心時勢，思念朝廷，這是無能為力的杜甫最為傷情之處。首聯中「強飲」與「鶡冠」正概括了作者此時的身世遭遇，也包蘊著一生的無窮辛酸。

第二聯緊接首聯，十分傳神地寫出了詩人憑几舟中的所見所感，是歷來為人傳誦的名句。春來水漲，江流浩漫，所以在舟中漂蕩起伏，猶如坐在天上雲間；詩人身體衰邁，老眼昏蒙，看岸邊的花草猶如隔著一層薄霧。「天上坐」、「霧中看」非常切合年邁多病舟居觀景的實際，讀來倍覺真切；而在真切中又滲出一層空靈漫渺，把作者起伏的心潮也帶了出來。這種心潮起伏不只是詩人暗自傷老，也包含著更深的意緒：時局的動蕩不定，變亂無常，不也如同隔霧看花，真相難明麼！筆觸細膩含蓄，使讀者不能不驚嘆詩人憂思之深以及觀察力與表現力的精湛了。

第三聯兩句寫舟中江上的景物。第一句「娟娟戲蝶」是舟中近景，故曰「過閒幔」。第二句「片片輕鷗」是舟外遠景，故曰「下急湍」。這裡表面看似乎與上下各聯均無聯繫，實則不然。這兩句承上，寫由舟中外望空中水面之景。「閒幔」的「閒」字回應首聯第二句的「蕭條」，布幔閒卷，舟中寂寥，所以蝴蝶翩躚，穿空而過。「急湍」指江水中的急流，片片白鷗輕快地逐流飛翔，遠遠離去。正是這樣蝶鷗往來自如的景色，才易於對比引發出困居舟中的作者「直北」（正北）望長安的憂思，向尾聯作了十分自然的過渡。清浦起龍在《讀杜心解》中引朱翰語云：「蝶鷗自在，而雲山空望，所以對景生愁。」也是看出了第三聯與尾聯在景與情上的聯繫。

尾聯兩句總收全詩。雲而曰「白」，山而說「青」，正是寒食佳辰春來江上的自然景色，「萬餘里」將作者的思緒隨著層疊不斷的青山白雲引開去，為結句作一鋪墊。「愁看」句收括全詩的思想感情，將深長的愁思凝聚在「直北是長安」上。浦起龍說：「『雲白山青』應『佳辰』，『愁看直北』應『隱几』。」（《讀杜心解》）這只是從字面上去分析首尾的暗相照應。其實這一句將舟中舟外，近處遠處的觀感，以至漂泊時期詩人對時局多難的憂傷感懷全部凝縮在內，而以一個「愁」字總綰，既凝重地結束了全詩，又有無限的深情俱在言外。所以清楊倫《杜詩鏡銓》說「結有遠神」。這首七律於自然流轉中顯深沉凝練，很能表現杜甫晚年詩風蒼茫而沉鬱的特色。（左成文）

江南逢李龜年　杜甫

岐王宅裡尋常見，崔九堂前幾度聞。
正是江南好風景，落花時節又逢君。

這是杜甫絕句中最有情韻、最富含蘊的一篇，只二十八字，卻包含著豐富的時代生活內容。如果詩人當年圍繞安史之亂的前前後後寫一部回憶錄，是不妨用它來題卷的。

李龜年是唐玄宗開元時期「特承顧遇」的著名歌唱家。杜甫初逢李龜年，是在「開口詠鳳凰」（〈壯遊〉）的少年時期，正值所謂「開元全盛日」。當時王公貴族普遍愛好文藝，杜甫即因才華早著而受到岐王李範和祕書監崔滌的延接，得以在他們的府邸欣賞李龜年的歌唱。而一位傑出的藝術家，既是特定時代的產物，也往往是特定時代的標誌和象徵。在杜甫心目中，李龜年正是和鼎盛的開元時代，也和自己充滿浪漫情調的青少年時期的生活，緊緊聯結在一起的。幾十年之後，他們又在江南重逢。這時，遭受了八年動亂的唐王朝業已從繁榮昌盛的頂峰跌落下來，陷入重重矛盾之中；杜甫輾轉漂泊到潭州（治今湖南長沙），「疏布纏枯骨，奔走苦不暖」（〈逃難〉），晚境極為淒涼；李龜年也流落江南，「每遇良辰勝賞，為人歌數闋，座中聞之，莫不掩泣罷酒」（唐鄭處誨《明皇雜錄》卷二）。這種會見，自然很容易觸發杜甫胸中本就鬱積著的無限滄桑之感。「岐王宅裡尋常見，崔九堂前幾度聞。」詩人雖然是在追憶往昔與李龜年的接觸，流露的卻是對「開元全盛日」的深情懷念。這兩句下語似乎很輕，含蘊的感情卻深沉而凝重。「岐王宅裡」、「崔九堂前」，彷彿信口道出，但在當事者心目中，這兩個文藝名流經常雅集之處，無疑是鼎盛的開元時期豐富多彩的精神文化的淵藪，它們的名字就足以勾起對「全盛日」的美好回憶。當年出入其間，接觸李龜年這樣的藝術明星，是「尋常」而不難「幾度」的，現在回想起來，簡直是不可企及的夢境了。這裡所蘊含的天上人間之隔的感慨，是要結合下兩句才能品味出來的。兩句詩在迭唱和詠嘆中，流露了對開元全盛日的無限眷戀，好像是要拉長回味的時間似的。

夢一樣的回憶，畢竟改變不了眼前的現實。「正是江南好風景，落花時節又逢君。」風景秀麗的江南，在承平時代，原是詩人們所嚮往的作快意之遊的所在。如今自己真正置身其間，所面對的竟是滿眼凋零的「落花時節」和皤然白首的流落藝人。「落花時節」，像是即景書事，又像是別有寓托，寄興在有意無意之間。熟悉時代和杜甫身世的讀者會從這四個字聯想起世運的衰頹、社會的動亂和詩人的衰病漂泊，卻又絲毫不覺得詩人在刻意設喻，這種寫法顯得特別渾成無跡。加上兩句當中「正是」和「又」這兩個虛詞一轉一跌，更在字裡行間寓藏著無限感慨。江南好風景，恰恰成了亂離時世和沉淪身世的有力反襯。一位老歌唱家與一位老詩人在飄流顛沛中重逢了，落花流水的風光，點綴著兩位形容憔悴的老人，成了時代滄桑的一幅典型畫圖。它無情地證實「開元全盛日」已經成為歷史陳跡，一場翻天覆地的大動亂，使杜甫和李龜年這些經歷過盛世的人，淪落到了不幸的地步。感慨無疑是很深的，但詩人寫到「落花時節又逢君」，卻黯然而收，在無言中包孕著深沉的慨嘆，痛定思痛的悲哀。這樣「剛開頭卻又煞了尾」，連一句也不願多說，真是顯得蘊藉之極。清沈德潛評此詩：「含意未申，有案未斷」（《唐詩別裁集》）。這「未申」之意對於有著類似經歷的當事者李龜年，自不難領會；對於後世善於知人論世的讀者，也不難把握。像清洪昇《長生殿．彈詞》中李龜年所唱的「當時天上清歌，今日沿街鼓板」，「唱不盡興亡夢幻，彈不盡悲傷感嘆，淒涼滿眼對江山」等等，儘管反覆唱嘆，意思並不比杜詩更多，倒很像是劇作家從杜詩中抽繹出來似的。

四句詩，從岐王宅裡、崔九堂前的「聞」歌，到落花江南的重「逢」，「聞」、「逢」之間，聯結著四十年的時代滄桑、人生巨變。儘管詩中沒有一筆正面涉及時世身世，但透過詩人的追憶感喟，讀者卻不難感受到給唐代社會物質財富和文化繁榮帶來浩劫的那場大動亂的陰影，以及它給人們造成的巨大災難和心靈創傷。確實可以說「世運之治亂，年華之盛衰，彼此之淒涼流落，俱在其中」（清孫洙《唐詩三百首》評）。正像舊戲舞臺上不用布景，觀眾透過演員的歌唱表演，可以想像出極廣闊的空間背景和事件過程；又像小說裡往往透過一個人的命運，反映一個時代一樣。這首詩的成功創作似乎可以告訴我們：在具有高度藝術概括力和豐富生活體驗的大詩人那裡，絕句這樣短小的體裁究竟可以具有多大的容量，而在表現如此豐富的內容時，又能達到怎樣一種舉重若輕、渾然無跡的境界。（劉學鍇、余恕誠）

李華

【作者小傳】（約七一五～七七四）字遐叔，趙郡贊皇（今屬河北）人。唐玄宗開元進士，官監察御史、右補闕。安祿山陷長安時，曾受職，亂平貶官，後起官至檢校吏部員外郎，其文與蕭穎士齊名。其詩辭采流麗。原有集，已散佚，後人輯有《李遐叔文集》。（新、舊《唐書》本傳、《唐詩紀事》卷二一）

春行即興

李華

宜陽城下草萋萋，澗水東流復向西。
芳樹無人花自落，春山一路鳥空啼。

這是一首景物小詩。作者春天經由宜陽時，因對眼前景物有所感觸，即興抒發了國破山河在、花落鳥空啼的愁緒。

宜陽，縣名，在今河南省西部，洛河中游，即唐代福昌縣城。唐代最大的行宮之一——連昌宮就坐落在這裡。境內女几山是著名的風景區，山上有蘭香神女廟，山中古木流泉，鳥語花香，景色妍麗，是一座天然的大花園。它年年都吸引著皇室、貴族、墨客、遊人前來觀賞。然而，在安史亂中，這裡遭到嚴重破壞，景象荒涼。

李華〈春行即興〉——明刊本《唐詩畫譜》

此詩寫於安史之亂平息後不久。

「宜陽城下草萋萋」，作者站立城頭觀賞景致，只見大片土地荒蕪，處處長滿了茂盛的野草。接著，一筆便把人們的視野帶到了連昌宮和女几山一帶：「澗水東流復向西」。太平時期，登上那武后、玄宗曾走過的「玉真路」，不僅可以觀看「鳴流走響韻，含笑樹頭花」的美景，而且也會看到農民利用澗水灌溉的萬頃良田，但現在，這裡清泠泠的山泉卻再沒人汲引灌溉，而是任其「東流復向西」了。昔日，這裡的香竹、古柳、怪柏、蒼松，無處不吸引著眾多的遊客；而今，且莫說那些，就是紅顏吐芳的春花，也早已無人欣賞了。「芳樹無人花自落」，這裡強調「無人」二字，便道出了詩人對時代的感慨，說明經過安史之亂，再也無人來此觀賞，只好任其自開自落罷了！「春山一路鳥空啼」，春山一路，使人想像到山花爛熳，鳥語宛轉的佳境，但著以「空啼」二字，卻成了以樂寫哀，以鬧襯寂，充分顯示了山路的荒寞；這裡再也見不到那麼多的遊人墨客，而且連耕農、樵夫、村姑都不見了。「自落」、「空啼」相照應，寫出了詩人面對大好山河的多少寂寞之感啊！

清李漁《窺詞管見》有云：「詞雖不出情景二字，然二字亦分主客，情為主，景是客。說景即是說情，非借物遣懷，即將人喻物。有全篇不露秋毫情意，而實句句是情、字字關情者。」詩和詞在表現手法上是一致的。這首詩雖然還不能說就做到了「全篇不露秋毫情意」，但句句寫景，句句含情，卻是比較突出的。尤其值得提出的是，詩中雖然寫的綠草、芳樹、山泉、鳥語，都是一些宜人之景，但是這些景色都是為了襯托詩人淒涼的心境，充分顯示了詩人對時代的深沉嘆惋。（傅經順）

岑參

【作者小傳】（約七一五～七七〇）江陵（今屬湖北）人。唐玄宗天寶進士，曾隨高仙芝到安西、武威，後又往來於北庭、輪臺間。官至嘉州刺史，卒於成都，世稱岑嘉州。長於七言歌行。所作善於描繪塞上風光和戰爭景象；氣勢豪邁，情辭慷慨，語言變化自如。與高適齊名，並稱「高岑」。有《岑嘉州詩集》。（《唐詩紀事》卷二三、《唐才子傳》卷三）

白雪歌送武判官①歸京 岑參

北風捲地白草折，胡天八月即飛雪。忽如②一夜春風來，千樹萬樹梨花開。
散入珠簾濕羅幕，狐裘不暖錦衾薄。將軍角弓不得控，都護鐵衣冷難著。
瀚海闌干百丈冰，愁雲黲淡萬里凝。中軍置酒飲歸客，胡琴琵琶與羌笛。
紛紛暮雪下轅門，風掣紅旗凍不翻。輪臺③東門送君去，去時雪滿天山路。
山迴路轉不見君，雪上空留馬行處。

〔註〕①判官：唐代節度使、觀察使下的屬官。②一作「忽然」。③輪臺：在今新疆米泉市境。

此詩是一首詠雪送人之作。唐玄宗天寶十三載（七五四），岑參再度出塞，充任安西北庭節度使封常清的判官。武某或即其前任。為送他歸京，寫下此詩。「岑參兄弟皆好奇」（杜甫〈渼陂行〉），讀此詩處處不要忽略一個「奇」字。

此詩開篇就奇突。未及白雪而先傳風聲，所謂「筆所未到氣已吞」（蘇軾〈鳳翔八觀·王維吳道子畫〉）——全是飛雪之精神。大雪必隨颳風而來，「北風捲地」四字，妙在由風而見雪。「白草」，據《漢書·西域傳》顏師古註，乃西北一種草名，王先謙補註謂其性至堅韌。然經霜草脆，故能斷折（如為春草則隨風俯仰不可「折」）。「白草折」又顯出風來勢猛。八月秋高，而北地已滿天飛雪。「胡天八月即飛雪」，一個「即」字，維妙維肖地寫出由南方來的人少見多怪的驚奇口吻。

塞外苦寒，北風一吹，大雪紛飛。詩人以「春風」使梨花盛開，比擬「北風」使雪花飛舞，極為新穎貼切。「忽如」二字下得甚妙，不僅寫出了「胡天」變幻無常，大雪來得急驟，而且，再次傳出了詩人驚喜好奇的神情。「千樹萬樹梨花開」的壯美意境，頗富有浪漫色彩。南方人見過梨花盛開的景象，那雪白的花不僅是一朵一朵，而且是一團一團，花團錦簇，壓枝欲低，與雪壓冬林的景象極為神似。春風吹來梨花開，竟至「千樹萬樹」，重疊的修辭表現出景象的繁榮壯麗。「春雪滿空來，觸處似花開」（東方虬〈春雪〉），也以花喻雪，匠心略同，但無論豪情與奇趣都得讓此詩三分。詩人將春景比冬景，尤其將南方春景比北國冬景，幾使人忘記奇寒而內心感到喜悅與溫暖，著想、造境俱稱奇絕。要品評這詠雪之千古名句，恰有一個成語——「妙手回春」。

以寫野外雪景作了漂亮的開端後，詩筆從帳外寫到帳內。那片片飛「花」飄飄而來，穿簾入戶，沾在幕幃上慢慢消融……「散入珠簾濕羅幕」一語承上啟下，轉換自然從容，體物入微。「白雪」的影響侵入室內，倘是南方，穿「狐裘」必發炸熱，而此地「狐裘不暖」，連裹著暖和的「錦衾」也只覺單薄。「一身能擘兩雕弧」（王維〈少年行四首〉其三）的邊將，居然拉不開角弓；平素是「將軍金甲夜不脫」（岑參〈走馬川行奉送出師西征〉），而此時是「都護鐵衣冷難著」。二句兼都護（鎮邊都護府的長官）將軍言之，互文見義。這四句，有人認為表現了邊地將士苦寒生活。僅著眼這幾句，誰說不是？但從「白雪歌」歌詠的主題而言，這主要是透過人和人的感受，透過種種在南來人視為反常的情事寫天氣的奇寒，寫白雪的威力。這真是一支白雪的贊歌呢。透過人的感受寫嚴寒，手法又具體真切，不流於抽象概念。詩人對奇寒津津樂道，使人不覺其苦，反覺冷得新鮮，寒得有趣。這又是詩人「好奇」個性的表現。

場景再次移到帳外，而且延伸向廣遠的沙漠和遼闊的天空：浩瀚的沙海，冰雪遍地；雪壓冬雲，濃重稠密，雪雖暫停，但看來天氣不會在短期內好轉。「瀚海闌干百丈冰，愁雲黲淡萬里凝」，二句以誇張筆墨，氣勢磅礴地勾出瑰奇壯麗的沙塞雪景，又為「武判官歸京」安排了一個典型的送別環境。如此酷寒惡劣的天氣，長途跋涉將是艱辛的呢！「愁」字隱約對離別分手作了暗示。

於是寫到中軍帳（主帥營帳）置酒飲別的情景。如果說以上主要是詠雪而漸有寄情，以下則正寫送別而以白雪為背景。「胡琴琵琶與羌笛」句，並列三種樂器而不寫音樂本身，頗似笨拙，但仍能間接傳達一種急管繁弦的場面，以及「總是關山舊別情」（王昌齡〈從軍行七首〉其二）的意味。這些邊地之器樂，對於送者能觸動鄉愁，於送別之外別有一番滋味。寫餞宴給讀者印象深刻而落墨不多，這也表明作者根據題意在用筆上分了主次詳略。

送客送出軍門，時已黃昏，又見大雪紛飛。這時看見一個奇異景象：儘管風颳得挺猛，轅門上的紅旗卻一動也不動——它已被冰雪凍結了。這一生動而反常的細節再次傳神地寫出天氣奇寒。而那以白雪為背景的鮮紅一點，那冷色基調的畫面上的一星暖色，反襯得整個境界更潔白，更寒冷；那雪花亂飛的空中不動的物象，又襯得整個畫面更加生動。這是詩中又一處精彩的奇筆。

送客送到路口，這是輪臺東門。儘管依依不捨，畢竟是分手的時候了。大雪封山，路可怎麼走啊！路轉峰迴，行人消失在雪地裡，詩人還在深情地目送。這最後的幾句是極其動人的，成為此詩出色的結尾，與開篇悉稱。看著「雪上空留」的馬蹄跡，他想些什麼？是對行者難捨而生留戀，是為其「長路關山何日盡」（張謂〈送盧舉使河源〉）而發愁，還是為自己歸期未卜而惆悵？結束處有悠悠不盡之情，意境與漢代古詩「步出城東門，遙望江南路。前日風雪中，故人從此去」名句差近，但用在詩的結處，效果更見佳妙。

充滿奇情妙思，是此詩主要的特色（這很能反映詩人創作個性）。作者用敏銳的觀察力和感受力捕捉邊塞奇觀，筆力矯健，有大筆揮灑（如「瀚海」二句），有細節勾勒（如「風掣紅旗凍不翻」），有真實生動的摹寫，也有浪漫奇妙的想像（如「忽如」二句），再現了邊地瑰麗的自然風光，充滿濃郁的邊地生活氣息。全詩融合著強烈的主觀感受，在歌詠自然風光的同時還表現了雪中送人的真摯情誼。詩情內涵豐富，意境鮮明獨特，具有極強的感染力。詩的語言明朗優美，又利用換韻與場景畫面交替的配合，形成跌宕生姿的節奏旋律。詩中或二句一轉韻，或四句一轉韻，轉韻時場景必更新：開篇入聲起音陡促，與風狂雪猛畫面配合；繼而音韻輕柔舒緩，隨即出現「春暖花開」的美景；以下又轉沉滯緊澀，出現軍中苦寒情事……末四句漸入徐緩，畫面上出現漸行漸遠的馬蹄印跡，使人低迴不已。全詩音情配合極佳，當得「有聲畫」的稱譽。（周嘯天）

走馬川行奉送出師西征

岑參

君不見走馬川①行雪海邊②，平沙莽莽黃入天。
輪臺③九月風夜吼，一川碎石大如斗，隨風滿地石亂走。
匈奴草黃馬正肥，金山西見煙塵飛，漢家大將西出師。
將軍金甲夜不脫，半夜軍行戈相撥，風頭如刀面如割。
馬毛帶雪汗氣蒸，五花連錢旋作冰，幕中草檄硯水凝。
虜騎聞之應膽懾，料知短兵不敢接，車師④西門佇獻捷。

〔註〕①走馬川：又名左末河，即今之車爾成河，在今新疆維吾爾自治區境內。一說指冰川遺跡。②雪海：泛指西域一帶地區。③輪臺：在今新疆米泉市境。④車師：唐安西都護府所在地，今新疆維吾爾自治區吐魯番縣。

岑參詩的特點是意奇語奇，尤其是邊塞之作，奇氣益著。〈白雪歌送武判官歸京〉是奇而婉，側重在表現邊塞綺麗瑰異的風光，給人以清新俊逸之感；這首詩則是奇而壯，風沙的猛烈，人物的豪邁，都給人以雄渾壯美之感。詩人在任安西北庭節度判官時，封常清出兵去征播仙，他便寫了這首詩為封送行。

為了表現邊防將士高昂的愛國精神，詩人用了反襯手法，極力渲染、誇張環境的惡劣，來突出人物不畏艱險的精神。

首先圍繞「風」字落筆，描寫出征的自然環境。這次出征將經過走馬川、雪海邊，穿進戈壁沙漠。「平沙莽莽黃入天」，這是典型的絕域風沙景色，狂風怒捲，黃沙飛揚，遮天蔽日，迷迷濛濛，一派混沌的景象。開頭兩句無一「風」字，但捕捉住了風「色」，把風的猛烈寫得歷歷在目。這是白天的景象。

「輪臺九月風夜吼，一川碎石大如斗，隨風滿地石亂走。」對風由暗寫轉入明寫。行軍由白日而入黑夜，風「色」是看不見了，便轉而寫風聲。狂風像發瘋的野獸，在怒吼，在咆哮。「吼」字形象地顯示了風猛風大。接著又透過寫石頭來寫風。斗大的石頭，居然被風吹得滿地滾動，再著一「亂」字，就更表現出風的狂暴。「平沙莽莽」句寫天，「石亂走」句寫地，三言兩語就把環境的險惡生動地勾勒出來了。

下面寫匈奴利用草黃馬肥的時機發動了進攻。「金山西見煙塵飛」，「煙塵飛」三字，形容報警的烽煙同匈奴鐵騎捲起的塵土一起飛揚，既表現了匈奴軍旅的氣勢，也說明了唐軍早有戒備。下面，詩由造境轉而寫人。詩歌的主人公——頂風冒寒前進著的唐軍將士出現了。詩人很善於抓住典型的環境和細節來描寫唐軍將士勇武無敵的颯爽英姿。如環境是夜間，「將軍金甲夜不脫」，以夜不脫甲，寫將軍重任在肩，以身作則。「半夜軍行戈相撥」寫半夜行軍。從「戈相撥」的細節可以想見夜晚一片漆黑，和大軍銜枚疾走、軍容整肅嚴明的情景。寫邊地的嚴寒，不寫千丈之堅冰，而是透過幾個細節來描寫來表現的。「風頭如刀面如割」，呼應前面風的描寫；同時也是大漠行軍最真切的感受。

「馬毛帶雪汗氣蒸，五花連錢旋作冰。」戰馬在寒風中奔馳，那蒸騰的汗水，立刻在馬毛上凝結成冰。詩人抓住了馬身上那凝而又化、化而又凝的汗水進行細緻的刻畫，以少勝多，充分渲染了天氣的嚴寒，環境的艱苦和臨戰的緊張氣氛。「幕中草檄硯水凝」，軍幕中起草檄文時，發現連硯水也凍結了。詩人巧妙地抓住了這個細節，筆墨酣暢地表現出將士們鬥風傲雪的戰鬥豪情。這樣的軍隊有誰能敵呢？這就引出了最後三句，料想敵軍聞風喪膽，預祝奏凱而歸，行文就像水到渠成一樣自然。

全篇奇句豪氣，風發泉湧，由於詩人有邊疆生活的親身體驗，因而此詩能「奇而入理」，「奇而實確」（清洪亮吉《北江詩話》），真實動人。

全詩句句用韻，三句一轉，韻位密集，換韻頻數，節奏急促有力，情韻靈活流宕，聲調激越豪壯，有如音樂中的進行曲。（張燕瑾）

輪臺歌奉送封大夫出師西征　岑參

輪臺城頭夜吹角，輪臺城北旄頭落。羽書昨夜過渠黎，單于已在金山西。
戍樓西望煙塵黑，漢兵屯在輪臺北。上將擁旄西出征，平明吹笛大軍行。
四邊伐鼓雪海湧，三軍大呼陰山動。虜塞兵氣連雲屯，戰場白骨纏草根。
劍河風急雪片闊，沙口石凍馬蹄脫。亞相勤王甘苦辛，誓將報主靜邊塵。
古來青史誰不見，今見功名勝古人。

這首七古與上一首〈走馬川行奉送出師西征〉係同一時期、為同一事、贈同一人之作。但〈走馬川行〉未寫戰鬥，而是透過將士頂風冒雪的夜行軍情景烘托必勝之勢；此詩則直寫戰陣之事，具體手法與前詩也有所不同。此詩可分四層。

起首六句寫戰鬥以前兩軍對壘的緊張狀態。雖是製造氣氛，卻與〈走馬川行〉從自然環境落筆不同。那裡是飛沙走石，暗示將有一場激戰；而這裡卻直接從戰陣入手：軍府駐地的城頭，角聲劃破夜空，呈現出一種異樣的沉寂，暗示部隊已進入緊張的備戰狀態。據《史記．天官書》：「昴日髦頭（旄頭），胡星也。」古人認為旄頭跳躍主胡兵大起，而「旄頭落」則主胡兵覆滅。「輪臺城頭夜吹角，輪臺城北旄頭落」，連用「輪臺城」三字開頭，造成連貫的語勢，烘托出圍繞此城的戰時氣氛。把「夜吹角」與「旄頭落」兩種現象聯繫起來，既能表達一種敵愾的意味，又象徵唐軍之必勝。氣氛醞足，然後倒插一筆：「羽書昨夜過渠黎（在今新疆輪臺東南），單于已在金山（阿爾泰山）西」，交代出局勢緊張的原因在於胡兵入寇（詩中地名均非實指）。果因倒置的手法，使開篇奇突警湛。「單于已在金山西」與「漢兵屯在輪臺北」，以相同句式，兩個「在」字，寫出兩軍對壘之勢。敵對雙方如此逼近，以至「戍樓西望煙塵黑」，寫出一種瀕臨激戰的靜默。局勢之緊張，大有一觸即發之勢。

緊接四句寫白晝出師與接仗。手法上與〈走馬川行〉寫夜行軍大不一樣，那裡是銜枚急走，不聞人聲，極力描寫自然；而這裡極力渲染吹笛伐鼓，是堂堂之陣，正正之旗，突出軍隊的聲威。開篇是那樣奇突，而寫出師是如此從容、鎮定，一張一弛，氣勢益顯。作者寫自然好寫大風大雪、極寒酷熱，而這裡寫軍事也是同一作風，將是擁旄（節旄，軍權之象徵）之「上將」，三軍則寫作「大軍」，士卒吶喊是「大呼」。總之，「其所表現的人物事實都是最偉大、最雄壯的、最愉快的，好像一百二十面鼓，七十面金鉦合奏的鼓吹曲一樣，十分震動人的耳鼓。和那絲竹一般細碎而悲哀的詩人正相反對」（徐嘉瑞〈岑參〉）。於是軍隊的聲威超於自然之上，彷彿冰凍的雪海亦為之洶湧，巍巍陰山亦為之搖撼，這出神入化之筆表現出一種所向無敵的氣概。

「三軍大呼陰山動」，似乎胡兵亦將敗如山倒。殊不知下面四句中，作者拗折一筆，戰鬥並非勢如破竹，而鬥爭異常艱苦。「虜塞兵氣連雲屯」，極言對方軍隊集結之多。詩人借對方兵力強大以突出己方兵力的更為強大，這種以強襯強的手法極妙。「戰場白骨纏草根」，借戰場氣氛之慘淡暗示戰鬥必有重大傷亡。以下兩句又極寫氣候之奇寒。「劍河」、「沙口」這些地名有泛指意味，地名本身亦似帶殺氣；寫風日「急」，寫雪片曰「闊」，均突出了邊地氣候之特徵；而「石凍馬蹄脫」一語尤奇：石頭本硬，「石凍」則更硬，竟能使馬蹄脫落，則戰爭之艱苦就不言而喻了。作者寫奇寒與犧牲，似是渲染戰爭之恐怖，但這並不是他的最終目的。作為一個意志堅忍，喜好宏偉壯烈事物的詩人，如此淋漓興會地寫戰場的嚴寒與危苦，是在直面正視和欣賞一種悲壯畫面，他這樣寫，正是歌頌將士之奮不顧身。他越是寫危險與痛苦，便「越發得意，好像吃辣子的人，越辣的眼淚出，更越發快活」（徐嘉瑞〈岑參〉）。下一層中說到「甘苦辛」，亦應有他自身體驗在內。

末四句照應題目，預祝奏凱，以頌揚作結。封常清於唐玄宗天寶十三載（七五四）以節度使攝御史大夫。御史大夫在漢時位次宰相，故詩中美稱為「亞相」。「誓將報主靜邊塵」，雖只寫「誓」，但透過前面兩層對戰爭的正面敘寫與側面烘托，已經有力地暗示出此戰必勝的結局。末二句預祝之詞，說「誰不見」，意味著古人之功名書在簡策，萬口流傳，早覺不新鮮了，數風流人物，則當看今朝。「今見功名勝古人」，樸質無華而擲地有聲，遙應篇首而足以振起全篇。上一層寫戰鬥艱苦而此處寫戰勝之榮耀，一抑一揚，跌宕生姿。前此皆兩句轉韻，節奏較促，此四句卻一韻流轉而下，恰有奏捷的輕鬆愉快之感。在別的詩人看來，一面是「戰場白骨纏草根」，而一面是「今見功名勝古人」，不免生出「一將功成萬骨枯」（曹松〈己亥歲二首〉其二）一類感慨，蓋其同情在於弱者一面。而作為盛唐時代浪漫詩風的重要代表作家的岑參，無疑更喜歡強者，喜歡塑造「超人」的形象。讀者從「古來青史誰不見，今見功名勝古人」所感到的，不正如此麼？全詩四層寫來一張一弛，頓挫抑揚，結構緊湊，音情配合極好。有正面描寫，有側面烘托，又運用象徵、想像和誇張等手法，特別是渲染大軍聲威，造成極宏偉壯闊的畫面，使全詩充滿浪漫主義激情和邊塞生活的氣息，成功地表現了三軍將士建功報國的英勇氣概。就此而言，又與〈走馬川行〉並無二致。（周嘯天）

武威送劉判官赴磧西行軍　岑參

火山五月行人少，看君馬去疾如鳥。
都護行營太白西，角聲一動胡天曉。

唐玄宗天寶十載（七五一）五月，西北邊境石國太子引大食（古阿拉伯帝國）等部襲擊唐境，當時的武威（今屬甘肅）太守、安西節度使高仙芝將兵三十萬出征抵抗。此詩是作者於武威送僚友劉判官（名單）赴軍前之作，「磧西」即安西都護府。這是一首即興口占而頗為別致的送行小詩。

首句似即景信口道來，點明劉判官赴行軍的季候（「五月」）和所向。「火山」即今新疆吐魯番的火焰山，海拔四五百米，岩石多為第三紀砂岩，色紅如火，氣候炎熱。尤其時當盛夏五月，那是「火雲滿山凝未開，鳥飛千里不敢來」（〈火山雲歌送別〉）的。鳥且不敢飛，無怪「行人少」了。所以此句還寫出了火山赫赫炎威。而那裡正是劉判官赴軍必經之地。這裡未寫成行時，先出其路難行之懸念。常人視火山為畏途，讀者便等著看劉判官的了。

接著便寫劉判官過人之勇。「看君馬去疾如鳥」，使讀者如睹這樣景象：烈日炎炎，黃沙莽莽，在斷絕人煙的原野上，一匹飛馬掠野而過，向火山撲去。那騎者身手何等矯健不凡！以鳥形容馬，不僅寫出其疾如飛，又透過其小，反襯出原野之壯闊。本是「鳥飛千里不敢來」的火山，現在竟飛來這樣一隻不避烈焰的勇敢的

「鳥」，令人肅然起敬。這就形象地歌頌了劉判官一往無前的氣概。全句以一個「看」字領起，嘖嘖讚嘆聲如聞。

「都護行營太白西」。初看第三句不過點明此行的目的地，說臨時的行營遠在太白星的西邊——這當然是極言其遠的誇張。這樣寫卻顯得很威風，很有氣派。細細品味，這主要是由於「都護行營」和「太白」二詞能喚起莊嚴雄壯的感覺。它們與當前唐軍高仙芝部的軍事行動有關。「太白」，亦稱金星，古人認為它的出現在某種情況下預示敵人的敗亡（「其出西失行，外國敗」，見《史記・天官書》）。明白這一點，末句含意自明。

「角聲一動胡天曉」，這最後一句真可謂一篇之警策。從字面解會，這是作者遙想軍營之晨的情景。本來是拂曉到來軍營便吹號角，然而在這位好奇詩人天真的心眼裡，卻是一聲號角將胡天驚曉（猶如號角能將兵士驚醒一樣）。這實在可與後來李賀「雄雞一聲天下白」（〈致酒行〉）的奇句媲美，顯出唐軍將士迴旋天地的凌雲壯志。聯繫上句「太白」出現所預兆的，這句之含蘊比字面意義遠為深刻。它實際等於說：只要唐軍一聲號令，便可決勝，一掃如磐夜氣，使西域重見光明。此句不但是賦，而且含有比興、象徵之意。正因為如此，這首送別詩才脫棄一般私誼範疇，而昇華到更高的思想境界。

此詩不落一般送別詩之窠臼。它沒有直接寫惜別之情和直言對勝利的祝願。而只就此地與彼地情景略加誇張與想像，敘述自然，比興得體，頗能壯僚友之行色，惜別與祝捷之意也就見於言外，在送別詩中堪稱獨具一格了。（周嘯天）

送李副使赴磧西官軍 岑參

火山六月應更熱，赤亭道口行人絕。知君慣度祁連城①，豈能愁見輪臺②月。

脫鞍暫入酒家壚，送君萬里西擊胡。功名祇向馬上取，真是英雄一丈夫。

〔註〕①祁連城：在今甘肅張掖縣西南。②輪臺：唐代庭州有輪臺縣，這裡指漢置古輪臺（在今新疆輪臺縣東南），李副使赴磧西經過此地。

這首送別詩，既不寫餞行時的歌舞盛宴，也不寫分手時的難捨離情。作者只是以知己的身份說話行事，祝酒勸飲，然而字裡行間卻使人感到一股激情在蕩漾。

這是唐玄宗天寶十載（七五一）六月，李副使（名不詳）將離武威，遠赴磧西，即安西都護府（治所在今新疆庫車附近）。因而詩的開頭兩句即點明時令，以李副使出塞途中必經的火山、赤亭這段最艱苦的旅程開篇。「火山五月行人少」（〈武威送劉判官赴磧西行軍〉），詩人早有吟詠，況六月酷暑？作者不從餞行話別落筆，而以火山、赤亭起句，造成一個特殊的背景，烘托出李副使不畏艱苦，毅然應命前行的豪邁氣概，而一路珍重的送別之意也暗含其中了。三、四兩句在寫法上作一轉折，明寫李氏不平凡的經歷，激勵其一往無前：知道您經常出入邊地，豈能見到輪臺的月亮而惹起鄉愁呢？這裡「豈能」故作反問，暗示出李副使長期馳騁沙場，早已把鄉愁置於腦後了。「豈能愁見輪臺月」，是盛唐時代人們積極進取精神的反映，是盛唐之音中一個昂揚的音節。詩的五、六兩句是招呼、勸說的口氣，挽留李副使脫鞍稍駐，暫入酒家，飲酒話別。作者越過一般送別詩多訴依依不捨之情的藩籬，直接提出此次西行「擊胡」的使命，化惆悵為豪放，在送別的詩題下開拓了新的意境。詩末兩句直抒胸襟，更是氣貫長虹：功名請向戎馬沙場上求取，這才是一個真正的大丈夫。「衹向」，語氣恭敬而堅決。這既可看作岑參勉勵李氏立功揚名，創造英雄業績，又何嘗不是自己的理想和壯志呢？這兩句將詩情推向高潮，英雄豪氣使後世多少讀者為之激動振奮。

這首詩熔敘事、抒情、議論於一爐，並且突破了一般送別詩的窠臼。其口語化的詩歌語言，讓人感到親切灑脫。悠揚流美的聲調給人以奔放明快的詩意感受。自由活潑的韻律，跌宕有致的節奏，顯示出一種豪邁的氣勢，傳達出火一般的激情，無疑將給遠行者以極大的鼓舞力量。（林家英）

涼州館中與諸判官夜集

岑參

彎彎月出掛城頭，城頭月出照涼州。涼州七里十萬家，胡人半解彈琵琶。

琵琶一曲腸堪斷，風蕭蕭兮夜漫漫。河西幕中多故人，故人別來三五春。

花門樓前見秋草，豈能貧賤相看老。一生大笑能幾回，斗酒相逢須醉倒。

這首詩中所說的涼州，治所在今甘肅武威，唐河西節度府設於此地。館，客舍。從「河西幕府多故人，故人別來三五春」等詩句看，岑參此時在涼州作客。涼州河西節度使幕府中，詩人有許多老朋友，常歡聚夜飲。

「彎彎月出掛城頭，城頭月出照涼州。」首先出現的是城頭彎彎的明月。然後隨著明月升高，銀光鋪瀉，出現了月光照耀下的涼州城。首句「月出」，指月亮從地平線升起；次句「月出」，指月亮在城頭上繼續升高。

「涼州七里十萬家，胡人半解彈琵琶。」這是隨著月光的照耀，更清晰地呈現了涼州的全貌。「涼州」，有的本子作「梁州」（今陝西漢中市）。這是因為後人看到「七里十萬家」，認為涼州沒有這種規模而妄改的。其實，唐前期的涼州是與揚州、益州等城市並列的第一流大都市。「七里十萬家」，正是大筆淋漓地勾畫出這座西北重鎮的氣派和風光。而下一句，就更見出是涼州了。涼州在邊塞，居民中胡人很多。他們能歌善舞，多半會彈奏琵琶。不用說，在月光下的涼州城，蕩漾著一片琵琶聲。這裡寫出了涼州城的歌舞繁華、和平安定，同時帶著濃郁的邊地情調。

「琵琶一曲腸堪斷，風蕭蕭兮夜漫漫。」仍然是寫琵琶聲，但已慢慢向夜宴過渡了。這「一曲琵琶」，已不是「胡人半解彈琵琶」的滿城琵琶聲，乃是指宴會上的演奏。「腸堪斷」，形容琵琶動人。「風蕭蕭兮夜漫漫」，是空曠而又多風的西北地區夜晚給人的感受。這種感受由於「琵琶一曲」的演奏更加增強了。

以上六句主要寫環境背景。詩人吸取了民歌的藝術元素，運用頂針句法，句句用韻，兩句一轉，構成輕快的、詠唱的情調，寫出涼州的宏大、繁榮和地方色彩。最後一句「風蕭蕭兮夜漫漫」，用了一個「兮」字和疊詞「蕭蕭」、「漫漫」，使節奏舒緩了下來。後面六句即正面展開對宴會的描寫，不再句句用韻，也不再連續使用頂針句法。

「河西幕中多故人，故人別來三五春。」兩句重複「故人」二字，見出情誼深厚。因為「多故人」，與各人離別的時間自然不盡相同，所以說「三五春」，下語是經過斟酌的。

「花門樓前見秋草，豈能貧賤相看老。」「花門樓」在這裡即指涼州館舍的樓房。二句接「故人別來三五春」，說時光迅速，又到了秋天草黃的季節了。歲月催人，哪能互相看著在貧賤中老下去呢？言下之意是要趕快建立功業。

「一生大笑能幾回，斗酒相逢須醉倒。」一個「笑」字，寫出岑參和他朋友的本色。宴會中不時地爆發出大笑聲，這樣的歡會，這樣的大笑，一生中也難得有幾回，老朋友們端著酒杯相遇在一起，能不為之醉倒！

這首詩把邊塞生活情調和強烈的時代氣息結合了起來。全詩由月照涼州開始，在著重表現邊城風光的同時，那種月亮照耀著七里十萬家和城中蕩漾的一片琵琶聲，也鮮明地透露了當時涼州的闊大的格局、和平安定的氣氛。如果拿它和宋代范仲淹的〈漁家傲．麟州秋思〉相比，即可見同樣是寫邊城，寫秋天的季節，寫少數民族的音樂，但那種「長煙落日孤城閉」、「羌管悠悠霜滿地」的描寫，所表現的時代氣氛就完全不同了。

至於詩所寫的夜宴，更是興會淋漓，豪氣縱橫，不是盛唐的人不能如此。「花門樓前見秋草，豈能貧賤相看老。」不是有感於時光流逝，嘆老嗟卑，而是有著能夠掌握自己命運的豪邁感，表現出奮發的人生態度。「一生大笑能幾回」的笑，更是爽朗健康的笑。它來源於對前途、對生活的信心。同樣，末句「須醉倒」，也不是借酒澆愁，而是以酒助興，是豪邁樂觀的醉。讀者從人物的神態中，能感受到盛唐的時代脈搏。（余恕誠）

寄左省杜拾遺

岑參

聯步趨丹陛①，分曹限紫微②。曉隨天仗③入，暮惹御香④歸。
白髮悲花落，青雲羨鳥飛。聖朝無闕事，自覺諫書稀。

〔註〕①丹陛：皇宮的紅色臺階，借指朝廷。②曹：官署。紫微：古人以紫微星垣比喻皇帝居處，此指朝會時皇帝所居的宣政殿。中書省在殿西，門下省在殿東。③天仗：皇帝的儀仗。④御香：朝會時殿中設爐燃香。

詩題中的「杜拾遺」，即杜甫。岑參與杜甫在唐肅宗至德二年至乾元元年初（七五七～七五八），同仕於朝；岑任右補闕，屬中書省，居右署；杜任左拾遺，屬門下省，居左署，故稱「左省」。「拾遺」和「補闕」都是諫官。岑、杜二人，既是同僚，又是詩友。這是他們的唱和之作。

前四句是敘述與杜甫同朝為官的生活境況。詩人連續鋪寫「天仗」、「丹陛」、「御香」、「紫微」，表面看，好像是在炫耀朝官的榮華顯貴；但揭開「榮華顯貴」的帷幕，卻使我們看到另外的一面：朝官生活多麼空虛、無聊、死板、老套。不是麼？每天他們總是煞有介事、誠惶誠恐地「趨」（小跑）入朝廷，分列殿廡東西。但君臣們辦了什麼轟轟烈烈的大事？定了什麼興利除弊、定國安邦之策呢？沒有。詩人特意告訴我們，清早，他們隨威嚴的儀仗入朝，而到晚上，唯一的收穫就是沾染一點「御香」之氣而「歸」罷了。「曉」、「暮」兩字說明這種庸俗無聊的生活，日復一日，天天如此。這對於立志為國建功的詩人來說，怎能不感到由衷的厭惡？

五、六兩句，詩人直抒胸臆，向老朋友吐露內心的悲憤。「白髮悲花落，青雲羨鳥飛。」這兩句中，「悲」字是中心，一個字概括了詩人對朝官生活的態度和感受。詩人為大好年華浪費於「朝隨天仗入，暮惹御香歸」的無聊生活而悲，也為那種「聯步趨丹陛，分曹限紫微」的木偶般的境遇而不勝愁悶。因此，低頭見庭院落花而倍感神傷，抬頭睹高空飛鳥而頓生羨慕。如果我們聯繫當時安史亂後國家瘡痍滿目、百廢待興的時事背景，對照上面四句所描寫的死氣沉沉、無所作為的朝廷現狀，就會更加清楚地感到「白髮悲花落，青雲羨鳥飛」兩句，語憤情悲，抒發了詩人對時事和身世的無限感慨。

詩的結尾兩句，是全詩的高潮。「闕事」，指缺點、過錯。有人說這兩句是吹捧朝廷，倘若真是這樣，詩人又何須「悲花落」、「羨鳥飛」，甚至愁生白髮呢？很顯然，這「聖朝無闕事」，是詩人憤慨至極，故作反語；與下句合看，既是諷刺，也是揭露。只有那昏庸的統治者，才會自詡聖明，自以為「無闕事」，拒絕納諫。正因為如此，身任「補闕」的詩人見「闕」不能「補」，「自覺諫書稀」。一個「稀」字，反映出詩人對文過飾非、諱疾忌醫的唐王朝失望的心情。這和當時同為諫官的杜甫感慨「袞職曾無一字補」（〈題省中壁〉）、「何用浮榮絆此身」（〈曲江二首〉），是語異而心同的。所以杜甫讀了岑參詩後，心領神會，奉答曰：「故人得佳句，獨贈白頭翁。」（〈奉答岑參補闕見贈〉）他是看出岑詩中的「潛臺詞」的。

這首詩，採用的是曲折隱晦的筆法，寓貶於褒，綿裡藏針，表面頌揚，骨子裡感慨身世遭際和傾訴對朝政的不滿。用婉曲的反語來抒發內心憂憤，使人有尋思不盡之妙。（何慶善）

行軍九日思長安故園 岑參

強欲登高去，無人送酒來。
遙憐故園菊，應傍戰場開。

唐代以九月九日重陽節登高為題材的好詩不少，並且各有特點。岑參的這首五絕，表現的不是一般的節日思鄉，而是對國事的憂慮和對戰亂中人民疾苦的關切。表面看來寫得平直樸素，實際構思精巧，情韻無限，是一首言簡意深、耐人尋味的抒情佳作。

這首詩的原註說：「時未收長安。」唐玄宗天寶十四載（七五五）安祿山起兵叛亂，次年長安被攻陷。至德二載（七五七）二月肅宗由彭原行軍至鳳翔，岑參隨行。九月唐軍收復長安，詩可能是該年重陽節在鳳翔寫的。岑參是南陽人，但久居長安，故稱長安為「故園」。

古人在九月九日重陽節有登高飲菊花酒的習俗，首句「登高」二字就緊扣題目中的「九日」。劈頭一個「強」字，則表現了詩人在戰亂中的淒清景況。第二句化用陶淵明的典故。據《南史．隱逸傳》記載：陶淵明有一次過重陽節，沒有酒喝，就在宅邊的菊花叢中獨自悶坐了很久。後來正好王弘送酒來了，才醉飲而歸。這裡反用其意，是說自己雖然也想勉強地按照習俗去登高飲酒，可是在戰亂中，沒有像王弘那樣的人來送酒助興。此句承前句而來，銜接自然，寫得明白如話，使人不覺是用典，達到了前人提出的「用事」的最高要求：「用事不使人覺，若胸臆語也。」（《顏氏家訓．文章》引邢卲語）正因為此處巧用典故，所以能引起人們種種的聯想和猜測：造成「無人送酒來」的原因是什麼呢？這裡暗寓著題中「行軍」的特定環境。

第三句開頭一個「遙」字，是渲染自己和故園長安相隔之遠，而更見思鄉之切。作者寫思鄉，沒有泛泛地籠統地寫，而是特別強調思念、憐惜長安故園的菊花。這樣寫，不僅以個別代表一般，以「故園菊」代表整個故園長安，顯得形象鮮明，具體可感；而且這是由登高飲酒的敘寫自然發展而來的，是由上述陶淵明因無酒而悶坐菊花叢中的典故引出的聯想，具有重陽節的節日特色，仍貼題目中的「九日」，又點出「長安故園」，可以說是切時切地，緊扣詩題。詩寫到這裡為止，還顯得比較平淡，然而這樣寫，卻是為了逼出關鍵的最後一句。這句承接前句，是一種想像之辭。本來，對故園菊花，可以有各種各樣的想像，詩人別的不寫，只是設想它「應傍戰場開」。這樣的想像扣住詩題中的「行軍」二字，結合安史之亂和長安被陷的時代特點，寫得新巧自然，真實形象，使我們彷彿看到了一幅鮮明的戰亂圖：長安城中戰火紛飛，血染天街，斷牆殘壁間，一叢叢菊花依然寂寞地開放著。此處的想像之辭顯然已然突破了單純的惜花和思鄉，而寄託著詩人對飽經戰爭憂患的人民的同情，對早日平定安史之亂的渴望。這一結句用的是敘述語言，樸實無華，但是寓巧於樸，餘意深長，耐人咀嚼，頓使全詩的思想和藝術境界出現了一個飛躍。（吳小林）

虢州後亭送李判官使赴晉絳①　岑參

西原驛路掛城頭，客散江亭雨未收。
君去試看汾水上②，白雲猶似漢時秋？

〔註〕①題下原註：「得秋字。」按：古代文人聚會作詩，有時事先作好韻簽，拈得或分得某字，就用此字為韻。岑參在此得「秋」字，就用「秋」字韻作此詩的韻腳。虢（音同國）州：唐屬河南道，故城在今河南靈寶南。晉絳（音同匠）：指晉州、絳州。晉州治所在今山西臨汾；絳州治所在今山西新絳。②汾水：發源於山西寧武，向西南流入黃河。

要讀懂這首七絕，至少要掃除兩重障礙。其一，是詩的寫作年代及其時代背景；其二，是判斷最後一句話的語氣。

看題目，自然是送行之作。當時的虢州城，大抵依山建築。西原是城外一個地方。北出黃河的驛路是由城外繞山而去的。所以詩的開頭，才有「西原驛路掛城頭」的話。此句驟看是寫景，城堞現出了一角，遠處有重重疊疊的山，驛路在山上穿行，看來就像掛在城頭似的；其實又是在敘事，點出送行題目。再把這第一句和次句連起來讀，還可以看到一個雨中送客的場景。除了城堞聳峙，遠山一抹，驛路蜿蜒之外，江邊還有送客亭；雨景中又彷彿可以看見行人上路，主人殷殷相送。純然以寫景來敘事達情，卻又達到情景交融的藝術效果，這是作者在攝取、提煉、表現三方面都下了力量的最好說明。

然而，這首詩不能看作是一般的送客應酬之作，詩人在詩中傾注的思想感情，要比單純的送別友人深廣得多。岑參是於唐肅宗乾元二年（七五九）至上元二年（七六一）出任虢州長史的，那時安史之亂還沒有結束。由於戰亂，國土破碎，人民罹難，詩人親眼見到過的開元盛世景象已經一去不復返了。

就在這樣的背景下，我們看到詩人感慨遙深地寫下了這兩句話：「君去試看汾水上，白雲猶似漢時秋？」話裡隱藏著一段典故：有一年，漢武帝劉徹到河東（今山西地區）去，祭了后土之神，又坐船在汾水上遊覽、飲宴，高興起來，做了一首〈秋風辭〉，有「秋風起兮白雲飛，草木黃落兮雁南歸」的話。漢武帝在位五十多年，是漢朝的鼎盛時期，而唐朝從貞觀到開元一百多年間，國力之盛，比起漢武帝時有過之而無不及。安史之亂一來，卻突然落得如此可悲的局面，詩人自然是不能不有所感觸的。恰好李判官要到晉絳去，詩人於是含蓄地向朋友提出這樣的探問：「李判官呵！你到汾水上的時候，看看那裡的雲光山色，可還像漢武帝那個時代那樣雄偉壯麗麼？」很明顯，隱藏在這兩句話後面的，是詩人對於唐帝國衰落的深沉的嘆息。漢武帝的豪情勝慨已經不可再見了，唐帝國的聲威功業難道也是這樣結束了嗎？一種對國家命運深切關懷的激情，在詩人胸中蕩漾。有了這兩句，就給這首送行詩平添許多光彩。我們喜愛它，就不僅僅因為它在藝術上的成就了。（劉逸生）

山房春事二首（其二）　岑參

梁園日暮亂飛鴉，極目蕭條三兩家。
庭樹不知人去盡，春來還發舊時花。

這是一首弔古之作。梁園又名兔園，俗名竹園，西漢梁孝王劉武所建，故址在今河南省商丘縣東，周圍三百多里。園中有百靈山、落猿岩、棲龍岫、雁池、鶴洲、鳧渚，宮觀相連，奇果佳樹，錯雜其間，珍禽異獸，出沒其中。梁孝王曾在園中設宴，一代才人枚乘、司馬相如等都應召而至。到了春天，更見熱鬧：百鳥鳴囀，繁花滿枝，車馬接軫，士女雲集。

就是這樣一個繁盛所在，如今所見，則是：「梁園日暮亂飛鴉，極目蕭條三兩家。」這兩句描畫出兩幅遠景：仰望空中，晚照中亂鴉聒噪；平視前方，一片蕭條，唯有三兩處人家。當年「聲音相聞」、「往來霞水」（西漢枚乘〈梁王兔園賦〉）的各色飛禽不見了，宮觀樓臺也已蕩然無存。不言感慨，而今古興亡、盛衰無常的感慨自在其中。從一句寫到二句，極自然，卻極工巧：人們對事物的注意，常常由聽覺引起。一片聒噪聲，引得詩人抬起頭來，故先寫空中亂鴉。「日暮」時分，眾鳥投林，從天空多鴉，自可想見地上少人，從而自然引出第二句中的一派蕭條景象。

詩人在遠望以後，收回目光，就近察看，只見庭園中的樹木，繁花滿枝，春色不減當年。就像聽到丁丁的伐木聲，更感到山谷的幽靜一樣，這突然闖入他的視野中的絢麗春光，進一步加深了他對梁園極目蕭條的印象。梁園已改盡昔日容顏，為什麼春花卻依舊盛開呢？「庭樹不知人去盡，春來還發舊時花。」詩人不說自己深知物是人非，卻偏從對面翻出，說是「庭樹不知」；不說今日梁園頹敗，深可傷悼，自己無心領略春光，卻說無知花樹遵循自然規律，偏在這一片蕭條之中依然開出當年的繁花。感情極沉痛，出語卻極含蘊。

作為一首弔古之作，梁園的蕭條是詩人所要著力描寫的。然而一、二兩句已經把話說盡，再要順著原有思路寫出，勢必疊床架屋。詩人於緊要處別開生面，在畫面的主題位置上添上幾筆豔麗的春色。以樂景寫哀情，相反而相成，梁園的景色愈見蕭條，詩人的弔古之情也愈見傷痛了，反襯手法運用得十分巧妙。

全詩分前後兩部分，筆法不同，色調各異，然而又並非另起爐灶，「庭樹」與「飛鴉」暗相關合（天空有鳥，地上有樹）。篇末以「舊時花」遙應篇首「梁園」，使全詩始終往復迴還於一種深沉的歷史感情之中。清沈德潛在《唐詩別裁集》中讚許這首詩說：「後人襲用者多，然嘉州實為絕調。」歷來運用反襯手法表現弔古主題的作品固然不少，但有如此詩老到圓熟的，卻不多見。（陳志明）

逢入京使 岑參

故園東望路漫漫，雙袖龍鍾淚不乾。
馬上相逢無紙筆，憑君傳語報平安。

唐玄宗天寶八載（七四九），岑參第一次遠赴西域，充安西節度使高仙芝幕府書記。他告別了在長安的妻子，躍馬踏上漫漫征途。

也不知走了多少天，就在通西域的大路上，他忽地迎面碰見一個老相識。立馬而談，互敘寒溫，知道對方要返京述職，頓時想到請他捎封家信回長安去。此詩就描寫了這一情景。

第一句是寫眼前的實景。「故園」指的是在長安自己的家。「東望」是點明長安的位置。離開長安已經好多天，回頭一望，只覺長路漫漫，塵煙蔽天。

第二句帶有誇張的意味，是強調自己思憶親人的激情，這裡就暗暗透出捎家書的微意了。「龍鍾」在這裡是淋漓沾濕的意思。「龍鍾」和「淚不乾」都形象地描繪了詩人對長安親人無限眷念的深情神態。

三、四句完全是行者匆匆的口氣。走馬相逢，沒有紙筆，也顧不上寫信了，就請你給我捎個平安的口信到家裡吧！岑參此行是抱著「功名祇向馬上取」（〈送李副使赴磧西官軍〉）的雄心，此時，心情是複雜的。他一方面有對帝京、故園相思眷戀的柔情，一方面也表現了詩人開闊豪邁的胸襟。

這首詩的好處就在於不假雕琢，信口而成，而又感情真摯。詩人善於把許多人心頭所想、口裡要說的話，用藝術手法加以提煉和概括，使之具有典型的意義。清人劉熙載曾說：「詩能於易處見工，便覺親切有味。」（《藝概．詩概》）在平易之中而又顯出豐富的韻味，自然深入人心，歷久不忘。岑參這首詩，正有這一特色。（劉逸生）

磧中作① 岑參

走馬西來欲到天，辭家見月兩回圓。
今夜未知何處宿，平沙莽莽絕人煙②。

〔註〕①磧（音同企）：沙漠。②「平沙」句：一作「平沙萬里絕人煙」。

在唐代詩壇上，岑參的邊塞詩以奇情異趣獨樹一幟。他兩次出塞，對邊塞生活有深刻的體會，對邊疆風物懷深厚的感情。這首〈磧中作〉，就寫下了詩人在萬里沙漠中勃發的詩情。

詩人精心攝取了沙漠行軍途中的一個剪影，向讀者展示他戎馬倥傯的動蕩生活。詩於敘事寫景中，巧妙地寄寓細微的心理活動，含而不露，蘊藉感人。

「走馬西來欲到天」，從空間落筆，氣象壯闊。走馬疾行，顯示旅途緊張。「西來」，點明了行進方向。「欲到天」，既寫出了邊塞離家之遠，又展現了西北高原野曠天低的氣勢。詩人在〈磧西頭送李判官入京〉中寫過「過磧覺天低」的雄渾詩句。大漠遼闊高遠，四望天地相接，真給人以「欲到天」的感覺。「辭家見月兩回圓」，則從時間著眼，柔情似水。表面上看，似乎詩人只是點明了離家赴邊已有兩月，交代了時間正當十五月圓；然而細一推敲，詩人無窮思念正蘊藏其中。一輪團圞的明月當空朗照，觸動了詩人的情懷，他不由得思想起辭別兩個月的「家」來。時間記得那麼清晰，表明他對故鄉、對親人的思念之殷切。現在，月圓人不圓，怎麼不叫人感慨萬分？也許他正想借這照耀千里的明月，把他的思念之情帶往故鄉，捎給親人？

詩人剛剛把他的心扉向我們打開了一條縫隙，透露出這樣一點點內心深處的消息，卻又立即由遐想回到現實——「今夜未知何處宿，平沙莽莽絕人煙」。前句故設疑問，只道「未知」，並不作正面回答，轉而融情入景，給讀者留下充分想像的餘地。後句寫出了明月照耀下，荒涼大漠無際無涯的朦朧景象。景色是蒼涼的，但感情並不低沉、哀傷。在詩人筆下，戎馬生涯的艱苦，邊疆地域的荒涼，正顯示詩人從軍邊塞的壯志豪情。正如詩人所說：「萬里奉王事，一身無所求。也知塞垣苦，豈為妻子謀！」（〈初過隴山途中呈宇文判官〉）。

這首詩以鮮明的形象造境寫情，情與景契合無間，情深意遠，含蘊豐富，讀來別有神韻。（張燕瑾）

戲問花門酒家翁 岑參

老人七十仍沽酒①，千壺百甕花門口②。
道傍榆莢仍似錢③，摘來沽酒君肯否？

〔註〕①沽：買或賣，首句是「賣」的意思。末句的「沽」是「買」的意思。②花門：即花門樓，涼州（治今甘肅武威）館舍名。花門口，指花門樓口。③榆莢：榆樹的果實。春天榆樹未生葉時，枝條間先生榆莢，形狀似錢而小，色白成串，俗稱榆錢。

這是一首別具一格的生活抒情小詩。唐玄宗天寶十載（七五一）三月，安西節度使高仙芝調任河西節度使。在安西（今新疆庫車）節度幕府盤桓了近兩年之久的岑參，和其他幕僚一道跟隨高仙芝來到春光初臨的涼州城中。在經歷了漫漫瀚海的辛苦旅程之後，詩人驀然領略了道旁榆錢初綻的春色和親見老人安然沽酒待客的誘人場面，他怎能不在酒店小駐片刻，讓醉人的酒香驅散旅途的疲勞，並欣賞這動人的春光呢？

詩的開頭兩句純用白描手法，從花門樓前酒店落筆，如實寫出老翁待客、美酒飄香的情景，堪稱是盛唐時代千里河西的一幅生動感人的風俗畫，字裡行間烘托出邊塞安定、閭閻不驚的時代氣氛，為下文點明「戲問」的詩題作了鋪墊。三、四兩句詩人不是索然寡味地實寫付錢沽酒的過程，而是在偶見春色的剎那之間，立即從榆莢形似錢幣的外在特徵上抓住了動人的詩意，用輕鬆、詼諧的語調戲問了那位當壚沽酒的七旬老翁：「老人家，摘下一串白燦燦的榆錢來買您的美酒，您肯不肯呀？」詩人豐富的想像，把生活化成了詩，讀者可從中充分感受到盛唐時代人們樂觀、開闊的胸襟。

這首詩用口語化的詩歌語言，寫眼前景物，人物音容笑貌栩栩如生，格調詼諧、幽默。詩人為涼州早春景物所激動、陶醉其中的心情，像一股涓涓細流，迴蕩在字裡行間。在寫法上，樸素的白描和生動的想像相結合，在虛實相映中顯示出既平凡而又親切的情趣。本詩語言富有平實中見奇峭的韻味，給全詩帶來了既輕靈跳脫又幽默詼諧的魅力。（林家英）

春夢 岑參

洞房昨夜春風起，遙憶美人①湘江水。
枕上片時春夢中，行盡江南數千里。

〔註〕①四字一作「故人尚隔」。

俗語說：日有所思，夜有所夢。我們思骨肉，念朋友，懷家鄉，憶舊遊，往往形於夢寐。這麼一件人人都會在日常生活遇到的小事，經過詩人的藝術處理，就成為動人的形象，能夠更深刻和真摯地表達出內心所蘊藏的感情，使讀者感到親切和喜愛。岑參這首詩，就是寫夢而很成功的作品。

這首詩的前兩句寫夢前之思。在深邃的洞房中，昨夜吹進了春風，可見春天已經悄悄地來到。春回大地，風入洞房，該是春色已滿人間了吧，可是深居內室的人，感到有些意外，彷彿春天是一下子出現了似的。季節的更換容易引起感情的波動，尤其當寒冷蕭索的冬天轉到晴和美麗的春天的時候。面對這美好的季節，怎麼能不懷念在遠方的美人呢？在古代漢語中，「美人」這個詞，含義比現代漢語寬泛。它既指男人，又指女人；既指容色美麗的人，又指品德美好的人。在本詩中，大概是指離別的愛侶，但是男是女，就無從坐實了。因為詩人既可以寫自己之夢，那麼，這位美人就可能是女性；也可以代某一女子寫夢，那麼，這位美人就可能是男性了。這是無須深究的。總之，是在春風吹拂之中，想到在湘江之濱的美人，相距既遠，相會自難，所以更加思念了。

後兩句寫思後之夢。由於白天的懷想，所以夜眠洞房，因憶成夢。在枕上雖只片刻功夫，而在夢中卻已走完去到江南（即美人所在的湘江之濱）的數千里路程了。用「片時」，正是為了和「數千里」互相對襯。這兩句既寫出了夢中的迷離惝怳，也暗示出平日的密意深情。換句話說，是用時間的速度和空間的廣度，來顯示感情的強度和深度。宋晏幾道〈蝶戀花〉云：「夢入江南煙水路，行盡江南，不與離人遇。」即從此詩化出。在醒時多年無法做到的事，在夢中片時就實現了，雖嫌迷離，終覺美好。誰沒有這種生活經驗呢？詩人在這裡給予了動人的再現。（沈祖棻）

劉方平

【作者小傳】河南（今河南洛陽）人。唐玄宗開元、天寶時在世。一生隱居不仕。與皇甫冉為詩友，為蕭穎士賞識。詩多詠物寫景之作，尤擅絕句。《全唐詩》存其詩一卷。（《元和姓纂》卷五、《新唐書．藝文志四》）

採蓮曲

劉方平

落日清江裡，荊歌豔楚腰①。
採蓮從小慣，十五即乘潮。

〔註〕①楚腰指細腰。《韓非子．二柄》：「楚靈王好細腰，而國中多餓人。」

〈採蓮曲〉是樂府詩舊題，又稱〈採蓮女〉、〈湖邊採蓮婦〉等，為〈江南弄〉七曲之一，內容多描寫江南採蓮婦女的生活。歷來寫採蓮曲的很多，但寫得出色也頗不容易。而這首小詩只用了二十個字就維妙維肖地塑造了一個可愛的採蓮女形象。

首二句寫日落時分，江水清澈，餘暉掩映，金波粼粼，蕩漾著苗條美麗女子的宛轉歌聲。詩一開頭就用樸素的語言描繪出江南日暮的迷人景色。第二句起首巧用「荊歌」二字進而渲染了江南氣氛，接著作者又抓住最具特徵的細腰來勾勒提掇江南女子的輕盈體態。此處「豔」字用得極妙，不僅與上句裡的「清」字相映成趣，而且活靈活現地展現了她的美麗外貌。一字傳神，足可與「春風又綠江南岸」（宋王安石〈泊船瓜洲〉）中的「綠」字媲美。聯繫首句，不由得使人想像到紅色的晚霞給她披上了絢麗的衣裳，給她增添了姿色；她的美貌與動人的歌聲，也為「日暮清江」增添了風光。

已經日落黃昏，她還在江上幹什麼呢？唱的又是什麼歌兒呢？詩的第三句揭了這個謎，原來她在採蓮。傍晚還在採蓮，表現了她的勤勞，邊採邊唱，勾畫出她開朗的性格和愉快的心情。至此，有聲有色，有景有情，有靜有動，一幅充滿濃郁水鄉生活氣息的採蓮圖躍然紙上。但是詩人並不滿足於繪聲繪色地描寫一個採蓮的場面，而著重於刻畫採蓮人。由「從小慣」三字，我們一方面可以知曉她採蓮熟練，另一方面也說明她健康樸實，從小就培養出勤勞的特質。聯繫日暮採蓮，自然讓人了解到採蓮是項繁重的工作，反映出當時人民的艱苦生活，順勢帶出第四句「十五即乘潮」，使意境更深一層：原來她在小小年紀就能駕馭風浪，該是多少勇敢多麼勤勞啊！這兩句不僅寫出採蓮女的能幹，而且使人感受到一種健康純樸的美。

這具「象牙微雕」是從環境描寫到人物外貌到人物心靈逐層深入，情景兼容，由於詩人擇詞鍊字功力很深，使人恍若身歷其境。詩的語言樸素自然，民歌味道很濃，寥寥數語，涵蓋萬千。（宛新彬）

月夜
劉方平

更深月色半人家，北斗闌干南斗斜。
今夜偏知春氣暖，蟲聲新透綠窗紗。

劉方平是盛唐時期一位不很出名的詩人，存詩不多。但他的幾首小詩卻寫得清麗、細膩、新穎、雋永，在當時獨具一格。

據皇甫冉說，劉方平善畫，「墨妙無前，性生筆先」（〈劉方平壁畫山〉），這首詩的前兩句就頗有畫意。夜半更深，朦朧的斜月映照著家家戶戶，庭院一半沉浸在月光下，另一半則籠罩在夜的暗影中。這明暗的對比越發襯出了月夜的靜謐，空庭的闃寂。天上，北斗星和南斗星都已橫斜。這不僅進一步從視覺上點出了「更深」，而且把讀者的視野由「人家」引向寥廓的天宇，讓人感到那碧海青天之中也籠罩著一片夜的靜寂，只有一輪斜月和橫斜的北斗南斗在默默無言地暗示著時間的流逝。

這兩句在描繪月夜的靜謐方面是成功的，但它所顯示的只是月夜的一般特點。詩的高妙之處，就在於作者另闢蹊徑，在三、四兩句展示了一個獨特的、很少為人寫過的境界。

「今夜偏知春氣暖，蟲聲新透綠窗紗。」夜半更深，正是一天當中氣溫最低的時刻，然而，就在這夜寒襲人、萬籟俱寂之際，響起了清脆、歡快的蟲鳴聲。初春的蟲聲，可能比較稀疏，也許剛開始時還顯得很微弱，但詩人不但敏感地注意到了，而且從中聽到了春天的訊息。在靜謐的月夜中，蟲聲顯得分外引人注意。它標誌著生命的萌動，萬物的復蘇，所以它在敏感的詩人心中所引起的，便是春回大地的美好聯想。

三、四兩句寫的自然還是月夜的一角，但它實際上所蘊含的卻是月夜中透露的春意。這構思非常新穎別致，不落俗套。春天是生命的象徵，它總是充滿了繽紛的色彩、喧鬧的聲響、生命的活力。而詩人卻撇開花開鳥鳴、冰消雪融等一切習見的春的標誌，獨獨選取靜謐而散發著寒意的月夜為背景，從中寫出生命的萌動與歡樂，從料峭夜寒中寫出春天的暖意，譜寫出一支獨特的回春曲。這不僅表現出詩人藝術上的獨創精神，而且顯示了敏銳、細膩的感受能力。

「今夜偏知春氣暖」，是誰「偏知」呢？看來應該是正在試鳴新聲的蟲兒。儘管夜寒料峭，敏感的蟲兒卻首先感到在夜氣中散發著的春的信息，從而情不自禁地鳴叫起來。而詩人則又在「新透綠窗紗」的「蟲聲」中感覺到春天的來臨。前者實寫，後者則意寓言外，而又都用「偏知」一語加以綰結，使讀者簡直分不清什麼是生命的歡樂，什麼是發現生命的歡樂之歡樂。「蟲聲新透綠窗紗」，「新」字不僅蘊含著久盼寒去春來的人聽到第一個報春訊息時那種新鮮感、歡愉感，而且和上句的「今夜」、「偏知」緊相呼應。「綠」字則進一步襯出「春氣暖」，讓人從這與生命聯結在一起的「綠」色上也感受到春的氣息。這些地方，都可見詩人用筆的細膩。

宋代蘇軾的「春江水暖鴨先知」（〈惠崇春江曉景二首〉其二）是享有盛譽的名句。實際上，他的這點詩意體驗，劉方平幾百年前就在〈月夜〉詩中成功地表現過了。劉詩不及蘇詩流傳，可能和劉詩無句可摘，沒有有意識地表現某種「理趣」有關。但宋人習慣於將自己的發現、認識明白告訴讀者，而唐人則往往只表達自己對事物的詩意感受，不習慣於言理，這之間是本無軒輊之分的。（劉學鍇）

春怨

劉方平

紗窗日落漸黃昏，金屋無人見淚痕。
寂寞空庭春欲晚，梨花滿地不開門。

這是一首宮怨詩。點破主題的是詩的第二句「金屋無人見淚痕」。句中的「金屋」，用漢武帝幼小時願以金屋藏阿嬌（陳皇后小名）的典故，表明所寫之地是與人世隔絕的深宮，所寫之人是幽閉在宮內的少女。下面「無人見淚痕」五字，可能有兩重含意：一是其人因孤處一室、無人作伴而不禁下淚；二是其人身在極端孤寂的環境之中，縱然落淚也無人得見，無人同情。這正是宮人命運之最可悲處。句中的「淚痕」兩字，也大可玩味。淚而留痕，可見其垂淚已有多時。這裡，總共只用了七個字，就把詩中人的身份、處境和怨情都寫出了。這一句是全詩的中心句，其他三句則都是環繞這一句，烘托這一句的。

起句「紗窗日落漸黃昏」，使無人的「金屋」顯得更加淒涼。屋內環顧無人，固然已經很淒涼，但在陽光照射下，也許還可以減少幾分淒涼。現在，屋內的光線隨著紗窗日落、黃昏降臨而越來越昏暗，如宋李清照〈聲聲慢〉詞中所說，「守著窗兒，獨自怎生得黑」，其淒涼況味就更可想而知了。

第三句「寂寞空庭春欲晚」，為無人的「金屋」增添孤寂的感覺。屋內無人，固然使人感到孤寂，假如屋外人聲喧鬧，春色濃豔，呈現一片生機盎然的景象，或者也可以減少幾分孤寂。現在，院中竟也寂無一人，而又是花事已了的晚春時節，正如宋歐陽修〈蝶戀花〉詞所說的「門掩黃昏，無計留春住」，也如清李雯〈虞美人〉詞所說的「生怕落花時候近黃昏」，這就使「金屋」中人更感到孤寂難堪了。

末句「梨花滿地不開門」，它既直承上句，是「春欲晚」的補充和引申；也遙應第二句，對詩中之人起陪襯作用。清王夫之在〈夕堂永日緒論〉中指出「詩文俱有主賓」，要「立一主以待賓」。這首詩中所立之主是第二句所寫之人，所待之賓就是這句所寫之花。這裡，以賓陪主，使人泣與花落兩相襯映。宋李清照〈聲聲慢〉詞中以「滿地黃花堆積」，來陪襯「尋尋覓覓，冷冷清清，悽悽慘慘戚戚」的詞中人，所採用的手法與這首詩是相同的。

從時間布局看，詩的第一句是寫時間之晚，第三句是寫季節之晚。從第一句紗窗日暮，引出第二句窗內獨處之人；從第三句空庭春晚，引出第四句庭中飄落之花。再從空間布局看，前兩句是寫屋內，後兩句是寫院中。寫法是由內及外，由近及遠，從屋內的黃昏漸臨寫到屋外的春晚花落，從近處的杳無一人寫到遠處的庭空門掩。一位少女置身於這樣淒涼孤寂的環境之中，當然注定要以淚洗面了。更從色彩的點染看，這首詩一開頭就使景物籠罩在暮色之中，為詩篇塗上了一層暗淡的底色，並在這暗淡的底色上襯映以潔白耀目的滿地梨花，從而烘托出了那樣一個特定的環境氣氛和主人公的傷春情緒，詩篇的色調與情調是一致的。

為了增強畫面效果，深化詩篇意境，詩人還採取了重疊渲染、反覆勾勒的手法。寫了日落，又寫黃昏，使暮色加倍昏暗；寫了春晚，又寫落花滿地，使春色掃地無餘；寫了金屋無人，又寫庭院空寂，更寫重門深掩，把詩中人無依無伴、與世隔絕的悲慘處境寫到無以復加的地步。這些都是加重分量的寫法，使為托出宮人的怨情而著意刻畫的那樣一個淒涼寂寞的境界得到最充分的表現。

此外，這首詩在層層烘托詩中人怨情的同時，還以象徵手法點出了美人遲暮之感，從而進一步顯示詩中人身世的可悲、青春的暗逝。曰「日落」，曰「黃昏」，曰「春欲晚」，曰「梨花滿地」，都是象徵詩中人的命運，作為詩中人的影子來寫的。這使詩篇更深曲委婉，味外有味。(陳邦炎)

神雞童謠

民謠

生兒不用識文字，鬥雞走馬勝讀書。賈家小兒年十三，富貴榮華代不如。能令金距期勝負①，白羅繡衫隨軟輿。父死長安千里外，差夫持道挽喪車。

〔註〕①金距：公雞鬥架，全靠腳上的角質硬距作武器。在距上安上金屬套子，更利於格鬥，就叫「金距」。期勝負：「必定獲勝」的意思。

這首民謠寫的是一個被人稱為「神雞童」的長安小兒賈昌的奇遇，但諷刺的對象則顯然不光是賈昌。他畢竟只是一個十三歲的少年。「生兒不用識文字，鬥雞走馬勝讀書」，正如「遂令天下父母心，不重生男重生女」（白居易〈長恨歌〉）一樣，是憤激之詞，也是一種反常的社會心理的寫照。人們要問：誰實為之？孰令致之？區區鬥雞小技，何以竟能贏來蓋世的富貴榮華？「軟輿」，這裡指皇帝乘坐的軟座轎子。「白羅繡衫隨軟輿」一句，此中有人，呼之欲出。原來當今皇帝就愛鬥雞走馬，所以「神雞童」也就成了皇帝身邊的紅人。唐詩中諷刺皇帝的詩篇不少，或則託言異代，或則詠物寄懷，大都辭旨微婉。像這樣大膽直率，用辛辣的語言嘲笑當朝皇帝的，在文人詩裡是很難見到的，只有民謠能作此快人快語。

全詩描繪了兩個場面，一是賈昌隨駕東巡，一是奉父柩西歸雍州。先看第一個場面——「白羅繡衫隨軟輿」。在戒備森嚴、緊張肅穆的氣氛裡，一個十三歲的少年，穿著華美的白羅繡花衫，帶著三百隻喔喔啼鳴的紅冠大公雞，緊緊跟隨在皇帝威嚴華貴的軟輿後面，大搖大擺地前行，這真是亙古未有的奇觀。玄宗此行是去泰山舉行隆重的封禪大典，誇示他「奉天承命」、治國治民的豐功偉業，帶上這麼一支不倫不類的特殊儀仗隊，豈不是滑稽透頂，荒唐至極！據唐陳鴻《東城老父傳》記載：「開元十三年（七二五），（賈昌）籠雞三百，從封東嶽。」並沒有說他緊跟在「軟輿」後面，而詩中運用近乎漫畫的手法，將這一史實作了藝術的誇張，形象鮮明，主題突出。

再看第二個場面——「差夫持道挽喪車」。賈昌的父親賈忠是唐玄宗的一名衛士，隨扈死在泰山下。「父以子貴」，沿途官吏為巴結皇帝面前的這位大紅人——神雞童賈昌，竟不惜為他興師動眾，征派民夫，沿途照料靈柩。死者並不是什麼皇親國戚，只不過是一個鬥雞小兒之父，卻迫使無數人民為他抖威風，這場面能不令人啼笑皆非！詩的字裡行間充滿了嘲笑、輕蔑和憤怒。

兩個場面，構成了一齣諷刺喜劇。劇裡有一群白鼻子，主角是坐在軟輿裡的唐玄宗李隆基。這個喜劇形象鮮明，效果強烈，我們千載之後讀起來，不但仍然忍俊不禁，而且似乎聽到了當時老百姓嬉笑怒罵的聲音。這就是此詩的魅力所在。（賴漢屏）

裴迪

【作者小傳】關中（今陝西）人。早年與王維友善，同居終南山，相互唱和。唐玄宗天寶後官蜀州刺史及尚書省郎，與杜甫友善。現存詩多為五絕，常描寫幽寂的景色，與王維山水詩相近。（《舊唐書．王維傳》、《唐詩紀事》卷一六）

輞川集．華子崗

裴迪

落日松風起，還家草露晞。
雲光侵履跡，山翠拂人衣。

裴迪是盛唐山水田園派詩人之一，是王維最好的朋友。後來，王維隱居於藍田（今屬陝西）輞川，與裴迪「浮舟往來，彈琴賦詩，嘯詠終日」（《舊唐書．王維傳》）。輞川別墅有華子崗、竹里館、鹿柴等名勝多處，王維與裴迪各賦五言絕句二十首，互為唱和，以歌詠其優美景色。〈華子崗〉即是其中之一。

這首詩，詩人以「還家」為線索，透過自己的所見所聞所感，把落日、松風、草露、雲光、山翠這些分散的景物，有機地聯綴成一幅有聲有色、動靜相宜的畫面，著墨不多，而極富神韻。詩的前兩句寫落日、松風和

裴迪〈華子崗〉——明刊本《唐詩畫譜》

草露，連用兩個動詞，一「起」一「落」，把夕陽西下、晚風初起的薄暮景色，勾畫得十分鮮明，使讀者彷彿看到夕陽倚著遠山慢慢西沉的景象，聽見晚風掠過松林的颯颯聲，初步領略這大自然的美好風光。「還家」與「落日」相應，不僅點出了詩人已遊覽多時，而且也畫出了作者遊興未盡、漫步下崗的悠然自得的形象。以下，隨著作者「還家」的足跡，進一步展示了華子崗的優美景色。深山高崗之上，本是雲遮霧繞，水氣濛濛，春夏季節尤其如此。但現在是天高氣爽的秋日（王維同時寫的〈華子崗〉有云「連山復秋色」），又加上松風吹拂，落日照射，水氣蒸發很快，那青草上的露水早已揮發殆盡了，故說「草露晞」。詩人腳踩在這些乾了的山草之上，感到特別輕柔細軟，是別有一番滋味的。

後兩句寫雲光、山翠。「雲光」，指落日的餘暉。「侵」，有逐漸浸染之義。「雲光侵履跡」，不僅寫出了詩人在夕陽落照下一步步下行的生動情景，也寫出了夕陽餘暉逐漸消散的過程，引導讀者去想像那蒼翠的松林在餘暉點染下富於變化的奇景。可謂「一字落下，境界全出」。如果換成「映」、「照」等字，那就缺乏韻味了。「山翠」，指蒼翠欲滴的山色。用一「拂」字，增強了動感，使人想見那山色是如何地青翠可愛，柔和多姿。這「侵」和「拂」都可說是「活字」，使句子活了，全詩活了，雲光山色也都獲得了生命。它們追逐著詩人的足跡，輕拂著詩人的衣衫，表現了對詩人眷戀不捨的深情。而這，正折射出作者對華子崗的喜愛與留戀，使詩人對華子崗的美好感情得到了進一步的表現。

作者並沒有工細地刻鏤華子崗的景物，而是著重從聽覺、視覺、觸覺幾方面去攝取最能表現自己情趣的景象，把感情融入到景色之中，筆墨疏淡，蘊含豐富，具有一種「含不盡之意，見於言外」（宋歐陽修《六一詩話》）的神韻。清王士禛說，王、裴輞川絕句字字入禪（〈帶經堂詩話〉卷三）。所謂「入禪」，也是指自然，有天趣，有神韻。這首〈華子崗〉正代表了輞川絕句的共同風格。（徐定祥）

元結

【作者小傳】（七一九～七七二）字次山，號漫郎、聱叟，曾避難入猗玗洞，因號猗玗子，河南（今河南洛陽）人。唐玄宗天寶進士。曾參加抗擊史思明叛軍，立有戰功。後任道州刺史，民樂其教。為詩注重反映政治現實和人民疾苦。原有集，已散佚，明人輯有《元次山文集》。又曾編選《篋中集》行世。（《新唐書》本傳、顏真卿〈唐故容州都督兼御史中丞本管經略使元君表墓碑銘〉、《唐詩紀事》卷二二）

春陵行 并序　元結

癸卯①歲，漫叟②授道州刺史。道州舊四萬餘戶，經賊③已來，不滿四千，大半不勝賦稅。到官未五十日，承諸使徵求符牒④二百餘封，皆曰：「失其限者，罪至貶削。」於戲！若悉應其命，則州縣破亂，刺史欲焉逃罪；若不應命，又即獲罪戾，必不免也。吾將守官，靜以安人，待罪而已。此州是春陵故地，故作〈春陵行〉以達下情。

軍國多所需，切責在有司。有司臨郡縣，刑法競欲施。
供給豈不憂？徵斂又可悲。州小經亂亡，遺人實困疲。
大鄉無十家，大族命單羸。朝餐是草根，暮食仍木皮。

出言氣欲絕，意速行步遲。追呼尚不忍，況乃鞭撲之！
郵亭傳急符，來往跡相追。更無寬大恩，但有迫促期。
欲令鬻兒女，言發恐亂隨。悉使索其家，而又無生資。
聽彼道路言，怨傷誰復知！「去冬山賊來，殺奪幾無遺。
所願見王官，撫養以惠慈。奈何重驅逐，不使存活為！」
安人天子命，符節我所持⑤。州縣忽亂亡，得罪復是誰？
逋緩⑥違詔令，蒙責固其宜。前賢重守分，惡以禍福移。
亦云貴守官⑦，不愛能適時。顧惟孱弱者，正直當不虧。
何人采國風，吾欲獻此辭。

〔註〕①癸卯：唐代宗廣德元年（七六三）。②漫叟：元結號。③賊：廣德元年冬，「西原蠻」少數民族占領道州月餘。「賊」是對「西原蠻」的誣稱。④徵求符牒：徵斂賦稅的公文。⑤「符節」句：即受朝廷任命來做官。⑥逋緩：指緩徵租稅。⑦守官：指忠於職守。

這首〈春陵行〉是元結的代表作之一，曾博得杜甫的激賞。杜甫在〈同元使君春陵行〉詩中說：「觀乎〈春陵〉作，欻見俊哲情。……道州憂黎庶，詞氣浩縱橫。兩章（指〈春陵行〉及〈賊退示官吏〉）對秋月，一字偕華星。」〈春陵行〉確實是燦若秋月華星的不朽詩篇。

唐代宗廣德元年（七六三），詩人任道州（治今湖南道縣）刺史；第二年五月，詩人來到任所。道州舊有四萬多戶人家，幾經兵荒馬亂，剩下的還不到原來的十分之一。人民疲困不堪，而官府橫徵暴斂卻有增無已。元結目睹民不聊生的慘狀，曾上書為民請命，並在任所為民營舍、給田、免徭役，很有政績。他的〈春陵行〉，就反映了當時苦難的現實，表現了他對人民的同情。

全詩分為三部分。前四句是第一部分，寫上情，概括敘述了賦稅繁多，官吏嚴刑催逼的情況。「軍國多所需」是本詩的關鍵，是人民痛苦的根源，詩人痛感於賦稅的繁重，所以開篇提明，單刀直入。這麼多的需求，哪兒來呢？自然是命地方官去找老百姓要，於是引出下文。「切責在有司，有司臨郡縣」，頂針句的運用，從形式上造成一種緊迫感，表現上級官府催促之急。而官吏卻一個賽似一個地施用重刑，催逼頻繁而嚴厲，百姓怎麼受得了呢？短短數語，渲染了一種陰森恐怖的氣氛。

「供給豈不憂」至「況乃鞭撲之」是第二部分，寫下情，具體描述百姓困苦不堪的處境。前兩句「憂」與「悲」對舉，透過反詰、感嘆語氣的變化，刻畫了一個良吏的矛盾心理：既憂慮軍國的供給，又悲憫徵斂下的百姓。詩句充滿對急徵暴斂的反感和對人民的深切同情。在這屢經亂亡的年代，百姓負擔重荷，「困疲」已極。詩人只選取了「大鄉」、「大族」來反映，他們尚且以草根樹皮為食，小鄉小戶的困苦情況就更不堪設想了。「出言氣欲絕，意速行步遲」，只用兩句詩，就活畫出被統治階級苛剝殆盡的百姓的孱弱形象。由此而引起的詩人的同情和感慨，「追呼尚不忍，況乃鞭撲之」，又為第三部分的描寫埋下了伏線。

前兩部分從大處著筆，勾畫出廣闊的社會背景，下面又從細處落墨，抽出具體的催租場景進行細緻的描寫。

「郵亭傳急符」以下是第三部分，寫詩人在催徵賦稅時的想法。詩人先用「急符」二字交代催徵的緊急。接著再加一句「來往跡相追」，一個「追」字，具體形象地展現出急迫的情狀。詩人深受其累，在這首詩的自序中說：「到官未五十日，承諸使徵求符牒二百餘封，皆曰：『失其限者，罪至貶削。』」他對此異常不滿，明確指責這種「迫促」毫無「寬大」之「恩」。

然後集中筆墨揭示詩人的內心世界，把詩人的感情變化寫得非常委婉，非常細膩。一開始，詩人設想了各種催繳租稅的辦法：讓他們賣兒賣女——不行，那樣會逼得他們鋌而走險；抄家以償租賦——也不行，他們還靠什麼生活呢？寫到這裡，詩人宕開一筆，借所聽到的「道路言」表現人民的怨聲載道。「重驅逐」的「重」字，既照應前面的「亂亡」、「山賊」字樣，也寫出官凶於「賊」的腐敗政治現實，表現出強烈的怨憤情緒。這就促使詩人的思想發生了變化：詩人由設法催促徵斂，轉而決心篤行守分愛民的正直之道，甚至不顧抗詔獲罪，毅然作出了違令緩租的決定。希望自己的意見能上達君王，請求君王體察下情，改革現狀。

在這一部分，詩人發了很多議論。這是他激烈思考的表現，是心聲的自然流露。詩人透過這些議論，具體深刻地展示了自己思想感情的變化過程和根據，波瀾跌宕，感人至深。

這首詩以情勝，詩人「情動於中而形於言」，用樸素古淡的筆墨，傾訴內心深處的真情實感，有一種感人肺腑的力量。詩中心理描寫曲折細膩，淋漓盡致地展現作為封建官吏的詩人，從憂供給到悲徵斂，從催逼賦稅到顧恤百姓，最後獻辭上書，決心「守官」「待罪」（見序），委曲深細，「微婉頓挫」（杜甫〈同元使君春陵行序〉）。這首詩不尚辭藻，不事雕琢，用白描的手法陳列事實，直抒胸臆，而韻致自在方圓之外，正如金元好問〈論詩絕句〉所說「浪翁（元結自號浪士）水樂無宮徵，自是雲山韶濩音」，具有一種自然美、本色美。（張燕瑾）

賊退示官吏 并序　元結

癸卯歲，西原賊入道州，焚燒殺掠，幾盡而去。明年，賊又攻永破邵，不犯此州邊鄙而退。豈力能制敵歟？蓋蒙其傷憐而已。諸使何為忍苦徵斂？故作詩一篇以示官吏。

昔歲逢太平，山林二十年。泉源在庭戶，洞壑當門前。
井稅有常期，日晏猶得眠。忽然遭世變，數歲親戎旃①。
今來典斯郡，山夷又紛然。城小賊不屠，人貧傷可憐。
是以陷鄰境，此州獨見全。使臣將王命，豈不如賊焉？
今被徵斂者，迫之如火煎。誰能絕人命，以作時世賢？
思欲委符節，引竿自刺船。將家就魚麥，歸老江湖邊。

〔註〕①戎旃（音同氈），指戰爭。

此詩和〈舂陵行〉都是作者反映社會現實，同情人民疾苦的代表作，而在斥責統治者對苦難人民的橫徵暴斂上，此詩詞意更為憤激。

詩前的序交代了作詩的原委。癸卯歲，即唐代宗廣德元年（七六三），十二月，廣西境內的少數民族「西原蠻」發動了反對唐王朝的戰事，曾攻占道州（州治在今湖南道縣）達一月餘。第二年五月，元結任道州刺史，七月「西原蠻」又攻破了鄰近的永州（州治在今湖南零陵）和邵州（州治在今湖南邵陽），卻沒有再攻道州。詩人認為，這並不是官府「力能制敵」，而是出於「西原蠻」對戰亂中道州人民的「傷憐」，相反，朝廷派到地方的租庸使卻不能體恤人民，在道州百姓「朝餐是草根，暮食仍木皮」（〈舂陵行〉）的情況下，仍舊殘酷徵斂。有感於此，作者寫下了這首詩。元結把「西原蠻」稱之為「賊」，固然表現了他的偏見，但在詩中，他把「諸使」和「賊」對比起來寫，透過對「賊」的有所肯定，來襯托官吏的殘暴，這對本身也是個「官吏」的作者來說，是非常難能可貴的。

全詩共分四段。第一段由「昔歲」句至「日晏」句，先寫「昔」。頭兩句是對「昔」的總的概括，交代他在作官以前長期的隱居生活，正逢「太平」盛世。三、四句寫山林的隱逸之樂，為後文寫官場的黑暗和準備歸老林下作鋪墊。這一段的核心是「井稅有常期」句。所謂「井稅」，原意是按照古代井田制收取的賦稅，這裡借指唐代按戶口徵取定額賦稅的租庸調法；「有常期」，是說有一定的限度。顯然作者把人民沒有額外負擔看作是年歲太平的主要標誌，是「日晏猶得眠」即人民能安居樂業的重要原因，對此進行了熱情歌頌，便為後面揭露「今」時統治者肆意勒索人民設下了伏筆。

第二段從「忽然」句到「此州」句，寫「今」，寫「賊」。前四句先簡單敘述自己從出山到遭遇變亂的經過：安史之亂以來，元結親自參加了征討亂軍的戰鬥，後來又任道州刺史，正碰上「西原蠻」發生變亂。由此引出後四句，強調城小沒有被屠，道州獨能保全的原因是「人貧傷可憐」，也即「賊」對道州人民苦難的同情，這是對「賊」的褒揚。此詩題為「示官吏」，作詩的主要目的是揭露官吏，告誡官吏，所以寫「賊」是為了寫「官」，下文才是全詩的中心。

第三段從「使臣」句至「以作」句，寫「今」，寫「官」。一開始用反問句把「官」和「賊」對照起來寫：「使臣將王命，豈不如賊焉？」奉了皇帝之命來催徵賦稅的租庸使，難道還不如「賊」嗎？這是抨擊官吏不顧喪亂地區人民死活，依然橫徵暴斂的憤激之詞，是元結關心人民疾苦的點睛之筆。而下兩句指陳事實的直接描寫：「今彼徵斂者，迫之如火煎。」更活畫出一幅虎狼官吏陷民於水火的真實情景。和前面「井稅」兩句相照應，與「昔」形成鮮明對比，對徵斂官吏的揭露更加深刻有力。接下來的兩句：「誰能絕人命，以作時世賢？」意為怎能斷絕人民的生路，去做一個當時統治者所認為的賢能官吏呢？以反問的語氣作出了斷然否定的回答，揭示了「時世賢」的殘民本質。「絕人命」和「傷可憐」相照應，「時世賢」與「賊」作對比，這裡對「時世賢」的諷刺鞭撻之意十分強烈。更為可貴的是詩人在此公開表明自己不願「絕人命」，也不願作「時世賢」的決絕態度，並以此作為對其他官吏的一種告誡。

第四段由「思欲」句至「歸老」句，向官吏們坦露自己的心志。作者是個官吏，他是不能違「王命」的，可是作「徵斂者」吧，他又不願「絕人命」，如何對待這一矛盾的處境呢？詩人的回答是：寧願棄官，歸隱江湖，也絕不去做那種殘民邀功、取媚於上的所謂賢臣。這是對統治者徵斂無期的抗議，從中我們可以清楚地觸摸到作者那顆關心民瘼的熾熱之心。

元結在政治上是一位具有仁政愛民理想的清正官吏；在文學上反對「拘限聲病，喜尚形似」（〈篋中集序〉）的浮豔詩風，主張發揮文學「救時勸俗」（〈文編序〉）的社會作用。這首詩不論敘事抒情，都指陳事實，直抒胸臆，沒有一點雕琢矯飾的痕跡；而詩中那種憂時愛民的深摯感情，如從胸中自然傾瀉，自有一種感人之處，亦自能在質樸之中成其渾厚，顯示出元結詩質樸簡古、平直切正的典型特色。清沈德潛說：「次山詩自寫胸次，不欲規模古人，而奇響逸趣，在唐人中另闢門徑。」（《唐詩別裁集》）這樣的評論是恰如其分的。（吳小林）

欸乃曲五首（其二） 元結

湘江二月春水平，滿月和風宜夜行。
唱橈欲過平陽戍，守吏相呼問姓名。

本詩作於唐代宗大曆二年（七六七）。作者（時任道州刺史）因軍事詣長沙都督府，返回道州（治今湖南道縣）途中，逢春水大發，船行困難，於是作詩五首，「令舟子唱之，蓋以取適於道路云」（詩序）。「欸（音同矮）乃」為棹聲。「欸乃曲」猶船歌。

從長沙還道州，本屬逆水，又遇江水上漲，怎麼能說「宜夜行」呢？這樣寫，是正因為實際情況不便行舟，才需要努力和樂觀的緣故。詩的前兩句將二月湘江之夜寫得平和美好，「春水平」寫出了江面的開闊，「和風」寫出了春風的和煦，「滿月」寫出月色的明朗。詩句洋溢著樂觀精神，深得民歌之神髓。

三、四句是詩人信手拈來一件行船途遇之事，做入詩中：當槳聲伴著歌聲的節拍，行駛近平陽戍（在衡陽以南）時，突然傳來高聲喝問，打斷了船歌：原來是戍守的官吏在喝問姓名。

如此美好、富於詩意的夜裡，半路「殺」出一個「守吏」，還不大殺風景麼？本來應該聽到月下驚烏的啼鳴，遠村的犬吠，那才有詩意呢。前人也一直是這樣寫的，但此詩一反前人老套，另闢新境。「守吏相呼問姓名」，這個平凡的細節散發著濃郁的時代生活氣息。在大曆年間，天下早不是「九州道路無豺虎，遠行不勞吉日出」（杜甫〈憶昔二首〉其二）那般太平了。元結做道州刺史便是在「州小經亂亡」（〈舂陵行〉）之後。春江月夜行船，遇到關卡和喝問，破壞了境界的和諧，正反映出那個時代的特徵。其次，這一情節也寫出了夜行船途中異樣的感受。靜夜裡傳來守吏的喝問，並不會使當時的行人意外和愕然，反倒有一種安全感。當船被發放通行，結束了一程，開始了新的一程，乘客與船夫都會有一種似憂如喜的感受。可見後兩句不但意味豐富，而且新鮮。這才是元結此詩獨到之處。

這樣的詩句是即興式的，似乎得來全不費工夫。但敢於把前所未有的情景入詩，卻非有創新的勇氣不可。和任何創造一樣，詩永遠需要新意。（周嘯天）

孟雲卿

【作者小傳】（約七二五～？）河南（今河南洛陽）人。唐玄宗天寶時試進士不第。官校書郎。曾流寓荊州，杜甫多有與雲卿贈答之作。其詩反對聲病、藻繪，語言樸素。《全唐詩》存其詩一卷。（《唐詩紀事》卷二五、《唐才子傳》卷二）

寒食

孟雲卿

二月江南花滿枝，他鄉寒食遠堪悲。
貧居往往無煙火，不獨明朝為子推。

孟雲卿天寶年間科場失意後，曾流寓荊州（治今湖北荊州市）一帶，過著極為貧困的生活。就在這樣的漂泊流寓生活中的一個寒食節前夕，他寫下了這首絕句。

寒食節在冬至後一百零五天，當春二月。由於江南氣候溫暖，二月已花滿枝頭。詩的首句描寫物候，兼點時令。一個「滿」字，傳達出江南之春給人的繁花競麗的感覺。這樣觸景起情，頗覺自然。與這種良辰美景相配的本該是賞心樂事，第二句卻出人意外地寫出了「堪悲」。作者乃關西人，遠遊江南，獨在他鄉，身為異客；

寒食佳節，倍思親人，不由悲從中來。加之，這裡的「寒食」二字，除了指節令之外，還暗含少食、無食之意，一語雙關，因此「他鄉寒食」也就更其可悲了。

詩中常見的是以哀景寫哀情，即陪襯的藝術手法。而此詩在寫「他鄉寒食遠堪悲」前卻描繪出「二月江南花滿枝」的美麗景色，在悲苦的境遇中面對繁花似錦的春色，便與常情不同，正是「花近高樓傷客心」（杜甫〈登樓〉），樂景只能倍增其哀。恰當運用反襯的藝術手法，表情也就更有力量。

下聯承上句「寒食」而寫到斷火。寒食禁火的習俗，相傳為的是紀念春秋時賢者介子推。在這個節日裡，人們多外出遊春，吃現成食物。野外無煙，空氣分外清新，景物尤為鮮麗可愛。這種特殊的節日風物與氣氛會給人以新鮮愉快的感受，而對於古代賢者的追思還會更使詩人墨客逸興遄飛，形於歌詠。歷來詠寒食詩就很不少，而此詩作者卻發人所未發，由「堪悲」二字，引發出貧居寒食與眾不同的感受來。寒食「無煙火」是為紀念介子推相沿而成的風俗，而貧居「無煙火」卻是為生活所迫的結果。對於富人來說，一朝「斷炊」，意味著佳節的快樂；而對於貧家來說，「往往」斷炊，包含著多少難堪的辛酸！作者巧妙地把二者聯繫起來，以「不獨」二字輕輕一點，就揭示出當時的社會本質，寄寓著深切的不平。其藝術構思是別致的。將貌似相同而實具本質差異的事物對比寫出，這也是一種反襯手法。

此詩借詠「寒食」寫寒士的辛酸，卻並不在「貧」字上大作文章。試看晚唐伍唐珪〈寒食日獻郡守〉：「入門堪笑復堪憐，三徑苔荒一釣船。慚愧四鄰教斷火，不知廚裡久無煙。」就其從寒食斷火逗起貧居無煙，借題發揮而言，藝術構思顯有因襲孟詩的痕跡。然而，它言貧之意太切，清點了一番家產不算，剛說「堪笑」、「堪憐」，又道「慚愧」；說罷「斷火」，又說「無煙」。不但詞蕪句累，且嫌做作，感人反不深。遠不如孟雲卿此詩，雖寫一種悲痛的現實，語氣卻幽默詼諧。其三、四兩句似乎是作者自嘲：世人都在為明朝寒食準備熄火，以紀念先賢；可像我這樣清貧的寒士，天天過著「寒食」生涯，反倒不必格外費心呢。這種幽默詼諧，是一種苦笑，似輕描淡寫，卻涉筆成趣，傳達出一種攫住人心的悲哀。這說明詩忌刻露過火，貴含蓄耐味。而此詩也正由於命意新穎，構思巧妙，特別是恰當運用反襯手法，亦諧亦莊，耐人咀嚼，才使它成為難以數計的寒食詩中不可多得的佳作。（周嘯天）

張繼

【作者小傳】字懿孫，襄州（治今湖北襄樊）人。唐玄宗天寶進士。曾任檢校祠部員外郎，分掌財賦於洪州。詩多登臨紀行之作，不事雕琢。有《張祠部詩集》。（《新唐書·藝文志四》、《唐詩紀事》卷二五）

楓橋夜泊

張繼

月落烏啼霜滿天，江楓漁火對愁眠。
姑蘇城外寒山寺，夜半鐘聲到客船。

一個秋天的夜晚，詩人泊舟蘇州城外的楓橋。江南水鄉秋夜幽美的景色，吸引著這位懷著旅愁的客子，使他領略到一種情味雋永的詩意美，寫下了這首意境清遠的小詩。

題為「夜泊」，實際上只寫「夜半」時分的景象與感受。詩的首句，寫了午夜時分三種有密切關連的景象：月落、烏啼、霜滿天。上弦月升起得早，半夜時便已沉落下去，整個天宇只剩下一片灰濛濛的光影。樹上的棲烏大約是因為月落前後光線明暗的變化，被驚醒後發出幾聲啼鳴。月落夜深，繁霜暗凝。在幽暗靜謐的環境中，人對夜涼的感覺變得格外銳敏。「霜滿天」的描寫，並不符合自然景觀的實際（霜華在地而不在天），卻完全切合詩人的感受：深夜侵肌砭骨的寒意，從四面八方圍向詩人夜泊的小舟，使他感到身外的茫茫夜氣中正彌漫著滿天霜華。「月落」寫所見，「烏啼」寫所聞，「霜滿天」寫所感，層次分明地體現出一個先後承接的時間過程和感覺過程。而這一切，又都和諧地統一於水鄉秋夜的幽寂清冷氛圍和羈旅者的孤孑清寥感受中。從這裡可以看出詩人運思的細密。

詩的第二句接著描繪「楓橋夜泊」的特徵景象和旅人的感受。在朦朧夜色中，江邊的樹只能看到一個模糊的輪廓，之所以徑稱「江楓」，也許是因楓橋這個地名引起的一種推想，或者是選用「江楓」這個意象給讀者以秋色秋意和離情羈思的暗示。「湛湛江水兮，上有楓，目極千里兮，傷春心」（戰國楚宋玉〈招魂〉），「青楓浦上不勝愁」（張若虛〈春江花月夜〉），這些前人的詩句可以說明「江楓」這個詞語中所沉積的感情內容和它給予人的聯想。透過霧氣茫茫的江面，可以看到星星點點的幾處「漁火」，由於周圍昏暗迷濛背景的襯托，顯得特別引人注目，動人遐想。「江楓」與「漁火」，一靜一動，一暗一明，一江邊，一江上，景物的配搭組合頗見用心。寫到這裡，才正面點出泊舟楓橋的旅人。「愁眠」，當指懷著旅愁躺在船上的旅人。「對愁眠」的「對」字包含了「伴」的意蘊，不過不像「伴」字外露。這裡確有孤孑的旅人面對霜夜江楓漁火時縈繞的縷縷輕愁，但同時又隱含著對旅途幽美風物的新鮮感受。我們從那個彷彿很客觀的「對」字當中，似乎可以感覺到舟中的旅人和舟外的景物之間一種無言的交融和契合。

詩的前幅布景密度很大，十四個字寫了六種景象，後幅卻特別疏朗，兩句詩只寫了一件事：臥聞山寺夜鐘。這是因為，詩人在楓橋夜泊中所得到的最鮮明深刻、最具詩意美的感覺印象，就是這寒山寺的夜半鐘聲。月落烏啼、霜天寒夜、江楓漁火、孤舟客子等景象，固然已從各方面顯示出楓橋夜泊的特徵，但還不足以盡傳它的神韻。在暗夜中，人的聽覺升居為對外界事物景象感受的首位。而靜夜鐘聲，給予人的印象又特別強烈。這樣，

「夜半鐘聲」就不但襯托出了夜的靜謐，而且揭示了夜的深永和清寥，而詩人臥聽疏鐘時的種種難以言傳的感受也就盡在不言中了。

這裡似乎不能忽略「姑蘇城外寒山寺」。寒山寺在楓橋西一里，初建於梁代，相傳唐初詩僧寒山曾住於此，因而得名。楓橋的詩意美，有了這所古剎，便帶上了歷史文化的色澤，而顯得更加豐富，動人遐想。因此，這寒山寺的「夜半鐘聲」也就彷彿迴蕩著歷史的回聲，滲透著宗教的情思，而給人以一種古雅莊嚴之感了。詩人之所以用一句詩來點明鐘聲的出處，看來不為無因。有了寒山寺的夜半鐘聲這一筆，「楓橋夜泊」之神韻才得到最完美的表現，這首詩便不再停留在單純的楓橋秋夜景物畫的水平上，而是創造出了情景交融的典型化藝術意境。夜半鐘的風習，雖早在《南史》中即有記載，但把它寫進詩裡，成為詩歌意境的點眼，卻是張繼的創造。在張繼同時或以後，雖也有不少詩人描寫過夜半鐘，卻再也沒有達到過張繼的水平，更不用說藉以創造出完整的藝術意境了。（劉學鍇）

錢起

【作者小傳】（約七二〇~約七八二）字仲文，吳興（今浙江湖州）人。唐玄宗天寶進士，授祕書省校書郎。曾任藍田尉，官至考功郎中。「大曆十才子」之一。與郎士元齊名，時語曰：「前有沈宋，後有錢郎」。詩以五言為主，多送別酬贈之作，有關山林諸篇，常流露追慕隱逸之意。有《錢考功集》。（《舊唐書．錢徽傳》、《新唐書．盧綸傳》、《唐詩紀事》卷三〇）

省試①湘靈鼓瑟　錢起

善鼓雲和瑟②，常聞帝子③靈。馮夷④空自舞，楚客不堪聽。
苦調淒金石，清音入杳冥⑤。蒼梧來怨慕，白芷⑥動芳馨。
流水傳湘浦，悲風過洞庭。曲終人不見，江上數峰青。

〔註〕①省試：唐時各州縣貢士到京師由尚書省的禮部主試，通稱省試。②雲和瑟：雲和，古山名。《周禮．春官大司樂》：「雲和之琴瑟。」③帝子：屈原《九歌》：「帝子降兮北渚。」註者多認為帝子是堯女，即舜妻。④馮（音同憑）夷：傳說中的河神名。見《後漢書．張衡傳》註。《山海經》又作冰夷。⑤杳（音同舀）冥：遙遠的地方。⑥白芷：傘形科草本植物，高四尺餘，夏日開小白花。

從詩題「省試」可以看出，這是一首試帖詩。〈湘靈鼓瑟〉這個題目，是從《楚辭．遠遊》「使湘靈鼓瑟兮，令海若舞馮夷」句中摘出來的。

詩的開頭兩句點題，讚揚湘靈善於鼓瑟，那優美動聽的樂聲常常縈繞耳邊。在試帖詩裡，這叫做概括題旨。湘水女神鼓瑟，曲聲裊裊，於是詩人展開想像的羽翼，伴隨著仙樂，往返盤旋。那瑟曲，是多麼動人心弦呵！它首先吸引了名叫馮夷的水神，使他忍不住在水上跳起舞來。其實，馮夷並沒有真正聽懂在美妙的樂聲中隱藏的哀怨悽苦的情感，這種歡舞是徒然的。但那些「楚客」是懂得湘靈的心意的，這當然包括漢代的賈誼，和歷代被貶謫南行而經過湘水的人。他們聽到這樣哀怨的樂聲，怎不感到十分難過呢！

你聽，那曲調深沉哀婉，即使堅如金石也為之感到悲悽；而它的清亢響亮，可以傳到那無窮無盡的蒼穹中去。

如此優美而哀怨的樂聲傳到蒼梧之野，一定把九嶷山上的舜帝之靈都驚動了，他也許會趕到湘水上空來側耳傾聽吧！那馨香的芳草——白芷，竟會受到感動，越發吐出它的芳香來。

樂聲在水面上飄揚，廣大的湘江兩岸都沉浸在優美的旋律之中。寥廓的湘水上空，都迴蕩著哀怨的樂音，它匯成一股悲風，飛過了八百里洞庭湖。

中間這四韻，共是八句，詩人憑藉驚人的想像力，極力描繪湘靈瑟曲的神奇力量。這就使詩避免了呆板的敘述，顯得瑰麗多姿，生動形象。

然而更妙的還在最後兩句：「曲終人不見，江上數峰青。」上文緊扣題目，反覆渲染，已經把湘靈鼓瑟描寫得淋漓盡致了。傾聽妙曲，想見伊人，於是詩人筆鋒一轉，直指美麗而神祕的湘江女神：「曲終人不見」。只聞其聲，不見伊人，給人以一種撲朔迷離的悵惘，真可說是神來之筆。而更具神韻的是，「人不見」以後卻以「江上數峰青」收結。這五個字之所以下得好，是因為由湘靈鼓瑟所造成的一片似真如幻，絢麗多彩的世界，一瞬間都煙消雲散，讓人回到了現實世界。這個現實世界還是湘江，還是湘靈所在的山山水水。只是，一江如帶，數峰似染，景色如此恬靜，給人留下悠悠的思戀。

試帖詩有種種限制，往往束縛了士人的才思。錢起卻不然，在此詩中，他馳騁想像，上天入地，如入無人之境。無形的樂聲，在這裡得到了生動形象的表現，成為一種看得見，聽得到，感覺得著的東西。最後突然收結，神思綿綿，更耐人尋繹。

大中十二年（八五八），舉行進士考試，唐宣宗問考官李藩：試帖詩如有重複的字能否錄取？李藩答道：昔年錢起試〈湘靈鼓瑟〉就有重複的字，偶然也可破例吧。大中十二年離錢起考試的天寶十載，已經百年，錢起此詩仍是公認的試帖詩的範本。（劉逸生）

贈闕下①裴舍人

錢起

二月黃鸝飛上林②，春城紫禁曉陰陰。長樂③鐘聲花外盡，龍池④柳色雨中深。
陽和不散窮途恨，霄漢常懸捧日心。獻賦十年猶未遇，羞將白髮對華簪⑤。

〔註〕①闕下：宮闕之下。指帝王所居之處。②上林：即上林苑。漢武帝時據舊苑擴充修建的御苑。周圍至二百多里，苑內放養禽獸，供皇帝射獵，並建離宮、觀、館數十處。故址在今陝西西安市西及周至、戶縣界。此處泛指宮苑。③長樂：即長樂宮。西漢主要宮殿之一，在長安城內。這裡借指唐代長安的宮殿。④龍池：唐玄宗登位前王邸中的一個小湖，後王邸改為興慶宮，玄宗常在此聽政，日常起居也多在此。⑤華簪：古人戴帽，為使帽子固定，便用簪子連帽穿結於髮髻上。《唐書．車服志》：「毳冕者，三品之服也。七旒寶飾角簪導。」這些有裝飾的簪，就是華簪。

這首詩，是寫給一個姓裴的舍人。寫詩的目的，是為了向裴舍人請求援引。

開頭四句，詩人像並不在意求援似的，描畫了一幅穠麗的宮苑春景圖：早春二月，在上林苑裡，黃鸝成群地飛鳴追逐，好一派活躍的春的氣氛！紫禁城中更是充滿春意，拂曉的時候，在樹木蔥蘢之中，灑下一片淡淡的春陰。長樂宮的鐘敲響了，鐘聲飛過宮牆，飄到空中，又緩緩散落在花樹之外。那曾經是玄宗皇帝發祥之地的龍池，千萬株春意盎然的楊柳，在細雨之中越發顯得蒼翠欲滴了。這四句詩，寫的都是皇宮苑囿殿閣的景色。

那麼，錢起贈詩給裴舍人，為什麼要牽扯上這些宮殿苑囿呢？這就須看看舍人的日常活動情況。原來在唐代，皇帝身邊的職官，有通事舍人，掌管朝見官員的接納引見；有起居舍人，記皇帝的言行；還有中書舍人，凡臣下章奏的接納，皇帝的詔旨的起草，都要透過他的手，軍國大事他都有權參加討論，詔書頒布時，還得由他簽字。這些「侍從之臣」每天都要隨侍皇帝左右，過問機密大事，其實際權力如何也就可想而知。

不難理解，此詩的開頭四句，並不是為寫景而寫景，他的目的，是在「景語」中烘托出裴舍人的特殊身份地位。由於裴舍人追隨御輦，侍從宸居，就有不同於一般官員所見的景色進入他的視聽之中。當皇帝行幸到上林苑時，裴舍人看到上林苑的早鶯；皇帝在紫禁城臨朝時，裴舍人又看見皇城的春陰曉色；裴舍人草詔時，更聽到長樂宮舒緩的鐘聲；而龍池的柳色變化及其在雨中的濃翠，自然也是裴舍人平日所熟知的。四種景物都隱隱約地使人看到裴舍人的影子。

可見，儘管沒有一個字正面提到裴舍人，實則句句都在恭維裴舍人。恭維十足，卻又不露痕跡，手法巧妙。

隨後詩人筆頭一轉，就寫到請求援引的題旨上：「陽和」句是說，雖有和暖的太陽，畢竟無法使自己的窮途落魄之恨消散。「霄漢」句說，但我仰望天空，我還是時時刻刻讚頌著太陽（指當朝皇帝），意思是自己有一顆為朝廷幹事的熱心。「獻賦」句說，十年來，我不斷向朝廷獻上文賦（指參加科舉考試），可惜都沒有得到知音者的賞識。「羞將」句說，如今連頭髮都變白了，看見插著華簪的貴官，我不能不感到慚愧。意思自然是清楚的，但仍然含蓄，保持了一定的身份。

這首詩，通篇表示了一種恭維、求援之意，卻又顯得十分隱約曲折。尤其是前四句，雖然是在恭維，由於運用了「景語」，便不覺其庸俗了。由此頗見錢起嫻熟的藝術技巧。（劉逸生）

暮春歸故山草堂

錢起

谷口春殘黃鳥稀，辛夷花盡杏花飛。
始憐幽竹山窗下，不改清陰待我歸。

詩的第一句中的「谷口」二字，暗示了「故山草堂」之所在；「春殘」二字，扣題中「暮春」；以下云云皆係「歸」後的所見所感，思致清晰而嚴謹。谷口的環境是幽美的，詩人曾說過：「谷口好泉石，居人能陸沉。牛羊下山小，煙火隔雲深。一徑入溪色，數家連竹陰。藏虹辭晚雨，驚隼落殘禽。」（〈題玉山村叟屋壁〉）可以想見，春到谷口，當更具一番景色。然而，此番歸來卻是「春風三月落花時」（武元衡〈陌上暮春〉），眼前是黃鳥稀，辛夷盡，杏花飛。黃鳥，即黃鶯（一說黃雀），叫聲婉轉悅耳；辛夷，木蘭樹的花，一稱「木筆花」，比杏花開得早，所以詩說「辛夷花盡杏花飛」。一「稀」、一「盡」、一「飛」，三字一氣而下，渲染出春光逝去、了無蹤影的凋零空寂的氣氛。

然而，也正是由於這種景象，才使得詩人欣喜地發現了另一種可貴的美——窗前幽竹，兀傲清勁，翠綠蔥蘢，搖曳多姿，迎接它久別歸來的主人。這就使詩人以抑制不住的激情吟誦出：「始憐幽竹山窗下，不改清陰待我歸。」「憐」者，愛也。愛的就是它「不改清陰」。「不改清陰」，簡練而準確地概括了翠竹的內美與外

錢起〈暮春歸故山草堂〉——明刊本《唐詩畫譜》

美和諧統一的特徵。「月籠翠葉秋承露，風亞繁梢暝掃煙。知道雪霜終不變，永留寒色在庭前。」（唐唐求〈庭竹〉）「咬定青山不放鬆，立根原在破岩中。千磨萬擊還堅勁，任爾東南西北風。」（清鄭板橋〈竹石〉）不都是在謳歌它「不改清陰」的品格嗎！錢起正以春鳥、春花之「改」——「稀」、「盡」、「飛」，反襯出翠竹的「不改」。詩人愛的是「不改」，對於「改」當然就不言而喻了。清人鄭板橋的「四時花草最無窮，時到芬芳過便空。唯有山中蘭與竹，經春歷夏又秋冬」（〈蘭竹詩〉）一詩，表現出來的情趣與意境，和錢詩倒十分相似，恰可共吟同賞。

「畫有在紙中者，有在紙外者。」（《鄭板橋集》）詩也可以說有在言中者，有在言外者。「始憐幽竹山窗下，不改清陰待我歸」，用由人及物、由物及人的寫法，生動地抒發了詩人的憐竹之意和幽竹的「待我」之情。在這個物我相親的意境之中，寄寓了詩人對幽竹的讚美，對那種不畏春殘、不畏秋寒、不為俗屈的高尚節操的禮讚。所以它不僅給人以美的欣賞、美的感染，而且它那深刻的蘊涵，令人回味無窮。前人說：「員外（錢起）詩體格新奇，理致清贍。……文宗右丞（王維）許以高格。」（唐高仲武《中興間氣集》）大概指的就是這一類的詩吧！

（趙其鈞）

歸雁 錢起

瀟湘何事等閒回？水碧沙明兩岸苔。
二十五弦彈夜月，不勝清怨卻飛來。

錢起是吳興（今屬浙江）人，入仕後，一直在長安和京畿作官。他看到秋雁南飛，曾作〈送征雁〉詩：「秋空萬里靜，嘹唳獨南征。……悵望遙天外，鄉情滿目生。」這首〈歸雁〉，同樣寫於北方，所詠卻是從南方歸來的春雁。

古人認為，秋雁南飛，不越過湖南衡山的回雁峰，它們飛到峰北就棲息在湘江下游，過了冬天再飛回北方。作者依照這樣的認識，從歸雁想到了它們歸來前的棲息地——湘江，又從湘江想到了湘江女神善於鼓瑟的神話，再根據瑟曲有〈歸雁操〉進而把鼓瑟同大雁的歸來相聯繫，這樣就形成了詩中的奇思妙想。

根據這樣的構思，作者一反歷代詩人把春雁北歸視為理所當然的慣例，而故意對大雁的歸來表示不解，一下筆就劈空設問：「瀟湘何事等閒回？水碧沙明兩岸苔。」詢問歸雁為什麼捨得離開那環境優美、水草豐盛的湘江而回來呢？這突兀的詢問，一下子就把讀者的思路引上了詩人所安排的軌道——不理會大雁的習性，而另外探尋大雁歸來的原因。

作者在第三、四句代雁作了回答：「二十五弦彈夜月，不勝清怨卻飛來。」湘江女神在月夜下鼓瑟（二十五弦），那瑟聲淒涼哀怨，大雁不忍再聽下去，才飛回北方的。

詩人就是這樣借助豐富的想像和優美的神話，為讀者展現了湘神鼓瑟的淒清境界，著意塑造了多情善感而又通曉音樂的大雁形象。然而，詩人筆下的湘神鼓瑟為什麼那樣淒涼？大雁又是為什麼那樣「不勝清怨」呢？為了弄清詩人所表達的思想感情，無妨看看他考進士的成名之作〈湘靈鼓瑟〉。在那首詩中，作者用「蒼梧來怨慕」的詩句指出，湘水江神鼓瑟之所以哀怨，是由於她在樂聲中寄託了對死於蒼梧的丈夫——舜的思念。同時，詩中還有「楚客不堪聽」的詩句，表現了貶遷於湘江的「楚客」對瑟聲哀怨之情的不堪忍受。

拿〈湘靈鼓瑟〉同〈歸雁〉相對照，使我們領會到：〈歸雁〉中的「不勝清怨卻飛來」一句，原來是從「楚客不堪聽」敷演而來，作者是按照貶遷異地的「楚客」來塑造客居湘江的旅雁的形象的。故而，他使旅雁聽到湘靈的充滿思親之悲的瑟聲，便鄉愁鬱懷，羈思難耐，而毅然離開優美富足的湘江，向北方飛回。「雖信美而非吾土兮，曾何足以少留」，漢建安文學家王粲〈登樓賦〉中的這兩句揭示羈客情懷的名言，正可借來說明〈歸雁〉詩中旅雁聽瑟飛回時的「心情」；而詩人正是借寫充滿客愁的旅雁，婉轉地表露了宦遊他鄉的羈旅之思。這首詩構思新穎，想像豐富，筆法空靈，抒情婉轉，意趣含蘊。它以獨特的藝術特色，而成為引人注目的詠雁名篇之一。（范之麟）

賈至

【作者小傳】（七一八～七七二）字幼鄰，一作幼幾，洛陽（今屬河南）人。初為單父尉。唐肅宗時為中書舍人，出為汝州刺史，因事貶岳州司馬。後官至右散騎常侍。《全唐詩》存其詩一卷。（《舊唐書》本傳、《唐詩紀事》卷二二）

春思二首（其一）　賈至

草色青青柳色黃，桃花歷亂李花香。
東風不為吹愁去，春日偏能惹恨長。

賈至在唐肅宗朝曾因事貶為岳州（治今湖南岳陽）司馬。明人唐汝詢在《唐詩解》中認為賈至所寫的一些絕句「皆謫居楚中而作」。這首詩大概也是他在貶謫期間所寫。詩中表達的愁恨，看來不是一般的閒愁閒恨，而是由他當時的身份和處境產生的流人之愁、逐客之恨。可與這首詩參證的有他的另一首〈西亭春望〉詩：

日長風暖柳青青，北雁歸飛入窅冥。岳陽樓上聞吹笛，能使春心滿洞庭。

這裡，除明寫詩人身在岳州外，「柳青青」的景色與「草色青青柳色黃」很相像，而「日長風暖」的景象也近似「偏能惹恨長」的「春日」與「不為吹愁去」的「東風」。至於「滿洞庭」的「春心」，與這首詩題所稱的「春思」也大致同義。「春心」是因春來雁去而觸發的旅情歸心；「春思」是縱然在美好的春光中仍然排遣不去的、與日俱長的愁恨。

這首詩題作〈春思〉，詩中也句句就春立意。在藝術手法的運用上，詩人是以前兩句反襯後兩句，使所要表達的愁恨顯得加倍強烈。首句「草色青青柳色黃」，已經用嫩綠、鵝黃兩色把這幅春草叢生、柳絲飄拂的生機盎然的畫面點染得十分明媚；次句「桃花歷亂李花香」，更用暗筆為這幅畫添上嫣紅、潔白兩色，並以寫氣圖貌之筆傳出了花枝披離、花氣氤氳的濃春景象，使畫面上的春光更加豔冶，春意更加喧鬧。詩人在這兩句裡寫足了春景，其目的在從反面襯托出與這良辰美景形成強烈對照的無法消除的深愁苦恨。

後兩句詩就轉而寫詩人的愁恨。這種愁恨深深植根於內心之中，是不可能因外界春光的美好而消除的。南唐馮延巳〈鵲踏枝〉詞中「每到春來，惆悵還依舊」兩句，就是直接寫出了這一事實。而賈至不這樣直寫，卻別出奇思，以出人意表的構思，使詩意的表現更有深度，更為曲折。

詩的第三句「東風不為吹愁去」，不說自己愁重難遣，而怨東風冷漠無情，不為遣愁。這在詩思上深一層，曲一層，使詩句有避平見奇之妙。第四句「春日偏能惹恨長」，不說因愁悶而百無聊賴，產生度日如年之感，卻反過來說成是春日惹恨，把恨引長，其立意就更新奇，遣詞就更巧妙了。

人們在心煩意亂、無可奈何的時候，往往會遷怒他人或遷怒於物。可是，詩人把愁恨責怪到與其毫不相干的東風、春日頭上，既怪東風不解把愁吹去，又怪春日反而把恨引長，這似乎太沒有道理了。但從詩歌是抒情而不是說理的語言來看，從詩人獨特的感受和豐富的聯想來說，又自有其理在。因為：詩人的愁，固然無形無跡，不是東風所能吹去，但東風之來，既能驅去嚴寒，使草木復蘇，詩人就也希望它能把他心中的愁吹去，因未能吹去而失望、而抱怨，這又是合乎人情，可以理解的。詩人的恨，固然不是春日所能延長或縮短，但春季來臨後，白晝一天比一天長，在詩人的感覺上，會感到日子更難打發。西晉張華〈情詩五首〉其三「居歡惜夜促，在戚怨宵長」，唐李益〈同崔邠登鸛雀樓〉詩「事去千年猶恨速，愁來一日即知長」，所寫的都是同一心理狀態，表達了詩人主觀上的時間感。從這樣的心理狀態出發，詩人抱怨春日把恨引長，也是在情理之中的。

詩的語言有時不妨突破常理，但又必須可以為讀者所理解。也就是說，一首詩可以容納聯想、奇想、幻想、痴想，卻不是荒誕不經的胡思亂想；詩人可以自由地飛翔他的想像之翼，卻在感情的表達上要有可以引起讀者共感之處。這首〈春思〉詩，正是如此。（陳邦炎）

初至巴陵與李十二白裴九同泛洞庭湖三首（其二）　賈至

楓岸紛紛落葉多，洞庭秋水晚來波。
乘興輕舟無近遠，白雲明月弔湘娥。

賈至「嘗以事謫守巴陵（今湖南岳陽），與李白相遇，日酣杯酒」（元辛文房《唐才子傳》）。在一個深秋晚上，他和李白、裴九駕輕舟同遊巴陵勝景——洞庭湖，撲入眼簾的是一片蕭瑟的秋景：「楓岸紛紛落葉多，洞庭秋水晚來波。」湖岸邊一帶楓樹，紅葉紛紛飄落。一葉落而知秋，這裡「紛紛落葉多」，落的又是耐霜的楓葉，可見秋風之緊，秋意之濃。澄澈的洞庭湖面，蕩漾著粼粼碧波。起首兩句，以悠揚的音韻，明麗的色彩，描繪了一幅洞庭晚秋的清幽氣象：秋風蕭蕭，紅葉紛飛，波浪滔滔，橫無際涯，景色幽深迷人。三位友人泛舟湖上，興致勃勃，「八百里洞庭」正好縱情遊覽，讓一葉扁舟隨水漂流，不論遠近，任意東西。這是多麼自由愜意，無拘無束啊！「乘興輕舟無近遠」句，形象地表達了詩人們放任自然，超逸灑脫的性格。

他們乘興遨遊，仰望白雲明月，天宇清朗，不禁遐想聯翩。浩渺的洞庭湖和碧透的湘江，自古以來就流傳著一個淒惻動人的傳說：帝舜南巡不返，葬於蒼梧，娥皇、女英二妃聞訊趕去，路斷洞庭君山，慟哭流涕，投身湘水而死。至今君山仍有二妃墓。二妃對舜無限忠貞之情引起賈至的同情與憑弔，自己忠而遭貶，君門路斷，和湘娥的悲劇命運不也有某些相似之處嗎？於是詩人把湘娥引為同調。「白雲明月弔湘娥」，在天空湖面一片清明的天地，詩人遙望皎潔的白雲，晶瑩的明月，懷著幽幽情思憑弔湘娥。氛圍靜謐幽雅，彌漫著一層淡淡的感傷情緒。「白雲明月」，多麼純潔光明的形象！它象徵詩人冰清玉潔的情操和淡泊坦蕩的胸懷。整首詩的精華就凝聚在這末一句上，含蓄蘊藉，言有盡而意無窮。

詩人歌詠洞庭湖，即景抒情，弔古傷懷，寄託深而寓意長。全詩形象明朗，色彩鮮亮，音韻高亢，聲調昂揚，和諧完美地表現了蒼涼的情緒，可謂聲情並茂。前人謂賈至「特工詩，俊逸之氣，不減鮑照、庾信，調亦清暢，且多素辭，蓋厭於漂流淪落者也」（《唐才子傳》）。這一評論相當中肯。這首詩的特色正是充滿俊逸之氣和清暢之調。（何國治）

巴陵夜別王八員外　賈至

柳絮飛時別洛陽，梅花發後到三湘①。

世情已逐浮雲散，離恨空隨江水長。

〔註〕①三湘：一說瀟湘、資湘、沅湘，稱為三湘。詩裡泛指湘江流域，洞庭湖南北一帶。

這是一首情韻別致的送別詩，一首貶謫者之歌。王八員外被貶長沙，以事謫守巴陵（治今湖南岳陽市）的賈至給他送行。兩人「同是天涯淪落人」（白居易〈琵琶行〉），在政治上都鬱鬱不得志，彼此在巴陵夜別，倍增纏綿悱惻之情。

這首詩先從詩人自己離別洛陽時寫起：「柳絮飛時別洛陽，梅花發後到三湘。」記得在那暮春時節，一簇簇的柳絮紛紛揚揚，我賈至當時懷著被貶的失意心情離開故鄉洛陽，梅花盛開的隆冬時分，來到三湘。以物候的變化表達時間的變換，深得〈詩．小雅．采薇〉「昔我往矣，楊柳依依；今我來思，雨雪霏霏」的遺韻。開首兩句灑脫飛動，情景交融，既點明季節、地點，又渲染氣氛，給人一種人生飄忽、離合無常的感覺。眼下友人王八員外也遭逢同樣的命運，遠謫長沙，臨別依依，不勝感慨：「世情已逐浮雲散，離恨空隨江水長。」如今，世俗人情已如浮雲般消散了，唯有我們兩人的友誼依然長存，有多少知心話兒要傾訴。然而，現在卻又要離別了，那滿腔的離愁別緒，有如湘江水般悠長。第三句所說「世情」，含意極豐富，包括人世間的盛衰興敗，悲歡離合，人情的冷暖厚薄……這一切，詩人和王八員外都遭遇過，並同有深切的感受。命運相同，可見相知之深！世情如浮雲，而更覺離情的繾綣難排，有類流水之悠長。結句比喻形象，「空隨」二字似寫詩人的心隨行舟遠去，也彷彿王八員外載滿船的離恨而去。這一個「空」字，還表達了一種無可奈何而又依依惜別的深情。

唐人詩中抒寫遷謫之苦、離別之恨者甚多，可謂各申其情，各盡其妙。而此詩以遷謫之人又送遷謫之人，情形加倍難堪，寫得沉鬱蒼涼，一結有餘不盡，可稱佳作。（何國治）

郎士元

【作者小傳】字君冑，中山（今河北定州）人。唐玄宗天寶進士，官至郢州刺史。大曆時與錢起齊名，並稱「錢郎」。詩多酬贈送別之作，詩風清麗閒雅，以五律見長。有《郎士元詩集》一卷。（《新唐書·藝文志》四、《唐詩紀事》卷四三）

柏林寺南望　郎士元

溪上遙聞精舍鐘，泊舟微徑度深松。
青山霽後雲猶在，畫出西南四五峰。

唐代「詩中有畫」之作為數甚多，而這首小詩別具風味。恰如清劉熙載所說：「畫山者必有主峰，為諸峰所拱向；作字者必有主筆，為餘筆所拱向。……善書者必爭此一筆。」（《藝概·書概》）此詩題旨在一「望」字，而望中之景只於結處點出。詩中所爭在此一筆，餘筆無不為此。

詩中提到雨霽，可見作者登山前先於溪上值雨。首句雖從天已放晴時寫起，卻饒有雨後之意。那山頂佛寺（精舍）的鐘聲竟能清晰地達於溪上，俾人「遙聞」，不與雨浥塵埃、空氣澄清大有關係嗎？未寫登山，先就

郎士元〈柏林寺南望〉——明刊本《唐詩畫譜》

溪上聞鐘，點出「柏林寺」，同時又逗起舟中人登山之想，「遙聽鐘聲戀翠微」（孟浩然〈過融上人蘭若〉，一作綦毋潛詩）。這不是詩的主筆，但它是有所「拱向」（引起登眺事）的。

精舍鐘聲的誘惑，使詩人泊舟登岸而行。曲曲的山間小路（「微徑」）緩緩地導引他向密密的松柏（次句中只說「松」，而從寺名可知有「柏」）林裡穿行，一步步靠近山頂。「空山新雨後」（王維〈山居秋暝〉），四處彌漫著松葉柏子的清香，使人感到清爽。深林中，橫柯交蔽，不免暗昧。有此暗昧，才有後來「度」盡「深松」，分外眼明的快意。所以次句也是「拱向」題旨的妙筆。

「度」字已暗示窮盡「深松」，而達於精舍——柏林寺。行人眼前豁然開朗。映入眼簾的首先是霽後如洗的「青山」。前兩句不曾有一個著色字，此時「青」字突現，便使人眼明。繼而吸引住視線的是天宇中飄的雲朵。「霽後雲猶在」，但這已不是濃郁的烏雲，而是輕柔明快的白雲，登覽者怡悅的心情可知。此句由山帶出雲，又是為下句進而由雲襯托西南諸峰作了一筆鋪墊。

三句寫山，著意於山色（青），是就一帶山脈而言；而末句集中刻畫幾個山頭，著眼於山形，給人以異峰突起的感覺。峰數至於「四五」，則有錯落參差之致。在藍天白雲的襯托下，崢嶸的山峰猶如「畫出」。不用「襯」字而用「畫」字，別有情趣。言「襯」，則表明峰之固有，平平無奇；說「畫」，則似言峰之本無，卻由造物以雲為毫、蘸霖作墨、以天為紙即興「畫出」，其色澤鮮潤，猶有剛脫筆硯之感。這就不但寫出峰的美妙，而且傳出「望」者的驚奇與愉悅。

這才是全詩點睛之筆。只有經過從溪口穿深林一番幽行之後，這裡的畫面才見得特別精彩；只有經過登攀途中的一番情緒醞釀，這裡的發現才令人尤為愉快。因而這裡的「點睛」，有賴前三句的「畫龍」。用劉熙載的話說，那就是，詩人「爭」得這一筆的成功，與「餘筆」的配合是分不開的。（周嘯天）

聽鄰家吹笙　郎士元

鳳吹聲如隔綵霞，不知牆外是誰家。
重門深鎖無尋處，疑有碧桃千樹花。

「通感」是把視覺、聽覺、嗅覺、味覺、觸覺溝通起來的一種修辭手法。這首〈聽鄰家吹笙〉，在「通感」的運用上，頗具特色。

這是一首聽笙詩。笙這種樂器由多根簧管組成，參差如鳳翼；其聲清亮，宛如鳳鳴，故有「鳳吹」之稱。傳說仙人王子喬亦好吹笙作鳳凰鳴（見《列仙傳》）。首句「鳳吹聲如隔綵霞」就似乎由此作想，說笙曲似從天降，極言其超凡入神。具象地寫出「隔綵霞」三字，就比一般地說「此曲只應天上有」（杜甫〈贈花卿〉）、「如聽仙樂耳暫明」（白居易〈琵琶行〉）來得高妙。將聽覺感受轉化為視覺印象，給讀者的感覺更生動具體。同時，這裡的「綵霞」，又與白居易〈琵琶行〉、韓愈〈聽穎師彈琴〉中運用的許多摹狀樂聲的視覺形象不同。它不是說聲如綵霞，而是說聲自綵霞之上來；不是摹狀樂聲，而是設想奏樂的環境，間接烘托出笙樂的明麗新鮮。

「不知牆外是誰家」，對笙樂雖以天上曲相比擬，但對其實際來源必然要產生懸想揣問。詩人當是在自己院內聽隔壁「鄰家」傳來的笙樂，所以說「牆外」。這懸揣語氣，不僅進一步渲染了笙聲的奇妙撩人，還見出聽者「尋聲暗問」的專注情態，也間接表現出那音樂的吸引力。於是，詩人動了心，由「尋聲暗問吹者誰」，進而起身追隨那聲音，欲窺探個究竟。然而「重門深鎖無尋處」，一牆之隔竟無法踰越，不禁令人於咫尺之地產生「天上人間」的悵惘和更強烈的憧憬，由此激發了一個更為絢麗的幻想。

「疑有碧桃千樹花」。以花為意象描寫音樂，「芙蓉泣露香蘭笑」（李賀〈李憑箜篌引〉）是從樂聲（如泣如笑）著想，「江城五月落梅花」（李白〈與史郎中欽聽黃鶴樓上吹笛〉）是從曲名〈梅花落〉著想，而此詩末句與它們都不同，仍是從奏樂的環境著想。與前「隔綵霞」呼應，這裡的「碧桃」是天上碧桃，是王母桃花。灼灼其華，竟至千樹之多，是何等繁縟絢麗的景象！它意味著那奇妙的、非人世間的音樂，宜乎如此奇妙的、非人世間的靈境。它同時又象徵著那笙聲的明媚、熱烈、歡快。而一個「疑」字，寫出如幻如真的感覺，使意象給人以縹緲的感受而不過於質實。

此詩三句緊承二句，而四句緊承三句又回應首句，章法流走迴環中有遞進（從「隔綵霞」到「碧桃千樹花」）。它用視覺形象寫聽覺感受，把五官感覺錯綜運用，而又避免對音樂本身正面形容，單就奏樂的環境作「別有天地非人間」（李白〈山中問答〉）的幻想，從而間接有力地表現出笙樂的美妙。在「通感」運用上算得是獨具一格的。（周嘯天）

韓翃

【作者小傳】字君平，南陽（今屬河南）人。唐玄宗天寶進士，官至中書舍人。「大曆十才子」之一。詩多酬贈之作。有《韓君平詩集》。（《新唐書・盧綸傳》、《唐詩紀事》卷三〇）

寒食

韓翃

春城無處不飛花，寒食東風御柳斜。
日暮漢宮傳蠟燭，輕煙散入五侯①家。

〔註〕①五侯：一說指東漢外戚梁冀一族的五侯。另一說指東漢桓帝時的宦官單超等同日封侯的五人。詩中籠統指貴近寵臣。

寒食是古代一個傳統節日，一般在冬至後一百零五天，清明前兩天。古人很重視這個節日，按風俗家家禁火，只吃現成食物，故名寒食。由於節當暮春，景物宜人，自唐至宋，寒食便成為遊玩的好日子，宋人就說過：「人間佳節唯寒食」（邵雍〈春遊五首〉其四）。唐代制度，到清明這天，皇帝宣旨取榆柳之火賞賜近臣，以示皇恩。唐代詩人竇叔向有〈寒食日恩賜火〉詩紀其實：「恩光及小臣，華燭忽驚春。電影隨中使，星輝拂路人。幸因榆柳暖，一照草茅貧。」正可與韓翃這一首詩參照。

此詩只注重寒食景象的描繪，並無一字涉及評議。第一句就展示出寒食節長安的迷人風光。把春日的長安稱為「春城」，不但造語新穎，富於美感；而且兩字有陰平、陽平的音調變化，諧和悅耳。處處「飛花」，不但寫出春天的萬紫千紅、五彩繽紛，而且確切地表現出寒食的暮春景象。暮春時節，裊裊東風中柳絮飛舞，落紅無數。不說「處處」而說「無處不」，以雙重否定構成肯定，形成強調的語氣，表達效果更強烈。「春城無處不飛花」寫的是整個長安，下一句則專寫皇城風光。既然整個長安充滿春意，熱鬧繁華，皇宮的情景也就可以想見了。與第一句一樣，這裡並未直接寫到遊春盛況，而剪取無限風光中風拂「御柳」一個鏡頭。當時的風俗，寒食日折柳插門，所以特別寫到柳。同時也關照下文「以榆柳之火賜近臣」的意思。

如果說一、二句是對長安寒食風光一般性的描寫，那麼，三、四句就是這一般景象中的特殊情景了。兩聯情景有一個時間推移，一、二寫白晝，三、四寫夜晚，「日暮」則是轉折。寒食節普天之下一律禁火，唯有得到皇帝許可，「特敕街中許燃燭」（元稹〈連昌宮詞〉），才是例外。除了皇宮，貴近寵臣也可以得到這份恩典。「日暮」兩句正是寫這種情事，仍然是形象的畫面。寫賜火用一「傳」字，不但狀出動態，而且意味著挨個賜予，可見封建等級次第之森嚴。「輕煙散入」四字，生動描繪出一幅中官走馬傳燭圖。雖然既未寫馬也未寫人，但那裊裊飄散的輕煙，告訴著這一切消息，使人嗅到了那燭煙的氣味，聽到了那得得的馬蹄，恍如身歷其境。同時，自然而然會給人產生一種聯想，體會到更多的言外之意。首先，風光無處不同，家家禁火而漢宮傳燭獨異，這本身已包含著特權的意味。進而，優先享受到這種特權的，則是「五侯」之家。它使人聯想到中唐以後宦官專權的政治弊端。中唐以來，宦官專擅朝政，政治日趨腐敗，有如漢末之世。詩中以「漢」代唐，顯然暗寓諷喻之情。無怪乎清吳喬說：「唐之亡國，由於宦官握兵，實代宗授之以柄。此詩在德宗建中初，只『五侯』二

字見意，唐詩之通於春秋者也。」（《圍爐詩話》）

據唐孟棨《本事詩．情感第一》，唐德宗曾十分賞識韓翃此詩，為此特賜多年失意的詩人以「駕部郎中知制誥」的顯職。由於當時江淮刺史也叫韓翃，德宗特御筆親書此詩，並批道：「與此韓翃。」成為一時流傳的佳話。優秀的文學作品往往「形象大於思想」（高爾基），此詩雖然止於描繪，作者本意也未必在於譏刺，但他抓住的形象本身很典型，因而使讀者意會到比作品更多的東西。由於作者未曾刻意求深，只是沉浸在打動了自己的形象與情感之中，發而為詩，反而使詩更含蓄，更富於情韻，比許多刻意諷刺之作更高一籌。（周嘯天）

宿石邑山中 韓翃

浮雲不共此山齊，山靄蒼蒼望轉迷。
曉月暫飛高樹裡，秋河隔在數峰西。

這首七絕以極簡練的筆觸，描繪了石邑山變幻多姿的迷人景色。前兩句寫傍晚投宿所見山之景，後兩句寫曉行山中所見天之色。

石邑，古縣名，故城在今河北獲鹿東南。石邑一帶為太行山餘脈，山勢逶迤，群峰錯列，峻峭插天。起句「浮雲不共此山齊」，用「烘雲托月」的手法，描寫了這種直插雲天的氣勢：那高空飄忽浮動的白雲也飛升不到山的頂端，敢去與它比個高低。如果說第一句是寫仰望所見，那麼第二句「山靄蒼蒼望轉迷」，則是寫遠眺情景：摩天的山巒連綿不斷，飄蕩的晚霞忽淡忽濃，忽明忽暗，給重巒疊嶂的山增添了迷人的色彩。「望轉迷」三字，玲瓏剔透，活脫脫地寫出了詩人身臨其境的感受，將沉浸在暮色中的群山幽深神祕、變化莫測的氣氛，描繪得淋漓盡致。此句巧妙地照應上句，正因為山高雲繞，才使入山的遊人產生「望轉迷」的感覺。同時由「迷」字，又暗示夜幕來臨，詩人將在山中投宿。「宿」字是此詩的題眼，倘若不在此點出投宿，後面寫破曉時的景色就顯得無根無襻。

三、四句「曉月暫飛高樹裡，秋河隔在數峰西」，是這首七絕精妙傳神之筆。陳子昂有「明月隱高樹，長河沒曉天」（〈春夜別友人二首〉其一）詩句，寫拂曉與友人離別的景色，畫面是靜止的。韓翃這兩句詩由此化出，在寧靜的氣氛中增加了豐富的層次和鮮明的動感。句中「秋」字點明了投宿山中的節令，「曉」字寫出暮宿曉行的時間。踏上旅程，透過參天大樹的縫隙窺見朗月高懸天中；當旅人緣著山徑行進，隨著峰迴路轉視角的變換，剛才還可以看到的明月突然隱藏到濃密的樹中去了。「暫飛高樹裡」，看似隨意涉筆，無意求工，卻清絕洗練，獨到含蓄：讀者從「暫」字中可以領悟到，隨著山路的曲折迴環，明月還會躍出樹叢；從「飛」字中可以感覺到，拂曉時萬籟俱寂，天空彷彿突然增添了動感。這是一幅語意新鮮、有層次、有節奏的活動畫面，意境幽美，景色錯落有致，令人產生無限遐想。由於曙色漸開，銀河逐漸西流沉淪，又被群峰遮蔽，所以看不到了。最後一句「秋河隔在數峰西」，一筆帶過，戛然而止。這兩句一詳一略，一實一虛，把近景遠景、明暗層次、時間空間安排得井然有序，將所描繪的景色熔鑄在俊美流暢的對句中，給全詩增添了富有特色的藝術魅力與和諧悅耳的音樂效果。同時，透過這兩句景色描繪，使人深深體會到旅人夜宿曉行，奔波不已的艱辛。

這首七絕寫得很圓熟。詩人採用剪影式的寫法，截取暮宿和曉行時自己感受最深的幾個片段，來表現石邑山中之景，而隱含的「宿」字給互不聯繫的景物起了紐帶作用：因為至山中投宿，才目睹巍峨的山，迷漫的雲；由於曉行，才有登程所見的曉月秋河。「宿」字使前後安排有軌轍可尋，脈斷峰連，渾然一體。這種寫法，避免了平鋪直敘的呆板，顯得既有波瀾又生神韻。表面看，這首詩似乎單純寫景，實際上景中寓情。一、二句初入山之景，流露作者對石邑山雄偉高峻的驚愕與讚嘆；三、四句曉行時幽靜清冷的畫面，展現了「雞聲茅店月，人跡板橋霜」（溫庭筠〈商山早行〉）式的意境，表達了詩人羈旅辛苦，孤獨淒清的況味。（沈暉）

司空曙

【作者小傳】字文明，一作文初，洺州（今河北永年東南）人。曾舉進士，入劍南節度使韋皋幕府。官至虞部郎中。為「大曆十才子」之一。其詩多寫自然景色和鄉情旅思，或表現幽寂的境界，或直抒哀愁，較長於五律。有《司空文明詩集》。（《新唐書·盧綸傳》、《唐詩紀事》卷三〇）

雲陽館與韓紳宿別

司空曙

故人江海別，幾度隔山川。乍見翻疑夢，相悲各問年。
孤燈寒照雨，濕竹暗浮煙。更有明朝恨，離杯惜共傳。

雲陽，縣名，縣治在今陝西涇陽縣西北。韓紳，《全唐詩》註：「一作韓升卿。」韓愈四叔名紳卿，與司空曙同時，曾在涇陽任縣令，可能即為其人。

這是首惜別詩，但一開始卻從上次的別離說起，接寫此次相會，然後才寫到敘談和惜別，描寫曲折，富有情致。

上次別後，已歷數年，山川阻隔，相會不易，其間的相思，自在言外。正因為相會不易，相思心切，所以才生發出此次相見時的「疑夢」和惜別的感傷心情來。首聯和頷聯，恰成因果關係。「江海」，指上次的分別地，也可理解為泛指江海天涯，相隔遙遠。「幾度」，幾次，此處猶言「幾年」，下文的「問年」，正與此呼應。

「乍見」二句是傳誦的名句。人到情極處，往往以假為真，以真作假。久別相逢，乍見以後，反疑為夢境，正說明了上次別後的相思心切和此次相會不易。假如別後沒有牽情，相逢以後便會平平淡淡，不會有「翻疑夢」的情景出現了。「翻疑夢」，不僅情真意切，而且把詩人欣喜、驚奇的神態表現得維妙維肖，十分傳神。即使說久別初見時悲喜交集的心情神態，盡見於此三字之中，也是不為過的。杜甫〈羌村三首〉云：「夜闌更秉燭，相對如夢寐。」是寫亂離中回家後和妻子兒女相見時的心情。「乍見」二句，和杜詩的用意相仿。「乍見」，不僅是說剛剛相見，而且還含有出乎意料、突然相見的意思。由於別後相會不易，所以見後才喜極生悲；由於別後時間隔得太長，所以相見以後才互問年齡。「各問年」，不僅在感嘆年長容衰，也在以實證虛，說明「翻疑夢」的境真情真。

頸聯和尾聯接寫深夜在館中敘談的情景。相逢已難，又要離別，其間千言萬語，不是片時所能說完的，所以詩人避實就虛，只以景象渲染映襯，以景寓情了。寒夜裡，一束暗淡的燈火映照著濛濛的夜雨，竹林深處，似飄浮著片片煙雲。孤燈、寒雨、浮煙、濕竹，景象是多麼淒涼。詩人寫此景正是藉以渲染傷別的氣氛。其中的「孤」、「寒」、「濕」、「暗」、「浮」諸字，都是得力的字眼，不僅渲染映襯出詩人悲涼暗淡的心情，也象徵著人事的浮游不定。二句既是描寫實景，又是虛寫人的心情。

結處表面上是勸飲離杯，實際上卻是總寫傷別。用一「更」字，就點明了即將再次離別的傷痛。「離杯惜共傳」，在慘淡的燈光下，兩位友人舉杯勸飲，表現出彼此珍惜情誼和戀戀不捨的離情。「惜」，珍惜；詩人用在此處，自有不盡的情意。綜觀全詩，中四句語極工整，寫悲喜感傷，籠罩寒夜，幾乎不可收拾。但於末二句，卻能輕輕收結，略略沖淡。這說明詩人能運筆自如，具有重抹輕挽的筆力。（孫其芳）

金陵懷古

司空曙

輦路江楓暗，宮庭野草春。傷心庾開府，老作北朝臣。

金陵（今江蘇南京）從三國吳起，先後為六朝國都，是歷代詩人詠史的重要題材。司空曙的這首〈金陵懷古〉，選材典型，用事精工，別具匠心。

前兩句寫實。作者就眼前所見，選擇兩件典型的景物加以描繪，著墨不多，而能把古都金陵衰敗荒涼的景象，表現得很具體，很鮮明。「輦路」即皇帝乘車經過的道路。想當年，皇帝出遊，旌旗如林，鼓樂喧天，前呼後擁，該是何等威風！如今這景象已不復存在，只有道旁那飽覽人世滄桑的江楓，長得又高又大，遮天蔽日，投下濃密的陰影，使荒蕪的輦路更顯得幽暗陰森。「江楓暗」的「暗」字，既是寫實，又透露出此刻作者心情的沉重。沿著這條路走去，就可看到殘存的一些六朝宮苑建築了。「臺城六代競豪華」（劉禹錫〈金陵五題．臺城〉），昔日的宮廷，珠光寶氣，金碧輝煌，一派顯赫繁華，更不用說到了飛紅點翠、鶯歌燕舞的春天。現在這裡卻一片淒清冷落，只有那野草到處滋生，長得蓬蓬勃勃，好像整個宮廷都成了它們的世界。「野草春」，這「春」字既點時令，又著意表示，點綴春光的唯有這萋萋野草而已。這兩句對偶整齊，「輦路」、「宮庭」與「江楓」、「野草」形成強烈對照，啟發讀者將它的現狀與歷史作比較，其盛衰興亡之感自然寄寓於其中。

接下去，筆鋒一轉，運實入虛，別出心裁地用典故抒發情懷。典故用得自然、恰當，蘊含豐富，耐人尋味。

先說自然。「庾開府」即庾信，因曾官開府儀同三司，故稱。庾信是梁朝著名詩人，早年在金陵做官，和父親庾肩吾一起，深受梁武帝賞識，所謂「父子東宮，出入禁闥，恩禮莫與比隆」（《北史·文苑傳》）。詩人從「輦路」、「宮庭」著筆來懷古，當然很容易聯想到庾信，它與作者的眼前情景相接相合，所以是自然的。

再說恰當。庾信出使北朝西魏期間，梁為西魏所亡，遂被強留長安。北周代魏後，他又被迫仕於周，一直留在北朝，最後死於隋文帝開皇元年（五八一）。他經歷了北朝幾次政權的交替，又目睹南朝最後兩個王朝的覆滅，其身世是最能反映那個時代的動亂變化的。再說他長期羈旅北地，常常想念故國和家鄉，其詩賦多有「鄉關之思」，著名的〈哀江南賦〉就是這方面的代表作。詩人的身世和庾信有某些相似之處。他經歷過「安史之亂」，親眼看到大唐帝國從繁榮的頂峰上跌落下來。安史亂時，他曾遠離家鄉，避難南方，亂平後一時還未能回到長安，思鄉之情甚切。所以，詩人用庾信的典故，既感傷歷史上六朝的興亡變化，又藉以寄寓對唐朝衰微的感嘆，更包含有他自己的故園之思、身世之感在內，確是貼切工穩，含蘊豐富。「傷心」二字，下得沉重，值得玩味。庾信曾作〈傷心賦〉一篇，傷子死，悼國亡，哀婉動人，自云：「既傷即事，追悼前亡，惟覺傷心……」以「傷心」冠其名上，自然貼切，而這不僅概括了庾信的生平遭際，也寄託了作者對這位前輩詩人的深厚同情，更是他此時此地悲涼心情的自白。

這首詩寥寥二十字，包蘊豐富，感慨深沉，情與景、古與今、物與我渾然一體，不失為詠史詩的佳作。（徐定祥）

江村即事

司空曙

釣罷歸來不繫船，江村月落正堪眠。

縱然一夜風吹去，只在蘆花淺水邊。

這首詩寫江村眼前情事，但詩人並不鋪寫村景江色，而是透過江上釣魚者的一個細小動作及心理活動，反映江村生活的一個側面，寫出真切而又恬美的意境。

「釣罷歸來不繫船」，首句寫漁翁夜釣回來，懶得繫船，而讓漁船任意飄蕩。「不繫船」三字為全詩關鍵，以下詩句全從這三字生出。「江村月落正堪眠」，第二句上承起句，點明「釣罷歸來」的地點、時間及人物的行動、心情。船停靠在江村，時已深夜，月亮落下去了，人也已經疲倦，該睡覺了，因此連船也懶得繫。但是，不繫船能安然入睡嗎？這就引出了下文。

「縱然一夜風吹去，只在蘆花淺水邊。」這兩句緊承第二句，回答了上面的問題。「縱然」、「只在」兩個關聯詞前後呼應，一放一收，把意思更推進一層：且不說夜裡不一定起風，即使起風，沒有纜住的小船也至多被吹到那長滿蘆花的淺水邊，又有什麼關係呢？這裡，詩人並沒有刻畫幽謐美好的環境，然而釣者悠閒的生活情趣和江村寧靜優美的景色躍然紙上。

這首小詩善於以個別反映一般，透過「釣罷歸來不繫船」這樣一件小事，刻畫江村情事，由小見大，就比泛泛描寫江村的表面景象要顯得生動新巧，別具一格。詩在申明「不繫船」的原因時，不是直筆到底，一覽無餘，而是巧用「縱然」、「只在」等關聯詞，以退為進，深入一步，使詩意更見曲折深蘊，筆法更顯騰挪跌宕。詩的語言真率自然，清新俊逸，和富有詩情畫意的幽美意境十分和諧。（吳小林）

喜外弟盧綸見宿　司空曙

靜夜四無鄰，荒居舊業貧。雨中黃葉樹，燈下白頭人。以我獨沉久，愧君相見頻。平生自有分，況是蔡家親。

司空曙和盧綸都在「大曆十才子」之列，詩歌工力相匹，又是表兄弟。從這首詩，尤其是末聯「平生自有分（情誼），況是蔡家親（羊祜為蔡邕外孫，因借指表親為蔡家親）」，可以看出他倆的親密關係和真摯情誼，而且可以感受到作者生活境遇的悲涼。據元辛文房《唐才子傳》卷四載，司空曙「磊落有奇才」，但因為「性耿介，不干權要」，所以落得宦途坎坷，家境清寒。這首詩正是作者這種境遇的寫照。

前四句描寫靜夜裡的荒村，陋室內的貧士，寒雨中的黃葉，昏燈下的白髮，透過這些，構成一個完整的生活畫面。這畫面充滿著辛酸和悲哀。後四句直揭詩題，寫表弟盧綸來訪見宿，在悲涼之中見到知心親友，因而喜出望外。近人俞陛雲《詩境淺說》說，這首詩「前半首寫獨處之悲，後言相逢之喜，反正相生，為律詩一格」。從章法上看，確是如此。前半首和後半首，一悲一喜，悲喜交感，總的傾向是統一於悲。後四句雖然寫「喜」，卻隱約透露出「悲」；「愧君相見頻」中的一個「愧」字，就表現了悲涼的心情。因之，題中雖著「喜」字，背後卻有「悲」的滋味。一正一反，互相生發，互相映襯，使所要表現的主旨更深化了，更突出了。這就是「反正相生」手法的藝術效果。

比興兼用，也是這首詩重要的藝術手法。「雨中黃葉樹，燈下白頭人」，不是單純的比喻，而是進一步利用作比的形象來烘托氣氛，特別富有詩味，成了著名的警句。用樹之落葉來比喻人之衰老，是頗為貼切的。樹葉在秋風中飄落，和人的風燭殘年正相類似，相似點在衰颯。這裡，樹作為環境中的景物，起了氣氛烘托的作用，類似起興。自從宋玉〈九辯〉提出「悲哉，秋之為氣也，蕭瑟兮，草木搖落而變衰」，秋風落葉，常常被用以塑造悲的氣氛，「黃葉樹」自然也烘托了悲的情緒。比興兼用，所以特別富有藝術感染力。

明謝榛《四溟詩話》卷一云：「韋蘇州曰：『窗裡人將老，門前樹已秋。』白樂天曰：『樹初黃葉日，人欲白頭時。』司空曙曰：『雨中黃葉樹，燈下白頭人。』三詩同一機杼，司空為優：善狀目前之景，無限淒感，見乎言表。」其實，三詩之妙，不只是善於狀景物，而且還善於設喻。司空曙此詩頷聯之所以「為優」，在於比韋應物、白居易詩多了雨景和昏燈這兩層意思，雖然這兩層並無「比」的作用，卻大大加強了悲涼的氣氛。近人高步瀛《唐宋詩舉要》說：「『雨中』、『燈下』雖與王摩詰相犯，而意境各自不同，正不為病。」王維〈秋夜獨坐〉：「雨中山果落，燈下草蟲鳴。」這兩句純屬白描，是賦體，並不兼比；不僅意境不同，手法亦自有別。馬戴〈灞上秋居〉：「落葉他鄉樹，寒燈獨夜人。」語雖近似司空曙，但手法也並不一樣，這裡只寫灞上秋居漂泊異鄉孤獨寂寞的情景，不曾以樹喻人，沒有比的意思。司空曙「雨中」、「燈下」兩句之妙，就在於運用了興而兼比的藝術手法。（林東海）

皎然

【作者小傳】（約七二〇～？）僧人。字清晝，本姓謝，為南朝宋謝靈運十世孫。湖州長城（今浙江長興）人。詩多送別酬答之作，情調閒適，語言簡淡。有《皎然集》（即《杼山集》）十卷。另撰有《詩式》、《詩議》、《詩評》等詩論。（《宋高僧傳》卷二九、《唐詩紀事》卷七三）

尋陸鴻漸不遇

皎然

移家雖帶郭，野徑入桑麻。近種籬邊菊，秋來未著花。

扣門無犬吠，欲去問西家。報道山中去，歸來每日斜。

陸鴻漸，名羽，終生不仕，隱居在苕溪（今浙江吳興），以擅長品茶著名，著有《茶經》一書，被後人奉為「茶聖」、「茶神」。他和皎然是好友。這首詩當是陸羽遷居後，皎然過訪不遇所作。

陸羽的新居離城不遠，但已很幽靜，沿著野外小徑，直走到桑麻叢中才能見到。開始兩句，頗有晉陶淵明「結廬在人境，而無車馬喧」（〈飲酒二十首〉其五）的隱士風韻。

陸羽住宅外的菊花，大概是遷來以後才種上的，雖到了秋天，還未曾開花。這二句，自然平淡，點出詩人造訪的時間是在清爽的秋天。然後，詩人又去敲他的門，不但無人應答，連狗吠的聲音都沒有。此時的詩人也許有些茫然，立刻就回轉去；似有些眷戀不捨，決定還是問一問西邊的鄰居吧。鄰人回答：陸羽往山中去了，經常要到太陽西下的時候才回來。這二句和賈島的〈尋隱者不遇〉的後二句「只在此山中，雲深不知處」恰為同趣。「每日斜」的「每」字，活脫地勾畫出西鄰說話時，對陸羽整天留連山水而迷惑不解和怪異的神態，這就從側面烘托出陸羽不以塵事為念的高人逸士的襟懷和風度。

這首詩前半寫陸羽隱居之地的景；後半寫不遇的情況，似都不在陸羽身上著筆，而最終還是為了詠人。偏僻的住處，籬邊未開的菊花，無犬吠的門戶，西鄰對陸羽行蹤的敘述，都刻畫出陸羽生性疏放不俗。全詩四十字，清空如話，別有雋味。近人俞陛雲說：「此詩之瀟灑出塵，有在章句外者，非務為高調也。」（《詩境淺說》）

（唐永德）

李端

【作者小傳】字正己，趙州（治今河北趙縣）人。唐代宗大曆進士，授祕書省校書郎，官終杭州司馬。曾隱居衡山，自號衡嶽幽人。為「大曆十才子」之一。其詩或為應酬之作，或表現避世思想，多為律體。有《李端詩集》三卷。（《舊唐書·李虞仲傳》、《唐詩紀事》卷三〇）

胡騰兒

李端

胡騰身是涼州兒，肌膚如玉鼻如錐。桐布輕衫前後卷，葡萄長帶一邊垂。
帳前跪作本音語，拈襟攞袖①為君舞。安西舊牧收淚看，洛下詞人抄曲與。
揚眉動目踏花氈，紅汗交流珠帽偏。醉卻東傾又西倒，雙靴柔弱滿燈前。
環行急蹴皆應節，反手叉腰如卻月。絲桐忽奏一曲終，嗚嗚畫角城頭發。
胡騰兒，胡騰兒，家鄉路斷知不知？

〔註〕①一作「拾襟攬袖」。

「胡騰」是中國西北地區的一種舞蹈。「胡騰兒（音同倪）」寫的是一位善於歌舞的青年藝人。代宗時，河西、隴右一帶二十餘州被吐蕃占領，原來雜居該地區的許多胡人淪落異鄉，以歌舞謀生。本詩透過歌舞場面的描寫，表現了各民族之間的友好感情，以及對胡騰兒離失故土的深切同情，並寓以時代的感慨。

第一段描述胡騰兒原籍涼州（治今甘肅武威），是「肌膚如玉」的白種人，隆準稍尖，鼻型很美；身著桐布舞衣，鑲著的寬邊如同前後捲起，以葡萄為圖案的圍腰，帶子長長地垂到地面。這一段寫得很樸實，字裡行間浸透著詩人對藝人的深切同情。例如，胡騰兒最喜絲綢彩繡，「桐布」、「葡萄」也並非多美，詩人何以特書一筆？這說明胡騰兒漂泊窮途，賣藝求生，又深恐破衣爛衫難以吸引看客；傾囊購置，也僅能置些民用布帛，自繡彩繪而已！

第二段描寫舞蹈開始前的場面：「帳前跪作本音語，拈襟擺袖為君舞。安西舊牧收淚看，洛下詞人抄曲與。」胡騰兒起舞之前，首先跪在帳前，向各位看客用「本音語」訴說家鄉淪亡、同胞被殺的諸般苦情，然後「拈襟擺袖」，向諸位施禮，準備起舞。那曾在安西做過地方官的人強忍著眼淚觀看，洛下（洛陽城）詞人也主動把自己寫的歌詞抄送給胡騰兒演唱。這段雖然僅寫了「舊牧」含淚和詩人贈曲，但卻使人想到一個很大的場面，看到不同人的思想和表情。藝人先以漢民族的習慣而跪，再以本民族的習慣施禮，其友好之情可知；詩人也不管藝人能否讀懂並演出自己的創作，真情相贈；眾人報之以熱淚。各民族之間的感情，在這裡不是得到了充分的交流嗎？

以下至篇末為第三段，是寫藝人的舞蹈和詩人的感慨。看客們的同情使得胡騰兒大受感動：「揚眉動目踏花氈，紅汗交流珠帽偏。」上句寫「起始」動作，「揚眉動目」，可知表情豐富，義情激奮。下句寫飛旋動作，垂珠斜飛，「紅汗交流」，可知舞得十分賣力。「醉卻東傾又西倒，雙靴柔弱滿燈前」，進入另一種意境。上句既是寫舞姿的曼妙，也是寫他以舞蹈語言，痛陳離鄉背井之苦。在舞蹈藝術中，「醉步」要求「形散神凝」，看似如醉如痴，飄忽不定，實則緩促應節，剛柔相生，是一種高難度的表演。下句寫雙腿飛旋，雙靴閃動，恍如燈前閃爍出一層層柔弱的光圈。「環行急蹴皆應節，反手叉腰如卻月（缺月）。」「應節」二字，照應前後諸句。說他無論「環行」如輪，還是「急蹴」起躍，還是「反手叉腰如卻月」的造型，都能絲毫不差地吻合著音樂的節拍；可知不論「踏花氈」的起步，還是「東傾又西倒」的醉步，還是「柔弱滿燈前」的急旋，也無不與音樂的節拍相侔了。接著以點睛之筆兼寫幾個方面：「絲桐忽奏一曲終，嗚嗚畫角城頭發」！說伴奏的「絲桐」（弦樂器）忽停，表示了舞蹈的結束；舞蹈結束，方聽得「畫角」嗚嗚，又見看客們因全神貫注於音樂舞蹈，其他音響均不得干入其耳，烘襯出了舞技的超絕，引人入勝；「畫角」發於城頭，又說明時局緊張，豈止邊地淪陷，京畿亦有烽火相照。時代氣氛如此，能不引起詩人深沉的感慨？

「胡騰兒，胡騰兒，家鄉路斷知不知？」這裡說的「家鄉路斷」，顯然非指山川隔阻，而是指中原藩鎮割據，唐王朝邊事失利。這既表現了詩人對胡騰兒的深切同情，也暗含了對於中唐國事的嘆惋。詩貴含蓄，收尾尤貴意在言外。如果說前面敘事端，寫看客，狀舞蹈，都能寫得精練而動人的話，那麼這收尾四句卻更富於餘韻遠響，具有耐人尋味的妙趣。唐盧綸盛讚李端：「校書才智雄，舉世一娉婷。賭墅鬼神變，屬詞鸞鳳驚。」（〈綸與吉侍郎中孚、司空郎中曙、苗員外發、崔補闕峒、耿拾遺湋、李校書端，風塵追遊向三十載，數公皆負當時盛稱，榮耀未幾，俱沉下泉，暢博士當感懷前蹤，有五十韻見寄，輒有所酬以申悲舊，兼寄夏侯侍御審、侯倉曹釗〉）中唐前期，詩歌暫處低潮，「大曆十才子」多不擅長歌行，像這類詩歌，在當時也確實算得上「娉婷」一世的了。（傅經順）

拜新月

李端

開簾見新月，即便下階拜。
細語人不聞，北風吹裙帶。

古詩中往往有些短章，言少情多，含蓄不盡。詩人駕馭文字，舉重若輕，而形往神留，造詣極深。李端的〈拜新月〉即其一例。

唐代拜月的風俗流行，不僅宮廷及貴族間有，民間也有。這首描寫拜月的小詩，清新秀美，類樂府民歌。詩中既未明標人物身份，就詩論詩，也無須非查明所指不可。以詩中情感與細節論，宮廷可，民間也無不可。

「開簾」一句，揣摩語氣，開簾前似未有拜月之意，然開簾一見新月，即便於階前隨地而拜。如此不拘形式，可知其長期以來積有許多心事，許多言語，無可訴說之人，無奈而托之明月。以此無奈之情，正見其拜月之誠；因誠，固也無須興師動眾講究什麼拜月儀式。「即便」二字，於虛處傳神，為語氣、神態、感情之轉折處，自是欣賞全詩的關鍵所在：一以見人物的急切神態，二以示人物的微妙心理。

「細語」二字，維妙維肖地狀出少女嬌嫩含羞的神態。少女內心隱祕，本不欲人聞，故於無人處，以細聲細語出之，詩人亦不聞也。其實，少女內心隱祕，非愁怨即祈望，直書反失之淺露。現只傳其含情低訴，只傳其心緒悠遠，詩情更醇，韻味更濃。庭院無人，臨風拜月，其虔誠之心，其真純之情，其可憐惜之態，令人神往。

即其於凜冽寒風之中，發此內心隱祕之喃喃細語，已置讀者於似聞不聞、似解不解之間，而以隱約不清之細語，配以風中飄動之裙帶，似純屬客觀描寫，不涉及人物內心，但人物內心之思緒蕩漾，卻從裙帶中斷續飄出，使人情思縈繞，如月下花影，拂之不去。後兩句嘔心瀝血，刻意描繪，而筆鋒落處，卻又輕如蝶翅。

表面看，似即寫作者之所見所聞，又全用素描手法，只以線條勾勒輪廓：隱祕處仍歸隱祕，細節處只寫細節。透過嫻美的動作、輕柔的細語和亭立的倩影，人物一片虔誠純真的高尚情感躍然紙上，沁人肌髓。這正是詩人高超功力所在。（孫藝秋）

鳴箏

李端

鳴箏金粟柱，素手玉房前。
欲得周郎顧，時時誤拂弦。

箏是古代一種彈撥樂器，即今稱「古箏」。「鳴箏」謂彈奏箏曲。題一作「聽箏」，則謂聽奏箏有感，就聽者立題。從詩意看，以作「鳴箏」為有味。這首小詩寫一位彈箏女子為博取青睞而故意彈箏出錯的情態，寫得婉曲細膩，富有情趣。

前二句寫彈箏美人坐在華美的房舍（玉房）前，撥弄箏弦，優美的樂聲從弦軸裡傳送出來。「柱」是繫弦的部件。「金粟」形容箏柱的裝飾華貴。「素手」表明彈箏者是女子。後二句即寫鳴箏女故意彈錯以博取青睞。「周郎」指三國吳將周瑜。他二十四歲為將，時稱「周郎」。他又精通音樂，聽人奏曲有誤時，即使喝得半醉，也要轉過頭去看一看演奏者。所以時謠說：「曲有誤，周郎顧。」（見《三國志・吳志・周瑜傳》）這裡以「周郎」比喻彈箏女子屬意的知音者。「時時」是強調她一再出錯，顯出故意撩撥的情態，表示她的用心不在獻藝博知音，而在其他。

清人徐增分析這詩說：「婦人賣弄身份，巧於撩撥，往往以有心為無心。手在弦上，意屬聽者。在賞音人之前，不欲見長，偏欲見短。見長則人審其音，見短則人見其意。李君（稱李端）何故知得恁細。」（《而庵說唐詩》）

其見解相當精闢。

此詩的妙處就在於詩人透過細緻的觀察，抓住了生活中體現人物心理狀態的典型細節，將彈箏女子的微妙心理，一種邀寵之情，曲曲寫出，十分傳神。詩的寫法像速寫，似素描，對彈箏女形象的描寫是十分成功的。（倪其心）

閨情

李端

月落星稀天欲明，孤燈未滅夢難成。
披衣更向門前望，不忿朝來鵲喜聲！

這首詩明白曉暢，詩人以清新樸實的語言，把一個閨中少婦急切盼望丈夫歸來的情景，描寫得含蓄細膩，楚楚動人，令人讀了之後，自然對她產生深厚的同情。

「月落星稀天欲明」，起筆描繪了黎明前寥廓空寂的天宇，這是全詩的背景。隨後，詩筆從室外轉向室內，描繪了另一番景象：「孤燈未滅夢難成」。天已將明，孤燈閃爍，詩中女主人公仍在那兒輾轉反側，不能成眠。她有什麼心事？這裡已經產生一個懸念。可是，作者似乎並不急於解決這個懸念，而是把筆墨繼續集中在那位少婦身上：「披衣更向門前望」。這神情就更奇怪了。她在等待什麼？要去看什麼？懸念進一步加深。「不忿朝來鵲喜聲！」啊，原來是黎明時分那聲聲悅耳動聽的喜鵲鳴叫，把她引到門前去的。「乾鵲噪而行人至。」（《西京雜記》陸賈語）這不明明預兆著日夜思念的「行人」——出了遠門的丈夫馬上要回來嗎？所以她忙不迭地跑到門前去了。可是，門外只有車塵馬跡、稀稀落落的行人，哪裡有丈夫的影兒！她傷心透了：一方面是由於失望；另一方面她有一種被欺騙的感覺。「不忿」（即不滿、惱恨）二字，正傳達出少婦由驚喜陡轉憂傷的心情。

喜鵲是無辜的。當然，我們也不能責怪女主人公無知、任性。長夜漫漫，孤燈獨對，該是什麼滋味！「不

李端〈閨情〉——明刊本《唐詩畫譜》

忿朝來鵲喜聲！」這不僅是對一隻鳥兒的惱恨，這裡凝聚著的是對丈夫痴戀的深情，多年來獨守空房的痛苦以及不能把握自己命運的無望的怨嘆。

這首詩末一句寫得特別出色。它不僅帶著口語色彩，充滿生活氣息，而且在簡潔明快中包容著豐富的情韻。詩人作了十分精練的概括，把少婦起床和後來惱恨的原因都略去不提，給讀者留下思索的餘地。詩意就變得含蓄雋永，耐人尋味了。（周錫韓）

胡令能

【作者小傳】唐德宗貞元到憲宗元和間人。隱居圃田（今河南中牟）。少為磨鏡鎪釘之業，人稱「胡釘鉸」。服膺列子，禪學精邃。詩語淺俗，卻頗具巧思。《全唐詩》存其詩四首。（《南部新書》壬卷、《唐詩紀事》卷二八）

詠繡障①

胡令能

日暮堂前花蕊嬌，爭拈小筆上床描。
繡成安向春園裡，引得黃鶯下柳條。

〔註〕①詩題一作〈觀鄭州崔郎中諸妓繡樣〉。

這是一首讚美刺繡精美的詩。

首句「日暮」、「堂前」點明時間、地點。「花蕊嬌」，花朵含苞待放，嬌美異常——這是待繡屏風（「繡障」）上取樣的對象。

首句以靜態寫物，次句則以動態寫人：一群繡女正競相拈取小巧的畫筆，在繡床上開始寫生，描取花樣。爭先恐後的模樣，眉飛色舞的神態，都從「爭」字中隱隱透出。「拈」，是用三兩個指頭夾取的意思，見出動作的輕靈，姿態的優美。這一句雖然用意只在寫人，但也同時帶出堂上的布置：一邊擺著筆架，正對堂前的寫生對象（「花蕊」），早已布置好繡床。

三、四句寫「繡成」以後繡工的精美巧奪天工：把完工後的繡屏風安放到春光爛漫的花園裡去，雖是人工，卻足以亂真——你瞧，黃鶯都上當了，離開柳枝向繡屏風飛來。末句從對面寫出，讓亂真的事實說話，不言女紅之工巧，而工巧自見。而且還因黃鶯入畫，豐富了詩歌形象，平添了動人的情趣。

從二句的「上床描」到三句的「繡成」，整個取樣與刺繡的過程都省去了，像「花隨玉指添春色，鳥逐金針長羽毛」（羅隱〈繡〉）那樣正面描寫繡活進行時飛針走線情況的詩句，是不可能在這首詩中找到的。

清沈德潛在論及題畫詩時說：「其法全在不粘畫上發論。」（《說詩晬語》卷下）「不黏」在繡工本身，而是以映襯取勝，也許這就是〈詠繡障〉在藝術上成功的主要奧祕。（陳志明）

小兒垂釣　胡令能

蓬頭稚子學垂綸，側坐莓苔草映身。
路人借問遙招手，怕得魚驚不應人。

這是一首以兒童生活為題材的詩作。在唐詩中，寫兒童的題材很少，因而顯得可貴。

一、二句重在寫形。「綸」是釣絲，「垂綸」即題目中的「垂釣」，也就是釣魚。詩人對這垂釣小兒的形貌不加粉飾，直寫出山野孩子頭髮蓬亂的本來面目，使人覺得自然可愛與真實可信。「側坐」帶有隨意坐下的意思。這也可以想見小兒不拘形跡地專心致志於釣魚的情景。「莓苔」，泛指貼著地面生長在陰濕地方的植物。從「莓苔」不僅可以知道小兒選擇釣魚的地方是在陽光罕見、人跡罕到的所在，更是一個魚不受驚、人不暴曬的頗為理想的釣魚去處，為後文所說「怕得魚驚不應人」做了鋪墊。「草映身」，也不只是在為小兒畫像，它在結構上，對於下句的「路人借問」還有著直接的承接關係——路人之向他打問，就因為看得見他。

三、四句重在傳神。「遙招手」的主語還是小兒。他之所以要以動作來代替答話，是害怕把魚驚散。他的動作是「遙招手」，說明他對路人的問話並非漠不關心。他在「招手」以後，又怎樣向「路人」低聲耳語，那是讀者想像中的事，詩人再沒有交代的必要，所以，在說明了「遙招手」的原因以後，詩作也就戛然而止。

透過以上的簡略分析可以看出，前兩句雖然著重寫小兒的體態，但「側坐」與「莓苔」又不是單純的描狀寫景之筆；後兩句雖然著重寫小兒的神情，但在第三句中仍然有描繪動作的生動的筆墨。不失為一篇情景交融、形神兼備的描寫兒童的佳作。（陳志明）

嚴維

【作者小傳】（?～七八〇）字正文，越州山陰（今浙江紹興）人。唐肅宗至德進士。授諸暨尉。官至祕書省校書郎。與劉長卿友善。《全唐詩》存其詩一卷。（《新唐書．藝文志四》、《唐才子傳》卷三）

丹陽送韋參軍

嚴維

丹陽郭裡送行舟，一別心知兩地秋。
日晚江南望江北，寒鴉飛盡水悠悠。

這首七絕是作者抒寫他給韋參軍送行以及送走之後的情景，表現了他們之間的真摯情誼。

詩的前兩句是寫送行。首句「丹陽郭裡」交代了送行地點在丹陽（今屬江蘇）的外城邊。「行舟」表明友人將從水路離去。此時，千種離情，萬般愁緒，一齊湧上詩人心頭。「一別心知兩地秋」，「秋」字，表面上寫時令，實際上卻是表達人的情緒。蕭瑟的秋景增添了離情別緒。作者還巧妙地運用拆字法，以「心」上有「秋」說明「愁」。所以「兩地秋」是雙關語。

詩的後兩句寫送走之後對韋參軍的深切思念。「日晚江南望江北」這一句轉接自然，不露痕跡地把前句抽象的離愁具體形象地表現出來。「江南」、「江北」，對比照應，突出了江水的阻隔。丹陽在江之南，「江南」——「江北」，既是友人行舟的路線，也是作者目送方向。「望」字傳出思念之神態，憂思綿綿。「日晚」暗示思念時間之久，見出友情之深。由「望」自然而然地帶出末一句「寒鴉飛盡水悠悠」。這一句寫望中所見。透過環境氣氛的渲染，表達作者的悠悠情思。由於思念，站在江邊長時間地遙望著，秋日黃昏，江面上寒鴉點點，給人增添愁思。可是，就連這使人感傷的寒鴉此時此刻也「飛盡」了，只剩下悠悠江水流向遠方。這一切給人以孤獨、寂靜、空虛的感觸。「水悠悠」包含著無限思念的深情。

這首小詩妙語連珠，情景交融，真切自然，既能把淳樸真摯的感情滲透在景物的描寫中，又能在抒情中展現畫圖，做到辭有盡而意不盡。（宛新彬）

顧況

【作者小傳】（約七三〇～八〇六後）字逋翁，蘇州海鹽（今屬浙江）人。唐肅宗至德進士，曾官校書郎、著作郎。以嘲誚當朝權貴，被劾貶饒州司戶。後隱居茅山，自號華陽山人。善畫山水。其詩平易流暢，常反映當時的社會矛盾。原有集，已散佚，明人輯有《華陽集》。（《舊唐書·李泌傳》附傳、《唐才子傳》卷三）

上古之什補亡訓傳十三章：囝　顧況

囝①，哀閩也。

囝生閩方，閩吏得之，乃絕其陽②。
為臧為獲③，致金滿屋。為髡為鉗④，如視草木。
天道無知，我罹其毒。神道無知，彼受其福。
郎罷別囝，吾悔生汝。及汝既生，人勸不舉⑤。
不從人言，果獲是苦。囝別郎罷，心摧血下。

隔地絕天，及至黃泉，不得在郎罷前。

〔註〕①詩人自註：「『囝』，音蹇。閩俗呼子為『囝』，父為『郎罷』。」②絕：割斷。陽：男性生殖器。③臧、獲：都是奴隸的別稱。④髡、鉗：都是奴隸的標誌。髡（音同昆），剃去頭髮；鉗，鐵圈套在頸上。⑤不舉：不養育。

唐代的閩地（今福建），地主、官僚、富商相勾結，經常掠賣兒童，摧殘他們的身體，把他們變為奴隸。〈囝〉就是這種殘酷行為的真實寫照。

詩人首先敘述閩童被掠為奴的經過。前三句交代了這種野蠻風俗盛行的地區（閩方）、戕害閩地兒童的凶手（閩吏）以及戕害兒童的方式（絕其陽），極其簡練。然後敘述奴隸的痛苦生活。詩人沒有列舉具體生活事例，而只是並列擺出一種極不公平的現象：奴隸為主人「致金滿屋」，本應受到較好的待遇，然而卻被視如草木，受到非人待遇。「金」，極言其貴；「草木」，極言其賤。一貴與一賤，兩相比照，揭露奴隸所受待遇的不合理，寫出了奴隸生活的不堪忍受。

詩人並沒有停留在這一般的敘述上，接著又透過這一生活現象，把筆觸深入到人物的內心世界，揭示出奴隸們的滿腔怨憤：「天道無知，我罹其毒。神道無知，彼受其福。」悲慘的身世，痛苦的生活，使他們的怨憤非常之深，以致連古代社會裡視若神聖的「天道」和「神道」，都被他們詛咒起來——都是上天和神靈無知，才造成如此不公平的世道！這裡「彼」、「我」對舉，形象地揭示出對立的階級關係——奴隸主們之所以能夠大享其福，正是建築在奴隸遭受荼毒的基礎上的。這四句心理描寫，真實地反映了奴隸們的思想感情。

以上是對奴隸一般生活境遇和痛苦心理的描繪。「郎罷別囝」以下，詩人抽出一個具體場景，用細膩的筆觸描寫囝被掠為奴，同郎罷分別時父子痛不欲生的情景。

詩人把囝同郎罷的心理對照來寫，筆墨搖曳多姿，錯落有致。寫郎罷，處處從他違反常情的心理著筆。在古代社會，人們都希望人丁興旺，又由於重男輕女的習慣，尤其希望生男孩。可是這位做父親的卻後悔不該生男孩，生下後更不該養育他。這看來很「反常」。然而，正是從這種「反常」中，才表現了他的斷腸悲痛和對孩子的深愛。「人勸不舉」一語更進一步說明，受這種野蠻風俗之害的，絕不是一家一戶的個別現象，閩地人民受害之慘，受害之廣，使人人都心懷恐懼。寫囝，則是著力刻畫他對郎罷的依戀，完全是小孩子的心理。這種對照的心理描寫，生動細緻地刻畫出父子相依、不忍分離的骨肉親情。而造成生離死別、痛不欲生的，卻正是那些掠賣兒童的人。所以，這種描寫既是對苦難人民的深厚同情，也是對殘民害物者的憤怒控訴。

詩人在這首詩的小序中說：「哀閩也。」對閩地人民的不幸遭遇表示同情，卻通篇不發一句議論，而是用白描的手法，把血淋淋的事實展現在讀者面前，讓事實說話，產生了雄辯的力量，因而比簡單的說教內涵更豐富。詩人繼承《詩經》的諷喻精神，形式上也有意仿效《詩經》，取首句的第一個字為題，採用四言體，並且大膽採用了閩地方言如「囝」、「郎罷」入詩，使詩歌在古樸之中流露著強烈的地方色彩和濃郁的生活氣息。（張燕瑾）

公子行

顧況

輕薄兒，面如玉，紫陌春風纏馬足。雙韂懸金縷鶻飛，長衫刺雪生犀束。綠槐夾道陰初成，珊瑚幾節敵流星。紅肌拂拂酒光獰，當街背拉金吾行。朝遊鼕鼕鼓聲發，暮遊鼕鼕鼓聲絕。入門不肯自升堂，美人扶踏金階月。

〈公子行〉是樂府舊題，內容多寫王孫公子的豪奢生活。這首詩以時間順序為線索，集中了公子在一天內吃喝玩樂等典型細節，刻畫出一個輕薄兒的典型形象，揭露和批判了王孫公子的荒淫豪奢。

首句點出人物，以「輕薄兒」三字，恰如其分地概括出了王孫公子的特性。「面如玉」一般形容女子容顏美，這裡用來描畫「紫陌春風」中的輕薄兒，有揭露和諷刺的意味。接著交代時間是春日，地點是京城。公子哥兒日日遊冶，恣情玩樂，彷彿他們所騎的馬的腳也被都城的春風纏住了似的。再接下去寫公子的坐騎和服飾。坐的是繡有鶻鳥飛翔的馬鞍，蹬的是發出耀眼光芒的腳踏。身著絲綢繡花長衫，還繫上華貴的犀牛皮腰帶……初步勾畫出一個冠蓋華美、意氣驕橫的紈袴兒形象。這是第一層。

中間四句是第二層，透過兩個典型細節，進一步揭露輕薄兒的驕奢。一是寫輕薄兒拿起綴著珊瑚的馬鞭，在綠蔭覆蓋的大道上，當空揮舞，光彩四溢，比流星飛過夜空還要燦爛奪目。另一個細節是「背拉金吾」，寫這位公子一臉酒氣，滿眼凶光，帶著一幫家奴，在大街上橫衝直撞，為所欲為，甚至倚仗權勢，當眾把維持治安的官吏金吾也推搡開去。可見其飛揚跋扈、驕橫放肆已到了何等程度。

第三層，即結尾四句，進一步寫公子恣意冶遊、荒淫無恥、夜以繼日的浪蕩生活。末句更以由美人扶入內室的細節，將其腐朽生活揭露無遺。全詩以出遊始，以歸家結，透過公子一天內的所作所為，集中概括了這一階層聲色犬馬的腐朽生活，從一個側面揭露了中唐時期上層社會的腐敗。

全詩只「輕薄兒」三字是作者的直接評述，其餘全是客觀描述，讓事實說話。作者的傾向性只是在描寫中自然地顯現。如首句中的「面如玉」三字，暗示出這位公子哥兒一貫過著錦衣玉食、養尊處優的寄生生活。作者始寫其面如美玉，繼而寫其花天酒地的猙獰醜態，最後把藏在華麗軀殼中的骯臟靈魂暴露於光天化日之下。從前後映照中，一個金玉其外、敗絮其中的王孫公子形象呈現在讀者眼前。作者的揶揄嘲弄之情亦含蘊其中了。又如，末句的「入門不肯自升堂」的「不肯」二字，刻畫輕薄兒在美人面前的矯揉造作和醜惡心靈，都顯得辛辣有力，鞭辟入裡，透露出作者深深的憎惡和鄙視。可以毫不誇張地說，這是一首別具一格的諷刺詩。

這首詩，色彩穠麗而風格冷峻，造語生新而筆鋒犀利。奇特的想像，典型的細節和精妙的比喻，使詩中人物形象突出。如「紫陌春風纏馬足」的「纏」字，極富想像力，而又新穎貼切。詩人讓春風都來追隨、趨奉公子，為其催送馬蹄，則其炙手可熱、驕矜得意之態，自是不言而喻的了。皇甫湜曾說顧況「偏於逸歌長句，駿發踔厲，往往若穿天心，出月脅，意外驚人語，非尋常所能及，最為快也」（〈唐故著作左郎顧況集序〉）。於此詩中，可見一斑。

（徐定祥）

過山農家①　顧況

板橋人渡泉聲，茅簷日午雞鳴。
莫嗔②焙茶煙暗，卻喜曬穀天晴。

〔註〕①一作張繼詩，題為〈山家〉。②嗔（音同瞋）：嫌怨。

這是一首訪問山農的紀行六言絕句。作者繪聲繪色，由物及人，傳神入微地表現了江南山鄉焙茶曬穀的場景，以及山農爽直的性格和淳樸的感情。格調明朗，節奏輕快，具有獨特的藝術風格。

全詩僅二十四字，作者按照走訪的順序，依次攝取了山行途中、到達農舍、參觀焙茶和曬穀的四個鏡頭，層次清晰地再現了饒有興味的訪問經歷，讀來感到句絕而意不絕。

首句「板橋人渡泉聲」，截取了山行途中的一景。當作者走過橫跨山溪的木板橋時，有淙淙的泉聲伴隨著他。句中並沒有出現「山」字，只寫了與山景相關的「板橋」與「泉聲」，便頗有氣氛地烘托出了山行的環境。「泉聲」的「聲」字，寫活了泉水，反襯出山間的幽靜。短短一句，使人如臨其境，如聞其聲，彷彿分享到作者步入幽境時那種心曠神怡之情。

從首句到次句，有一個時間和空間的跳躍。「茅簷日午雞鳴」，顯然是作者穿山跨坡來到農家門前的情景。這時，太陽已在茅簷上空高照，山農家的雞咯咯鳴叫，像是在歡迎來客。雞鳴並不新奇，但安排在這句詩中，卻使深山中的農舍頓時充滿喧鬧的世間情味和濃郁的生活氣息。這句中的六個字，依次構成三組情事，與首句中按同樣方式構成的三組情事相對，表現出六言詩體的特點。在音節上，又正好構成兩字一頓的三個「音步」。由於採用這種句子結構和下平聲八庚韻的韻腳，讀起來特別富於節奏感，而且音節響亮。

第三句「莫嗔焙茶煙暗」是山農陪作者參觀焙茶時說的致歉話。上面二句從環境著筆，點出人物，而這一句是從人物著筆，帶出環境。筆法的改變是為了突出山農的形象，作者在「焙茶煙暗」之前，加上「莫嗔」二字，便在農作場景的同時，寫出了山農的感情。從山農請客人不要責怪被煙熏的口吻中，反映了他的爽直性格和農家的本色。「莫嗔」二字，入情入理而又富有情韻。

第四句「卻喜曬穀天晴」，和第三句連成一氣。南方山區，收穫季節雲多雨盛，詩中寫山農為天晴而欣喜，是有典型意義的。繼「莫嗔」之後，又用「卻喜」二字再一次表現了山農感情的淳樸和性格的爽朗，深化了對山農形象的刻畫，也為全詩的明朗色調增添了鮮明的一筆。

這首詩，如果按唐司空圖的《二十四詩品》歸類，似屬於「俯拾即是，不取諸鄰；俱道適往，著手成春」的「自然」一品。作者像是不經心地道出一件生活小事，卻給人以一種美感。（徐燕）

宣宗宮人

題紅葉　宣宗宮人

流水何太急，深宮盡日閒。
殷勤謝紅葉，好去到人間。

這首詩相傳為唐宣宗時宮人所寫。關於這首詩，有一個動人的故事。據唐范攄《雲溪友議．題紅怨》記述，宣宗時，詩人盧渥到長安應舉，偶然來到御溝旁，看見一片紅葉，上面題有這首詩，就從水中取去，收藏在巾箱內。後來，他娶了一位被遣出宮的宮女。一天，宮女見到箱中的這片紅葉，嘆息道：「當時偶然題詩葉上，隨水流去，想不到收藏在這裡。」這就是有名的「紅葉題詩」的故事。對此，北宋劉斧《青瑣高議》和北宋孫光憲《北夢瑣言》（據《太平廣記》引）也有記載，但在朝代、人名、情節上都有出入。

這一故事在輾轉流傳中，當然不免有被人添枝加葉之處，但也不會完全出於杜撰。從詩的內容看，很像宮人口吻。它寫的是一個失去自由、失去幸福的人對自由、對幸福的嚮往。詩的前兩句「流水何太急，深宮盡日閒」，妙在只責問流水太急，訴說深宮太閒，並不明寫怨情，而怨情自見。一個少女長期被幽閉在深宮之中，有時會有流年似水、光陰易逝、青春虛度、紅顏暗老之恨，有時也會有深宮無事、歲月難遣、閒愁似海、度日如年之苦。這兩句詩，以流水之急與深宮之閒形成對比，就不著痕跡、若即若離地托出了這種看似矛盾而又交織為一的雙重苦恨。詩的後兩句「殷勤謝紅葉，好去到人間」，運筆更委婉含蓄。它妙在曲折傳意，託物寄情，不從正面寫自己的處境和心情，不直說自己久與人間隔離和渴望回到人間，而用折射手法，從側面下筆，只對一片隨波而去的紅葉致以殷勤的祝告。這裡，題詩人對身受幽囚的憤懣、對自由生活的憧憬以及她的衝破樊籠的強烈意願，盡在不言之中。近人俞陛雲在《詩境淺說續編》中評李白的〈玉階怨〉說：「其寫怨意，不在表面，而在空際。」這話也可以移作對這首〈題紅葉〉詩的贊語。

除這首〈題紅葉〉外，在唐代還流傳有一個梧葉題詩的故事。據《雲溪友議》、唐孟棨《本事詩》等書記述，唐玄宗天寶年間，一位洛陽宮苑中的宮女在梧葉上寫了一首詩，隨御溝流出，詩云：「一入深宮裡，年年不見春。聊題一片葉，寄與有情人。」詩在民間遂得傳播。詩人顧況得詩後曾和詩一首：「愁見鶯啼柳絮飛，上陽宮女斷腸時。君恩不禁東流水，葉上題詩寄與誰？」過了十幾天，又在御溝流出的梧葉上見詩一首，詩云：「一葉題詩出禁城，誰人酬和獨含情。自嗟不及波中葉，盪漾乘春取次行。」這後一首詩在《全唐詩》中題作〈又題洛苑梧葉上〉，也不失為一首好詩。從詩的首句「一葉題詩出禁城」，可以想見題詩人目送葉去、心與俱遠的情景。這片小小的梧葉，成了她的化身，既負荷著她的巨大的苦痛，又浮載著她縹緲的希冀。句中的「出禁城」三字，與〈題紅葉〉詩中「到人間」三字一樣，含有極其複雜的感情。這裡，人生的要求、祝願、遐想、幻夢是融合在一起的。下句「誰人酬和獨含情」，是進而游翔她的詩思。這位得不到愛情的少女，把她對愛情的想像隨著梧葉也送出了禁城。她題詩的一片心意原是「寄與有情人」，但「寄與誰」，「誰人酬和」，這片梧葉出禁城後又會有什麼樣的遭遇呢？這些，縱然渺茫難知，也足以令她浮想翩翩，含情脈脈；可是，句中一個「獨」字卻又透露了她的現實處境之可哀。下面兩句「自嗟不及波中葉，蕩漾乘春取次行」，正是回到現實後的絕望和嗟嘆。這時，隨波蕩漾的梧葉已經乘春而逝，而回顧自身，仍然在「年年不見春」的禁城之內。如果說詩的前半首是身在痛苦環境中產生的美好幻想；那麼，這後半首就是走出幻想世界後感到的加倍痛苦了。總的看來，這首〈又題〉寫得較實，較直，以真摯動人。但不如〈題紅葉〉詩之空靈蘊藉，言簡意長，給人以更多的玩索餘地。

唐代出現了大量宮怨詩，但幾乎全都出自宮外人手筆，至多只能做到設身處地，代抒怨情，有的還是借題發揮，另有寄託。這首〈題紅葉〉詩以及另兩首題梧葉詩之可貴，就在於讓我們直接從宮人之口聽到了宮人的心聲。（陳邦炎）

竇叔向

【作者小傳】（約七二九～約七八〇）字遺直，扶風平陵（今陝西咸陽）人。唐代宗時官左拾遺、內供奉，後出為溧水令。工五言詩。原有集，已散佚。《全唐詩》存其詩十首。（《舊唐書·竇群傳》、《金石萃編》卷一〇五神道碑）

夏夜宿表兄話舊

竇叔向

夜合花開香滿庭，夜深微雨醉初醒。遠書珍重何曾達，舊事淒涼不可聽。
去日兒童皆長大，昔年親友半凋零。明朝又是孤舟別，愁見河橋酒幔青。

親故久別，老大重逢，說起往事，每每像翻倒五味瓶，辛酸甘苦都在其中，而且絮叨起來沒個完，欲罷不能。竇叔向這首詩便是抒寫這種情境的。

詩從夏夜入題。夜合花在夏季開放，朝開暮合，而入夜香氣更濃。表兄的庭院裡恰種夜合，芳香滿院，正是夏夜物候。藉以起興，也見出詩人心情愉悅。他和表兄久別重逢，痛飲暢敘，自不免一醉方休。此刻，夜深人定，他們卻剛從醉中醒來。天還下著細雨，空氣濕潤，格外涼快。於是他們老哥倆高高興興地再作長夜之談。

他們再敘往事，接著醉前的興致繼續聊了起來。

中間二聯即話舊。離別久遠，年頭長，經歷多，千頭萬緒從何說起？那紛亂的年代，寫一封告囑親友珍重的書信也往往寄不到，彼此消息不通，該說的事情太多了。但是真要說起來，那一件件一樁樁都夠淒涼的，教人聽不下去，可說的事卻又太少了。就說熟人吧。當年離別時的孩子，如今都已長大成人，聊可欣慰；但是從前的親戚朋友卻大半去世，健在者不多，令人情傷。這四句，乍一讀似乎是話舊只開了頭；稍咀嚼，確乎道盡種種往事。親故重逢的欣喜，人生遭遇的甘苦，都在其中，也在不言中。它提到的，都是常人熟悉的；它不說的，也都是容易想到的。誠如近人俞陛雲所說：「以其一片天真，最易感動。中年以上者，人人意中所有也。」（《詩境淺說》）正因為寫得真切，所以讀來親切，容易同感共鳴，也就無庸贅辭。

末聯歸結到話別，其實也是話舊。不是嗎？明天一清早，詩人又將孤零零地乘船離別了。想起那黃河邊，橋頭下，親友搭起餞飲的青色幔亭，又要見到當年離別的一幕，真叫人犯愁！相逢重別的新愁，其實是勾起往事的舊愁；明朝餞別的苦酒，怎比今晚歡聚的快酒；所以送別不如不送，是謂「愁見」。這兩句結束了話舊，也等於在告別，有不盡惜別之情，有人生坎坷的感慨。從「醉初醒」起，到「酒幔青」結，在重逢和再別之間，在歡飲和苦酒之間，這一夜的話舊，也是清醒地回顧他們的人生經歷。

竇叔向以五言見長，在唐代宗時為宰相常袞賞識，仕途順利平穩。而當德宗即位，常袞罷相，他也隨之貶官溧水令，全家移居江南。政治上的挫折，生活的變化，卻使他詩歌創作的內容得到充實。這首詩技巧渾熟，風格平易近人，語言親切有味，如促膝談心。詩人抒寫自己親身體驗，思想感情自然流露，真實動人，因而成為十分難得的「情文兼至」的佳作。（倪其心）

嚴武

【作者小傳】（七二六～七六五）字季鷹，華陰（今屬陝西）人。初為拾遺，後任成都尹。兩次鎮蜀，以軍功封鄭國公。與杜甫友善，常以詩歌唱和。《全唐詩》存其詩六首。（新、舊《唐書》本傳）

軍城早秋

嚴武

昨夜秋風入漢關，朔雲邊月滿西山。
更催飛將追驕虜，莫遣沙場匹馬還。

安史之亂以後，唐王朝國力削弱，吐蕃乘虛而入，曾一度攻入長安，後來又向西南地區進犯。嚴武兩次任劍南節度使，唐代宗廣德二年（七六四）秋天，他率兵西征，擊敗吐蕃七萬多人，失地收復，安定了蜀地。這首〈軍城早秋〉，一方面使我們看到詩人作為鎮守一方的主將的才略和武功，另一方面也表現了這位統兵主將的辭章文采，能文善武，無怪杜甫稱其為「出群」之才。

詩的第一句「昨夜秋風入漢關」，看上去是寫景，其實是頗有寓意的。中國西北和北部的民族，常於秋高馬肥的季節向內地進犯。「秋風入漢關」，就意味著邊境的緊張時刻又來臨了。「昨夜」二字，緊扣詩題「早秋」。

如此及時地了解「秋風」，正反映了嚴武作為邊關主將對時局的密切關注，對敵情的熟悉。第二句接著寫詩人聽到秋風的反應。這個反應是很有個性的，他立即注視西山（即今四川西部大雪山），表現了主將的警覺、敏感，也暗示了他對時局所關注的具體內容。西山怎樣呢？寒雲低壓，月色清冷，再加上一個「滿」字，就把那陰沉肅穆的氣氛寫得更為濃重，這氣氛正似風雲突變的前兆，大戰前的沉默。「眼中形勢胸中策」（宋宗澤〈早發〉），這是一切將領用兵作戰的基本規律。所以詩的前兩句既然寫出了戰雲密布的「眼中形勢」，那胸中之策就自不待言了。詩中略去這一部分內容，正表現了嚴武是用兵的行家。

「更催飛將追驕虜，莫遣沙場匹馬還。」「更催」二字暗示戰事已按主將部署勝利展開。兩句一氣而下，筆意酣暢，字字千鈞，既顯示出戰場上勢如破竹的氣勢，也表現了主將剛毅果斷的氣魄和勝利在握的神情，而整個戰鬥的結果也自然寓於其中了。這就是古人所說的「墨氣所射，四表無窮，無字處皆其意也」（清王夫之《薑齋詩話》）。我們如果把一、二句和三、四句的內容放在一起來看，就會發現中間有著很大的跳躍。了解戰爭的人都知道，一個閉目塞聽、對敵情一無所知的主將，是斷然不會打勝仗的，戰爭的勝負往往取決於戰前主將對敵情的敏感和了解的程度。詩的一、二句景中有情，顯示出主將準確地掌握了時機和敵情，這就意味著已經居於主動地位，取得了主動權，取得了克敵制勝的先決條件。這一切正預示著戰爭的順利，因而，勝利也就成了人們意料中的結果，所以讀到三、四句非但沒有突兀、生硬之感，反而有一種水到渠成、果然如此的滿足。

這首詩寫得開闔跳躍，氣概雄壯，乾淨利落，表現出地道的統帥本色。詩的思想感情、語言風格，也都富有作者本人的個性特徵。這不是一般詩人所能寫得出的。（趙其鈞）

張潮

【作者小傳】潤州曲阿（今江蘇丹陽）人。唐代宗大曆處士。《全唐詩》存其詩五首。（《新唐書・藝文志四・包融詩》附注、《唐詩紀事》卷二七）

江南行

張潮

茨菰葉爛別西灣，蓮子花開猶未還。
妾夢不離江上水，人傳郎在鳳凰山。

《全唐詩》中收張潮詩五首，其中〈長干行〉還可能是李白或李益的。張潮的幾首詩，除了一首〈采蓮曲〉是寫採蓮女的生活，其餘都是抒寫商婦的思想感情。從這些詩的內容和形式來看，都不難發現深受南方民歌的影響。

這首詩的上聯：「茨菰葉爛別西灣，蓮子花開猶未還。」茨菰，即慈姑，多年生草本植物，生於水田中，地下有球莖，可食。「茨菰葉爛」的時間當在秋末冬初。西灣，指江邊的某個地方。「蓮子花開」，即荷花開放，這裡當指第二年的夏天。去年茨菰葉爛的時候在西灣送別，眼下又已是荷花盛開了，可盼望的人兒還沒有回家。

也可能他曾經相許在「蓮子花開」之前返家的吧？這是先回憶分別的時間、地點，再由此說到現在不見人歸。說來簡單，可詩人卻描繪得有情有景，相思綿綿。前者暗示出一個水枯葉爛、寒風蕭蕭的景象，它襯托出別離的淒楚；後者點染出滿池荷花、紅綠相映、生機勃勃的畫面，反襯出孤居的寂寞難耐。筆法細膩含情。

「茨菰葉爛」、「蓮子花開」這兩個鏡頭交替的寓意，從時間上看就是要表現出一個「久」字。「一日不見，如三秋兮」。久而不歸，思念之苦，自不待言。「白日尋思夜夢頻」（令狐楚〈坐中聞思帝鄉有感〉），詩的第三句就轉到寫「夢」。由久別而思，由思而夢，感情的脈絡自然而清晰。同時，詩的第三句又回應了第一句，「別西灣」暗示了對方是沿江而去，所以這「夢」也就「不離江上水」。「那作商人婦，愁水復愁風」（李白〈長干行二首〉其二，作者一作張潮）。這大概也是「妾夢不離江上水」的另一個原因吧。

按照一般寫法，接下去可能就要寫夢中或夢後的情景，可是詩人撇開了這個內容，凌空飛來一筆——「人傳郎在鳳凰山」。出人意表，而且還妙在詩也就戛然而止。至於這個消息傳來之後，她是喜是憂，是樂是愁，詩人卻不置一詞。不過那滋味，細心的讀者是不難體會的。首先，這個消息的到來，說明了自己是不知人已去，空有夢相隨，往日多少個「不離江上水」的「夢」，原來是一場「空」；其次，這個消息還意味著「他」時而在水，時而在山（鳳凰山有多處，此處不知何指，也不必確指），行蹤不定，又不寄語，往後便是夢中也無處尋覓，何以解憂，何以慰愁？……那難言難訴之苦，隱隱怨艾之意，盡在不言之中。可謂結得巧妙，妙在意料之外，情理之中，餘情不盡。

這首詩上下聯各以意對，而又不斤斤於語言的對仗，第三句是一、二句的自然延伸和照應，第四句又突乎其來，似斷不斷，把詩推向一個更為淒楚、失望的意境。它明快而蘊含，語淺而情深，深得民歌的神髓。（趙其鈞）

于良史

【作者小傳】約唐玄宗天寶末年入仕。代宗大曆中官監察御史，後為徐、泗、濠節度使張建封從事。能詩，詩風清雅，工於形似。詩入《中興間氣集》。《全唐詩》存其詩七首。（《中興間氣集》卷上、《唐詩紀事》卷四三）

春山夜月 于良史

春山多勝事，賞翫夜忘歸。掬水月在手，弄花香滿衣。
興來無遠近，欲去惜芳菲。南望鳴鐘處，樓臺深翠微。

詩的開頭點出：春天的山中有許多美好的事物，自己遊春只顧迷戀翫賞，天黑了，竟然忘了歸去。這兩句，提綱挈領，統率全篇。以下六句，具體展開對「勝事」與「賞翫忘歸」的描述。一、二句之間，有因果關係，「多勝事」是「賞翫忘歸」的原因。而「勝事」又是全詩發脈的地方。從通篇著眼，如果不能在接著展開的三、四句中將「勝事」寫得使人心嚮往之，那麼，其餘寫「賞翫忘歸」的筆墨，勢將成為架空之論。

在這喫緊處，詩人舉重若輕，毫不費力地寫道：「掬水月在手，弄花香滿衣。」不能設想還有比這更為恰到好處的描寫了：第一，從結構上來看，「掬水」句承第二句的「夜」，「弄花」句承首句的「春」，筆筆緊扣，自然圓到。一、二句波紋初起，至這兩句形成高潮，以下寫賞翫忘歸的五、六兩句便是從這裡蕩開去的波紋。第二，這兩句寫山中勝事，物我交融，神完氣足，人情物態，兩面俱到。既見出水清夜靜與月白花香，又從「掬水」、「弄花」的動作中顯出詩人的童心不滅與逸興悠長。所寫「勝事」雖然只有兩件，卻足以以少勝多，以一當十。第三，「掬水」句寫泉水清澄明澈照見月影，將明月與泉水合而為一；「弄花」句寫山花馥鬱之氣溢滿衣衫，將花香衣香渾為一體。藝術形象虛實結合，字句安排上下對舉，使人倍覺意境鮮明，妙趣橫生。第四，精於鍊字。「掬」字，「弄」字，既寫景又寫人，既寫照又傳神，確是神來之筆。

詩人完全沉醉在山中月下的美景之中了。唯興所適，哪裡還計算路程的遠近。而當要離開時，對眼前的一花一草怎能不懷依依惜別的深情呢！這就是詩人在寫出「勝事」的基礎上，接著鋪寫的「興來無遠近，欲去惜芳菲」二句的詩意。這兩句寫賞翫忘歸，「欲去」二字又為折入末兩句南望樓臺埋下伏筆。

正當詩人在欲去未去之際，夜風送來了鐘聲。他翹首南望，只見遠方的樓臺隱現在一片青翠山色的深處。末兩句從近處轉向遠方，以聲音引出畫面。展示的雖是遠景，但仍然將春山月下特有的情景，用愛憐的筆觸輪廓分明地勾勒了出來，並與一、二、三句點題的「春山」、「夜」、「月」正好遙相呼應。

綜上所述，可見三、四兩句是全詩精神所在的地方。這兩句在篇中，如石韞玉，似水懷珠，照亮四圍。全詩既精雕細琢，又出語天成，自具藝術特色。（陳志明）

柳中庸

【作者小傳】（?～約七七五）名淡，以字行，蒲州虞鄉（今山西永濟）人。曾授洪府戶曹參軍，不就。與李端為詩友。《全唐詩》存其詩十三首。（《元和姓纂》卷七、《新唐書·蕭穎士傳》附傳）

聽箏　柳中庸

抽弦促柱聽秦箏，無限秦人悲怨聲。似逐春風知柳態，如隨啼鳥識花情。
誰家獨夜愁燈影？何處空樓思月明？更入幾重離別恨，江南歧路洛陽城。

箏是一種撥弦樂器，相傳為秦人蒙恬所製，故又名「秦箏」。它發音悽苦，令人「感悲音而增嘆，愴憔悴而懷愁」（漢侯瑾〈箏賦〉）。這首詩，寫詩人聽箏時的音樂感受，其格局和表現技巧，別具一格，別有情韻。

首句「抽弦促柱聽秦箏」，「抽弦促柱」點出彈箏的特殊動作。箏的長方形音箱面上，張弦十三根，每弦用一柱支撐，柱可左右移動以調節音量。彈奏時，以手指或鹿骨爪撥弄箏弦：緩撥叫「抽弦」，急撥叫「促柱」。那忽疾忽徐、時高時低的音樂聲，就從這「抽弦促柱」變化巧妙的指尖端飛出來，傳入詩人之耳。詩人凝神地聽著，聽之於耳，會之於心。「聽」是此詩的「題眼」，底下內容，均從「聽」字而來。

詩人聽箏最突出的感受是什麼？——「無限秦人悲怨聲」。詩人由秦箏聯想到秦人之聲。據《秦州記》：「隴山東西百八十里，登山巔東望，秦川四五百里，極目泯然。山東人行役升此而顧瞻者，莫不悲思。」（清顧祖禹《讀史方輿紀要》卷五二引）這就是詩人所說的「秦人悲怨聲」。詩人以此渲染他由聽箏而引起的感時傷別、無限悲怨之情。下面圍繞「悲怨」二字，詩人對箏聲展開了一連串豐富的想像和細緻的描寫。

「似逐春風知柳態，如隨啼鳥識花情。」箏聲像柳條拂著春風，絮絮話別；又像杜鵑鳥繞著落花，啁啁啼血。詩人巧妙地把弦上發出的樂聲同大自然的景物融為一體，頓時使悲怨的樂聲，轉化為鮮明生動的形象。那柳條搖蕩、柳絮追逐、落英繽紛、杜鵑繞啼的暮春情景，彷彿呈現於我們的眼前；春風、楊柳、花、鳥，逗露情懷，更加渲染出一片傷春惜別之情。

隨著「抽弦促柱」之聲的變化，又喚起詩人更加奇妙的聯想：「誰家獨夜愁燈影？何處空樓思月明？」上一聯寫大自然的景物，這一聯則寫人世的悲歡，更加真切感人。那低沉、幽咽的箏聲，好似誰家的白髮老母枯坐燈前，為遊子不歸而對影啜泣；又好似誰家的紅顏少婦佇立樓頭，為丈夫遠出而望月長嘆。「獨」、「空」兩字，尤使畫面顯得分外淒清，增加了盼子思夫、離愁別恨的分量。「愁燈影」、「思月明」，含蓄蘊藉，耐人尋味：燈前別無他人，只看到自己的影子，可見何等孤獨，怎能不「愁」？樓頭沒有親人，只見明月高懸，可見何等空蕩，怎能不「思」？這兩處倘若寫作「愁燈下」、「思離人」，就索然無味了。這一聯用暗喻，且用「誰家」、「何處」疑問句式，不僅顯得與上一聯有參差變化之美，而且更能激起讀者想像的翅膀，讓各人按自己的生活體驗，從畫面中去品嘗那箏聲所構成的美妙動人的音樂形象。

以上兩聯所構成的形象，淋漓盡致地描摹出箏聲之「苦」，使人耳際彷彿頻頻傳來各種惜別的悲怨之聲。箏聲「苦」，如果聽者也懷有「苦」情，箏弦與心弦同聲相應，那麼就愈發感到苦。詩人柳中庸正是懷著苦情聽箏的。

「更入幾重離別恨，江南歧路洛陽城。」意思是說，箏聲本來就苦，更何況又摻入了我的重重離別之恨，豈不格外引起對遠方親人的懷念！「江南歧路洛陽城」，指南北遠離，兩地相思。詩人的族侄柳宗元因參與王叔文集團的政治改革，失敗後，被貶竄南陲海涯。這末二句也許是有感而發吧！

這首描寫箏聲的詩，著眼點不在表現彈奏者精湛的技藝，而是借箏聲傳達心聲，抒發感時傷別之情。詩人展開聯想，以新穎、貼切的比喻，集中描寫箏弦上所發出的種種哀怨之聲。詩中重點寫「聲」，卻又不直接寫「聲」，沒有用一個擬聲詞；而是著力刻畫各種必然發出「悲怨聲」的形象，喚起讀者的聯想，使人見其形似聞其聲，顯示了「此時無聲勝有聲」（白居易〈琵琶行〉）的藝術效果。（何慶善）

征人怨

柳中庸

歲歲金河復玉關，朝朝馬策與刀環。
三春白雪歸青冢，萬里黃河繞黑山。

這是一首傳誦極廣的邊塞詩。詩中寫到的金河、青冢、黑山，都在今內蒙古自治區境內，唐時屬單于都護府。由此可以推斷，這首詩寫的是一個隸屬於單于都護府的征人的怨情。全詩四句，一句一景，表面上似乎不相連屬，實際上卻統一於「征人」的形象，都圍繞著一個「怨」字鋪開。

前兩句就時記事，說的是：年復一年，東西奔波，往來邊城；日復一日，躍馬橫刀，征戰不休。「金河」，即大黑河，在今內蒙古呼和浩特市南。「玉關」，即甘肅玉門關。金河在東而玉門關在西，相距很遠，但都是邊陲前線。「馬策」，即馬鞭。「刀環」，刀柄上的銅環。馬策、刀環雖小而微，然而對於表現軍中生活來說卻有典型性，足以引起對征戍之事的一系列的聯想。這兩句「歲歲」、「朝朝」相對，「金河」、「玉關」，「馬策」、「刀環」並舉，又加以「復」字、「與」字，給人以單調困苦、不盡無窮之感，怨情自然透出。

前兩句從「歲歲」說到「朝朝」，似乎已經把話說盡。然而對於滿懷怨情的征人來說，這只是說著了一面。他不僅從那無休止的時間中感到怨苦之無時不在，而且還從即目所見的景象中感到怨苦之無處不有，於是又有三、四句之作。

「青冢」是西漢時王昭君的墳墓，在今呼和浩特市境內，當時被認為是遠離中原的一處極僻遠荒涼的地方。傳說塞外草白，唯獨昭君墓上草色發青，故稱青冢。時屆暮春，在苦寒的塞外卻「春色未曾看」（李白〈塞下曲六首〉其二），此時回到青冢，仍見白雪飄飛。蕭殺如此，怎不令人淒絕？末句寫隨滔滔萬里黃河，奔騰向前，又繞過沉沉黑山。上句說青冢，這裡自然想起青冢附近的黑山，並用一個「繞」字牽合，寄寓綿綿怨情。這兩句寫景，都是征人常見之景，常履之地，因而從白雪青冢與黃河黑山這兩幅圖畫裡，我們不僅看到征戍之地的寒苦與荒涼，也可以感受到征人轉戰跋涉的苦辛。詩雖不直接發為怨語，而蘊蓄於其中的怨恨之情足以使人迴腸蕩氣。

通篇不著一個「怨」字，卻又處處彌漫著怨情。詩人抓住產生怨情的緣由，從時間與空間兩方面落筆，讓「歲歲」、「朝朝」的戎馬生涯以及「三春白雪」與「黃河」、「黑山」的自然景象去形象地表現，收到了「不著一字，盡得風流」（司空圖《二十四詩品》）的效果。而這首詩的謹嚴工整也歷來為人稱道。詩不僅每句自對（如首句中的「金河」對「玉關」），又兩聯各自成對。後一聯的對仗尤其講究：數字對（「三」、「萬」）與顏色對（「白」、「青」、「黃」、「黑」）同時出現在一聯之中；顏色對中，四種色彩交相輝映，使詩歌形象富於色澤之美；動詞「歸」、「繞」對舉，略帶擬人色彩，顯得別具情韻。這樣精工的絕句，確是不多見的。（陳志明）

戴叔倫

【作者小傳】（七三二～七八九）字幼公，一作次公，潤州金壇（今屬江蘇）人。曾任撫州刺史、容管經略使，耕餉歲廣，獄無繫囚。綏徠夷落，威名流聞。其治清明仁恕。。其詩多表現隱逸生活和閒適情調。原有集，已散佚，明人輯有《戴叔倫集》，其中羼入宋元及明初人詩頗多。（《新唐書》本傳、《唐詩紀事》卷二九）

除夜宿石頭驛

戴叔倫

旅館誰相問？寒燈獨可親。一年將盡夜，萬里未歸人。
寥落悲前事，支離笑此身。愁顏與衰鬢，明日又逢春。

長期漂泊，客中寂寞，又值除夕之夜，還獨自滯跡在他鄉逆旅，此情此景，更何以堪。這首詩就真切地抒寫了詩人當時的際遇，蘊蓄著無窮的感慨和淒涼之情。

此詩當作於詩人晚年任撫州（治今江西臨川）刺史時期。這時他正寄寓石頭驛（在今江西新建縣贛江西岸），可能要取道長江東歸故鄉金壇（今屬江蘇）。「旅館誰相問？寒燈獨可親。」起句突兀，卻在情理之中。除夕之夜，萬家團聚，自己卻還浮沉宦海，奔走旅途，孤零零地在驛館中借宿。長夜枯坐，舉目無親，又有誰來問寒問暖。人無可親，眼下就只有寒燈一盞，搖曳作伴。「誰相問」，用設問的語氣，更能突出旅人悽苦不平之情。「寒燈」，點出歲暮天寒，更襯出詩人思家的孤苦冷落的心情。

一燈相對，自然會想起眼前的難堪處境：「一年將盡夜，萬里未歸人。」出句（上句）明點題中「除夜」，對句（下句）則吐露與親人有萬里相隔之感。清人沈德潛說此句：「應是萬里歸來，宿於石頭驛，未及到家也。不然，石城與金壇相距幾何，而云萬里乎？」（《唐詩別裁集》）這固然是一種理解。但不能因石頭驛與金壇相距不遠，就不能用「萬里」。只要詩人尚未到家，就會有一種遠在天涯的感覺。「萬里」，似不應指兩地間的實際路程，而是就心理上的距離說的。這一聯，摒棄謂語，只用兩個名詞，連同前面的定語「一年將盡」、「萬里未歸」，構成對仗，把悠遠的時間性和廣漠的空間感，對照並列在一起，自有一種暗中俯仰、百感蒼茫的情思和意境，顯示出詩人高超的藝術概括力，具有深沉的形象感染力。

這一晚，多少往事湧上心頭。「寥落悲前事，支離笑此身」，就寫出了這種沉思追憶和憶後重又回到現實時的自我嘲笑。「支離」，本指形體不全，這裡指流離多病。據記載，戴叔倫任官期間，治績斐然。晚年在撫州時曾被誣拿問，後得昭雪。詩人一生行事，抱有濟時之志，而現在不但沒能實現，反落得病骨支離，江湖漂泊，這怎能不感到可笑呢？這「笑」，含蘊著多少對不合理現實的憤慨不平，是含著辛酸眼淚的無可奈何的苦笑。

然而，前景又如何呢？「愁顏與衰鬢，明日又逢春。」一年伊始，萬象更新，可是詩人的愁情苦狀卻不會改變。一個「又」字，寫出詩人年年待歲，迎來的只能是越來越可憐的老境，一年不如一年的淒慘命運。這個結尾，給人以沉重的壓抑感和不盡的悽苦況味。全詩寫情切摯，寄慨深遠，一意連綿，悽惻動人，自非一般無病呻吟者可比。（徐竹心）

三閭廟 戴叔倫

沅湘流不盡，屈子怨何深！
日暮秋風①起，蕭蕭楓樹林。

〔註〕①一作「秋煙」。

三閭廟，是奉祀春秋時楚國三閭大夫屈原的廟宇。據《清一統志》記載，廟在長沙府湘陰縣北六十里（今湖南汨羅市境）。此詩為憑弔屈原而作。

漢司馬遷論屈原時說：「屈平正道直行，竭忠盡智，以事其君，讒人間之，可謂窮矣。信而見疑，忠而被謗，能無怨乎？」（《史記·屈原列傳》）詩人圍繞一個「怨」字，以明朗而又含蓄的詩句，抒發對屈原其人其事的感懷。

沅、湘是屈原詩篇中常常詠嘆的兩條江流。〈懷沙〉中說：「浩浩沅湘，分流汨兮。脩路幽蔽，道遠忽兮。」〈湘君〉中又說：「令沅湘兮無波，使江水兮安流。」詩以「沅湘」開篇，既是即景起興，同時也是比喻：沅水湘江，江流何似？有如屈子千年不盡的怨恨。騷人幽怨，何以形容？好似沅湘深沉的流水。前一句之「不盡」，寫怨之綿長；後一句之「何深」，表怨之深重。兩句都從「怨」字落筆，形象明朗而包孕深廣，錯綜成文而迴環婉曲。清李鍈《詩法易簡錄》認為：「詠古人必能寫出古人之神，方不負題。此詩首二句懸空落筆，直將屈子一生忠憤寫得至今猶在，發端之妙，已稱絕調。」是說得頗有見地的。

然而，屈子為什麼怨？怨什麼？詩人自己的感情和態度又怎樣？詩中並沒有和盤托出，而只是描繪了一幅特定的形象的圖景，引導讀者去思索。江上秋風，楓林搖落，時歷千載而三閭廟旁的景色依然如昔，可是，屈子沉江之後，而今卻到哪裡去呼喚他的冤魂歸來？「嫋嫋兮秋風，洞庭波兮木葉下」，「湛湛江水兮上有楓，目極千里兮傷春心。魂兮歸來哀江南！」這是屈原的《九歌·湘夫人》和〈招魂〉中的名句，詩人撫今追昔，觸景生情，借來化用為詩的結句：「日暮秋風起，蕭蕭楓樹林。」季節是「秋風起」的深秋，時間是「日暮」，景色是「楓樹林」，再加上「蕭蕭」這一象聲疊詞的運用，更覺幽怨不盡，情傷無限。這種寫法，稱為「以景結情」或「以景截情」。畫面明朗而引人思索，詩意雋永而不晦澀難解，深遠的情思含蘊在規定的景色描繪裡，使人覺得景物如在目前而餘味曲包。試想，前面已經點明了「怨」，此處如果仍以直白出之，而不是將明朗和含蓄結合起來，做到空際傳神，讓人於言外得之，那將會何等索然寡味！

此詩結句，歷來得到詩評家的讚譽。《詩法易簡錄》又贊道：「三、四句但寫眼前之景，不復加以品評，格力尤高。凡詠古以寫景結，須與其人相肖，方有神致，否則流於寬泛矣。」明鍾惺《唐詩歸》則說：「此詩豈盡三閭，如此一結，便不可測。」清施補華《峴傭說詩》評道：「並不用意，而言外自有一種悲涼感慨之氣，五絕中此格最高。」無不肯定其意餘象外、含蓄悠永之妙。

詩歌，是形象的藝術，也是最富於暗示性和啟示力的藝術。明朗而不含蓄，明朗就成了一眼見底的淺水沙灘；含蓄而不明朗，含蓄就成了令人不知所云的有字天書。〈三閭廟〉兼得二者之長，明朗處情景接人，含蓄處又喚起讀者的想像鼓翼而飛。（李元洛）

韋應物

【作者小傳】（約七三七～約七九一）京兆萬年（今陝西西安）人。少年時以三衛郎事玄宗。後為滁州、江州、蘇州刺史。故稱韋江州或韋蘇州。其詩以寫田園風物著名，語言簡淡。有《韋蘇州集》。（《唐詩紀事》卷二六、《唐才子傳》卷四）

淮上喜會梁州故人　韋應物

江漢曾為客，相逢每醉還。浮雲一別後，流水十年間。
歡笑情如舊，蕭疏鬢已斑。何因不歸去？淮上有秋山。

這首詩描寫詩人在淮上（今江蘇淮陰一帶）遇見了梁州（治今陝西漢中市）故人的情況和感慨。他和這位老朋友，十年前在梁州江漢一帶有過交往。詩題曰「喜會」故人，詩中表現的卻是「此日相逢思舊日，一杯成喜亦成悲」（韋應物〈燕李錄事〉）那樣一種悲喜交集的感情。

詩的開頭，寫詩人昔日在江漢作客期間與故人相逢時的樂事，概括了以前的交誼。那時他們經常歡聚痛飲，扶醉而歸。詩人寫這段往事，彷彿是試圖從甜蜜的回憶中得到慰藉，然而其結果反而引起歲月蹉跎的悲傷。頷聯一跌，直接抒發十年闊別的傷感。頸聯的出句（上句）又回到本題，寫這次相會的「歡笑」之態。久別重逢，確有喜的一面。他們也像十年前那樣，有痛飲之事。然而這喜悅，只能說是表面的，或者說是暫時的，所以對句（下句）又將筆宕開，寫兩鬢蕭疏。十年的漂泊生涯，使得人老了。這一副衰老的形象，不言悲而悲情溢於言表，漂泊之感也就盡在不言之中。一喜一悲，筆法跌宕；一正一反，交互成文。末聯以反詰作轉，以景色作結。為何不歸去，原因是「淮上有秋山」。詩人〈登樓〉詩云：「坐厭淮南守，秋山紅樹多。」秋光中的滿山紅樹，正是詩人耽玩留戀之處。這個結尾給人留下了回味的餘地。

繪畫中有所謂「密不通風，疏可走馬」之說。詩歌的表現同樣有疏密的問題，有些東西不是表現的重點，就應從略，使之疏朗；有些東西是表現的中心，就應詳寫，使之細密。疏密相間，詳略適宜，才能突出主體。這首詩所表現的是兩人十年闊別的重逢，可寫的東西很多；如果把十年的瑣事絮絮叨叨地說來，不注意疏密詳略，便分不清主次輕重，也就不成其為詩了。這就需要剪裁。詩的首聯概括了以前的交誼；頸聯和末聯抓住久別重逢的情景作為重點和主體，詳加描寫，寫出了今日的相聚、痛飲和歡笑，寫出了環境、形貌和心思，表現得很細密。頷聯「浮雲一別後，流水十年間」，表現的時間最長，表現的空間最寬，表現的人事最雜。這裡卻只用了十個字，便把這一切表現出來了。這兩句用的是流水對，自然流暢，洗練概括。別後人世滄桑，千種風情，不知從何說起，詩人只在「一別」、「十年」之前冠以「浮雲」、「流水」，便表現出來了。意境空靈，真是「疏可走馬」。「浮雲」、「流水」暗用漢代蘇武李陵河梁送別詩意。漢李陵〈與蘇武詩三首〉有「仰視浮雲馳，奄忽互相逾。風波一失所，各在天一隅」語，蘇武〈詩四首〉有「俯觀江漢流，仰視浮雲翔」語，其後常以「浮雲」表示漂泊不定，變幻無常，以「流水」表示歲月如流，年華易逝。詩中「浮雲」、「流水」不是寫實，都是虛擬的景物，藉以抒發詩人的主觀感情，表現一別十年的感傷，頗見這首詩的熔裁功夫。（林東海）

自鞏洛舟行入黃河即事寄府縣僚友

韋應物

夾水蒼山路向東，東南山豁大河通。寒樹依微遠天外，夕陽明滅亂流中。
孤村幾歲臨伊岸，一雁初晴下朔風。為報洛橋遊宦侶，扁舟不繫與心同。

唐德宗建中四年（七八三），韋應物從尚書比部員外郎出為滁州（治今安徽滁州市）刺史。他在夏末離開長安赴任，經洛陽，舟行洛水到鞏縣入黃河東下。這詩便是由洛水入黃河之際的即景抒懷之作，寄給他從前任洛陽縣丞時的僚友。

詩人順洛水向東北航行，兩岸青山不絕，漸漸地，東南方向的高山深谷多了起來，而船卻已在不知不覺中駛入黃河了。於是詩人縱目四望黃河景物。這是秋天的傍晚，滾滾黃河與天相連，天邊隱約可見稀疏的樹木在寒氣中枯落。夕陽映照在洶湧的河水中，忽亮忽暗地閃爍不定。那種清廓的景象，使他想起了幾年前在伊水邊看到的那個孤零零的村落，自經安史之亂，殘破蕭條已甚。往事不堪回首，而眼前雨霽晴展，北風勁吹，只見空中有一隻孤雁向南飛去。此刻，詩人的心情如何？他告訴洛陽的僚友們說，他的心情就像《莊子·列禦寇》中說的那樣：「巧者勞而知者憂，無能者無所求。飽食而遨遊，汎若不繫之舟，虛而遨遊者也。」他覺得自己既非能幹的巧者，也不是聰明的智者，而是一個無所求的無能者，無所作為，無可憂慮，就像這大河上的船，隨波逐流，聽任自然，奉命到滁州做官而已。顯然，這是感傷語，苦澀情。他的僚友們會理解他的無奈的憂傷，不言的衷曲。

唐德宗從建中元年即位以來，朝政每況愈下，內外交困，國庫空虛，賦稅濫徵，軍閥割據，民不聊生。韋應物了解這一切，為之深深憂慮，然而無能為力。此次雖獲一州之任，亦是榮升之遇，有可作為之機，但他懂得前途充滿矛盾和困難。因此只能徒具巧者之才，空懷智者之憂，而自認無能，無奈而無求。也許他的洛陽僚友曾給他以期望和鼓勵，增添了他的激動和不安，所以他在離別洛陽之後，心情一直不平靜，而這黃河秋天傍晚的景象更引起他深深的感觸，使他無限傷慨地寫下這首詩寄給朋友們。

這詩寫景物有情思，有寄託，重在興會標舉，傳神寫意。洛水途中，詩人彷彿在賞景，實則心不在焉，沉於思慮。黃河的開闊景象，似乎驚覺了詩人，使他豁然開通，眺望起來。然而他看到的景象，卻使他更為無奈而憂傷。遙望前景，蕭瑟渺茫：昔日伊水孤村，顯示出人民經歷過多麼深重的災難；朔風一雁，恰似詩人隻身東下赴任，知時而奮飛，濟世於無望。於是他想起了朋友們的鼓勵和期望，感到悲慨而疚愧，覺得自己終究是個無所求的無能者，濟世之情，奮鬥之志，都難以實現。這就是本詩的景中情，畫外意。（倪其心）

初發揚子寄元大校書① 韋應物

淒淒去親愛，泛泛入煙霧。歸棹洛陽人，殘鐘廣陵樹②。

今朝此為別，何處還相遇？世事波上舟，沿洄安得住！

〔註〕①揚子：當指揚子津，在長江北岸，近瓜洲。校書：官名。唐代的校書郎，掌管校勘宮中書籍，訂正訛誤。②廣陵：揚州的古稱。在唐代，由揚州經運河可以直達洛陽。

這首詩寫於韋應物離開廣陵（今江蘇揚州）回洛陽去的途中。元大（「大」是排行第一，其人名字已不可考）是他在廣陵的朋友，詩中用「親愛」相稱，可見彼此感情頗深。所以詩人在還能望見廣陵城外的樹和還能聽到寺廟鐘聲的時候，就想起要寫詩寄給元大了。

這首詩是以「歸棹洛陽人，殘鐘廣陵樹」十個字著名的。為什麼這十個字能膾炙人口呢？

詩人和元大分手，心情很悲傷。可是船終於還是開行了。船兒飄蕩在煙霧之中，他還不住回頭看著廣陵城，那城外的樹林變得愈來愈模糊難辨。這時候，忽又傳來在廣陵時聽慣了的寺廟鐘聲，一種不得不離開而又捨不得同朋友分離的矛盾心情，和響鐘的裊裊餘音、城外迷濛中的樹色交織在一起了。詩人沒有說動情的話，而是透過形象來抒情，並且讓形象的魅力感染了讀者。「殘鐘廣陵樹」這五個字，感情色彩是異常強烈的。

然而，假如我們追問一下：「殘鐘廣陵樹」五個字，只不過寫了遠樹和鐘聲，何以便產生這樣的感情效果？

因為光看這五個字，不能肯定說表示了什麼感情，更不用說是愁情了。而它之能夠表現出這種特殊的感情，是和上文一路逼攏過來的詩情分不開的。這便是客觀的形象受到感情的色彩照射後產生的特殊效果。

試看開頭的「悽悽去親愛，泛泛入煙霧」，就已透出惜別好友之情。接以「歸棹洛陽人」（自己不能不走），再跌出「殘鐘廣陵樹」，這五個字便如晚霞受到夕陽的照射，特別染上一層離情別緒的特殊顏色。這就比許多難捨難分的徑情直述，還要耐人體味了。

下面，「今朝此為別」四句，一方面是申述朋友重逢的不易；一方面又是自開自解：世事本來就不能由個人作主，正如波浪中的船，要麼就給水帶走，要麼就在風裡打旋，是不由你停下來的。這樣，既是開解自己，又是安慰朋友。

表面平淡，內蘊深厚，韋應物就是擅長運用這種藝術手法。（劉逸生）

淮上即事寄廣陵親故　韋應物

前舟已眇眇①，欲渡誰相待？秋山起暮鐘，楚雨連滄海。
風波離思滿，宿昔容鬢改。獨鳥下東南，廣陵何處在？

〔註〕①眇眇（音同渺），微小的樣子。

打開《韋蘇州集》，到處聽得到鐘聲。詩人這樣愛鐘聲，顯然是著意於獲得一種特殊的藝術效果。大概，鐘聲震響詩行，能取得悠遠無窮的音樂效果，有無限深沉的韻致，它能給詩句抹上一層蒼涼幽寂的感情色彩。這首詩也正由於聲聲暮鐘，使全詩蕩漾著縹緲的思家念遠的感情。

從詩意判斷，這首詩應作於淮上（今江蘇淮陰）。詩人在秋天離開廣陵（今江蘇揚州），沿運河北上，將渡淮西行，親友都還留在廣陵。到了渡口，天色已晚，又不見渡船，看來當天是無法再走了。他一個人踟躕在河邊，天正下著雨。淮陰地屬楚州，東濱大海，極目望去，這雨幕一直延伸到大海邊。晚風凄勁，淮河裡波濤起伏。詩人的思緒也正像波濤一樣翻滾，他把此時此地所見所聞所感，寫進了這首律詩。

詩人隻身北去，對廣陵的親故懷著極為深沉的感情。但這種感情，表現得頗為含蓄。我們從詩中感覺到的，詩人並沒有直接說出來，只是攝取了眼前景物，淡墨點染，構成一種凄迷的氣氛，烘托出一種執著的情感。

詩的首聯畫出暮色中空蕩蕩的淮河，詩人欲行而踟躕的情態，給人一種空曠孤寂之感。接下去，茫茫楚天掛上了霏霏雨幕，遠處山寺又傳來一聲接一聲悠長的暮鐘。寂寞變成了淒愴，羈旅之情更為深重。有了這樣濃郁飽滿的感情積蓄，五、六兩句才輕輕點出「離思」二字，像淒風偶然吹開帷幕的一角，露出了詩人憔悴的面容。按說詩寫到這裡，應直接抒寫離思之情了，然而沒有。詩人還是隱到帷幕後面，他只在迷濛雨幕上添一隻疾飛的伶仃小鳥。這小鳥，從「獨」字看，是失群的；從「下」字看，是歸巢的；從「東南」二字看，是飛往廣陵方向去的。既是失群的小鳥，你能睹物而不及人嗎？既是歸巢的小鳥，你能不想到它尚且有一個溫暖的窠巢，而為詩人興「斷腸人在天涯」（元馬致遠〈天淨沙·秋思〉）之嘆嗎？既是飛往廣陵方向的小鳥，你能不感到詩人的心也跟著它飛翔嗎？而且，鳥歸東南，離巢愈近；人往西北，去親愈遠。此情此境，豈止詩人難堪，讀者也不能不為之悽惻！因此，我們自然而然地與詩人同時發出深沉的一問：「廣陵何處在？」這一問，悵然長呼，四野迴響，傳出了期望回答而顯然得不到回答的曲曲苦情，寫出了想再一次看見親故而終於無法看見的心理狀態。而正在此時，聲聲暮鐘，不斷地、更深沉、更響亮地傳到耳邊，敲到心裡；迷濛雨霧，更濃密、更淒迷地籠罩大地，籠罩心頭。於是，天色更暗淡了，心情也更暗淡了。

這詩寫離別之情，全用景物烘托，氣氛渲染。詩中景物淒迷，色彩黯淡，鐘聲哀遠，詩人把自己的感情藏在輕紗帷幕後面，觸之不能及，味之又宛在。且這種感情不僅從一景一物中閃現，而是彌漫全詩，無時不在，卻又無處實有，無時實在，使詩具有一種深遠的意境，深沉的韻致。（賴漢屏）

登樓寄王卿

韋應物

踏閣攀林恨不同，楚雲滄海思無窮。
數家砧杵秋山下，一郡荊榛寒雨中。

這是一首懷念友人之作。韋應物與王卿之間有著很深的情誼。讀這首小詩，我們眼前彷彿浮現出詩人韋應物的形象，見到他正在拾級登樓，對景吟唱。從前當他和王卿相聚時，經常一起遊覽：他們曾攜手登樓（「踏閣」），縱目遠眺；並肩上山（「攀林」），尋幽探勝。而如今呢，王卿已經遠去楚地，只有詩人自己還滯留在海邊的州郡。這會兒，當詩人孤獨地登樓送目時，一種強烈的懷念故人之情不覺油然而生，脫口唱出了一、二兩句：「踏閣攀林恨不同，楚雲滄海思無窮。」

這開頭兩句雖然開門見山，將離愁別恨和盤托出，而在用筆上，卻又有委婉曲折之妙。一、二兩句採用的都是節奏比較和緩的「二二三」的句式：「踏閣—攀林—恨不同，楚雲—滄海—思無窮」。在這裡，意義單位與音韻單位是完全一致的，每句七個字，一波而三折，節奏上較之三、四句的「四三」句式，「數家砧杵—秋山下，一郡荊榛—寒雨中」，顯然有緩急的不同。「踏閣」與「攀林」，「楚雲」與「滄海」，分別在句中形成自對。朗讀或默誦時，在對偶成分之間自然要有略長的停頓，使整個七字句進一步顯得從容不迫。所以，儘管詩人的感情是強烈的，而在表現上卻又不是一瀉無餘的，它流蕩在舒徐的節律之中，給人以離恨綿綿、愁思茫茫的感覺。

三、四句承一、二句而來，是「恨不同」與「思無窮」的形象的展示。在前兩句中，詩人用充滿感情的聲音歌唱；到這後兩句，寫法頓變，用似乎冷漠的筆調隨意點染了一幅煙雨茫茫的圖畫。粗粗看去，不免感到突兀費解；細細想來，又覺得唯有這樣寫，才能情真景切、恰到好處地表現出登樓懷友這一主題。

第三句中的「砧杵」，是擣製寒衣用的墊石和棒槌，這裡指擣衣時砧杵相擊發出的聲音。秋風裡傳來「數家」零零落落的砧杵聲，表現了「斷續寒砧斷續風」（五代南唐李煜〈擣練子〉）的意境。「秋山下」，點明節令並交代「數家砧杵」的地點。「秋山」的景色也是蕭索的。全句主要寫聽覺，同時也是詩人見到的頗為冷清的秋景的一角。

最後一句著重寫極目遠望所見的景象。「荊榛」，泛指高矮不等的雜樹。「一郡」，形容荊榛莽莽蒼蒼，一望無涯，幾乎塞滿了全郡。而「寒雨中」三字，又給「一郡荊榛」平添了一道雨絲織成的垂簾，使整個畫面越發顯得迷離恍惚。這一句主要訴諸視覺，而在畫外還同時響著不斷滴落的雨聲。

三、四兩句寫景，字字不離作者的所見所聞，正好切合詩題中的「登樓」。然而，詩人又不只是單純地寫景。砧杵聲在詩詞中往往是和離情連在一起的，正是這種淒涼的聲音震動了他的心弦，激起了他難耐的孤寂之感與對故人的思念之情。秋風秋雨愁煞人，詩人又彷彿從迷迷濛濛的雨中荊榛的畫面上，看到了自己離恨別緒引起的無邊的惆悵迷惘的具體形象。因而，詩中的「砧杵」、「荊榛」、「寒雨」，是滲透了作者思想感情的形象，是他用自己的怨別傷離之情開鑿出來的藝術境界。所以，三、四句雖然字字作景語，實際上卻又字字是情語；字字不離眼前的實景，而又字字緊扣住詩人的心境。

這首詩的最大特色是採用虛實相生的寫法。一、二句直抒，用的是虛筆；三、四句寫景，用的是實筆。二者相映成趣，相得益彰。虛筆概括了對友人的無窮思念，為全詩定下了抒寫離情的調子。在這兩句的映照下，後面以景寓情的句子才不致被誤認為單純的寫景。景中之情雖然含蓄，卻並不隱晦。實筆具體寫出對友人的思念，使作品具有形象的感染力，耐人尋味，又使前兩句泛寫的感情得以落實並得到加強。虛實並用，使通篇既明朗又不乏含蓄之致，既高度概括又形象、生動。（陳志明）

寄李儋元錫　韋應物

去年花裡逢君別，今日花開已一年。世事茫茫難自料，春愁黯黯獨成眠。身多疾病思田里，邑有流亡愧俸錢。聞道欲來相問訊，西樓望月幾回圓。

這首七律是韋應物晚年在滁州（治今安徽滁州市）刺史任上的作品。唐德宗建中四年（七八三）暮春入夏時節，韋應物從尚書比部員外郎調任滁州刺史，離開長安，秋天到達滁州任所。李儋，字元錫，是韋應物的詩交好友，當時任殿中侍御史，在長安與韋應物分別後，曾託人問候。次年春天，韋應物寫了這首詩寄贈李儋以答。詩中敘述了別後的思念和盼望，抒發了國亂民窮造成的內心矛盾和苦悶。

在韋應物赴滁州任職的一年裡，他親身接觸到人民生活情況，對朝政紊亂、軍閥囂張、國家衰弱、民生凋敝，有了更具體的認識，深為感慨，極為憂慮。就在這年冬天，長安發生了朱泚叛亂，稱帝號秦，唐德宗倉皇出逃，直到第二年五月才收復長安。在此期間，韋應物曾派人北上探聽消息。到寫此詩時，探者還沒有回滁州，可以想見詩人的心情是焦急憂慮的。這就是本詩的政治背景。

詩是寄贈好友的，所以從敘別開頭。首聯即謂去年春天在長安分別以來，已經一年。以花裡逢別起，即景勾起往事，有欣然回憶的意味；而以花開一年比襯，則不僅顯出時光迅速，更流露出別後境況蕭索的感慨。次聯寫自己的煩惱苦悶。顯然，「世事茫茫」是指國家的前途，也包含個人的前途。當時長安尚為朱泚盤踞，皇帝逃難在奉先，消息不通，情況不明。這種形勢下，他只得感慨自己無法料想國家及個人的前途，覺得茫茫一片。他作為朝廷任命的一個地方官，到任一年了，眼前又是美好的春天，但他只有憂愁苦悶，感到百無聊賴，一籌莫展，無所作為，黯然無光。三聯具體寫自己的思想矛盾。正因為他有志而無奈，所以多病更促使他想辭官歸隱；但因為他忠於職守，看到百姓貧窮逃亡，自己未盡職責，於國於民都有愧，所以他不能一走了事。這樣進退兩難的矛盾苦悶處境下，詩人十分需要友情的慰勉。末聯便以感激李儋的問候和亟盼他來訪作結。

顯然，這首詩的藝術表現和語言技巧，並無突出的特點。有人說它前四句情景交融，頗為推美。這種評論並不切實。因為首聯即景生情，恰是一種相反相成的比襯，景美而情不歡；次聯以情嘆景，也是傷心人看春色，茫然黯然，情傷而景無光，都不可謂情景交融。其實這首詩之所以為人傳誦，主要是因為詩人誠懇地披露了一個清廉正直的古代官員的思想矛盾和苦悶，真實地概括出這樣的官員有志無奈的典型心情。尤其是「身多疾病思田里，邑有流亡愧俸錢」兩句，自宋代以來，甚受讚揚。宋范仲淹嘆為「仁者之言」，朱熹盛稱「賢矣」，宋黃徹更是激動地說：「余謂有官君子當切切作此語。彼有一意供租，專事土木，而視民如仇者，得無愧此詩乎！」（《碧溪詩話》卷二）這些評論都是從思想性著眼的，讚美的是韋應物的思想品格，但也反映出這詩的中間兩聯，在古代確有較高的典型性和較強的現實性。事實上也正如此，詩人能夠寫出這樣真實、典型、動人的詩句，正由於他有較高的思想境界和較深的生活體驗。（倪其心）

寄全椒①山中道士

韋應物

今朝郡齋冷，忽念山中客。澗底束荊薪，歸來煮白石②。
欲持一瓢酒，遠慰風雨夕。落葉滿空山，何處尋行跡？

〔註〕①全椒：縣名。在安徽省東部、滁河上游。②煮白石：道家有「煮五石英法」，在齋戒後的農曆九月九日，將薤白、黑芝麻、白蜜、山泉水和白石英放進鍋裡熬煮。（見《雲笈七籤》卷七十四）

這首詩乍看無甚驚人之句，好像一潭秋水，冷然而清，頗有陶淵明的風格，向來被稱為韋詩中的名篇。有人說它「一片神行」（高步瀛《唐宋詩舉要》），有人說是「化工筆」（清沈德潛《唐詩別裁集》），評價很高。題目叫〈寄全椒山中道士〉。既然是「寄」，自然會吐露對山中道士的憶念之情。但憶念只是一層，還有更深的一層，需要細心領略。

詩的關鍵在於那個「冷」字。全詩所透露的也正是在這個「冷」字上。首句既是寫出郡齋氣候的冷，更是寫出詩人心頭的冷。然後，詩人由於這兩種冷而忽然想起山中的道士。山中的道士在這寒冷氣候中到澗底去打柴，打柴回來卻是「煮白石」。晉葛洪《神仙傳》說有個白石生，「常煮白石為糧，因就白石山居」。還有道家修煉，要服食「石英」。明乎此，那麼「山中客」是誰就很清楚了。

道士在山中艱苦修煉，詩人懷念老友，想送一瓢酒去，好讓他在這秋風冷雨之夜，得到一點友情的安慰。

然而再進一層想，他們都是逢山住山、見水止水的人，今天也許在這塊石岩邊安頓，明天呢，恐怕又遷到別一處什麼洞穴安身了。何況秋天來了，滿山落葉，連路也不容易找，他們走過的足跡自然也給落葉掩沒了，那麼，到何處去找這些「浮雲柳絮無根蒂」（韓愈〈聽穎師彈琴〉）的人呢？

詩雖淡淡寫來，卻使人覺得詩人情感上的種種跳蕩與反覆。開頭，是由於郡齋的冷而想到山中的道士，再想到送酒去安慰他們，終於又覺得找不著他們而無可奈何；而自己心中的寂寞之情，也終於無從消解。

詩人描寫這些複雜的感情，都是透過感情和形象的配合來表現的。「郡齋冷」兩句，可以看到詩人在郡齋中的寂寞。「東荊薪」、「煮白石」是一種形象，這裡面有山中道人的種種活動。「欲持」和「遠慰」又是一種感情抒寫。「落葉空山」卻是另一種形象了，是秋氣蕭森、滿山落葉、全無人跡的深山。這些形象和情感串連起來，便構成了情韻深長的意境，很耐人尋味。

這首詩，看來像是一片蕭疏淡遠的景，啟人想像的卻是表面平淡而實則深摯的情。在蕭疏中見出空闊，在平淡中見出深摯。這樣的用筆，就使人有「一片神行」的感覺，亦就是形象思維的巧妙運用。

宋人蘇東坡很愛這首詩。宋許顗《許彥周詩話》載：「韋蘇州詩云：『落葉滿空山，何處尋行跡？』東坡用其韻曰：『寄語庵中人，飛空本無跡。』此非才不逮，蓋絕唱不當和也。」清施補華《峴傭說詩》也指出：「〈寄全椒山中道士〉一作，東坡刻意學之而終不似。蓋東坡用力，韋公不用力；東坡尚意，韋公不尚意。微妙之詣也。」這便是自然和造作的分別。韋應物這首詩，情感和形象的配合十分自然，所謂「化工筆」，也就是這個意思。（劉逸生）

寒食寄京師諸弟

韋應物

雨中禁火空齋冷，江上流鶯獨坐聽。
把酒看花想諸弟，杜陵寒食草青青。

韋應物詩集中收錄寄諸弟詩近二十首，可以看出他是一個手足情深的詩人。而正由於出自性情，發自胸臆，所以這首詩雖只是即景拈來，就事寫出，卻令人感到蘊含深厚，情意悠長。

就章法而言，這首詩看似平鋪直敘，而針線極其綿密。詩的首句從近處著筆，實寫客中寒食的景色；末句從遠方落想，遙念故園寒食的景色。這一起一收，首尾呼應，緊扣詩題。中間兩句，一句暗示獨在異鄉，一句明寫想念諸弟，上下綰合，承接自然。兩句中，一個「獨」字，一個「想」字，對全篇有穿針引線的妙用。第二句的「獨」字，既是上句「空」字的延伸，又是下句「想」字的伏筆；而第三句的「想」字，既由上句「獨」字生發，又統轄下句，直貫到篇末，說明杜陵青草之思是由人及物，由想諸弟而聯想及之。從整首詩看，它是句句相承，暗中勾連，一氣流轉，渾然成章的。

表面上，這首詩除第三句直抒情意外，通篇寫景；而從四句之間的內在聯繫看，正是這第三句在全詩中居主位，其餘三句居賓位，一切雨中空齋、江上流鶯以及杜陵草青之景，都是圍繞第三句而寫的。清王夫之在《夕堂永日緒論》中說：「無論詩歌與長行文字，俱以意為主。」又說：「詩文俱有主賓。無主之賓，謂之烏合。」

這首詩的第三句，如他所說，是「立一主以待賓」。這樣，上下三句就不是烏合的無主之賓，「乃俱有情而相浹洽」。換言之，正因為詩人情深意真，在下筆時把「想諸弟」的情意貫串、融合在全詩之中，就使四句詩相互浹洽，成為一個極其和諧的整體。

當然，賓雖然不能無主，而主也不能無賓。這首詩的第三句又有賴於上兩句和下一句的烘托。這首詩的一、二兩句，看來不過如實寫出身邊景、眼前事，但也含有許多層次和曲折。第一句所寫景象，寒食禁火，萬戶無煙，本來已經夠蕭索的了，更逢陰雨，又在空齋，再加氣候與心情的雙重清冷，這樣一層加一層地寫足了環境氣氛。第二句同樣有多層意思，「江上」是一層，「流鶯」是一層，「坐聽」是一層，而「獨坐」又是一層。這句，本是隨換句而換景，既對春江，又聽流鶯，一變上句所寫的蕭索景象，但卻用一個「獨」字又折轉回來，在多層次中更顯示了曲折。兩句合起來，對第三句中的「想諸弟」之情起了層層烘染、反覆襯托的作用。至於結尾一句，把詩筆宕開，寄想像於故園的寒食景色，就更收烘托之妙，進一步托出了「想諸弟」之情，使人更感到情深意遠。

這首詩，運筆空靈，妙有含蓄，而主要得力於結尾一句。這個結句，就本句說是景中見情，就全篇說是以景結情，收到藏深情於行間、見風韻於篇外的藝術效果。它與王維〈山中送別〉詩「春草明年綠，王孫歸不歸」句，都取意於《楚辭．招隱士》「王孫遊兮不歸，春草生兮萋萋」。但王維句是明寫，語意實；這一句是暗點，更顯得蘊藉有味。它既透露了詩人的歸思，也表達了對諸弟、對故園的懷念。這裡，人與地的雙重懷念是交相觸發、融合為一的。（陳邦炎）

秋夜寄丘二十二員外　韋應物

懷君屬秋夜，散步詠涼天。
山空松子落，幽人應未眠。

韋應物的五言絕句，一向為詩論家所推崇。明胡應麟在《詩藪．內編》卷六中說：「中唐五言絕，蘇州最古，可繼王、孟。」清沈德潛在《說詩晬語》卷上說：「五言絕句，右丞之自然、太白之高妙、蘇州之古澹，並入化機。」上面這首詩是他的五絕代表作之一。它給予讀者的感受，首先就是這一古雅閒淡的風格美。清施補華在《峴傭說詩》中曾稱讚這首詩「清幽不減摩詰，皆五絕中之正法眼藏也」。它不以強烈的語言打動讀者，只是從容下筆，淡淡著墨，而語淺情深，言簡意長，使人感到韻味悠永，玩繹不盡。

如果就構思和寫法而言，這首詩還另有其值得拈出之處。它是一首懷人詩。前半首寫作者自己，即懷人之人；後半首寫正在臨平山學道的丘丹，即所懷之人。首句「懷君屬秋夜」，點明季節是秋天，時間是夜晚。而這「秋夜」之景與「懷君」之情，正是彼此襯映的。次句「散步詠涼天」，承接自然，全不著力，而緊扣上句。「散步」是與「懷君」相照應的；「涼天」是與「秋夜」相綰合的。這兩句都是寫實，寫出了作者因懷人而在涼秋之夜徘徊沉吟的情景。接下來，作者不順情抒寫，就景描述，而把詩思飛馳到了遠方，在三、四兩句中，想像所懷念之人在此時、彼地的狀況。而第三句「山空松子落」，遙承「秋夜」、「涼天」，是從眼前的涼秋之夜，推想臨平山中今夜的秋色。第四句「幽人應未眠」，則遙承「懷君」、「散步」，是從自己正在懷念遠人、徘徊不寐，推想對方應也未眠。這兩句出於想像，既是從前兩句生發，而又是前兩句詩情的深化。從整首詩看，作者運用寫實與虛構相結合的手法，使眼前景與意中景同時並列，使懷人之人與所懷之人兩地相連，進而表達了異地相思的深情。

晉陸機在〈文賦〉中指出，作者在構思時，可以「觀古今於須臾，撫四海於一瞬」。南朝梁劉勰在《文心雕龍·神思》中也說：「文之思也，其神遠矣。故寂然凝慮，思接千載；悄焉動容，視通萬里。」這些話說明文思是最活躍的，是不受時空限制的。因此，在詩人筆下，同一空間裡，可以呈現不同的時間；同一時間裡，也可以呈現不同的空間。像唐王播的〈題木蘭院〉：「三十年前此院遊，木蘭花發院新修。如今再到經行處，樹老無花僧白頭。」就屬於前者。而這首韋應物的懷人詩，則屬於後者。現代的電影藝術，有時採用疊影手法來處理回憶與遙想的鏡頭，有時使銀幕上映出兩個或兩個以上的畫面，使觀眾同時看到在兩個或兩個以上的空間或時間裡出現的不同場景。這首詩運用的手法正與此相同。它使讀者在一首詩中看到兩個空間，既看到懷人之人，也看到被懷之人；既看到作者身邊之景，也看到作者遙想之景，從而把異地相隔的人和景並列和相連在一起，說明千里神交，有如晤對，故人雖遠在天涯，而相思卻近在咫尺。（陳邦炎）

賦得暮雨送李曹　韋應物

楚江微雨裡，建業暮鐘時。漠漠①帆來重，冥冥②鳥去遲。
海門深不見，浦樹遠含滋。相送情無限，沾襟比散絲。

註〕①漠漠，形容細雨繁而密。②冥冥，形容天色幽暗。

這是一首送別詩。李曹，一作李胄，又作李渭。其人，其事已無可考；從此詩看，想必兩人的交誼頗深。詩中的「楚江」、「建業」，是送別之地。長江自三峽以下至濡須口（在今安徽省境內），古屬楚地，所以叫楚江。建業，原名秣陵，三國時吳主孫權遷都於此，改稱建業，舊城在今江蘇南京市南。

雖是送別，卻重在寫景，全詩緊扣「暮雨」和「送」字著墨。

首聯「楚江微雨裡，建業暮鐘時」，起句點「雨」，次句點「暮」，直切詩題中的「暮雨」二字。「暮鐘時」，即傍晚時分，當時佛寺中早晚都以鐘鼓報時，所謂「暮鼓晨鐘」。以楚江點「雨」，表明詩人正佇立江邊，這就暗切了題中的「送」字。「微雨裡」的「裡」字，既顯示了雨絲纏身之狀，又描繪了一個細雨籠罩的壓抑場面。這樣，後面的帆重、鳥遲這類現象始可出現。這一聯，淡淡幾筆，便把詩人臨江送別的形象勾勒了出來，同時，為二、三聯畫面的出現，塗上一層灰暗的底色。

下面詩人繼續描摹江上景色：「漠漠帆來重，冥冥鳥去遲。海門深不見，浦樹遠含滋。」

細雨濕帆，帆濕而重；飛鳥入雨，振翅不速。雖是寫景，但「遲」、「重」二字用意精深。下面的「深」和「遠」又著意渲染了一種迷濛暗淡的景色。四句詩，形成了一幅富有情意的畫面。從景物狀態看，有動，有靜；動中有靜，靜中有動：帆來鳥去為動，但帆重猶不能進，鳥遲似不振翅，這又顯出相對的靜來；海門、浦樹為靜，但海門似有波濤奔流，浦樹可見水霧繚繞，這又顯出相對的動來。從畫面設置看，帆行江上，鳥飛空中，顯其廣闊；海門深，浦樹遠，顯其邃邈。整個畫面富有立體感，而且無不籠罩在煙雨薄暮之中，無不染上離愁別緒。

景的設置，總是以情為轉移的，所謂「情哀則景哀，情樂則景樂」（清吳喬《圍爐詩話》）。詩人總是選取對自己有獨特感受的景物入詩。在這首詩裡，那冥冥暮色，霏霏煙雨，固然是詩人著力渲染的，以求與自己沉重的心境相吻合，就是那些用來襯托暮雨的景物，也無不寄寓著詩人的匠心，掛牽著詩人的情思。海門是長江的入海處。南京臨江不臨海，離海門有遙遙之距，海門「不見」，自不待言，何故以此入詩？此處並非實指，而是暗示李曹的東去，就視覺範圍而言，即指東邊很遠的江面。那裡似有孤舟漂泊，所以詩人極目而視，神縈魂牽。然而人去帆遠，暮色蒼蒼，目不能及；但見江岸之樹，棲身於雨幕之中，不乏空寂之意。無疑這海門、浦樹蘊含著詩人悵惘淒戚的感情。詩中不寫離舟而寫來帆，也自有一番用意。李白的名句「孤帆遠影碧空盡」（〈黃鶴樓送孟浩然之廣陵〉）是以離帆入詩的，寫出了行人遠去的過程，表達了詩人戀戀不捨的感情。此詩只寫來帆，則暗示離舟已從視線中消失，而詩人仍久留不歸；同時又以來帆的形象來襯托去帆的形象，而對來帆的關注，也就是對去帆的遙念。其間的離情別緒似更含蓄深沉。而那羽濕行遲的去鳥，不也是遠去行人的寫照嗎？

經過鋪寫渲染煙雨、暮色、重帆、遲鳥、海門、浦樹，連同詩人的情懷，交織起來，形成了濃重的陰沉壓抑的氛圍。置身其間的詩人，情動於衷，不能自已。猛然，那令人腸斷的鐘聲傳入耳鼓，撞擊心弦。此時，詩人再也抑制不住自己的感情，不禁潸然淚下，離愁別緒噴湧而出：「相送情無限，沾襟比散絲。」隨著情感的迸發，尾聯一改含蓄之風，直抒胸臆；又在結句用一個「比」字，把別淚和散絲交融在一起。「散絲」，即雨絲，晉張協〈雜詩〉有「密雨如散絲」句。這一結，使得情和景「妙合無垠」，「互藏其宅」（清王夫之《薑齋詩話》），既增強了情的形象性，又進一步加深了景的感情色彩。從結構上說，以「微雨」起，用「散絲」結，前後呼應；全詩四聯，一脈貫通，渾然一體。（周錫炎）

長安遇馮著 韋應物

客從東方來，衣上灞陵雨。問客何為來？采山因買斧。

冥冥花正開，颺颺燕新乳。昨別今已春，鬢絲生幾縷？

馮著是韋應物的朋友，其事失傳，今存詩四首。韋應物贈馮著詩，也存四首。據韋詩所寫，馮著是一位有才有德而失志不遇的名士。他先在家鄉隱居，清貧守真，後來到長安謀仕，頗擅文名，但仕途失意。約在唐代宗大曆四年（七六九）應徵赴幕到廣州。十年過去，仍未獲官職。後又來到長安。韋應物對這樣一位朋友是深為同情的。

韋應物於大曆四年至十三年在長安，而馮著在大曆四年離長安赴廣州，約在大曆十二年再到長安。這詩可能作於大曆四年或十二年。詩中以親切而略含詼諧的筆調，對失意沉淪的馮著深表理解、同情、體貼和慰勉。它寫得清新活潑，含蓄風趣，逗人喜愛。宋劉辰翁評此詩曰：「不能詩者，亦知是好。」（孫望《韋應物詩集繫年校箋》引）確乎如此。

開頭兩句中，「客」即指馮著。灞陵，長安東郊山區，但這裡並非實指，而是用事作比。漢代霸陵山是長安附近著名隱逸地。東漢逸士梁鴻曾隱於此，賣藥的韓康也曾隱遁於此（見《後漢書·逸民列傳》）。本詩一、二句主要是說馮著剛從長安以東的地方來，還是一派名士兼隱士的風度。

接著，詩人自為問答，料想馮著來長安的目的和境遇。「採山」是成語。西晉左思〈吳都賦〉：「煮海為鹽，採山鑄錢。」謂入山採銅以鑄錢。「買斧」化用《易經．旅卦》：「旅於處，得其資斧，我心不快。」意謂旅居此處作客，但不獲平坦之地，尚須用斧斫除荊棘，故心中不快。「採山」句是俏皮話，打趣語，大意是說馮著來長安是為採銅鑄錢以謀發財的，但只得到一片荊棘，還得買斧斫除。其寓意即謂謀仕不遇，心中不快。詩人詼諧打趣，顯然是為了以輕快的情緒沖淡友人的不快，所以下文便轉入慰勉，勸導馮著對前途要有信心。但是這層意思是巧妙地透過描寫眼前的春景來表現的。

「冥冥花正開，颺颺燕新乳。」「冥冥」是形容造化默默無語的情態，「颺颺」是形容鳥兒飛行的歡快。這兩句大意是說，造化無語而繁花正在開放，燕子飛得那麼歡快，因為它們剛哺育了雛燕。不難理解，詩人選擇這樣的形象，正是為了意味深長地勸導馮著不要為暫時失意而不快不平，勉勵他相信大自然造化萬物是公正不欺的，前輩關切愛護後代的感情是天然存在的，要相信自己正如春花般煥發才華，會有人來關切愛護的。所以末二句，詩人以十分理解和同情的態度，滿含笑意地體貼馮著說：你看，我們好像昨日才分別，如今已經是春天了，你的鬢髮並沒有白幾縷，還不算老呀！這「今已春」正是承上二句而來的，末句則以反問勉勵友人，盛年未逾，大有可為。

這的確是一首情意深長而生動活潑的好詩。它的感人，首先在於詩人心胸坦盪，思想開朗，對生活有信心，對前途有展望，對朋友充滿熱情。因此他能對一位不期而遇的失意朋友，充分理解，真誠同情，體貼入微，而積極勉勵。也正因如此，詩人採用活潑自由的古體形式，吸收了樂府歌行的結構、手法和語言。它在敘事中抒情寫景，以問答方式渲染氣氛，借寫景以寄託寓意，用詼諧風趣來激勵朋友。它的情調和風格，猶如小河流水，清新明快，而又委曲宛轉，讀來似乎一覽無餘，品嘗則又回味不盡。（倪其心）

幽居

韋應物

貴賤雖異等，出門皆有營。獨無外物牽，遂此幽居情。
微雨夜來過，不知春草生。青山忽已曙，鳥雀繞舍鳴。
時與道人偶，或隨樵者行。自當安蹇劣，誰謂薄世榮。

韋應物的山水詩「高雅閑澹，自成一家之體」（白居易〈與元九書〉），形式多用五古。〈幽居〉就是比較有名的一首。

詩人從十五歲到五十四歲，在官場上度過了四十年左右的時光，其中只有兩次短暫的閒居。〈幽居〉這首詩大約就寫於他辭官閒居的時候。全篇描寫了一個悠閒寧靜的境界，反映了詩人幽居獨處、知足保和的心情。在思想內容上雖沒有多少積極意義，但其中有佳句為世人稱道，因而歷來受到人們的重視。

「貴賤雖異等，出門皆有營」，開頭二句是寫詩人對世路人情的看法。意思是說，世人無論貴賤高低，總要為生活而出門奔走營謀，儘管身份不同，目的不一，而奔走營生都是一樣的。這兩句，雖平平寫來，多少透露出一點感慨，透露出他對人生道路坎坷不平、人人都要為生存而到處奔走的厭倦之情。但詩人並不是要抒發這種感慨，也不是要描寫人生道路的艱難，而是用世人「皆有營」作背景，反襯自己此時幽居的清閒，也就是舉世辛勞而我獨閒了。

所以「獨無外物牽，遂此幽居情」，便是以上二句作反襯而來，表現了詩人悠然自得的心情。由於對官場現實的不滿，他曾經說過：「日夕思自退，出門望故山。君心倘如此，攜手相與還」（〈高陵書情寄三原盧少府〉），表示了歸隱的願望。如今，他能夠辭官歸來，實現了無事一身輕的願望，自然是滿懷欣喜。

清吳喬在《圍爐詩話》中說：「景物無自生，惟情所化。情哀則景哀，情樂則景樂。」韋應物此時的心情是愉快的、安閒的，因而在他筆下所描繪出的景物也自然著上輕鬆愉快、明麗新鮮的色彩。下邊六句是以愉悅的筆調對幽居生活作具體描寫。

「微雨夜來過，不知春草生。青山忽已曙，鳥雀繞舍鳴。」這四句全用白描手法。「微雨」兩句，是人們讚賞的佳句。這裡說「微雨」，是對早春細雨的準確描繪；「夜來過」，著一「過」字，便寫出了詩人的感受。顯然他並沒有看到這夜來的春雨，只是從感覺上得來，因而與下句的「不知」關合，寫的是感覺和聯想。這兩句看來描寫的是景而實際是寫情，寫詩人對夜來細微春雨的喜愛和對春草在微雨滋潤下成長的欣慰。這裡有一派生機盎然的春天氣息，也有詩人熱愛大自然的愉快情趣。比之南朝宋謝靈運的「池塘生春草，園柳變鳴禽」（〈登池上樓〉），要更含蓄、蘊藉，更豐富新鮮，饒有生意。「青山忽已曙，鳥雀繞舍鳴」，是上文情景的延伸與烘托。這裡不獨景色穠鮮，也有詩人幽居的寧靜和心情的喜悅。真是有聲有色，清新酣暢。

這四句是詩人對自己幽居生活的一個片斷的描繪，他只截取了早春清晨一個短暫時刻的山中景物和自己的感受，然後加以輕輕點染，便在讀者面前呈現出一幅生動的圖畫，同時詩人幽居的喜悅、知足保和的情趣也在這畫面中透露出來。

接下去，「時與道人偶，或隨樵者行」。「時與」、「或隨」，說明有時與道士相邂逅，有時同樵夫相過從，這些事都不是經常的，也就是說，詩人幽居山林，很少與人交遊。這樣，他的清幽淡漠、平靜悠閒則是可想而知了。

韋應物實現了脫離官場，幽居山林，享受可愛的清流、茂樹、雲物的願望，他感到心安理得，因而「自當安蹇劣，誰謂薄世榮」。「蹇劣」，笨拙愚劣的意思；「薄世榮」，鄙薄世人對富貴榮華的追求。這裡用了《三國志．魏書．王粲傳》的典故。〈王粲傳〉中說到徐幹，引了裴松之註說：徐「輕官忽祿，不耽世榮」。韋應物所說的與徐幹有所不同，韋應物這二句的意思是：我本就是笨拙愚劣的人，過這種幽居生活自當心安理得，怎麼能說我是那種鄙薄世上榮華富貴的高雅之士呢！對這兩句，我們不能單純理解為是詩人的解嘲，因為詩人並不是完全看破紅塵而去歸隱，他只是厭倦官場的昏暗，想求得解脫，因而辭官幽居，一旦有機遇，他還是要進入仕途的。所以詩人只說自己的愚拙，不說自己的清高，把自己同真隱士區別開來。這既表示了他對幽居獨處、獨善其身的滿足，又表示了對別人的追求並不鄙棄。

韋應物的詩受陶淵明、謝靈運、王維、孟浩然等前輩詩人的影響很大。前人說韋應物「五言古體源出於陶，而鎔化於三謝，故真而不樸，華而不綺」（《四庫全書總目提要》），又說：「一寄穠鮮於簡淡之中，淵明以來，蓋一人而已。」（明宋濂《宋文憲公集》卷三十七）這些評價並不十分恰當，但是可以說明韋詩的藝術價值和藝術風格的。

（張秉戍）

滁州西澗　韋應物

獨憐幽草澗邊生，上有黃鸝深樹鳴。
春潮帶雨晚來急，野渡無人舟自橫。

這是一首山水詩的名篇，也是韋應物的代表作之一。詩寫於唐德宗建中二年（七八一）詩人出任滁州刺史期間。唐滁州治所即今安徽滁州市，西澗在滁州城西郊野。這詩寫春遊西澗賞景和晚雨野渡所見。詩人以情寫景，借景述意，寫自己喜愛與不喜愛的景物，說自己合意與不合意的情事，而其胸襟恬淡，情懷憂傷，便自然流露出來。但是詩中有無寄託，寄託何意，歷來爭論不休。有人認為它通首比興，是刺「君子在下，小人在上」；有人認為「此偶賦西澗之景，不必有所託意」。實則各有偏頗。

詩的前二句，在春天繁榮景物中，詩人獨愛自甘寂寞的澗邊幽草，而無意於深樹上鳴聲誘人的黃鶯兒，置之陪襯，以相比照。幽草安貧守節，黃鸝居高媚時，其喻仕宦世態，寓意顯然，清楚表露出詩人恬淡的胸襟。後二句，晚潮加上春雨，水勢更急。而郊野渡口，本來行人無多，此刻更其無人。因此，連船夫也不在了，只見空空的渡船自在浮泊，悠然漠然。水急舟橫，由於渡口在郊野，無人問津。倘使在要津，則傍晚雨中潮漲，正是渡船大用之時，不能悠然空泊了。因此，在這水急舟橫的悠閒景象裡，蘊含著一種不在其位、不得其用的無奈而憂傷的情懷。在前、後二句中，詩人都用了對比手法，並用「獨憐」、「急」、「橫」這樣醒目的字眼加以強調，應當說是有引人思索的用意的。

由此看來，這詩是有寄託的。但是，詩人為什麼有這樣的寄託呢？

在中唐前期，韋應物是個潔身自好的詩人，也是個關心民生疾苦的好官。在仕宦生涯中，他「身多疾病思田里，邑有流亡愧俸錢」（〈寄李儋元錫〉），常處於進仕退隱的矛盾之中。他為中唐政治弊敗而憂慮，為百姓生活貧困而內疚，有志改革而無力，思欲歸隱而不能，進退兩為難，只好不進不退，任其自然。莊子說：「巧者勞而知者憂；無能者無所求，飽食而遨遊。汎若不繫之舟，虛而遨遊者也。」（《莊子·列禦寇》）韋應物對此深有體會，曾明確說自己是「扁舟不繫與心同」（〈自鞏洛舟行入黃河即事寄府縣僚友〉），表示自己雖懷知者之憂，但自愧無能，因而仕宦如同遨遊，悠然無所作為。其實，〈滁州西澗〉就是抒發這樣的矛盾無奈的處境和心情。思欲歸隱，故獨憐幽草；無所作為，恰同水急舟橫。所以詩中表露著恬淡的胸襟和憂傷的情懷。

說有興寄，誠然不錯，但歸結為譏刺「君子在下，小人在上」，也失於死板；說偶然賦景，毫無寄託，則割裂詩、人，流於膚淺，都與詩人本意未洽。因此，賞奇析疑，以知人為好。（倪其心）

聞雁　韋應物

故園眇①何處？歸思方悠哉。
淮南秋雨夜，高齋聞雁來。

〔註〕①眇：通「渺」，遼遠。

唐德宗建中四年（七八三），韋應物由尚書比部員外郎出任滁州（治今安徽滁州市）刺史。首夏離京，秋天到任。這首〈聞雁〉大約就是他抵滁後不久寫的。

這是一個秋天的雨夜。獨坐高齋的詩人在暗夜中聽著外面下個不停的淅淅瀝瀝的秋雨，益發感到夜的深沉、秋的淒寒和高齋的空寂。這樣一種蕭瑟悽寂的環境氣氛不免要觸動遠宦者的歸思。韋應物家居長安，和滁州相隔兩千餘里。即使白天登樓引領遙望，也會有雲山阻隔、歸路迢遞之感；暗夜沉沉，四望一片模糊，自然更不知其渺在何處了。故園的渺遠，本來就和歸思的悠長構成正比，再加上這漫漫長夜、綿綿秋雨，就更使這歸思無窮無已、悠然不盡了。一、二兩句，上句以設問起，下句出以慨嘆，言外自含無限低迴悵惘之情。「方」字透出歸思正殷，為三、四句高齋聞雁作勢。

正當懷鄉之情不能自已的時候，獨坐高齋的詩人聽到了自遠而近的雁叫聲。這聲音在寂寥的秋雨之夜，顯得分外淒清，使得因思鄉而永夜不寐的詩人浮想聯翩，觸緒萬端，更加難以為懷了。詩寫到這裡，戛然而止，對「聞雁」而引起的感觸不著一字，留給讀者自己去涵泳玩索。「歸思後說聞雁，其情自深。一倒轉說，則近人能之矣」（清沈德潛《唐詩別裁集》）。

光從文字看，似乎詩中所抒寫的不過是遠宦思鄉之情。但滲透在全詩中的蕭瑟淒清情調和充溢在全詩中的秋聲秋意，卻使讀者隱隱約約感到在這「歸思」、「聞雁」的背後還隱現著時代亂離的面影，蘊含著詩人對時代社會的感受。

沈德潛說：「五言絕句，右丞之自然，太白之高妙，蘇州之古澹，並入化機」（《說詩晬語》卷上）。古澹，確是韋應物五言絕句的風格特徵。從這首〈聞雁〉可以看出，他是在保持絕句「意當含蓄，語務春容」（明胡震亨《唐音癸籤》卷三）的特點的同時，有意識地運用古詩的句格、語言與表現手法，以構成一種高古澹遠的意境。詩句之間，避免過大的跳躍，語言也力求樸質自然而避免雕琢刻削，一、二兩句還雜以散文化的句式句法。這種風格，與白居易一派以淺易的語言抒寫日常生活情趣（如白居易的〈問劉十九〉），判然屬於兩途。（劉學鍇）

盧綸

【作者小傳】（七四八～約七九九）字允言，河中蒲（今山西永濟）人。曾在河中任元帥府判官，官至檢校戶部郎中。為「大曆十才子」之一。詩多送別酬答之作，也有反映軍士生活的作品。原有集，已散佚，明人輯有《盧綸集》。（《舊唐書．盧簡辭傳》、《新唐書》本傳）

逢病軍人　盧綸

行多有病住無糧，萬里還鄉未到鄉。
蓬鬢哀吟古城下，不堪秋氣入金瘡。

此詩寫一個傷病退伍、還鄉途中的軍人，從詩題看可能是以作者目睹的生活事件為依據。詩人用集中描畫、加倍渲染的手法，著重塑造人物的形象。詩中的這個傷兵退伍後，他很快就發覺等待著他的仍是悲慘的命運。「行多」，已不免疲乏；加之「有病」，對趕路的人就越發難堪了。病不能行，便引出「住」意。然而住又談何容易，離軍即斷了給養，長途跋涉中，乾糧已盡。「無糧」的境況下多耽一天多受一天罪。第一句只短短七字，寫出「病軍人」的三重不堪，將其行住兩難、進退無路的淒慘處境和盤托出，這就是「加倍」手法的妙用。

第二句承上句「行」字，進一步寫人物處境。分為兩層。「萬里還鄉」是「病軍人」的目的和希望。儘管家鄉也不會有好運等著他，但狐死首丘，葉落歸根，對於「病軍人」不過是得願死於鄉里而已。雖然「行多」，但家鄉遠隔萬里，未行之途必更多。就連死於鄉里那種可憐的願望怕也難以實現呢。這就使「未到鄉」三字充滿難言的悲憤、哀怨，令讀者為之酸鼻。這裡，「萬里還鄉」是不幸之幸，對於詩情是一縱；然而「未到鄉」，又是「喜」盡悲來，對於詩情是一擒。由於這種擒縱之致，使詩句讀來一唱三嘆，低迴不盡。

詩的前兩句未直接寫人物外貌，只聞其聲，不見其人；然而由於加倍渲染與唱嘆，人物形象已呼之欲出。在前兩句鋪墊的基礎上，第三句進而刻畫人物外貌，就更鮮明突出，有如雕像被安置在適當的環境中。「蓬鬢」二字，極生動地再現出一個疲病凍餓、受盡折磨的人物形象。「哀吟」是因為病餓的緣故，尤其是因為瘡傷發作的緣故。「病軍人」負過傷（「金瘡」），適逢「秋氣」已至，氣候變壞，於是舊傷復發。從這裡又可知道其衣著的單薄、破敝，不能禦寒。於是，第四句又寫出了三重「不堪」。此外還有一層未曾明白寫出而讀者不難意會，那就是「病軍人」常恐死於道路、棄骨他鄉的內心絕望的痛苦。正由於有交加於身心兩方面的痛苦，才使其「哀吟」令人不忍卒聞。這樣一個「蓬鬢哀吟」的傷兵形象，作者巧妙地把他放在一個「古城」的背景下，其形容的憔悴，處境的孤淒，無異加重十倍。使人感到他隨時都可能像螞蟻一樣在城邊死去。

這樣，透過加倍手法，有人物刻畫，也有背景的烘托，把「病軍人」饑、寒、疲、病、傷的苦難集中展現，「悽苦之意，殆無以過」（南宋范晞文《對床夜語》）。它客觀上是對社會的控訴，也流露出詩人對筆下人物的深切同情。

（周嘯天）

塞下曲六首（其二）　盧綸

林暗草驚風，將軍夜引弓。
平明尋白羽，沒在石稜中。

盧綸〈塞下曲〉共六首一組，分別寫發號施令、射獵破敵、奏凱慶功等等軍營生活。因為是和張僕射之作（詩題一作〈和張僕射塞下曲〉），語多讚美之意。

此為組詩的第二首，寫將軍夜獵，見林深處風吹草動，以為是虎，便彎弓猛射。天亮一看，箭竟然射進一塊石頭中去了。透過這一典型情節，表現了將軍的勇武。詩的取材，出自《史記．李將軍列傳》。據載，漢代名將李廣猿臂善射，在任右北平太守時，就有這樣一次富於戲劇性的經歷：「廣出獵，見草中石，以為虎而射之。中石沒鏃，視之石也。因復更射之，終不能復入石矣。」

首句寫將軍夜獵場所是幽暗的深林；當時天色已晚，一陣陣疾風颳來，草木為之紛披。這不但交代了具體的時間、地點，而且製造了一種氣氛。右北平是多虎地區，深山密林是百獸之王的猛虎藏身之所，而虎又多在黃昏夜分出山。「林暗草驚風」，著一「驚」字，就不僅令人自然聯想到其中有虎，呼之欲出，渲染出一片緊張異常的氣氛，而且也暗示將軍是何等警惕，為下文「引弓」作了鋪墊。次句即續寫射。但不言「射」而言「引弓」，這不僅是因為詩要押韻的緣故，而且因為「引」是「發」的準備動作，這樣寫能啟示讀者從中想像、體會將軍臨險是何等鎮定自若，從容不迫。在一「驚」之後，將軍隨即搭箭開弓，動作敏捷有力而不倉皇，既具氣勢，而形象也益鮮明。

後二句寫「沒石飲羽」的奇跡，把時間推遲到翌日清晨（「平明」），將軍搜尋獵物，發現中箭者並非猛虎，而是蹲石，令人讀之，始而驚異，既而嗟嘆：原來箭桿尾部裝置著白色羽毛的箭，竟「沒在石稜中」，入石三分。這樣寫不僅更為曲折，有時間、場景變化，而且富於戲劇性。「石稜」為石的突起部分，箭頭要鑽入殊不可想像。神話般的誇張，為詩歌形象塗上一層浪漫色彩，讀來特別盡情夠味，只覺其妙，不以為非。

清人吳喬曾形象地以米喻「意」，說文則炊米而為飯，詩則釀米而為酒（見《圍爐詩話》），其言甚妙。因為詩須訴諸讀者的情緒，一般比散文形象更集中，語言更凝練，更注重意境的創造，從而更令人陶醉，也更像酒。在《史記》中才只是一段普普通通插敘的文字，一經詩人提煉加工，便昇華出如此富於藝術魅力的小詩，不正有些像化稻粱為醇醪嗎？（周嘯天）

塞下曲六首（其三）　盧綸

月黑雁飛高，單于夜遁逃。

欲將輕騎逐，大雪滿弓刀。

〈塞下曲〉組詩共六首，這是第三首。盧綸雖為中唐詩人，其邊塞詩卻依舊是盛唐的氣象，雄壯豪放，字裡行間充溢著英雄氣概，讀後令人振奮。

一、二句「月黑雁飛高，單于夜遁逃」，寫敵軍的潰退。「月黑」，無光也。「雁飛高」，無聲也。趁著這樣一個漆黑的闃寂的夜晚，敵人悄悄地逃跑了。單于，是古時匈奴最高統治者，這裡代指入侵者的最高統帥。「夜遁逃」，可見他們已經全線崩潰。

儘管有夜色掩護，敵人的行動還是被我軍察覺了。三、四句「欲將輕騎逐，大雪滿弓刀」，寫我軍準備追擊的情形，表現了將士們威武的氣概。試想，一支騎兵列隊欲出，剎那間弓刀上就落滿了大雪，這是一個多麼扣人心弦的場面！

從這首詩看來，盧綸是很善於捕捉形象、捕捉時機的。他不僅能抓住具有典型意義的形象，而且能把它放到最富有藝術效果的時刻加以表現。詩人不寫軍隊如何出擊，也不告訴你追上敵人沒有，他只描繪一個準備追擊的場面，就把當時的氣氛情緒有力地烘托出來了。「欲將輕騎逐，大雪滿弓刀」，這並不是戰鬥的高潮，而是迫近高潮的時刻。這個時刻，猶如箭在弦上，將發未發，最有吸引人的力量。你也許覺得不滿足，因為沒有把結果交代出來。但唯其如此，才更富有啟發性，更能引逗讀者的聯想和想像，這叫言有盡而意無窮。神龍見首不見尾，並不是沒有尾，那尾在雲中，若隱若現，更富有意趣和魅力。(袁行霈)

晚次鄂州　盧綸

雲開遠見漢陽城，猶是孤帆一日程。估客晝眠知浪靜，舟人夜語覺潮生。
三湘衰鬢逢秋色，萬里歸心對月明。舊業已隨征戰盡，更堪江上鼓鼙聲！

《全唐詩》於本篇題下註「至德中作」。至德（七五六～七五八），唐肅宗李亨年號，時當在安史之亂的前期。由於戰亂，詩人被迫浪跡異鄉，流徙不定。在南行途中，他寫了這首詩。

首聯寫「晚次鄂州」的心情。濃雲散開，江天晴明，舉目遠眺，漢陽城依稀可見；因為「遠」，還不可及，船行尚須一天。這樣，今晚就不得不在鄂州停泊了。詩人由江西溯長江而上，必須經過鄂州（治所在今湖北武漢市武昌），直抵湖南。漢陽城在漢水北岸，鄂州之西。起句即點題，述說心情的喜悅；次句突轉，透露沉鬱的心情，用筆騰挪跌宕，使平淡的語句體現微妙的思致。詩人在戰亂中風波漂泊，對行旅生涯早已厭倦，巴不得早些得個安憩之所。因此，一到雲開霧散，見到漢陽城時，怎能不喜。「猶是」兩字，突顯詩人感情的驟落。這二句，看似平常敘事，卻彷彿使人聽到詩人在撥動著哀婉纏綿的琴弦，傾訴著孤悽苦悶的心曲，透紙貫耳，情韻不匱。

次聯寫「晚次鄂州」的景況。詩人簡筆勾勒船艙中所見所聞：同船的商賈（估客）白天水窗倚枕，不覺酣然入夢，不言而喻，此刻江上揚帆，風平浪靜；夜深人靜，忽聞船夫相喚，雜著加纜扣舷之聲，不問而知夜半漲起江潮來了。詩人寫的是船中常景，然而筆墨中卻透露出他晝夜不寧的紛亂思緒。所以儘管這些看慣了的舟行生活，似乎也給他平增枯澀乏味的生活感受。

三聯寫「晚次鄂州」的聯想。詩人情來筆至，借景抒懷：時值寒秋，正是令人感到悲涼的季節，無限的惆悵已使我兩鬢如霜了；我人往三湘去，心卻馳故鄉，獨對明月，歸思更切！「三湘」，指湖南境內，即詩人此行的目的地。而詩人的家鄉則在萬里之遙的蒲州（今山西永濟）。秋風起，落葉紛下，秋霜落，青楓凋，詩人無賞異地的秋色之心，卻有思久別的故鄉之念。一個「逢」字，將詩人的萬端愁情與秋色的萬般淒涼聯繫起來，移愁情於秋色，妙合無垠。「萬里歸心對月明」，其中不盡之意見於言外，有迢迢萬里、不見家鄉的悲悲戚戚，亦有音書久滯、縈懷妻兒的悽悽苦苦，真可謂愁腸百結，煞是動人肺腑。

末聯寫「晚次鄂州」的感慨。為何詩人有家不可歸，只得在異域他鄉顛沛奔波呢？最後二句，把憂心愁思更深入一層：田園家計，事業功名，都隨著不停息的戰亂喪失殆盡，而烽火硝煙未滅，江上不是仍然傳來干戈鳴響，戰鼓聲聲？詩人雖然遠離了淪為戰場的家鄉，可是他所到之處又無不是戰雲密布，這就難怪他愁上加愁了。詩的最後兩句，把思鄉之情與憂國愁緒結合起來，使本詩具有更大的社會意義。

這首詩，詩人只不過截取了漂泊生涯中的一個片斷，卻反映了廣闊的社會背景，寫得連環承轉，意脈相連，而且迂徐從容，曲盡情致。在構思上，不用典故來支撐詩架；在語言上，不用豔藻來求其綺麗；在抒情上，不用潑墨來露出筋骨。全詩淡雅而含蓄，平易而熾熱，讀來覺得舒暢自若，饒有韻味。（周溶泉、徐應佩）

送李端

盧綸

故關衰草遍，離別自堪悲。路出寒雲外，人歸暮雪時。
少孤為客早，多難識君遲。掩淚空相向，風塵何處期？

這是一首感人至深的詩章，以一個「悲」字貫串全篇。

首聯寫送別的環境氣氛，從衰草落筆，時令當在嚴冬。郊外枯萎的野草，正迎著寒風抖動，四野蒼茫，一片淒涼的景象。在這樣的環境中送別故人，自然大大加重了離愁別緒。「離別自堪悲」這一句寫來平直、刻露，但由於是緊承上句脫口而出的，應接自然，故並不給人以平淡之感，相反地倒是為本詩定下了深沉感傷的基調，起了提挈全篇的作用。

詩的第二聯寫送別的情景，仍緊扣「悲」字。「路出寒雲外」，故人沿著這條路漸漸遠離而去，由於陰雲密布，天幕低垂，依稀望去，這路好像伸出寒雲之外一般。這裡寫的是送別之景，但融入了濃重的依依難捨的惜別之情。這一筆是情藏景中。「寒雲」二字，下筆沉重，給人以無限陰冷和重壓的感覺，有力地烘托了主客別離時的悲涼心境。友人終於遠行了，現在留在這曠野裡的只剩詩人自己，孤寂之感自然有增無已。偏偏這時，天又下起雪來了，郊原茫茫，暮雪霏霏，詩人再也不能久留了，只得回轉身來，挪動著沉重的步子，默默地踏上風雪歸途。這一句緊承上句而來，處處與上句照應，如「人歸」照應「路出」，「暮雪」照應「寒雲」，發展自然，色調和諧，與上句一起構成一幅完整的嚴冬送別圖，於淡雅中見出沉鬱。

第三聯回憶往事，感嘆身世，還是沒離開「悲」字。詩人送走了故人，思緒萬千，百感交集，不禁產生撫今追昔的情懷。「少孤為客早，多難識君遲。」是全詩情緒凝聚的警句。人生少孤已屬極大不幸，何況又因天寶末年動亂，自己遠役他鄉，飽經漂泊困厄，而絕少知音呢？這兩句不僅感傷個人的身世飄零，而且從側面反映出時代動亂和人們在動亂中漂流不定的生活，感情沉鬱，顯出了這首詩與大曆詩人其他贈別之作的重要區別。詩人把送別之意，落實到「識君遲」上，將惜別和感世、傷懷融合在一起，形成了全詩思想感情發展的高潮。在寫法上，這一聯兩句，反覆詠嘆，詞切情真。「早」、「遲」二字，配搭恰當，音節和諧，前急後緩，頓挫有致，讀之給人以悲涼迴蕩之感。

第四聯收束全詩，仍歸結到「悲」字。詩人在經歷了難堪的送別場面，回憶起不勝傷懷的往事之後，越發覺得對友人依依難捨，不禁又回過頭來，遙望遠方，掩面而泣，然而友人畢竟是望不見了，掩面而泣也是徒然，唯一的希望是下次早日相會。但現在世事紛爭，風塵擾攘，何時才能相會呢？「掩淚空相向」，總匯了以上抒寫的淒涼之情；「風塵何處期」，將筆鋒轉向預卜未來，寫出了感情上的餘波。這樣作結，是很直率而又很有回味的。（劉永年）

李益

【作者小傳】（七四八～約八二九）字君虞，涼州姑臧（今甘肅武威）人。唐代宗大曆進士，初因仕途不順，棄官客遊燕趙間。後官至禮部尚書。其詩音律和美，為當時樂工所傳唱。長於七絕，以寫邊塞詩知名。有《李君虞集》二卷。（新、舊《唐書》本傳、《唐才子傳》卷四）

竹窗聞風寄苗發司空曙　李益

微風驚暮坐，臨牖思悠哉。開門復動竹，疑是故人來。時滴枝上露，稍沾階下苔。何當一入幌，為拂綠琴埃。

李益和苗發、司空曙，都列名「大曆十才子」，彼此是詩友。詩題曰〈竹窗聞風寄苗發司空曙〉，詩中最活躍的形象便是傍晚驟來的一陣微風。「望風懷想，能不依依」（李陵〈答蘇武書〉），因風而思故人，借風以寄思情，是古已有之的傳統比興。本詩亦然。這微風便是激發詩人思緒的觸媒，是盼望故人相見的寄託，也是結構全詩的線索。此詩成功地透過微風的形象，表現了詩人孤寂落寞的心情，抒發了思念故人的渴望。

詩從「望風懷想」生發出來，所以從微風驟至寫起。傍晚時分，詩人獨坐室內，臨窗冥想。突然，一陣聲響驚動了他，原來是微風吹來。於是，詩人格外感到孤獨寂寞，頓時激起對友情的渴念，盼望故人來到。他諦聽著微風悄悄吹開院門，輕輕吹動竹叢，行動自如，環境熟悉，好像真的是懷想中的故人來了。然而，這畢竟是幻覺，「疑是」而已。不覺時已入夜，微風掠過竹叢，枝葉上的露珠不時地滴落下來，那久無人跡的石階下早已蔓生青苔，滴落的露水已漸漸潤澤了苔色。多麼清幽靜謐的境界，多麼深沉的寂寞和思念！可惜這風太小了，未能掀簾進屋來。屋裡久未彈奏的綠琴上，積塵如土。風啊，什麼時候能為我拂掉琴上的塵埃呢？結句含蓄雋永，語意雙關。言外之意是：鍾子期不在，伯牙也就沒有彈琴的意緒。什麼時候，故人真能如風來似地掀簾進屋，我當重理絲弦，一奏綠琴，以慰知音，那有多麼好啊！「何當」二字，既見出詩人依舊獨坐室內，又表露不勝埋怨和渴望，雙關風與故人，結出寄思的主題。

全篇緊緊圍繞「聞風」二字進行構思。前面寫臨風而思友、聞風而疑來。「時滴」二句是流水對，風吹葉動，露滴沾苔，用意還是寫風。入幌拂埃，也是說風，是浪漫主義的遐想。綠琴上積滿塵埃，是由於寂寞無心緒之故，期望風來，拂去塵埃，重理絲弦，以寄思友之意。詩中傍晚微風是實景，「疑是故人」屬遐想；一實一虛，疑似恍惚；一主一輔，交織寫來，繪聲傳神，引人入勝。而於風著力寫其「微」，於己極顯其「驚」、「疑」，於故人則深寄之「悠思」。因微而驚，因驚而思，因思而疑，因疑而似，因似而望，因望而怨，這一系列細微的內心感情活動，隨風而起，隨風遞進，交相襯托，生動有致。全詩構思巧妙，比喻維肖，描寫細緻。可以說，這首詩的藝術魅力實際上並不在以情動人，而在以巧取勝，以才華令人賞嘆。（倪其心）

喜見外弟又言別

李益

十年離亂後，長大一相逢。問姓驚初見，稱名憶舊容。

別來滄海事，語罷暮天鐘。明日巴陵道，秋山又幾重。

這首詩再現了詩人同表弟（外弟）久別重逢又匆匆話別的情景。在以人生聚散為題材的小詩中，它歷來引人注目。

「十年離亂後，長大一相逢」，開門見山，介紹二人相逢的背景。這裡有三層意思：一是指出離別已有十年之久。二是說明這是社會動亂中的離別。它使人想起，發生於李益八歲到十六歲時的安史之亂及其後的藩鎮混戰、外族入侵等戰亂。三是說二人分手於幼年，「長大」才會面，這意味著雙方的容貌已有極大變化。他們長期音信阻隔，存亡未卜，突然相逢，頗出意外。句中「一」字，表現出這次重逢的戲劇性。

頷聯「問姓驚初見，稱名憶舊容」，正面描寫重逢。他們的重逢，同司空曙所描寫的「乍見翻疑夢，相悲各問年」（〈雲陽館與韓紳宿別〉）中的情景顯然不同。互相記憶猶新才可能「疑夢」，而李益和表弟卻已經對面不能相認了。看來，他們是邂逅相遇。詩人抓住「初見」的一瞬間，作了生動的描繪。面對陌生人，詩人客氣地詢問：「貴姓？」不由暗自驚訝。對一個似未謀面者的身份和來意感到驚訝。

下句「稱名」和「憶舊容」的主語，都是作者。經過初步接談，詩人恍然大悟，面前的「陌生人」原來就是十年前還在一起嬉戲的表弟。詩人一邊激動地稱呼表弟的名字，一邊端詳對方的容貌，努力搜索記憶中關於表弟的印象。想來，他當時還曾說：「你比從前……」

詩人從生活出發，抓住了典型的細節，從「問」到「稱」，從「驚」到「憶」，層次清晰地寫出了由初見不識到接談相認的神情變化，繪聲繪色，細膩傳神。而至親重逢的深摯情誼，也自然地從描述中流露出來，不需外加抒情的筆墨，已經為讀者所領略了。

十年闊別，一朝相遇，該有多少話語要說！頸聯「別來滄海事，語罷暮天鐘」，表現了這傾訴別情的場面。分手以來千頭萬緒的往事，詩人用「滄海事」一語加以概括。這裡化用了滄海桑田的典故，突出了十年間個人、親友、社會的種種變化，同時也透露了作者對社會動亂的無限感慨。

兩人熱烈地交談，從白天到日暮才停下話音。敘談時間之長，正表明他們情誼的深長。「暮天鐘」並不是單純作為日暮的標誌而出現的，它表明二人敘談得十分入神，以至顧不上觀望天色的變化，也感覺不到時間的流逝，只有遠處傳來寺院的鐘聲，才使他們意識到原來已是黃昏。作者在這一聯，避實就虛，擇取了敘舊時間很長這個側面，表現出二人歡聚時的熱烈氣氛和激動心情。

前六句，從久別，到重逢，到敘舊，寫「喜見」，突出了一個「喜」字；七、八句轉入「言別」。作者沒有使用「離別」的字樣，而是想像出一幅表弟登程遠去的畫圖：「明日巴陵道，秋山又幾重。」「明日」，點出聚散匆匆。「巴陵道」，即通往巴陵郡（治今湖南岳陽）的道路，這裡提示了表弟即將遠行的去向。「秋山又幾重」則是透過重山阻隔的場景，把新的別離，形象地展現在讀者面前。用「秋」形容「山」，於點明時令的同時，又隱蘊著作者傷別的情懷。不是從宋玉〈九辯〉開始，就把秋天同悲傷聯繫在一起了麼？「幾重」而冠以「又」字，同首句的「十年離亂」相呼應，使後會難期的惆悵心情，溢於言表。

這首詩不以奇特警俗取勝，而以樸素自然見長。詩中的情景和細節，人人似曾經歷過的，這就使人讀起來，感覺十分親切。詩用凝練的語言，白描的手法，生動的細節，典型的場景，層次分明地再現了社會動亂中人生聚散的獨特一幕，委婉蘊藉地抒發了真摯的至親情誼和深重的動亂之感。（范之麟）

過五原胡兒飲馬泉

李益

綠楊著水草如煙，舊是胡兒飲馬泉①。幾處吹笳明月夜，何人倚劍白雲天。從來凍合關山路，今日分流漢使前。莫遣行人照容鬢，恐驚憔悴入新年。

〔註〕①詩原註：鸊鵜泉在豐州城北，胡人飲馬於此。

詩題一作〈鹽州過胡兒飲馬泉〉，又作〈鹽州過五原至飲馬泉〉。唐代五原縣屬鹽州，今為內蒙古五原。中唐時，這是唐和吐蕃反覆爭奪的邊緣地區。李益曾為幽州節度使劉濟幕府，居邊塞十餘年。這首詩，是抒寫詩人在春天經過收復了的五原時的複雜心情。

首句描寫色彩明麗，景色誘人。但見五原的原野上，楊柳拂水，豐草映目，風光綺麗，春意盎然。可以看出，詩人剛踏上這塊土地，心情是十分喜悅的。第二句詩意突然一跌，翻出另一番景象：曾幾何時，清清的泉流卻成為胡人飲馬的地方，美麗的五原成了一片戰場。「飲馬泉」，原是專名，這裡也可照字面理解為供飲馬的水泉窪地。「舊是」，暗示出五原這片水草豐盛的土地，曾被吐蕃佔據；又有失而復得之意，透露出詩人慶幸收復的欣慰之情。二字撫今追昔，情韻深厚。

次聯寫夜宿五原的見聞。明月當空，空曠的原野上，隱隱傳來哀婉的胡笳聲。胡笳，古代軍中號角。「倚劍白雲天」化用偽作戰國楚宋玉〈大言賦〉「長劍耿耿倚天外」語，讚嘆守邊將士的英雄形象。然而，詩人用「幾處」、「何人」的不定語氣表示感嘆，用月夜笳聲顯示悲涼氣氛，又蘊含著一種憂傷的情調，微妙地表現出五原一帶形勢依舊緊張，感慨邊防實則尚未鞏固。

三聯透過「從來」和「今日」的景色比較，又透露出詩人的心跡。冰雪嚴寒，關山險阻，道路坎坷，那是過去的慘景。如今氣候解凍，春水分流，展現在人們眼前的則是另一番景象了。這裡顯然有詩人的感情寄託，「今日」充滿生機的景象，畢竟使人感到一種希望和喜悅。「漢使」並非李益自指，他從未充任朝廷使職，當指李益的幕主。這兩句寫征途的顧往瞻來，寓意在委婉地希望朝廷乘勝前進。

末聯詩人觸景生情，發出意味深長的感慨。如今春暖解凍，這「胡兒飲馬泉」的潺潺清流，恰似一面光亮的鏡子，能照見人影；然而，切莫照呀，如果看見自己憔悴的面容怕是要吃驚呢！「莫遣」兩字，見出詩人微妙的心曲。因為這胡兒飲馬泉，何嘗不是一面反映唐朝政治紊亂、國家衰弱的歷史的鏡子？正因為詩人積累了太多的失意、失望的體驗，所以值此新春伊始，他不願再用這面鏡子對照自己失去的青春，不願回顧已往。面對眼前國力猶弱、邊防未固的現實，他更擔心再度出現過去那樣的悲涼景象。這種患得患失、忐忑不安的憂慮和傷感，表現出詩人多麼希望保持這「綠楊著水草如煙」的眼前景色。因而他巧妙地採用不要讓行人臨水鑑鏡的諷勸方式，委婉地表達了自己對朝廷的期望和忠告。

同激昂高揚的盛唐邊塞詩相比，李益這首詩憂傷重於歡欣，失望多於希望，情調大相徑庭。這是不同時代使然。同時，正由於詩人具有愛國熱忱，因而明知前途難測，希望微茫，卻仍然要給人以歡欣和希望，這是詩人思想感情使然。這就使這首詩獨具一種風格，歡而不樂，哀而不傷，明快而婉轉，悠揚而低迴，把複雜矛盾的思想感情表現得和諧動人，含蓄不盡。明人胡震亨概括李益邊塞詩的基本情調是「悲壯宛轉」，能「令人悽斷」（《唐音癸籤》卷七），這首詩正可作為代表。（倪其心）

立秋前一日覽鏡　李益

萬事銷身外，生涯在鏡中。
唯將兩鬢雪，明日對秋風。

這首詩，當是詩人失意時的即興之作，深含身世之慨和人生體驗，構思精巧，頗有意趣。

失志不遇的悲哀，莫過於年華蹉跎而志業無成，乃至無望。如果認定無望，反而轉向超脫，看破紅塵。在古代士人中，多數是明知無望，卻仍抱希望，依舊奔波仕途，甘受淪落苦楚。李益這詩即作是想，懷此情。

明天立秋，今天照鏡子，不言而喻，有悲秋的意味。詩人看見自己兩鬢花白如雪，蒼老了。但他不驚不悲，而是平靜淡漠，甚至有點調侃自嘲。鏡中的面容，畢竟只表現過去的經歷，是已知的體驗。他覺得自己活著，這就夠了，身外一切往事都可以一筆勾銷，無須多想，不必煩惱，就讓它留在鏡子裡。但是，鏡外的詩人要面對明天，走向前途，該怎麼辦呢？他覺得明天恰同昨天。過去無成而無得，將來正可無求而無失。何況時光無情，明日立秋，秋風一起，萬物凋零，自己的命運也如此，不容超脫，無從選擇，只有在此華髮之年，懷著一顆被失望涼卻的心，去面對肅殺的秋風，接受凋零的前途。這自覺的無望，使他從悲哀而淡漠，變得異常冷靜而清醒，雖未絕望，卻趨無謂，置一生辛酸於身外，有無限苦澀在言表。這就是此詩中詩人的情懷。

詩題「立秋前一日」點明寫作日期，而主要用以表示本詩的比興寓意在悲秋。「覽鏡」，取喻鏡鑑，顧往瞻來。前二句概括失志的過去，是顧往；後二句抒寫無望的未來，是瞻來。首句，實則已把身世感慨說盡，然後以「在鏡中」、「兩鬢雪」、「對秋風」這些具體形象以實喻虛，來表達那一言難盡的遭遇和前途。這些比喻，既明白，又含蓄不盡，使全篇既有實感，又富意趣，渾然一體，一氣呵成。(倪其心)

鷓鴣詞 李益

湘江斑竹枝，錦翅鷓鴣飛。
處處湘雲合，郎從何處歸？

這是一首樂府詩，宋郭茂倩《樂府詩集》卷八十〈近代曲辭〉收錄〈鷓鴣詞〉三首，有李益的這首和李涉的兩首。李涉的〈鷓鴣詞〉其一云：「湘江煙水深，沙岸隔楓林。何處鷓鴣飛，日斜斑竹陰。二女虛垂淚，三閭枉自沉。唯有鷓鴣鳥，獨傷行客心。」李益與李涉在詩中都用了「湘江」、「斑竹」、「鷓鴣」等形象來烘托氣氛，為所要表現的主題服務。可見〈鷓鴣詞〉在內容上均是表現愁苦之情的，而且都須用「鷓鴣」的飛鳴來託物起興。也就是說，〈鷓鴣詞〉中少不了鷓鴣，此外鷓鴣在詩中還有切題、破題的作用。

兩首詩不同之點是：李涉的〈鷓鴣詞〉由懷古兼及遊子行客之情。他充分運用聯想：看到湘江水深，想到屈原的沉江自殺；看到斑竹陰陰，想到舜之二妃娥皇、女英的故事；聽到鷓鴣的啼叫，觸動自己羈旅的愁懷。所抒之情，並非集中於一點，而是泛詠愁情。李益的〈鷓鴣詞〉，寫一位女子對遠方情郎的思念，抒情較強烈，也更集中。

李益詩中的主人公是一位生活在湘江一帶的女子。詩的開頭寫她懷遠的愁情，不是用直陳其事的方法來正面描寫，而是用「興」的手法烘托和渲染，使愁情表現得更加含蓄而有韻致。

如前兩句都是用興的手法。首句「湘江斑竹枝」又兼用典。舜之二妃娥皇、女英，為舜南巡而死，淚下沾竹。這種染上斑斑淚痕的竹子，稱為「湘妃竹」，又稱「斑竹」。詩中人看到湘江兩岸的斑竹，自然會想到這個優美而動人的愛情傳說，連類而及，勾起自己懷念情郎的愁緒。正在這時，詩中人又看到引動她愁緒的另一景物，那長著錦色羽毛的鷓鴣，振翅而飛，且飛且鳴，其聲淒清愁苦，聽到鷓鴣的啼叫，更加重了她的愁緒。鷓鴣喜歡相對而啼，俗謂其鳴曰「行不得也哥哥」。大凡遊子、思婦，都怕聽鷓鴣的啼叫。看到聽到鷓鴣的飛鳴，自然會使這位思婦的愁懷一發而不可收了。

接著詩句自然地過渡到「處處湘雲合」一句，以籠罩在湘江之上的陰雲，來比喻女主人公鬱悶的心情。以陰雲喻愁懷，這是古典詩歌中常見的藝術手法。日僧空海《文鏡祕府論・地・六志》引〈贈別詩〉曰：「離情弦上急，別曲雁邊嘶。低雲百種鬱，垂露千行啼。」釋曰：「……上見低雲之鬱，托愁氣以合詞。」〈鷓鴣詞〉的「處處湘雲合」，既是對實景的描寫，又巧妙地比喻女子愁悶的心情。

詩的前三句，詩人用「湘江」、「湘雲」、「斑竹」、「鷓鴣」這些景物構造出一幅有靜有動的圖面，把氣氛烘托、渲染得相當濃烈；末句突然一轉，向蒼天發出「郎從何處歸」的問語，使詩情顯得跌宕多姿而不呆板。它寫出了主人公的無可奈何的心情，我們彷彿看到她佇立湘江岸邊翹首凝望的身影，感覺到她盼郎歸來的急切心情，人物與周圍的環境達到和諧一致，繪出了一幅湘江女子懷遠圖來。

這首詩清新含蓄，善用比興，具有民歌風味。抒情手法全靠氣氛的渲染與烘托，很有特點。（劉文忠）

洛橋 李益

金谷園中柳，春來似舞腰。
那堪好風景，獨上洛陽橋。

「洛橋」，一作「上洛橋」，即天津橋，在唐代河南府河南縣（今河南洛陽市）。當大唐盛世，陽春時節，這裡是貴達士女雲集遊春的繁華勝地。但在安史亂後，已無往日盛況。河南縣還有一處名園遺址，即西晉門閥豪富石崇的別廬金谷園，在洛橋北望，約略可見。詩人春日獨上洛陽橋，北望金谷園，即景詠懷，以寄感慨。

它先寫目中景。眺望金谷園遺址，只見柳條在春風中擺動，婀娜多姿，彷彿一群苗條的伎女在翩翩起舞，一派春色繁榮的好風景。然後寫心中情。面對這一派好景，今日只有詩人孤零零地站在往昔繁華的洛陽橋上，覺得分外冷落，不勝感慨係之。

顯然，詩的主題思想是抒發好景不常、繁華消歇的歷史盛衰的感慨，新意無多。它的妙處在於藝術構思和表現手法所造成的獨特意境和情調。以金谷園引出洛陽橋，用消失了的歷史豪奢比照正在消逝的今日繁華，這樣的構思是為了激發人們對現實的關注，而不陷於歷史的感慨，發人深省。用柳姿舞腰的輕快形象起興，彷彿要引起人們對盛世歡樂的神往，卻以獨上洛橋的憂傷，切實引起人們對時世衰微的關切，這樣的手法是含蓄深長的。換句話說，它從現實看歷史，以歷史照現實，從歡樂到憂傷，由輕快入深沉，巧妙地把歷史的一時繁華和大自然的眼前春色融為一體，意境浪漫而真實，情調遐遠而深峻，相當典型地表現出由盛入衰的中唐時代脈搏。應當説，在中唐前期的山水詩中，它是別具一格的即興佳作。（倪其心）

度破訥沙二首（其二）

李益

破訥沙頭雁正飛，鸊鵜泉上戰初歸。
平明日出東南地，滿磧寒光生鐵衣。

詩題一作「塞北行次度破訥沙」。據說唐代豐州（治今內蒙古五原南）有九十九泉，在西受降城北三百里的鸊鵜（音同闢啼）泉號稱最大。唐憲宗元和初，回鶻曾以騎兵進犯，與鎮武節度使駐兵在此交戰。詩當概括了這樣的歷史內容。「破訥沙」係沙漠譯名，亦作「普納沙」（《新唐書·地理志七》）。

前兩句寫部隊凱旋度過破訥沙的情景。從三句始寫「平明日出」可知，此時黎明尚未到來。軍隊夜行，「不聞號令，但聞人馬之行聲」（宋歐陽修〈秋聲賦〉），時而兵戈相撥，偶有錚鏦之鳴。棲息在沙上的雁群，卻早已警覺，相喚騰空飛去。「戰初歸」乃正寫「度破訥沙」之事，「雁正飛」則是其影響所及。先寫飛雁，未見其形先聞其聲，造成先聲奪人的效果。兩句與盧綸〈塞下曲六首〉其三「月黑雁飛高，單于夜遁逃」，機杼略同，匠心偶合。不過「月黑雁飛高」用字稍刻意，烘托出單于的驚惶；「雁正飛」措詞較從容，顯示出凱旋者的氣派，彼此感情色彩不同。三句寫一輪紅日從地平線噴薄而出（因人在西北，所以見「日出東南」），在廣袤的平沙之上，行進的部隊蜿蜒如游龍，戰士的盔甲像銀鱗一般，在日照下冷光閃閃，而整個沙原上，沙礫與霜華也閃爍光芒，鮮明奪目。這是一幅何等有生氣的壯觀景象！風沙迷漫的大漠上，本難見天清日麗的美景，而現在這樣的美景竟為戰士而生了。而戰士的歸來也使沙原增輝：彷彿整個沙漠耀眼的光芒，都自他們的甲冑發出。這又是何等光輝的人物形象！這裡，境與意，客觀的美景與主觀的情感得到高度統一。末二句在措語上，分別化用漢樂府〈陌上桑〉之「日出東南隅」，北朝樂府〈木蘭詩〉之「寒光生鐵衣」，天然成對，十分巧妙。

清人吳喬曾說：「七絕乃偏師，非必堂堂之陣，正正之旗，有或鬥山上，或鬥地下者。」（《圍爐詩話》）此詩主要讚頌邊塞將士的英雄氣概，不寫戰鬥而寫戰歸。取材上即以偏師取勝，發揮了絕句特長。通篇造境獨到，聲情激越雄健，是盛唐高唱的餘響。（周嘯天）

汴河曲 李益

汴水東流無限春，隋家宮闕已成塵。

行人莫上長堤望，風起楊花愁殺人。

這是一首懷古詩。題中的汴河，唐人習指隋煬帝所開的通濟渠的東段，即運河從板渚（今河南滎陽北）到盱眙入淮的一段。當年隋煬帝為了遊覽江都，前後動員了百餘萬民工開鑿通濟渠，沿岸堤上種植柳樹，世稱隋堤。還在汴水之濱建造了豪華的行宮。這條汴河，是隋煬帝窮奢極欲，耗盡民膏，最終自取滅亡的歷史見證。詩人的弔古傷今之情、歷史滄桑之感就是從眼前的汴河引發出來的。

首句撇開隋亡舊事，正面重筆寫汴河春色。汴水碧波，悠悠東流，堤上碧柳成陰，柔絲婀娜，兩岸綠野千里，田疇相接，望中一片無邊春色。悠悠而去的汴河流水，引人在想像中矚目於兩岸千里春色，使本來比較抽象的「無限春」三字具有鮮明的形象感，不著痕跡地過渡到第二句。劉禹錫〈楊柳枝詞九首〉其六說：「煬帝行宮汴水濱」。第二句中的「隋家宮闕」即特指汴水邊的煬帝行宮。春色常在，但當年豪華的隋宮則已經荒廢頹敗，只留下斷井殘垣供人憑弔了。「已成塵」，用誇張筆墨強調往日豪華蕩然無存，與上句春色之無邊、永恆，形成怵目驚心的強烈對照，以見人世滄桑、歷史無情。「臺城六代競豪華，結綺臨春事最奢。萬戶千門成野草，只緣一曲後庭花。」（劉禹錫〈金陵五題：臺城〉）包含在「隋家宮闕已成塵」中的意蘊，不正是這種深沉的歷史感

李益〈汴河曲〉——明刊本《唐詩畫譜》

慨嗎？

一、二兩句還是就春色常在、豪華不存這一點泛泛抒感，三、四句則進一步抓住汴水春色的典型代表——隋堤柳色來抒寫感慨。柳絮春風，飄蕩如雪，本是令人心情駘蕩的美好春光，但眼前這汴河堤柳，卻綰結著隋代的興亡，歷史的滄桑；滿目春色，不但不使人怡情悅目，反而讓人徒增感慨了。當年隋煬帝沿堤樹柳，本是為他南遊江都的豪奢行為點綴風光的，到頭來，這隋堤煙柳反倒成了荒淫亡國的歷史見證，讓後人在它面前深切感受到豪奢易盡，歷史無情。那隨風飄蕩、漫天飛舞的楊花，在懷著深沉歷史感慨的詩人眼裡，彷彿正是隋代豪華消逝的一種象徵（楊花的楊與楊隋的楊也構成一種意念上的自然聯繫，很容易讓人產生由此及彼的聯想）。不過，更使人感愴不已的，或許還是這樣一種客觀現實：儘管隋鑑不遠，覆轍在前，但當代的統治者卻並沒有從亡隋的歷史中汲取深刻的教訓。哀而不鑑，只能使後人復哀今人。這，也許正是「行人莫上長堤望，風起楊花愁殺人」這兩句詩所寓含的更深一層的意旨吧。

懷古與詠史，就抒寫歷史感慨、寄寓現實政治感受這一點上看，有相通之處。但詠史多因事興感，重在寓歷史鑑戒之意；懷古則多觸景生情，重在抒今昔盛衰之感。前者較實，後者較虛；前者較具體，後者較空靈。將李益的這首詩和題材、內容與之相近的李商隱詠史七絕〈隋宮〉略作對照，便可看出二者的同異。〈隋宮〉抓住「春風舉國裁宮錦，半作障泥半作帆」這一典型事例，見南遊江都所造成的巨大靡費，以寓奢淫亡國的歷史教訓；〈汴河曲〉則但就汴水春色、堤柳飛花與隋宮的荒涼頹敗作對照映襯，於今昔盛衰中寓歷史感慨。一則重在「舉隅見煩費」，一則重在「引古惜興亡」（二句見杜甫〈壯遊〉）。如果看不到它們的共同點，就可能把懷古詩看成單純的弔古和對歷史的感傷，忽略其中所寓含的傷今之意；如果看不到它們的不同點，又往往容易認為懷古詩的內容過於虛泛。懷古詩的價值往往不易被充分認識，這大概是一個重要原因。（劉學鍇）

塞下曲四首（其二）　李益

蕃州部落能結束，朝暮馳獵黃河曲。
燕歌未斷塞鴻飛，牧馬群嘶邊草綠。

唐代邊塞詩不乏雄渾之作，然而畢竟以表現征戍生活的艱險和將士思鄉的哀怨為多。即使一些著名的豪唱，也不免夾雜危苦之詞或悲涼的情緒。當讀者翻到李益這篇塞上之作，感覺便很不同，一下子就會被那天地空闊、人歡馬叫的壯麗圖景吸引住。它在表現將士生活的滿懷豪情和反映西北風光的壯麗動人方面，是比較突出的。

詩中「蕃州」乃泛指西北邊地（唐時另有蕃州，治所在今廣西宜山縣西，與黃河不屬），「蕃州部落」則指駐守在黃河河套（「黃河曲」）一帶的邊防部隊。軍中將士過著「歲歲金河復玉關，朝朝馬策與刀環」（柳中庸〈征人怨〉）的生活，十分艱苦，但又被磨煉得十分堅強驍勇。首句只誇他們「能結束」，即善於戎裝打扮。作者透過對將士們英姿颯爽的外形描寫，示意讀者其善戰已不言而喻，所以下句寫「馳獵」，不復言「能」而讀者自可神會了。

軍中馳獵，不比王公們佚遊田樂，乃是一種常規的軍事訓練。健兒們樂此不疲，早晚都在操練，作好隨時迎敵的準備。正是「為報如今都護雄，匈奴且莫下雲中」（李益同組詩其四）。「朝暮馳獵黃河曲」的行動，表現出健兒們慷慨激昂、為國獻身的精神和決勝信念，句中飽含作者對他們的讚美。

這兩句著重刻畫人物和人物的精神風貌，後兩句則展現人物活動的遼闊背景。西北高原的景色是這樣壯麗：天高雲淡，大雁群飛，歌聲飄蕩在廣袤的原野上，馬群在綠草地撒歡奔跑，是一片生氣蓬勃的氣象。

征人們唱的「燕歌」，有人說就是〈燕歌行〉的曲調。目送遠去的飛雁，歌聲裡誠然有北國戰士對家鄉的深切懷念。然而，飛鴻望斷而「燕歌未斷」，這開懷放歌中，也未嘗不包含歌唱者對邊地的熱愛和自豪情懷。如果說這一點在三句中表現尚不明顯，那麼讀末句就毫無疑義了。

「牧馬群嘶邊草綠」。在讚美西北邊地景色的詩句中，它幾乎可與「風吹草低見牛羊」（北朝民歌〈敕勒歌〉）的奇句媲美。「風吹草低」句是寫高原秋色，所以更見蒼涼；而「牧馬群嘶」句是寫高原之春，所以有油然生意。「綠」字下得絕佳。因三、四對結，上曰「塞鴻飛」，下對以「邊草綠」，可見「綠」字是動詞化了。它不盡然是一片綠油油的草色，而且寫出了「離離原上草」（白居易〈賦得古原草送別〉）由枯轉榮的變化，暗示春天不知不覺又回到草原上。這與後來膾炙人口的王安石的名句「春風又綠江南岸」（〈泊船瓜洲〉），都以用「綠」字見勝。在江南，春回大地，是啼鳥喚來的。而塞北的春天，則由馬群的歡嘶來迎接。「邊草綠」與「牧馬群嘶」連文，意味尤長；似乎由於馬嘶，邊草才綠得更為可愛。詩所表現的壯美豪情是十分可貴的。（周嘯天）

邊思　李益

腰懸錦帶佩吳鉤，走馬曾防玉塞秋。

莫笑關西將家子，祇將詩思入涼州。

這很像是一首自題小像贈友人詩，但並不單純描摹外在的形貌裝束，而是在瀟灑風流的語調中透露出理想與現實的矛盾，寄寓著蒼涼的時代和個人身世的感慨。

首句寫自己的裝束。腰懸錦帶，顯示出衣飾的華美和身份的尊貴，與第三句「關西將家子」相應；佩吳鉤（一種吳地出產的彎刀），表現出意態的勇武英俊。杜詩有「少年別有贈，含笑看吳鉤」（〈後出塞五首〉其一）之句，可見佩帶吳鉤在當時是一種顯示少年英武風姿的時髦裝束。寥寥兩筆，就將一位華貴英武的「關西將家子」的形象生動地展現出來了。

第二句「走馬曾防玉塞秋」，進一步交代自己的戰鬥經歷。北方游牧民族每到秋高馬肥的季節，常進擾邊境，需要預加防衛，稱為「防秋」。玉塞，指玉門關。這句是說自己曾經參加過防秋玉塞、馳驅沙場的戰事。和上句以「錦帶」、「吳鉤」顯示全體一樣，這裡是舉玉塞防秋以概括豐富的戰鬥經歷。

不過，詩意的重點並不在圖形寫貌，自敘經歷，而是抒寫感慨。這正是三、四兩句所要表達的內容。「莫笑關西將家子，祇將詩思入涼州。」關西，指函谷關以西。古代有「關西出將，關東出相」的說法。李益是姑臧（今甘肅武威，亦即涼州）人，所以自稱「關西將家子」。表面上看，這兩句詩語調輕鬆灑脫，似乎帶有一種風流自賞的意味；但如果深入一層，結合詩人所處的時代、詩人的理想抱負和其他作品來體味，就不難發現，在這瀟灑輕鬆的語調中正含有無可奈何的苦澀和深沉的感慨。

寫慷慨悲涼的詩歌，絕非李益這位「關西將家子」的本願。他的〈塞下曲〉說：「伏波惟願裹屍還，定遠何須生入關。莫遣隻輪歸海窟，仍留一箭射天山。」像班超等人那樣，立功邊塞，這才是他平生的夙願和人生理想。當立功獻捷的宏願化為蒼涼悲慨的詩思，回到自己熟悉的涼州城時，作者心中翻動著的恐怕只能是壯志不遂的悲哀吧。如果說，「莫笑」二字當中還多少含有自我解嘲的意味，那麼，「祇將」二字便純然是壯志不遂的深沉感慨了。作為一首自題小像贈友人的小詩，三、四兩句所要表達的，正是一種「辜負胸中十萬兵，百無聊賴以詩鳴」（梁啟超〈讀陸放翁集〉）式的感情。

這當然不意味著李益不欣賞自己的邊塞之吟，也不排斥在「祇將詩思入涼州」的詩句中多少含有自賞的意味，但那自賞之中分明蘊含著無可奈何的苦澀。瀟灑輕鬆與悲慨苦澀的矛盾統一，正是這首詩的一個突出特點，也是它耐人尋味的重要原因。（劉學鍇）

從軍北征

李益

天山雪後海風寒，橫笛遍吹〈行路難〉。
磧裡征人三十萬，一時回首月中看。

這裡是一個壯闊而又悲涼的行軍場景，經詩人剪裁、加工，並注入自己的感情，使它更濃縮、更集中地再現在讀者面前。

李益對邊塞景物和軍旅生涯有親身的體驗，並非出於想像或模擬，因而詩中往往隱藏著他自身的影子，對讀者有特殊的感染力量。這首詩的題目是〈從軍北征〉，說明詩人也參加了這次遠征，正如清人黃叔燦在《唐詩箋註》中指出，「磧裡征人，妙在不說著自己，而己在其中」。當然，這首詩的感染力之所以特別強烈，更因為他善於運用詩人獨有的敏銳的觀察力，從遠征途中耳聞目睹的無數生活素材中選取了一幅最動人的畫面，並以快如并刀的詩筆把它剪入詩篇。用近代王國維《人間詞話》的話來說，這正是一個詩人必須兼有的「能感之」和「能寫之」的本領。

詩的首句「天山雪後海風寒」，是這幅畫的背景，只七個字，就把地域、季節、氣候一一交代清楚，有力地烘托出了這次行軍的環境氣氛。這樣，接下來不必直接描述行軍的艱苦，只用「橫笛遍吹〈行路難〉」一句就折射出了征人的心情。〈行路難〉是一個聲情哀怨的笛曲，據《樂府解題》說，它的內容兼及「離別悲傷之意」。王昌齡在〈變行路難〉中有「向晚橫吹悲」的句子。而這裡用了「遍吹」兩字，更點明這時傳來的不是孤孤單單、聲音微弱的獨奏，而是此吹彼和、響徹夜空的合鳴，從而把讀者帶進一個悲中見壯的境界。

詩的後兩句「磧裡征人三十萬，一時回首月中看」，是這一片笛聲在軍中引起的共感。句中的「磧裡」、「月中」，也是烘染這幅畫的背景的，起了加重首句的作用，說明這支遠征軍不僅在雪後的天山下、刺骨的寒風裡，而且在荒漠上、月夜中，這就使人加倍感到環境的荒涼、氣氛的悲愴。也許有人對這兩句中「三十萬」的數字和「一時回首」的描寫，感到不大真實，因為一支行軍隊伍未必如此龐大，更不可能全軍都聽到笛聲並在同一時間回首顧望。但是，植根於生活真實的詩歌，在反映真實時絕不應當只是依樣畫葫蘆，為了托出一個特定境界，收到最大藝術效果，有時不但容許而且需要運用誇張手法。李益的這兩句詩，如果一定要按照磧上行軍的實際人數，按照聞笛回顧的現場情況來寫，其效果必將大打折扣。只有像現在這樣寫，才能充分顯示這片笛聲的哀怨和廣大征人的心情，使這支遠征隊伍在大漠上行軍的壯觀得到最好的再現，從而獲致王國維所說的「境界全出」的效果。這不但不違背真實，而且把真實表現得更突出，更完滿，也更動人。

樂聲對人有巨大的感染力。李益在一些寫邊情旅思的詩中善於從這一點著眼、下筆，讓讀者隨同樂聲進入詩境，透過樂聲引起的反應窺見詩中人物的內心世界。如在〈夜上受降城聞笛〉「不知何處吹蘆管，一夜征人盡望鄉」兩句中，詩人明點出征人因笛聲而觸發的是一夜望鄉之情；在這首詩中，他卻只攝取了一個回首看的動作，沒有說明他們為什麼回首看以及回首看時抱什麼心情，但寓情於景，情在景中。這一動作所包含的感情，是一言難盡，又可想而知的。（陳邦炎）

聽曉角 李益

邊霜昨夜墮關榆，吹角當城漢月孤。

無限塞鴻飛不度，秋風卷入〈小單于〉。

這首詩旨在寫征人的邊愁鄉思，但詩中只有一片角聲在迴蕩，一群塞鴻在盤旋，既沒有明白表達征人的愁思，甚至始終沒有讓征人出場。詩篇採用的是鏡中取影手法，從角聲、塞鴻折射出征人的處境和心情。它不直接寫人，而人在詩中；不直接寫情，而情見篇外。

詩的前兩句「邊霜昨夜墮關榆，吹角當城漢月孤」，是以環境氣氛來烘托角聲，點明這片角聲響起的地點是邊關，季節當深秋，時間方破曉。這時，濃霜滿地，榆葉凋零，晨星寥落，殘月在天；迴蕩在如此淒清的環境氣氛中的角聲，其聲情會是多麼悲涼哀怨，這是不言而喻的。從表面看，這兩句只是寫景，寫角聲，但這是以沒有出場的征人為中心，寫他的所見所聞，而且，字裡行間還處處透露出他的所感所思。首句一開頭，寫霜而曰「邊霜」，這既說明夜來的霜是降落在邊關上，也寫出了征人見霜時所產生的身在邊關之感。次句在句末寫到月，而在「月」後加了一個「孤」字；這不僅形容天上的月是孤零零的，更是寫地上的人看到這片殘月時的感覺也是孤零零的。

長期身在邊關的李益，深知邊聲，特別是邊聲中的笛聲、角聲等是怎樣撥動征人的心弦、牽引征人的愁思的；因此，他的一些邊塞詩往往讓讀者從一個特定的音響環境進入人物的感情世界。如〈夜上受降城聞笛〉詩云：「回樂烽前沙似雪，受降城外月如霜。不知何處吹蘆管，一夜征人盡望鄉。」〈從軍北征〉詩云：「天山雪後海風寒，橫笛遍吹〈行路難〉。磧裡征人三十萬，一時回首月中看。」兩詩都是從笛聲寫到聽笛的征人，以及因此觸發的情思、引起的反應。這首〈聽曉角〉詩，也從音響著眼下筆，但在構思和寫法上卻另有其獨特之處。當人們讀了詩的前兩句，總以為將像上述二詩那樣，接下去要由角聲寫到傾聽角聲的征人，並進而道出他們的感受了。可是，出人意料之外，詩的後兩句卻是：「無限塞鴻飛不度，秋風卷入〈小單于〉。」原來詩人的視線仍然停留在寥廓的秋空，從天邊的孤月移向一群飛翔的鴻雁。這裡，詩人目迎神往，馳騁他的奇特的詩思，運用他的誇張的詩筆，想像和描寫這群從塞北飛到南方去的候鳥，聽到秋風中傳來畫角吹奏的〈小單于〉曲，也深深為之動情，因而在關上低迴留連，盤旋不度。這樣寫，以雁代人，從雁取影，深一步、曲一層地寫出了角聲的悲亢淒涼。雁猶如此，人何以堪？征人的感受就也不必再事描述了。（陳邦炎）

宮怨　李益

露濕晴花春殿香，月明歌吹在昭陽。
似將海水添宮漏，共滴長門一夜長。

和王昌齡〈長信秋詞五首〉其三（奉帚平明金殿開）、〈閨怨〉（閨中少婦不曾愁）等名作不同，此詩的怨者，不是一開始就露面的。長門宮是漢武帝時陳皇后失寵後的居處，昭陽殿則是漢成帝皇后趙飛燕居處，唐詩通常分別用以泛指失寵、得寵宮人住地。欲寫長門之怨，卻先寫昭陽之幸，形成此詩一顯著特點。

前兩句的境界極為美好。詩中宮花大約是指桃花，此時春晴正開，花朵上綴著露滴，有「灼灼其華」的光彩。晴花沾露，越發嬌美穠豔。夜來花香尤易為人察覺，春風散入，更是暗香滿殿。這是寫境，又不單純是寫境。這種美好境界，與昭陽殿裡歌舞人的快樂心情極為諧調，渾融為一。昭陽殿裡徹夜笙歌，歡樂的人還未休息。說「歌吹在昭陽」是好理解的，而明月卻是無處不「在」，為什麼獨歸於昭陽呢？詩人這裡巧妙暗示，連月亮也是昭陽殿的特別明亮。兩句雖然都是寫境，但能使讀者感到境中有人，繼而由景入情。這兩句寫的不是宮怨，恰恰是宮怨的對立面，是得寵承恩的情景。

寫承恩不是詩人的目的，而只是手段。後兩句突然轉折，美好的環境、歡樂的氣氛都不在了，轉出另一個環境、另一種氣氛。與昭陽殿形成鮮明對比，這裡沒有花香，沒有歌吹，也沒有月明，有的是滴不完、流不盡的漏聲，是挨不到頭的漫漫長夜。這裡也有一個不眠人存在。但與昭陽殿歡樂苦夜短不同，長門宮是愁思覺夜長。此詩用形象對比手法，有強烈反襯作用，突出深化了「宮怨」的主題。

詩的前後部分都重在寫境，由於融入人物的豐富感受，情景交融，所以能境中見人，含蓄蘊藉。與白居易〈後宮詞〉比較，優點尤顯著。〈後宮詞〉寫了「淚濕羅巾夢不成」，寫了「紅顏未老恩先斷，斜倚熏籠坐到明」，由於取徑太直，反覺淺近，不如此詩耐人含咀。

詩的前兩句偏於寫實，後兩句則用了誇張手法。銅壺滴漏是古代計時的用具，宮禁專用者為「宮漏」。大抵夜間添一次水，更闌則漏盡，漏不盡則夜未明。「似將海水添宮漏」，則是以海水來誇張長門的夜長漏永。現實中，當然絕無以海水添宮漏的事，但這種誇張，仍有現實的基礎。「水添宮漏」是實有其事，長門宮人愁思失眠而特覺夜長也實有其情，主客觀的統一，就造成了「似將海水添宮漏，共滴長門一夜長」的意境。虛實相成，離形得神，這裡寫的雖絕不能有其事，但實為情至之語。（周嘯天）

詣紅樓院尋廣宣不遇留題　李益

柿葉翻紅霜景秋，碧天如水倚紅樓。
隔窗愛竹無人問，遣向鄰房覓戶鉤。

唐代長安城東北角的長樂坊，有一佛寺，寺內朱紅色大樓巍然屹立，富麗堂皇。這就是唐睿宗的舊宅，有名的安國寺紅樓院。廣宣是一位善詩的僧人，憲宗、穆宗兩朝，皆為內供奉，賜居紅樓院。他與劉禹錫、韓愈、白居易等常有往來，與李益詩酒唱和，過從甚密。

一個天高氣爽的秋日，李益來到紅樓院，適值廣宣外出，不得入內，但又不忍離去，遂於門外觀賞院內景色，寫下了這首富有逸趣的七絕。

詩人舉目望去，首先映入眼簾的是一片紅豔奪目的柿林。柿葉經霜一打，都已變紅，給秋日的園林增添了絢麗的色彩，那是多麼迷人呵！接著，抬頭仰望，湛藍湛藍的天空，像水洗過一般明淨，把巍峨的紅樓襯托得更加清晰壯麗。「倚」字很傳神。秋高氣爽，那本來就杳緲幽深的天宇越發顯得空闊高遠，而它竟與紅樓相依相偎，這就巧妙地烘托出紅樓高聳入雲的雄姿了。詩人以瑰麗的色調、清新的語言，繪出絢爛秋色，創造出碧天、紅樓「氣勢兩相高」（杜牧〈長安秋望〉）的寥廓境界，令人心曠神怡。

朱樓、紅葉固然美麗，但隔窗隱約可見的那片幽深的竹林，蒼翠多姿，尤為可愛。「愛竹」之「愛」，透露出詩人的欽羨之情，表現出詩人高雅的情趣。「無人問」三字既繳足題面，又開啟下文：既然有好竹無人觀賞，何不進院去盡情遊覽一番呢？於是，他差遣隨從到鄰居家尋找開門的工具去了。訪友不遇，並不返回，反而反賓為主，設法開門；乍一看，似乎不近情理，仔細咀嚼，卻又覺合情合理，極富韻味。可以想見，李益對院內景色十分熟悉，對那叢翠竹特別喜愛，他和廣宣的思想性格十分投合，對廣宣的舉止行動非常了然，連戶鉤放在何處也清清楚楚，他又可以不避嫌疑地擅自開門入室，可見他們相知之深，過從之密。這樣豐富的內涵，這種超乎尋常的友情，不是透過「喜遇」之類的正面描述來表現，而是透過「不遇」時的一個舉動使人思而得之，確是自成機杼，不落俗套；讀來既感親切自然，富有生活情趣，又覺委曲含蓄，興味雋永。而且，詩人這一「愛」一「覓」，又使人想見其為人的灑脫、隨和、豪放。至此，我們亦可領悟到前面的壯美秋色，正和詩人的磊落胸襟相映照。全詩氣脈流貫，洋溢著一種積極樂觀的生活情趣。（徐定祥）

春夜聞笛

李益

寒山吹笛喚春歸，遷客相看淚滿衣。
洞庭一夜無窮雁，不待天明盡北飛。

這首〈春夜聞笛〉是詩人謫遷江淮時的思歸之作。從李益今存詩作可知他曾到過揚州，渡過淮河，經過盱眙（今安徽鳳陽東）。詩中「寒山」在今江蘇徐州市東南，是東晉以來淮泗流域戰略要地，屢為戰場。詩人自稱「遷客」，當是貶謫從軍南來。詩旨主要不是寫士卒的鄉愁，而是發遷客的歸怨。

這首詩是寫淮北初春之夜在軍中聞笛所引起的思歸之情。前二句寫聞笛。此時，春方至，山未青，夜猶寒，而軍中有人吹笛，彷彿是那羌笛淒厲地呼喚春歸大地，風光恰似塞外。這笛聲，這情景，激動士卒的鄉愁，更摧折著遷客，不禁悲傷流淚，渴望立即飛回北方中原的家鄉。於是，詩人想起那大雁北歸的傳說。每年秋天，大雁從北方飛到湖南衡山回雁峰棲息過冬，來年春天便飛回北方。後二句即用這個傳說。詩人十分理解大雁亟待春天一到就急切北飛的心情，也極其羨慕大雁只要等到春天便可北飛的自由，所以說「不待天明盡北飛」。與大雁相比，遷客卻即使等到了春天，仍然不能北歸。顯然，這裡蘊含著遺憾和怨望：遷客的春光——朝廷的恩赦，還沒有隨著大自然的春季一同來到。

詩人以彷彿北方邊塞情調，實寫南謫遷客的怨望，起興別致有味；又借大雁春來北飛，比託遷客欲歸不得，寄喻得體，手法委婉，頗有新意。而全詩構思巧妙，感情複雜，形象跳躍，針線緻密。題曰「春夜聞笛」，前二句卻似乎在寫春尚未歸，所以有人「吹笛喚春歸」，而遷客不勝其悲；後二句一轉，用回雁峰傳說，想像笛聲將春天喚來，一夜之間，大雁都北飛了。這一切都為笛聲所誘發，而春和夜是興寄所在，象徵著政治上的冷落遭遇和深切希望。在前、後二句之間，從眼前景物到想像傳說，從現實到希望，從寒山笛聲到遷客，到洞庭群雁夜飛，在這一系列具體形象的迭現之中，動人地表現出詩人複雜的思想感情。它以人喚春歸始，而以雁盡北飛結，人留雁歸，春到大地而不暖人間，有不盡的怨望，含難言的惆悵。

王之渙〈涼州詞〉云：「羌笛何須怨楊柳？春風不度玉門關。」這是盛唐邊塞詩的豪邁氣概。李益這首詩的主題思想其實相同，不過是說春風不到江南來。所以情調略似邊塞詩，但它多怨望而少豪氣，情調遜於王詩。然而這正是中唐詩歌的時代特點。（倪其心）

行舟

李益

柳花飛入正行舟，臥引菱花信碧流。
聞道風光滿揚子，天晴共上望鄉樓。

此詩特點在於給讀者以想像的餘地，讀後有餘味，有言外的意思和情調。

前兩句寫景。舟行揚子江中，岸上柳絮飄來，沾襟惹鬢；詩人斜臥舟中，一任菱花輕舟隨著碧綠的江流蕩漾東去。粗粗看來，儼然一幅閒情逸致的畫面，仔細品味，方使人覺出其中自有一種落寞惆悵的情緒在。春回大地，綠柳飄絮，按說應使人心神怡悅，但對於客居異地的遊人來說，卻常常因為「又是一年春好處」（清弘曆〈桃〉）而觸發久縈心懷的思鄉之念。何況，柳枝還是古人贈別的信物，柳花入懷，自然會撩惹遊子思鄉的愁緒。

如果說，詩人這種思鄉的愁緒在前兩句裡表達得尚屬含蓄，不易使人體察，那麼，後兩句就表露得比較明顯了。「聞道風光滿揚子」這一句是說，詩人自己思鄉心切，愁緒縈懷，沒有觀賞風景的興致。「風光滿揚子」，只是聽人所道，他不想看；也不願看；因為他身處江南，神馳塞北（詩人故鄉在隴西姑臧），眼前明媚的春光非但不能使他賞心悅目，反倒只能增其鄉思愁緒。類似這樣的情狀，我們在古代的優秀詩詞當中是常常可以見到的。宋代女詞人李清照在〈武陵春．春晚〉一詞中寫到：「聞說雙溪春尚好，也擬泛輕舟，只恐雙溪舴艋舟，載不動、許多愁。」同樣是聞道春光好，同樣是自身愁緒多，一個終於沒有去，一個儘管去了，但根本無心賞景。

所取態度雖殊，感情表達的效果卻是同樣深切的。

既然舟行揚子江，不是為了賞景，那又為何而來呢？第四句作了回答：「天晴共上望鄉樓」。原來詩人是為登樓望鄉而來。但讀詩至此，讀者心裡不免又生出許多新的疑問：為什麼要在「風光滿揚子」的「晴天」才登樓望鄉呢？詩中沒有明說，留給讀者去想像、體會、玩味。或許是，古時別家出走多在歲寒過後，當物華又換，春光再滿時，遊子的鄉思倍切吧？或許是，風光明媚的晴天麗日，空氣清朗，登樓望鄉，可極目千里吧？所有這些，儘管沒有寫出，卻比明白形諸文字更豐富，更耐人尋味。這正是這首絕句的神到之處。（崔閩）

隋宮燕

李益

燕語如傷舊國春，宮花旋落已成塵。
自從一閉風光後，幾度飛來不見人。

隋煬帝楊廣在位十三年，三下江都（今江蘇揚州）遊玩，耗費大量民力、財力，最後亡國喪身。因此「隋宮」（隋煬帝在江都的行宮）就成了隋煬帝專制腐敗、迷於聲色的象徵。李益對隋宮前的春燕呢喃，頗有感觸，便以代燕說話的巧妙構思，抒發弔古傷今之情。

「燕語如傷舊國春」，目睹過隋宮盛事的燕子正在雙雙低語，像是為逝去的「舊國」之「春」而感傷。這感傷是由眼前的情景所引起的，君不見「宮花旋落已成塵」，如今春來隋宮只有那不解事的宮花依舊盛開，然而也轉眼就凋謝了，化為泥土，真是花開花落無人問。況且此等景象已不是一年兩年，而是「自從一閉風光後，幾度飛來不見人」。燕子尚且感傷至此，而況人乎？筆致含蓄空靈，是深一層的寫法。

天下會有如此多情善感，能「傷舊國」之「春」的燕子嗎？當然沒有。然而「詩有別趣，非關理也」（宋嚴羽《滄浪詩話》）。讀者並不覺得它荒誕，反而認真地去欣賞它、體味它。因為它虛中有實，幻中見真。你看：隋宮確曾有過熱鬧繁華的春天；而後「一閉風光」，蔓草萋萋；春到南國，燕子歸來，相對呢喃如語。這些都是「實」。「唯有舊巢燕，主人貧亦歸」（武瓘〈感事〉），儘管隋宮已經荒涼破敗，隋宮燕卻依然年年如期而至。

燕子銜泥築巢，所以那宮花凋落，旋成泥土，也很能反映燕子的眼中所見，心中所感。燕子要巢居在屋內，自然會留意巢居的屋子有沒有人。這些都是「真」。詩人就是這樣透過如此細緻的觀察和豐富的想像，將隋宮的衰颯和春燕歸巢聯繫起來，把燕子的特徵和活動化為具有思想內容的藝術形象，這種「虛實相成，有無互立」（清葉燮《原詩》）的境界，增強了詩的表現力，給人以更美、更新鮮、更富情韻的感受。（趙其鈞）

上汝州郡樓　李益

黃昏鼓角似邊州，三十年前上此樓。
今日山川對垂淚，傷心不獨為悲秋。

這是一首觸景生情之作，境界蒼涼，寄意深遠。

詩的首句中，「黃昏鼓角」寫的是目所見、耳所聞，「似邊州」寫的是心所感。李益曾久佐戎幕，六出兵間，對邊塞景物特別是軍營中的鼓角聲當然是非常熟悉的。這時，他登上汝州（治今河南臨汝）城樓，眼前展現的是暗淡的黃昏景色，耳邊響起的是悲涼的鼓角聲音，物與我會，情隨景生，曾經對他如此熟悉的邊塞生活重新浮上心頭，不禁興起了此時明明身在唐王朝的腹地而竟然又像身在邊州的感慨。這個感慨既有感於個人的身世，更包含有時代的內容，分量是極其沉重的。這裡雖然只用「似邊州」三字淡描一筆，但這三個字寄慨無窮，貫串全篇。

首句是從空間回憶那遙遠的邊塞生活；接下來，第二句「三十年前上此樓」則是從時間回憶那漫長的已逝歲月。這句看來很平常，而且寫得又很簡單，既沒有描繪三十年前登樓的情景，也沒有敘說三十年來人事的變化；但字裡行間，感慨係之，聯繫上一句讀來，正如清孫洙在《唐詩三百首》中評杜甫〈江南逢李龜年〉詩所說，「世運之治亂，年華之盛衰……俱在其中」。

據近人考證，這首〈上汝州郡樓〉詩大約寫於唐德宗貞元二十年（八〇四）李益五十七歲時。由此上溯三十年，其第一次登郡樓大致在他登進士第後做華州鄭縣簿尉期間。試考察他兩次登樓間隔期間所發生的事情：就作者個人經歷而言，他在鄭縣過了幾年鬱鬱不得志的簿尉生活，又遠走邊塞，先後在朔方、幽州、鄜坊、邠寧等節度使幕下過了長時期的軍旅生活；就時局變化而言，唐王朝愈來愈走向沒落，藩鎮割據的局面愈來愈積重難返，代宗、德宗兩朝，不但河北三鎮形同異域，淄青、淮西等地也成了動亂的策源地。在德宗建中四年（七八三），汝州曾一度被淮西節度使李希烈攻陷；當李益第二次過汝州時，淮西之亂也還沒有平定。三十年的變化是如此之大。他舊地重來，想到此身，從少壯變為衰老；想到此地，經受干戈洗禮，是腹地卻似邊陲。城郭依舊，人事全非。這時，撫今思昔，百感叢集，憂時傷世，萬慮潮生，哪能不既為歲月更迭而慨嘆，又為國運升降而悲愴？這就是詩人在這首詩裡緊接著寫出了「今日山川對垂淚」這樣一句的原因。

這第三句詩，會使人想起東晉過江諸人在新亭對泣的故事以及周顗所說「風景不殊，舉目有江山之異」（《晉書．王導傳》）的話，也會使人想起杜甫〈春望〉詩中那「國破山河在」的名句。而在李益當時說來，這面對山川愴然泣下的感觸是紛至沓來、千頭萬緒的，既無法在這樣一首小詩裡表達得一清二楚，也不想把話講得一乾二淨，只因他登樓時正是秋天，最後就以「傷心不獨為悲秋」這樣一句並不說明原因的話結束了他的詩篇。自從戰國楚宋玉在〈九辯〉中發出「悲哉，秋之為氣也，蕭瑟兮，草木搖落而變衰」的悲吟後，「悲秋」成了詩歌中常見的內容。其實，單純的悲秋是不存在的。如果宋玉只是為悲秋而悲秋，杜甫也不必在〈詠懷古跡五首〉其二中那樣意味深長地說「搖落深知宋玉悲」了。這裡，李益只告訴讀者，他傷心的原因「不獨為悲秋」，詩篇到此，戛然而止。那麼，到底為什麼呢？這個篇外意、弦外音是留待讀者自己去探索的。（陳邦炎）

寫情

李益

水紋珍簟思悠悠，千里佳期一夕休。
從此無心愛良夜，任他明月下西樓。

這首七絕以〈寫情〉為題，細玩全詩，很像是寫戀人失約後的痛苦心情。

此詩所寫的時間是在女友失約後的當天晚上。詩人躺在花紋精細、珍貴華美的竹席上，耿耿不寐，思緒萬千。原來期待已久的一次佳期約會告吹了。對方變心了，而且變得如此之快，如此之突然，使人連一點準備也沒有。「佳期」而言「千里」，可見是遠地相期，盼望已久，機會難得。「休」而言「一夕」，見得吹得快，吹得徹底，吹得出人意外。而這又是剛剛發生的，正是詩人最痛苦的時刻，是「最難將息」的時候。夜深人靜，想起這件事來，怎能不失眠呢？一、二兩句從因果關係來看是倒裝句法，首句是果，次句是因。

這個令人痛苦的夜晚，偏偏卻是一個風清月朗的良宵，良夜美景對心灰意懶的詩人說來，不過形同虛設，哪有觀賞之心呢？不但今夜如此，從此以後，他再不會對良夜發生任何興趣了，管他月上東樓，月下西樓。月亮是月亮，我是我，從此兩不相涉。對失戀的人來說，冷月清光不過徒增悠悠的愁思，勾起痛苦的回憶而已。

這首詩的藝術特點是以美景襯哀情。在一般情況下，溶溶月色，燦燦星光，能夠引起人的美感。但是一個沉浸在痛苦中的心靈，美對他起不了什麼作用，有時反而更愁苦煩亂。此詩以樂景寫哀，倍增其哀。用「良夜」、

「明月」來烘托和渲染愁情，孤獨、悵惘之情更顯突出，更含蓄，更深邃。

此詩的另一特點是用虛擬的手法來加強語氣，突出人物形象，從而深化主題。三、四兩句所表現的心情與外景的不協調，既是眼前情況的寫照，更預設了今後的情景。「從此無心愛良夜」，「從此無心」四字表示決心之大，決心之大正見其痛苦之深，終生難忘。「任他」二字妙在既表現出詩人的心灰意懶，又描繪出主人公的任性、賭氣的個性特點，逼真而且傳神。這種虛擬的情景，沒有借助任何字面勾勒，而是單刀直入，直接表達虛擬的境界，與一般虛擬手法相比，又別具一格。（劉文忠）

夜上受降城①聞笛

李益

回樂烽前沙似雪②，受降城外月如霜。
不知何處吹蘆管，一夜征人盡望鄉。

〔註〕①貞觀二十年（六四六），唐太宗曾親臨靈州接受突厥一部的投降，「受降城」之名即由此而來。《宋史·張舜民傳》仍沿襲唐時稱呼，把靈州呼作受降城。歷來註家對李益此詩中「受降城」的所在地雖然說法不一，但都認為是指唐代朔方道大總管張仁願所築的東、西、中三受降城中的西城。考之記載，三受降城都在今內蒙古自治區境內黃河的北面，西城在臨河，與唐太宗受降的靈州了不相涉。②回樂烽：一作「回樂峰」。

這是一首抒寫戍邊將士鄉情的詩作。詩題中的受降城，是靈州治所回樂縣（古縣名，西夏時廢，治今寧夏靈武市西南）的別稱。在唐代，這裡是防禦突厥、吐蕃的前線。

詩的開頭兩句，寫登城時所見的月下景色。遠望回樂城東面數十里的丘陵上，聳立著一排烽火臺。丘陵下是一片沙地，在月光的映照下，沙子像積雪一樣潔白而帶有寒意。近看，但見高城之外，天上地下滿是皎潔、淒冷的月色，有如秋霜那樣令人望而生寒。這如霜的月光和月下雪一般的沙漠，正是觸發征人鄉思的典型環境。而一種置身邊地之感、懷念故鄉之情，隱隱地襲上了詩人的心頭。在這萬籟俱寂的靜夜裡，夜風送來了淒涼幽怨的蘆笛聲，更加喚起了征人望鄉之情。「不知何處吹蘆管，一夜征人盡望鄉」，「不知」兩字寫出了征人迷惘的心情，「盡」字又寫出了他們無一例外的不盡的鄉愁。

從全詩來看，前兩句寫的是色，第三句寫的是聲；末句抒心中所感，寫的是情。前三句都是為末句直接抒情作烘托、鋪墊。開頭由視覺形象引動綿綿鄉情，進而由聽覺形象把鄉思的暗流引向滔滔的感情的洪波。前三句已經蓄勢有餘，末句一般就用直抒寫出。李益卻蹊徑獨闢，讓滿孕之情在結尾處打個迴旋，用擬想中的征人望鄉的鏡頭加以表現，使人感到句絕而意不絕，在戛然而止處仍然漾開一個又一個漣漪。這首詩藝術上的成功，就在於把詩中的景色、聲音、感情三者融合為一體，將詩情、畫意與音樂美熔於一爐，組成了一個完整的藝術整體，意境渾成，簡潔空靈，而又具有含蘊不盡的特點；因而被譜入弦管，天下傳唱，成為中唐絕句中出色的名篇之一。（陳志明）

江南曲　李益

嫁得瞿塘賈，朝朝誤妾期。
早知潮有信，嫁與弄潮兒。

這是一首閨怨詩。在唐代，以閨怨為題材的詩主要有兩大內容：一是思征夫詞，一是怨商人語。這是有其歷史原因、社會背景的。由於唐代疆域遼闊，邊境多事，要徵調大批將士長期戍守邊疆，同時，唐代商業已很發達，從事商品遠途販賣，長年在外經商的人日見增多，因而作為這兩類人的妻子不免要空閨獨守，過著孤單寂寞的生活。這樣一個社會問題必然要反映到文學作品中來，抒寫她們怨情的詩也就大量出現了。

這首詩以白描的手法傳出了一位商人婦的口吻和心聲。詩的前兩句「嫁得瞿塘賈，朝朝誤妾期」，所講的是一件可悲、可嘆的事實，所用的語言卻平淡、樸實，沒有作任何刻畫和烘染。我們在欣賞詩歌時會發現，有的詩句要借助於刻畫和烘染，而有的詩句卻正是以平實見長的。它們往往在平實中見情味，以平實打動讀者。這是因為，其所寫的事物本身就具有感染力量，其表現手段愈平實，愈能使讀者看到事物的真相和原形，從而也更容易吸引讀者。這兩句就收到了這樣的效果。而且，就一首詩而言，在布局上要平、奇相配。詩人之所以在上半首中敘說力求平實，是為了與下半首中即將出現的奇想、奇語形成對照，取得平衡。

下半首「早知潮有信，嫁與弄潮兒」兩句，突然從平地翻起波瀾，以空際運轉之筆，曲折而傳神地表達了這位少婦的怨情。上半首如果平鋪直敘寫下去，也許應當讓這位少婦抱怨夫婿的無信，訴說自身的苦悶；但讀者萬萬意料不到，詩人竟然讓這位少婦異想天開，忽然想到潮水有信，因而悔不嫁給弄潮之人。這就從一個不同尋常的角度，更深刻地展示了這位少婦的苦悶的心情。其實，潮有信，弄潮之人未必有信，寧願「嫁與弄潮兒」，既是痴語、天真語，也是苦語、無奈語。這位少婦也不是真想改嫁，這裡用了「早知」二字，只是在極度苦悶之中自傷身世，思前想後，悔不當初罷了。

清賀裳在《皺水軒詞筌》中認為李益的這首詩與張先〈一叢花令〉中「沉恨細思，不如桃杏，猶解嫁東風」諸句，都是「無理而妙」。明鍾惺在《唐詩歸》中評這首詩說：「荒唐之想，寫怨情卻真切。」清人黃叔燦在《唐詩箋註》中說：「不知如何落想，得此急切情至語。乃知《詩經．鄭風．褰裳》『子不我思，豈無他人』，是怨悵之極詞也。」應當說，這首詩的妙處正在其落想看似無理，看似荒唐，卻真實、直率地表達了一位獨守空閨的少婦的怨情。與其說它是無理、荒唐之想，不如說它是真切、情至之語。這裡，因盼夫婿情切，而怨夫婿之不如「潮有信」；更因怨夫婿情極，而產生悔不當初「嫁與弄潮兒」的非非之想。這一由盼生怨、由怨而悔的內心活動過程，正合乎這位詩中人的心理狀態，並不違反生活真實。

唐代有些詩人善於從民歌吸取營養，特別在他們所寫的絕句中有不少風貌接近民歌的作品。這首詩就富有濃厚的民歌氣息。它的詩題〈江南曲〉，本是一個樂府民歌的舊題，是〈江南弄〉七曲之一。詩人選擇這一題目來寫這樣的內容，其有意模仿民歌，更是顯而易見的。（陳邦炎）

于鵠

【作者小傳】唐代宗大曆到唐德宗貞元間人。初隱居漢陽（今湖北武漢）山中，後為諸府從事。與張籍交善。詩多描寫隱居情趣，也有反映現實生活之作，風格疏遠放逸。《全唐詩》存其詩一卷。（《唐詩紀事》卷二九、《唐才子傳》卷四）

江南曲 于鵠

偶向江邊採白蘋，還隨女伴賽江神①。
眾中不敢分明語，暗擲金錢②卜遠人。

〔註〕①賽江神：舊俗用儀仗、鼓樂、雜戲迎神出會，周遊街巷。屆時村民遊觀，商販雲集，引為喜慶，謂之「迎神賽會」。「賽江神」即為其中之一。②擲金錢：民間信仰的一種，以錢幣占卜，其法不一。大抵於禱祝之後，以拋擲金錢的向背排列次序推斷吉凶。

〈江南曲〉為樂府清商曲〈江南弄〉七曲之一。于鵠這首詩是其中較有生活情趣的一篇。

從來寫閨情的詩歌，多從思婦的梳妝打扮起始，然後以陌頭楊柳、高樓顒望、長夜無眠等寫其抑鬱的離情。這首詩卻借質樸的民歌體裁，從另一方面給人以別具一格的風采。

于鵠〈江南曲〉——明刊本《唐詩畫譜》

「偶向江邊採白蘋」，「偶向」二字在於說明人物「江邊採白蘋」的舉動只是心不在焉地出於一時的偶然。「還隨女伴賽江神」，顯然是無可無不可地跟著別人轉悠。「還隨」二字，反映出她那做事貌合神離的恍惚神情。「採白蘋」也好，「賽江神」也好，全都不是這位少婦此時此際本意欲行之事，不過反映她那一心惦記「遠人」、行無所適的煩亂而已。

可是儘管如此，有時一個小的舉動，也會洩漏心中的祕密，她終於「暗擲金錢卜遠人」，以寄託自己深思的感情。她表面上似乎也和大家一樣，向「江神」禱告，祈求幸福，實際上她「暗擲金錢」，乃是為了占卜遠方「伊人」何時歸來。而這一切她做得很小心，怕人發覺而遭人取笑，占卜時不敢「分明語」，「擲金錢」裝模作樣，採取「暗擲」的方式來掩人耳目。就這樣，詩人著力描摹少婦欲言又不敢語，欲卜又不敢擲，欲罷又不甘休，只能「暗擲」的那種神情，既逼真，又細膩，委婉曲折地表現了這位少婦的深情與羞態。

這首詩連用「偶向」、「還隨」、「不敢」等虛詞，作為點睛的筆觸，維妙維肖地再現了人物的內心活動，同時抓著一個動人的細節來刻畫人物心理，這都是初唐詩中少見的。（陶慕淵）

巴女謠

于鵠

巴女騎牛唱〈竹枝〉①，藕絲菱葉傍江時。

不愁日暮還家錯，記得芭蕉出槿籬。

〔註〕①〈竹枝〉：巴渝一帶的民歌。

詩人以平易清新的筆觸，描繪了一幅恬靜閒雅的巴女放牛圖。

「巴女騎牛唱〈竹枝〉，藕絲菱葉傍江時」，寫的是夏天的傍晚，夕陽西下，煙靄四起，江上菱葉鋪展，隨波輕漾；一個天真伶俐的巴江女孩，騎在牛背上面，亢聲唱著山歌，沿著江邊彎彎曲曲的小路慢慢悠悠地回轉家去。如此山鄉風味，何其清新動人！

下兩句「不愁日暮還家錯，記得芭蕉出槿籬」，純然是小孩兒家天真幼稚的說話口氣，像是騎在牛背上的小女孩對於旁人的一段答話。這時天色漸漸晚了，可是這個頑皮的小傢伙還是一個勁地歪在牛背上面唱歌，聽任牛兒不緊不忙地踱步。路旁好心的人催促她快些回家，要不，待會兒天黑下來，要找不到家門了！不料這個俏皮的女孩居然不以為然地說道：「我才不害怕呢！只要看見伸出木槿籬笆外面的大大的芭蕉葉子，那就是我的家了！」木槿入夏開花，花有紅、白、紫等色，本是川江一帶農家住房四周通常的景物，根本不能以之當作辨認的標誌。小女孩這番自作聰明的回話，正像幼小的孩子一本正經地告訴人們「我家爺爺是長鬍子的」一樣地引人發笑。詩中這一逗人啟顏的結句，對於描繪人物的言語神情，起了畫龍點睛的妙用。

這是于鵠採用民謠體裁寫的一篇詩作，詞句平易通俗，富有生活氣息，反映了川江農家日出而作、日入而息的恬靜生活的一個側面，讀來饒有雋永動人的天然情趣。（陶慕淵）

孟郊

【作者小傳】（七五一～八一四）字東野，湖州武康（今浙江德清）人。少年時隱居嵩山。近五十歲才中進士，任溧陽縣尉。與韓愈交誼頗深。其詩感傷自己的遭遇，多寒苦之間。用字造句力避平庸淺率，追求瘦硬。與賈島齊名，有「郊寒島瘦」之稱。有《孟東野詩集》。（新、舊《唐書》本傳、《唐才子傳》卷五）

遊子吟 孟郊

慈母手中線，遊子身上衣。臨行密密縫，意恐遲遲歸。
誰言寸草心，報得三春暉！

孟郊一生窘困潦倒，直到五十歲時才得到了一個溧陽（今屬江蘇）縣尉的卑微之職。詩人自然不把這樣的小官放在心上，仍然放情於山水吟詠，公務則有所廢弛，縣令就只給他半俸。本篇題下作者自註：「迎母溧上作。」當是他居官溧陽時的作品。詩中親切而真淳地吟頌了一種普通而偉大的人性美——母愛，因而引起了無數讀者的共鳴，千百年來一直膾炙人口。

深摯的母愛，無時無刻不在沐浴著兒女們。然而對於孟郊這位常年顛沛流離、居無定所的遊子來說，最值得回憶的，莫過於母子分離的痛苦時刻了。此詩描寫的就是這種時候慈母縫衣的普通場景，而表現的，卻是詩人深沉的內心情感。

開頭兩句「慈母手中線，遊子身上衣」，實際上是兩個詞組，而不是兩個句子。這樣寫就從人到物，突出了兩件最普通的東西，寫出了母子相依為命的骨肉之情。緊接兩句寫出人的動作和意態，把筆墨集中在慈母上。行前的此時此刻，老母一針一線，針針線線都是這樣地細密，是怕兒子遲遲難歸，故而要把衣衫縫製得更為結實一點兒罷。其實，老人的內心何嘗不是切盼兒子早些平安歸來呢！慈母的一片深篤之情，正是在日常生活中最細微的地方流露出來，樸素自然，親切感人。這裡既沒有言語，也沒有眼淚，然而一片愛的純情從這普通常見的場景中充溢而出，催人淚下，喚起普天下兒女們親切的聯想和深摯的憶念。

最後兩句，以當事者的直覺，翻出進一層的深意：「誰言寸草心，報得三春暉！」「誰言」有些刊本作「誰知」和「誰將」，其實按詩意還是作「誰言」好。詩人出以反問，意味尤為深長。這兩句是前四句的昇華，通俗形象的比興，加以懸絕的對比，寄託了赤子熾烈的情意：對於春天陽光般厚博的母愛，區區小草似的兒女怎能報答於萬一呢。真有「欲報之德，昊天罔極」（《詩經·小雅·蓼莪》）之意，感情是那樣淳厚真摯。

這是一首母愛的頌歌，在宦途失意的境況下，詩人飽嘗世態炎涼，窮愁終身，故愈覺親情之可貴。「詩從肺腑出，出輒愁肺腑」（蘇軾〈讀孟郊詩〉）。這首詩，雖無藻繪與雕飾，然而清新流暢，淳樸素淡中正見其詩味的濃郁醇美。

此詩寫在溧陽，到了清康熙年間，有兩位溧陽人又吟出這樣的詩句：「父書空滿筐，母線尚縈襦」（史騏生〈寫懷〉）；「向來多少淚，都染手縫衣」（彭桂〈建初弟來都省親喜極有感〉）。可見〈遊子吟〉留給人們的深刻印象，是歷久而不衰的。（左成文）

怨詩

孟郊

試妾與君淚，兩處滴池水。
看取芙蓉花，今年為誰死！

韓愈稱讚孟郊為詩「劌目鉥心，刃迎縷解。鉤章棘句，掐擢胃腎。神施鬼設，間見層出」（〈貞曜先生墓志銘〉）。說得直截點，就是孟郊愛挖空心思作詩；說得好聽點，就是講究藝術構思。

藝術構思是很重要的，有時竟是創作成敗的關鍵。比方說寫女子相思的痴情，是古典詩歌中最常見的主題，不同詩人寫來就各有一種面貌。薛維翰〈古歌二首〉其一：「美人怨何深，含情倚金閣。不笑復不語，珠淚紛紛落。」從落淚見怨情之苦，構思未免太平，不夠味兒。李白筆下的女子就不同了：「昔日橫波目，今成流淚泉。不信妾腸斷，歸來看取明鏡前。」（〈長相思二首〉其二）也寫掉淚，卻以「代言」形式說希望丈夫回來看一看，以驗證自己相思的情深（全不想到那人果能回時，「我」得破涕為笑，豈復有淚如泉），可這傻話正表現出十分的情痴，夠意思的。但據說李白的夫人看了這首詩，說：「君不聞武后詩乎？『不信比來常下淚，開箱驗取石榴裙。』」使「太白爽然自失」（見清宋長白《柳亭詩話》）。何以要「爽然自失」？因為武后已有同樣的構思在先，李白自覺其詩句尚未能翻出她的手心哩。

孟郊似乎存心要與前人爭勝毫厘，寫下了這首構思堪稱奇特的「怨詩」。他也寫了落淚，但卻不是獨自下淚了；也寫了驗證相思深情的意思，但卻不是喚丈夫歸來「看取」或「驗取」淚痕了。詩也是代言體，詩中女子的話卻比武詩、李詩說得更痴心、更傻氣。她要求與丈夫（她認定他一樣在苦苦相思）來一個兩地比試，以測定誰的相思之情更深。相思之情，是看不見，摸不著，沒大小，沒體積，不具形象的東西，測定起來還真不容易。可女子想出的比試法兒是多麼奇妙。她天真地說：試把我們兩個人的眼淚，各自滴在蓮花（芙蓉）池中，看一看今夏美麗的蓮花為誰的淚水浸死。顯然，在她心目中看來，誰的淚更多，誰的淚更苦澀，蓮花就將「為誰」而「死」。那麼，誰的相思之情更深，自然也就測定出來了。這是多麼傻氣的話，又是多麼天真可愛的話！池中有淚，花亦為之死，其情之深真可「泣鬼神」了。這一構思使相思之情形象化，那出汙泥而不染的「芙蓉花」，將成它可靠的見證。李白詩云：「昔日芙蓉花，今為斷根草。」（〈妾薄命〉）可見「芙蓉」對相思的女子，亦有象徵意味。這就是形象思維。但不是痴心人兒，諒你想像不到。可見孟郊寫詩真是「劌目鉥心」、「掐擢胃腎」，讀者不得不承認韓愈的品藻是孟詩之的評了。

「換我心，為你心，始知相憶深」（五代後蜀顧敻〈訴衷情〉），自是透骨情語，孟郊〈怨詩〉似乎也說著同一個意思，但他沒有以直接的情語出之，而假景語以行。然而「一切景語，皆情語也」（王國維《人間詞話》），這樣寫來更饒有回味。其藝術構思不但是獨到的，也是成功的。詩的用韻上也很考究，它沒有按通常那樣採用平調，而用了細微的上聲「紙」韻相葉，這對於表達低抑深思的感情十分相宜。（周嘯天）

巫山曲 孟郊

巴江上峽重復重，陽臺碧峭十二峰。荊王獵時逢暮雨，夜臥高丘夢神女。
輕紅流煙濕豔姿，行雲飛去明星稀。目極魂斷望不見，猿啼三聲淚滴衣。

樂府舊題有〈巫山高〉，屬鼓吹曲辭。「古辭言江淮水深，無梁可渡，臨水遠望，思歸而已。」（《樂府解題》）而六朝王融「想像巫山高」、范雲「巫山高不極」之作，「雜以陽臺神女之事，無復遠望思歸之意」，孟郊此詩就繼承這一傳統，主詠巫山神女的傳說故事（出自宋玉〈高唐賦〉、〈神女賦〉）。本集內還有一首〈巫山行〉為同時作，詩云：「見盡數萬里，不聞三聲猿。但飛蕭蕭雨，中有亭亭魂。」則二詩為旅途遣興之作吧？

「巴江上峽重復重」，句中就分明有一舟行之旅人在。沿江上溯，入峽後山重水複，屢經曲折，於是目擊了著名的巫山十二峰。諸峰「碧叢叢，高插天」（李賀〈巫山高〉），「碧峭」二字是能盡傳其態的。十二峰中，最為奇峭，也最令人神往的，便是那雲煙繚繞、變幻幽明的神女峰。而「陽臺」就在峰的南面。神女峰的魅力，與其說來自峰勢奇峭，毋寧說來自那「朝朝暮暮，陽臺之下」（〈高唐賦〉）的巫山神女的動人傳說。次句點「陽臺」二字，是兼有啟下的功用的。

經過巫峽，誰不想起那個古老的神話，但有什麼比「但飛蕭蕭雨」的天氣更能使人沉浸到那本有「朝雲暮雨」情節的故事境界中去的呢？所以緊接著寫到楚王夢遇神女之事：「荊王獵時逢暮雨，夜臥高丘夢神女。」

本來，在宋玉賦中，楚王是游雲夢、宿高唐（在今湖南雲夢澤一帶）而夢遇神女的。而「高丘」是神女居處（〈高唐賦〉神女自述「妾在巫山之陽，高丘之阻」）。一字之差，失之千里，卻並非筆誤，乃是詩人憑藉想像，把楚王出獵地點移到巫山附近，夢遇之處由高唐換成神女居處的高丘，便使全詩情節更為集中。這裡，上峽舟行值雨與楚王畋獵值雨，在詩境中交織成一片，冥想著的詩人也與故事中的楚王神合了。以下所寫既是楚王夢中所見之神女，同時又是詩人想像中的神女。詩寫這段傳說，意不在楚王，而在透過楚王之夢以寫神女。

關於「陽臺神女」的描寫應該是〈巫山曲〉的畫龍點睛處。「主筆有差，餘筆皆敗。」（清劉熙載《藝概・書概》）而要寫好這一筆是十分困難的。其所以難，不僅在於巫山神女乃人人眼中所未見，而更在於這個傳說「人物」乃人人心中所早有。這位神女絕不同於一般神女，寫得是否神似，讀者是感覺得到的。而孟郊此詩成功的關鍵就在於寫好了這一筆。詩人是緊緊抓住「旦為朝雲，暮為行雨，朝朝暮暮，陽臺之下」（〈高唐賦〉）的絕妙好辭來進行構思的。神女出場是以「暮雨」的形式——「輕紅流煙濕豔姿」，神女的離去是以「朝雲」的形式——「行雲飛去明星稀」。她既具有一般神女的特點，輕盈縹緲，在飛花落紅與繚繞的雲煙中微呈「豔姿」；又具有一般神女所無的特點，她帶著晶瑩濕潤的水光，一忽兒又化著一團霞氣，這正是雨、雲的特徵。因而「這一位」也就不同別的神女了。詩中這極精彩的一筆，就如同為讀者心中早已隱隱存在的神女揭開了面紗，使之眉目宛然，光彩照人。這裡同時還創造出一種倏晦倏明、迷離恍惝的神話氣氛，雖則沒有任何敘事成分，卻能使人聯想到〈神女賦〉「歡情未接，將辭而去，遷延引身，不可親附」及「暗然而暝，忽不知處」等等描寫，覺有無限情事在不言中。

隨著「行雲飛去」，明星漸稀，這浪漫的一幕在詩人眼前慢慢閉攏了。於是一種惆悵若有所失之感向他襲來，恰如戲迷在一齣好戲閉幕時所感到的那樣。「目極魂斷望不見」就寫出其如痴如醉的感覺，與〈神女賦〉

結尾頗為神似（那裡，楚王「情獨私懷，誰者可語，惆悵垂涕，求之至曙」）。最後化用古諺「巴東三峽巫峽長，猿鳴三聲淚沾裳」作結。峽中羈旅的愁懷與故事淒豔的結尾及峽中淒迷景象融成一片，使人玩味無窮。

全詩把峽中景色、神話傳說及古代諺語熔於一爐，寫出了作者在古峽行舟時的一段特殊感受。其風格幽峭奇豔，頗近李賀，在孟郊詩中自為別調。孟詩本有思苦語奇的特點，因此偶涉這類穠豔的題材，便很容易趨於幽峭奇豔一途。李賀的時代稍晚於孟郊，從中似乎可以窺見由韓愈、孟郊之奇到李賀之奇的發展過程。（周嘯天）

古別離 孟郊

欲別牽郎衣，「郎今到何處？

不恨歸來遲，莫向臨邛去！」

這首小詩，情真意蘊，質樸自然。

開頭「欲別」二字，扣題中的「別離」，也為以下人物的言行點明背景。「牽郎衣」的主語自然是詩中的女主人公。有人認為這個動作是表現不忍分別，雖不能說毫無此意，不過從全詩來看，這一動作顯然是為了配合語言的，那麼它的含意也就不能離開人物語言和說話的背景去理解。她之所以要「牽郎衣」，主要是為了使「欲別」將行的丈夫能停一停，好靜靜地聽一聽自己的話；就她自己而言，也從這急切、嬌憨的動作中，流露出一種鄭重而又親昵的情態。這一切當然都是為了增強語言的分量、情感的分量，以便引起對方的重視。

女主人公一邊牽著郎衣，一邊就開口說話了：「郎今到何處？」在一般情況下，千言萬語都該在臨別之前說過了，至少也不會等到「欲別」之際才問「到何處」，這似乎令人費解。但是，要聯繫第四句來看，便知道使她忐忑不安的並不是不知「到何處」的問題，而是擔心他走到一個「可怕」的去處——「臨邛」，那才是她真正急於要說而又一直難於啟齒的話。「郎今到何處」，此時此言，看似不得要領，但這個「多餘的彎子」，又是多麼傳神地畫出了她此刻心中的慌亂和矛盾啊！

第三句放開一筆，轉到歸期。按照常情，該是盼郎早歸，遲遲不歸豈非「恨」事！然而她卻偏說「不恨歸來遲」。要體會這個「不恨」，也必須聯繫第四句——「莫向臨邛去」。臨邛，即今四川省邛崍縣，也就是漢代司馬相如在客遊中，與卓文君相識相戀之處。這裡的「臨邛」不必專指，而是用以借喻男子覓得新歡之處。到了這樣的地方，對於她來說，豈不更為可恨，更為可怕嗎？可見「不恨歸來遲」，是以「歸來遲」與「臨邛去」比較而言。不是根本上對「歸遲」而不怨，是「兩害相權取其輕」之謂。這句詩不是反語，也不是矯情，而是真情，是隱忍著痛苦的真情，是願以兩地相思的痛苦贏得彼此永遠相愛的真情。她先這麼真誠地讓一步，獻上一顆深情綿綿之心，最後再道出那難以啟齒的希望和請求——「莫向臨邛去」！以己之情，動人之情，那該是更能打動對方的吧？情深意摯，用心良苦，誠所謂「詩從肺腑出，出輒愁肺腑」（宋蘇軾〈讀孟郊詩〉）。

詩的前三句拐彎抹角，都是為了引出、襯托第四句，第四句才是「謎底」，才是全詩的出發點和歸宿，只有抓住它方能真正地領會前三句，咀嚼出全詩的情韻。詩人用這種迴環婉曲、欲進先退、搖曳生情的筆觸，洗練而又細膩地刻畫出女主人公在希求美滿愛情生活的同時又隱含著憂慮不安的心理，並從這個矛盾之中顯示出她的堅貞誠摯、隱忍克制的品格，言少意多，雋永深厚，耐人尋味。它與「不知移舊愛，何處作新恩」（白居易〈怨詞〉），「常恐新聲發，坐使故聲殘」（孟郊〈妾薄命〉），「不畏將軍成久別，只恐封侯心更移」（隋薛道衡〈豫章行〉）等詩句一樣，從一個側面反映了古代婦女可悲的處境，具有一定的社會意義。詩用短促的仄聲韻，亦有助於表現人物急切、不安的神情。（趙其鈞）

古怨別

孟郊

颯颯秋風生，愁人怨離別。含情兩相向，欲語氣先咽。
心曲千萬端，悲來卻難說。別後唯所思，天涯共明月。

這是一首描寫情人離愁的詩歌。

這首詩寫的是秋日的離愁：「颯颯秋風生，愁人怨離別。」交代離別時的節令，並用「颯颯秋風」渲染離愁別緒。接下去是寫一對離人的表情：「含情兩相向，欲語氣先咽。」相向，就是臉對著臉、眼對著眼。從「含情」二字裡，使人想像到依戀難捨的情景，想像到汪汪熱淚對著熱淚汪汪的情景。想對愛人說些什麼，早已抽抽咽咽，還能說出什麼來呢！因為這兩句寫得極為生動傳情，宋代柳永便把它點化到自己的詞中，寫出了「執手相看淚眼，竟無語凝咽」（〈雨霖鈴・寒蟬凄切〉）的名句。抽抽咽咽固然說不出話來，但抽咽稍定，到能夠說話之時，卻反而覺得沒話可說了：「心曲千萬端，悲來卻難說。」不是麼？原先對「人」或稍有不放心，想囑咐幾句什麼話，或表白一下自己的心跡，但看到對方那痛楚難堪的表情，還有什麼可說的呢？「卻難說」三字，確切地寫出了雙方當時的一種心境。這一對離人，雖然誰都沒說什麼，但「未說一言，勝過千言」，更表現了他們深摯的愛情和相互信賴。最後用一幅開闊的畫面，寫出了他們對別後情景的遐想：「別後唯所思，天涯共明月。」從這幅開闊的畫面裡，使人看到了他們在月光之下思念對方的情狀，使人想像到「但願人長久，千里共嬋娟」（宋蘇軾〈水調歌頭〉）的相互祝願。

總起來看，詩中以秋風渲染離別的氣氛；寫「含情」之難捨，以「氣先咽」來描狀；寫「心曲」之複雜，以「卻難說」來概括；寫別後之深情，以「共明月」的畫面來遐想兩人「唯所思」的情狀。詩人換用幾種不同的表現手法，把抽象的感情寫得很具體而動人。特別是「悲來卻難說」一句，本是極抽象的敘述語，但由於詩人將其鑲嵌在恰當的語言環境裡，使人不僅不感到它抽象，反而覺得連女主人公複雜的心理活動都表現出來了。這正是作者「用常得奇」（清劉熙載《藝概．詩概》語）所收到的效果。（傅經順）

登科後　孟郊

昔日齷齪①不足誇，今朝放蕩②思無涯。
春風得意馬蹄疾，一日看盡長安花。

〔註〕①齷齪：指處境之不如意和思想上的拘謹局促，與今北方方言「窩囊」義近。②放蕩：意謂自由自在，無所拘束，與「曠蕩」（一本「放蕩」即作「曠蕩」）、「放達」義近。但不同於現代的「放浪」的意思。

這首詩因為留下了「春風得意」與「走馬看花」兩個成語而更為人熟知。孟郊四十六歲那年進士及第，他自以為從此可以別開生面，風雲際會，龍騰虎躍一番了。滿心按捺不住得意欣喜之情，便化成了這首別具一格的小詩。

詩一開頭就直抒自己的心情，說以往在生活上的困頓與思想上的局促不安再不值得一提了，今朝金榜題名，鬱結的悶氣已如風吹雲散，心上真有說不盡的暢快。孟郊兩次落第，這次竟然高中鵠的，頗出意料。這就彷彿從苦海中一下子被超度出來，登上了歡樂的峰頂；眼前天宇高遠，大道空闊，似乎只待他四蹄生風了。「春風得意馬蹄疾，一日看盡長安花」，活靈活現地描繪出詩人神采飛揚的得意之態，酣暢淋漓地抒發了他心花怒放的得意之情。這兩句神妙之處，在於情與景會，意到筆到，將詩人策馬奔馳於春花爛漫的長安道上的得意情景，描繪得生動鮮明。

按唐制，進士考試在秋季舉行，發榜則在下一年春天。這時候的長安，正春風輕拂，春花盛開。城東南的曲江、杏園一帶春意更濃，新進士在這裡宴集同年，「公卿家傾城縱觀於此」（五代王定保《唐摭言》卷三）。新進士們「滿懷春色向人動，遮路亂花迎馬紅」（趙嘏〈今年新先輩以遏密之際每有宴集必資清談書此奉賀〉）。可知所寫春風駘蕩、馬上看花是實際情形。但詩人並不留連於客觀的景物描寫，而是突出了自我感覺上的「放蕩」：情不自禁吐出「得意」二字，還要「一日看盡長安花」。在車馬擁擠、遊人爭觀的長安道上，怎容得他策馬疾馳呢？偌大一個長安，無數春花，「一日」又怎能「看盡」呢？然而詩人盡可自認為今日的馬蹄格外輕疾，也盡不妨說一日之間已把長安花看盡。雖無理卻有情，因為寫出了真情實感，也就不覺得其荒唐了。同時詩句還具有象徵意味：「春風」，既是自然界的春風，也是皇恩的象徵。所謂「得意」，既指心情上稱心如意，也指進士及第之事。詩句的思想藝術容量較大，明朗暢達而又別有情韻，因而「春風得意馬蹄疾，一日看盡長安花」成為後人喜愛的名句。（陳志明）

秋懷十五首（其二）　孟郊

秋月顏色冰，老客志氣單。冷露滴夢破，峭風梳骨寒。
席上印病文，腸中轉愁盤。疑懷無所憑，虛聽多無端。
梧桐枯崢嶸，聲響如哀彈。

孟郊老年居住洛陽，在河南尹幕中充當下屬僚吏，貧病交加，愁苦不堪。〈秋懷〉就是在洛陽寫的一組嗟傷老病窮愁的詩歌，而以這第二首寫得最好。在這首詩中，詩人飽含一生的辛酸苦澀，抒寫了他晚境的淒涼哀怨，反映出古代對人才的摧殘和世態人情的冷酷。

詩從秋月寫起，既是興起，也是比喻寄託。古人客居異鄉，一輪明月往往是傾吐鄉思的旅伴，「無心可猜」的良友。而此刻，詩人卻感覺連秋月竟也是臉色冰冷，寒氣森森；與月為伴的「老客」——詩人自己，也已一生壯志消磨殆盡，景況極其不堪。「老客」二字包含著他畢生奔波仕途的失意遭遇，而一個「單」字，更透露著人孤勢單、客子畏懼的無限感慨。

「冷露」二句，形象突出，語言精警，虛實雙關，寓意深長。字面明寫住房破陋，寒夜難眠；實際上，詩人是悲泣夢想的破滅，是為一生壯志、人格被消損的種種往事而感到寒心。這是此二句寓意所在。顯然，這兩句在語言提煉上是十分引人注目的。如「滴」字，寫露喻泣，使詩人抑鬱忍悲之情躍然而出；又如「梳」字，寫風喻憶，令讀者如見詩人轉側痛心之狀，都是妥帖而形象的字眼。

「席上」二句寫病和愁。「印病文」喻病臥已久，「轉愁盤」謂愁思不斷。「疑懷」二句，說還是不要作無根據的猜想，也不要聽沒來由的瞎說，純是自我解慰，是一種無聊而無奈的擺脫。最後，攝取了一個較有詩意的形象，也是詩人自況的形象——枯桐。桐木是製琴的美材，取喻於枯桐，顯然寄託著詩人苦吟一生而窮困一生的失意的悲哀。

史評孟郊「為詩有理致」，「然思苦奇澀」（《新唐書．孟郊傳》）。前人評價孟詩，也多嫌其氣度窄，格局小。金代元好問說：「東野（孟郊字）窮愁死不休，高天厚地一詩囚。」（〈論詩三十首〉其十八）即持這種貶薄態度。其實，並不公允。倒是譏笑孟詩為「寒蟲號」的宋代蘇軾，說了幾句實在話：「我憎孟郊詩，復作孟郊語。飢腸自鳴喚，空壁轉饑鼠。詩從肺腑出，出輒愁肺腑。」（〈讀孟郊詩二首〉）孟詩確有狹窄的缺點，但就其抒寫窮愁境遇的作品而言，其中有真實動人的成功之作，有其典型意義和藝術特點。這首〈秋懷〉之二，即其例。（倪其心）

遊終南山

孟郊

南山塞天地，日月石上生。高峰夜留景，深谷晝未明。

山中人自正，路險心亦平。長風驅松柏，聲拂萬壑清。

即此①悔讀書，朝朝近浮名。

〔註〕①一作「到此」。

韓愈在〈薦士〉詩裡說孟郊的詩「橫空盤硬語，妥帖力排奡」。「硬語」的「硬」，指字句的堅挺有力。這首〈遊終南山〉，在體現這一特點方面很有代表性。清沈德潛評此詩「盤空出險語」，又說它與〈峽哀〉詩「上天下天水，出地入地舟」，「同一奇險」（《唐詩別裁集》），也是就這一特點而言的。

欣賞這首詩，必須緊扣詩題〈遊終南山〉，切莫忘記那個「遊」字。

就實際情況說，終南儘管高大，但遠遠沒有塞滿天地。「南山塞天地」，的確是硬語盤空，險語驚人。這是作者寫他「遊」終南山的感受。身在深山，仰望，則山與天連；環顧，則視線為千巖萬壑所遮，壓根兒看不見山外還有什麼空間。用「南山塞天地」概括這種獨特的感受，雖「險」而不「怪」，雖「誇」而非「誕」，簡直可以說是「妥帖」得不能再妥帖了。

日和月，當然不是「石上生」的，更不是同時從「石上生」的。「日月石上生」一句，的確「硬」得出奇，「險」得驚人。然而這也是作者寫他「遊」終南山的感受。日月並提，不是說日月並「生」；而是說作者來到終南，既見日昇，又見月出，已經度過了幾個晝夜。終南之大，作者遊興之濃，也於此曲曲傳出。身在終南深處，朝望日，夕望月，都從南山高處初露半輪，然後冉冉昇起，這不就像從石上「生」出來一樣嗎？張九齡的「海上生明月」（〈望月懷遠〉），王灣的「海日生殘夜」（〈次北固山下〉），杜甫的「四更山吐月」（〈月〉），都與此同一機杼。孤立地看，「日月石上生」似乎「誇過其理」（南朝梁劉勰《文心雕龍·誇飾》），但和作者「遊」終南山的具體情景、具體感受聯繫起來，就覺得它雖「險」而不「怪」，雖「誇」而非「誕」。當然，「險」、「硬」的風格，使它不可能有「四更山吐月」、「海上生明月」那樣的情韻。

「高峰夜留景，深谷晝未明」兩句的風格仍然是「奇險」。在同一地方，「夜」與「景」（日光）互不相容；作者硬把它們安排在一起，怎能不給人以「奇」的感覺？但細玩詩意，「高峰夜留景」，不過是說在其他地方已經被夜幕籠罩之後，終南的高峰還留有落日的餘暉。極言其高，又沒有違背真實。從《詩經·大雅·崧高》「崧高維岳，駿極於天」以來，人們習慣於用「插遙天」、「出雲表」之類的說法來表現山峰之高聳。孟郊卻避熟就生，抓取富有特徵性的景物加以誇張，就在「言峻則崧高極天」之外另闢蹊徑，顯得很新穎。在同一地方，「晝」與「未明」（夜）無法並存，作者硬把二者統一起來，自然給人以「險」的感覺。但玩其本意，「深谷晝未明」，不過是說在其他地方已經灑滿陽光之時，終南的深谷裡依然一片幽暗。極言其深，很富有真實感。「險」的風格，還從上下兩句的誇張對比中表現出來。同一終南山，其高峰高到「夜留景」，其深谷深到「晝未明」。一高一深，懸殊若此，似乎「誇過其理」。然而這不過是借一高一深表現千巖萬壑的千形萬態，以見終南山高深廣遠，無所不包。究其實，略同於王維的「陰晴眾壑殊」（〈終南山〉），只是風格各異而已。

「長風驅松柏」，「驅」字下得「險」。然而山高則風長，長風過處，千柏萬松，枝枝葉葉，都向一邊傾斜，這只有那個「驅」字才能表現得形神畢肖。「聲」既無形又無色，誰能看見它在「拂」？「聲拂萬壑清」，「拂」字下得「險」。然而那「聲」來自「長風驅松柏」，長風過處，千柏萬松，枝枝葉葉都在飄拂，也都在發聲。說「聲拂萬壑清」，就把視覺形象和聽覺形象統一起來了，使讀者於看見萬頃松濤之際，又聽見萬壑清風。

這六句詩以寫景為主，給人的感受是：終南自成天地，清幽宜人。插在這中間的兩句，以抒情為主。「山中人自正」裡的「中」是「正」的同義語。山「中」而不偏，山中人「正」而不邪；因山及人，抒發了讚頌之情。「路險心亦平」中的「險」是「平」的反義詞。山中人既然正而不邪，那麼，山路再「險」，心還是「平」的。以「路險」作反襯，突出地歌頌了山中人的心地平坦。

硬語盤空，險語驚人，也還有言外之意耐人尋味。讚美終南的萬壑清風，就意味著厭惡長安的十丈紅塵；讚美山中的人正心平，就意味著厭惡山外的人邪心險。以「即此悔讀書，朝朝近浮名」收束全詩，這種言外之意就表現得相當明顯了。（霍松林）

洛橋晚望

孟郊

天津橋①下冰初結，洛陽陌上人行絕；
榆柳蕭疏樓閣閑，月明直見嵩山雪。

〔註〕①天津橋：即洛橋，在今河南洛陽西南洛水之上。

前人有云孟詩開端最奇，而此詩卻是奇在結尾。它透過前後映襯，積攢力量，造成氣勢，最後以警語結束全篇，具有畫龍點睛之妙。

題名〈洛橋晚望〉，突出了一個「望」字。四句詩，都寫所見之景，然而前三句之境界與末句之境界迥然不同。前三句描摹了初冬時節的蕭瑟氣氛：橋下冰初結，路上行人絕，葉落枝禿的榆柳掩映著靜謐的樓臺亭閣，萬籟俱寂，悄無人聲。就在這時，詩人大筆一轉：「月明直見嵩山雪」。筆力遒勁，氣象壯闊，將視線一下延伸到遙遠的嵩山，給沉寂的畫面增添了無限的生機，在讀者面前展示了盎然的意趣。到這時，讀者才恍然驚悟，詩人寫冰初結，乃是為積雪張本；寫人行絕，乃是為氣氛作鋪陳；寫榆柳蕭疏，乃是為遠望創造條件。同時，從初結之「冰」，到絕人之「陌」，再到蕭疏之「榆柳」、閑靜之「樓閣」，場景不斷變換，而每一變換之場景，都與末句的望山接近一步。這樣由近到遠，視線逐步開闊，他忽然發現在明靜的月光下，一眼看到了嵩山上那皚皚的白雪，感受到極度的快意和美感。而「月明」一句，不僅增添了整個畫面的亮度，使得柔滑的月光和白雪的反射相得益彰，而且巧妙地加一「直見」，硬語盤空，使人精神為之一振。

這首詩寫出了「明月照積雪」（南朝宋謝靈運〈歲暮〉）的壯麗景象。天空與山巒，月華與雪光，交相輝映，舉首燦然奪目，遠視浮光閃爍，上下通明，一片銀白，真是美極了。詩人從蕭疏的洛城冬景中，開拓出一個美妙迷人的新境界，而明月、白雪都是冰清玉潔之物，展現出一個清新淡遠的境界，寄寓著詩人高遠的襟懷。（尚永亮）

李約

【作者小傳】字存博，唐宗室。唐憲宗元和中為兵部員外郎，後棄官隱居。工詩文，精通音樂書畫。原有集，已散佚。《全唐詩》存其詩十首。（《唐詩紀事》卷三一、《唐才子傳》卷七）

觀祈雨

李約

桑條無葉土生煙，簫管迎龍水廟前。
朱門幾處看歌舞，猶恐春陰咽管弦。

此詩寫觀看祈雨的感慨，透過大旱之日兩種不同生活場面、不同思想感情的對比，深刻揭露了古代社會尖銳的階級問題。《水滸傳》第十五回中「赤日炎炎似火燒」那首著名的民歌與此詩在主題、手法上都十分接近，但二者也有所不同。民歌的語言明快潑辣，對比的方式較為直截了當；而此詩語言含蓄曲折，對比的手法比較委婉。

首句先寫旱情，這是祈雨的原因。《水滸傳》民歌寫的是夏旱，所以是「赤日炎炎似火燒，野田禾稻半枯焦」。此詩則緊緊抓住春旱特點。「桑條無葉」是寫春旱毀了養蠶業，「土生煙」則寫出春旱對農業的嚴重影響。因為莊稼枯死，便只能見「土」；樹上無葉，只能見「條」。所以，這描寫旱象的首句可謂形象、真切。「水廟」

即龍王廟，是古時祈雨的場所。白居易就曾描寫過求龍神降福的場面：「豐凶水旱與疾疫，鄉里皆言龍所為。家家養豚漉清酒，朝祈暮賽依巫口。」（〈黑龍潭。疾貪吏也〉）所謂「賽」，即迎龍娛神的儀式。此詩第二句所寫「簫管迎龍」正是這種賽神場面。在簫管鳴奏聲中，人們表演各種娛神的節目，看去煞是熱鬧。但是，祈雨群眾只是強顏歡笑，內心是焦急的。這裡雖不明說「農夫心內如湯煮」（《水滸傳》），而意思已全有了。相對於民歌的明快，此詩表現出含蓄的特色。

詩的後兩句忽然撇開，寫另一種場面，似乎離題，然而與題目卻有著內在的聯繫。如果說前兩句是正寫「觀祈雨」的題面，則後兩句可以說是觀祈雨的感想。前後兩種場面，形成一組對照。水廟前是無數小百姓，簫管追隨，恭迎龍神；而少數「幾處」豪家，同時也在品味管弦，欣賞歌舞。一方是唯恐不雨，一方卻「猶恐春陰」。唯恐不雨者，是因生死攸關的生計問題；「猶恐春陰」者，則僅僅是怕絲竹受潮，聲音啞咽而已。這樣，一方是深重的殷憂與不幸，另一方卻是荒嬉與閒愁。這樣的對比，潛臺詞可以說是：世道竟然如此不平啊……這一點作者雖已說明卻未說盡，仍給讀者以廣闊聯想的空間。此詩對比手法不像「農夫心內如湯煮，公子王孫把扇搖」那樣一目了然。因而它的諷刺更為曲折委婉，也更耐人尋味。（周嘯天）

陳羽

【作者小傳】（約七五三～？）江東吳縣（今屬江蘇）人。唐德宗貞元進士，後官東宮衛佐。詩多近體，注重文采，能夠情景交融。《全唐詩》存其詩一卷。（《唐才子傳》卷五）

從軍行

陳羽

海①畔風吹凍泥裂，枯桐葉落枝梢折。

橫笛聞聲不見人，紅旗直上天山雪。

〔註〕①海：指湖泊。

這是一首寫風雪行軍的仄韻絕句，全詩寫得十分壯美。一、二句寫從軍將士面對的環境極為嚴酷：天山腳下寒風勁吹，湖邊（「海畔」）凍泥紛紛裂開，梧桐樹上的葉子已經颳光，枝梢被狂風折斷。就在這一嚴酷的背景上，映出皚皚雪山，傳出高亢嘹亮的笛聲。詩人以這一笛聲，使人產生這裡有人的聯想，同時又將人隱去，以「不見人」造成懸念——那風裡傳來的笛聲究竟來自何處呢？從而自然轉出末句：尋聲望去，只見在天山白雪的映襯下，一行紅旗正在向峰巔移動。風雪中紅旗不亂，已足見出從軍將士的精神；「直上」的動態描寫，更使畫面生機勃然，高昂的士氣，一往無前的精神，盡在這「直上」二字中溢出。

這首詩在藝術上善於映襯與妙用指代。一、二句對環境的描寫，竭力突出自然環境的惡劣，用濃重氛圍映襯從軍將士無所畏懼的精神風貌。試想，如果是在風和日麗、山明水淨的條件下行軍，又怎能見出士氣的昂揚堅強呢？適應氛圍描寫的需要，在押韻上採用了入聲的韻腳。一、二、四句末一字入韻，「裂」、「折」、「雪」都是入聲「屑」韻字，韻尾為舌尖音，收音短促，適宜於抒寫或悲或壯的詩情。

前兩句的氛圍描寫與入聲韻的選用，為抒寫壯美的詩情打下了良好的基礎。但映襯畢竟是陪賓，描寫的成敗，關鍵在於作為主體的三、四兩句。後兩句意在寫人，卻不正面寫出，更不和盤托出，而只是拈出與人相關的二物——「橫笛」、「紅旗」，不言人而自有人在。這種指代手法的運用，既節省了筆墨，又豐富了作品的藝術容量，給了讀者廣闊的想像的空間。軍中物品無數，只寫笛、旗二者，不僅出於只有笛聲、紅旗才會被遠處發現，還因為只有此二物最足以表現行軍將士的精神。在寫法上，先寫「橫笛聞聲」，後寫「紅旗直上」，符合人們對遠處事物的注意往往「先聲後形」的一般習慣。特別巧妙的是「不見人」三字的嵌入：「聞聲」而尋人，尋而「不見」，從而形成文勢的跌宕，使末句的動人景象更為顯豁地突入人們的眼簾之中。

〈從軍行〉兼有詩情畫意之美，莽莽大山，成行紅旗，雪的白，旗的紅，山的靜，旗的動，展示出一幅壯美的風雪行軍圖。（陳志明）

楊巨源

【作者小傳】（七五五～？）字景山。河中（今山西永濟）人。唐德宗貞元進士。由祕書郎擢太常博士、禮部員外郎。出為鳳翔少尹。復召除國子司業。工詩，尤長於律詩。《全唐詩》存其詩一卷。（《唐詩紀事》卷三五、《唐才子傳》卷五）

和練秀才楊柳　楊巨源

水邊楊柳麴塵絲，立馬煩君折一枝。

惟有春風最相惜，殷勤更向手中吹。

折柳贈別的風俗始於漢人而盛於唐人。古地理書《三輔黃圖》載，漢人送客至灞橋，往往折柳贈別。傳為李白所作的〈憶秦娥〉「年年柳色，灞陵傷別」，即指此事。這首詩雖未指明地點，細味詩意，可能也是寫灞陵折柳贈別的事。

詩的開頭兩句展現了這樣的場景：初春，水邊（可能指長安灞水之畔）的楊柳，低垂著像酒麴那樣微黃的長條。一對離人將要在這裡分手，行者駐馬，伸手接過送者剛折下的柳條，說一聲：「煩君折一枝！」煩者，勞也，是行者向送者表示謝意。這一情景，儼然是一幅「灞陵送別圖」。

末兩句「惟有春風最相惜，殷勤更向手中吹」，從語氣看，似乎是行者代手中的柳枝立言。在柳枝看來，此時此地，萬物之中只有春風最相愛惜，雖是被折下，握在行人手中，春風還是殷勤地吹拂著，真是多情啊！詩句以物比人，蘊含深情。柳枝被折下來，離開了根本，猶如行人將別。所以行者借折柳自喻，而將送行者比作春風。意謂：只有您如春風殷勤吹拂折柳那樣，帶著深沉真摯的感情來為我送行。只有您對我這個遠行人「最相惜」呀！這層意思正是「煩君折一枝」所表現的感激之情的深化和發展。詩人巧妙地以春風和柳枝的關係來比喻送者和行者的關係，生動而貼切，堪稱巧比妙喻。

這首詩是從行者的角度來寫，在行者眼裡看來，春風吹柳似有「相惜」之意與「殷勤」之態，彷彿就是前來送行的友人。這是一種十分動情的聯想和幻覺，行者把自己的感情滲透到物象之中，本來是無情的東西，看去也變得有情了。正如宋謝枋得評此詩時所說：「楊柳已折，生意何在，春風披拂，如有愛惜之心，此無情似有情也。」（明代高棅《唐詩品彙》引）這種化無情之物為有情之物的手法，是古典詩歌所常用的。如唐元稹〈第三歲日詠春風憑楊員外寄長安柳〉云：「三日春風已有情，拂人頭面稍憐輕。」宋劉攽〈新晴〉詩曰：「唯有南風舊相識，偷開門戶又翻書。」都是移情於物，日僧空海稱為「物色帶情」（《文鏡祕府論・南・論文意》）。這不是一般的擬人化，不是使物的自然形態服從人的主觀精神，成了人的象徵，而是讓人的主觀感情移入物的自然形態，保持物的客觀形象。

我們說末兩句耐人尋味，主要是採用了巧比妙喻和物色帶情的藝術手法，這正是此詩成功之處。（林東海）

城東早春　楊巨源

詩家清景在新春，綠柳才黃半未勻。
若待上林花似錦，出門俱是看花人。

這首詩寫詩人對早春景色的熱愛。據詩的第三句，題中的「城」當指唐代京城長安。作者曾任太常博士、禮部員外郎、國子司業等職，此詩約為在京任職期間所作。

上聯可結合詩題來理解。首句是詩人在城東遊賞時對所見早春景色的讚美。意思是說，為詩家所喜愛的清新景色，正在這早春之中；也就是說，這清新的早春景色，最能激發詩家的詩情。「新春」就是早春。「詩家」是詩人的統稱，並不僅指作者自己。一個「清」字很值得玩味。這裡不僅指早春景色本身的清新可喜，也兼指這種景色剛剛開始顯露出來，還沒引起人們的注意，所以環境也很清幽。

第二句緊接首句，是對早春景色的具體描寫。早春時，柳葉新萌，其色嫩黃，稱為「柳眼」。「才」字，「半」字，都是暗示「早」。如果只籠統地寫柳葉初生，雖也是寫「早春」，但總覺淡而無味。詩人抓住了「半未勻」這種境界，使人彷彿見到綠枝上剛剛露出的幾顆嫩黃的柳眼，那麼清新悅人。這不僅突出了「早」字，而且把早春之柳的風姿寫得十分逼真。生動的筆觸蘊含著作者多少歡悅和讚美之情。早春時節，天氣寒冷，百花尚未綻開，唯柳枝新葉，衝寒而出，最富有生機，最早為人們帶來春天的消息。寫新柳，正是抓住了早春景色的特徵。

上面已將早春之神寫出，如再作具體描繪，必成贅疣。下聯用「若待」兩字一轉，改從對面著筆，用芳春的穠麗景色，來反襯早春的「清景」。「上林」即上林苑，故址在今陝西西安市西，建於秦代，漢武帝時加以擴充，為漢宮苑，詩中用來代指京城長安。繁花似錦，寫景色的穠豔已極；遊人如雲，寫環境之喧嚷若市。然而這種景色人人盡知，已無新鮮之感。此與上聯，正好形成鮮明的對照，更加反襯出作者對早春清新之景的喜愛。

此詩納清極、穠極之景於一篇，格調極輕快。詩篇特從「詩家」的眼光來寫，又寓有理趣，也可以把它看作一種創作見解：即詩人必須感覺銳敏，努力發現新的東西，寫出新的境界，不能人云亦云，老是重複那些已經熟濫的舊套。（王思宇）

武元衡

【作者小傳】（七五八～八一五）字伯蒼，緱氏（今河南偃師南）人。唐德宗建中進士。歷官比部員外郎、御史中丞等職，官至門下侍郎、同中書門下平章事。後以主張討伐淮西，被平盧節度使李師道遣刺客刺死。長於五言詩。《全唐詩》存其詩兩卷。（新、舊《唐書》本傳、《唐才子傳》卷四）

春興 武元衡

楊柳陰陰細雨晴，殘花落盡見流鶯。
春風一夜吹鄉夢，又逐春風到洛城。

唐代詩人寫過許多出色的思鄉之作。悠悠鄉思，常因特定的情景所觸發，又往往進一步發展成為悠悠歸夢。武元衡這首〈春興〉，就是春景、鄉思、歸夢三位一體的佳作。

題目「春興」，指因春天的景物而觸發的感情。詩的開頭兩句，就從春天的景物寫起。

「楊柳陰陰細雨晴，殘花落盡見流鶯。」這是一個細雨初晴的春日。楊柳的顏色已經由初春的鵝黃嫩綠轉為一片翠綠，枝頭的殘花已經在雨中落盡，露出了在樹上啼鳴的流鶯。這是一幅典型的暮春景物圖畫。兩句中雨晴與柳暗、花盡與鶯見之間又存在著因果聯繫——「柳色雨中深」，細雨的灑洗，使柳色變得深暗了；「鶯語花底滑」，落盡殘花，方露出流鶯的身姿，從中透露出一種美好的春天景物即將消逝的意象。異鄉的春天已經在柳暗花殘中悄然逝去，故鄉的春色此時想必也凋零闌珊了吧。那漂蕩流轉的流鶯，更容易觸動羈泊異鄉的情懷。觸景生情，悠悠鄉思便不可抑止地產生了。

「春風一夜吹鄉夢，又逐春風到洛城。」這是兩個出語平易自然，而想像卻非常新奇，意境也非常美妙的詩句。上句寫春風吹夢，下句寫夢逐春風，一「吹」一「逐」，都很富表現力。它使人聯想到，那和煦的春風，像是給入眠的思鄉者不斷吹送故鄉春天的信息，這才釀就了一夜的思鄉之夢。而這一夜的思鄉之夢，又隨著春風的蹤跡，飄飄蕩蕩，越過千里關山，來到日思夜想的故鄉——洛陽城（武元衡的家鄉是在洛陽附近的緱氏縣）。在詩人筆下，春風變得特別多情，它彷彿理解詩人的鄉思，特意來殷勤吹送鄉夢，為鄉夢作伴引路；而無形的鄉夢，也似乎變成了有形的縷縷絲絮，抽象的主觀情思，完全被形象化了。

不難發現，在整首詩中，「春」扮演了一個貫串始終的角色。它觸發鄉思，引動鄉夢，吹送歸夢，無往不在。由於春色春風的熏染，這本來不免帶有傷感悵惘情調的鄉思鄉夢，也似乎滲透了春的溫馨明麗色彩，而略無沉重悲傷之感了。詩人的想像是新奇的。在詩人的意念中，這種隨春風而生、逐春風而歸的夢，是一種心靈的慰藉和美的欣賞。末句的「又」字，不但透露出鄉思的深切，也流露了詩人對美好夢境的欣喜愉悅。

這首詩所寫的情事本極平常：看到暮春景色，觸動了鄉思，在一夜春風的吹拂下，做了一個還鄉之夢。而詩人卻在這平常的生活中提煉出一首美好的詩來。在這裡，藝術的想像無疑起了決定性的作用。（劉學鍇）

贈道者　武元衡

麻衣如雪一枝梅，笑掩微妝入夢來。
若到越溪逢越女，紅蓮池裡白蓮開。

此詩的題目一作〈贈送〉。如果是後一個題目，那麼，他寫贈的對象就不一定是個女道士。但無論用哪一個題目，都不難看出，詩人所要著意描繪的是一個漂亮的白衣女子，並且對她的美色是頗為傾倒的。

首句中的「麻衣如雪」，出於《詩經．曹風．蜉蝣》，這裡借用來描畫女子所穿的一身雪白的衣裳。在形容了女子的衣著以後，詩人又以高雅素潔的白梅來比擬女子的體態、風韻。次句中的「微妝」，是「凝妝」、「濃妝」的反義詞，與常用的「素妝」、「淡妝」意義相近。「笑掩」寫女子那帶有羞澀的微笑。這女子是如此動人，她曳著雪白的衣裙，含情脈脈地微笑著，正姍姍來到詩人的夢境。

從甜蜜的夢境中醒來，詩人不禁浮想聯翩，以至在他眼前呈現出了一個富有詩意的美麗境界：他彷彿看到這一女子來到越國的一條溪水邊，走進一群穿著紅色衣裳的浣紗女子中間，那風姿，那神韻，是這般炫人眼目，就像是開放在一片紅色荷花中的一朵亭亭玉立的白蓮。這兩句，以「若」字領起，說明這是詩人的假想之詞。首兩句說的是女子的神，此兩句則是說女子的形，然而在寫法上卻不似前兩句作直接的描繪，而以烘托之法讓人去想像和思索。「越溪」是春秋末年越國美女西施浣紗的地方。當女子置身於漂亮的越女中間時，她便像是紅蓮池中開放的一朵玉潔冰清的白蓮。她的婀娜嬌美，自然不言而喻了。

表現上，此詩主要採用了擬物的手法。一處用「一枝梅」，一處用「白蓮」，後者尤其給人以深刻的印象。當然，以蓮花比美人，並不是武元衡的獨創。稍晚於武元衡的白居易也曾以蓮花比女子，如「姑山半峰雪，瑤水一枝蓮」（〈玉真張觀主下小女冠阿容〉）。但比較地說，白居易只是運用了擬物一種手法，以形象顯出單純的美；武元衡在擬物時，兼用了烘托的手法，讓詩中女子在一群越女的映襯下亮相，然後再過渡到蓮花的比擬上，更有一種優美的意境和特殊的藝術效果。不過，全詩的情調只是在吐露對白衣少女美貌的神往之情，詩旨便不可取了。（陳志明）

竇牟

【作者小傳】（約七四九～八二二）字貽周，扶風平陵（今陝西咸陽）人。唐德宗貞元進士，歷任留守判官、尚書都官郎中、澤州刺史，終國子司業。原有集，已散佚。《全唐詩》存其詩二十一首。（新、舊《唐書》本傳、《唐才子傳》卷四）

奉誠園聞笛　竇牟

曾絕朱纓吐錦茵，欲披荒草訪遺塵。
秋風忽灑西園淚，滿目山陽笛裡人。

唐代絕句因入樂關係，一般以自然為宗，不尚用典。但作獨立的抒情詩時，適當的用典，利用現成的材料啟發讀者的聯想，常能以少許字表達出豐富的思想感情。而用典又有實用、虛（活）用之分，須分別情況用之，方能曲盡其妙。從這方面說，竇牟這首憑弔之作是很可借鑑的。

「奉誠園」，原是唐代中興名將馬燧的園苑，在長安安邑坊內。馬氏以功蓋一時封北平郡王，但曾遭德宗猜忌。身後，其家屢遭中官及豪幸侵漁，其子馬暢因懼禍而獻園於德宗，遂改園名為「奉誠」。此詩抒發作者憑弔故園遺址的感慨。

馬燧不但是良將而且是有名的循吏。史載他務勤教化，止橫徵，去苛煩；寬以待下，士眾臨陣「無不感慨用命，鬥必決死」（《新唐書‧馬燧傳》）。馬氏一生大節，追述起來，足成一書。但作者運用典故，只一句就把這意思靈活表達出來了。「絕纓」事出《說苑‧復恩》：楚莊王有一次夜宴群臣，燭忽滅，有人戲牽宮中美人衣，美人扯斷其冠纓以告王。莊王不欲因此處分人，遂命群臣皆絕纓而後燃燭，使得難以識別出先絕纓的那個人來。後來那個人臨陣特別賣命。「吐茵」事出《漢書‧魏相丙吉傳》：丙吉為丞相時，有一次他的車夫嘔吐於車上，左右欲斥逐車夫，丙吉卻說不過弄髒一張車茵（席），無須大驚小怪。此詩首句就是透過這兩個典型的故事，刻畫出一個目光遠大、胸次寬廣的人物形象。一句中實用兩事，語言極凝練。

二句直陳追慕先賢的心情，「欲披荒草訪遺塵」。詠憑弔事兼寫出舊園遺址的荒涼。「朱纓」、「錦茵」與「荒草」、「遺塵」的對照，突出了一種今昔盛衰之感。

緊接著，後兩句寫詩人懷古傷今的悲痛，又用了兩個典故。「西園」係漢末建安詩人宴遊之所，為曹植所建，後經喪亂，曾與其會的劉楨舊地重遊，感懷為詩云：「步出北門寺，遙望西苑園。……乖人易感動，涕下與衿連。」（〈贈徐幹〉）「西園淚」即謂此。「山陽」（今河南修武）為魏晉之際竹林七賢舊遊之地，七賢中的嵇康被司馬氏殺害後，向秀重過其舊居，聽到鄰人吹笛，因而想到昔日遊宴之樂，作〈思舊賦〉。「山陽笛」即指此。用此二事寫物是人非之慨是很貼切的。但這兩句用典與前兩句有所不同，它是融合在寫景抒情之中的。秋風、園苑，是眼前景；聞笛、下淚，是眼前事。但謂之「山陽笛」、「西園淚」，就賦予笛、淚以特定感情內容，限制同時又豐富了詩意的內涵。三句的「忽」字值得玩味，「披荒草訪遺塵」，尚能自持，忽然灑淚，卻是「聞笛」的緣故。「聽鳴笛之慷慨兮，妙聲絕而復尋」（〈思舊賦〉），那如泣如訴的笛聲，一下把詩人推入向秀賦的意境，使他愴然涕下。所謂「山陽笛裡人」，是向秀因聞笛而感傷懷念的逝者。〈思舊賦〉中還說：「惟（思念）古昔以懷今兮，心徘徊以躊躇。棟宇存而弗毀兮，形神逝其焉如（何往）」，正好借來作為「欲披荒草訪遺塵」到「滿目山陽笛裡人」的注腳。但也不盡是懷舊而已，它包含一種不平之鳴，就是如沈德潛所說「傷馬氏以見德宗之薄」（《唐詩別裁集》卷二十）。

如前所述，後兩句用典較虛（活），前兩句用典較實。其中道理，可用宋姜夔的「僻事實用，熟事虛用」（《白石道人詩說》）八字說明。僻事如用得太虛，則不易為人理會，故宜實用。「絕纓」、「吐茵」之事，旁人罕用，就屬僻事之列。熟事如用得過實，則未免乏味，活用則耐人含咀。「山陽笛」為人所習用，就屬熟事之列。

趙嘏〈經汾陽舊宅〉云：「門前不改舊山河，破虜曾輕馬伏波。今日獨經歌舞地，古槐疏冷夕陽多。」是懷念中興元勛郭子儀之作，主題與此詩略近。對照讀，則趙詩見白描之工，而此詩擅用典之妙。（周嘯天）

囉嗊曲六首（其一、其三、其四）　無名氏

不喜秦淮水，生憎江上船。載兒夫婿去，經歲又經年。
莫作商人婦，金釵當卜錢。朝朝江口望，錯認幾人船。
那年離別日，只道住桐廬。桐廬人不見，今得廣州書。

《全唐詩》錄〈囉嗊曲〉六首，以劉采春為作者，而元稹詩中只說她「能唱」，唐范攄《雲溪友議・艷陽詞》則說「采春所唱一百二十首，皆當代才子所作」，接著舉引了她所唱的歌詞七首，其中六首五言的與《全唐詩》所錄相同，另一首七言的卻是唐德宗貞元年間詩人于鵠的〈江南曲〉。因此，這〈囉嗊曲〉雖是劉采春所唱，卻不一定是她所作。明胡應麟《詩藪・內編》卷六指出六首中的「四首，工甚，非晚唐調」，並說：「今係采春，非也。」據《雲溪友議》記述，劉采春是中唐時的一位女伶，擅長演唐代流行的參軍戲。元稹曾有一首〈贈劉采春〉詩，讚美她「言辭雅措風流足，舉止低徊秀媚多」，「選詞能唱〈望夫歌〉」。〈望夫歌〉就是〈囉

嗊曲〉。清方以智《通雅》卷二十九〈樂曲〉云：「囉嗊猶來羅。」「來羅」有盼望遠行人回來之意。據說，「采春一唱是曲，閨婦、行人莫不漣泣」，可見當時此曲歌唱和流行的情況。

此曲的作者是誰，不妨存疑，值得提出的是無名氏的此曲在佳作如林的唐代詩壇上贏得了詩評家的推重。清管世銘在《讀雪山房唐詩鈔》中說：「司空曙之『知有前期在』，金昌緒之『打起黃鶯兒』，……劉采春所歌之『不喜秦淮水』，蓋嘉運所進之『北斗七星高』，或天真爛漫，或寄意深微，雖使王維、李白為之，未能遠過。」清潘德輿在《養一齋詩話》中更稱此曲為「天下之奇作」。這類當時民間流行的小唱，在文人詩篇之外，確實另有風貌，一幟別樹，以濃厚的民間氣息，給人以新奇之感。其寫作特色是：直敘其事，直表其意，直抒其情，在語言上脫口而出，不事雕琢，在手法上純用白描，全無烘托，而自饒姿韻，風味可掬，有司空圖《二十四詩品》所說的「不取諸鄰」、「著手成春」之妙。

「不喜秦淮水」一首，表達的是因長期與夫婿分別而產生的閨思。這本是一個陳舊而常見的題材，但它卻於陳中見新，常中見奇，把想入非非的念頭、憨態橫生的口語寫入詩篇，使人讀詩如見人。這位少婦在獨處空閨、百無聊賴之際，想到夫婿的離去，一會怨水，一會恨船，既說「不喜」，又說「生憎」；想到離別之久，已說「經歲」，再說「經年」，好像是胡思亂想，想到哪裡就說到哪裡，但卻情真意切，生動地傳出了閨中少婦的「天真爛漫」的神態，正如清沈德潛在《唐詩別裁集》卷十九中所評：「『不喜』、『生憎』、『經歲』、『經年』，重複可笑，的是兒女子口角。」應當說，把離恨轉嫁給水和船的作品並非絕無僅有，例如宋晁補之在一首〈憶少年·別歷下〉詞中曾怨「無情畫舸」，劉長卿在一首〈送李判官之潤州行營〉詩中也抱怨「江春不肯留行客」，但都不如這首詩之風韻天成，妙語生姿。

「莫作商人婦」一首，寫因盼歸不歸而產生的怨情，也就是李益〈江南曲〉「嫁得瞿塘賈，朝朝誤妾期」

的意思。前一首怨水恨船，當然並不是真正怨恨所注，到這一首才點出真正怨恨的對象原來是他的夫婿，而夫婿之可怨恨，因為他是白居易〈琵琶行〉中所說的「重利輕別離」的商人。商人去後，自然盼其歸來，而又不知歸期何日，就只有求助於占卜。前面提到《雲溪友議》所舉劉采春的唱詞中有一首于鵠的〈江南曲〉，後兩句是「眾中不敢分明語，暗擲金錢卜遠人」，也寫占卜歸期。這裡用金釵代替金錢，想必為了取用便利，可見其占卜之勤。而由於歸期無定，就又抱著隨時會突然歸來的希望，所以在占卜的同時，還不免要「朝朝江口望」。但望了又望，帶來的只是失望，得到的只是「錯認幾人船」的結果。溫庭筠〈夢江南〉其二詞「梳洗罷，獨倚望江樓。過盡千帆皆不是，斜暉脈脈水悠悠。腸斷白蘋洲」，宋柳永〈八聲甘州〉詞「想佳人、妝樓顒望，誤幾回、天際識歸舟」，也都是寫錯認船。但這首詩所表達的感情更樸素，更真切。從全詩看，這位少婦既以金釵權當卜錢，又朝朝江口守望，足以說明其望歸之切、期待之久，而錯認船後的失望之深也就可想而知了。

「那年離別日」一首，寫夫婿逐利而去，行蹤無定。張潮有首〈江南行〉：「茨菰葉爛別西灣，蓮子花開猶未還。妾夢不離江上水，人傳郎在鳳凰山。」所寫情事，與這首詩所寫有相似之處。「朝朝江口望」，一心望夫婿歸來，而不料愈行愈遠。這正是望而終於失望的原因，正是每次盼到船來以為是夫婿的歸船，卻總是空歡喜一場的原因。正如清李鍈在《詩法易簡錄》中所分析：「桐廬已無歸期。今在廣州，則去家益遠，歸期益無日矣。只淡淡敘事，而深情無盡。」長期分離，已經夠痛苦了；加上歸期難卜，就更痛苦；再加以行蹤無定，愈行愈遠，是痛苦上又加痛苦。在這種情況下，詩中人只有空閨長守，一任流年似水，青春空負，因而接著在下一首詩中不禁發出「昨日勝今日，今年老去年。黃河清有日，白髮黑無緣」這樣近乎絕望的悲嘆了。

隨著唐代商業的發達，嫁作商人婦的少女越來越多，因而有〈囉嗊曲〉之類的作品出現；而閨婦、行人之所以聽到此曲「莫不漣泣」，正因為它寫的是一個有社會意義的題材，寫出了商人家庭的矛盾和苦悶。（陳邦炎）

劉商

【作者小傳】字子夏，彭城（今江蘇徐州）人。唐代宗大曆進士，官至檢校禮部郎中、汴州觀察判官。能文善畫。詩以樂府見長。《全唐詩》存其詩二卷。（《唐詩紀事》卷三二、《唐才子傳》卷四）

畫石

劉商

蒼蘚千年粉繪傳，堅貞一片色猶全。

那知忽遇非常用，不把分銖補上天！

這是一首題畫詩。作者劉商，詩人兼畫家。他本人愛畫松石樹木。這幅題詩的畫，也許就是劉商本人的創作。根據詩作的內容，作者是用這一詩一畫來表現自己的精神境界，寄託自己的理想、抱負不能施展的悲憤。

開頭兩句寫畫石本身，相當於一般抒情詩中的寫景。「蒼蘚千年」與「堅貞一片」是「千年蒼蘚」與「一片堅貞」的倒文。這兩句的大意是：一塊古老的長滿了青苔的石頭出現在畫面上，它那一片堅貞的內質，透過畫上的設色充分表現了出來。既贊石，又贊畫，亦即自贊。神完氣足，猶如累巨石於高岡，為下文的反跌蓄勢。

前兩句借畫說石，後兩句便只就「石」生發。它沒有順著上文說下去，卻以「那知」二字拗轉筆意。「那知忽遇非常用，不把分銖補上天！」感嘆突如其來，如石破天驚，出人意表。就「石」來說，其「非常之用」，即不同尋常的用途，便是「補天」了。「補天」，原是中國古代的一個神話，《淮南子》、《列子》中都有記載。據說在遠古的時候，天上出現缺口，造成了很大的災難。於是，有一個名叫女媧的神煉制出五色石，補好了天上的缺口。因此後代詩人常把煉石補天作為整頓乾坤、挽回頹勢的非常之舉。而今作者卻生感嘆：遇此「補天」機會，卻分銖不能得用，如杜甫所謂「我能拔爾抑塞磊落之奇才」（〈短歌行贈王郎司直〉）者，誰為其人呢？兩句借天上映喻人間，借石頭比擬自身。上下兩幅一起一跌，相反相成，構成一幅完整的貞士不遇圖，完足作者本意。

〈畫石〉一詩，明寫處畫是賓，石是主；暗喻處則石是賓，人是主；天上是賓，人間是主。章法井然，餘地寬闊，耐人尋味。（陳志明、陳長明）

崔護

【作者小傳】（？～八三一）字殷功，藍田（今屬陝西）人。唐德宗貞元進士，官至嶺南節度使。（《本事詩》）

題都城南莊　崔護

去年今日此門中，人面桃花相映紅。
人面不知何處去，桃花依舊笑春風。

這首詩有一段頗具傳奇色彩的本事：「（崔護）舉進士下第，清明日，獨遊都城南，得居人莊。一畝之宮，而花木叢萃，寂若無人。扣門久之，有女子自門隙窺之，問曰：『誰耶？』以姓字對，曰：『尋春獨行，酒渴求飲。』女子以杯水至，開門，設床命坐，獨倚小桃斜柯佇立，而意屬殊厚，妖姿媚態，綽有餘妍。崔以言挑之，不對，目注者久之。崔辭去，送至門，如不勝情而入，崔亦睠盼而歸。嗣後絕不復至。及來歲清明日，忽思之，情不可抑，徑往尋之，門牆如故，而已鎖扃之，因題詩於左扉曰……」（唐孟棨《本事詩·情感》）。

是否真有此「本事」，頗可懷疑。也許竟是先有了詩，然後據以敷演成上述「本事」的。但有兩點似可肯定：一，這詩是有情節性的；二，上述「本事」對理解這首詩是有幫助的。

四句詩包含著一前一後兩個場景相同、相互映照的場面。第一個場面：尋春遇豔——「去年今日此門中，人面桃花相映紅。」如果我們真的相信有那麼一回事，就應該承認詩人確實抓住了「尋春遇豔」整個過程中最美麗動人的一幕。「人面桃花相映紅」，雖自北周庾信〈春賦〉「面共桃而競紅」化出，但運用之妙，不僅為豔若桃花的「人面」設置了美好的背景，襯出了少女光彩照人的面影，而且含蓄地表現出詩人目注神馳、情搖意奪的情狀，和雙方脈脈含情、未通言語的情景。透過這最動人的一幕，可以激發起讀者對前後情事的許多美麗想像。這一點，孟棨的《本事詩》可能正是這樣做的，後來的戲曲（如《人面桃花》）則作了更多的發揮。

第二個場面：重尋不遇。還是春光爛漫、百花吐豔的季節，還是花木扶疏、桃柯掩映的門戶，然而，使這一切都增光添彩的「人面」卻不知何處去，只剩下門前一樹桃花仍舊在春風中凝情含笑。桃花在春風中含笑的聯想，本從「人面桃花相映紅」得來。去年今日，佇立桃柯下的那位不期而遇的少女，想必是凝睇含笑，脈脈含情的；而今，人面杳然，依舊含笑的桃花除了引動對往事的美好回憶和好景不常的感慨以外，還能有什麼呢？「依舊」二字，正含有無限悵惘。

整首詩其實就是用「人面」、「桃花」作為貫串線索，透過「去年」和「今日」同時同地同景而「人不同」的映照對比，把詩人因這兩次不同的遇合而產生的感慨，迴環往復、曲折盡致地表達了出來。對比映照，在這首詩中起著極重要的作用。因為是在回憶中寫已經失去的美好事物，所以回憶便特別珍貴、美好，充滿感情，這才有「人面桃花相映紅」的傳神描繪；正因為有那樣美好的記憶，才特別感到失去美好事物的悵惘，因而有「人面不知何處去，桃花依舊笑春風」的感慨。

儘管這首詩有某種情節性，有富於傳奇色彩的「本事」，甚至帶有戲劇性，但它並不是一首小敘事詩，而是一首抒情詩。「本事」可能有助於它的廣泛流傳，但它本身所具的典型意義卻在於抒寫了某種人生體驗，而不在於敘述了一個人們感興趣的故事。讀者不見得有過類似《本事詩》中所載的遇合故事，但卻可能有過這種人生體驗：在偶然、不經意的情況下遇到某種美好事物，而當自己去有意追求時，卻再也不可復得。這也許正是這首詩保持經久不衰的藝術生命力的原因之一吧。

「尋春遇豔」和「重尋不遇」是可以寫成敘事詩的。作者沒有這樣寫，正說明唐人更習慣於以抒情詩人的眼光、感情來感受生活中的情事。（劉學鍇）

權德輿

【作者小傳】（七五九～八一八）字載之，天水略陽（今甘肅秦安）人。官至禮部尚書同平章事。有《權德輿集》。《全唐詩》存其詩十卷。（新、舊《唐書》本傳、《唐才子傳》卷五）

嶺上逢久別者又別

權德輿

十年曾一別，征路此相逢。
馬首向何處？夕陽千萬峰。

這首小詩，用樸素的語言寫一次久別重逢後的離別。通篇淡淡著筆，不事雕飾，而平淡中蘊含深永的情味，樸素中自有天然的風韻。

前兩句淡淡道出雙方「十年」前的「一別」和今日的「相逢」。從詩題泛稱對方為「久別者」看來，雙方也許並非摯友。這種泛泛之交間的「別」與「逢」，按說「別」既留不下深刻印象，「逢」也掀不起感情波瀾。然而，由於一別一逢之間，隔著十年的漫長歲月，自然會引發雙方的人事滄桑之感和對彼此今昔情景的聯想。所以這彷彿是平淡而客觀的敘述就顯得頗有情致了。

這首詩抒寫的重點，不是久別重逢的感觸，而是重逢後又一次匆匆別離的情味。他們在萬山攢聚的嶺上和夕陽斜照的黃昏偶然重逢，又匆匆作別。詩人撇開「相逢」時的一切細節，直接從「逢」跳到「別」，用平淡而富於含蘊的語言輕輕托出雙方欲別未別、將發未發的瞬間情景——「馬首向何處？夕陽千萬峰。」征路偶然重逢，又即將驅馬作別。馬首所向，是莽莽的群山萬壑，西斜的夕照正將一抹餘光投向峭立無語的山峰。這是一幅在深山夕照中悄然作別的素描。不施色彩，不加刻畫，沒有對作別雙方表情、語言、動作、心理作任何具體描繪，卻自有一種令人神遠的意境。千峰無語立斜陽，境界靜寂而略帶荒涼，使這場離別帶上了黯然神傷的意味。它使人聯想到，在人生征途上，離和合，別與逢，總是那樣偶然，又那樣匆匆，一切都難以預期。詩人固然未必要借這場離別來表現人生道路的哲理，但在面對「馬首向何處？夕陽千萬峰」的情景時，心中悵然若有所思則是完全可以體味到的。第三句不用通常的敘述語，而是充滿詠嘆情調的輕輕一問；第四句則宕開寫景，以景結情，正透露出詩人內心深處的無窮感慨，加強了世路茫茫的情味。可以說，三、四兩句正是詩人眼中所見與心中所感的交會，是一種「此中有真意，欲辨已忘言」（晉陶淵明〈飲酒二十首〉其五）的境界。

值得玩味的是，詩人還寫過一首內容與此極為相似的七絕〈餘干贈別張十二侍御〉：「蕪城陌上春風別，干越亭邊歲暮逢。驅車又愴南北路，返照寒江千萬峰。」兩相比較，七絕刻畫渲染的成分顯著增加了（如「蕪城陌」、「春風別」、「歲暮逢」、「寒江」），而渾成含蘊、自然真切的優點就很難體現。特別是後幅：五絕以詠嘆發問，以不施刻畫的景語黯然收束，渾然一體，含蘊無窮。七絕則將第三句用一般的敘述語來表達，且直接點出「愴」字，不免有嫌於率直發露；末句又施刻畫，失去自然和諧的風調；兩句之間若即若離，構不成渾融完整的意境。從這裡，可以進一步體味到五絕平淡中蘊含深永情味、樸素中具有天然風韻的特點。（劉學鍇）

玉臺體十二首（其十一）　權德輿

昨夜裙帶解，今朝蟢子飛。

鉛華①不可棄，莫是藁砧②歸！

〔註〕①鉛華：鉛粉，此指粉黛之類的化妝品。②藁砧（音同稿真）：本是切草砧石，切草要用鈇（同「斧」），「鈇」與「夫」同音，故六朝人把藁砧作為代指丈夫的隱語。

南朝徐陵曾把梁代以前的詩選作十卷，定名《玉臺新詠》。宋嚴羽說：「或者但謂纖豔者為玉臺體，其實則不然。」（《滄浪詩話》）可知這一詩集，香豔者居多。權德輿此首，標明仿效「玉臺體」，寫的是閨情，感情真摯，樸素含蓄，可謂俗不傷雅，樂而不淫。

人在寂寞煩憂之時，常常要左顧右盼，尋求解脫苦惱的徵兆。特別當春閨獨守，更易表現出這種情緒和心理。古代婦女結腰繫裙之帶，或絲束，或帛縷，或繡條，一不留意，有時就難免綰結鬆弛。這，自古以來被認為是夫婦好合之預兆，當然，多情的女主人公馬上就把這一偶然現象與自己的思夫之情聯繫起來了。啊！「昨夜裙帶解」，莫不是丈夫要回來了嗎？她喜情入懷，寢不安枕，第二天，晨曦臨窗，正又看到屋頂上捕食蚊子的蟢子（喜蛛，一種長腳蜘蛛）飄舞若飛。「蟢」者，「喜」也。「今朝蟢子飛」，祥兆迭連出現，這難道會是偶然的嗎？喜出望外的女主人公於是由衷地默念：「鉛華不可棄，莫是藁砧歸！」我還得好好嚴妝打扮一番，來迎接丈夫的歸來。

這首詩，文字質樸無華，但感情卻表現得細緻入微。像「裙帶解」、「蟢子飛」，這都是些引不起一般人注意的小事，但卻蕩起了女主人公心靈上無法平靜的漣漪。詩又寫得含蓄而耐人尋味。丈夫出門後，女主人公的處境、心思、生活情態如何，作者都未作說明，但從「鉛華不可棄」的心理獨白中，便有一個「豈無膏沐，誰適為容」（《詩經·衛風·伯兮》）的思婦形象躍然紙上。通篇描摹心理，用語切合主人公的身份、情態，仿舊體而又別開生面。（傅經順）

張籍

【作者小傳】（約七六七～約八三〇）字文昌，吳郡（今江蘇蘇州）人。少時僑寓和州烏江（今安徽和縣烏江鎮）。唐德宗貞元進士。歷任太常寺太祝、水部員外郎、國子司業等職，故世稱張司業或張水部。其樂府詩頗多反映當時社會現實之作。和王建齊名，世稱「張王」。有《張司業集》。（新、舊《唐書》本傳、《唐才子傳》卷五）

野老歌　張籍

老農家貧在山住，耕種山田三四畝。苗疏稅多不得食，輸入官倉化為土。
歲暮鋤犁傍空室，呼兒登山收橡實。西江賈客珠百斛，船中養犬長食肉。

張籍是新樂府運動的健將之一，「風雅比興外，未嘗著空文」（白居易〈讀張籍古樂府〉）。其樂府詩之精神與元、白相通，而具體手法略有差異。白居易的諷喻詩往往「意激而言質」（白居易〈與元九書〉），篇幅亦長，故不免有盡、露之疵累。而張籍的樂府，如這首〈野老歌〉（詩題一作〈山農詞〉）作法就不同。

詩共八句，很短，但韻腳屢換。詩意可按韻的轉換分為三層。前四句開門見山，寫山農終年辛勞而不得食。

「老農家貧在山住，耕種山田三四畝」，「山」字兩見，強調這是一位山農。山地貧瘠，廣種薄收，「三四畝」收成不會很多。而深山為農，本有貧困而思逃租之意。但安史亂後的唐王朝處在多事之秋，財政困難，剝削無孔不入。「任是深山更深處，也應無計避征徭」（杜荀鶴〈山中寡婦〉）。「苗疏」意味收成少，收成少而「稅多」，必然產生農人「不得食」的不合理現象。如僅僅寫到糧食「輸入官倉」那樣一種司空見慣的事實為止，深度還不夠，而「化為土」三字的寫出，方才揭示出一種怵目驚心的社會現實。一方面是老農終年做牛馬，使土地長出糧食；一方面是官家不勞而獲，且輕易把糧食「化為土」。這實際上構成一種鮮明的對比關係。好在不但表現出老農被剝奪的痛苦，而且表現出他眼見心血被踐踏的痛心。所以，雖然只道事實，語極平易，讀來至為沉痛，字字飽含血淚。

五、六句寫老農迫於生計不得不採野果充飢，仍是直陳其事：「歲暮鋤犁傍空室，呼兒登山收橡實。」可是，這是多麼發人深思的事實：辛苦一年到頭，贏得的是「空室」——一無所有，真叫人「何以卒歲」（《詩經．豳風．七月》）！冬來農閒，辛苦一年的農具可以傍牆休息，可辛苦一年的人卻不得休息。糧食難收，卻「收橡實」。兩句內涵尚未盡於此，「呼兒登山」四字又暗示出老農衰老羸弱，不得不叫兒子一齊出動，上山採野果。橡實乃橡樹子，狀似栗，可以充飢。寫「呼兒登山收橡實」，又確有山居生活氣息，使人想到杜甫「歲拾橡栗隨狙公，天寒日暮山谷裡」（〈乾元中寓居同谷縣作歌七首〉其二）的名句，沒有生活體驗或對生活的深入觀察，難以寫出。

老農之事，敘猶未已，結尾兩句卻旁鶩一筆，牽入一「西江賈客」。桂、黔、鬱三江之水在廣西蒼梧縣合流，東流為西江，亦稱上江。「西江賈客」當指廣西做珠寶生意的商人，故詩中言「珠百斛」。其地其人與山農野老似全不相干，詩中又沒有敘寫的語言相聯絡，跳躍性極顯。然而，一邊是老小登山攀摘野果，極度貧困；一邊是「船中養犬長食肉」，極度奢靡，又構成一種鮮明對比。人不如狗，又揭示出一種極不合理的社會現象。

豢養於船中的狗與獵犬家犬不同，純是飽食終日，無所事事，這形象本身也能引起意味深長的聯想。作者〈賈客樂〉一詩結尾「農夫稅多長辛苦，棄業寧為販寶翁」，手法與此略同，但有議論抒情成分，而此詩連這等字面也沒有，因而更見含蓄。

全詩似乎只擺一擺事實就不了了之，像一個沒有說完的故事，與「卒章顯其志」（白居易〈新樂府序〉）的作法完全相反；但讀來發人深思，詩人的思想傾向十分鮮明，揭露現實極其深刻。其主要的手法就在於形象的對比。詩中兩次對比，前者較隱，後者較顯，運用富於變化。人物選擇為一老者，尤見剝削之殘酷，及世道之不合理，也愈有典型性。篇幅不長而韻腳屢換，給人活潑圓轉的印象；至如語言平易近人，又頗有白詩的好處。（周嘯天）

猛虎行

張籍

南山北山樹冥冥，猛虎白日繞村行。向晚一身當道食，山中麋鹿盡無聲。
年年養子在深谷，雌雄上下不相逐。谷中近窟有山村，長向村家取黃犢。
五陵年少不敢射，空來林下看行跡。

這是一首以樂府體寫的寓言詩，寫猛虎危害村民的情景，當然也可以看成影射社會上某些惡勢力的猖獗，啟示人們認識現實。全詩比喻貼切，描寫生動。

詩的開頭，點出猛虎所居，及其大膽妄為之狀：「南山北山樹冥冥，猛虎白日繞村行。」猛虎本出入深邃幽暗的山林，而在光天化日之下竟敢繞村尋釁，我們可理解為惡勢力依仗權勢，肆意橫行。兩句發端立意，統領全篇。

接著，步步深入地刻畫老虎的凶惡殘暴、肆無忌憚之舉。

「向晚一身當道食，山中麋鹿盡無聲。」傍晚之際，猛虎孤身在大路上捕食生靈。這富有啟迪性的詩句，不禁使人們想到羽林軍的「樓下劫商樓上醉」（王建〈羽林行〉），宦官們名買實奪的「宮市」，方鎮們的「政由己出」，屠城殺人，以及貪官們的稅外「賦斂」羨餘，這些不都是趁朝廷黯弱之際的「當道」捕食嗎？懾於猛虎的淫威，山中的麋鹿不敢有半點動靜，這與當時社會上一片恐怖，善良的人民只好戰戰兢兢、忍氣吞聲地生活的情景極其相似。

「年年養子在深谷，雌雄上下不相逐。」這兩句寫虎的習性，「年年養子」，虎患將未有窮時。這使人聯想當時人世間的惡勢力有著非常深廣的社會聯繫，皇親國戚，豪門大族，利用封建宗族和裙帶關係，結成盤根錯節、根深蒂固的統治集團，官官相護，上下勾結，各霸一方，危害百姓。

猛虎施虐為害，受害最深的要算靠近虎穴的山村了：「谷中近窟有山村，長向村家取黃犢。」「黃犢」即小黃牛。黃牛是農家的重要生產力，「取犢」而去，民何以堪！這兩句是說老虎把爪牙伸向了附近的山莊，把農家的小黃牛咬死、吃掉，這又與人中之「虎」用「殺雞取卵」、「竭澤而漁」的殘酷手段虐害人民，弄得民不聊生的情形何異！

描寫「猛虎」之害，至此已淋漓盡致，最後筆觸轉向「射虎」之人：「五陵年少不敢射，空來林下看行跡。」五陵是長安西北的地名，因漢代的五個皇帝的陵墓於此而得名。五陵年少，一般指豪俠少年。這兩句，字面是說，這些猛虎作惡多端，就連那些號稱善於騎射，以豪俠自命的人也不敢惹，為掩人耳目，虛張聲勢，故作姿態，他們「空來林下看行跡」，實則含有辛辣的嘲諷。

詩人胸中怨悱，不能直言，便以低迴要眇之言出之，國事之憂思，隱然蘊於其內。全詩處處寫猛虎，句句可喻人事。寫「虎」能符合虎之特徵，寓事能見事之所指，寄思遙深。讀者苟有會心，自見無窮感慨。（傅經順）

牧童詞 張籍

遠牧牛，遶村四面禾黍稠。
陂中飢烏啄牛背，令我不得戲壟頭。入陂草多牛散行，白犢時向蘆中鳴。
隔堤吹葉應同伴，還鼓長鞭三四聲：「牛牛食草莫相觸，官家截爾頭上角！」

這首民歌體的政治諷刺詩，是用一個牧童的口吻寫的。

因為村子四周禾黍稠密，怕牛吃了莊稼，所以把它遠遠地放入陂（音同皮）中。沿河的陂岸，泉甘草美，真是個放牧的好地方。放到這兒來的牛可多著哩！牛自由自在地吃草，喝水，牧童又何嘗不想到山坡上和別的牧童去玩一會兒。可是討厭的鳥兒，在天空盤旋。它們餓了，老是要飛到牛背上去啄蟣虱。怎能丟下不管呢？牛性是好鬥的，特別是牧童放的這頭小白牛更淘氣，它時而低頭吃草，時而舉頭長鳴。這鳴聲該不會是尋找觸角的對象的信號吧？真叫人擔心，一刻也不能離開它。此時，牧童耳邊忽然傳來一個熟悉的聲音，有人捲著蘆葉在吹口哨。他知道是他的同伴放著牛在堤的那一邊，於是他也學著樣兒，捲著葉子吹起來，互相應和；一面監視著這正在吃草的牛，抖動幾下手裡的長鞭，並且向牛說了下面兩句警告的話。這話裡是有個典故的。

原來，北魏時，拓跋輝出任萬州刺史，從信都到湯陰的路上，因為需要潤滑車輪的角脂，派人到處生截牛角，嚇得老百姓都不敢把牛放出來。這一橫暴故事在民間廣泛流傳，牧童們誰都知道。「官家截爾頭上角」，是這牧童揮鞭時隨口說出來的。這話對無知的牛來說，當然無異「彈琴」，可是在牧童卻認為是有效的恐嚇。為什麼會如此呢？這是值得深長思之的。

唐朝自安史亂後，藩鎮割據，內戰不停。官府藉口軍需而搶奪、宰殺民間耕牛，是極常見的事。和張籍同時的詩人元稹在〈樂府古題‧田家詞〉裡就有所反映：「六十年來兵簇簇，月月食糧車轆轆。一日官軍收海服，驅車駕車食牛肉。」連肉都被吃光，那頭上兩隻角截下熬角脂，自然不在話下！這就是當時的客觀現實。對於這種現實，張籍這詩裡並未作任何描寫，只是結尾時借牧童的口，輕輕地點了一下，筆意在若有若無之間；而人民對官府畏懼和對抗的心情，也就可以想見了。

全詩十句，是一幅絕妙的牧牛圖。前八句生動曲折地描繪了牧場的環境背景、牧童的心理活動和牛的動態，情趣盎然。然而詩的主題並不在此；直到最後兩句，我們才能看出詩人用意之所在。從前面八句轉入最後兩句，如信手拈來，用筆十分自然；寓尖銳諷刺於輕鬆調侃之中，用意又是多麼的明快而深刻！

詩歌語言樸直清新，明白如話，表現出一種「由工入微，不犯痕跡」（明王世貞《藝苑卮言》卷四評王維語）的精湛功夫。（馬茂元）

節婦吟　張籍

君知妾有夫，贈妾雙明珠；感君纏綿意，繫在紅羅襦。

妾家高樓連苑起，良人執戟明光裡。知君用心如日月，事夫誓擬同生死。

還君明珠雙淚垂，恨不相逢未嫁時。

此詩一本題下註云：「寄東平李司空師道。」李師道是當時藩鎮之一的平盧淄青節度使，又冠以檢校司空、同中書門下平章事的頭銜，其勢炙手可熱。中唐以還，藩鎮割據，用各種手段，勾結、拉攏文人和中央官吏。而一些不得意的文人和官吏也往往去依附他們，韓愈曾作〈送董邵南序〉一文婉轉地加以勸阻。張籍是韓門大弟子，他的主張統一、反對藩鎮分裂的立場一如其師。這首詩便是一首為拒絕李師道的勾引而寫的名作。通篇運用比興手法，委婉地表明自己的態度。單看表面完全是一首抒發男女情事之詩，骨子裡卻是一首政治詩。題為〈節婦吟〉，即用以明志。

此詩似從漢樂府〈陌上桑〉、〈羽林郎〉脫胎而來，但較之前者更委婉含蓄。

首二句說這位既明知我是有夫之婦，還要對我用情，此君非守禮法之士甚明，語氣中帶微辭，含有譴責之意。這裡的「君」，喻指藩鎮李師道；「妾」是自比。十字突然而來，直接指出師道的別有用心。

接下去詩句一轉，說道：我雖知君不守禮法，然而又為你情意所感，忍不住親自把君所贈之明珠繫在紅羅襦上。表面看，是感師道的知己；如果深一層看，話中有文章。

繼而又一轉，說自己家的富貴氣象，良人是執戟明光殿的衛士，身屬中央。古典詩詞，傳統以夫婦比喻君臣。這兩句意謂自己是唐王朝的士大夫。

緊接兩句作波瀾開合，感情上很矛盾：前一句感謝對方，安慰對方；後一句斬釘截鐵地申明己志，「我與丈夫誓同生死」！

最後以深情語作結，一邊流淚，一邊還珠，言辭委婉，而意志堅決。

此詩富有民歌風味，它的一些描寫，在心理刻畫中顯示，寫得如此細膩，熨帖，入情入理，短幅中有無限曲折，真所謂「一波三折」。

「你雖有一番『好意』，我不得不拒絕。」這就是張籍所要表達的。可是它表達得這樣委婉，李師道讀了，也就無可奈何了。（錢仲聯、徐永端）

湘江曲　張籍

湘水無潮秋水闊，湘中月落行人發。
送人發，送人歸，白蘋茫茫鷓鴣飛。

張籍的樂府詩，白居易曾有過「尤工樂府詩，舉代少其倫」（〈讀張籍古樂府〉）的評價。他宦遊湖南時寫的〈湘江曲〉，更是語淺情深，看似平常然而奇崛的一首。

這首詩，寓新語於古風，寫來淺白輕靈而富於情韻。詩的首句先點染秋日湘江的景色。秋日湘江，無風無浪，放眼望去，更顯得江面開闊。七個字中出現兩個「水」字，這是詩詞中常見的「同字」手法。前一個「湘水」，點明送行的地點，後一個「秋水」，點明時令正是使離人多感的秋天，筆意輕捷而饒變化。聯繫全詩送別的情境來理解，秋江的無潮正反襯出詩人心潮難平；秋江的開闊正反照出詩人心情的愁苦鬱結。

次句「湘中月落行人發」，具體交代送行的時間，是玉兔已沉、晨光熹微的黎明時分。第一句著重寫空間，第二句著重寫時間，而且，次句開始的「湘中」和首句開始的「湘水」，「湘」字重複，不僅加濃了地方色彩的渲染，也加強了音韻的迴環往復之美。

流利自然，是樂府詩的特色之一，而在句式上用了長短句，是獲得流利自然的藝術效果的一個重要因素。這首詩的後半首就是這樣。

「送人發，送人歸」，以「頂針」格的修辭手法緊承第二句，前後連用三個「人」字，兩個「送」字，兩個「發」字，加強了詩的珠走泉流、迴旋複沓的旋律，再加上「發」與「歸」的漸行漸遠的進層描寫，就對送別的意緒作了反覆其言的充分渲染。如果說，前面兩個七字句彈奏的還是平和舒緩的曲調，那麼，「送人發，送人歸」，則為變奏之聲，急管繁弦，就「淒淒不似向前聲」（白居易〈琵琶行〉）了。

最後一句是寫斯人已去的情景。「白蘋茫茫」是江上所見，回應開篇對秋江的描寫，詩人佇立江邊遙望征帆遠去的情態，見於言外；「鷓鴣飛」是寫江邊所聞，和茫茫的白蘋動靜互映，那鷓鴣的「行不得也，哥哥」的啼鳴，彷彿更深微地傳達了詩人內心的離愁和悵惘。這種以景結情的落句，更給人以無窮的回味。

「絕妙江南曲，淒涼怨女詩。古風無手敵，新語是人知。」（姚合〈贈張籍太祝〉）張籍這首詩，特別是他的那些優秀的樂府詩章，淺語皆有致，淡語皆有味，達到了語淺情深、平中見奇的藝術境界，因而為人們所傳唱。（李元洛）

成都曲

張籍

錦江近西煙水綠，新雨山頭荔枝熟。
萬里橋邊多酒家，遊人愛向誰家宿？

這是張籍遊成都時寫的一首七絕，詩透過描寫成都市郊的風物人情和市井繁華景況，表現了詩人對太平生活的嚮往。因為這詩不拘平仄，所以用標樂府體的「曲」字示之。

錦江，以江水清澄、濯錦鮮明而著稱。它流經成都南郊，江南為郊野，江北為市區，江中有商船。地兼繁華、幽美之勝。詩的前兩句展現詩人順錦江西望時的美景。新雨初霽，在綠水煙波的背景下，山頭嶺畔，荔枝垂紅，四野飄溢清香。那如畫的景色何等誘人！這兩句寫眼前景，景中含情，韻味深長，如跳動的音符，悠揚的旋律，撥動了人們的心弦。

上面寫郊野景色，後兩句則是由於「橋」和「酒家」的跳入眼簾，逗引起人們對市井繁華情況的想像。唐李吉甫《元和郡縣圖志．劍南道上．成都府》：「萬里橋，架大江水，在縣南八里，蜀使費禕聘吳，諸葛亮祖之。禕嘆曰：『萬里之路，始於此行。』因以為名。」這是橋名來歷。橋下水入岷江流至宜賓，與金沙江合為長江，東流直達南京，唐時商賈往來，船隻很多。「萬里橋邊多酒家，遊人愛向誰家宿？」唐時酒家多留宿客人。讀了這兩句，使人由「萬里橋」而想到遠商近賈，商業興盛，水陸繁忙；由「多酒家」想到遊人往來，生意興隆。

最後說：遊人呀，你究竟選擇哪一酒家留宿更稱心如意呢？從這問人和自問的語氣裡，使人想到處處招待熱情、家家樸實誠懇的風土人情和店店別具風味、各有誘人「聞香下馬」的好酒。處處酒家好，反而不知留宿何處更好了。

清沈德潛說：「七言絕句，以語近情遙、含吐不露為主；只眼前景，口頭語，而有弦外音，味外味，使人神遠。」（《說詩晬語》）張籍此詩，句句含景，景景有情，特別是後二句，近似口語，卻意味深遠，讀後感到精譬而又自然。詩人既善於抓住富於特徵的一般景物，又善於抓住思緒中最閃光的一瞬間——「遊人愛向誰家宿？」這樣就能使一篇之樸，養一句之神；一句之靈，回一篇之運。這就是張籍「看似尋常最奇崛」（宋王安石〈題張司業詩〉）之風格所在，也是詩作具有弦外音、味外味，使人神遠的魅力之所在。（傅經順）

夜到漁家

張籍

漁家在江口，潮水入柴扉。行客欲投宿，主人猶未歸。
竹深村路遠，月出釣船稀。遙見尋沙岸，春風動草衣。

這首〈夜到漁家〉，一本題作〈宿漁家〉。張籍用蘸滿感情的筆墨描繪了前人較少觸及的漁民生活的一個側面，題材新穎，構思富有獨創性。

春天的一個傍晚，詩人行旅至江邊，映入眼底的景色，蕭索而落寞。詩人一開頭就展示漁家住所的典型特徵：茅舍簡陋，靠近僻遠江口，便於出江捕魚。時值潮漲，江潮侵入了柴門。詩人在柴門外窺望，發現屋裡闃無一人。詩人為何在門外徘徊張望呢？原來他要在這戶漁民家裡投宿，而主人卻還未回家。「行客欲投宿」，暗示時已臨晚；而「主人猶未歸」，則透露出主人在江上打魚時間之長，其工作之辛苦不言而喻。此時此刻，詩人只好在屋外躑躅，等待，觀看四周環境：竹叢暗綠而幽深，鄉間小路蜿蜒伸展，前村還在遠處；詩人焦急地眺望江面，江上漁船愈來愈稀少。一個「遠」字，隱隱寫出詩人急於在此求宿的心境。「月出」，表明夜已降臨。「釣船稀」則和「主人猶未歸」句，前後呼應，相互補充。

面對這冷落淒清的境界，詩人渴望主人歸來的心情更加迫切。他不斷眺望江口，遠遠看見一葉扁舟向岸邊行來，漁人正尋沙岸泊船，他身上的蓑衣在春風中飄動。期待已久的漁人大概回來了吧！詩人喜悅的心情陡然而生。結尾一句，形象生動，調子輕快，神采飛揚，極富神韻，給人特別深刻的印象，凝聚了詩人對漁民的深情厚誼。

這首詩語言淺切流暢，活潑圓轉。「春風動草衣」句寫得尤為傳神。正如清人田雯評價張籍詩歌特色時所指出的：「名言妙句，側見橫生，淺淡精潔之至。」（《古歡堂集》）（何國治）

秋思

張籍

洛陽城裡見秋風，欲作家書意萬重。
復恐匆匆說不盡，行人臨發又開封。

盛唐絕句，多寓情於景，情景交融，較少敘事成分；到了中唐，敘事成分逐漸增多，日常生活情事往往成為絕句的習見題材，風格也由盛唐的雄渾高華，富於浪漫氣息轉向寫實。張籍這首〈秋思〉寓情於事，借助日常生活中一個富於包孕的片斷——寄家書時的心思和行動細節，非常真切細膩地表達了作客他鄉的人對家鄉親人的深切懷念。

第一句說客居洛陽，又見秋風。平平敘事，不事渲染，卻有含蘊。秋風是無形的，可聞、可觸、可感，而彷彿不可見。但正如春風可以染綠大地，帶來無邊春色一樣，秋風所包含的肅殺之氣，也可使木葉黃落，百卉凋零，給自然界和人間帶來一片秋光秋色、秋容秋態。作客他鄉的遊子，見到這一切淒涼搖落之景，不可避免地要勾起羈泊異鄉的孤孑淒寂情懷，引起對家鄉、親人的悠長思念。這平淡而富於含蘊的「見」字，所給予讀者的暗示和聯想，是很豐富的。

第二句緊承「見秋風」，正面寫「思」字。晉代張翰「因見秋風起，乃思吳中菰菜、蓴羹、鱸魚膾，曰：『人生貴得適志，何能羈宦數千里，以要名爵乎？』遂命駕而歸」（《晉書·張翰傳》）。張籍祖籍吳郡，此時客居洛陽，情況與當年的張翰相彷彿，當他「見秋風」而起鄉思的時候，也許曾經聯想到張翰的這段故事。但由於種種沒有明言的原因，竟不能效張翰的「命駕而歸」，只好修一封家書來寄託思家懷鄉的感情。這就使本來已經很深切強烈的鄉思中又增添了欲歸不得的悵惘，思緒變得更加複雜多端了。「欲作家書意萬重」，這「欲」字頗可玩味。它所表達的正是詩人鋪紙伸筆之際的意念和情態：心裡湧起千愁萬緒，覺得有說不完、寫不盡的話需要傾吐，而一時間竟不知從何處說起，也不知如何表達。本來顯得比較抽象的「意萬重」，由於有了這「欲作家書」而遲遲不能下筆的生動意態描寫，反而變得鮮明可觸，易於想像了。

三、四兩句，撇開寫信的具體過程和具體內容，只剪取家書就要發出時的一個細節——「復恐匆匆說不盡，行人臨發又開封」。詩人既因「意萬重」而感到無從下筆，又因托「行人」之便捎信而無暇細加考慮，深厚豐富的情意和難以表達的矛盾，加以時間「匆匆」，竟使這封包含著千言萬語的信近乎「書被催成墨未濃」（李商隱〈無題四首〉其一）了。書成封就之際，似乎已經言盡；但當捎信的行人就要上路的時候，卻又忽然感到剛才由於匆忙，生怕信裡漏寫了什麼重要的內容，於是又匆匆拆開信封。「復恐」二字，刻畫心理入微。這「臨發又開封」的行動，與其說是為了添寫幾句匆匆未說盡的內容，不如說是為了驗證一下自己的疑惑和擔心。（開封驗看檢查的結果也許證明這種擔心純屬神經過敏。）而這種毫無定準的「恐」，竟然促使詩人不假思索地作出「又開封」的決定，正顯出他對這封「意萬重」的家書的重視和對親人的深切思念——千言萬語，唯恐遺漏了一句。如果真以為詩人記起了什麼，又補上了什麼，倒把富於詩情和戲劇性的生動細節化為平淡無味的實錄了。這個細節之所以富於包孕和耐人咀嚼，正由於它是在「疑」而不是在「必」的心理基礎上產生的。並不是生活中所有「行人臨發又開封」的現象都具有典型性，都值得寫進詩裡；只有當它和特定的背景、特定的心理狀態聯繫在一起的時候，方才顯出它的典型意義。因此，在「見秋風」、「意萬重」，而又「復恐匆匆說不盡」的情況下來寫「臨發又開封」的細節，本身就包含著對生活素材的提煉和典型化，而不是對生活的簡單模寫。

宋代王安石評張籍的詩說：「看似尋常最奇崛，成如容易卻艱辛。」（〈題張司業詩〉）這是深得張籍優秀作品創作要旨和甘苦的評論。這首極本色，極平淡，像生活本身一樣自然的詩，似乎可以作為王安石精到評論的一個生動例證。（劉學鍇）

涼州①詞三首（其二）　張籍

邊城暮雨雁飛低，蘆筍初生漸欲齊。

無數鈴聲遙過磧，應馱白練到安西②。

〔註〕①涼州：州名。唐時轄境在今甘肅永昌以東，天祝以西一帶。公元八世紀後期至九世紀中葉曾屬吐蕃。②安西：唐代六都護府之一。唐玄宗開元六年（七一八）安西都護府統轄境內龜茲、焉耆、于闐、疏勒等地，唐德宗貞元六年（七九〇）以後，以轄境盡入吐蕃而廢棄。

唐德宗貞元六年（七九〇）以後至九世紀中葉，安西和涼州邊地盡入吐蕃手中，「絲綢之路」向西一段也為吐蕃所占。張籍在涼州詞中表達了他對邊事的憂憤。

詩一開始就寫邊塞城鎮荒涼蕭瑟的氣氛：「邊城暮雨雁飛低」。黃昏時分，邊城陰雨連綿，雁兒在陰沉沉的暮雨天中低飛，而不是在晴朗的天空中高高飛翔，這給人以一種沉重的壓抑感，象徵中唐西北邊境並不安寧。詩人抓著鴻雁低飛這一景象下筆，含義深邃，意在言外。

遠景寫得陰沉抑鬱。近景則相反，富有朝氣：「蘆筍初生漸欲齊」。河邊蘆葦發芽似筍，抽枝吐葉，爭著向上生長。近景的色彩鮮明，情調昂揚，和遠景的幽深低沉剛好形成強烈的對照。以上兩句所寫一抑一揚，一暗一明的景色，互相襯托，相得益彰。

蘆筍的蓬勃生機給邊境帶來春色，荒漠的大地上也看到人的活動了：「無數鈴聲遙過磧」。看！一列長長的駱駝隊遠遠地走過沙漠，頸上的懸鈴不斷搖動，發出響亮悅耳的聲音，給人以安謐的感覺。詩人以訴之聽覺的鈴聲讓人產生視覺的駱駝隊形象，從而觸發起一種神往的感情，這樣便把聽覺、視覺和意覺彼此溝通起來，寫得異常巧妙，極富創新精神。這就是美學上所說的「通感」手法。但聯繫下面一句，這種感情便起了突變。

無數鈴聲意味著很多的駱駝商隊。如今它們走向遙遠的沙漠，究竟通向哪裡去呢？詩人不由懷念起往日「平時安西萬里疆」（白居易〈新樂府：西涼伎〉）絲綢之路上和平繁榮的情景。「應馱白練到安西。」在這「蘆筍初生漸欲齊」的溫暖季節裡，本應是運載絲綢的商隊「萬里向安西」（岑參〈磧西頭送李判官入京〉）的最好時候呀！言外之意是說，現在的安西都護府轄境為吐蕃控制，「絲綢之路」早已閉塞阻隔，駱駝商隊再不能到達安西了。句首一「應」字，凝聚了多麼辛酸而沉痛的感情！

這首〈涼州詞〉用濃厚的色彩描繪西北邊塞風光，它宛如一幅風景油畫，遠近景的結構，層次分明，明暗的對比強烈。畫面上的空間遼遠，沙漠廣闊，中心展現著一列在緩緩行進的駱駝商隊。詩的思想感情就透過這一駱駝隊的行動方向，集中表現出來，從而收到以一當十、寓虛於實的效果。（何國治）

王建

【作者小傳】（約七六七～約八三〇）字仲初，關輔（今屬陝西）人。出身寒微。唐代宗大曆進士。晚年為陝州司馬，又從軍塞上。擅長樂府詩，與張籍齊名，世稱「張王」。其以田家、蠶婦、織女、水夫等為題材的詩篇，反映當時社會現實。所作〈宮詞〉一百首頗有名。有《王司馬集》。（《唐詩紀事》卷四四、《唐才子傳》卷四）

江館　王建

水面細風生，菱歌慢慢聲。
客亭臨小市，燈火夜妝明。

在唐代詩人中，王建是擅長素描速寫的著名作手。他熟練地運用各種形式，創作了一幅幅上自宮廷禁苑下至市井鄉村的風物風情畫。這些作品，都充溢著濃郁的生活氣息。這首題為〈江館〉的五絕，就是一幅清新的江館夜市的素描。

唐代商業繁榮，中唐以來更有進一步發展。不但大都市有繁華的商業區和笙歌徹曉的夜市，連一般州縣也設有商市，甚至在州縣城以外的交通便利地點也有形形色色的草市、小市。杜牧在〈上李太尉論江賊書〉中說到，江淮地區的草市，都設在水路兩旁，富室大戶，多住在市上。這首詩中所描繪的「小市」，大概就是這類臨江市鎮上的商市；所謂「江館」，則是市鎮上一所臨江的旅館。詩裡寫的，便是詩人夜宿江館所見江邊夜市的景色。

客館臨江，所以開頭先點出環境特點。「水面細風生」，寫的是清風徐來，水波微興的景象。但因為是在朦朧的暗夜，便主要不是憑視覺而是憑觸覺去感知。「生」字樸素而真切地寫出微風新起的動態，透露出在這以前江面的平靜，也透露出詩人在靜默中觀察、感受這江館夜景的情態。因為只有在靜默狀態中，才能敏銳地感覺到微風悄然興起於水面時所帶來的涼意和快感。這個開頭，為全詩定下一個輕柔的基調。

第二句「菱歌慢慢聲」，轉從聽覺角度來寫。菱歌，指夜市中歌女的清唱。她們唱的大概就是江南水鄉採菱採蓮一類民歌小調。「慢慢聲」，寫出了歌聲的婉曼柔美，舒緩悠揚。在這朦朧的夜色裡，這菱歌清唱的婉曼之聲，隨著陣陣清風的吹送，顯得格外清揚悅耳，動人遐想。如果說第一句還只是為江邊夜市布置了一個安恬美好的環境，那麼這一句就露出了江邊夜市溫馨旖旎的面影，顯示了它特有的風情。

「客亭臨小市，燈火夜妝明。」客亭，就是詩人夜宿的江館中的水亭。它緊靠著「小市」，這才能聽到菱歌清唱，看到燈火夜妝，領略水鄉夜市的風情。這一句明確交代了詩人所在的地方和他所要描繪的對象，在全篇中起著點題的作用。詩人不把它放在開頭而特意安排在這裡，看來是用過一些心思的。這首詩所描繪的景色本比較簡單，缺乏層次與曲折，如果開頭用敘述語點醒，接著連用三個描寫句，不但使全篇傷於平直和一覽無餘，而且使後三句略無層遞，變成景物的單純羅列堆砌。現在這樣，將敘述語嵌入前後的描寫句中間，一則可使開頭不過於顯露，二則可使中間稍有頓挫，三則可使末句更加引人注目，作用是多方面的。

末句又轉從視覺角度來寫。透過朦朧的夜色，可以看到不遠處有明亮的燈光，燈光下，正活動著盛妝女子婉麗的身影。「明」字寫燈光，也寫出在明亮燈光照映下鮮麗的服飾和容顏。詩人寫江邊夜市，始則在朦朧中感觸到「水面細風生」，繼則在朦朧中聽到「菱歌慢慢聲」。就在這夜市剛剛撩開面紗，露出隱約的面影時，卻突然插入「客亭臨小市」這一句，使文勢出現頓挫曲折，也使讀者在情緒上稍作間歇和醞釀，因此，當夜市終於展示出它的明麗容顏——「燈火夜妝明」時，景象便顯得分外引人注目，而夜市的風姿也就以鮮明的畫面美和濃郁的詩意美呈現在面前了。

旅館夜宿的題材，往往滲透著淒清孤寂的鄉愁羈思。從「旅館寒燈獨不眠，客心何事轉悽然」（高適〈除夜作〉）、「旅館誰相問，寒燈獨可親」（戴叔倫〈除夜宿石頭驛〉）、「金陵津渡小山樓，一宿行人自可愁」（張祜〈題金陵渡〉）這些詩句中，可以看到這個傳統的相繼不衰。王建這首旅宿詩，卻懷著悠閒欣喜的感情，領略江邊夜市的詩意風情。這裡面似乎透露出由於商業經濟的繁榮，出現了新的生活場景，而有關這方面的描繪，在以前的詩歌中是不多的。由此啟漸，「夜市賣菱藕，春船載綺羅」（杜荀鶴〈送人遊吳〉）、「夜市橋邊火，春風寺外船」（杜荀鶴〈送友遊吳越〉）一類描寫便時時出現在詩人筆下。這正反映出時代生活的變化，和由這種變化引起的詩人視野的擴大及審美感情的變化。（劉學鍇）

望夫石 王建

望夫處，江悠悠。化為石，不回頭。
山頭日日風復雨，行人歸來石應語。

這是一首依據古老的民間傳說寫成的抒情小詩。相傳，古代有個女子，因為丈夫離家遠行，經久未歸，就天天上山遠望，盼望丈夫歸來。但是許多年過去了，丈夫終未回來，這女子便在山巔化為石頭。石頭的形象如一位女子翹首遠望，人們就把此石稱作望夫石，此山稱作望夫山了。這個故事起源於今湖北武昌附近，由於流傳廣泛，許多地方都有望夫山、望夫石、望夫臺。在古典詩歌中，有不少以這富有浪漫主義色彩的民間傳說作為題材的作品。王建的這首〈望夫石〉感深情切，在眾多的詩作中獨具特色。

頭四句十二字，繪出了一幅望夫石生動感人的圖畫。這裡有浩浩不斷的江水，江畔屹立著望夫山，山頭佇立著狀如女子翹首遠眺的巨石。山，無語佇立；水，不停地流去。山、水、石，動靜相間，相映生輝，形象鮮明。「望夫處，江悠悠」，寫出望夫石的環境、氣氛。「悠悠」二字，描繪江水千古奔流，滔滔不絕，既交代了故事發生的背景，渲染了濃郁的抒情氣氛，同時又襯托望夫石的形象，把靜立江邊的石頭寫活：彷彿是一尊有靈性的石雕傍江而立，翹首遠望，她有生命，她在思念，在等待。這種以動景襯靜物的手法，不僅使畫面生動，有立體感，而且也暗喻了思婦懷遠，思念之情的綿綿不絕。讀到這裡，自然會想起白居易〈長相思〉詞的名句：

「思悠悠，恨悠悠，恨到歸時方始休。」「悠悠」在這裡既是寫景狀物，渲染環境氣氛，又是摹情寫人，形象地描畫了思婦相思的情狀。這二句情與景融，不可分割，真有一石二鳥之妙。

「化為石，不回頭」，詩人又以擬人手法具體描繪望夫石的形象。人已物化，變為石頭；石又通靈，曲盡人意，人與物合，情與景諧。這不僅形象地描畫出望夫石的生動形象，同時也把思婦登臨的長久，想念的深切，對愛情的忠貞不渝刻畫得淋漓盡致。這二句緊承上文，是對古老的優美的民間傳說作了生動的藝術概括，著筆不多，卻收到了動人的效果。

接下去，「山頭日日風復雨」，是說望夫石風雨不動，年年月月，日日夜夜，長久地經受著風吹雨打，然而它沒有改變初衷，依然佇立江岸。這裡寫的是石頭的形象和品格，說的仍是思婦的堅貞。她歷經了種種艱難困苦，飽嘗了相思的折磨，依然懷著至死不渝的愛情，依然在盼望著，等待著遠方的行人。這純樸而優美的節操，這堅貞的愛情，難道不令人同情和起敬麼？

千種相思，萬種離情，她有多少話要對遠行的丈夫傾吐啊！「行人歸來石應語」，詩人在結句處把筆宕開，作了浪漫的推想：待到遠行的丈夫歸來之時，這佇立江邊的石頭定然會傾訴相思的衷腸啊！然而，丈夫在何方？行人何日歸？「妾心正斷絕，君懷那得知」（郭震〈子夜四時歌·春歌〉），丈夫可曾知道思婦的相思麼？行人歸來日，石頭能否說話呢？這些都留給讀者去思索，詩人卻就此戛然停筆了。結句實在是含悠然不盡之意。

這首詩於平淡質樸中，蘊含著豐富的內容。詩人只描寫了一個有包孕的片段的景物和自己一剎間的感受，平平寫出，像是信手拈來，不費力氣，然而卻是情意無窮，耐人咀嚼，發人深想，很能引起人們的共鳴。（張秉戍）

水夫謠

王建

苦哉生長當驛邊，官家使我牽驛船。辛苦日多樂日少，水宿沙行如海鳥。
逆風上水萬斛重，前驛迢迢後淼淼。半夜緣堤雪和雨，受他驅遣還復去。
夜寒衣濕披短蓑，臆穿足裂忍痛何！到明辛苦無處說，齊聲騰踏牽船歌。
一間茆屋何所直，父母之鄉去不得。我願此水作平田，長使水夫不怨天。

本篇以水邊縴夫的生活為描寫對象，透過一個縴夫的內心獨白，寫出了水上服役不堪忍受的痛苦，控訴了當時不合理的勞役制度，寫得很有層次。

「苦哉生長當驛邊」，詩一開始就用「苦哉」二字領起全篇，定下了全詩感情的基調。水夫脫口發出這一聲嗟嘆，說明他內心的悲苦是難以抑制的。這強烈的感情，緊緊地抓住了讀者的心靈。「官家使我牽驛船」，點出了使水夫痛苦的原因。古代官設的交通驛站有水陸兩種，住在水邊，要為水驛牽船服役。「官家使我」說明水夫拖船是被迫的。這兩句是總敘生長水邊為驛站服役的痛苦心情。緊接著，詩人從「辛苦日多樂日少」至「齊聲騰踏牽船歌」，用一大段文字，讓水夫具體述說他牽船生活的痛苦。「辛苦日多樂日少，水宿沙行如海鳥」，較前描寫進了一步，把人比作海鳥，說縴夫的生活像海鳥一樣夜宿水船，日行沙上，過著完全非人的生活。然後詩人用細膩的筆墨，具體描寫縴夫從日到夜，又由夜到明的牽船生活。先寫白天牽船的艱難。前一句，頂風一層，逆水一層，船重一層，備述行船條件的困難。行船如此難，而前面的驛站是那樣地遙遠，水波茫茫無邊無際，縴夫的苦難日子似乎走不到盡頭。後寫黑夜牽船的痛苦。一個雨雪交加的寒夜，縴夫們披著短蓑，纖繩磨破了胸口，凍裂了雙腳，一切痛苦，他們都無可奈何地忍受著。一夜掙扎，「到明辛苦無處說」，在凶殘的官家面前，縴夫能夠說什麼呢？只好把滿腔憤懣積鬱在心裡，「齊聲騰踏牽船歌」，用歌聲發洩內心的怨憤不平，用歌聲協調彼此的動作，在困乏疲憊之中，他們又舉步向前了。

那麼縴夫們為什麼不逃離這苦難的深淵呢？「一間茆屋何所直，父母之鄉去不得」。縴夫的全部財產只有一間茆（茅）屋，本不值得留戀，可故鄉卻又捨不得離開。即使逃離水鄉，他們的處境也不會好。「田家衣食無厚薄，不見縣門身即樂！」（王建〈田家行〉）沒有了水上徭役，還會有陸上的徭役和租賦，田家遭受著官府同樣的剝削和壓迫。在無可奈何的境況下，縴夫只得把改變困境的希望寄託在這樣的幻想中：「我願此水作平田，長使水夫不怨天。」水變平田當然不現實，這樣，他們的痛苦實際上就是無法解除的。

詩對縴夫的心理描寫細緻而有層次，由嗟嘆到哀怨，到憤恨，又到無可奈何，把其內心世界揭示得淋漓盡致。配合水夫思想感情的變化，詩歌不斷變換韻腳，使人覺得水夫傾訴的哀愁怨憤是如此之多。由於充分揭示人物心理，水夫形象也具有一定的典型性。詩人寫的是一個水夫的自述，反映的卻是整個水鄉人民的痛苦生活。詩歌的語言既具有民歌通俗流利的特點，又具有文人作品凝練精警的特點，頗有特色。不用驚人之筆，不用華美之詞，詩人從看似平淡的細細描繪中表現真情，捕捉詩情。初讀似覺平淡無奇，反覆讀之，便覺回味盈頰。正如宋王安石所說：「看似尋常最奇崛，成如容易卻艱辛！」（〈題張司業詩〉）（張燕瑾）

羽林行　王建

長安惡少出名字，樓下劫商樓上醉。天明下直明光宮，散入五陵松柏中。
百回殺人身合死，赦書尚有收城功。九衢一日消息定，鄉吏籍中重改姓。
出來依舊屬羽林，立在殿前射飛禽。

〈羽林行〉，一名〈羽林郎〉，為樂府舊題，屬雜曲歌。「羽林」即羽林軍。漢代以來，歷代王朝都用「羽林」稱呼皇帝的禁衛軍。

這首詩，大膽無情地揭露了中唐時期羽林軍的作惡多端；寫的是羽林軍，實際上把批判的矛頭直接指向了當時的最高統治者。

「長安惡少出名字，樓下劫商樓上醉。」開宗明義，指出羽林軍的來源是「長安惡少」，都是壞得出了名的！他們在樓下打劫客商，轉身上樓，便大吃大喝起來。一般強盜作案後，要隱匿潛逃，而這批惡少，堂而皇之，無視法紀。他們不僅轉身上樓醉酒，毫無顧忌，而且是「天明下直明光宮，散入五陵松柏中」。詩人接連使用「樓下」、「樓上」、「天明」、「散入」諸詞以顯示這是一連串毫無顧忌的行動；寫他們在長安城中，大搖大擺地幹壞事；樓下劫財，樓上醉酒，天明又從樓上下來，徑到皇宮裡去值班，值班完畢，就又散入到五陵松柏林中去路劫殺人了。明光宮，漢代宮殿名，這裡是以漢代唐；「五陵」，西漢五個皇帝的陵墓，面積很大，多植松柏，是豪門貴族居住的地方。從「散入」二字看，說明參加殺人劫貨的人數很多，膽子極大。

以上四句，表面上是寫羽林惡少之「膽」，實則是寫羽林惡少之「勢」，炙手可熱，有很厲害的後臺。

「百回殺人身合死，赦書尚有收城功。」「百回」二字不可輕輕放過。這說明他們儘管常常劫財殺人，誰也奈何不得，直到「百回殺人」，罪大惡極才被問成死罪；但接踵而來的，卻是皇帝的赦書，說他們「收城」有功，可以將功折罪！古代，在政治混亂時期，戰役中常有虛報戰功的現象。中唐之歲，常讓根本不懂軍事的宦官統兵或監軍，更是可以信口雌黃，在敘錄戰功之際，甚至把根本沒有參加戰鬥的人也報進去。羽林惡少，或認宦官為義父，或以財貨重賂閹黨，「赦書」之事，自然就由他們一手操辦了。所謂「收城功」云云，就直接反映了軍事、政治的混亂與黑暗。

最末四句，是寫羽林惡少們逍遙法外的得意之態：「九衢一日消息定，鄉吏籍中重改姓。」「九衢」，長安城中的各條大街，代指京城。惡少們犯了「身合死」的大罪之後，最多不過更改姓名，暫避鄉間，一當被赦的消息從京城中得以證實，他們就又在鄉吏的戶籍冊中重新恢復了原來的姓名；並且露面之後，仍然當他的羽林軍，可以「立在殿前射飛禽」，又受到皇帝的賞識了！末句是全篇最精彩、最傳神之筆。它維妙維肖地刻畫了一群羽林惡少逍遙法外、有恃無恐的情狀。「射飛禽」已見其自由狂放之態，「立在殿前」射御前之鳥，更見其得寵驕縱的神態，儼然是在向人們挑戰！讀至此，人們不禁發出無可奈何的苦笑，詩人對朝政的失望、感嘆，盡在不言之中。清吳喬《圍爐詩話》說：「詩貴有含蓄不盡之意，尤以不著意見、聲色、故事、議論者為最上。」本篇不著議論，題旨所在，又以一幅令人深思的畫面出之，可見作者表現手法之高明。（傅經順）

新嫁娘詞三首（其三）　王建

三日入廚下，洗手作羹湯。

未諳姑食性，先遣小姑嘗。

「新媳婦難當」——在舊社會人們普遍有這種看法。但也有些新媳婦在新嫁的處境中找到了辦法，應付了難局，使得事情的發展帶有戲劇性，甚至富有詩趣。像王建的這首詩所寫的，即屬於此類。這也是唐代社會禮教控制相對放鬆，婦女們的巧思慧心多少得以表現。

「三日入廚下，洗手作羹湯。」古代女子嫁後的第三天，俗稱「過三朝」，依照習俗要下廚房做菜。「三日」，正見其為「新嫁娘」。「洗手作羹湯」，「洗手」標誌著第一次用自己的雙手在婆家下廚，表現新媳婦鄭重其事，力求做得潔淨爽利。

但是，婆婆喜愛什麼樣的飯菜，對她來說尚屬未知數。粗心的媳婦也許憑自己的口味，自以為做了一手好菜，實際上公婆吃起來卻為之皺眉呢。而細心、聰慧的媳婦，考慮就深入了一步，她想事先掌握婆婆的口味，要讓第一回上桌的菜，就能使婆婆滿意。

「未諳姑食性，先遣小姑嘗。」這是多麼聰明、細心，甚至帶有點狡黠的新嫁娘！她想出了很妙的一招——讓小姑先嘗嘗羹湯。為什麼要讓小姑先嘗，而不像朱慶餘〈閨意獻張水部〉那樣問她的丈夫呢？朱詩云「畫眉深淺入時無」，之所以要問丈夫，因為深夜洞房裡只有丈夫可問。而廚房則是小姑經常出入之所，羹湯做好之後，能夠代表婆婆的人親口嘗一嘗，則非小姑不可。所以，從「三日入廚」，到「洗手」，到「先遣小姑嘗」，不僅和人物身份，而且和具體的環境、場所，一一緊緊相扣。清沈德潛評論說：「詩到真處，一字不可移易。」（《唐詩別裁集》）

讀這首詩，人們對新嫁娘的聰明和心計無疑是欣賞的，詩味也正在這裡。新嫁娘所循的，是這樣一個推理過程：一、長期共同生活，會有相近的食性；二、小姑是婆婆撫養大的，食性當與婆婆一致；三、所以由小姑的食性可以推知婆婆的食性。但這樣一類推理過程，並不是在任何場合下都能和詩相結合。像有人在箋註此詩時所講的：「我們初入社會，一切情形不大熟悉，也非得先就教於老練的人不可。」（喻守真《唐詩三百首詳析》）〈新嫁娘詞〉所具有的典型意義，固然可以使人聯想到這些，但是要直接就寫這些入詩，則不免帶有庸俗氣。而在這首詩中，因為它和新嫁娘的靈機慧心和小姑的天真，以及婆婆反將入於新嫁娘彀中等情事聯繫在一起，才顯得富有詩意和耐人尋味。像這樣的詩，在如何從生活中發現和把握有詩意的題材方面，似乎能夠給我們一些啟示。（余恕誠）

雨過山村　王建

雨裡雞鳴一兩家，竹溪村路板橋斜。
婦姑相喚浴蠶去，閒著中庭梔子花。

這首山水田園詩，富有詩情畫意，又充滿生活的氣息，頗值得稱道。

「雨裡雞鳴一兩家」。詩的開頭就大有山村風味。這首先與「雞鳴」有關，「雞鳴桑樹巔」（晉陶潛〈歸園田居五首〉其二）乃村居特徵之一。在雨天，晦明交替似的天色，會誘得「雞鳴不已」。但倘若是平原大壩，村落一般不會很小，一雞打鳴會引來群雞合唱。山村就不同了，地形使得民居分散，即使成村，人戶也不會多。「雞鳴一兩家」，恰好寫出山村的特殊風味。

「竹溪村路板橋斜」。如果說首句已顯出山村之「幽」，那麼，次句就由曲徑通幽的過程描寫，顯出山居的「深」來，並讓讀者隨詩句的嚮導，體驗了山行的趣味。在霏霏小雨中沿著斗折蛇行的小路一邊走，一邊聽那蕭蕭竹韻，潺潺溪聲，該有多稱心。不覺來到一座小橋跟前，這是木板搭成的「板橋」。山民尚簡，溪溝不大，原不必張揚，而這竹溪村路配上一座板橋，卻是天然和諧的景致。

「雨過山村」四字，至此全都有了。詩人轉而寫到農事：「婦姑相喚浴蠶去」。「浴蠶」，指古時用鹽水選蠶種。據唐鄭康成《周禮注疏》「禁原蠶」引《蠶書》：「蠶為龍精，月值大火（二月）則浴其種。」於此可見這是在仲春時分。在這淳樸的山村裡，婦姑相喚而行，顯得多麼親切，作為同一家庭的成員，關係多麼和睦。她們彼此招呼，似乎不肯落在他家之後。「相喚浴蠶」的時節，也必有「相喚牛耕」之事，只舉一端，不難概見其餘。那優美的雨景中添一對「婦姑」，似比一雙兄弟更有詩意。

田家少閒月，冒雨浴蠶，就把倍忙時節的農家氣氛表現得更加夠味。但詩人存心要錦上添花，揮灑妙筆寫下最後一句：「閒著中庭梔子花」。事實上就是沒有一個人「閒著」，但他偏不正面說，卻要從背面、側面落筆。用「閒」襯忙，興味尤饒。這裡的「閒」字，不僅是全句也是全篇之「眼」，一經安放就斷不可移易。同時詩人做入「梔子花」，又豐富了詩意。雨浥梔子冉冉香，意象夠美的。此外，須知此花一名「同心花」，詩中向為愛之象徵，故少女少婦很喜採擷這種素色的花朵。此詩寫梔子花無人採，主要在於表明春深農忙，似無關「同心」之意。但這恰從另一面說明，農忙時節沒有談情說愛的「閒」功夫，所以那花的這層意義便給忘記了。這含蓄不發的結尾，實在妙機橫溢，搖曳生姿。

全詩處處扣住山村特色，融入勞動生活情事，從景寫到人，從人寫到境，運用新鮮活潑的語言，新鮮生動的意象，傳出濃郁的鄉土氣息。可謂「心思之巧，辭句之雋，最易啟人聰穎」（清沈德潛《唐詩別裁集》卷八評張籍王建樂府語）。（周嘯天）

贈李愬僕射二首（其一） 王建

和雪翻營一夜行，神旗凍定馬無聲。
遙看火號連營赤，知是先鋒已上城。

這是王建贈給李愬的兩首七絕之一。

唐憲宗元和九年（八一四），彰義節度使吳少陽死，其子吳元濟割據淮西（今河南汝南一帶），與朝廷相對抗，嚴重地影響了唐王朝的鞏固和統一。元和十二年十月的一個風雪之夜，著名將領李愬發兵九千，以降將李祐、李忠義率三千精兵為前驅，急行軍六十里，首先襲擊了軍事要地張柴村，然後取道一條從沒有走過的險路，冒著大風雪行軍七十里，以迅雷不及掩耳之勢，僅在一夜間，就攻下了頑敵老巢蔡州城，生擒了吳元濟。《新唐書》稱其「功名之奇，近世所未有」。

王建這首詩，緊緊圍繞這次戰役，抓住天氣的極端惡劣與部隊紀律的高度嚴明這兩個特點，著意刻畫，寫得生動形象，不落俗套。「和雪翻營一夜行」，「和雪」，與雪攪和在一起，說明是在大雪中行動；「翻營」，傾營出動，足見規模之大；「一夜行」，點明是夜晚奇襲。這句詩七個字，分為三層，一層一轉，不但讀來鏗鏘有力，而且以詩句強勁的節奏再現了部隊頂風冒雪夜間急行軍的情景。「神旗凍定馬無聲」，緊承上句，軍旗都已經被冰雪凍得僵硬，不能飄揚。在如此奇寒之中，人會怎麼樣呢？但接下去卻沒有寫人，而出人意外地寫了馬，他是以「馬無聲」來引導讀者去想像人的無聲。試想九千人的部隊在一夜之間要行軍一百三十里已是不容易了，竟能做到人馬無聲，不但表現了軍紀的嚴明，也反映了將士的鬥志。

「遙看火號連營赤，知是先鋒已上城。」這兩句沒有具體寫戰鬥如何英勇激烈，只攝取了一個「遙看」的鏡頭：先頭部隊已舉火攻下了蔡州城，預先約好的火號到處燃起，照亮了州城的夜空。這一筆給讀者充分的聯想，展開了一幅壯闊的畫面。詩人不寫攻城的先頭部隊怎樣戰鬥，而寫後面部隊遙望城內的變化；不寫勝利後的喜慶，而寫標誌著勝利的燭天火號，這是經過精心構思，精心選材的。如果寫城上的戰鬥廝殺，則不免失於露，且寥寥數字不易概括傳神；如果寫勝利後的喜慶，則不免使人有曲終意盡之感，不能給讀者留下足夠的回味餘地。現在這樣寫，可謂恰到好處，說明詩人善於捕捉生活中最富於表現力的細節，而且妙於結構安排，使全詩生動真實而又韻味深長。寫後面部隊是從「遙望」中看到連營大火獲得全勝消息的，說明他們還沒有投身戰鬥，這就愈加使人感到戰鬥進行的順利和迅速，從而反襯出準備的充實和籌劃的精到。這一切，對策劃、指揮這場戰鬥的李愬來說，無疑是最好、最具體的讚頌了。

這首詩在結構上弛張有度。前兩句寫得緊張，節奏急促，情節變化快；後兩句寫得輕鬆，虛中見實，把事件發展的高潮隱含在餘韻中，別具匠心。（絳雲）

江陵使至汝州 王建

回看巴路在雲間，寒食離家麥熟還。
日暮數峰青似染，商人說是汝州山。

這首紀行詩是王建一次出使江陵，回來的路上行近汝州（治今河南臨汝）時寫的。

第一句是回望來路。巴路，指的是通向江陵、巴東一帶的道路。江陵到汝州，行程相當遙遠，回望巴路，但見白道如絲，一直向前蜿蜒伸展，最後漸漸隱入雲間天際。這一句表明離出使的目的地江陵已經很遠，回程已快接近尾聲了。翹首南望，對遠在雲山之外的江陵固然也會產生一些懷念和遙想，但這時充溢在詩人心中的，已經主要是回程行將結束的喜悅了。所以第二句緊接著瞻望前路，計算歸期。王建家居潁川（今河南許昌），離汝州很近，到了汝州，也就差不多到家了。「寒食離家麥熟還」，這句平平道出，彷彿只是客觀地交代離家和歸家的時間季節，而此行往返途程的遙遠，路上的辛苦勞頓，盼歸心情的急切以及路途上不同季節景物的變化，都隱然見於言外。寒食離家，郊原還是一片嫩綠，回家的時候，田間壟上，卻已是一片金黃了。

三、四兩句轉寫前路所見景色。「日暮數峰青似染，商人說是汝州山。」傍晚時分，前面出現了幾座青得像染過一樣的峰巒，同行的商人說，那就是汝州附近的山了。兩句淡淡寫出，徐徐收住，只說行途所見所聞，對自己的心情、感受不著一字，卻自有一番韻外之致，一種悠然不盡的遠神。

單從寫景角度說，用洗練明快之筆畫出在薄暮朦朧背景上凸現的幾座輪廓分明、青如染出的山峰，確實也能給人以美感和新鮮感。人們甚至還可以從「數峰青似染」想像出天氣的清朗、天宇的澄清和這幾座山峰引人注目的美麗身姿。但它的好處似乎主要不在寫景，而在於微妙地傳出旅人在當時特定情況下一種難以言傳的心境。

這個特定情況，就是上面所說的歸程即將結束，已經行近離家最近的一個大站頭汝州了。這樣一個站頭，對盼歸心切的旅人來說，無疑是具有很大吸引力的，對它的出現自然特別關注。正在遙望前路之際，忽見數峰似染，引人矚目，不免問及同行的商人，商人則不經意地道出那就是汝州的山巒。說者無心，聽者有意，此刻在詩人心中湧起的自是一陣欣慰的喜悅，一種興奮的情緒和親切的感情。而作者沒有費力地去刻畫當時的心境，只淡淡著筆，將所見所聞輕輕托出，而自然構成富於含蘊的意境和令人神遠的風調。

紀行詩自然會寫到山川風物，但它之所以吸引人，往往不單純由於寫出了優美的景色，而且由於在寫景中傳出詩人在特定情況下的一片心境。這種由景物與心境的契合神會所構成的風調美，常常是紀行詩（特別是小詩）具有魅力的奧祕。（劉學鍇）

十五夜望月 王建

中庭地白樹棲鴉，冷露無聲濕桂花。
今夜月明人盡望，不知秋思落誰家？

題中的「十五夜」，結合三、四兩句來看，應指中秋之夜。詩題，《全唐詩》作〈十五夜望月寄杜郎中〉。杜郎中，名不詳。在唐代詠中秋的篇什中，這是較為著名的一首。

「中庭地白樹棲鴉」。月光照射在庭院中，地上好像鋪了一層霜雪。蕭森的樹蔭裡，鴉鵲的聒噪聲逐漸消停下來，它們終於適應了皎月的刺眼驚擾，先後進入了睡鄉。詩人寫中庭月色，只用「地白」二字，卻給人以積水空明、澄靜素潔之感，使人不由會聯想起李白〈靜夜思〉的名句「床前明月光，疑是地上霜」，沉浸在清美的意境之中。「樹棲鴉」，主要應該是聽出來的，而不是看到的。因為即使在明月之夜，人們也不大可能看到鴉鵲的棲宿；而鴉鵲在月光樹蔭中從開始的驚惶喧鬧（宋周邦彥〈蝶戀花．早行〉詞有句「月皎驚烏棲不定」，就是寫這種意境）到最後的安定入睡，卻完全可能憑聽覺感受出來。「樹棲鴉」這三個字，樸實、簡潔、凝練，既寫了鴉鵲棲樹的情狀，又烘托了月夜的寂靜。

「冷露無聲濕桂花」。由於夜深，秋露打濕庭中桂花。如果進一步揣摩，更會聯想到這桂花可能是指月中的桂樹。這是暗寫詩人望月，正是全篇點題之筆。詩人在萬籟俱寂的深夜，仰望明月，凝想入神，絲絲寒意，

王建〈十五夜望月〉——明刊本《唐詩畫譜》

輕輕襲來，不覺浮想聯翩：那廣寒宮中，清冷的露珠一定也沾濕了桂花樹吧？這樣，「冷露無聲濕桂花」的意境，就顯得更悠遠，更耐人尋思。你看他選取「無聲」二字，那麼細緻地表現出冷露的輕盈無跡，又渲染了桂花的浸潤之久。而且豈只是桂花，那樹下的白兔呢，那揮斧的吳剛呢，那「碧海青天夜夜心」（李商隱〈嫦娥〉）的嫦娥呢？詩句帶給我們的是多麼豐富的美的聯想。

明月當空，難道只有詩人獨自在那裡凝神注望嗎？普天之下，有誰不在低迴賞月、神馳意遠呢？於是，水到渠成，吟出了「今夜月明人盡望，不知秋思落誰家」。前兩句寫景，不帶一個「月」字；第三句才明點望月，而且推己及人，擴大了望月者的範圍。但是，同是望月，那感秋之意，懷人之情，卻是人各不同的。詩人悵然於家人離散，因而由月宮的淒清，引出了入骨的相思。他的「秋思」必然是最濃摯的。然而，在表現的時候，詩人卻不採用正面抒情的方式，直接傾訴自己的思念之切；而是用了一種委婉的疑問語氣：不知那茫茫的秋思會落在誰的一邊。（「誰家」，就是「誰」。「家」是語尾助詞，無實義。）明明是自己在懷人，偏偏說「秋思落誰家」，這就將詩人對月懷遠的情思，表現得蘊藉深沉。似乎秋思唯詩人獨有，別人儘管也在望月，卻並無秋思可言。這真是無理之極，然而愈顯出詩人情痴，手法確實高妙。在鍊字上，一個「落」字，新穎妥帖，不同凡響。它給人以動的形象，彷彿那秋思隨著銀月的清輝，一齊灑落人間似的。《全唐詩》錄此詩，「落」字作「在」，就顯得平淡寡味，相形見絀了。

這首詩意境很美，詩人運用形象的語言，豐美的想像，渲染了中秋望月的特定的環境氣氛，把讀者帶進一個月明人遠、思深情長的意境，加上一個唱嘆有神、悠然不盡的結尾，將別離思聚的情意，表現得非常委婉動人。（徐竹心）

宮詞一百首（其九十） 王建

樹頭樹底覓殘紅，一片西飛一片東。
自是桃花貪結子，錯教人恨五更風。

王建〈宮詞〉共百首，描寫宮女生活，素材據說得自一位作內侍的宗人王守澄。但它也並非全屬紀實性質，清翁方綱《石洲詩話》說：「其詞之妙，則自在委曲深摯處別有頓挫，如僅以就事直寫觀之，淺矣。」頗中肯綮。這首詩是其中較有代表性的、膾炙人口的一首。

詩一開始就展開具體形象的畫面：宮中，一個暮春的清晨，宮女徘徊於桃樹下，看看「樹頭」，花朵越來越稀；「樹底」則滿地「殘紅」。這景象使她們感到惆悵，於是一片一片拾掇起狼藉的花瓣，一邊拾，一邊怨，怨東風的薄情，嘆桃花的薄命……在古典詩歌中，傷春惜花，常與年華逝去，或受到摧殘聯繫在一起的。如「洛陽女兒惜顏色，行逢落花長嘆息。今年花落顏色改，明年花開復誰在？」（劉希夷〈代悲白頭翁〉）宮人的惜花恨風，只是自覺不自覺地移情於物罷了，也隱含著對自身薄命的嗟傷。

詩上下幅間有一個轉折。從「覓殘紅」突然想到「桃花貪結子」，意境進了一層。《詩經・周南・桃夭》云：「桃之夭夭，有蕡其實。之子于歸，宜其家室。」用桃花結子來暗示女子出嫁。此詩「桃花貪結子」一樣具強烈的暗示性。桃花結子是自然的、合理的，人也一樣。然而封建時代的宮女，連開花結子的桃花都不如。寫「桃花貪結子」，就深深暗示出宮女難言的隱衷和痛苦。

到這裡，讀者會感到宮女惜花的心情漸漸消逝，代之以另一種情緒，這就是羨花，乃至妒花了，從惜花恨風到羨花妒花，是詩情的轉折，也就是「在委曲深摯處別有頓挫」（《石洲詩話》）。這一頓挫，使詩情發生跳躍，意境為之深化。如果說僅僅從惜花恨風，讀者還難以分辨宮女之怨與洛陽女兒之怨的不同；那麼，這羨花妒花的情緒，就把二者完全區別開來，寫出了人物感情的個性，賦與形象以深度與厚度了。同時，這一轉折又合乎生活邏輯，過渡自然：桃花被五更風吹散、吹落，引起宮女們的憐惜和怨恨，她們把桃花比為自己，同有一種淪落之感；但桃花凋謝了會結出甘美的果實來，這又自然勾起宮女的豔羨、妒忌了。但詩人的運筆不這樣直截表達，卻說是桃花因「貪」結子而自願凋謝，花謝並非「五更風」掃落之過。措詞委婉，突出了桃花有結子的自由，也就是突出了宮女命運的大可怨恨。此詩就生動形象地透過宮女心思的景物化，深刻揭露了宮廷生活反人道的現實。

王建〈宮詞〉以白描見長，語言平易清新。此詩近於口語，並適當運用重疊修辭，念來朗朗上口，具有民歌風調。尤其因為在明快中見委曲，於流利中寓頓挫，便成為宮詞中百裡挑一的佳作。（周嘯天）

薛濤

【作者小傳】（?～八三二）字洪度，長安（今陝西西安）人。幼時隨父入蜀。後為樂妓。能詩，時稱女校書。曾居浣花溪，創製深紅小箋寫詩，人稱「薛濤箋」。《蜀箋譜》謂其卒時年七十三，但也有不同意其說者。現存詩以贈人之作較多，情調傷感。原有集，已佚，明人輯有《薛濤詩》，後人又輯錄她與李冶的詩為《薛濤李冶詩集》二卷。（《唐詩紀事》卷七九、《唐才子傳》卷六）

牡丹

薛濤

去春零落暮春時，淚濕紅箋怨別離。常恐便同巫峽散，因何重有武陵期？
傳情每向馨香得，不語還應彼此知。只欲欄邊安枕席，夜深閒共說相思。

這首〈牡丹〉詩用「情重更斟情」的手法，把花人之間的感情反覆掂掇，造成情意綿綿的意境，構思新穎纖巧，獨具藝術風采。

「去春零落暮春時，淚濕紅箋怨別離。」別後重逢，有太多的興奮，亦有無限的情思。面對眼前盛開的牡丹花，卻從去年與牡丹的分離落墨，把人世間的深情厚誼濃縮在別後重逢的特定場景之中。「紅箋」，當指薛濤箋，是詩人本人創製的深紅小箋。「淚濕紅箋」句，詩人自己進入了角色，讀來親切感人。

「常恐便同巫峽散，因何重有武陵期？」化牡丹為情人，筆觸細膩而傳神。「巫峽散」承上文的怨別離，拈來戰國楚宋玉〈高唐賦〉中楚襄王和巫山神女夢中幽會的故事，給花、人之戀抹上夢幻迷離的色彩：擔心與情人的離別會像巫山雲雨那樣一散而不復聚，望眼欲穿而感到失望。在極度失望之中，突然不期而遇，更使人感到再度相逢的難得和喜悅。詩人把晉陶淵明〈桃花源記〉中武陵漁人意外地發現桃花源仙境和傳說中劉晨、阮肇遇仙女的故事捏合在一起（唐人把武陵和劉晨、阮肇遇仙女的故事聯繫在一起，見《全唐詩》卷六九〇王渙〈惆悵詩〉），給花、人相逢罩上神仙奇遇的面紗，帶來了驚喜欲狂的興奮。兩句妙於用典，變化多端，曲折盡致。

「傳情每向馨香得，不語還應彼此知。」兩句既以「馨香」、「不語」射牡丹花的特點，又以「傳情」、「彼此知」關照前文，行文顯而不露，含而不澀。花以馨香傳情，人以信義見著。花與人相通，人與花同感，所以「不語還應彼此知」。

以上六句寫盡詩人與牡丹的戀情，末兩句，將詩情推向高潮：「只欲欄邊安枕席，夜深閒共說相思。」「安枕席」於欄邊，如對故人抵足而臥，情同山海。深夜說相思，見其相思之渴，相慕之深。這兩句想得新奇，寫得透澈。

此詩將牡丹擬人化，用向情人傾訴衷腸的口吻來寫，新穎別致，親切感人，自有一種醉人的魅力。（湯貴仁）

送友人　薛濤

水國蒹葭夜有霜，月寒山色共蒼蒼。
誰言千里自今夕，離夢杳如關塞長。

昔人曾稱道這位「萬里橋邊女校書」（王建〈寄蜀中薛濤校書〉，一作胡曾詩），「工絕句，無雌聲」（明胡震亨《唐音癸籤》卷八）。她這首〈送友人〉就是向來為人傳誦，可與「唐才子」們競雄的名篇。初讀此詩，似清空一氣；諷詠久之，便覺短幅中有無限蘊藉，藏無數曲折。

前兩句寫別浦晚景。「蒹葭蒼蒼，白露為霜」（《詩經·秦風·蒹葭》），可知是秋季。「悲哉，秋之為氣也，蕭瑟兮，草木搖落而變衰；憭慄兮若在遠行，登山臨水兮，送將歸」（戰國楚宋玉〈九辯〉），這時節相送，當是格外難堪。詩人登山臨水，一則見「水國蒹葭夜有霜」，一則見月照山前明如霜。這一派蒹葭與山色「共蒼蒼」的景象，令人凜然生寒。值得注意的是，此處不盡是寫景，句中暗暗兼用了「蒹葭蒼蒼」兩句以下「所謂伊人，在水一方。溯洄從之，道阻且長；溯游從之，宛在水中央」的詩意，以表達一種友人遠去、思而不見的懷戀情緒。節用《詩經》而兼包全篇之意，王昌齡「山長不見秋城色，日暮蒹葭空水雲」（〈巴陵送李十二〉）與此詩機杼相同。運用這種引用的修辭手法，就使詩句的內涵大為深厚了。

人隔千里，自今夕始。「千里自今夕」一語，使人聯想到李益「千里佳期一夕休」（〈寫情〉）的名句，從而體會到詩人無限深情和遺憾。這裡卻加「誰言」二字，似乎要一反那遺憾之意，不欲作「從此無心愛良夜」（李益〈寫情〉）的苦語。似乎意味著「海內存知己，天涯若比鄰」（王勃〈送杜少府之任蜀州〉），可以「隔千里兮共明月」（南朝謝莊〈月賦〉），是一種慰勉的語調。這與前兩句的隱含離傷構成一個曲折，表現出相思情意的執著。

詩中提到「關塞」，大約友人是赴邊去吧，那再見自然很不易了，除非相遇夢中。不過美夢也不易求得，行人又遠在塞北。「天長路遠魂飛苦，夢魂不到關山難」（李白〈長相思〉）。「關塞長」使夢魂難以度越，已自不堪，更何況「離夢杳如」，連夢也新來不做。一句之中含層層曲折，將難堪之情推向高潮。此句的苦語，相對於第三句的慰勉，又是一大曲折。此句音調也很美，「杳如」的「如」不但表狀態，而且兼有語助詞「兮」字的功用，讀來有唱嘆之音，配合曲折的詩情，其味尤長。而全詩的詩情發展，是「先緊後寬」（先作苦語，繼而寬解），寬而復緊，「首尾相銜，開闔盡變」（清劉熙載《藝概．詩概》）。

「絕句於六藝多取風興，故視它體尤以委曲、含蓄、自然為尚。」（《藝概．詩概》）此詩化用了前人一些名篇成語，使讀者感受更豐富；詩意又層層推進，處處曲折，愈轉愈深，可謂兼有委曲、含蓄的特點。詩人用語既能翻新又不著痕跡，娓娓道來，不事藻繪，便顯得「清」。又善「短語長事」，得吞吐之法，又顯得「空」。清空與質實相對立，卻與充實無矛盾，故耐人玩味。（周嘯天）

籌邊樓 薛濤

平臨雲鳥八窗秋，壯壓西川四十州①。
諸將莫貪羌族馬，最高層處見邊頭！

〔註〕①《新唐書》卷四十二《地理志》六：「劍南道……為府一，都護府一，州三十八，縣百八十九。」這裡的「四十州」，是舉其成數言之。

距杜甫浣花草堂不遠的成都近郊，至今還聳立一座薛濤「吟詩樓」，點綴著錦江玉壘的秀麗風光，那是薛濤晚年棲息吟詠之地。「萬里橋邊女校書，枇杷花裡閉門居。掃眉才子知多少，管領春風總不如。」讀了王建這首〈寄蜀中薛濤校書〉，不難想像，這顆閃閃發光的詩壇明星，是如何為當時所傾倒；而她的晚年生活，又是過得多麼安閒寧靜！然而，她沒有躲在枇杷門巷這清幽的小天地裡把自己和現實隔絕開來，這首〈籌邊樓〉，便是她關懷時事政治心情的真實寫照。

籌邊樓在成都西郊，是唐文宗大和四年（八三〇）李德裕任劍南西川節度使時所建。據《資治通鑑》記載：「德裕至鎮，作籌邊樓，圖蜀地形，南入南詔，西達吐蕃。日召老於軍旅、習邊事者，雖走卒蠻夷無所間，訪以山川、城邑、道路險易，廣狹遠近。未逾月，皆若身嘗涉歷。」可見李德裕建這樓，不僅供登覽之用，而且與軍事有關。在他的任內，收復過被吐蕃占據的維州城，西川地方一直很安定。大和六年十一月，李德裕調任離蜀，此後邊疆糾紛又起。詩中的「羌族」，就是指吐蕃而言的。這時，薛濤已是七十左右的老人了。她感慨時事，寫了這首詩。

詩的開頭兩句寫樓。說「平臨雲鳥」，則樓之崇高可想；說「八窗秋」，則天曠氣清、四望無際的情景可見。次句「壯壓西川四十州」，著一「壯」字，點明籌邊樓據西川首府形勝之地。兩句不但寫得氣象萬千，而且連李德裕當時建樓的用意，詩人百端交集的今昔之感，也都包孕於其中了。後兩句寓嚴正譴責於沉痛慨嘆之中，便是從這裡生發出來的；意思是說，由於將軍們的眼光短淺，貪婪掠奪，召來了與羌族的戰爭，而他們又沒有抗禦的能力，以至連這西川的首府成都，都受到戰爭的威脅。

詩以「最高層處見邊頭」作結，這「高」，這「見」，和首句的「平臨雲鳥」遙相呼應；而「見邊頭」，則和次句的「壯壓西川」是個鮮明的對照。意思是這座巍然屹立的高樓，它曾經是全蜀政治軍事的心臟，成為西川制高點的象徵；而今時移事異，登樓便能看到邊地的烽火了。透過這樣的對照，西川地區今昔形勢的變化，朝廷用人的得失，都從這座具有特定歷史意義的建築物集中地表現了出來；而詩人撫時感事、憂深思遠的心情，亦即杜甫所說「西蜀地形天下險，安危須仗出群才」（〈諸將五首〉其五）之意，也就深情若訴了。再從句法上來看，「諸將」句突然一轉，和上文似乎脫了節；而末句又一筆兜了回來，仍然歸結到籌邊樓，說的仍然是登樓眺覽，真是硬語盤空，力透紙背！

在一首短短的七言絕句裡，有議論，有感慨；有敘述，有描寫；有動盪開闔，有含蓄頓挫，是不多見的。明胡應麟論唐人絕句有云：「盛唐絕句，興象玲瓏，句意深婉，無工可見，無跡可尋。中唐遽減風神，晚唐大露筋骨。」（《詩藪．內編》卷六）單就不同時期的藝術風貌來講，這話是有一定道理的，然而這也和中晚唐絕句題材的擴大、內容的加深有關。發展中有成功之處，也會有失敗的地方，要作具體分析。

像這詩雖「露筋骨」，但仍不失唱嘆之音，並非以議論為詩，並不流於概念化。它的意味深長，耐人尋繹不盡。（馬茂元）

韓愈

【作者小傳】（七六八～八二四）字退之，河南河陽（今河南孟縣南）人。自謂郡望昌黎，世稱韓昌黎。唐德宗貞元進士。曾任國子博士、刑部侍郎等職，因諫阻憲宗迎佛骨，貶為潮州刺史。後官至吏部侍郎。卒謚文。倡導古文運動，其散文被列為「唐宋八大家」之首，與柳宗元並稱「韓柳」。其詩力求新奇，有時流於險怪，對宋詩影響頗大。有《昌黎先生集》。（新、舊《唐書》本傳、《全唐文》卷三六三）

山石

韓愈

山石犖确①行徑微，黃昏到寺蝙蝠飛。升堂坐階新雨足，芭蕉葉大梔子肥。
僧言古壁佛畫好，以火來照所見稀。鋪床拂席置羹飯，疏糲亦足飽我飢。
夜深靜臥百蟲絕，清月出嶺光入扉。天明獨去無道路，出入高下窮煙霏。
山紅澗碧紛爛漫，時見松櫪皆十圍。當流赤足蹋澗石，水聲激激風吹衣。
人生如此自可樂，豈必局束為人鞿②？嗟哉吾黨二三子，安得至老不更歸！

〔註〕①犖确（音同洛確）：山石不平的樣子。②鞿（音同羈）：馬繮繩。比喻受人牽制、束縛。

詩以開頭「山石」二字為題，卻並不是歌詠山石，而是一篇敘寫遊蹤的詩。這詩汲取了散文中有悠久傳統的遊記文的寫法，按照行程的順序，敘寫從「黃昏到寺」、「夜深靜臥」到「天明獨去」的所見、所聞和所感，是一篇詩體的山水遊記。在韓愈以前，記遊詩一般都是截取某一側面，選取某一重點，因景抒情。本詩汲取遊記散文的特點，詳記遊蹤，而又詩意盎然，〈山石〉是有獨創性的。

按照時間順序依次記述遊蹤，很容易弄成流水賬。詩人手段高明，他像電影攝影師選好外景，人物在前面活動，攝影機在後面推、拉、搖、跟，一個畫面接著一個畫面，在我們眼前出現。每一畫面，都有人有景有情，構成獨特的意境。全詩主要記遊山寺，一開頭，只用「山石犖确行徑微」一句，概括了到寺之前的行程，而險峻的山石，狹窄的山路，都隨著詩中主人公的攀登而移步換形。這一句沒有寫人，但第二句「黃昏到寺蝙蝠飛」中的「到寺」二字，就補寫了人，那就是來遊的詩人。而且，說第一句沒寫人，那只是說沒有明寫；實際上，那山石的犖确和行徑的細微，都是主人公從那裡經過時看到的和感到的，正是透過這些主觀感受的反映，表現他在經過了一段艱苦的翻山越嶺，黃昏之時，才到了山寺。「黃昏」，怎麼能夠變成可見可感的清晰畫面呢？他巧妙地選取了一個「蝙蝠飛」的鏡頭，讓那只有在黃昏之時才會出現的蝙蝠在寺院裡盤旋，就立刻把詩中主人公和山寺，統統籠罩於幽暗的暮色之中。「黃昏到寺」，當然先得找寺僧安排食宿，所以就出現了主人公「升堂」的鏡頭。主人公是來遊覽的，遊興很濃，「升堂」之後，立刻退出來坐在堂前的臺階上，欣賞那院子裡的花木，「芭蕉葉大梔子肥」的畫面，也就跟著展開。因為下過一場透雨，芭蕉的葉顯得更大更綠，梔子花開得更盛更香更豐美。「大」和「肥」，這是很尋常的字眼，但用在芭蕉葉和梔子花上，特別是用在「新雨足」的芭蕉葉和梔子花上，就突出了客觀景物的特徵，增強了形象的鮮明性，使人情不自禁地要讚美它們。

時間在流逝，梔子花、芭蕉葉終於隱沒於夜幕之中。於是熱情的僧人便湊過來助興，誇耀寺裡的「古壁佛畫好」，並拿來火把，領客人去觀看。這當兒，菜飯已經擺上了，床也鋪好了，連席子都拂拭乾淨了。寺僧的殷勤，賓主感情的融洽，也都得到了形象的體現。「疏糲亦足飽我飢」一句，圖畫性當然不夠鮮明，但這是必不可少的。它既與結尾的「人生如此自可樂，豈必局束為人鞿」相照應，又說明主人公遊山，已經費了很多時間，走了不少路，因而餓得很。

寫夜宿只用了兩句。「夜深靜臥百蟲絕」，表現了山寺之夜的清幽。「夜深」而百蟲之聲始「絕」，那麼在「夜深」之前，百蟲自然在各獻特技，合奏夜鳴曲，主人公也在欣賞夜鳴曲。正像「鳥鳴山更幽」（南北朝王籍〈入若耶溪〉）一樣，山寺之夜，百蟲合奏夜鳴曲，就比萬籟俱寂還顯得幽靜，而靜臥細聽百蟲合奏的主人公，也自然萬慮俱消，心境也空前清靜。夜深了，百蟲絕響了，接踵而來的則是「清月出嶺光入扉」，主人公又興致勃勃地隔窗賞月了。他剛才靜臥細聽百蟲鳴叫的神態，也在「清月出嶺光入扉」的一剎那顯現於我們眼前。

作者所遊的是洛陽北面的惠林寺，同遊者是李景興、侯喜、尉遲汾，時間是唐德宗貞元十七年（八〇一）農曆七月二十二日。農諺有云：「二十一、二、三，月出雞叫喚。」可見詩中所說的「光入扉」的「清月」，乃是下弦月，它爬出山嶺，照進窗扉，已經雞叫頭遍了。主人公再欣賞一陣，就該天亮了。寫夜宿只兩句，卻不僅展現出幾個有聲有色的畫面，表現了主人公徹夜未睡，陶醉於山中夜景的情懷，而且水到渠成，為下面寫離寺早行作好了過渡。

「天明」以下六句，寫離寺早行，跟著時間的推移和主人公的邁步向前，畫面上的光、色、景物不斷變換，引人入勝。「天明獨去無道路」，「無道路」指天剛破曉，霧氣很濃，看不清道路，所以接下去，就是「出入高下窮煙霏」的鏡頭。主人公「天明」出發，眼前是一片「煙霏」的世界，不管是山的高處還是低處，全都浮動著濛濛霧氣。在濃霧中摸索前進，出於高處，入於低處，出於低處，又入於高處。此情此境，豈不是饒有詩味，富於畫意嗎？煙霏既盡，朝陽熠耀，畫面頓時增加亮度，「山紅澗碧紛爛漫」的奇景就闖入主人公的眼簾。而「時見松櫪皆十圍」，既為那「山紅澗碧紛爛漫」的畫面添景增色，又表明主人公在繼續前行。他穿行於松櫟樹叢之中，清風拂衣，泉聲淙淙，清淺的澗水十分可愛。於是他赤著一雙腳，涉過山澗，讓清涼的澗水從足背上流淌，整個身心都陶醉在大自然的美妙境界中了。詩寫到下山為止，遊蹤所及，逐次以畫面展現，像旅遊紀錄影片，隨著遊人的前進，一個個有聲有色有人有景的鏡頭不斷轉換。

結尾四句，總結全詩，所以姑且叫做「主題歌」。「人生如此」，概括了此次出遊山寺的全部經歷，然後用「自可樂」加以肯定。後面的三句詩，以「為人鞿」的幕僚生活作反襯，表現了對山中自然美、人情美的無限嚮往，從而強化了全詩的魅力。

這首詩為傳統的紀遊詩開拓了新領域，它汲取了山水遊記的特點，按照行程的順序逐層敘寫遊蹤。然而卻不像記流水帳那樣呆板乏味，其表現手法是巧妙的。此詩雖說是逐層敘寫，仍經過嚴格的選擇和經心的提煉。如從「黃昏到寺」到就寢之前，實際上的所經所見所聞所感當然很多，但攝入鏡頭的，卻只有「蝙蝠飛」、「芭蕉葉大梔子肥」、寺僧陪看壁畫和「鋪床拂席置羹飯」等殷勤款待的情景，因為這體現了山中的自然美和人情美，跟「為人鞿」的幕僚生活相對照，使詩人萌發了歸耕或歸隱的念頭，是結尾「主題歌」所以形成的重要根據。關於夜宿和早行，所攝者也只是最能體現山野的自然美和自由生活的那些鏡頭，同樣是結尾的主題歌所以形成的重要根據。

再說，按行程順序敘寫，也就是按時間順序敘寫，時間不同，天氣的陰晴和光線的強弱也不同。這篇詩的突出特點，就在於詩人善於捕捉不同景物在特定時間、特定天氣裡所呈現的不同光感、不同濕度和不同色調。如用「新雨足」表明大地的一切剛經過雨水的滋潤和洗滌，這才寫主人公於蒼茫暮色中讚賞「芭蕉葉大梔子肥」，而那芭蕉葉和梔子花也就帶著它們在雨後日暮之時所特有的光感、濕度和色調，呈現於我們眼前。寫月而冠以「清」字，表明那是「新雨」之後的月兒。寫朝景，新奇而多變。因為他不是寫一般的朝景，而是寫山中雨後的朝景。他先以「天明獨去無道路」一句，總括了山中雨霽，地面潮濕，黎明之時，濃霧彌漫的特點，然後用「出入高下窮煙霏」一句，畫出了霧中早行圖。「煙霏」既「窮」，陽光普照，就看見澗水經雨而更深更碧，山花經雨而更紅更亮。於是用「山紅澗碧」加以概括。山紅而澗碧，紅碧相輝映，色彩已很明麗。但由於詩人敏銳地把握了雨後天晴，秋陽照耀下的山花、澗水所特有的光感、濕度和色調，因而光用「紅」、「碧」還很不夠，又用「紛爛漫」加以渲染，才把那「山紅澗碧」的美景表現得鮮豔奪目。

這篇詩，極受後人重視，影響深遠。蘇軾與友人遊南溪，解衣濯足，朗誦〈山石〉，慨然知其所以樂，因而依照原韻，作詩抒懷。他還寫過一首七絕：「犖确何人似退之，意行無路欲從誰？宿雲解駁晨光漏，獨見山紅澗碧時。」（〈王晉卿所藏著色山二首〉其二）詩意、詞語，都從〈山石〉化出。金代元好問〈論詩三十首〉其二十四評宋秦觀（字少游）詩云：「有情芍藥含春淚，無力薔薇臥晚枝。拈出退之〈山石〉句，始知渠是女郎詩。」元好問的《中州集》王集第九（〈擬栩先生王中立〉）說：「予嘗從先生學，問作詩究竟當如何？先生舉秦少游〈春雨〉詩云……此詩非不工，若以退之芭蕉葉大梔子肥之句校之，則〈春雨〉為婦人語矣。」可見此詩氣勢遒勁，風格壯美，一直為後人所稱道。（霍松林）

雉帶箭

韓愈

原頭火燒靜兀兀，野雉畏鷹出復沒。將軍欲以巧伏人，盤馬彎弓惜不發。地形漸窄觀者多，雉驚弓滿勁箭加。衝人決起百餘尺，紅翎白鏃隨傾斜。將軍仰笑軍吏賀，五色離披馬前墮。

唐德宗貞元十五年（七九九），韓愈在徐州武寧軍節度使張建封幕中。秋，被辟為節度推官。本詩寫隨從張建封射獵的情景，寥寥十句，波瀾起伏，神采飛動，「短幅中有龍跳虎臥之觀」（清汪琬〈批韓詩〉）。宋代蘇軾非常喜愛這首詩，親自用大字書寫，以為妙絕。

首句寫獵場的情境：原野上獵火熊熊燃燒，四周圍靜悄悄的。一個「靜」字，傳出畫面之神，烘托獵前肅穆的氣氛；由此可以想見從獵人員屏氣靜息，全神貫注地佇伺獵物的情態。這是獵射前的靜態，與下文獵射時和獵射後的動態，成強烈的對照。次句把讀者注意引向獵射的對象雉雞，筆墨簡捷精練，銜接自然緊密。野雉被獵火驅出草木叢，一見獵鷹，嚇得急忙又躲藏起來。「出復沒」三字形容逼肖，活現出野雉驚惶逃竄的窘態，與下邊「惜不發」呼應。閣本李謝校改作「伏欲沒」，就索然無味了。兩句是獵射前的情景。

三、四句轉入獵射，寫將軍的心理活動和獵射時的風度、神采。將軍出獵自然不是單純為了覓取野味，而是要顯示自己的神功巧技。所以，他騎馬盤旋不進，拉滿強勁的弓，又捨不得輕易發箭。近人程學恂《韓詩臆說》評道：「二句寫射之妙處，全在未射時，是能於空際得神。」所謂空際得神，就是不在實處作窮形極相之語。詩人不寫將軍如何勇猛敢決，也不寫他如何縱橫馳騁，呼鷹嗾犬，白羽交飛，圍場中慣見的情景全部略去不提，而只選取了「盤馬彎弓」這一特定的鏡頭，以突出將軍矜持、自信、躊躇滿志的神態。這裡的巧，不僅指射技的精巧，更主要的是寫人的智謀，寫將軍運籌的巧妙。這位將軍不專恃武功取勝，他盤馬彎弓，審情度勢，選擇著最能表現自己精湛射技的時機。他要像漢朝飛將軍李廣那樣，「度不中不發，發必應弦而倒」（《漢書．李廣傳》），要一舉使眾人折服。一位有血有肉，有著鮮明性格特徵的將軍形象，便顯現在我們眼前。兩句筆勢頓挫，用意精深。

接著兩句寫「巧」。野雉隱沒之處，地勢漸漸狹窄，野雉處於「人稠網密，地迫勢脅」（三國魏曹植〈七啟〉）的窘境，要繼續竄伏已不可能；觀獵的人越來越多，大家都饒有興味地觀賞將軍獵射。這是將軍一顯身手的時機。正當野雉受驚乍飛的一剎那，將軍從容地引滿弓，「嗖」的一聲，強有力的箭，迅猛而準確地命中雉雞。「雉驚弓滿勁箭加」，一「驚」、一「滿」、一「勁」、一「加」，緊湊簡練，乾脆有力，「巧」字之意於此全出。

詩寫到這裡，似乎意已盡了。然而詩中忽起波瀾，那隻受傷的野雉帶箭「衝人決起百餘尺」，向著人猛地衝起百多尺高，可見這是隻勇猛的雉雞。側寫一筆，更顯出將軍的絕妙射技。「紅翎白鏃隨傾斜」，野雉強作掙扎之後，終於筋疲力盡，帶箭悠悠而墮，染血的翎毛和雪亮的箭鏃也隨之傾斜落下。這正是樊汝霖所謂「讀之其狀如在目前，蓋寫物之妙者」（明代高棅《唐詩品彙》引），非親歷其境者不能道。詩寫到這裡，才直接點題，真是一波三折，盤屈跳蕩。以寫長篇古風的筆法來寫小詩，更覺丰神超邁，情趣橫生。

末兩句在熱烈的氣氛中關合全詩。先以「仰笑」二字，極為傳神地突現將軍個人的性格特徵，一位地方主帥驕矜得意的神氣躍然紙上。接著以「軍吏賀」照應前面「伏人」，寫出圍觀的軍吏敬服將軍絕妙的射技，為他的成功慶賀。末句接寫「雉帶箭」：一隻五彩繽紛的野雉，毛羽散亂地墮向將軍的馬前。詩戛然而止，然餘響不絕，韻味無窮。

清人朱彝尊《批韓詩》評云：「句句實境，寫來絕妙，是昌黎極得意詩，亦正是昌黎本色。」道出了韓愈善於捕捉藝術形象以描述客觀事物的高超手腕。（陳永正）

八月十五夜贈張功曹

韓愈

纖雲四卷天無河，清風吹空月舒波。沙平水息聲影絕，一杯相屬君當歌。君歌聲酸辭且苦，不能聽終淚如雨：「洞庭連天九疑高，蛟龍出沒猩鼯號。十生九死到官所，幽居默默如藏逃。下床畏蛇食畏藥，海氣濕蟄熏腥臊。昨者州前搥大鼓，嗣皇繼聖登夔皋①。赦書一日行萬里，罪從大辟②皆除死。遷者追回流者還，滌瑕蕩垢清朝班。州家申名使家抑，坎軻③只得移荊蠻。判司卑官不堪說，未免捶楚④塵埃間。同時輩流多上道⑤，天路幽險難追攀。」君歌且休聽我歌，我歌今與君殊科：「一年明月今宵多，人生由命非由他，有酒不飲奈明何！」

〔註〕①夔皋，夔及皋陶，舜、禹的賢臣。②大辟，死刑。③坎軻，即坎坷、埳軻。④捶楚，杖打的刑罰。⑤上道，指遇赦返京。

這首詩以接近散文的筆法，古樸的語言，直陳其事，不用譬喻，不用寄託，主客互相吟誦詩句，一唱一和，我中有你，你中有我，衷情共訴，灑脫疏放，別具一格。

詩裡寫了張署的「君歌」和作者的「我歌」。題為「贈張功曹」，卻沒有以「我歌」作為描寫的重點，而是反客為主，把「君歌」作為主要內容，借張署之口，淋漓盡致地抒發了詩人自己的塊壘不平。

詩的前四句描寫八月十五日夜主客對飲的環境，如文的小序：碧空無雲，清風明月，萬籟俱寂。在這樣的境界中，兩個遭遇相同的朋友怎能不舉杯痛飲，慷慨悲歌？韓愈是一個很有抱負的人，在三十二歲的時候，曾表示過「報國心皎潔，念時涕汍瀾」（〈齪齪〉）。他不僅有憂時報國之心，而且有改善政治的能力。唐德宗貞元十九年（八〇三）天旱民饑，當時任監察御史的韓愈和張署，直言勸諫唐德宗減免關中徭賦，觸怒權貴，兩人同時被貶往南方，韓愈任陽山（今屬廣東）令，張署任臨武（今屬湖南）令。直至唐憲宗大赦天下時，他們仍不能回到朝廷任職。韓愈改官江陵府（今湖北江陵）法曹參軍，張署改官江陵府功曹參軍。得到改官的消息，韓愈心情很複雜，於是借中秋之夜，對飲賦詩抒懷，並贈給同病相憐的張署。

詩的開頭在描寫月夜環境之後，用「一杯相屬君當歌」一轉，引出了張署的悲歌，是全詩的主要部分。詩人先寫自己對張署「歌」的直接評論：說它聲音酸楚，言辭悲苦，因而「不能聽終淚如雨」，說明二人心境相同，感動極深。

張署的歌，首先敘述了被貶南遷時經受的苦難，山高水闊，路途漫長，蛟龍出沒，野獸悲號，地域荒僻，風波險惡。好容易「十生九死到官所」，而到達貶所更是「幽居默默如藏逃」。接著又寫南方偏遠之地多毒蛇，「下床」都可畏，出門行走就更不敢了；且有一種蠱藥之毒，隨時可以致人死命，飲食要十分當心，還有那濕蟄腥臊的「海氣」，也使人受不了。這一大段對自然環境的誇張描寫，也是詩人當時政治境遇的寫照。

上面對貶謫生活的描述，情調是感傷而低沉的，下面一轉，而以歡欣鼓舞的激情，歌頌大赦令的頒行，文勢波瀾起伏。唐憲宗即位，大赦天下。詩中寫那宣布赦書時的隆隆鼓聲，那傳送赦書時日行萬里的情景，場面的熱烈，節奏的歡快，都體現出詩人心情的歡快。特別是大赦令宣布：「罪從大辟皆除死」，「遷者追回流者還」，這當然使韓、張二人感到回京有望。然而，事情並不如此簡單。寫到這裡，詩情又一轉折，儘管大赦令寫得明明白白，但由於「使家」的阻撓，他們仍然不能回朝廷任職。「坎軻只得移荊蠻」，「只得」二字，把那種既心有不滿又無可奈何的心情，完全表現出來了。地是「荊蠻」之地，職又是「判司」一類的小官，卑小到要常受長官「捶楚」的地步。面對這種情況，他們發出了深深的慨嘆：「同時輩流多上道，天路幽險難追攀」。「天路幽險」，政治形勢還是相當險惡啊！

以上詩人透過張署之歌，傾吐了自己不平的遭遇，心中的鬱積，寫得形象具體，淋漓盡致，筆墨酣暢。詩人既已借別人的酒杯澆了自己的塊壘，沒必要再直接出面抒發自己的感慨了，所以用「君歌且休聽我歌，我歌今與君殊科」，一接一轉，寫出了自己的議論。僅寫了三句：一是寫今夜月色最好，照應題目的「八月十五」；二是寫命運在天；三是寫面對如此良夜應當開懷痛飲。表面看來這三句詩很平淡，實際上卻是詩中最著力最精彩之筆。韓愈從切身遭遇中，深深感到宦海浮沉，禍福無常，自己很難掌握自己的命運。「人生由命非由他」，寄寓了極深的感慨，表面上歸之於命，實際有許多難言的苦衷。八月十五的夜晚，明月如鏡，懸在碧空藍天，不開懷痛飲，豈不辜負這美好的月色！再說，借酒澆愁，還可以暫時忘掉心頭的煩惱。於是情緒又由悲傷轉而曠達。然而這不過是故作曠達而已。短短數語，似淡實濃，言近旨遠，在欲說還休的背後，別有一種耐人尋思的深味。從感情上說，由貶謫的悲傷到大赦的喜悅，又由喜悅墜入量移「荊蠻」的怨憤，最後在無可奈何中故作曠達。抑揚開闔，轉折變化，章法波瀾曲折，有一唱三嘆之妙。全詩換韻很多，韻腳靈活，音節起伏變化，很好地表現了感情的發展變化，使詩歌既雄渾恣肆又宛轉流暢。從結構上說，首與尾用酒和明月先後照應，輕清簡練，使結構完整，也加深了意境的悲涼。（張燕瑾）

謁衡嶽廟遂宿嶽寺題門樓

韓愈

五嶽祭秩皆三公，四方環鎮嵩當中。火維地荒足妖怪，天假神柄專其雄。
噴雲泄霧藏半腹，雖有絕頂誰能窮？我來正逢秋雨節，陰氣晦昧無清風。
潛心默禱若有應，豈非正直能感通。須臾靜掃眾峰出，仰見突兀撐青空。
紫蓋連延接天柱，石廩騰擲堆祝融。森然魄動下馬拜，松柏一逕趨靈宮。
粉牆丹柱動光彩，鬼物圖畫填青紅。升階傴僂薦脯酒，欲以菲薄明其衷。
廟令老人識神意，睢盱偵伺能鞠躬。手持杯珓導我擲，云此最吉餘難同。
竄逐蠻荒幸不死，衣食纔足甘長終。侯王將相望久絕，神縱欲福難為功。
夜投佛寺上高閣，星月掩映雲朣朧。猿鳴鐘動不知曙，杲杲寒日生於東。

唐德宗貞元十九年（八〇三），京畿大旱。韓愈因上書請寬民徭，被貶為連州陽山（今屬廣東）令。順宗永貞元年（八〇五）遇大赦，離陽山到郴州（治今湖南郴州）待命。九月，由郴州赴江陵府（治今湖北荊州）

任法曹參軍，途中遊衡山時寫下這首詩。詩中深沉地抒發了他對仕途坎坷的不滿情懷。

衡山聳立在湖南衡陽盆地北端，氣勢雄偉。山上的衡嶽廟，是遊人嚮往的名勝。詩的開頭六句，寫衡嶽的形勢和氣象，起筆高遠，用語不凡。先總敘五嶽，再專敘衡嶽，突出衡嶽在五嶽中的崇高地位。按古時帝王的祭典，五嶽都相當於爵秩最高的「三公」。泰山、衡山、華山、恆山，各鎮東、南、西、北四方，而嵩山則處在中間。衡嶽在炎熱而荒僻的南方，古人以為這裡有很多妖魔鬼怪，天帝授予嶽神權力，使它能專力雄鎮一方。詩人一連採用四個敘述句，從「五嶽」寫到衡嶽，竭盡鋪墊之能事。緊接二句，便一下子把衡山形勢的險要勾勒了出來：衡嶽半山腰中蘊藏著雲霧，不時噴泄出來，雖有山頂，又怎能攀登上去呢！一句中連用「噴」、「泄」、「藏」三個動詞，來描繪平日衡山雲霧濃重不散，既奇突，又貼切。

以下八句寫登山。「我來」二句，是敘事，亦是寫景，寫出了秋雨欲來的景象，給人一種沉悶和壓抑之感。欲揚先抑，詩意推起一道波瀾。「潛心默禱若有應，豈非正直能感通」，說衡嶽有靈，使天氣由陰而晴，詩意陡轉。雲霧全消，眾峰頓現，原是自然界本身的變化，而詩人卻說是自己「潛心默禱」，把正直的神明「感通」的結果。「正直」二字寓有深意。往下連用兩聯，描寫眾峰由隱而現後的景象。「須臾」一聯，寫出了山間景色變化之快：剎那之間，浮雲掃盡，眾峰顯露；仰面看去，那高峻陡峭的山峰，就好比擎天柱支撐著天空。這一聯是虛寫，給人以豁然開朗、奇險明快之感。據北魏酈道元《水經注》載：衡山有三峰，自遠望去，蒼蒼隱天。所以晉代羅含的〈湘中記〉也說：「望如陣雲」，非清霽素朝，不見其峰。「紫蓋」一聯，描寫紫蓋峰連延著與天柱峰相接，石廩峰騰躍起伏，堆擁著祝融峰。這是實寫。汪佑《南山涇草堂詩話》說，「是登絕頂寫實景，妙用『眾峰出』領起，蓋上聯虛，此聯實，虛實相生；下接『森然魄動』句，復虛寫四峰之高峻，的是古詩神境。」聯繫上下詩意來看，此說不無道理。

「森然」以下十四句，寫謁廟，是全詩中心所在。詩人透過對祭神問天的描述，傾吐其無處申訴的悒鬱情懷。「森然」二句，點出謁衡嶽廟的題意。目的地已經到達，險峻的山峰，使人驚心動魄，不由得下馬揖拜。沿著一條松柏古徑，急步走向神靈的殿堂。既反映了詩人當時肅然起敬的感受，也烘托出一種莊嚴肅穆的氣氛。「粉牆」二句，寫走進廟門後四壁所見：雪白的牆壁和朱紅的柱子，交相輝映，光彩浮動；上邊都用青紅的彩色，畫滿了鬼怪的圖像，寫出寺廟的特徵。「升階」以下六句寫行祭。詩人登上臺階，彎著腰（傴僂，音同羽樓）向神像進獻乾肉和酒，想借這些菲薄的祭品來表明自己的虔誠。掌管神廟的老人很能了解神意，眼瞪瞪地（睢盱，音同雖須，仰視狀）在一旁窺察，鞠躬致禮。他手持占卜用的杯珓（音同叫，即杯筊），教了詩人投擲的方法；而後又根據卦象，說是得到了最吉的徵兆，那是其他人所不易得到的。但是，正是「云此最吉餘難同」的結語，卻引出了詩人一肚皮牢騷：自己在陽山貶所沒有被折磨致死，算是不幸之中的大幸，今後只求衣食粗安，就甘心長此而終，哪裡還存什麼侯王將相之望！神明縱然想賜福保佑，恐怕也難奏效了。這一段描寫和牢騷，既真實，又動人，深刻地反映了詩人當時內心的不滿情緒。詩人關心自己的前途，當然希望占卜能得到一個非常吉利的答覆。但是，當他得知是一個「最吉」的答覆之後，他倒反而產生了懷疑，以致大發起牢騷來了。這大概與他當時對朝廷政治鬥爭的形勢有所了解有關吧！

末四句，歸結詩題「宿嶽寺」之意。先寫上高閣時所見夜景：月色星光，因雲氣掩映而朣朧（隱約不明）。接著翻用南朝宋謝靈運「猿鳴誠知曙」（〈從斤竹澗越嶺溪行〉）句詩意，寫道：「猿鳴鐘動不知曙」。本來聽到猿聲啼叫就知道是天亮了，但詩人因為酣睡，連天亮時猿的啼叫聲和寺院的鐘聲都沒有聽到。詩人身遭貶謫，卻一覺睡到天明杲杲（音同稿，形容日光明亮），足見襟懷之曠達。末句「寒日」，又照應上文「秋雨」、「陰氣」，筆力遒勁。

此詩寫景、敘事、抒情，融為一體，意境開闊，章法井然。詩一開首便從大處落筆，氣勢磅礴。中間寫衡嶽諸峰，突兀高聳，令人心驚魄動。求神問卜一段，亦莊亦諧，其實是詩人藉以解嘲消悶。末尾數句，更清楚地反映出詩人對現實所採取的比較冷漠的態度，他對自己被貶「蠻荒」的怨憤，也溢於言表。通篇一韻到底。押韻句末尾皆用三平調（少數用「平仄平」），音節鏗鏘有力。詩的語言古樸蒼勁，筆調靈活自如，風格凝練典重，無論意境或修辭，都獨闢蹊徑，一掃前人記遊詩的陳詞濫調。（吳文治）

李花贈張十一署

韓愈

江陵城西二月尾，花不見桃惟見李。風揉雨練雪羞比，波濤翻空杳無涘。
君知此處花何似？白花倒燭天夜明，群雞驚鳴官吏起。
金烏海底初飛來，朱輝散射青霞開。迷魂亂眼看不得，照耀萬樹繁如堆。
念昔少年著遊燕，對花豈省曾辭杯？自從流落憂感集，欲去未到思先回。
祇今四十已如此，後日更老誰論哉？力攜一樽獨就醉，不忍虛擲委黃埃。

唐憲宗元和元年（八〇六）春，韓愈為江陵府（治今湖北荊州）法曹參軍，常與功曹參軍張署詩酒往還。在二月底的一個晚上，韓愈往江陵城西看李花，張署因病未能同遊，韓愈歸作此詩以贈。

這首詩寫得精妙奇麗，體物入微，發前人未得之祕。詩歌前段著力摹寫李花的情狀，刻畫從黑夜到清晨之間李花的物色變化，真是燦爛輝煌，令人魂迷眼亂。後段借花致慨，百感交集。全詩情寓物中，物因情見，可稱詠物佳作。

「江陵」二語，前人多所不解。如清末詩評家陳衍《石遺室詩話》說：「桃花經日經雨，皆色褪不紅，一望成林時，不如李花之鮮白奪目。」實未領會作者深意。「二月尾」，已點明是無月之夜。「花不見桃」，並不是沒有桃花，而是在黑夜中紅桃反光微弱，看不清楚；「惟見李」，李花素白，反光強烈，在黑暗的背景中特別鮮明可見。這裡以桃花作陪襯，更突出了李花的皎潔與繁茂。宋王安石〈寄蔡氏女子二首〉其一詩：「積李兮縞夜，崇桃兮炫晝。」也注意到顏色與光的關係，把桃花和李花在晝夜間給人不同的感覺形象地表達出來。最能領略韓愈此詩妙處的是南宋詩人楊萬里。他的〈讀退之李花詩〉云：「近紅暮看失燕支，遠白宵明雪色奇。花不見桃惟見李，一生不曉退之詩。」並有小序：「桃李歲歲同時並開，而退之有『花不見桃惟見李』之句，殊不可解。因晚登碧落堂，望隔江桃李，桃皆暗而李獨明，乃悟其妙。蓋『炫晝縞夜』云。」

「風揉」五句，力寫李花「縞夜」的情景。詩人在低迴嘆賞：城西的李花啊，和煦的春風在撫摩它，霏微的春雨去洗滌它，李花白得連雪花兒也比不上。繁密的花樹林，望去像無涘（無邊際）的波濤，在空中翻騰湧動。看，這是何等瑰麗的景象！古來詠花之作，每偏於纖巧仄媚，而韓愈卻以如椽之筆，寫奇壯之景，形象生新，境界宏闊，具見韓詩「思雄」、「力大」（清葉燮《原詩》）的特色。詩人接著寫道：朋友，您知道這兒的李花像什麼呢——那億萬朵潔白的花兒，把夜空照得通亮。群雞誤以為天明，都驚覺而啼，官吏們因此也紛紛起床了。此數語濃墨重彩，正是韓愈善用的「狠」筆！「群雞驚鳴」之語，想像怪奇，把李花的「縞夜」渲染到極致。

韓愈是寫文章的大手筆，很講究謀篇布局，法度嚴密，命意曲折。一篇上下，都有線索可尋；每段每句，都要安排得法，以使文章變化多姿。「群雞」一句，似虛似實，正是上下接榫之處，彷彿李花真的把天照亮了；而下面緊接「金烏海底初飛來」句，由虛寫轉為實寫，由夜晚寫到清晨，接得非常自然，韻腳也由仄韻轉為平韻，聲情一致，音節諧暢。我們看，詩人是怎樣描寫朝陽初照花林的情景的：那神話傳說中的金烏——太陽，剛從海底飛來，半天空紅光散射，青霞披開，使人眼亂魂迷，無法逼視——啊，陽光正照耀著千萬樹李花，繁密成堆！詩人以厚重的筆觸和濃烈的色調，描繪了陽光、雲彩和花樹交相輝映的麗景。詩中這無比奇特的意象，正表現了韓詩「放恣橫從，神奇變幻」（清顧嗣立《昌黎先生詩集注》）的特徵。

「念昔」句以下為第二段。由花及人，感物興懷，今昔對比，自傷身世。詩人回憶起往日少年時候，愛遊賞宴樂，對著美麗的春花，開懷暢飲；自從流落不遇，百憂交集，要去看花時，未到已先想著回家了。而今從陽山貶所量移江陵，追想起自己被放謫的經過，不禁感喟蒼涼。末四句更跌深一層，寫自己今日盡情對酒賞花，是為了不忍辜負春光，讓美好的花兒寂寞地零落在黃土裡。這一段抒發個人的感慨，全用散文化筆法，而依然有著濃郁的詩味。「衹今四十已如此，後日更老誰論哉」等句，虛字的使用尤為妥帖。如清方東樹所云：「其於閒字語助，看似不經意，實則無不堅確老重成鍊者。」（《昭昧詹言》）

此詩上半段，造意奇特，氣象雄渾。詩人以勁健之筆描寫綺麗的景物，發掘出常人所未曾領略到的自然的美。詩中的奇思壯采，浪漫的情調，宏闊的意境和難以捉摸的紛繁的藝術形象，都表現了詩人無比豐富的精神世界。如用翻空的波濤形容李花林，寫白花倒映得天亮而使群雞驚鳴等，都是戛戛獨造的未經人道之語。然而，正如清李黼平《讀杜韓筆記》指出的，這些詩句「可謂工為形似之言，而詩之佳處不在此」。詩人寫李花，也是在寫自己。上半篇極寫李花的潔白與繁茂，我們不也可以聯想到詩人那驚眾的才華嗎？時當盛年的詩人，胸懷著匡時濟世之心而處於無用之地，他只惋傷光陰的浪擲，大丈夫志業無成，故在詩中借花以寄個人的深慨。下半篇惜李花也是自惜，詩語質樸，與上邊華贍的寫景語恰成強烈的對比，而詩中有文，則辭氣更為流暢，感情也顯得更為濃摯了。蔣抱玄《評注韓昌黎詩集》云：「此詩妙在借花寫人，始終卻不明提，極匣劍帷燈之致。」如寶劍在匣，華燈在幃，而劍氣燈光卻若隱若現，給觀者以想像和聯想的餘地，這正是此詩高妙之處。（陳永正）

青青水中蒲三首　韓愈

青青水中蒲①，下有一雙魚。君今上隴去，我在與誰居？

青青水中蒲，長在水中居。寄語浮萍草，相隨我不如。

青青水中蒲，葉短不出水。婦人不下堂，行子在萬里。

〔註〕①蒲：即香蒲。有匍匐横生的地下根狀莖，由此發生新芽，葉細長而尖，明李時珍《本草綱目・草部》：「春初生嫩葉，未出水時，紅白色茸茸然。」

這三首樂府詩是具有同一主題的組詩——思婦之歌。它是韓愈青年時代的作品，寫於唐德宗貞元九年（七九三），是寄給他的妻子盧氏的。清人陳沆《詩比興箋》說是「寄內而代為內人懷己之詞」，是一種「代內人答」的體裁，風格別致。

第一首描繪送別情景。詩人以青青的水中蒲草起興，襯托離思的氛圍，又以蒲草下有一雙魚兒作比興，以反襯思婦的孤獨。魚兒成雙作對，在水中香蒲下自由自在地游來游去，而詩中女主人公卻要與夫君分離。她觸景生情，不禁依依不捨，深情地說：您如今要上隴州（治今陝西隴縣）去，誰跟我在一起呢？語意真率、樸素，是民歌格調。短短四句詩，上下兩聯形成鮮明的對照：從地域上看，「青青水中蒲」，是風光明麗，一片蓬蓬勃勃的中原河邊景色；而「君今上隴去」，卻是偏遠荒涼的西北邊境。從情調上看，「下有一雙魚」，顯得多麼歡愉而寫意；而「我在與誰居」，女主人公又見得多麼地伶仃而落寞。

第二首仍言離情，詩人以不同方式作反覆迴環的表現。開始兩句詩是比，以蒲草「長在水中居」象徵女主人公長在家中居住，不能相隨夫君而行。又用可以自由自在地隨水漂流的浮萍來反襯，言蒲不如浮萍之能相隨。所以，思婦寄語浮萍，無限感慨。

第三首主題相同，一唱三嘆，感情一首比一首深沉。「青青水中蒲，葉短不出水」，這兩句詩有興有比。用蒲草的短葉不出水，比喻思婦不能出門相隨夫君。「婦人不下堂，行子在萬里」，在空間上距離那麼遙遠，女主人公孤單單的形象也就顯現出來，而其內心的悽苦也可想而知。詩中沒有表示相思之語，而思夫之情自見。明謝榛嘆為「托興高遠，有風人之旨」（《四溟詩話》卷二）。

三首詩是一脈貫通，相互聯繫的「三部曲」。

第一首，行子剛剛出門離家，思婦只提出「我在與誰居」的問題，其離情別緒尚處在發展的起點上。第二首，行子遠去，思婦為相思所苦，發出「相隨我不如」的嘆息，離愁比以前濃重多了。第三首，女主人公內心的孤淒感受隨著行子「在萬里」而與日俱增，一層深一層，全詩就在感情高潮中戛然而止，餘韻無窮。

在體裁上，《青青水中蒲》繼承《詩經》、漢樂府的傳統而又推陳出新。清朱彝尊謂「篇法祖毛詩，語調則漢魏歌行耳」（引自錢仲聯《韓昌黎詩繫年集釋》）。

詩的語言通俗流暢，風格像民歌般樸素自然，看似平淡，而意味深長。朱彝尊贊之曰「煉藻繪入平淡」（同上），正道出這組詩的風格特色。（何國治）

聽穎師彈琴

韓愈

昵昵兒女語①，恩怨相爾汝②。劃然變軒昂，勇士赴敵場。
浮雲柳絮無根蒂，天地闊遠隨飛揚。喧啾百鳥群，忽見孤鳳凰。
躋攀分寸不可上，失勢一落千丈強。
嗟余有兩耳，未省聽絲篁。自聞穎師彈，起坐在一旁。
推手遽止之，濕衣淚滂滂。穎乎爾誠能，無以冰炭置我腸！

〔註〕①昵昵：擬聲詞，用來形容言辭親切。此據李漢編《韓昌黎集》，別本亦作「妮妮」或「呢呢」。②爾汝：對話時你來我去，不講客套，是關係親密的表現。

喜懼哀樂，變化倏忽，百感交集，莫可名狀，這就是韓愈聽穎師彈琴的感受。讀罷全詩，穎師高超的琴技如可聞見，怪不得清人方扶南把它與白居易的〈琵琶行〉、李賀的〈李憑箜篌引〉相提並論，推許為「摹寫聲音至文」（《李長吉詩集批注》）了。

詩分兩部分，前十句正面摹寫聲音。起句不同一般，它沒有提及彈琴者，也沒有交代彈琴的時間和地點，而是緊扣題目中的「聽」字，單刀直入，把讀者引進美妙的音樂境界裡。琴聲裊裊升起，輕柔細屑，彷彿小兒女在耳鬢廝磨之際，竊竊私語，互訴衷腸。中間夾雜些嗔怪之聲，那不過是表達傾心相愛的一種不拘形跡的方式而已。正當聽者沉浸在充滿柔情蜜意的氛圍裡，琴聲驟然變得昂揚激越起來，就像勇猛的將士揮戈躍馬衝入敵陣，顯得氣勢非凡。接著琴聲又由剛轉柔，呈起伏迴蕩之姿，恰似經過一場浴血奮戰，敵氛盡掃。此時，天朗氣清，風和日麗，遠處浮動著幾片白雲，近處搖曳著幾絲柳絮，它們飄浮不定，若有若無，難於捉摸，卻逗人情思。琴聲所展示的意境高遠闊大，使人有極目遙天悠悠不盡之感。

驀地，百鳥齊鳴，啁啾不已，安謐的環境為喧鬧的場面所代替。在眾鳥蹁躚之中，一隻鳳凰翩然高舉，引吭長鳴。「躋攀分寸不可上，失勢一落千丈強」。這隻不甘與凡鳥為伍的孤傲的鳳凰，一心向上，飽經躋攀之苦，結果還是跌落下來，而且跌得那樣快，那樣慘。這裡除了用形象化的比喻顯示琴聲的起落變化外，似乎還另有寄託。聯繫後面的「濕衣淚滂滂」等句，它很可能包含著詩人對自己境遇的慨嘆。他曾幾次上奏章剖析政事得失，希望當局能有所警醒，從而革除弊端，勵精圖治，結果屢遭貶斥，心中不免有憤激不平之感。「濕衣」句與白居易〈琵琶行〉中的「江州司馬青衫濕」頗相類似，只是後者表達得比較直接，比較顯豁罷了。

後八句寫自己聽琴的感受和反應，從側面烘托琴聲的優美動聽。「嗟余」二句是自謙之辭，申明自己不懂音樂，未能深諳其中的奧妙。儘管如此，還是被穎師的琴聲所深深感動，先是起坐不安，繼而淚雨滂沱，浸濕了衣襟，猶自撲撲簌簌滴個不止。這種感情上的強烈刺激，實在叫人無法承受，於是推手制止，不忍卒聽。末二句進一步渲染穎師琴技的高超。冰炭原不可同爐，但穎師的琴聲一會兒把人引進歡樂的天堂，一會兒又把人擲入悲苦的地獄，就好比同時把冰炭投入聽者的胸中，使人經受不了這種感情上的劇烈波動。

全篇詩情起伏如錢塘江潮，波濤洶湧，層見疊出，變化無窮。上聯與下聯，甚至上句與下句，都有較大的起落變化。例如首聯「昵昵兒女語，恩怨相爾汝」，寫柔細的琴聲，充滿和樂的色調；中間著一「怨」字，便覺波浪陡起，姿態橫生，親昵的意味反倒更濃，也更加富有生活氣息。又如首聯比以兒女之情，次聯擬以英雄氣概，這是兩種截然不同的聲音，一柔一剛，構成懸殊的形勢。第三聯要再作起落變化，即由剛轉柔，就很容易與第一聯交叉重疊。詩人在實現這一起伏轉折的同時，開闢了另一個新的境界，它高遠闊大、安謐清醇，與首聯的卿卿我我、充滿私情形成鮮明的比照。它所顯示的聲音也與首聯不一樣，首聯輕柔細屑，純屬指聲；三聯宛轉悠揚，是所謂泛聲。儘管兩者都比較輕柔，卻又各有特色，準確地反映了琴聲高低疾徐的變化。清人方東樹說韓愈寫詩「用法變化而深嚴」（《昭昧詹言》），這就是一個很好的例證。

歷來寫樂曲的詩，大都利用人類五官的通感，致力於把比較難於捕捉的聲音轉化為比較容易感受的視覺形象。這首詩摹寫聲音精細入微，形象鮮明，卻不黏皮著肉，故而顯得高雅、空靈、醇厚。突出的表現是：在摹寫聲音節奏的同時，十分注意發掘含蘊其中的情志。好的琴聲既可悅耳，又可賞心，可以移情動志。好的琴聲，也不只可以繪聲，而且可以「繪情」、「繪志」，把琴聲所表達的情境一一描摹出來。詩歌在摹寫聲音的同時，或示之以兒女柔情，或擬之以英雄壯志，或充滿對自然的眷戀，或寓有超凡脫俗之想和坎坷不遇之悲，如此等等，無不流露出深厚的情意。

韓愈是一位極富創造性的文學巨匠。他寫作詩文，能夠擺脫拘束，自闢蹊徑。這首詩無論造境或遣詞造語都有獨到之處。以造境言，它為讀者展示了兩個大的境界：一是曲中的境界，即由樂曲的聲音和節奏所構成的情境；一是曲外的境界，即樂曲聲在聽者（詩人自己）身上得到的反響。兩者亦分亦合，猶如影之與形；從而使整個詩歌的意境顯得深閎雋永，饒有情致。以遣詞造語論，不少詩句新奇妥帖，揉磨入細，感染力極強。例如開頭兩句押細聲韻，其中的「女」、「語」和「爾」、「汝」聲音相近，讀起來有些繞口。這種奇特的音韻安排，恰恰適合於表現小兒女之間那種纏綿糾結的情態。後面寫昂揚激越的琴聲則改用洪聲韻的「昂」、「揚」、「揚」、「凰」等，這些都精確地表現了彈者的情感和聽者的印象。另外，五言和七言交錯運用，以與琴聲的疾徐斷續相協調，也大大增強了詩句的表現力。如此等等，清楚地表明，詩人匠心獨運，不拘繩墨，卻又無不文從字順，各司其職。韓愈〈薦士〉詩評介孟郊詩歌謂「橫空盤硬語，妥帖力排奡（音同傲，排奡形容文筆矯健）」，其實也是韓愈本人詩歌語言的一大特色。（朱世英）

調張籍

韓愈

李杜文章在，光焰萬丈長。不知群兒愚，那用故謗傷！
蚍蜉撼大樹，可笑不自量。伊我生其後，舉頸遙相望。
夜夢多見之，晝思反微茫。徒觀斧鑿痕，不矚治水航。
想當施手時，巨刃磨天揚。垠崖劃崩豁，乾坤擺雷硠①。
惟此兩夫子，家居率荒涼。帝欲長吟哦，故遣起且僵。
剪翎送籠中，使看百鳥翔。平生千萬篇，金薤垂琳琅。
仙官敕六丁，雷電下取將。流落人間者，太山一毫芒。
我願生兩翅，捕逐出八荒。精誠忽交通，百怪入我腸。
刺手拔鯨牙，舉瓢酌天漿。騰身跨汗漫，不著織女襄。
顧語地上友：經營無太忙！乞君飛霞佩，與我高頡頏②。

〔註〕①雷硠（音同狼），形容雷聲巨響。②頡頏（音同協航），形容鳥上下飛行。

李白和杜甫的詩歌成就，在盛行王、孟和元、白詩風的中唐時期，往往不被重視，甚至還受到某些人不公正的貶抑。韓愈在此詩中，熱情地讚美李白和杜甫的詩文，表現出高度傾慕之情。在對李、杜詩歌的評價上，韓愈要比同時的人高明得多。

本詩可分為三段。前六句為第一段。作者對李、杜詩文作出了極高的評價，並譏斥「群兒」謗傷前輩是多麼無知可笑。「李杜文章在，光焰萬丈長」二句，已成為對這兩位偉大詩人的千古定評了。

中間二十二句為第二段，作者力寫對李、杜的欽仰，讚美他們詩歌的高度成就。其中「伊我」十句，感嘆生於李、杜之後，只好在夢中瞻仰他們的風采。特別是讀到李、杜光彩四溢的詩篇時，便不禁追想起他們興酣落筆的情景：就像大禹治水那樣，揮動著摩天巨斧，山崖峭壁一下子劈開了，被堙遏的洪水便傾瀉出來，天地間迴蕩著山崩地裂的巨響。「惟此」六句，感嘆李、杜生前不遇。天帝要使詩人永不停止歌唱，便故意給予他們升沉不定的命運。他們就好比剪了羽毛囚禁在籠中的鳥兒，痛苦地看著外邊百鳥自由自在地飛翔。「平生」六句，作者惋惜李、杜的詩文多已散佚。他們一生寫了千萬篇金玉般優美的詩歌，但其中多被仙官派遣神兵收取去了，流傳人間的，只不過是泰山的毫末之微而已。

末十二句為第三段。「我願」八句，寫自己努力去追隨李、杜。詩人希望能生出兩翅，在天地中追尋李、杜詩歌的精神。他終於能與前輩詩人精誠感通，於是，千奇百怪的詩境便進入心裡：反手拔出大海中長鯨的利齒，高舉大瓢，暢飲天宮中的仙酒，忽然騰身而起，遨遊於廣漠無窮的天宇中，自由自在，發天籟之音，甚至連織女所製的天衣也不屑去穿了。最後四句點題。詩人懇切地勸導老朋友張籍：不要老是鑽在書堆中尋章摘句，忙碌經營，還是和我一起向李、杜學習，在詩歌的廣闊天地中高高飛翔吧。

韓愈在中唐詩壇上，開創了一個重要的流派。清葉燮《原詩》說：「韓愈為唐詩之一大變。其力大，其思雄。」詩人以其雄健的筆力，凌厲的氣勢，驅使宇宙萬象進入詩中，表現了宏闊奇偉的藝術境界。這對糾正大曆以來詩壇軟熟褊淺的詩風，是有著積極作用的。而〈調張籍〉就正像詩界異軍崛起的一篇宣言，它本身的風格，最能體現出韓詩奇崛雄渾的詩風。

詩人筆勢波瀾壯闊，恣肆縱橫，全詩如長江大河浩浩蕩蕩，奔流直下，而其中又曲折盤旋，激濺飛瀉，變態萬狀，令人心搖意駭，目眩神迷。如第二段中，極寫李、杜創作「施手時」情景，氣勢宏偉，境界闊大。突然，筆鋒一轉：「惟此兩夫子，家居率荒涼。」豪情壯氣一變而為感喟蒼涼，勒奔馬於噓吸之間，非有極大神力者何能臻此！下邊第三段「我願」數句，又再作轉折，由李、杜而寫及自己，馳騁於碧海蒼天之中，詩歌的內涵顯得更為深厚。我們還注意到，詩人並沒有讓江河橫溢，一往不收，他力束狂瀾，迫使洶湧的流水循著河道前流。本詩在命題立意、結構布局、遣詞造句上，處處可見作者獨具的匠心。如詩中三個段落，迴環相扣，輾轉相生。全詩寓縱橫變化於規矩方圓之中，非有極深功力者何能臻此！

尤可注意的是，詩中充滿了探險入幽的奇思幻想。第一段六句，純為議論。自第二段始，運筆出神入化，簡直使人眼花繚亂。「想當施手時，巨刃磨天揚。垠崖劃崩豁，乾坤擺雷硠。」用大禹鑿山導河來形容李、杜下筆為文，這種匪夷所思的奇特的想像，絕不是一般詩人所能有的。詩人寫自己對李、杜的追慕是那樣狂熱：「我願生兩翅，捕逐出八荒。」他長出了如雲般的長翮大翼，乘風振奮，出六合，絕浮塵，探索李、杜藝術的精英。追求的結果是「百怪入我腸」。此「百怪」可真名不虛立，既有「刺手拔鯨牙，舉瓢酌天漿」，又有「騰身跨汗漫，不著織女襄」。下海上天，想像之神奇令人驚嘆。而且詩人之奇思，或在天，或在地，或挾雷電，或跨天宇，雄闊壯麗。韓詩曰奇曰雄，如此詩者可見其風格了。

詩人這種神奇的想像，每借助於誇張和比喻的手法。詩人這樣寫那些妄圖詆毀李、杜的輕薄後生：「蚍蜉撼大樹，可笑不自量。」設喻貼切，形象生新，後世提煉為成語，早已家喻戶曉了。詩中萬丈光焰，磨天巨刃，乾坤間的巨響，太山、長鯨等瑰瑋奇麗的事物，都被用來設喻，使詩歌磅礴的氣勢和詭麗的境界得到充分的表現。

此詩是「論詩」之作。清朱彝尊《批韓詩》說：「議論詩，是又別一調。以蒼老勝，他人無此膽。」這所謂的「別調」，其實應是議論詩中的「正格」，那就是以形象為議論。在本詩中，作者透過豐富的想像和誇張、比喻等表現手法，在塑造李白、杜甫及其詩歌的藝術形象的同時，也塑造出作者本人及其詩歌的藝術形象，生動地表達出詩人對詩歌的一些精到的見解，這正是本詩在思想上和藝術上的成功之處。（陳永正）

答張十一功曹

韓愈

山淨江空水見沙，哀猿啼處兩三家。篔簹競長纖纖筍，躑躅閒開豔豔花。

未報恩波知死所，莫令炎瘴送生涯。吟君詩罷看雙鬢，斗覺霜毛一半加。

韓愈一生中兩次遭貶，〈答張十一功曹〉是他第一次被貶到陽山（今屬廣東）後的第二年春天作的。張十一名署，德宗貞元十九年（八〇三）與韓愈同為監察御史，一起被貶。張到郴州臨武令任上曾有詩〈贈韓退之〉：「九疑峰畔二江前，戀闕思鄉日抵年。白簡趨朝曾並命，蒼梧左宦一聯翩。鮫人遠泛漁舟火，鵩鳥閒飛露裡天。渙汗幾時流率土，扁舟西下共歸田。」韓愈寫此詩作答。

詩的前半段寫景抒情。「山淨江空水見沙，哀猿啼處兩三家」，勾勒了陽山地區的全景。春山明淨，春江空闊，還傳達出一種人煙稀少的空寂。寥寥數筆，生動地摹寫了荒僻冷落的景象。這一聯如同一幅清晰鮮明的水墨畫。緊接著第二聯是兩組近景特寫：「篔簹競長纖纖筍，躑躅閒開豔豔花。」篔簹（音同雲噹）是一種粗大的竹子。躑躅即羊躑躅（別稱黃杜鵑），開紅黃色的花，生在山谷間，二月花發時，耀眼如火，月餘不歇。這一聯，可以說是作者為這幅水墨畫又點綴了一些鮮豔、明快的色彩，為荒僻的野景增添了春天的生氣。上句的「競」字同下句的「閒」字，不但對仗工穩，而且傳神生動。「競」字把嫩筍爭相滋生的蓬勃景象寫活了；「閒」字則把羊躑躅隨處開放、清閒自得的意態揭示了出來。這四句詩，寫了遠景，又寫了近景，層次分明。有淡墨塗抹的山和水，又有色彩豔麗的綠竹和紅花，濃淡相宜，形象突出；再加上哀猿的啼叫，真可謂詩情畫意，交相輝映。

這首詩中的景物，是與作者此時的處境與心情緊密相連的。它體現了兩個特點，一是靜，二是閒。靜從空曠少人煙而生。作者從繁華嘈雜、人事擾擾的京城一下子到了這荒遠冷僻的山區，哀猿啼聲處處有，人間茅舍兩三家，這種靜與作者仕途的冷遇相互作用，使他倍感孤獨和淒涼。這種閒，由他的處境遭遇而來。這裡的一切都顯得悠閒超脫，沒有羈絆，然而不免使人觸景生情。身雖居閒地，心卻一刻也沒能擺脫朝廷的束縛，常常被「未報恩波」所攪擾，不能得閒，故而格外感慨。作者雖然寫的是景，而實際上是在抒發自己內心深處的隱情，正如清王夫之《唐詩評選》所說：「寄悲正在比興處。」

詩的下半段敘事抒情。「未報恩波知死所，莫令炎瘴送生涯。」前句的「未」字貫「報」與「知」，意謂皇帝的深恩我尚未報答，死所也未可得知，但求不要在南方炎熱的瘴氣中虛度餘生而已。這兩句是全詩的關鍵，孕含著作者內心深處許多矛盾的隱微之情：有無辜被貶的憤怨與悲愁，又有對自己從此消沉下去的擔心；有自己被貶南荒回歸無望的嘆息，又有對未來建功立業的憧憬。他雖然沒有直接說憂愁怨恨，只提到「死所」、「炎瘴」，卻比說出來更為深切。在這樣的處境裡，還想到「未報恩波」，這體現著儒家「怨而不怒」（《國語‧周語上》）的精神。有了這一聯的鋪墊，下一聯就容易理解。「吟君詩罷看雙鬢，斗覺霜毛一半加。」「斗」同「陡」，是頓時的意思。「斗覺」二字用得奇崛，把詩人的感情推向高潮。這一聯寫得曲折迂迴，詩人沒有正面寫自己如何憂愁，卻說讀了張署來詩後鬢髮頓時白了一半，似乎來詩是愁的原因。這就把全詩唯一正面表現愁怨的地方掩蓋住了。並且寫愁不說愁，只說霜毛陡加，至於何以至此，盡在不言之中。詩意婉轉，韻味濃厚。

作者似乎盡量要把他那種激憤的感情深深地埋藏在心底，但是又不自覺地在字裡行間透露出來，使人感受到那股被壓抑著的感情的潛流，讀來為之感動，令人回味，形成了這首詩含蓄深沉的特點。（常振國）

題木居士二首（其二） 韓愈

火透波穿不計春，根如頭面幹如身。
偶然題作木居士，便有無窮求福人。

唐時耒陽（今屬湖南）地方有「木居士」廟，唐德宗貞元末韓愈路過時留題二詩，此為其一。詩乃有感於社會現實而發，非一般應景的題詠。詩中「木居士」與「求福人」不妨視為官場中兩種人的共名。作者運用詠物寓言形式，在影射的人與物之間取其相似點，獲得豐富的喜劇效果，成為此詩最顯著的特色。

漢代南方五嶺間有所謂「楓人」的雜鬼。以楓樹老而生癭瘤，形狀類人，被巫師取作偶像，借施騙術。「木居士」大約也是同一類木魅。它原本是山中一棵普通老朽的樹木，曾遭「火透」（雷殛），又被「波穿」（雨打水淹），經磨歷劫，傷痕累累，被扭曲得「根如頭面幹如身」這樣一種極不自然的形狀。前兩句交代「木居士」先時狼狽處境，揭其老底，後兩句則寫其意外的發跡，前後形成鮮明對照。幸乎不幸乎，世間的機遇往往帶有偶然性質。老樹根幹狀似人形，本是久經大自然災變的結果，然而卻被迷信的人加以神化，供進神龕。昨天還是囚首喪面，不堪其苦，轉眼變成堂堂皇皇的「木居士」，於無佛處稱尊了。其名與實，尊榮的處境與虛朽的本質，是何等不諧調。在諷刺藝術中，喜劇效果的取得，多著力於揭露假、惡、醜的事物的表面現象與內在本質的極不諧調，換句話說，就是「喜劇將那無價值的撕破給人看」（魯迅〈再論雷峰塔的倒掉〉）。此詩中，詩人正是這樣作的。因此，「木居士」的形象給人以滑稽可笑的感覺，收到極好的諷刺效果。可詩的妙處還在最後一句，它畫出這樣一幅圖景：神座之上立著一截僥倖殘存、冥頑不靈的朽木，神座下卻香煙繚繞，匍匐著衣之飾之的善男信女，他們在祈求它保佑。這種莊嚴的、鄭重其事的場面與其荒唐的、滑稽可笑的內容，再一次構成不協調，構成喜劇衝突，使人忍俊不禁。這裡挖苦諷刺的對象又不僅是「木居士」了。「木居士」固然可笑，而「求福人」更可笑亦復可悲。詩人是用兩副筆墨來刻畫兩種形象的。在「木居士」是正面落墨，筆調嬉笑怒罵，尖酸刻薄。對「求福人」則著墨不多，但有點睛之效：他們急於求福，欲令智昏，錯抱「佛」腳。「木居士」不靠他們的愚昧尚且自身難保，怎麼可能反過來賜福於人呢？其「非其鬼而祭之，諂也」（《論語．為政》）不是荒唐之至麼？詩中對「木居士」的刻薄，句句都讓人感到是對「求福人」的挖苦，是戳在「木居士」身上，羞在「求福人」臉上。此詩妙處，就在抓住了「聾俗無知，諂祭非鬼」（南宋黃徹《䂬溪詩話》）的陋俗與官場中某種典型現象之間的一點相似之處，藉端託喻，以詠物寓言方式，取得喜劇諷刺的效果。

不過，需要說明：從此詩的寫作背景看，作者可能有影射貞元末年「暴起領事」的二王（王伾、王叔文）及其追隨者的用意。他反對二王和唐順宗「永貞革新」，固然是保守的表現。但就此詩而言，是寫在革新運動之前且未涉及革新之事。而當時二王的追隨者中確有不少鑽營投機的分子（參閱柳宗元〈寄許京兆孟容書〉）。因而此詩諷刺形象的客觀意義，是不可簡單地以韓愈的政治態度來抹殺的。（周嘯天）

湘中

韓愈

猿愁魚踴水翻波，自古流傳是汨羅。

蘋藻①滿盤無處奠，空聞漁父扣舷歌。

〔註〕①蘋藻：《詩經・召南・采蘋》寫祭祀情況，蘋藻都是祭物：「于以采蘋」、「于以采藻」、「于以奠之」。

自從漢代賈誼被貶長沙寫了〈弔屈原賦〉之後，以賈誼自喻、借憑弔屈原寄託失意之感，便成了詩歌中常見的手法。韓愈此詩別具匠心，不寫與屈賈同病相憐之苦，而是寫英魂無處憑弔之情；不正面用典，而是以神祕空靈的意境烘托心頭的迷惘惆悵，這就更深刻地表現了世無知音的寂寞悲涼。

唐德宗貞元末年，韓愈官監察御史，因關中旱饑，上疏請免徭役賦稅，遭讒被貶為連州陽山令。政治上突如其來的打擊，在詩人心底激起了無法平息的狂瀾，從而形成了〈湘中〉詩起調那種突兀動蕩的氣勢：「猿愁魚踴水翻波，自古流傳是汨羅。」這兩句語調拗折，句法奇崛。如按通常章法，應首先點出汨羅江名，然後形容江上景色，但這樣語意雖然順暢，卻容易平淡無奇，流於一般寫景。現在詩人運用倒裝句法，突出了江景——山猿愁啼，江魚騰踴，湘波翻滾，一派神祕愁慘的氣氛，以為詩人哀憤的心境寫照。首句又連用「猿」、「魚」、「踴」等雙聲字相間，以急促的節奏感來渲染詩人激動不平的心聲。因而，詩人雖然沒有直抒見到汨羅江時所引起的無窮感慨，卻自有不盡之意溢於言外。

詩人來到汨羅江本是為憑弔屈原而一洩心中的鬱悶，然而就是在這裡也得不到感情上的慰藉：江邊到處飄浮著可供祭祀的綠蘋和水藻，可是屈原投江的遺跡已經蕩然無存；當初賈誼尚能投書一哭（《史記．賈生列傳》有「漢有賈生，為長沙王太傅，過湘水，投書以弔屈原」語），今日卻連祭奠的地方都無從找尋，唯有江上的漁父舷歌依然，遙遙可聞。相傳屈原貶逐，披髮行吟澤畔，形容枯槁，遇一漁父相勸道：「舉世混濁，何不隨其流而揚其波？眾人皆醉，何不餔其糟而啜其釃？」（《史記．屈原列傳》）說罷，鼓枻而去，歌曰：「滄浪之水清兮，可以濯吾纓；滄浪之水濁兮，可以濯吾足。」（《楚辭．漁父》）如今屈子已逝，漁父猶在，今日之漁父雖非昔日之漁父，然而今日之詩人正如昔日之屈原，賢者遭黜，隱者得全，清濁醒醉，古今一理。因此那悠閒的歌聲似乎永遠在嘲弄著一代代執著於改革政治，不肯與世同流合汙的志士仁人。這裡暗用《楚辭．漁父》的典故，情景交融，渾成無跡，構成清空孤寂的境界；與前兩句激切哀愁的氣氛在對比中達到高度的和諧，生動地表現了詩人面對茫茫水天悵然若失的神情，含蓄地抒發了那種無端遭貶的悲憤和牢騷。

這首詩寓激憤哀切之情和排奡跌宕之勢於清空的意境和深長的韻味之中，成功地將探怪求新的特點和傳統的表現方法糅為一體，充分體現了韓愈的創新精神和深厚造詣。（葛曉音）

春雪　韓愈

新年都未有芳華，二月初驚見草芽。
白雪卻嫌春色晚，故穿庭樹作飛花。

這首〈春雪〉，構思新巧，獨具風采，是韓愈小詩中的佼佼者。

「新年都未有芳華，二月初驚見草芽。」新年即農曆正月初一，這天前後是立春，所以標誌著春天的到來。新年都還沒有芬芳的鮮花，就使得在漫漫寒冬中久盼春色的人們分外焦急。一個「都」字，透露出這種急切的心情。第二句「二月初驚見草芽」，說二月亦無花，但話是從側面來說的，感情就不是單純的嘆惜、遺憾。「驚」字最宜玩味。它似乎不是表明，詩人為二月剛見草芽而吃驚、失望，而是在焦急的期待中終於見到「春色」的萌芽而驚喜。內心的感情是：雖然春色姍姍來遲，但畢竟就要來了。「初驚」寫出「見草芽」時的情態，極其傳神。「驚」字狀出擺脫冬寒後新奇、驚訝、欣喜的感受；「初」字含春來過晚、花開太遲的遺憾、惋惜和不滿的情緒。然而這種淡淡的情緒藏在詩句背後，顯得十分含蘊。韓愈在〈早春呈水部張十八員外二首〉其一中曾寫道：「草色遙看近卻無」，「最是一年春好處」。詩人對「草芽」似乎特別多情，也就是因為他從草芽看到了春的消息吧。從章法上看，前句「未有芳華」，一抑；後句「初見草芽」，一揚，跌宕騰挪，波瀾起伏。

三、四兩句表面上是說有雪而無花，實際感情卻是：人倒還能等待來遲的春色，從二月的草芽中看到春天的身影，但白雪卻等不住了，竟然紛紛揚揚，穿樹飛花，自己裝點出了一派春色。真正的春色（百花盛開）未來，固然不免令人感到有些遺憾，但這穿樹飛花的春雪不也照樣給人以春的氣息嗎！詩人對春雪飛花主要不是悵惘、遺憾，而是欣喜。一個盼望著春天的詩人，如果自然界還沒有春色，他就可以幻化出一片春色來。這就是三、四兩句的妙處，它富有濃烈的浪漫主義色彩，可稱神來之筆。「卻嫌」、「故穿」，把春雪描繪得多麼美好而有靈性，饒富情趣。詩的構思甚奇。初春時節，雪花飛舞，本來是造成「新年都未有芳華，二月初驚見草芽」的原因，可是，詩人偏說白雪是因為嫌春色來得太遲，才「故穿庭樹」紛飛而來。這種翻因為果的寫法，卻增加了詩的意趣。「作飛花」三字，翻靜態為動態，把初春的冷落翻成仲春的熱鬧，一翻再翻，使讀者如入山陰道上，有應接不暇之感。

此詩於常景中翻出新意，工巧奇警，是一篇別開生面的佳作。（湯貴仁）

遊城南十六首：晚春 韓愈

草樹知春不久歸，百般紅紫鬥芳菲。
楊花榆莢無才思，惟解漫天作雪飛。

〈晚春〉是韓詩頗富奇趣的小品，歷來選本少有漏選它的。然而，對詩意的理解卻是諸說不一。題一作〈遊城南晚春〉，可知詩中所描寫的乃郊遊即目所見。乍看來，只是一幅百卉千花爭奇鬥妍的「群芳譜」：春將歸去，似乎所有草本與木本植物（「草樹」）都探得了這個消息而想要留住她，各自使出渾身招數，吐豔爭芳，一剎時萬紫千紅，繁花似錦。可笑那本來乏色少香的柳絮、榆莢也不甘寂寞，來湊熱鬧，因風起舞，化作雪飛（言「楊花榆莢」偏義於「楊花」）。僅此寥寥數筆，就給讀者以滿眼風光的印象。再進一步不難發現，此詩生動的效果與擬人化的手法大有關係。「草樹」本屬無情物，竟然能「知」能「解」還能「鬥」，尤其是彼此竟有「才思」高下之分，著想之奇是前此詩中罕見的。最奇的還在於「無才思」三字造成末二句費人咀嚼，若可解若不可解，引起見仁見智之說。有人認為那是勸人珍惜光陰，抓緊勤學，以免如「楊花榆莢」白首無成；有的從中看到諧趣，以為是故意嘲弄「楊花榆莢」沒有紅紫美豔的花，一如人之無才華，寫不出有文采的篇章；還有人乾脆存疑：「玩三、四兩句，詩人似有所諷，但不知究何所指。」（劉永濟《唐人絕句精華》）姑不論諸說各得詩意幾分，僅就其解會之歧異，就可看出此詩確乎奇之又奇。

作者寫詩的靈感是由晚春風光直接觸發的，不過，他不僅看到這「情景」之美，而且若有所悟，方才做入「無才思」的奇語，當有所寄寓。

「楊花榆莢」，固少色澤香味，比「百般紅紫」大為遜色。笑它「惟解漫天作雪飛」，確帶幾分揶揄的意味。然而，若就此從這幅晚春圖中抹去這星星點點的白色，你不覺得小有缺憾麼？即使作為「紅紫」的陪襯，那「雪」點也似是不可少的。劉禹錫〈楊柳枝詞九首〉其二云：「桃紅李白皆誇好，須得垂楊相發揮。」此外，謝道韞詠雪以「柳絮因風起」，自古稱美；作者亦有句云：「白雪卻嫌春色晚，故穿庭樹作飛花。」（〈春雪〉）雪如楊花很美，楊花如雪又何嘗不美？更何況這如雪的楊花，乃是晚春具有特徵性景物之一，沒有它，也就失卻晚春之所以為晚春了。可見詩人拈出「楊花榆莢」未必只是揶揄，其中應有憐惜之意的。尤當看到，「楊花榆莢」不因「無才思」而藏拙，不畏「班門弄斧」之譏，避短用長，爭鳴爭放，為「晚春」添色。正是「柳絲榆莢自芳菲，不管桃飄與李飛」（《紅樓夢》黛玉葬花詞），這勇氣豈不可愛？

如果說詩有寓意，就應當是其中所含的一種生活哲理。從韓愈生平為人來說，他既是「文起八代之衰」的宗師，又是力矯元和輕熟詩風的奇險詩派的開派人物，頗具膽力。他能欣賞「楊花榆莢」的勇氣不為無因。他除了自己在群芳鬥豔的元和詩壇獨樹一幟外，還極力稱揚當時不為人重視的孟郊、賈島。這二人的奇僻瘦硬的詩風也是當時詩壇的別調，不也屬於「楊花榆莢」之列？由此可見，韓愈對他所創造的「楊花榆莢」形象，未必不帶同情，未必是一味挖苦。甚而可以說，詩人是以此鼓勵「無才思」者敢於創造。前文所引述的兩種對此詩寄意的解會，雖各有見地，於此點卻均有忽略。殊不知詩人對「楊花榆莢」是愛而知其醜，所以嘲戲半假半真，亦莊亦諧。他並非存心託諷，而是觀楊花飛舞而忽有所觸，隨寄一點幽默的情趣。詩的妙處也在這裡。（周嘯天）

遊太平公主山莊　韓愈

公主當年欲占春，故將臺榭壓城闉①。
欲知前面花多少，直到南山不屬人。

〔註〕①闉（音同因）：古代城門外層的曲城。

這首詩寫作上一個特點是善用微詞，似直而曲，有案無斷，耐人尋味，藝術上別有一番功夫。

太平公主是武則天之女，一個野心勃勃的女性。她的山莊位於唐時京兆萬年縣（治今陝西西安）南，當年曾修觀池樂遊原，以為盛集。唐玄宗先天二年（七一三），她企圖控制政權，謀殺李隆基，事敗後逃入終南山，後被賜死。其「山莊」即由朝廷分賜予寧、申、岐、薛四王。作者所遊之「太平公主山莊」，無疑已為故址。而詩題不明言「故址」，是很有蘊藉的。

第一句寫公主「當年」事。詩人遊其故地而追懷其故事，是很自然的。此句「欲占春」三字警辟含深意。當年人間不平事多如牛毛，有錢有勢者可以霸占田地、房屋，甚至百姓妻女，然而誰能霸占春天呢？「欲占春」自然不可思議，然而作者這樣寫卻活生生地刻畫出公主驕橫貪婪、慾壑難填的本性。為了占盡春光，她於是大建別墅山莊，其豪華氣派，竟使城闕為之色減。第二句一個「壓」字將山莊「臺榭」的規模驚人、公主之勢的炙手可熱極意烘托。「故」字則表明其為所欲為。足見作者下字準確，推敲得當。山莊別墅，是權貴遊樂之所，多植花木。因之，第三句即以問花作轉折。詩人不問山莊規模，而問「花多少」，從修辭角度看，可取得委婉之功效；而且問得自然，因為從詩題看，詩人既是在「遊」山莊，他面對的正是山花爛漫的春天；同時「花」與首句「春」字略相映帶。此句承上啟下，又轉而引出末句新意。一路看花花不盡，前面還有多少花？看啦，「直到南山不屬人」！「南山」即終南山，在京兆萬年縣南五十里，而樂遊原在縣南八里，於此可見公主山莊之廣袤。偌大地方「不屬人」，透出首句「占」意。「直到」云云，它表面是驚嘆誇耀，無所臧否，骨子裡卻深寓褒貶。「不屬人」與「占」字同樣寓有貶意、譴意。然而最妙的潛臺詞還不在這裡。別忘了所有的一切均屬「當年」事。山莊猶在，「前面」就是，但它屬於誰？詩人沒有說，不過早不屬於公主了。過去「不屬人」，現在卻對人開放了。山莊尚不能為公主獨占，春天又豈可為之獨占？終究是「年年點檢人間事，唯有春風不世情」（唐羅鄴〈賞春〉）呵。這事實不是對「欲占春」者的極大嘲諷麼？但詩寫到「不屬人」即止，讓感慨見於言外，使讀者至今可以想見詩人當年面對山花時富有深意的笑影。（周嘯天）

次潼關先寄張十二閣老使君

韓愈

荊山已去華山來，日出潼關四扇開。

刺史莫辭迎候遠，相公新破蔡州回。

此詩寫在淮西大捷後作者隨軍凱旋途中。當時唐軍抵達潼關（今屬陝西），即將向華州進發。作者以行軍司馬身份寫成此詩，由快馬遞交華州刺史張賈，一則抒發勝利豪情，一則通知對方準備犒軍，所以詩題「先寄」。「十二」是張賈行第。張賈曾做屬門下省的給事中。當時中書、門下二省官員通稱「閣老」；又因漢代尊稱州刺史為「使君」，唐人沿用。此詩顯著特色是一反絕句含蓄婉曲之法，以剛筆寫小詩，於短小篇幅見波瀾壯闊，是唐絕句中富有個性的佳構。

前兩句寫凱旋大軍抵達潼關的壯麗圖景。「荊山」一名覆釜山，在今河南靈寶境內，與華山相距二百餘里。華山在潼關西面，巍峨聳峙，俯瞰秦川，遼遠無際；傾聽黃河，波濤澎湃，景象十分壯闊。第一句從荊山寫到華山，彷彿凱旋大軍在旋踵間便跨過了廣闊的地域。開筆極有氣魄，為全詩定下了雄壯的基調。清人施補華《峴傭說詩》說它簡勁有力，足與杜甫「齊魯青未了」的名句比美，是並不過分的。對比一下作者稍前所作的同一主題的《過襄城》第一句「郾城辭罷過襄城」：它與「荊山」句句式相似處是都使用了「句中排」（「郾城—襄城」；「荊山—華山」）複迭形式。然而「郾城」與「襄城」只是路過的兩個地名而已；而「荊山」、「華山」

卻具有感情色彩，在凱旋者心目中，雄偉的山岳，彷彿也為他們的豐功偉績所折服，絡繹不絕地奔來表示慶賀。擬人化的手法顯得生動有致。相形之下，「郾城」一句就起得平平了。

在第二句裡，作者抓住幾個突出形象來展現迎師凱旋的壯麗情景，氣象極為廓大。當時隆冬多雪，已顯得「冬日可愛」。「日出」被採入詩中和具體歷史內容相結合，形象的意蘊便更為深厚了。太陽東升，冰雪消融，象徵著藩鎮割據局面一時扭轉，唐憲宗「元和中興」由此實現。潼關古塞，在明麗的陽光下煥發了光彩。此刻四扇大開，由狹窄不容車的險隘一變而為莊嚴宏偉的「凱旋門」。雖未直接寫人，壯觀的圖景卻蘊含在字裡行間，給讀者留下更廣闊的想像空間：軍旗獵獵，鼓角齊鳴，浩浩蕩蕩的大軍抵達潼關；地方官吏遠出關門相迎迓；百姓簞食壺漿，載欣載奔，夾道慰勞王師……「寫歌舞入關，不著一字，盡於言外傳之，所以為妙」（近人程學恂《韓詩臆說》）。關於潼關城門是「四扇」還是兩扇，清代詩評家曾有爭論，其實詩歌不比地理志，是不必拘泥於實際的。試把「四扇」改為「兩扇」，那就怎麼讀也不夠味了。加倍言之，氣象、境界全出。所以，單從藝術角度講，這樣寫也有必要。何況出奇制勝，本來就是韓詩的特色呢。

詩的後兩句換用第二人稱語氣，以抒情筆調通知華州刺史張賈準備犒軍。潼關離華州尚有一百二十里地，故說「遠」。遠迎凱旋的將士，本應不辭勞苦。不過這話得由出迎一方道來，才近乎人情之常。而這裡「莫辭迎候遠」，卻是接受歡迎一方的語氣，完全拋開客氣常套，卻更能表達得意自豪的情態、主人翁的襟懷，故顯得極為合理合情。〈過襄城〉中相應有一句「家人不用遠來迎」，雖辭不同而意近。然前者語涉幽默，輕鬆風趣，切合喜慶環境中的實際情況，讀來倍覺有味。而後者拘於常理，反而難把這樣的意境表達充分。

第四句「相公」指平淮大軍實際統帥——宰相裴度，淮西大捷與他運籌帷幄之功分不開。「蔡州」原是淮西強藩吳元濟巢穴。唐憲宗元和十二年十月，唐將李愬雪夜攻破蔡州，生擒吳元濟。這是平淮關鍵戰役，所以詩中以「破蔡州」借代淮西大捷。「新」一作「親」，但「新」字尤妙，它不但包含「親」意在內，而且表示決戰剛剛結束。當時朝廷上「一時重疊賞元功」（韓愈〈桃林夜賀晉公〉），而人們「自趁新年賀太平」（韓愈〈同李二十八員外從裴相公野宿西界〉），那是勝利、自豪氣氛到達高潮的時刻。詩中對裴度由衷的讚美，反映了作者對統一戰爭的態度。以直賦作結，將全詩一語收攏。山岳為何奔走，陽光為何高照，潼關為何大開，刺史遠出迎候何人，這裡有了總的答覆，成為全詩點眼結穴之所在。前三句中均未直接寫凱旋的人，在此句予以直點。這種手法，好比傳統劇中重要人物的亮相，給人以十分深刻的印象。

綜觀全詩，一、二句一路寫去，三句直呼，四句直點，可稱是用剛筆，抒豪情。大膽地用了「沒石飲羽之技」（清沈德潛《唐詩別裁集》），別開生面。由於它剛直中有開合，有頓宕，剛中見韌，直而不平，「氣象開闊，所謂卷波瀾入小詩者」（清查慎行《初白菴詩評》），故饒有韻味。一首政治抒情詩，採用犒軍通知的方式寫出，抒發了作者的政治激情，實是一般應酬之作望塵莫及的了。（周嘯天）

左遷至藍關示姪孫湘　韓愈

一封朝奏九重天，夕貶潮州路八千。欲為聖明除弊事，肯將衰朽惜殘年！
雲橫秦嶺家何在？雪擁藍關馬不前。知汝遠來應有意，好收吾骨瘴江邊。

韓愈一生，以闢佛為己任，晚年上〈論佛骨表〉，力諫憲宗「迎佛骨入大內」，觸犯「人主之怒」，幾被定為死罪，經裴度等人說情，才由刑部侍郎貶為潮州刺史。潮州在今廣東東部，距當時京師長安確有八千里之遙，那路途的困頓是可想而知的。當韓愈到達離京師不遠的藍田縣時，他的姪孫韓湘，趕來同行。韓愈此時，悲歌當哭，慷慨激昂地寫下這首名篇。

首聯直寫自己獲罪被貶的原因。他很有氣概地說，這個「罪」是自己主動招來的。就因那「一封書」之罪，所得的命運是「朝奏」而「夕貶」，且一貶就是八千里。但是既本著「佛如有靈，能作禍祟，凡有殃咎，宜加臣身」（〈論佛骨表〉）的精神，則雖遭獲嚴譴亦無怨悔。

三、四句直書「除弊事」，認為自己是正確的，申述了自己忠而獲罪和非罪遠謫的憤慨，真有膽氣。儘管招來一場彌天大禍，他還是「肯將衰朽惜殘年」，且老而彌堅，使人如見到他的剛直不阿之態。

五、六句就景抒情，情悲且壯。韓愈有一首哭女之作，題為〈去歲自刑部侍郎以罪貶潮州刺史，乘驛赴任；其後家亦譴逐，小女道死，殯之層峰驛旁山下。蒙恩還朝過其墓留題驛梁〉。可知他當日倉猝先行，告別妻兒時的心情若何。韓愈為上表付出了慘痛的代價，「家何在」三字中，有他的血淚。

此兩句一回顧，一前瞻。「秦嶺」指終南山。雲橫而不見家，亦不見長安。「總為浮雲能蔽日，長安不見使人愁」（李白〈登金陵鳳凰臺〉），何況天子更在「九重」之上，豈能體恤下情？他此時不獨繫念家人，更多的是傷懷國事。「馬不前」用晉陸機的樂府〈飲馬長城窟行〉「驅馬陟陰山，山高馬不前」意。他立馬藍關，大雪寒天，聯想到前路的艱危。「馬不前」三字，露出英雄失路之悲。

結語沉痛而穩重。《左傳・僖公三十二年》記老臣蹇叔哭師時有「必死是間，余收爾骨焉」之語，韓愈用其意，向姪孫從容交代後事。語意緊扣第四句，進一步吐露了悽楚難言的激憤之情。

從思想上看，此詩與〈論佛骨表〉，一詩一文，可稱雙璧，很能表現韓愈思想中進步的一面。

就藝術上看，此詩是韓詩七律中佳作。其特點誠如清何焯所評「沉鬱頓挫」（高步瀛《唐宋詩舉要》引），風格近似杜甫。沉鬱指其風格的沉雄，感情的深厚抑鬱，而頓挫是指其手法的高妙：筆勢縱橫，開合動蕩。如「朝奏」、「夕貶」、「九重天」、「路八千」等，對比鮮明，高度概括。一上來就有高屋建瓴之勢。三、四句用「流水對」，十四字形成一整體，緊緊承接上文，令人有渾成之感。五、六句宕開一筆，寫景抒情。「雲橫雪擁」，境界雄闊。「橫」狀廣度，「擁」狀高度，二字皆下得極有力。故全詩大氣磅礴，捲洪波巨瀾於方寸，能產生撼動人心的力量。

此詩雖追步杜甫，但能變化而自成面目，表現出韓愈以文為詩的特點。律詩有謹嚴的格律上的要求，而此詩仍能以「文章之法」行之，而且用得較好。好在雖有「文」的特點，如表現在直敘的方法上，虛詞的運用上（「欲為」、「肯將」之類）等；同時亦有詩歌的特點，表現在形象的塑造上（特別是五、六兩句，於蒼涼的景色中有詩人自己的形象）和沉摯深厚的感情的抒發上。全詩敘事、寫景、抒情融合為一，詩味濃郁，詩意盎然。

（錢仲聯、徐永端）

同水部張員外籍曲江春遊寄白二十二舍人

韓愈

漠漠輕陰晚自開，青天①白日映樓臺。

曲江水滿花千樹，有底忙時不肯來？

〔註〕①青天：一本作「青春」。現據《全唐詩》。

一個久雨之後輕陰轉晴的傍晚，曲江漲起了新碧，綠樹如洗，萬紫千紅，臨風吐豔。興致勃勃的韓愈，邀約張籍、白居易同遊曲江。可惜白居易因雨後泥濘未去。遊罷歸來，韓愈寫了這首詩，寄給白居易。

水中之月，鏡中之花，往往格外給人以美感。大概，水中、鏡裡反映出來的形象，總在似與不似之間，給人一種澄明而又微茫彷彿的美感，其動人情處，往往超過實體。本詩寫景之美，正從水中得來：久雨乍晴，藍藍的天，明晃晃的太陽，千門萬戶的樓臺，姹紫嫣紅的花樹，統統倒映在「曲江水滿」之中。花樹和樓臺的倒影斑駁地疊映在水裡。於是，花從翠樓頂上長出來，魚從綠樹中間穿過去。偶然，微風乍起，吹皺一池春水，這樓臺花樹，搖晃生姿。這不比岸邊實景更令人神搖心醉嗎？

詩的結構也很有新意。它打破了絕句三句便轉的規律，一連三句寫景，第四句才陡然一問作結。這種結構上的特點，也很值得翫索。

這首詩是寫給白居易的，除了傾訴自己的激情之外，也有惋惜和埋怨對方爽約的意思。詩人沒有直接表露自己苦候、失望、埋怨的情緒，而是巧妙地極寫曲江雨後空氣清新、景物明淨所特有的美。曲江的春天，曲江樓臺花樹的迷人，愈是渲染得美好，愈顯出辜負這良辰美景是多麼可惜。末句雖只輕輕一問，儘管語氣十分委婉，卻把詩人這種心情表述得淋漓盡致。詩人構思巧妙，也於此可見。（賴漢屏）

早春呈水部張十八員外二首（其一）　韓愈

天街小雨潤如酥，草色遙看近卻無。
最是一年春好處，絕勝煙柳滿皇都。

這首小詩是寫給水部員外郎張籍的。張籍在兄弟輩中排行十八，故稱「張十八」。詩的風格清新自然，簡直是口語化的。看似平淡，實則是絕不平淡的。韓愈自己說：「姦窮怪變得，往往造平淡。」（〈送無本師歸范陽〉）原來他的「平淡」是來之不易的。

全篇中絕妙佳句便是那「草色遙看近卻無」了。試想：早春二月，在北方，當樹梢上、屋簷下都還掛著冰凌兒的時候，春在何處？連影兒也不見。但若是下過一番小雨後，第二天，你瞧吧，春來了。雨腳兒輕輕地走過大地，留下了春的印跡，那就是最初的春草芽兒冒出來了，遠遠望去，朦朦朧朧，彷彿有一片極淡極淡的青青之色，這是早春的草色。看著它，人們心裡頓時充滿欣欣然的生意。可是當你帶著無限喜悅之情走近去看個仔細，地上是稀稀落落的極為纖細的草芽，卻反而看不出草的顏色了。詩人像一位高明的水墨畫家，揮灑著他飽蘸水分的妙筆，隱隱泛出了那一抹青青之痕，便是早春的草色。遠遠望去，再像也沒有，可走近了，反倒看不出。這句「草色遙看近卻無」，真可謂兼攝遠近，空處傳神。

這設色的背景，是那落在天街（皇城中的街道）上的纖細小雨。透過雨絲遙望草色，更給早春草色增添了一層朦朧美。而小雨又滋潤如酥（酥就是奶油）。受了這樣的滋潤，那草色還能不新嗎？又有這樣的背景來襯托，那草色還能不美嗎？

臨了，詩人還來個對比：「絕勝煙柳滿皇都」。詩人認為初春草色比那滿城處處煙柳的景色不知要勝過多少倍。因為，「遙看近卻無」的草色，是早春時節特有的，它柔嫩飽含水分，象徵著大地春回、萬象更新的欣欣生意。而煙柳呢？已經是「楊柳堆煙」時候，何況「滿」城皆是，不稀罕了。到了暮春三月，色彩濃重，反倒不那麼惹人喜愛了。像這樣運用對比手法，與一般不同，這是一種加倍寫法，為了突出春色的特徵。

「物以稀為貴」，早春時節的春草之色也是很嬌貴的。「新年都未有芳華，二月初驚見草芽」（〈春雪〉）。這是一種心理狀態。嚴冬方盡，餘寒猶厲，突然看到這美妙的草色，心頭不由得又驚又喜。這一些些輕淡的綠，是當時大地唯一的裝飾；可是到了晚春則「草樹知春不久歸」（〈遊城南十六首‧晚春〉），這時哪怕柳條兒綠得再好，人們也無心看，因為已缺乏那一種新鮮感。

所以，詩人就在第三句轉折時提醒說：「最是一年春好處」。是呀，一年之計在於春，而春天的最好處卻又在早春。

這首詩詠早春，能攝早春之魂，給讀者以無窮的美感趣味，甚至是繪畫所不能及的。詩人沒有彩筆，但他用詩的語言描繪出極難描摹的色彩——一種淡素的、似有卻無的色彩。如果沒有銳利深細的觀察力和高超的詩筆，便不可能把早春的自然美提煉為藝術美。（錢仲聯、徐永端）

張仲素

【作者小傳】（約七六九～八一九）字繪之，河間（今屬河北）人。唐德宗貞元進士，官翰林學士、中書舍人。工詩善文，精於樂府，善寫閨情。《全唐詩》存其詩一卷。（《唐詩紀事》卷四二、《唐才子傳》卷五）

春閨思　張仲素

裊裊城邊柳，青青陌上桑。
提籠忘採葉，昨夜夢漁陽。

風俗畫畫家畫不出時間的延續，須選「包孕最豐富的片刻」畫之，使人從一點窺見事件的前因後果。這一法門，對短小的文學樣式似乎也合宜，比如短篇小說常用「不了了之」的辦法，不到情事收場先行結束故事，任人尋味。而唐人五絕名篇也常有這種手法的運用，張仲素〈春閨思〉就是好例。

這詩的詩境很像畫，甚而有幾分像雕塑：一位採桑女子手提空籠（一種籃狀竹器），斜倚在樹旁，神情恍惚若有所憶……從這凝思的頃刻，借助作品標題（可命名為「夢漁陽」），觀眾會悟到很多畫外之意。當然，詩畢竟是詩，終究有許多畫圖難足而只有文字可以傳達的東西。

「裊裊城邊柳，青青陌上桑。」城邊、陌上、柳絲與桑林，已構成一幅春郊場景。「裊裊」寫出柳條依人的意態，「青青」是柔桑逗人的顏色，這兩個疊詞又渲染出融和駘蕩的無邊春意。這就使讀者如睹一幅村女採桑圖：「蠶生春三月，春桑正含綠。女兒採春桑，歌吹當春曲。」（晉樂府〈採桑度〉）真可謂「無字處皆具義」（清王夫之《薑齋詩話》）。於是，這兩句不僅是一般地寫景，還給女主人公的懷思提供了典型環境：城邊千萬絲楊柳，會勾起送人的往事；而青青的柔桑，會使人聯想到「晝夜常懷絲（思）」（隋佚名〈作蠶絲〉）的春蠶，則思婦眼中之景無非難堪之離情了。

後二句在蠶事漸忙、眾女採桑的背景上現出女主人公的特寫形象：她倚樹凝思，一動不動，手裡提著個空「籠」——這是一個極富暗示性的「道具」。「提籠忘採葉」，表露出她身在桑下而心不在焉。心兒何往？末句就此點出「漁陽」二字，意味深長。「漁陽」是唐時征戍之地，當是這位閨中少婦所懷之人所在的地方。原來她是思念起從軍的丈夫，傷心怨望。詩寫到此已入正題，但它並未直說眼前少婦想夫之意，而是推到昨夜，說「昨夜夢漁陽」。寫來不僅更婉曲，且能見晝夜懷思、無時或已之意，比單寫眼前之思，情意更加深厚。

「提籠忘採葉」，這詩中精彩的一筆，許會使讀者覺得似曾相識。明楊慎早有見得，道是：「從〈卷耳〉首章翻出。」（《升庵詩話》卷八）《詩經．周南．卷耳》是寫女子懷念征夫之詩，其首章云：「采采卷耳，不盈頃筐。嗟我懷人，置彼周行。」斜口小筐不難填滿，卷耳也不難得，老採不滿，是因心不在焉，老是「忘採葉」之故，其情景確與此詩有神似處。

但就詩的整體說，彼此又很不同。〈卷耳〉接著就寫了女子白日做夢，幻想丈夫上山、過岡、馬疲、人病及飲酒自寬種種情景，把懷思寫得非常具體。而此詩說到「夢漁陽」，似乎開了個頭，接下去該寫夢見什麼，但作者就此帶住，不了了之。提籠少婦昨夜之夢境及她此刻的心情，一概留給讀者，讓其從人物的具體處境回味和推斷，語約而意遠。這就以最簡的辦法，獲得很大的效果。因此，〈春閨思〉不是〈卷耳〉的摹擬，它已從古詩人手心「翻出」了。（周嘯天）

秋夜曲　張仲素

丁丁漏水夜何長，漫漫輕雲露月光。
秋逼暗蟲通夕響，征衣未寄莫飛霜。

這首詩寫閨中人一夜間的情思，抒情細膩，結構工巧。篇中的女主人公因丈夫遠行，離情縈懷。計時的漏壺在靜夜裡響起「丁丁」的滴水聲，一滴滴，一聲聲，彷彿都敲打在她心坎上。她聽著，數著，心裡著急地在想，夜怎麼這麼長啊！她百無聊賴地把目光投向天空，天幕上無邊無際的輕雲在緩慢地移動，月亮時而被遮住，時而又露了出來。思婦在失眠時的所見所聞，無不引動並加重著她的淒清孤寂的感情。

在失眠的長夜裡，暗處的秋蟲通宵鳴叫著。聽著聽著，她突然想到該是給丈夫準備寒衣的時候了。第三句中的「通夕」二字明是寫秋蟲鳴叫的時間之長，實際是暗示思婦通宵達旦未能成眠。「逼」字用得神妙，既「逼」出秋蟲的叫聲，襯出思婦難耐的寂寞，又「逼」得思婦轉而想到丈夫寒衣，自然引出抒情的末一句。

第四句「征衣未寄莫飛霜」是思婦內心的獨白。她是在向老天爺求告呢，還是在徑直命令呢？求告也罷，命令也罷，總之都可以從這天真的出語中窺見她對丈夫的無限深情。

這首詩採用了畫龍點睛的寫法。前三句雖然是以情取景，但若沒有末一句的點題，讀者既無法領會景中之情，也不可能知道全詩主要抒寫什麼感情，詩中的主人公又是誰。最後一句響起思婦情濃意深的一片心聲，使人恍然大悟：原來詩人在〈秋夜曲〉中所要彈奏的，不是別的，而是思婦心上的那根悠思綿綿的情弦。（陳志明）

秋閨思二首

張仲素

碧窗斜月①藹深輝，愁聽寒螿②淚濕衣。
夢裡分明見關塞，不知何路向金微。

秋天一夜靜無雲，斷續鴻聲到曉聞，
欲寄征衣問消息，居延城外又移軍。

〔註〕①碧窗斜月：一作「碧窗斜日」。聯繫全篇來看，似以「月」字為佳。②螿（音同江）：蟬類。寒螿，寒蟬。

第一首詩首二句寫思婦醒時情景，接著寫她的夢境，是倒裝寫法。

她一覺醒來，只見斜月透進碧紗窗照到床前。境界如此清幽，心頭卻無比寂寞，更有那秋蟲悲鳴，催人淚下；她的淚水早已沾濕了衣襟。

剛才在夢裡，不是分明地見到關塞了麼？那「關塞」正是她魂牽夢縈的地方。因為她的良人就出征到那裡。心頭一喜，快，趕上前去吧！可是，到良人所駐防的金微山迷失了方向，連路也找不著了。一急，就此醒來。

金微山，即今阿爾泰山，是當時邊關要塞所在。

詩人以飽蘸同情之淚的筆，寫出了她的一片痴情。

第二首寫思婦心潮起伏，一夜不眠。她看到夜靜無雲，她聽到鴻聲斷續。鴻雁，向來被認為是替人捎帶書信的，因此，她便由鴻聲而想到要郵寄征衣。但寄到哪兒去呢？本想寄到遙遠的居延城（在今新疆），誰想到，如今那兒又在移軍。怎麼辦？真叫人愁緒萬般，坐臥不寧。

初、盛唐時，國力強盛，詩歌裡洋溢著高昂、樂觀情調。中唐詩的基調開始轉為低沉了。就這兩首詩而論，從閨中思婦的悲愁惶惑裡，使人看出了邊關動亂不寧的影子。

從風格方面來看，盛唐氣象，往往貴在雄渾，一氣呵成。而中晚唐作品則講究用意用筆的曲折，以耐人尋味見長。像這二首中，「夢裡」句是一折，「不知」句又是一折，如此迴環曲折，方將思婦的心情極細緻地表達出來。「居延城外」句亦是曲折的寫法，出於讀者意料之外，特別是加深了主題，豐富了內涵。

二首均有聲有色，有情景交融之妙。用字亦有講究。如用一「藹」字，表現月光深暗，創造氛圍。用一「靜」字，顯示夜空的冷寂，並襯托出下面的「鴻聲」清晰，女主人公則唯聞此聲，勾起天寒欲寄征衣的滿腔心事。（錢仲聯、徐永端）

燕子樓

張仲素

樓上殘燈伴曉霜，獨眠人起合歡床。相思一夜情多少，地角天涯未是長。

北邙松柏鎖愁煙，燕子樓中思悄然。自埋劍履歌塵散，紅袖香銷已十年。

適看鴻雁洛陽回，又睹玄禽逼社來。瑤瑟玉簫無意緒，任從蛛網任從灰。

鑑賞詳見白居易〈燕子樓〉，本書頁一七一六。

王涯

【作者小傳】（?～八三五）字廣津，太原（今屬山西）人。唐德宗貞元進士，為翰林學士。憲宗元和中拜中書侍郎，後出為劍南、東川節度使，文宗時復為相。文宗時「甘露之變」，為宦官仇士良族誅。善為詩，長於絕句。《全唐詩》存其詩一卷。（新、舊《唐書》本傳、《唐才子傳》卷五）

秋思贈遠二首 王涯

當年只自守空帷，夢裡關山覺別離。
不見鄉書傳雁足，唯看新月吐蛾眉。
厭攀楊柳臨清閣，閒採芙蕖傍碧潭。
走馬臺邊人不見，拂雲堆畔戰初酣。

這二首詩，描寫了詩人對妻子真摯專一的愛情，文筆洗練，意境明朗，親切感人，向為人們稱道。

開頭兩句，前句說了「當年」，後句便含「至今」之意。「只自」是唐人口語，作「獨自」講，句中含有甘心情願的意味。意思是：當年自己就立下心願，與妻離別後，甘自獨守空帷；幾年來，常常是「夢裡關山」——歷盡千山萬水，和妻子相會，但醒來卻發覺兩人仍處在別離之中。上句寫宿志兼點處境，下句寫夢幻兼訴情思，表現出詩人懷念妻子的深情。相傳王涯對妻子情篤，雖做高官而「不蓄妓妾」（元辛文房《唐才子傳》）；讀他的這首詩，更覺其情真意切了。

後兩句，上句說「不見鄉書」，下句道「唯看新月」，從這對舉成文的語氣裡，顯示了詩人對家書的時時渴望。他該是多麼想望能像古代傳說那樣，突見雁足之上，繫著妻子的信啊！鄉書不見，唯見新月，一個「唯」字，寫出了詩人無可奈何的悵惘。詩人對月懷人，浮想聯翩，彷彿那彎彎新月就像嬌妻的蛾眉。

短短四句詩，卻寫得感情深，情態真。末句以景結情，更給人以語近情遙，含吐不露的美感。

從詩的內容看，第二首顯然是寫於穆宗朝詩人節度邊陲之際。

古人送別，常常折柳相贈，因此，楊柳便成了傷別的象徵。詩開頭說，「厭攀楊柳臨清閣」，「厭」字一貫全句，「楊柳」觸起離思，自然厭之有理；官署中的「清閣」，有似送別時的長亭，因此臨清閣也令人傷情。詩人極力想避開這離思之苦，可又怎麼能夠呢？你看，他避開了清閣楊柳而遊清池，那明豔動人的芙蕖（即荷花）卻又向他笑了。「閒採芙蕖傍碧潭」，一個「閒」字，刻畫出了詩人那種情不自禁的動作。芙蓉如面，蓮步生春，詩人芙蕖在手，但彷彿跳入詩人眼簾的卻是螓首蛾眉，美目盼兮的嬌妻。這離愁真是既苦且甜，既甜且苦，懊惱纏人啊！但詩人轉而又想，既有王命在身，自當以國事為重，於是筆鋒一轉，寫道：「走馬臺邊人不見，拂雲堆畔戰初酣。」「走馬臺」係指漢時張敞「走馬章臺街」之事。拂雲堆，在朔方，代征戰之地。這兩句說：嬌妻既在千里之外，想效張敞畫眉之事已不可能，而現在邊關多事，作為運籌帷幄的邊關統帥，應以國事為重，個人兒女之情暫且放一放吧！詩人極力要從思戀中解脫出來，恰是更深一層地表現了懷念妻子的縈繞之情；也是對久別的妻子的說明，完滿地表達了「秋思贈遠」的題意。

這首詩是情思纏綿與健美風格的有機結合。前兩句詩人將思遠之情寫得深情綿邈，卒章處卻是開闊雄放。纏綿與雄放，一般是難得相容的，但在詩人的筆下，卻達到了自然和諧的妙境，表現出詩人既富有感情又能正確對待的風度。詩的個性就在於此，作品的可貴也在於此。（傅經順）

呂溫

【作者小傳】（七七二～八一一）字和叔，一字化光，河中（治今山西永濟）人，郡望東平（今山東泰安）。唐德宗貞元進士。與王叔文友善，遷左拾遺。曾出使吐蕃，後進戶部員外郎。因與宰相李吉甫有隙，貶道州刺史，轉衡州，死於任所。有《呂衡州集》。（新、舊《唐書》本傳、《唐才子傳》卷五）

劉郎浦①口號　呂溫

吳蜀成婚此水潯②，明珠步障幄③黃金。
誰將一女輕天下，欲換劉郎鼎峙④心？

〔註〕①劉郎浦：又稱劉郎洑。其地在今湖北石首縣。②潯：水邊。③步障：古代貴族出行時用來遮蔽風塵的幕布。幄：室內的帳子。④鼎峙：像鼎的三足峙立。這裡指魏、蜀、吳三國。

這首詠史詩是作者經過劉郎浦時，聽說此地是三國時劉備到東吳迎親的地方，有所感觸而寫的。詠史詩難在是議論而又不死於議論之下。我們且看呂溫是怎樣解決這一難題的。

前二句：「吳蜀成婚此水潯，明珠步障幄黃金。」初看時，上句是敘事，下句是想像中的物象，似乎沒有什麼議論在內。據《三國志》記載，當時孫權對於劉備，既有戒心，又要結親，是包藏政治用心的。這一點，周瑜說得很明白：「愚謂大計，宜徙（劉）備置吳，盛為築宮室，多其美女玩好，以娛其耳目。」

可是作者寫詩，並沒有把史實簡單概括一下完事，而是借令人可以觸摸的形象發表議論。請看「明珠步障幄黃金」這句，既寫出孫劉結親時那種豪華場面：孫夫人使用的步障，是綴滿了明珠的；新婚夫婦居住的地方，連帷幄也用黃金來裝飾。然而我們深入加以尋味，會發覺這種描寫，不僅僅是為了鋪敘結婚場面的豪華，還含有這種豪華所隱藏的政治用意。不難看出，詩人把「史」和「詩」很好地統一起來了。

再看下面：「誰將一女輕天下，欲換劉郎鼎峙心？」分明是對孫權的嘲笑。看來已顯出議論的面目了。但是細看之下，它又和一般論史不同。一般論史可以是這樣平直地寫：「劉備以天下事為重，不因一女子而易其志。」說得準確，沒有味道。這裡卻以唱嘆出之。詩人發問道：誰會為了一個女子而看輕了天下呢？而孫權、周瑜居然想用來換取劉備鼎足三分的決心，結果又如何呢？寫來有頓挫之勢，饒有情致。這是從側面取影，讓人們自己去尋思和領悟它的正面意思。這樣，它同史論就有靈活與板滯的區別，不是死在議論之下了。（劉逸生）

劉禹錫

【作者小傳】（七七二～八四二）字夢得，洛陽（今屬河南）人，自言系出中山（今河北定州市）。唐德宗貞元進士，登博學宏辭科。授監察御史，因參加王叔文集團，貶朗州司馬，遷連州刺史。後以裴度力薦，任太子賓客，加檢校禮部尚書。世稱劉賓客。與柳宗元友善，並稱「劉柳」。又與白居易唱和，並稱「劉白」。白居易嘗推為「詩豪」，稱「其詩在處，應有神物護持。」其詩通俗清新，善用比興手法寄託政治內容。〈竹枝詞〉、〈楊柳枝詞〉等組詩，富有民歌特色，為唐詩中別開生面之作。有《劉夢得文集》。（新、舊《唐書》本傳、《唐才子傳》卷五）

插田歌　劉禹錫

連州城下，俯接村墟。偶登郡樓，適有所感。遂書其事為俚歌，以俟采詩者。

岡頭花草齊，燕子東西飛。田塍望如線，白水光參差。
農婦白紵裙，農父綠蓑衣。齊唱郢中歌，嚶嚀如竹枝。
但聞怨響音，不辨俚語詞。時時一大笑，此必相嘲嗤。
水平苗漠漠，煙火生墟落。黃犬往復還，赤雞鳴且啄。

路旁誰家郎，烏帽衫袖長。自言上計吏①，年幼離帝鄉。

田夫語計吏：「君家儂定諳。一來長安道，眼大不相參。」

計吏笑致辭：「長安真大處，省門②高軻峨，儂入無度數。

昨來補衛士③，惟用筒竹布④。君看二三年，我作官人去。」

〔註〕①上計吏：亦可簡稱「上計」或「計吏」，地方政府派到中央政府辦公事的書吏。②省門：指宮禁或官署的門。漢代宮中稱為「省中」，宮門稱為「省闥」。「省」又是官署名。唐有尚書、門下、中書、祕書、殿中、內侍六省。③補衛士：指姓名補進禁軍的缺額。④筒竹布：當時一種名貴的細布，亦稱筒中細布。

這首樂府體詩歌寫於劉禹錫貶為連州（治今廣東連州）刺史期間。詩以俚歌形式記敘了農民插秧的場面以及農夫與計吏的一場對話。序文說希望中央派官吏來採集歌謠，明確表示他作詩的目的是諷喻朝政，匡正時闕。中唐新樂府詩雖然大都有意仿效樂府民歌通俗淺顯的風格，但像〈插田歌〉這樣富於民歌天然神韻的作品也不多見。這首詩將樂府長於敘事和對話的特點與山歌俚曲流暢清新的風格相結合，融進詩人善於諧謔的幽默感，創造出別具一格的詩歌意境。

首六句用清淡的色彩和簡潔的線條勾勒出插秧時節連州郊外的大好風光，在工整的構圖上穿插進活潑的動態：岡頭花草齊，燕子穿梭飛舞，田塍（音同程，田埂）筆直如線，清水粼粼閃光。農婦穿著白紵（音同苧，麻布）做的衣裙，農夫披著綠草編的蓑衣，白裙綠衣與綠苗白水的鮮明色彩分外調和。這幾句筆墨雖淡，卻渲染出南方水鄉濃郁的春天氣息。

「齊唱郢中歌」以下六句進一步透過聽覺來描寫農民下田的情緒。在農夫們一片整齊的哼唱中時時穿插進一陣陣嘲嗤的大笑，憂鬱的情調與活潑的氣氛奇妙地融合在一起，因而歌聲雖然哀怨，但並無沉悶之感。「但聞」、「不辨」、「此必」扣住詩人從郡樓下望的角度描寫，雖然樓上人聽不真歌詞和嘲嗤的內容，卻傳神地表現了農民們樸野而又樂天的性格特徵，繪出了富有特色的民風鄉俗。「怨響音」是農民們在繁重農事和艱難生活的重壓下自然流出的痛苦呻吟，而「時時一大笑」則爆發出他們熱愛生活，富於幽默感的旺盛活力。時怨時嘲的情緒變換，暗示了農民對現實的不滿，這就與下文農夫對計吏的嘲諷取得了照應。

尤其高明的是，詩人沒有描寫勞動時間的推移過程，而僅用「水平苗漠漠」一句景物描寫點明插秧已畢，使場景自然地從水田轉移到村路。炊煙裊裊、雞犬奔啄的四句景色點綴承上啟下，展現了農民勞動歸來時村落裡寧靜和平而微帶騷動的氣氛，同時引出計吏的登場，將全詩前後兩部分對比的內容天衣無縫地接合成一個完整的場面。計吏烏帽長衫的打扮出現在這青田白水的背景上，在農婦田夫白裙綠衣的襯托下，不但顯示出計吏與農夫身份地位的差別，而且使人聯想到它好像一個小小的黑點玷汙了這美好的田野，正如他的庸俗汙染了田間辛勤工作的純樸氣氛一樣。計吏的自我介紹引出田夫與他的對話，著一「自」字，巧妙地表現了計吏急於自炫身份的心理。

田夫對計吏的應酬頗含深意。「君家儂定諳」，說明田夫知道計吏本來也是出身於附近鄉村的。「一來長安道，眼大不相參」，諷刺計吏一旦當上官差，去過一趟長安，便與鄉鄰不是一路人了。話雖是對「這一個」計吏而發，卻也概括了古代社會世態炎涼的普遍現象，揭示了官貴民賤的社會關係的本質。計吏沒有聽出田夫話裡的諷刺意味，反而「笑」著致辭，借機大肆吹牛。這一「笑」正顯出他的愚蠢。「長安真大處，省門高軻峨，儂入無度數」，活畫出尚未脫掉土氣的計吏鄙俗可笑的神情和虛榮淺薄的性格。「昨來補衛士，唯用筒竹布」是全詩諷刺的重點。既然計吏的姓名補入朝廷禁軍的缺額，只須拿出些筒竹布便賄賂得來，那麼官職當然也可隨意買賣了。「君看二三年，我作官人去」，這種推測既是計吏的自誇，也道出了詩人的憂慮。但讓這話出自一個小小的計吏之口，則收到比詩人直接議論更強烈的效果。連計吏都覺得官價便宜，更可見出皇家衛士名額之賤，朝廷賣官鬻爵之濫。全詩寫到計吏得意忘形地預卜自己將會高昇的前途時便戛然而止。聽了這一席話田夫的反應如何，則讓讀者自己去想像，這就留下了無窮的餘味。這一段對話全用口語，寥寥數言，樸素無華，卻傳神地表現出農夫與計吏這兩個不同身份的人物不同的心理狀態和性格特徵，體現了詩人通俗活潑而又具有高度概括力的語言特色。

這首詩繼承漢樂府緣事而發的優秀傳統，以俚歌民謠揭露重大的社會問題，在詼諧嘲嗤中寄寓嚴肅的政治意義，以平凡真實的生活顯示深刻的主題思想，從藝術結構、敘事方式、細節描寫到人物對話都深得漢樂府民歌的真髓，但又表現出詩人明快簡潔幽默的獨特風格，因而以高度的思想及藝術價值，為中唐新樂府運動增添了光彩。（葛曉音）

平蔡州三首（其二）　劉禹錫

汝南晨雞喔喔鳴，城頭鼓角音和平。路旁老人憶舊事，相與感激皆涕零。
老人收淚前致辭：「官軍入城人不知。忽驚元和十二載，重見天寶承平時。」

唐憲宗元和十二年（八一七），唐王朝在宰相裴度的主持下，由李愬率軍雪夜襲破蔡州（治今河南汝南），活捉了割據抗命的淮西藩帥吳元濟。劉禹錫滿懷激情地寫作此詩，熱烈讚頌這一重大勝利。

蔡州，天寶時為汝南郡。首句用「汝南」而不用「蔡州」，正好化用古樂府〈雞鳴歌〉成句：「東方欲明星爛爛，汝南晨雞登壇喚。」句中「汝南」兩字彷彿專為此詩而設，信手拈來，可謂一巧；平蔡之役原是雪夜奇襲，正好至翌日晨雞啼鳴而奏功，二巧；雄雞一唱天下白，隱含官軍克復蔡州城、人民重見天日之意，首句因而具備興句的性質，三巧。細繹詩意，其地、其時、其事無一不巧，可謂巧合無垠，深切樂府神理而又全不著痕跡。次句「城頭鼓角」四字說到了平蔡州的戰事。這次戰役是奇襲，叛軍猝不及防，在睡夢中就被解除了武裝，敵我雙方沒有經過激烈的廝殺；而李愬又極富於指揮才能，城破以後號令嚴明，一無所犯，所以連善悲的鼓角聲聽起來也覺得十分「和平」了。開頭兩句用常語寫奇襲，而務於字外著力，看似平易，其實筆運千鈞，而又能舉重若輕，不同凡響。淮西藩帥叛亂達三十多年之久，唐王朝發動多次征討，都以損兵折將告終。李愬出敵不意，攻其不備，一舉平蔡。按照常情，「爭城以戰，殺人盈城」（《孟子．離婁上》）；平蔡之戰，卻幾乎是兵不血刃，簡直是個奇跡。劉禹錫不正面描寫奇襲的險艱，也不正面描寫李愬的智勇，而是竭力渲染蔡州凌晨雄雞報曉、鼓角不悲的和平氣氛。這樣寫，把神奇包含在平凡之中，不著「奇」字而奇跡愈顯，取徑之曲，全在藉端託寓。清劉熙載《藝概·詩概》所謂「本面不寫寫對面、旁面，須如睹影知竿乃妙」，這兩句適足以當之。

接下來兩句用速寫手法，表現人民對於平叛事業的擁護。說「道旁」而不說「道中」，是暗示讀者，「道中」正有大隊官軍在行進。「憶舊事」實際上是一種對比。蔡州老人看到路上一隊隊雄赳赳的官軍，引起了深沉的回憶。他見過天寶盛世，享受過國家的太平，也經歷過安史之亂後，蔡州淪為叛軍巢穴的痛苦。「憶舊事」，到「皆涕零」，深刻揭示了人民對於和平的熱烈嚮往和平蔡之役的重大意義。

詩的後四句敘老人語。「官軍入城人不知」一句與開頭兩句相關合，盛讚李愬用兵如神。最後兩句為喜極之語。從天寶末到元和十二年，已有六十多年之久。歷史即將翻過這黑暗的一頁，老人於遲暮之年而出乎意外地睹此快事，頓覺無比欣慰，滿眼光明，對國家的中興充滿著希望。至此，全詩主旨順勢托出。一筆作頌，一筆作收，流吐毫不費力，而不盡之意，仍在篇外。詩中特別標明「元和十二載」，是出於詩人精心安排，他要用史筆將這一重大事件著之竹帛，流傳千古。

這詩寫得通俗易懂，流走飛動，而又不失之淺近。既平易流暢而又精練，顯示出詩人高度的藝術才能。清人翁方綱說，劉禹錫此詩「以〈竹枝〉歌謠之調，而造老杜詩史之地位」（《石洲詩話》卷二），一語道出了它的藝術價值。（吳汝煜）

蜀先主廟 劉禹錫

天下英雄氣，千秋尚凜然。勢分三足鼎，業復五銖錢。

得相能開國，生兒不象賢①。淒涼蜀故妓，來舞魏宮前。

〔註〕①象賢：學習先祖的賢才。《儀禮．士冠禮》：「繼世以立諸侯，象賢也。」註：「象，法也。」

〈蜀先主廟〉是劉禹錫五律中傳誦較廣的一首。蜀先主就是劉備。先主廟在夔州（治所在今重慶奉節東），本詩當是劉禹錫任夔州刺史時所作。

首聯。「天下英雄氣，千秋尚凜然」，高唱入雲，突兀勁挺。細品詩味，其妙有三：一、境界雄闊絕倫。「天下」兩字囊括宇宙，極言。「英雄氣」之充塞六合，至大無垠；「千秋」兩字貫串古今，極寫。「英雄氣」之萬古長存，永垂不朽。遣詞結言，又顯示出詩人吞吐日月、俯仰古今之胸臆。二、使事無跡。「天下英雄」四字暗用曹操對劉備語：「今天下英雄，惟使君與操耳」（《三國志．蜀志．先主傳》）。劉禹錫僅添一。「氣」字，便有廟堂氣象，所以清紀昀說：「起二句確是先主廟，妙似不用事者。」（《瀛奎律髓刊誤》）三、意在言外。「尚凜然」三字雖然只是抒寫一種感受，但詩人面對先主塑像，肅然起敬的神態隱然可見；其中。「尚」字下得極妙，先主廟堂尚且威勢逼人，則其生前叱咤風雲的英雄氣概，自不待言了。

頷聯緊承。「英雄氣」三字，引出劉備的英雄業績：「勢分三足鼎，業復五銖錢。」劉備起自微細，在漢末亂世之中，轉戰南北，幾經顛撲，才形成了與曹操、孫權三分天下之勢，實在是很不容易的。建立蜀國以後，他又力圖進取中原，統一中國，這更顯示了英雄之志。「五銖錢」是漢武帝元狩五年（前一一八）鑄行的一種錢幣，後來王莽代漢時將它罷廢。東漢初年，光武帝劉秀又恢復了五銖錢。此詩題下詩人自註：「漢末童謠：『黃牛白腹，五銖當復。』」這是借錢幣為說，暗喻劉備振興漢室的勃勃雄心。這一聯的對仗難度比較大。「勢分三足鼎」，化用西晉孫楚〈為石仲容與孫皓書〉中語：「自謂三分鼎足之勢，可與泰山共相終始。」「業復五銖錢」，純用民謠中語。兩句典出殊門，互不相關，可是對應自成巧思，渾成自然。

如果說，頷聯主要是頌揚劉備的功業，那麼，頸聯進一步指出劉備功業之不能卒成，為之嘆惜。「得相能開國」，是說劉備三顧茅廬，得諸葛亮輔佐，建立了蜀國；「生兒不象賢」，則說後主劉禪不能效法先人賢德，狎近小人，愚昧闇弱，致使蜀國的基業被他葬送。創業難，守成更難，劉禹錫認為這是一個深刻的歷史教訓，所以特意加以指出。這一聯用劉備的長於任賢擇相，與他的短於教子，致使嗣子不肖相對比，正反相形，具有詞意頡頏、聲情頓挫之妙。五律的頸聯最忌與頷聯措意雷同。本詩頷聯詠功業，頸聯說人事，轉接之間，富於變化；且頷聯承上，頸聯啟下，脈絡極為分明。

尾聯感嘆後主的不肖。劉禪降魏後，被遷到洛陽，封為安樂縣公。一天，「司馬文王（昭）與禪宴，為之作故蜀伎。旁人皆為之感愴，而禪喜笑自若」（《三國志．蜀志．後主傳》裴注引《漢晉春秋》）。尾聯兩句當化用此意。劉禪不惜先業，麻木不仁至此，足見他落得國滅身俘的嚴重後果絕非偶然。字裡行間，滲透著對於劉備身後事業消亡的無限嗟悼之情。

從全詩的構思來看，前四句寫盛德，後四句寫業衰，在鮮明的盛衰對比中，道出了古今興亡的一個深刻教訓。詩人詠史懷古，其著眼點當然還在於今。唐王朝有過開元盛世，但到了劉禹錫所處的時代，已經日薄西山，國勢日益衰頹。然而執政者仍然那樣昏庸荒唐，甚至一再打擊迫害像劉禹錫那樣的革新者。這怎不使人感嘆萬分呢！全詩字皆如濯，句皆如拔，精警高卓，沉著超邁，並以形象的感染力，垂戒無窮。這也許就是它千百年來一直傳誦不息的原因吧。（吳汝煜）

金陵懷古

劉禹錫

潮滿冶城渚①，日斜征虜亭②。蔡洲新草綠，幕府舊煙青。

興廢由人事，山川空地形。〈後庭花〉一曲，幽怨不堪聽。

〔註〕①冶城：據《金陵記》說，位於金陵府治西北，故址在今江蘇南京市朝天宮一帶。②征虜亭：故址在今南京市玄武湖北。東晉謝石的哥哥謝萬曾送客於此亭。

唐敬宗寶曆二年（八二六）冬，劉禹錫由和州（治今安徽和縣）返回洛陽，途經金陵。從詩中的寫景看來，這詩可能寫於次年初春。

「潮滿冶城渚，日斜征虜亭。」首聯寫的是晨景和晚景。詩人為尋訪東吳當年冶鑄之地——冶城的遺跡來到江邊，正逢早潮上漲，水天空闊，滿川風濤。冶城這一以冶制吳刀、吳鉤著名的古跡究竟在哪兒呢？詩人徘徊尋覓，卻四顧茫然，只有那江濤的拍岸聲和江邊一片荒涼的景象。它彷彿告訴人們：冶城和吳國的雄圖霸業一樣，早已在時間的長河中消逝得無影無蹤了。傍晚時分，征虜亭寂寞地矗立在斜暉之中，伴隨著它的不過是投在地上的長長的黑影而已，那東晉王謝貴族之家曾在這裡餞行送別的熱鬧排場，也早已銷聲匿跡。儘管亭子與夕陽依舊，但人事卻已全非。詩在開頭兩句巧妙地把盛衰對比從景語中道出，使詩歌一落筆就緊扣題意，自然流露出弔古傷今之情。

「蔡洲新草綠，幕府舊煙青。」頷聯兩句雖然仍是寫景，但此處寫的景，則不僅是對歷史陳跡的憑弔，而且以雄偉美麗的山川為見證以抒懷，藉以形象地表達出詩人對某一歷史問題的識見。看哪，時序雖在春寒料峭之中，那江心不沉的戰船——蔡洲卻已長出一片嫩綠的新草；那向稱金陵門戶的幕府山正雄視大江，山頂上升起裊裊青煙，光景依然如舊。面對著滔滔江流，詩人想起了東晉軍閥蘇峻曾一度襲破金陵，企圖憑藉險阻，建立霸業。不久陶侃、溫嶠起兵在此伐叛，舟師四萬次於蔡洲。一時舳艫相望，旌旗蔽空，激戰累日，終於擊敗蘇峻，使晉室轉危為安。他還想起幕府山正是由於丞相王導曾在此建立幕府屯兵駐守而得名。但曾幾何時，東晉仍然被劉宋所代替，衡陽王劉義季出任南兗州刺史，此山從此又成為劉宋新貴們祖餞之處。山川風物在變幻的歷史長河中有沒有變異呢？沒有，詩人看到的仍是：春草年年綠，舊煙歲歲青。這一聯融古今事與眼前景為一體。「新草綠」、「舊煙青」六字下得醒豁鮮明，情景交融，並為下文的感慨作鋪墊。

「興廢由人事，山川空地形。」頸聯承上兩聯轉入議論。詩人以極其精練的語言揭示了六朝興亡的祕密，並示警當世。六朝的繁華哪裡去了？當時的權貴而今安在？險要的山川形勢並沒有為他們的長治久安提供保障；國家興亡，原當取決於人事！在這一聯裡，詩人思接千里，自鑄偉詞，提出了社稷之存「在德不在險」（《史記·吳起列傳》）的卓越見解。後來宋王安石〈金陵懷古四首〉其二：「天兵南下此橋江，敵國當時指顧降。山水雄豪空復在，君王神武自無雙。」即由此化出。足見議論之高，識見之卓。

尾聯「〈後庭花〉一曲，幽怨不堪聽」。六朝帝王憑恃天險、縱情享樂而國亡，歷史的教訓有沒有被後世記取呢？詩人以〈玉樹後庭花〉尚在流行暗示當今唐代的統治者依託關中百二山河之險，沉溺在聲色享樂之中，正步著六朝的後塵，其後果是不堪設想的。〈玉樹後庭花〉是公認的亡國之音。詩含蓄地把鑑戒亡國之意寄寓於一種音樂現象之中，可謂意味深長。晚唐詩人杜牧的〈泊秦淮〉：「商女不知亡國恨，隔江猶唱〈後庭花〉。」

便是脫胎於此。

清李重華《貞一齋詩說》說：「詠史詩不必鑿鑿指事實，看古人名作可見。」劉禹錫這首詩就是這樣，首聯從題前搖曳而來，尾聯從題後迤邐而去。前兩聯只點出與六朝有關的金陵名勝古跡，以暗示千古興亡之所由，而不是為了追懷一朝、一帝、一事、一物。至後兩聯則透過議論和感慨借古諷今，揭示出全詩主旨。這種手法，用在詠史詩、懷古詩中是頗為高明的。（吳汝煜）

晝居池上亭獨吟

劉禹錫

日午樹陰正，獨吟池上亭。靜看蜂教誨，閒想鶴儀形。
法酒調神氣，清琴入性靈。浩然機已息，几杖復何銘？

劉禹錫是唐代一個很有政治抱負的詩人，他長期遭貶，備受打擊，卻仍然抗厲不屈。這首詩正是充分地表現了他的可貴品格。唯寫作時間不可確考，但定於唐文宗開成元年（八三六）分司東都以後，當無大誤。

「日午樹陰正，獨吟池上亭。」首聯兩句寫出了一個恬靜幽雅的環境，藉以襯托詩人孤獨閒適的情韻。

「靜看蜂教誨，閒想鶴儀形。」頷聯寫詩人的兩個動作——看和想；並從所看所想的內容展現出詩人美好的心靈。池邊花草叢生，蜜蜂飛舞。他靜靜看去，感到很受教益。蜜蜂「繁布金房，疊構玉室。咀嚼華滋，釀以為蜜」（晉郭璞〈蜜蜂賦〉），一生何嘗偷閒？對於敵害，它們群起而攻，萬死不辭，臨戰何嘗退卻？這就引起詩人深沉的思考。詩人積極參加政治革新，並寫了大量諷刺權貴的詩篇，這一切都是問心無愧的；但歷遭打擊，也曾產生過消極退隱的念頭。這裡「蜂教誨」三字，說明詩人從蜂的勤奮勇敢受到啟示。古代有「聖人師蜂」的說法，師蜂自勵，表現出一種積極的生活態度。這一聯出句從「看」字引出，是實寫；對句「閒想鶴儀形」則從「想」字著筆，是虛寫。相傳鶴是君子所化（《抱朴子·釋滯》），所以「鶴儀形」也就是君子的儀形。在他另一首〈鶴嘆二首〉其一詩裡有「徐引竹間步，遠含雲外情」兩句，就可以想像出「鶴儀形」的神態，及詩人曲折表達的高尚人格。這裡以「鶴儀形」為尚，修德至勤，表現了「身閒志不閒」的高尚情操。總的來說，這兩句詩抓住蜂的勤勞勇敢和鶴的志趣高尚的屬性，構成了鮮明的感性形象，是極耐人尋味的。

「法酒調神氣，清琴入性靈。」頸聯進一步刻畫詩人的自我形象。「法酒」是按照法定規格釀造的酒。古人飲酒，有的純係縱情享樂，有的是為了消憂，詩人飲酒則是為了「調神氣」，即調節精神。這與他在〈酬樂天揚州初逢席上見贈〉詩中說的「暫憑杯酒長精神」是一致的。下句借清琴以陶冶性靈，寄託自己高潔的情懷。緊承上聯仍從「靜」、「閒」兩字著筆，表面上寫得恬淡閒雅，而感情的伏流並不平靜。接受「蜂教誨」，應該勤奮工作，勇於為人；取法「鶴儀形」，應該進德修身，心存社稷。但詩人當時已被排擠出朝，無政可從。這種主觀與客觀的矛盾，使詩人深感苦悶。飲酒、撫琴，既表現了詩人不甘沉淪，在寂寞中力求振拔的精神，又是詩人娛情悅志、排遣愁緒的一種方式。顯然，渴望用世與琴酒自娛，從寫形的角度來看，是相反的，矛盾的；而從寫神的角度來看，又是相成的，統一的。頷聯和頸聯正是運用相反相成的藝術手法，形神兼備地寫出了詩人的美好情操。

「浩然機已息，几杖復何銘？」尾聯作達觀之語，正好與「鶴儀形」相契合，不失為君子風度。但又以反問句作結，隱隱透出內心的不平。「浩然」是形容心胸的開闊和澹蕩。「機」是機心。世人為了爭權奪利，機心百出，劉禹錫無意於此，所以說「機已息」。給几、杖作銘文，往往有自警或勸誡之意。「几杖」在這裡是偏義詞，主要是說「杖」。漢劉向〈杖銘〉：「歷危乘險，匪杖不行；年耆力竭，匪杖不強；有杖不任，顛跌誰怨？有士不用，害何足言？」本詩末句暗用〈杖銘〉之意，諷刺朝廷「有士不用」，而又不直接點破，只是說當今為几杖作銘，毫無意義。內心的不平，僅以反語微露而不使瀉出，因而詩意就顯得更為含蓄了。（吳汝煜）

始聞秋風

劉禹錫

昔看黃菊與君別，今聽玄蟬我卻回。五夜颼飀枕前覺，一年顏狀鏡中來。
馬思邊草拳毛動，雕眄青雲睡眼開。天地肅清堪四望，為君扶病上高臺。

這首〈始聞秋風〉不同於一般文人的「悲秋」之作，它是一首高亢的秋歌，表現了獨特的美學觀點和藝術創新的精神。

開頭兩句「昔看黃菊與君別，今聽玄蟬我卻回」，就別出心裁地創造了一個有知有情的形象——「我」，即詩題中的「秋風」，亦即「秋」的象徵。當他重返人間，就去尋找久別的「君」——也就是詩人。他深情地回憶起去年觀賞黃菊的時刻與詩人分別，而今一聽到秋蟬的鳴叫，便又回到詩人的身邊共話別情。在這裡詩人採取擬人手法，從對方著墨，生動地創造了一個奇妙的而又情韻濃郁的意境。據《禮記．月令》，季秋之月「鞠有黃華」，即秋去冬來之際；孟秋之月「寒蟬鳴」，即暑盡秋來之時。「看黃菊」、「聽玄蟬」，形象而準確地點明了秋風去而復還的時令。

頷聯「五夜颼飀枕前覺，一年顏狀鏡中來」，是詩人從自己的角度來寫。詩人說：五更時分，涼風颼颼，一聽到這熟悉的聲音，就知道是「你」回來了。一年不見，「你」還是那麼勁疾肅爽，而我那衰老的顏狀卻在鏡中顯現出來。這前一句是正面點出「始聞秋風」，後一句是寫由此而生發的感慨；和以上兩句連讀，彷彿是一段話別情的對話。

讀到這裡，頗有點兒秋風依舊人非舊的味道，然而頸聯「馬思邊草拳毛動，雕眄青雲睡眼開」，用力一轉，精神頓作。駿馬思念邊塞秋草，昂起頭，抖動拳曲的毛；鷙雕睜開睡眼，顧盼著萬里青雲。這一「動」一「開」，極為傳神地刻畫出駿馬、鷙雕那種「聆朔風而心動，眄天籟而神驚」（劉禹錫〈秋聲賦〉）的形象。它不僅反映了它們內心的「思」和「眄」，還顯示出一種潛藏的力量，似乎讓人們感到，只要時機一到，駿馬就可以一展驥足，奔馳疆場；鷙雕就可以展翅藍天，搏擊長空。「朔風悲老驥，秋霜動鷙禽……不因感衰節，安能激壯心」（劉禹錫〈學阮公體三首〉其二），正是秋風使它們心動、神驚，是秋風給它們帶來了虎虎的生氣。秋是美妙的，秋是神奇的，它賦予萬物以活躍的、飽滿的神韻。所以五、六兩句並沒有離題，而正是透過這兩個形象，有力地從側面渲染了秋風秋色的魅力，同時，也是為下文蓄勢。「草樹含遠思，襟懷有餘清」（劉禹錫〈秋江早發〉），「晴空一鶴排雲上，便引詩情到碧霄」（劉禹錫〈秋詞二首〉其一），秋天的一景一物無不觸動著詩人的情懷；「馬思邊草」、「雕眄青雲」的形象，也同樣喚起了詩人的激情。

所以下兩句便直抒胸臆：「天地肅清堪四望，為君扶病上高臺。」啊！寥廓江天，山明水淨，真是「秋容一洗，不受凡塵涴。許大乾坤這回大」（宋陳亮〈洞仙歌〉）。我就是抱著這衰病之軀，也要登上高臺，放眼四望，為「你」——勝過春色的秋光引吭高歌！由於上聯有「馬思邊草」、「雕眄青雲」為比興，這裡的迎秋風上高臺，翹首四望的形象的寓意也就自在不言之中了。「為君」二字照應開頭，脈絡清晰，結構完整。「扶病」二字暗扣第四句，寫出一年顏狀衰變的原因。但是，儘管如此，豪情不減，猶上高臺，這就更表現出他對秋的愛，更反映了詩人自強不息的意志。可見前言「一年顏狀鏡中來」，是欲揚先抑，是為了襯托出顏狀雖衰，心如砥石的精神。所以清沈德潛說：「下半首英氣勃發，少陵操管，不過如是。」（《唐詩別裁集》）

劉禹錫作為中唐時期政治革新派的一員，作為一位樸素的唯物主義的思想家，是比較爽朗和倔強的。他並不因失敗和不幸而消沉氣餒，相反地他卻以為這倒可以更清楚地了解自己的不足，從中獲得教益。這就是他所說的：「百勝難慮敵，三折乃良醫。人生不失意，焉能慕知己。」（〈學阮公體三首〉其二）所以他在遭貶之後，仍然能保持著對用世的渴望和對理想的執著，至老不衰。晚年寫的這首〈始聞秋風〉所表現出來的那種跌宕雄健的風格和積極健康的美學趣味，正是詩人那種「老驥伏櫪，壯心不已」的倔強進取精神和品格的寫照。（趙其鈞）

西塞山懷古

劉禹錫

王濬樓船下益州，金陵王氣黯然收。千尋鐵鎖沉江底，一片降幡出石頭。

人世幾回傷往事，山形依舊枕寒流。今逢四海為家日，故壘蕭蕭蘆荻秋。

西塞山，在今湖北大冶東面的長江邊。嵐橫秋塞，山鎖洪流，形勢險峻，是六朝有名的軍事要塞。唐穆宗長慶四年（八二四）劉禹錫由夔州刺史，調任和州刺史，沿江東下，途經西塞山，即景抒懷，寫下了這首詩。太康元年（二八〇）晉武帝命王濬率領以高大的戰船組成的水軍，順江而下，討伐東吳。詩人便以這件史事為題。

開頭寫「樓船下益州」，「金陵王氣」便黯然消失。益州（治今四川成都）、金陵（今江蘇南京市），相距遙遙，一「下」即「收」，何其速也！兩字對舉就渲染出一方是聲勢赫赫，一方是聞風喪膽。第二聯便順勢而下，直寫戰事及其結果。東吳的亡國之君孫皓，憑藉長江天險，並在江中暗置鐵錐，再加以千尋鐵鏈橫鎖江面，自以為是萬全之計。誰知王濬用大筏數十，筏遇鐵錐，錐輒著筏去，以火炬燒毀鐵鏈，結果順流鼓棹，徑造三山，直取金陵。「皓乃備亡國之禮，……造於壘門」（《晉書·王濬傳》）。第二聯就是形象地概括了這一段歷史。

詩的前四句，洗練、緊湊，在對比之中寫出了雙方的強弱，進攻的路線，攻守的方式，戰爭的結局。它只用第一句詩寫西晉水軍出發，下面就單寫東吳：在戰爭開始，苦心經營的工事被毀，直到舉旗投降，步步緊逼，一氣直下。人們不僅看到了失敗者的形象，也看到了勝利者的那種摧枯拉朽的氣勢。可謂虛實相間，勝敗相形，巧於安排。

詩人在剪裁上頗具功力。他從眾多的史事中單選西晉滅吳一事，這是耐人尋味的，因為東吳是六朝的頭，它又有頗為「新穎」的防禦工事，竟然覆滅了。照理後人應引以為鑑，其實不然。所以寫吳的滅亡，不僅揭示了當時吳王的昏聵，更表現了那些後來者的愚蠢，也反映了國家的統一是歷史的必然。其次，詩人寫晉吳之戰，重點是寫吳，而寫吳又著重點出那種虛妄的精神支柱「王氣」、天然的地形、千尋的鐵鏈，皆不足恃。這就從反面闡發了一個深刻的思想，那就是「興廢由人事，山川空地形」（〈金陵懷古〉）。可見如此剪裁，就在於它能完滿地表現其主題思想。

清代屈復評這首詩說：「前四句止就一事言，五以『幾回』二字括過六代，繁簡得宜，此法甚妙。」（《唐詩成法》）不過應該指出，若是沒有前四句豐富的內容和深刻的思想，第五句是難以收到如此言簡意賅的效果。第六句「山形依舊枕寒流」，山形，指西塞山；寒流，指長江，「寒」字和結句的「秋」字相照應。詩到這裡才點到西塞山，那麼前面所寫，是不是離題了呢？沒有。因為西塞山之所以成為有名的軍事要塞，之所以在它的身邊演出過那些有聲有色載入史冊的「活劇」，就是以南北分裂、南朝政權存在為條件的。因此前面放眼六朝的興亡，正是為了從一個廣闊的歷史背景中引出西塞山，從而大大開拓了詩的境界。詩人不去描繪眼前西塞山如何奇偉竦峭，而是突出「依舊」二字，亦是頗有講究的。山川「依舊」，就更顯得人事之變化，六朝之短促，不僅如此，它還表現出一個「江山不管興亡事，一任斜陽伴客愁」（包佶〈再過金陵〉）的意境。這些又從另一個角度對上一句的「傷」字作了補充，所以清紀昀說：「第六句一筆折到西塞山是為圓熟」（《瀛奎律髓刊誤》紀評）。

第七句宕開一筆，直寫「今逢」之世，第八句說往日的軍事堡壘，如今已荒廢在一片秋風蘆荻之中。這殘破荒涼的遺跡，便是六朝覆滅的見證，便是分裂失敗的象徵，也是「今逢四海為家」、江山一統的結果。懷古慨今，收束了全詩。

劉禹錫的這首詩，寓深刻的思想於縱橫開闔、酣暢流利的風調之中。詩人好像是客觀地敘述往事，描繪古跡，其實並非如此。翻一翻歷史，便知道在唐憲宗時期曾經取得了幾次平定藩鎮割據戰爭的勝利，國家又出現了比較統一的局面，不過這種景象只是曇花一現，公元八二一年到八二二年河北三鎮又恢復了割據局面。劉禹錫在這首詩中，把嘲弄的鋒芒指向在歷史上曾經占據一方，但終於覆滅的統治者，這不正是對重新抬頭的割據勢力的迎頭一擊嗎！當然，「萬戶千門成野草，只緣一曲〈後庭花〉」（劉禹錫〈金陵五題：臺城〉），這個六朝覆滅的教訓，對於當時驕侈腐敗的唐王朝來說，也是一面很好的鏡子。（趙其鈞）

酬樂天揚州初逢席上見贈　劉禹錫

巴山楚水淒涼地，二十三年棄置身①。懷舊空吟聞笛賦②，到鄉翻似爛柯人③。沉舟側畔千帆過，病樹前頭萬木春。今日聽君歌一曲，暫憑杯酒長精神。

〔註〕①二十三年：指劉禹錫於唐順宗永貞元年（八〇五）九月被貶出京，至敬宗寶曆二年（八二六）回京的這段時間。其間劉禹錫多次遷徙，初貶朗州司馬，後任夔州刺史等職。夔州治今重慶奉節，秦漢時屬巴郡。朗州即今湖南常德，戰國時屬楚地。「巴山楚水」，概指這些貶謫之地。②聞笛賦：晉人向秀經過亡友嵇康的舊居，聽見鄰人吹笛，不勝悲嘆，寫了一篇〈思舊賦〉。聞笛賦即指此。③爛柯人：指王質。相傳晉人王質進山打柴，看兩個童子下棋，棋到終局，王質發現手裡的斧柄已爛掉。回到村裡，才知道已經過去了一百年。

唐敬宗寶曆二年（八二六），劉禹錫罷和州（治今安徽和縣）刺史任返洛陽，同時白居易從蘇州歸洛，兩位詩人在揚州相逢。白居易在筵席上寫了一首〈醉贈劉二十八使君〉詩相贈：「為我引杯添酒飲，與君把箸擊盤歌。詩稱國手徒為爾，命壓人頭不奈何。舉眼風光長寂寞，滿朝官職獨蹉跎。亦知合被才名折，二十三年折太多。」劉禹錫便寫了〈酬樂天揚州初逢席上見贈〉來酬答他。

劉禹錫這首酬答詩，接過白詩的話頭，著重抒寫這特定環境中自己的感情。白的贈詩中，白居易對劉禹錫的遭遇無限感慨，最後兩句說：「亦知合被才名折，二十三年折太多。」一方面感嘆劉禹錫的不幸命運，另一方面又稱讚了劉禹錫的才氣與名望。大意是說：你該當遭到不幸，誰叫你的才名那麼高呢！可是二十三年的不幸，未免過分了。這兩句詩，在同情之中又包含著讚美，顯得十分委婉。因為白居易在詩的末尾說到二十三年，所以劉禹錫在詩的開頭就接著說：「巴山楚水淒涼地，二十三年棄置身。」自己謫居在巴山楚水這荒涼的地區，算來已經二十三年了。一來一往，顯出朋友之間推心置腹的親切關係。

接著，詩人很自然地發出感慨道：「懷舊空吟聞笛賦，到鄉翻似爛柯人。」說自己在外二十三年，如今回來，許多老朋友都已去世，只能徒然地吟誦「聞笛賦」表示悼念而已。此番回來恍如隔世，覺得人事全非，不再是舊日的光景了。後一句用王質爛柯的典故，既暗示了自己貶謫時間的長久，又表現了世態的變遷，以及回歸之後生疏而悵惘的心情，涵義十分豐富。

白居易的贈詩中有「舉眼風光長寂寞，滿朝官職獨蹉跎」這樣兩句，意思是說同輩的人都升遷了，只有你在荒涼的地方寂寞地虛度了年華，頗為劉禹錫抱不平。對此，劉禹錫在酬詩中寫道：「沉舟側畔千帆過，病樹前頭萬木春。」劉禹錫以沉舟、病樹比喻自己，固然感到惆悵，卻又相當達觀。沉舟側畔，有千帆競發；病樹前頭，正萬木皆春。他從白詩中翻出這二句，反而勸慰白居易不必為自己的寂寞、蹉跎而憂傷，對世事的變遷和仕宦的升沉，表現出豁達的襟懷。這兩句詩意又和白詩「命壓人頭不奈何」、「亦知合被才名折」相呼應，但其思想境界要比白詩高，意義也深刻得多了。二十三年的貶謫生活，並沒有使他消沉頹唐。正像他在另外的詩裡所寫的：「莫道桑榆晚，為霞尚滿天。」（〈酬樂天詠老見示〉）他這棵病樹仍然要重添精神，迎上春光。這兩句詩形象生動，至今仍常常被人引用，並賦予它以新的意義，說明新事物必將取代舊事物。

正因為「沉舟」這一聯詩突然振起，一變前面傷感低沉的情調，尾聯便順勢而下，寫道：「今日聽君歌一曲，暫憑杯酒長精神。」點明了酬答白居易的題意。意思是說，今天聽了你的詩歌不勝感慨，暫且借酒來振奮精神吧！劉禹錫在朋友的熱情關懷下，表示要振作起來，重新投入到生活中去。兩句表現出堅韌不拔的意志。詩情起伏跌宕，沉鬱中見豪放，是酬贈詩中優秀之作。（袁行霈）

再授連州至衡陽酬柳柳州贈別

劉禹錫

去國十年同赴召，渡湘千里又分歧。重臨事異黃丞相，三黜名慚柳士師。歸目併隨回雁盡，愁腸正遇斷猿時。桂江東過連山下，相望長吟有所思。

劉禹錫這首詩作於唐憲宗元和十年（八一五）夏初，是對他的摯友柳宗元的〈衡陽與夢得分路贈別〉一詩所作的深情回答。

十年前他和柳宗元因參與王叔文革新活動，被貶放湖湘遠郡。是年正月剛得召還長安，時僅一月，因遊玄都觀，寫了〈元和十年自朗州至京，戲贈看花諸君子〉一詩，觸怒權貴，又被排擠到更加荒遠的嶺南州郡去。而柳宗元這時也再次被貶為柳州刺史。兩人同出長安南行，到衡陽分手，詩即為此而作。一、二兩句，寥寥幾筆，就把他們屢遭挫折的經歷勾畫出來了。對起述事，句穩而意深，為下文的展開，創造了條件，可謂工於發端。

三、四句承上抒感，而用典入妙。劉禹錫初次遭貶，即謫為連州刺史，途中追貶為朗州司馬。現在再貶連州，所以叫做「重臨」。可是這是一種什麼樣的「重臨」州政呢？詩人巧妙地以典明志。西漢時有個賢相黃霸，受漢宣帝信任，曾兩度出任地近長安的潁川太守，結果清名滿天下。而劉的「重臨」，則是背著不忠不孝的罪名，帶著八旬老母流徙南荒。這是積毀銷骨的迫害呵。詩人透過「事異」兩字把互相矛盾的情況扭合到一起，帶有自嘲的口氣，暗含對當政者的不滿和牢騷。下一句，詩人又用了春秋時柳下惠的故事：柳下惠為「士師」（獄官），因「直道而事人」（《論語·微子》）三次遭貶黜。這裡用以比作同樣「三黜」過的柳宗元，同時也暗示他們都是因堅持正確的政見而遭打擊的。用典姓切、事切，可謂天衣無縫。「名慚」，是對劉柳齊名自愧不如的謙詞，表示了對柳的敬重之意。

五、六兩句，將筆鋒從往事的縈迴折入眼前的別況。「歸目併隨回雁盡」句，把兩位志同道合的友人分手時的情景描繪得多麼有情有致：兩位遷客併影荒郊，翹首仰望，他們深情的目光注視著北回的大雁，一直到雁影在天際消失。一個「併」字，一個「盡」字，寫得十分傳神，把他們共同的望鄉之情極為淒惋地傳達出來了。「愁腸」句，從張說「津亭拔心草，江路斷腸猿」（〈岳州別子均〉）詩中化出。心已傷楚，又哪堪斷斷續續催人淚下的哀猿悲啼呢？詩人以「回雁」、「哀猿」襯托別緒，詩境也變而淒厲了。這等地方，正是作者大力經營處，讀來真足以搖蕩人心。

「桂江」兩句，設想別後，以虛間實，筆姿靈活。「桂江」，即灕江，指柳宗元溯湘下桂而去柳州（治今廣西柳州）。「連山」，指劉禹錫的目的地——連州（治今廣東連州）。「桂江」和「連山」並無相連之處，因此這裡並不是實說桂水東過連山。那麼如何把這東西遠隔的兩地聯繫起來呢？這就是下一句所要回答的問題了。原來連接雙方的，正是山水相望、長吟遠慕的無限相思呵。「有所思」，也是古樂府篇名，這裡出現，語意雙關。最後兩句，一縱一收，轉折於空際，挽合十分有力。其技法與杜甫的「瞿塘峽口曲江頭，萬里風煙接素秋」（〈秋興八首〉其六）相似。不過杜詩抒發的是個人對雲山萬里的故國的懷念，這裡則用「相望」二字，把這一對志同道合又遭隔別的友人的生死不渝情誼，從彼此兩方寫出，與杜詩不盡相同，而有襲故彌新之妙。寄離情於山水，同悵望以寫哀，詞盡篇中，而意餘言外，既深穩又綿渺，不愧大家筆墨。（周篤文）

望夫山　劉禹錫

終日望夫夫不歸，化為孤石苦相思。
望來已是幾千載，只似當時初望時。

傳說古時候有一位婦女思念遠出的丈夫，立在山頭守望不回，天長日久竟化為石頭。這個古老而動人的傳說在民間流行極為普遍。此詩所指的望夫山，在今安徽當塗縣西北，唐時屬和州。此詩題下原註「正對和州郡樓」，可見作於劉禹錫和州刺史任上。

全詩緊扣題面，通篇只在「望」字上做文章。「望」字三見，詩意也推進了三層。一、二句從「望夫石」的傳說入題，是第一層。「終日」即從早到晚，又含日復一日、時間久遠之意。可見「望」者一往情深；「望夫」而「夫不歸」，是女子化石的原因。「夫」字疊用形成句中頂針格，意轉聲連，便覺節奏舒徐，音韻悠揚。次句重在「苦相思」三字，正是「化為石，不回頭」（王建〈望夫石〉），表現出女子對愛情的忠貞。三句「望來已是幾千載」比「終日望夫」意思更進一層。望夫石守候山頭，風雨不動，幾千年如一日，這大大突出了那苦戀的執著。「望夫」的題意至此似已淋漓盡致。殊不知在寫「幾千載」久望之後，末句突然出現「初望」二字。這出乎意外，又盡情入妙。因為「初望」的心情最迫切，寫久望只如初望，就有力地表現了相思之情的真摯和深切。這裡「望」字第三次出現，把詩情引向新的高度。三、四句層次上有遞進關係，但透過「已是」與「只似」

虛詞的呼應，又有一氣呵成之感。

這首詩是深有寓意的。劉禹錫在永貞革新運動失敗後，政治上備受打擊和迫害，長流遠州，思念京國的心情一直很迫切。此詩即借詠望夫石寄託這種情懷，詩意並不在題中。同期詩作有〈歷陽書事七十韻〉，其中「望夫人化石，夢帝日環營」兩句，就是此詩最好的注腳。純用比體，深於寄意，是此詩寫作上第一個特點。

此詩用意雖深，語言卻樸質無華。「望」字一篇之中凡三致意，詩意在用字重複的過程中步步深化。這種反覆詠嘆突出主題的手法，形象地再現了作者思歸之情，含蓄地表達了他堅貞不渝的志行。柳宗元〈與浩初上人同看山寄京華親故〉：「若為化得身千億，散作峰頭望故鄉。」與此詩有相同的寄意。但柳詩「望故鄉」用意顯而詩境刻意造奇；此詩不直接寫「望故鄉」之意，卻透過寫石人「望夫」，巧妙地傳達出來，用意深而具有單純明快之美。宋陳師道因而稱讚它「語雖拙而意工」（《陳後山集》）。這是此詩寫作上又一特點。

綜上兩方面，可以說此詩體現了劉禹錫絕句能將深入與淺出高度統一的藝術優長。（周嘯天）

淮陰行五首（其四） 劉禹錫

何物令儂羡？羡郎船尾燕。
銜泥趁檣竿，宿食長相見。

早春時節，清淮浪軟，紫燕雙飛。一位少婦在船埠給自己的丈夫送行。詩中略去了一切送別場面的描寫，一落筆就抓住了女主人的心理活動，集中描寫她的內心獨白。

「何物令儂羡？羡郎船尾燕。」與丈夫握別之際，深情難捨，有千言萬語湧上心頭，究竟從何說起呢？首句忽然提出了一個奇怪的問題：什麼東西使我羡慕？次句的回答更出人意外：羡慕丈夫船尾的燕子。這一問一答，痴人痴語，既不關情，也無關送別，似乎很不得體，但三、四兩句一轉，便使前面的疑團渙然冰釋，整首詩的感情畫面頓時活躍起來。

「銜泥趁檣竿，宿食長相見。」她想燕子能隨船飛行，在檣竿上停留，自己丈夫無論是宿夜還是進餐，牠天天都能見到；而人不如燕，自己反不能相隨而去。這就把女主人公的一片深情和盤托出。詩不說女主人想以身相隨，而說羡慕隨船遠行的燕子，宛轉達意，以曲取勝，顯得風流蘊藉，出語溫柔體貼，細膩地表達了少婦對丈夫的深情厚愛。北宋詩人黃庭堅說：「〈淮陰行〉情調殊麗，語氣尤穩切。」（南宋胡仔《苕溪漁隱叢話》引）是說得不錯的。這首詩用比興體託物抒懷，正是樂府本色。南朝樂府民歌〈三洲歌〉云：「風流不暫停，三山隱行舟。願作比目魚，隨歡千里游。」兩相比較，二詩機杼相同，神理暗合。劉禹錫在詩前小序稱：「古有〈長干行〉，言三江之事悉矣。余嘗阻風淮陰，作〈淮陰行〉以裨樂府。」可見作者學習南朝樂府民歌的努力。（吳汝煜）

秋風引

劉禹錫

何處秋風至？蕭蕭送雁群。
朝來入庭樹，孤客最先聞。

劉禹錫曾在偏遠的南方過了一個長時期的貶謫生活，這首詩可能作於貶所。因秋風起、雁南飛而觸動了孤客之心。詩的內容，其實就是南朝江淹〈休上人怨別〉詩開頭兩句所說的「西北秋風至，楚客心悠哉」；但詩人沒有在「客心」上多費筆墨，而在「秋風」上馳騁詩思。

詩以「秋風」為題；首句「何處秋風至」，就題發問，搖曳生姿，而透過這一起勢突兀、下筆飄忽的問句，也顯示了秋風的不知其來、忽然而至的特徵。如果進一步推尋它的弦外之音，這一問，可能還暗含怨秋的意思，與李白〈春思〉詩「春風不相識，何事入羅幃」句有異曲同工之處。當然，秋風之來，既無影無跡，又無所不在，它從何處來、來到何處，本是無可究詰的。這裡雖以問語出之，而詩人的真意原不在追根究柢，接下來就宕開詩筆，以「蕭蕭送雁群」一句寫耳所聞的風來蕭蕭之聲和目所見的隨風而來的雁群。這樣，就化無形之風為可聞可見的景象，從而把不知何處至的秋風繪聲繪影地寫入詩篇。

這前兩句詩，合起來看，可能脫胎於屈原《九歌．山鬼》「風颯颯兮木蕭蕭」和漢武帝〈秋風辭〉「秋風起兮白雲飛，草木黃落兮雁南歸」。而可以與這兩句詩合參的有韋應物的〈聞雁〉詩：「故園眇何處？歸思方悠哉。淮南秋雨夜，高齋聞雁來。」但韋詩是以我感物，以情會景，先寫「歸思」，後寫「聞雁」。清沈德潛在《唐詩別裁集》中指出，韋詩這樣寫，「其情自深」，如果「倒轉說」，就成了一般人都寫得出的普通作品了。但是，詩無定法，不能執一而論。這首〈秋風引〉前兩句所寫的秋風始至、鴻雁南來，正是韋詩後兩句的內容，恰恰是把韋詩倒轉過來說的。它是遠處落想，空際運筆，從聞雁思歸之人的對面寫起，就秋風送雁構思造境。至於韋詩前兩句的內容，是留到篇末再寫的。

詩的後兩句「朝來入庭樹，孤客最先聞」，把筆觸從秋空中的「雁群」移向地面上的「庭樹」，再集中到獨在異鄉、「歸思方悠哉」的「楚客」，由遠而近，步步換景。「朝來」句既承接首句的「秋風至」，又承接次句的「蕭蕭」聲，不是回答又似回答了篇端的發問。它說明秋風的來去雖然無處可尋，卻又附著他物而隨處存在，現在風動庭樹，木葉蕭蕭，則無形的秋風分明已經近在庭院，來到耳邊了。詩寫到這裡，寫足了作為詩題的「秋風」，而篇幅已經用去了四分之三，可是，詩中之人還沒有露面，景中之情還沒有點出。直到最後一句才畫龍點睛，說秋風已為「孤客」所「聞」。這裡，如果聯繫作者的另一首〈始聞秋風〉詩，其中「五夜颼飀枕前覺，一年顏狀鏡中來」兩句，倒可以作「聞」的補充說明。當然，作為「孤客」，他不僅會因顏狀改變而為歲月流逝興悲，其羈旅之情和思歸之心更是可想而知的。

這首詩主要要表達的，正是這羈旅之情和思歸之心，但妙在不從正面著筆，始終只就秋風做文章，在篇末雖然推出了「孤客」，也只寫到他「聞」秋風而止。至於他的旅情歸思是以「最先」兩字來暗示的。如清李鍈在《詩法易簡錄》中所說，「為孤客寫神」的正在這兩個字，使「無限情懷，溢於言表」。照說，秋風吹到庭樹，每個人都可以同時聽到，不應當有先後之分。為什麼唯獨孤客「最先」聽到呢？可以想見，他對時序、物候有特殊的敏感。而他又為什麼如此敏感呢？明唐汝詢在《唐詩解》中說：「孤客之心，未搖落而先秋，所以聞之最早。」這就是對「最先聞」的解釋。明鍾惺在《唐詩歸》中還指出：「不曰『不堪聞』，而曰『最先聞』，語意便深厚。」清沈德潛在《唐詩別裁集》中也說：「若說『不堪聞』，便淺。」這些評語都稱讚這一結句曲折見意，含蓄不盡，為讀者留有可尋味的深度。不過，前面說過，詩無定法，這一結句固然以曲說而妙，但也有直說而妙的。蘇頲有首〈汾上驚秋〉詩：「北風吹白雲，萬里渡河汾。心緒逢搖落，秋聲不可聞。」這裡，從全詩看來，卻必須說「不可聞」，才與它的蒼涼慷慨的意境、高亢勁健的風格相融浹。兩個結句，內容相似，一用曲筆，一用直筆，卻各盡其妙。對照之下，可悟詩法。（陳邦炎）

竹枝詞二首（其一） 劉禹錫

楊柳青青江水平，聞郎江上唱歌聲。
東邊日出西邊雨，道是無晴還有晴。

竹枝詞是巴渝（今重慶市一帶）民歌中的一種，唱時以笛、鼓伴奏，同時起舞，聲調宛轉動人。劉禹錫任夔州刺史時，依調填詞，寫了十來篇，這是其中一首摹擬民間情歌的作品。它寫的是一位沉浸在初戀中的少女的心情。她愛著一個人，可還沒有確實知道對方的態度，因此既抱有希望，又含有疑慮；既歡喜，又擔憂。詩人用她自己的口吻，成功地表達這種微妙複雜的心理。

第一句寫景，是她眼前所見。江邊楊柳，垂拂青條；江中流水，平如鏡面。這是很美好的環境。第二句寫她耳中所聞。在這樣動人情思的環境中，她忽然聽到了江邊傳來的歌聲。那是多麼熟悉的聲音啊！一飄到耳裡，就知道是誰唱的了。第三、四句接寫她聽到這熟悉的歌聲之後的心理活動。姑娘雖然早在心裡愛上了這個小夥子，但對方還沒有什麼表示哩。今天，他從江邊走了過來，而且邊走邊唱，似乎是對自己多少有些意思。這，給了她很大的安慰和鼓舞，因此她就想到：這個人啊，倒是有點像黃梅時節晴雨不定的天氣。說它是晴天吧，西邊還下著雨；說它是雨天吧，東邊又還出著太陽，可真有點捉摸不定了。這裡晴雨的「晴」，是用來暗指感情的「情」，「道是無晴還有晴」，也就是「道是無情還有情」。透過這兩句極其形象又極其樸素的詩，她的迷惘，她的眷戀，她的忐忑不安，她的希望和等待，便都刻畫出來了。

這種根據漢語語音的特點而形成的表現方式，是歷代民間情歌中所習見的。它們是諧聲的雙關語，同時是基於活躍聯想的生動比喻。它們往往取材於眼前習見的景物，明確地但又含蓄地表達了微妙的感情。如南朝的吳聲歌曲中就有一些使用了這種諧聲雙關語來表達戀情。如〈子夜歌〉云：「憐歡好情懷，移居作鄉里。桐樹生門前，出入見梧子。」（「歡」是當時女子對情人的愛稱。「梧子」雙關「吾子」，即我的人。）又：「我念歡的的，子行由豫情。霧露隱芙蓉，見蓮不分明。」（「的的」，明朗貌。「由豫」，遲疑貌。「芙蓉」也就是蓮花。「見蓮」，雙關「見憐」。）〈七日夜女歌〉：「婉孌不終夕，一別周年期。桑蠶不作繭，晝夜長懸絲。」（因為會少離多，所以朝思暮想。「懸絲」是「懸思」的雙關語。）

這類用諧聲雙關語來表情達意的民間情歌，是源遠流長的，自來為人所喜愛。作家偶爾加以摹仿，便顯得新穎可喜，引人注意。劉禹錫這首詩為廣大讀者所愛好，這也是原因之一。（沈祖棻）

堤上行三首（其一、其二） 劉禹錫

酒旗相望大堤頭，堤下連檣堤上樓。
日暮行人爭渡急，槳聲幽軋滿中流。

江南江北望煙波，入夜行人相應歌。
〈桃葉〉傳情〈竹枝〉怨①，水流無限月明多。

〔註〕①〈桃葉〉：指〈桃葉歌〉，是南朝吳聲歌曲。《古今樂錄》說：「〈桃葉歌〉者，晉王之敬之所作也。桃葉，子敬妾名，緣於篤愛，所以歌之。」這裡借指民間流行的表達愛情的歌。〈竹枝〉：指〈竹枝詞〉。其中也有些情歌，但多是表達怨苦之情的。夔州一帶，是〈竹枝詞〉的故鄉，這裡的人民又有「對歌」的習慣和風俗。

〈堤上行〉三首大約寫於任夔州刺史到和州刺史時，即唐穆宗長慶二年（八二二）到長慶四年。

第一首活像一幅江邊碼頭的寫生畫：堤頭酒旗相望，堤下船隻密集，檣櫓相連。可以想見這個江邊碼頭是個人煙稠密、估客雲集的熱鬧所在。前兩句詩為我們展示了江南水鄉風俗畫的完整背景。三、四兩句，描繪近景，增強了畫面感，畫出了一幅生動逼真的江邊晚渡圖。「日暮行人爭渡急」中的「爭」字和「急」字，不僅點出了晚渡的特點，而且把江邊居民忙於渡江的神情和急切的心理以洗練的語言描繪出來。詩人寫黃昏渡口場面時，還兼用了音響效果。他不寫人聲的嘈雜，只用擬聲詞「幽軋」兩字，來突出槳聲，寫出了船隻往來之多和船工的緊張勞動，使人如有身臨其境之感。

這首詩將詩情與畫意糅在一起，把詩當作有聲畫來描繪。詩人很善於捕捉生活形象：酒旗、樓臺、檣櫓、爭渡的人群、幽軋的槳聲，動靜相映，氣象氤氳，透過優美的藝術語言把生活詩化了。含思宛轉，樸素優美，而又別具一格。

〈堤上行〉的第二首重在描寫長江兩岸的風俗人情，具有濃郁的地方色彩。詩寫入夜時堤上見聞。夜色中隔江相望，煙波渺茫。「煙波」二字，把迷濛的夜色和入夜時的江景寫得很美。在靜態的景色描繪之後，繼而寫出江邊堤上歌聲四起，相和相應，打破了靜夜的沉寂。他們唱的是什麼歌呢？詩人用一句詩作了概括：「〈桃葉〉傳情〈竹枝〉怨」。都是巴山楚水人民愛唱的民歌。句中的「情」和「怨」，很值得體味。可以想見，這歌聲對遭貶謫、受打擊的詩人來說，自然會牽動自身的「情」與「怨」的。這也是「含思宛轉」（〈竹枝詞九首引〉）之處。詩的結句高妙，有意境。「水流無限月明多」是寫眼前所見之景，切合江邊和夜色。同時也是比喻，以流水和月光的無限來比喻歌中「情」與「怨」的無限。這句詩是以視覺來寫聽覺的，流水與月光，既含飛動之勢，又具明麗之性，這是用眼可以看到的，是視覺的感受；但是優美、動人的歌曲也能給人飛動、流麗的感受，兩者（指視覺與聽覺）能引起「通感」。這種描寫創造了優美的境界，取得良好的美學效果，手法是高超的。

這兩首詩，形象鮮明，音調婉諧，清新雋永，寫景如畫；有濃厚的鄉土味和濃郁的生活氣息，代表了劉禹錫學習民歌所取得的新成就。（劉文忠）

踏歌詞四首（其一） 劉禹錫

春江月出大堤平，堤上女郎連袂行。
唱盡新詞歡不見，紅霞映樹鷓鴣鳴。

踏歌，是古代長江流域民間的一種歌調，一邊走，一邊唱。唱歌時以腳踏地為節拍。〈踏歌詞四首〉是劉禹錫在夔州（治今重慶奉節）時所作。此為第一首。

「春江月出大堤平，堤上女郎連袂行。」第一句末尾的「平」字值得細細體會。「平」應該是指春江漲滿，與江岸齊平。但「大堤平」三字緊緊相連，就使它似乎還有堤岸寬平的意思。故這「平」字包涵著比較豐富的意象，令人想到：明月升起，清輝灑向人間，漲滿河床的春水，月光下似與岸邊的沙土溶成一片，使大堤也顯得格外寬平。就在這樣一個環境下，人物登場了——「堤上女郎連袂行」。既然可以手挽手連袂而行，也可見大堤確實寬平。在大堤上連袂出遊，邊走邊唱，是少女的情思在胸中蕩漾，不能自抑的表現，也反映了巴渝一帶的民間風氣習俗。

「唱盡新詞歡不見，紅霞映樹鷓鴣鳴。」「歡」，古時女子對所愛男子的愛稱。女郎們唱新詞，意在招引小夥子一同歌舞。這是一個多麼歡樂的季節，一個多麼動人的夜晚啊！只不過這一夜卻有點蹊蹺，未見熱情的應和，對方毫無反響。「唱盡新詞歡不見」，不說「唱罷」，而說「唱盡」，一個「盡」字，似可見女郎們停歌罷唱時的不堪情態。同時，「盡」字也暗示了時間過程。新詞唱盡之時，已經不是月照大堤的夜色溶溶的環境，而是「紅霞映樹鷓鴣鳴」的早晨景象了。鮮麗耀眼的紅霞碧樹，固然會引起女郎們的怔忡，而鷓鴣聲也免不了要使她們受到刺激。鷓鴣喜愛雌雄對啼，當新詞唱盡，四周悄然，代之而起的竟是綠樹叢中的鷓鴣和鳴，女郎們心裡究竟是一種什麼滋味呢？

劉禹錫用民歌體寫的愛情詩，常常有一種似愁似怨、似失望又似期待的複雜情緒。詩中女子月出時還興致勃勃地走上大堤去唱歌，僅僅一夜未能覓見情郎，這種失望畢竟是有限的。小夥子是否真的無動於衷呢？誰也捉摸不透。說不定「道是無情還有情」（〈竹枝詞二首〉其二），他們有意作弄這些多情的女郎呢。那鷓鴣聲固然反襯女郎的寂寞，甚至好像帶點嘲弄，但也不是認真地要引起女子失戀的痛苦。

詩的開篇和收尾都是寫景，敘事只中間兩句。但如果僅有「堤上女郎連袂行」、「唱盡新詞歡不見」，則幾乎讓人不知所云；而有了兩句寫景前後配合，提供帶有典型性的環境，人物在這種環境中的活動，就無須多言，自然可以想見了。並且，由於前後兩種環境的氣氛和色彩不同，則又自然暗示了時間的推移，情感的變化。劉禹錫的民歌體詩，有時看似寫景占了較大的篇幅，實際上筆墨還是很經濟的，尤其是像這首詩最後以景結情，如果換成一般性的敘述，就無論如何很難表達這樣豐富複雜的內容。（余恕誠）

踏歌詞四首（其三）　劉禹錫

新詞宛轉遞相傳，振袖傾鬟風露前。
月落烏啼雲雨散，遊童陌上拾花鈿。

〈踏歌詞〉四首，是劉禹錫學習民歌體寫作的一組小詩。此是四首中的第三首。詩的內容是記寫當時四川民俗，每當春季，民間男女相聚會，聯翩起舞，相互對歌的熱烈場景。全詩四句，主要在勾勒一種狂歡的場面和氣氛。第一句寫歌，第二句寫舞，第三句寫歌停舞散，第四句卻從側面含蓄地補足寫出歌舞場面的熱烈。

首句的「新詞」，表示當時那些歌男舞女所唱的歌，都是即興抒懷、脫口而出的新曲，悠揚宛轉，十分悅耳動聽，並一遞一句接連不歇。這句雖用平述記敘的語氣，卻寄寓著作者對民間男女的無上智慧和藝術才能的讚賞與稱頌。第二句用「振袖傾鬟」來寫他們的舞姿情態，活現出當時那些跳舞者熱烈的情緒和狂歡的情景。「月落烏啼雲雨散」是說他們歌舞竟夜，直至天明。從意思上講，狂歡之夜的情景已經寫完，但作者又用「遊童陌上拾花鈿」一語，對狂歡之夜做了無聲的渲染。次日，遊童們沿路去拾取女郎遺落的花鈿（女子的首飾）。花鈿遺落滿地而不覺，可知當時歌舞女子是如何沉浸在歌舞狂歡之中。這種從側面的、啟人想像的寫法，其含意的豐富和情味的悠長，更勝於正面的描寫。這使我們聯想到畫家齊白石在藝術構思上的一個故事。一次，齊白石畫「蛙聲十里出山泉」詩意，但畫家在畫面上並沒有畫蛙，而是用一股山泉，幾個蝌蚪來表現，從而調動人們的想像，使人聯想到「蛙聲十里」的喧囂情景。藝術巨匠們的構思，常常是出人意表的。（褚斌杰）

阿嬌怨 劉禹錫

望見葳蕤①舉翠華，試開金屋掃庭花。
須臾宮女傳來信，言幸平陽公主家。

〔註〕①葳蕤：鮮麗的樣子。

劉禹錫的詩歌以精練含蓄著稱。〈阿嬌怨〉在體現這一特色方面，比較典型。據《漢武故事》記載，武帝幼年為膠東王時，就喜歡阿嬌，曾對阿嬌之母長公主說：「若得阿嬌作婦，當作金屋貯之。」阿嬌當了武帝的皇后（稱陳皇后）以後，擅寵嬌貴，但十餘年無子。平陽公主進歌伎衛子夫得幸生子，阿嬌見疏，恚憤欲死。劉禹錫這首詩，追尋前事，摹寫阿嬌當日望幸不至的哀怨情狀，並寄予深切的同情。

全詩很短。劈頭就以「望」字領起：「望見葳蕤舉翠華」。阿嬌望幸心切，遣宮女時刻伺察武帝動靜。宮女不能接近武帝近衛，只能機靈地守候遙望。她深知皇后心情，所以一見皇帝的儀仗——裝著鮮麗羽飾的旗幟或車蓋舉動，便趕緊回來報信。

「試開金屋掃庭花」，集中寫阿嬌聽到消息後的反應。她吩咐宮女打開金屋，掃除庭前落花。「開」、「掃」兩字下得精妙，可以使人想像到暫貯阿嬌的金屋之門雖設而常關以及滿庭落花堆積的情景，顯示出一個失寵皇后的典型環境。「試」字尤妙。清代詩論家徐增細加品味後指出：「是言不開殿掃花，恐其即來；開殿掃花，

又恐其不來。且試開一開，試掃一掃看。此一字摹寫驟然景況如見，當嘔血十年，勿輕讀去也。」（《而庵說唐詩》卷十二）

「須臾宮女傳來信」為全詩最緊張語。「須臾」兩字應理解為從阿嬌心中道出方覺味濃。阿嬌正在暗自思忖，宮女忽又第二次來報。「須臾」之間，會有什麼變化呢？阿嬌此時思想上急於想聽，卻又十分怕聽；十分怕聽，卻又不能不聽。這種複雜的心理變化，都包含在「須臾」兩字之中。

末句「言幸平陽公主家」，以宮女的妙對作結，不正面寫阿嬌之怨，而怨字已深入骨髓。徐增認為「言」字中「有無限意思煩難在」（同上）。細繹詩意，確實如此。對於宮女來說，帝來幸，好說；帝不來幸，不好說。帝幸別處，猶好說；帝幸衛子夫家，便不好說。不好說而又不能不說，煞是難對。聰明的宮女經過思考以後，決定說帝幸平陽公主家，而不說幸衛子夫處。這是因為平陽公主雖為阿嬌不喜之人，但她與武帝畢竟是姊弟關係，說出來不致過分刺痛阿嬌怨妒之心；且衛子夫因平陽公主而得幸，故借平陽公主為說，阿嬌心中也已有數，即使明知是謊，也不致追究。一個「言」字，充分突出了宮女的隨機應變和善於圓轉。而宮女這樣做，正說明了阿嬌的怨悵和恚憤，已經到了不堪承受的地步。至於阿嬌怨悵的具體情狀，前人描寫已多，如相傳為漢司馬相如所作的〈長門賦〉云：「日黃昏而望絕兮，悵獨托於空堂。懸明月以自照兮，徂清夜於洞房。援雅琴以變調兮，奏愁思之不可長……」與本詩並讀，愈能見出本詩「不著一字，盡得風流」（司空圖《二十四詩品》）的韻致。

（吳汝煜）

秋詞二首

劉禹錫

自古逢秋悲寂寥，我言秋日勝春朝。晴空一鶴排雲上，便引詩情到碧霄。

山明水淨夜來霜，數樹深紅出淺黃。試上高樓清入骨，豈如春色嗾①人狂。

〔註〕①嗾（音同藪）：教唆人做壞事。

這兩首詩的可貴，在於詩人對秋天和秋色的感受與眾不同，一反過去文人悲秋的傳統，唱出了昂揚的勵志高歌。

詩人深深懂得古來悲秋的實質是志士失志，對現實失望，對前途悲觀，因而在秋天只看到蕭條，感到寂寥。詩人同情他們的遭遇和處境，但不同意他們悲觀失望的情感。他針對這種寂寥之感，偏說秋天比那萬物萌生、欣欣向榮的春天要好，強調秋天並不死氣沉沉，而是很有生氣。他指引人們看那振翅高舉的鶴，在秋日晴空中，排雲直上，矯健淩厲，奮發有為，大展宏圖。顯然，這隻鶴是獨特的、孤單的。但正是這隻鶴的頑強奮鬥，衝破了秋天的肅殺氛圍，為大自然別開生面，使志士們精神為之抖擻。這隻鶴是不屈志士的化身，奮鬥精神的體現。所以詩人說，「便引詩情到碧霄」。「詩言志」，「詩情」即志氣。人果真有志氣，便有奮鬥精神，便不會感到寂寥。這就是第一首的主題思想。

這兩首〈秋詞〉主題相同，但各寫一面，既可獨立成章，又是互為補充。其一讚秋氣，其二詠秋色。氣以勵志，色以冶情。所以讚秋氣以美志向高尚，詠秋色以頌情操清白。景隨人移，色由情化。景色如容妝，見性情，顯品德。春色以豔麗取悅，秋景以風骨見長。第二首的前二句寫秋天景色，詩人只是如實地勾勒其本色，顯示其特色，明淨清白，有紅有黃，略有色彩，流露出高雅閒淡的情韻，泠然如文質彬彬的君子風度，令人敬肅。謂予不信，試上高樓一望，便使你感到清澈入骨，思想澄淨，心情肅然深沉，不會像那繁華濃豔的春色，教人輕浮若狂。末句用「春色嗾人狂」反比襯托出詩旨，點出全詩暗用擬人手法，生動形象，運用巧妙。

這是兩首抒發議論的即興詩。詩人透過鮮明的形象表達深刻的思想，既有哲理意蘊，也有藝術魅力，發人思索，耐人吟詠。法國大作家巴爾扎克說過，藝術是思想的結晶，「藝術作品就是用最小的面積，驚人地集中了最大量的思想」（〈論藝術家〉），因而能喚起人們的想像、形象和深刻的美感。劉禹錫這兩首〈秋詞〉給予人們的不只是秋天的生氣和素色，更喚醒人們為理想而奮鬥的英雄氣概和高尚情操，獲得深刻的美感和樂趣。（倪其心）

竹枝詞九首（其二）并引　劉禹錫

四方之歌，異音而同樂。歲正月，余來建平，里中兒聯歌竹枝，吹短笛擊鼓以赴節。歌者揚袂睢舞，以曲多為賢。聆其音，中黃鐘之羽，卒章激訐如吳聲，雖傖儜不可分，而含思宛轉，有淇澳之豔音。昔屈原居沅湘間，其民迎神，詞多鄙陋，乃為作〈九歌〉，到于今荊楚歌舞之，故余亦作〈竹枝〉九篇，俾善歌者颺之，附于末。後之聆巴歈，知變風之自焉。

山桃紅花滿上頭，蜀江春水拍山流。
花紅易衰似郎意，水流無限似儂愁。

這首〈竹枝詞〉含思宛轉，清新活潑，音節和諧，語語可歌；特別是把比興糅而為一，興中有比，比中有興，頗富情韻。

詩中刻畫了一個熱戀中的農家少女形象。戀愛給她帶來了幸福，也帶來了憂愁。當她看到眼前的自然景象的時候，這種藏在心頭的感情頓被觸發，因而託物起興：「山桃紅花滿上頭，蜀江春水拍山流。」描繪出一幅山戀水依的圖畫。山桃遍布山頭，一個「滿」字，表現了山桃之多和花開之盛。一眼望去，山頭紅遍，像一團火在燒，給人以熱烈的感覺。而山下呢，一江春水拍山流過，一個「拍」字，寫出了水對山的依戀。這兩句寫景，卻又不單純寫景，景中蘊涵著女主人公複雜的情意。

但這種託物起興，用意隱微，不易看出，於是詩人又在興的基礎上進而設喻，使這種情意由隱而顯。「花紅易衰似郎意，水流無限似儂愁」，讓女主人公對景抒情，直接吐露熱戀中少女的心緒。「花紅易衰似郎意」照應第一句，寫她的擔心。一個「紅」字，說明鮮花盛開，正如小夥子那顆熱烈的心，讓人高興。但小夥子的愛情是否也像這紅花一樣易謝呢？「水流無限似儂愁」，照應第二句，寫少女的煩憂。既相戀，又怕他變心，這一縷淡淡的清愁，就像這遶山流淌的蜀江水一樣，無盡無休。

詩所表現的是初戀少女微妙、細膩而又複雜的心理，十分傳神。

詩的格調也明朗、自然，就像所描繪的紅花綠水一樣明媚動人。而詩的情境的創造，人物思想感情的表達，卻恰恰是靠了這個最明顯、最巧妙的手法——比興。（張燕瑾）

竹枝詞九首（其七）　劉禹錫

瞿塘嘈嘈十二灘，人言道路古來難。
長恨人心不如水，等閒平地起波瀾。

這首詩從瞿塘峽的艱險借景起興，引出對世態人情的感慨。瞿塘峽是長江三峽之一，兩岸連山，水流急湍，形勢最為險要，古有「瞿塘天下險」之稱。峽中尤多礁石險灘，峽口有「灩澦堆」，就是一巨大石灘。「瞿塘嘈嘈十二灘，人言道路古來難」，就描繪出瞿塘峽的這種險阻形勢。「嘈嘈」，流水下灘發出的嘈雜聲。「十二灘」，並非確數，猶言險灘之多，其險絕情況也就可以想見了。

面臨著驚濤拍岸、險阻重重的瞿塘峽，詩人不禁由江峽之險聯想到當時的世態人情：「長恨人心不如水，等閒平地起波瀾。」瞿塘峽之所以險，是因為水中有道道險灘，而人間世道「等閒平地」也會起波瀾，豈不令人防不勝防？真是「人心」比瞿塘峽水還要兇險。這是詩人發自內心的感慨之言。劉禹錫參加永貞改革失敗以後，屢受小人誣陷，權貴打擊，兩次被放逐，達二十三年之久。痛苦的遭遇，使他深感世路維艱，凶險異常，故有此憤世嫉俗之言。「長恨」，顯示出長期埋在詩人心中的，對那些慣於興風作浪、無事生非、陷害無辜的無恥之徒的無比忿恨。說瞿塘之險用「人言」提起，意為盡人皆知；嘆人心之險則用「長恨」領出，主語是詩

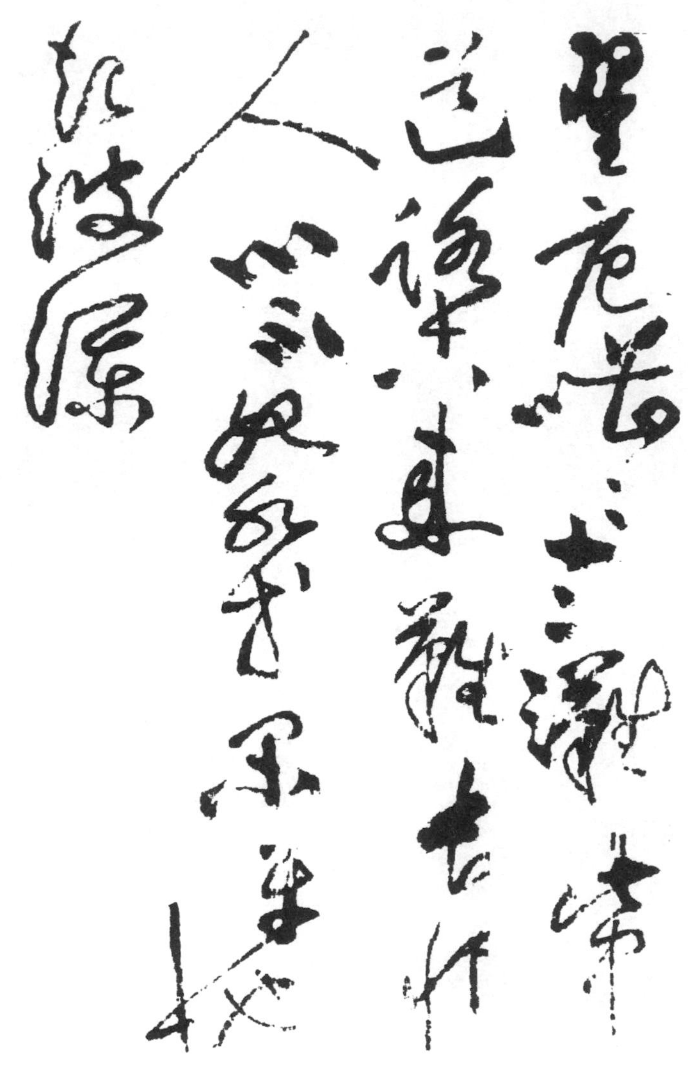

劉禹錫〈竹枝詞〉——〔宋〕黃庭堅書

人自己，點出自己在現實的經歷和體察中悟出的人情世態，並且明確表示了自己對它的態度。兩句之間有轉折，也有深入，以瞿塘喻人心之險，在人之言與我之恨之間過渡，命意精警，比喻巧妙，使抽象的道理具體化，從而給人以深刻的感受。（閻昭典）

竹枝詞九首（其九）　劉禹錫

山上層層桃李花，雲間煙火是人家。
銀釧①金釵來負水，長刀短笠去燒畬②。

〔註〕①銀釧（音同串）：銀手鐲。②燒畬（音同奢）：在春耕時節，把地裡的草木燒成灰作肥料，然後播下種子的耕作方式。

這首詩是一幅巴東山區人民生活的風俗畫。它不是一般的模山範水，不是著力於表現山水的容態精神，而是從中發掘出一種比自然美更為可貴的勞動的美，創造力的美。

「山上層層桃李花，雲間煙火是人家。」開頭用一個「山」字領起，一下子把詩人面對春山、觀賞山景的形象勾畫出來了。俗諺說：「桃花開，李花敗。」一般是李花先開，桃花後開。現在桃花、李花同時盛開，這是山地氣候不齊所特有的景象。「層層」狀桃李花的繁茂與普遍。此山彼山，觸處皆是。那種色彩絢爛、滿山飄香的景象可以想見。次句由景及人。「雲間」形容山頂之高。詩人遙望山頂，在花木掩映之中，升起了裊裊的炊煙。他推斷，這一定是村民聚居之處。「是人家」三字是詩人注意力的歸著點。「是」字下得醒豁，表明詩人探尋的目光越過滿山的桃李，透過山頂的雲霧，終於找到了繡出這滿山春色的主人的所在。美是由人創造的。山美，花木美，都來自山村居民的勞動之美。以下即轉為富有地方色彩的山村居民的農作場景的描畫。

「銀釧金釵來負水，長刀短笠去燒畬。」兩句寫山村居民熱氣騰騰的農事。挎著長刀、戴著短笠的男人們依照傳統的辦法前去放火燒荒，準備播種；戴著飾物的青年婦女們下山擔水，準備做飯。在這裡，作者運用了兩種修辭手法。一、借代。用「銀釧金釵」借代青年婦女，用「長刀短笠」借代壯年男子，正好捕捉了山民男女形象的特徵，具有濃厚的地方色彩。二、對仗。不僅上下兩句相對，而且還採用了句中自為對（即當句對）的辦法，把語言錘打得十分凝練。

全詩短短四句，每句一景，猶如四幅圖畫：孤立起來看，有其相對的獨立性；合起來看，恰好構成一個完滿的整體。由滿山的桃李花引出山村人家，又由山村人家引出男女戮力春耕的情景，全詩至此戛然而止，而把婦女們負水對歌、燒畬時火光燭天以及秋後滿山金黃等情景統統留給讀者去想像，畫面的轉接與安排極有理致。詩中沒有直接發出讚美，但那種與農耕生活的旋律十分合拍的輕快的節奏，那種著力描繪創造力之美的構思，都隱隱透露出詩人欣喜愉快的心情和對農民生活的讚嘆。劉禹錫貶謫巴山楚水之時，接近了人民，南國的風土人情，激盪了他的詩情，豐富和提高了他的藝術情趣，使他在美的探索中擴大了視野，在審美鑑賞力和表現力方面，都有了新的突破。（吳汝煜）

楊柳枝詞九首（其二） 劉禹錫

塞北梅花羌笛吹，淮南桂樹小山詞。
請君莫奏前朝曲，聽唱新翻〈楊柳枝〉。

劉禹錫的樂府小章〈楊柳枝詞〉，一共有九首。這是第一首，可說是這組詩的序曲，鮮明地表現了他在文學創作上的革新精神。

首句「梅花」，指漢樂府橫吹曲中的〈梅花落〉曲，用笛子吹奏（羌笛是源出古羌族的一種笛），其曲調流行後世，南朝以至唐代文人鮑照、吳均、徐陵、盧照鄰、沈佺期等都有〈梅花落〉歌詞，內容都與梅花有關。（見《樂府詩集》卷二四）這句意思說，起源於塞北的〈梅花落〉是用笛子吹奏的樂曲。

次句講的是《楚辭》中的〈招隱士〉篇。相傳西漢淮南王劉安門客小山之徒作〈招隱士〉篇來表現對屈原的哀悼。〈招隱士〉首句云「桂樹叢生兮山之幽」，下文又兩處有「攀援桂枝兮聊淹留」之句，所以劉禹錫詩中以桂樹指代〈招隱士〉篇。〈招隱士〉雖然篇章短小，但情辭悱惻動人，為後代所傳誦。篇中「王孫遊兮不歸，春草生兮萋萋」兩句尤為後世文人所賞愛，樂府雜曲歌辭有〈王孫遊〉曲，南齊謝朓與王融、唐崔國輔均有歌詞，即從此兩句衍化出來。（見《樂府詩集》卷七四）次句意思是說，〈招隱士〉是淮南小山的歌詞。〈梅花落〉歌詠梅花；〈招隱士〉屢屢詠及桂樹。它們與〈楊柳枝詞〉（詠柳）都以樹木為歌詠對象，在內容上有相通的地方，所以劉禹錫拿它們與〈楊柳枝詞〉相比。

〈梅花落〉、〈招隱士〉雖是產生於西漢的作品，但長久流傳後世，到唐朝仍為人們所吟唱傳誦。唐代文士不但寫〈梅花落〉、〈王孫遊〉等樂府古題詩，而且在其他篇什中也常詠及這兩個作品。如李白詩云：「黃鶴樓中吹玉笛，江城五月落梅花。」（〈與史郎中欽聽黃鶴樓上吹笛〉）「落梅花」即指奏〈梅花落〉曲。王維詩云：「春草明年綠，王孫歸不歸？」（〈山中送別〉）即化用〈招隱士〉句意。這都可以說明這兩個作品在唐代的影響。

劉禹錫固然也重視這兩個作品的歷史地位和長遠影響，但他本著文學必須創新的原則，向時人提出：「請君莫奏前朝曲，聽唱新翻〈楊柳枝〉。」指出〈梅花落〉、〈招隱士〉這兩個作品畢竟是前朝之曲，不要再奏了，現在還是聽新的〈楊柳枝詞〉吧。「翻」是「演唱」、「演奏」的意思。唐代不少文人所作〈楊柳枝詞〉，從白居易、劉禹錫以至晚唐的李商隱、溫庭筠、薛能等的許多作品，都用七言近體的七絕形式來寫作。唐人常用絕句配樂演唱，七絕尤多。《樂府詩集》都編入近代曲辭，表明它們是隋唐時代的新曲調。

劉禹錫晚年與白居易唱和酬答，白居易有〈楊柳枝〉組詩八首，其第一首云：「〈六么〉〈水調〉家家唱，〈白雪〉〈梅花〉處處吹。古歌舊曲君休聽，聽取新翻〈楊柳枝〉。」劉禹錫的〈楊柳枝〉組詩九首，就是與白居易唱和之作，因此首篇「塞北梅花」一章，在構思、造語上都非常接近。比較起來，劉的「請君莫奏」二句比白的「古歌舊曲」二句，語言更為精警動人，因而贏得更多讀者的喜愛。這兩句詩，不僅概括了詩人的創作精神，而且那些致力於推陳出新的人們，也都可以借用它們來抒發自己的胸懷，因此可說含蘊豐富，饒有啟發意義。

本篇上下兩幅都接近對偶，每幅意思都對稱，詞語則是大部分對稱，於大體整齊勻稱中顯出流動自然之美。

（王運熙、施紹文）

浪淘沙九首（其六）　劉禹錫

日照澄洲江霧開，淘金女伴滿江隈。
美人首飾侯王印，盡是沙中浪底來。

此詩著意描寫淘金婦女的工作，歌頌了勞動的創造力，立意警拔高遠。

詩一開頭，給讀者勾勒了一幅色彩鮮明的晨江漉金圖：一輪初陽冉冉升起，朝暉輕緩地撥開了籠罩在江面上的晨霧，江中小洲漸漸顯露出明淨秀美的輪廓。成群結伴的淘金姑娘，正散滿在江灣辛勤地淘沙漉金。這時，陽光已驅散晨霧，說明她們已淘洗了好長一會兒了。詩人用晨光撥開江霧這優美如畫的鮮麗景色，襯托淘金女伴工作場面的壯美，表現了對她們的勞動的由衷讚美和熱情謳歌。

後兩句，作者的詩思從江邊場景宕開，從轉折對比中提煉出高遠的深意。詩人別具慧眼，擇取標誌上層社會富貴奢靡功名權勢的首飾與金印來立意，指出權貴們所用的黃金，正是人民經過千辛萬苦從沙中浪底淘漉而來。詩中揭示了當時不合理的社會現實：人民創造了世間一切財富，卻難得溫飽；不勞者卻可以無限度地占有人民的果實，從而表現了詩人深切地同情人民的主題。

這首詩以明快而又婉轉的民歌風調，表現了深邃高卓的思想。語言質樸淺近，精練準確，很有特色。首句「照」、「開」兩個動詞，準確而有層次地寫出了時間的推移。第二句的「滿」字，既寫出人數之多，也暗示了淘金勞動早已開始。這些通俗字眼，從生活直觀中提煉出來，融入詩中，形象而富有動態美。第三句兩個名詞性詞組並列，卻不嫌堆砌，反見其神思飛動，用詞精警。第四句一個「盡」字，充分揭示當時社會的本質，使結尾兩句成為精闢警策的佳句。正因為這樣，這首意境深警的喻理小詩，才這麼耐人尋味，這麼給人啟迪。

（左成文）

元和十年自朗州至京，戲贈看花諸君子

劉禹錫

紫陌紅塵拂面來，無人不道看花回。
玄都觀裡桃千樹，盡是劉郎去後栽。

劉禹錫此詩，透過人們在長安一座道士廟——玄都觀中看花這樣一件生活瑣事，諷刺了當時的朝廷新貴。唐順宗永貞元年（八〇五），即唐德宗貞元二十一年，劉禹錫參加王叔文政治革新失敗後，被貶為朗州司馬；到了唐憲宗元和十年（八一五），朝廷有人想起用他以及和他同時被貶的柳宗元等人。這首詩，就是他從朗州（治今湖南常德）回到長安時所寫的。由於刺痛了當權者，他和柳宗元等再度被派為遠州刺史。官是升了，政治環境卻無改善。

這首詩表面上是描寫人們去玄都觀看桃花的情景，骨子裡卻是諷刺當時權貴的。從表面上看，前兩句是寫看花的盛況，人物眾多，來往繁忙，而為了要突出這些現象，就先從描繪京城的道路著筆。陌，本是田間小路，這裡借用為道路之意。紫陌之紫，指草木；紅塵之紅，指灰土。一路上草木蔥蘢，塵土飛揚，襯托出了大道上人馬喧闐、川流不息的盛況。寫看花，又不寫去而只寫回，並以「無人不道」來形容人們看花以後歸途中的滿足心情和愉快神態，則桃花之繁榮美好，不用直接贊以一詞了。它不寫花本身之動人，而只寫看花的人為花所動，真是又巧妙又簡練。後兩句由物及人，關合到自己的境遇。玄都觀裡這些如此眾多、如此吸引人的桃花，自己十年前在長安的時候，根本還沒有。去國十年，後栽的桃樹都長大了，並且開花了，因此，回到京城，看到的又是另外一番春色，真是「樹猶如此，人何以堪」（南北朝庾信〈枯樹賦〉）。

再就此詩骨子裡面所寄託的意思來看，則千樹桃花，也就是十年以來由於投機取巧而在政治上愈來愈得意的新貴；而看花的人，則是那些趨炎附勢、攀高結貴之徒。他們為了富貴利祿，奔走權門，就如同在紫陌紅塵之中，趕著熱鬧去看桃花一樣。結句指出：這些似乎了不起的新貴們，也不過是我被排擠出外以後被提拔起來的罷了。他這種輕蔑和諷刺是有力量的，辛辣的，使他的政敵感到非常難受。所以此詩一出，作者及其戰友們便立即受到打擊報復了。（沈祖棻）

再遊玄都觀

劉禹錫

百畝庭中半是苔，桃花淨盡菜花開。
種桃道士歸何處？前度劉郎今又來。

這首詩是〈元和十年自朗州至京，戲贈看花諸君子〉的續篇。詩前有作者一篇小序。其文云：「余貞元二十一年為屯田員外郎，時此觀未有花。是歲出牧連州（今廣東省連縣），尋貶朗州司馬。居十年，召至京師。人人皆言，有道士手植仙桃滿觀，如紅霞，遂有前篇，以志一時之事。旋又出牧。今十有四年，復為主客郎中，重遊玄都觀，蕩然無復一樹，唯兔葵、燕麥動搖於春風耳。因再題二十八字，以俟後遊。時大和二年三月。」

序文說得很清楚，詩人因寫了看花詩諷刺權貴，再度被貶，一直過了十四年，才又被召回長安任職。在這十四年中，皇帝由憲宗、穆宗、敬宗而文宗，換了四個，人事變遷很大，但政治鬥爭仍在繼續。作者寫這首詩，是有意重提舊事，向打擊他的權貴挑戰，表示絕不因為屢遭報復就屈服妥協。

和上一首一樣，此詩仍用比體。從表面上看，它只是寫玄都觀中桃花之盛衰存亡。道觀中非常寬闊的廣場已經一半長滿了青苔。經常有人跡的地方，青苔是長不起來的。百畝廣場，半是青苔，說明其地已無人來遊賞了。「如紅霞」的滿觀桃花，「蕩然無復一樹」，而代替了它的，乃是不足以供觀覽的菜花。這兩句寫出一片荒涼的景色，並且是經過繁盛以後的荒涼。與前首之「玄都觀裡桃千樹」，「無人不道看花回」，形成強烈的對照。下兩句由花事之變遷，關合到自己之升沉進退，因此連著想到：不僅桃花無存，遊人絕跡，就是那一位辛勤種桃的道士也不知所終；可是，上次看花題詩，因而被貶的劉禹錫現在倒又回到長安，並且重遊舊地了。這一切，哪能料得定呢？言下有無窮的感慨。

再就其所寄託的意思看，則以桃花比新貴，與前詩相同。種桃道士則指打擊當時革新運動的當權者。這些人，經過二十多年，有的死了，有的失勢了，因而被他們提拔起來的新貴也就跟著改變了他們原有的煊赫聲勢，而讓位於另外一些人，正如「桃花淨盡菜花開」一樣。而桃花之所以淨盡，則正是「種桃道士歸何處」的結果。這，也就是俗話說的「樹倒猢猻散」。而這時，我這個被排擠的人，卻又回來了，難道是那些人所能預料到的嗎？對於扼殺那次政治革新的政敵，詩人在這裡投以輕蔑的嘲笑，從而顯示了自己的不屈和樂觀，顯示了他將繼續戰鬥下去。

劉禹錫玄都觀兩詩，都是以比擬的方法，對當時的人物和事件加以諷刺，除了寄託的意思之外，仍然體現了一個獨立而完整的意象。這種藝術手法是高妙的。（沈祖棻）

與歌者米嘉榮 劉禹錫

唱得〈涼州〉意外聲，舊人唯數米嘉榮。
近來時世輕先輩，好染髭鬚事後生。

米嘉榮是中唐著名的歌唱家。現存劉禹錫詩中有兩首提到他，另一首的題目寫作〈米嘉榮〉，大約是本詩的初稿。〈與歌者米嘉榮〉，從反面著筆，於溫柔敦厚中藏怒目金剛，工巧新穎，深得風人之旨。

「唱得〈涼州〉意外聲，舊人唯數米嘉榮。」〈涼州〉是曲調名，原是涼州（今甘肅武威一帶）民歌，由玄宗時的西涼府都督郭知遠進獻朝廷。據記載，〈涼州〉在唐代宮廷中演出時，有人反對，說能引起「悖動之事」、「播遷之禍」（《新唐書．三宗諸子》），但也有人大聲歡呼。可見，〈涼州〉是具有意外之聲、奇特之調的曲子。〈涼州〉曲調的不尋常，陪襯著米嘉榮出乎其類、拔乎其萃的技藝。「舊人唯數」，又從正面突出米嘉榮。因為，米嘉榮的技藝越高超，就越能獲得人們對他被冷落的同情。

「近來時世輕先輩，好染髭鬚事後生。」後二句，筆鋒一轉，突出主旨。米嘉榮一身絕技，理當受人敬重，可社會上流行的風氣是輕先輩重後生。時世如此，您還是將就點，將白了的鬍子染黑，去伺候那些年輕人吧。勸慰之中，暗含著無限辛酸和詩人自己的憤世之情。被王叔文目為「宰相之器」的劉禹錫，由於政見不同而遭斥逐或投閒置散。如果要爭取進用，就得放棄自己正確的政見，這不就像身懷絕技的老藝人「染髭鬚」去「事後生」嗎？劉禹錫反對「時世輕先輩」，卻奉勸人們「染髭鬚事後生」，這是忍著憤怒的溫存，含著淚水的笑意，而自隱藏著諷刺的鋒芒。這種手法，即所謂「正言若反」，於正中見反，於平和中見激盪，能使人體會到詩人的委屈，能激起人們更多的同情。老子《道德經》云：「信言不美，美言不信。」正說，有急切直率之嫌；反說，有尖銳潑辣之忌。只有這種正反結合的「正言若反」，可以化尖銳潑辣為含蓄蘊藉，化急切直率為委婉淳厚，使詩意更加雋永深長。（湯貴仁）

聽舊宮人穆氏唱歌 劉禹錫

曾隨織女渡天河，記得雲間第一歌。
休唱貞元供奉曲，當時朝士已無多。

唐德宗於貞元二十一年（八〇五）去世，順宗即位，改元永貞，但這位新皇帝卻已因中風不能理事。這時，在宰相韋執誼主持下，發動了一個政治革新運動。韋執誼重用王叔文、王伾等人，對政治進行改革，很得人心。柳宗元、劉禹錫等都參加了這場政治改革。但順宗只做了八個月的皇帝，便因病傳位給憲宗。接著這場革新運動就被扼殺了。柳、劉等八人，都被貶謫到南方的荒遠各州，降為司馬，因此被稱為八司馬。十年以後，他們才被提升。劉禹錫因在召還長安後作了一篇玄都觀看桃花的詩，諷刺當局，再度被貶。又過了十四年，他才被再度召還，先後在長安及洛陽任職。這首詩即作於飄零宦海、久歷風波之後，反映了他追念往日的政治活動，傷嘆自己到老無成的感情。這不只是個人的遭遇，而更主要的是國家的治亂問題。所以，滲透於此詩中的感情，主要是政治性的。

前兩句寫昔寫盛。天河、雲間，喻帝王宮禁。織女相傳是天帝的孫女，詩中以喻郡主（唐時，太子的女兒稱郡主）。這位舊宮人，或許原係某郡主的侍女，在郡主出嫁之後，還曾跟著她多次出入宮禁，所以記得宮中一些最扣人心弦的歌曲。而這些歌曲，則是當時唱來供奉德宗的。詩句並不直接讚賞穆氏唱得如何美妙動聽，而只說所唱之歌，來之不易，只有多次隨郡主入宮，才有機會學到，而所學到的，又是「第一歌」，不是一般的，則其好聽自然可知。這和杜甫〈江南逢李龜年〉說李龜年的歌，只有在崔九堂前、岐王宅裡才能聽到，則其人之身價，其歌之名貴，無須再加形容，在藝術處理上，完全相同。

後兩句寫今寫衰。從德宗以後，已經換了順宗、憲宗、穆宗、敬宗、文宗（或者還要加上武宗）等好幾位皇帝，朝廷政局，變化很大。當時參加那一場短命的政治革新運動的貞元朝士，還活著的，已經「無多」了。現在，聽到這位舊宮人唱著當時用來供奉德宗皇帝的美妙的歌，回想起在貞元二十一年那一場充滿著美妙的希望但旋即幻滅的政治鬥爭，加上故交零落，自己衰老，真是感慨萬端，所以，無論她唱得怎麼好，也只有祈求她不要唱了。一般人聽到美妙的歌聲，總希望歌手繼續唱下去，而詩人卻要她「休唱」。由此就可以察覺到，他的心情激動到什麼程度了。（沈祖棻）

金陵五題‧石頭城

劉禹錫

山圍故國周遭在，潮打空城寂寞回。
淮水東邊舊時月，夜深還過女牆來。

金陵（今江蘇南京），六朝均建都於此。這些朝代，國祚極短。在它們悲恨相續的史實中包含極深的歷史教訓，所以金陵懷古後來幾乎成了詠史詩中的一個專題。在國運衰微之際，更成為關心政治的詩人常取的題材。若論寫得早又寫得好的篇章，不能不推劉禹錫的〈金陵五題〉。〈石頭城〉就是這組詩的第一首。

詩一開始，就置讀者於蒼莽悲涼的氛圍之中。圍繞著這座故都的群山依然圍繞著它。這裡，曾經是戰國時代楚國的金陵城，三國時孫權改名為石頭城，並在此修築宮殿。經過六代豪奢，至唐初廢棄，二百年來久已成為一座「空城」。潮水拍打著城郭，彷彿也覺到它的荒涼，碰到冰冷的石壁，又帶著寒心的嘆息默默退去。山川依然，石頭城的舊日繁華已空無所有。對著這冷落荒涼的景象，詩人不禁要問：為何一點痕跡不曾留下？沒有人回答他的問題，只見那當年從秦淮河東邊升起的明月，如今仍舊多情地從城垛（「女牆」）後面升起，照見這久已殘破的古城。月標「舊時」，也就是「今月曾經照古人」（李白〈把酒問月〉）的意思，耐人尋味。秦淮河曾經是六朝王公貴族們醉生夢死的遊樂場，曾經是徹夜笙歌、春風吹送、歡樂無時或已的地方，「舊時月」是它的見證。然而繁華易逝，而今月下只剩一片淒涼了。末句的「還」字，意味著月雖還來，然而有許多東西已經一去不返了。

李白〈蘇臺覽古〉有句云：「只今唯有西江月，曾照吳王宮裡人。」謂蘇臺已廢，繁華已歇，唯有江月不改。其得力處在「只今唯有」四字。劉禹錫此詩也寫江月，卻並無「只今唯有」的限制詞的強調，也無對懷古內容的明點；一切都被包含在「舊時月」、「還過」的含蓄語言之中，熔鑄在具體意象之中，而詩境更渾厚、深遠。

詩人把石頭城放到沉寂的群山中寫，放在帶涼意的潮聲中寫，放到朦朧的月夜中寫，這樣尤能顯示出故國的沒落荒涼。只寫山水明月，而六代繁榮富貴，俱歸烏有。詩中句句是景，然而無景不融合著詩人故國蕭條、人生淒涼的深沉感傷。

白居易讀了〈石頭城〉一詩，讚美道：「吾知後之詩人無復措詞矣。」（宋何汶《竹莊詩話》卷二十）後來有些金陵懷古詩詞受它的影響，化用它的意境詞語，恰也成為名篇。如元薩都剌的〈念奴嬌．石頭城〉中「指點六朝形勝地，唯有青山如壁」、「傷心千古，秦淮一片明月」就是著例；而北宋周邦彥的〈西河．金陵懷古〉詞，更是以通篇化用〈石頭城〉、〈烏衣巷〉詩意為能事了。（周嘯天）

金陵五題．烏衣巷

劉禹錫

朱雀橋邊野草花，烏衣巷口夕陽斜。
舊時王謝堂前燕，飛入尋常百姓家。

〈烏衣巷〉曾博得白居易的「掉頭苦吟，嘆賞良久」（宋何汶《竹莊詩話》卷二十），是劉禹錫最得意的懷古名篇之一。

首句「朱雀橋邊野草花」，朱雀橋橫跨南京秦淮河上，是由市中心通往烏衣巷的必經之路。橋同河南岸的烏衣巷，不僅地點相鄰，歷史上也有瓜葛。東晉時，烏衣巷是高門士族的聚居區，開國元勛王導和指揮淝水之戰的謝安都住在這裡。舊日橋上裝飾著兩隻銅雀的重樓，就是謝安所建。在字面上，「朱雀橋」又同「烏衣巷」偶對天成。用朱雀橋來勾畫烏衣巷的環境，既符合地理的真實，又能造成對仗的美感，還可以喚起有關的歷史聯想，是「一石三鳥」的選擇。句中引人注目的是橋邊叢生的野草和野花。草長花開，表明時當春季。「草花」前面按上一個「野」字，這就給景色增添了荒僻的氣象。再加上這些野草野花是滋蔓在一向行旅繁忙的朱雀橋畔，這就使我們想到其中可能包含深意。作者在「萬戶千門成野草」（〈金陵五題：臺城〉）的詩句中，就曾用「野草」象徵衰敗；現在，在這首詩中，這樣突出「野草花」，不正是表明，昔日車水馬龍的朱雀橋，今天已經荒涼冷落了嗎！

第二句「烏衣巷口夕陽斜」，表現出烏衣巷不僅是映襯在敗落淒涼的古橋的背景之下，而且還呈現在斜陽的殘照之中。句中作「斜照」解的「斜」字，同上句中作「開花」解的「花」字相對應，全用作動詞，它們都寫出了景物的動態。「夕陽」，這西下的落日，再點上一個「斜」字，便突出了日薄西山的慘淡情景。本來，鼎盛時代的烏衣巷口，應該是衣冠來往、車馬喧闐的。而現在，作者卻用一抹斜暉，使烏衣巷完全籠罩在寂寥、慘淡的氛圍之中。

經過環境的烘托、氣氛的渲染之後，按說，似乎該轉入正面描寫烏衣巷的變化，抒發作者的感慨了。但作者沒有採用過於淺露的寫法，諸如，「烏衣巷在何人住，回首令人憶謝家」（唐孫元宴〈詠烏衣巷〉）、「無處可尋王謝宅，落花啼鳥秣陵春」（宋羅必元〈烏衣巷〉）之類，而是繼續借助對景物的描繪，寫出了膾炙人口的名句：「舊時王謝堂前燕，飛入尋常百姓家。」他出人意料地忽然把筆觸轉向了烏衣巷上空正在就巢的飛燕，讓人們沿著燕子飛行的去向去辨認，如今的烏衣巷裡已經居住著普通的百姓人家了。為了使讀者明白無誤地領會詩人的意圖，作者特地指出，這些飛入百姓家的燕子，過去卻是棲息在王謝權門高大廳堂的簷檁之上的舊燕。「舊時」兩個字，賦予燕子以歷史見證人的身份。「尋常」兩個字，又特別強調了今日的居民是多麼不同於往昔。從中，我們可以清晰地聽到作者對這一變化發出的滄海桑田的無限感慨。

飛燕形象的設計，好像信手拈來，實際上凝聚著作者的藝術匠心和豐富的想像力。晉傅咸〈燕賦序〉說：「有言燕今年巢在此，明年故復來者。其將逝，剪爪識之。其後果至焉。」當然生活中，即使是壽命極長的燕子也不可能是四百年前「王謝堂前」的老燕。但是作者抓住了燕子作為候鳥有棲息舊巢的特點，這就足以喚起讀者的想像，暗示出烏衣巷昔日的繁榮，起到了突出今昔對比的作用。

〈烏衣巷〉在藝術表現上集中描繪烏衣巷的現況，對它的過去，僅僅巧妙地略加暗示。詩人的感慨更是藏

而不露，寄寓在景物描寫之中。因此它雖然景物尋常，語言淺顯，卻有一種蘊藉含蓄之美，使人讀起來餘味無窮。（范之麟）

金陵五題：臺城

劉禹錫

臺城六代競豪華，結綺臨春事最奢。
萬戶千門成野草，只緣一曲〈後庭花〉。

六朝皇帝，以奢侈荒淫著稱，最末的那位陳後主更甚。他在豪華的臺城裡，營造了結綺、臨春、望仙三座高達數十丈的樓閣，整天倚翠偎紅，不理朝政，還自譜新曲〈玉樹後庭花〉，填上淫詞，讓數以千計的美女邊歌邊舞。可怎料笙歌未徹，隋兵已迫都門，樓上紅燈，樓下戰火，連成一片。金粉南朝就在這靡靡之音中結束了。這首懷古詩，以古都金陵（今江蘇南京）的核心——臺城這一六朝帝王起居臨政的地方為題，寄託了弔古傷今的無限感慨。

首句總寫臺城，綜言六代，是一幅鳥瞰圖。「六代競豪華」，乍看只是敘事，但前面冠以「臺城」，便立刻使人聯想到當年金陵王氣，今日斷瓦頹垣，這就有了形象。「豪華」之前，著一「競」字，直貫六朝三百多年歷史及先後登基的近四十位帝王。「競」當然不是直觀形象，但用它來點化「豪華」，使之化成了無數幅爭奇鬥巧、富麗堂皇的六代皇宮圖，它比單幅圖畫提供的形象更為豐滿。

次句在畫面上突出了結綺、臨春兩座凌空高樓（還應包括另一座「望仙閣」在內）。「事最奢」是承上「豪華」而發的議論，「最」字接「競」字，其「奢」為六朝之「最」，可說登峰造極。那麼陳後主的下場如何，是不難想像了。這一句看起來寫兩座高樓，而議論融化在形象中了。這兩座高樓，雖然只是靜止的形象，但詩句卻能引起讀者對樓臺中人和事的聯翩浮想：似見簾幕重重之內，香霧縹緲之中，舞影翩翩，輕歌陣陣，陳後主與妖姬豔女們正在縱情作樂。詩的容量就因「結綺臨春」引起的聯想而更加擴展了。

第三句記樓臺今昔。眼前野草叢生，滿目瘡痍，這與當年「萬戶千門」的繁華景象形成多麼強烈的對比。一個「成」字，給人以轉瞬即逝之感。數百年前的盛景，似乎一下子就變成了野草，其中極富深意。我們彷彿置身於慘碧淒迷的瓦礫堆中，當年粉黛青蛾，依稀可見；今日累累白骨，怵目驚心。

結句論述陳後主失國因由，詩人改用聽覺形象來表達，在「萬戶千門成野草」的淒涼情景中，彷彿隱約可聞〈玉樹後庭花〉的樂曲在空際迴蕩。這歌聲使人聯想到當年翠袖紅氈，緩歌曼舞的場面，不禁對這一幕幕歷史悲劇發出深沉的感嘆。

懷古詩往往要抒發議論的，但這首詩不作抽象的議論，而是把議論和具體形象結合在一起，喚起人們豐富的聯想。讓嚴肅的歷史教訓化作接目搖心的具體形象，使詩句具有無限情韻，發人深思，引人遐想。這樣，我們毫不感到是在聽詩人枯燥地譏評古人古事，只感到在讀詩中得到一種美感。（賴漢屏）

和樂天〈春詞〉 劉禹錫

新妝宜面①下朱樓，深鎖春光一院愁。
行到中庭數花朵，蜻蜓飛上玉搔頭。

〔註〕①「宜面」一作「面面」、「粉面」。

這首詩的標題寫得很清楚，它是和白居易〈春詞〉一詩的。所以，不妨先看一看白居易的〈春詞〉：「低花樹映小妝樓，春入眉心兩點愁。斜倚欄杆背鸚鵡，思量何事不回頭？」白居易此詩，先描繪一個斜倚欄杆、背向鸚鵡、眉目含愁的青年女子形象，接著以「思量何事不回頭」的問句，輕輕一撥，引而不發，意味深長。而劉禹錫的和詩，也寫閨中女子之愁，然而卻寫得更為婉曲新穎，別出蹊徑。

白詩開頭是以「低花樹映小妝樓」來暗示青年女子，而劉詩「新妝宜面下朱樓」說得十分明確，而且順帶把人物的心情也點出來了。詩中女主人公梳妝一新，急忙下樓。「宜面」二字，是說脂粉塗抹得與容顏相宜，給人一種勻稱和諧的美感，這說明她妝扮得相當認真、講究。看上去，不僅沒有愁，倒似乎還有幾分喜色。豔豔春光使她暫時忘卻了心中苦惱，這良辰美景，使她心底萌發了一絲朦朧的希望。

詩的第二句是說下得樓來，確是鶯歌蝶舞，柳綠花紅。然而庭院深深，院門緊鎖，獨自一人，更生寂寞，於是滿目生愁。從詩的發展看，這是承上啟下的一句。三、四兩句是進一步把這個「愁」字寫足。試想這位女主人公下樓的本意該不是為了尋愁覓恨，要是早知如此，她何苦「下朱樓」，又何必「新妝宜面」？可是結果恰恰惹得無端煩惱上心頭，這急劇變化的痛苦的心情，使她再也無心賞玩，只好用「數花朵」來遣愁散悶，打發這大好春光。為什麼要「數花朵」？「數花朵」是古代閨中少婦的一種消遣活動，常以「數花朵」的結果（單數或雙數）來預卜夫婿歸期。宋辛棄疾〈祝英臺近．晚春〉即有「試把花卜歸期」語。她默默地數著、數著……「蜻蜓飛上玉搔頭」，這是十分精彩的一筆。它含蓄地刻畫出她那沉浸在痛苦中的凝神佇立的情態；還暗示了這位女主人公有著花朵般的容貌，以至於使常在花中的蜻蜓也錯把美人當花朵，輕輕飛上玉搔頭；而且也意味著她的處境亦如這庭院中的春花一樣，寂寞深鎖，無人賞識，只能引來這無知的蜻蜓。真是花亦似人，人亦如花，春光空負，「為誰零落為誰開」（唐嚴惲〈落花〉）？這就自然而含蓄地引出了人愁花愁一院愁的主題。

有人說：「詩不難於結，而難於神」。這首詩的結尾是出人意料的，詩人剪取了一個偶然的鏡頭——「蜻蜓飛上玉搔頭」，蜻蜓無心人有恨。它洗練而巧妙地描繪了這位青年女子在春光爛漫之中的冷寂孤淒的境遇，新穎而富有韻味，真可謂結得有「神」。（趙其鈞）

望洞庭　劉禹錫

湖光秋月兩相和，潭面無風鏡未磨。
遙望洞庭山水翠①，白銀盤裡一青螺。

〔註〕①一作「山水色」。

劉禹錫在〈歷陽書事七十韻〉序中稱：「長慶四年八月，予自夔州刺史轉歷陽（和州），浮岷江，觀洞庭，歷夏口，涉潯陽而東。」劉禹錫貶逐南荒，二十年間去來洞庭，據文獻可考的約有六次。其中只有轉任和州（今安徽和縣）這一次，是在秋天。本詩則是這次行腳的生動記錄。

宋代范仲淹在〈岳陽樓記〉中不無感慨地說：「予觀夫巴陵勝狀，在洞庭一湖。銜遠山，吞長江，浩浩湯湯，橫無際涯；朝暉夕陰，氣象萬千。此則岳陽樓之大觀也。前人之述備矣。」可見歷來描寫洞庭景色的詩文很多，要寫得別開生面，獨樹一幟是十分不易的。劉禹錫這首〈望洞庭〉選擇了月夜遙望的角度，把千里洞庭盡收眼底，抓住最有代表性的湖光和山色，輕輕著筆，透過豐富的想像，巧妙的比喻，獨出心裁地把洞庭美景再現於紙上，表現出驚人的藝術功力。

秋夜皎皎明月下的洞庭湖水是澄澈空明的。與素月的清光交相輝映，儼如瓊田玉鑑，是一派空靈、縹緲、寧靜、和諧的境界。這就是「湖光秋月兩相和」一句所包蘊的詩意。「和」字下得工煉，表現出了水天一色、玉宇無塵的融合的畫境。而且，似乎還把一種水國之夜的節奏——演漾的月光與湖水吞吐的韻律，傳達給讀者了。接下來描繪湖上無風，迷迷濛濛的湖面宛如未經磨拭的銅鏡。「鏡未磨」三字十分形象貼切地表現了千里洞庭風平浪靜的安寧溫柔的景象，在月光下別具一種朦朧美。「潭面無風鏡未磨」以生動形象的比喻補足了「湖光秋月兩相和」的詩意。因為只有「潭面無風」，波瀾不驚，湖光和秋月才能兩相協調。否則，湖面狂風怒號，濁浪排空，湖光和秋月便無法輝映成趣，也就無「兩相和」可言了。

詩人的視線又從廣闊的平湖集中到君山一點。在皓月銀輝之下，洞庭山愈顯青翠，洞庭水愈顯清澈，山水渾然一體，望去如同一隻雕鏤透剔的銀盤裡，放了一顆小巧玲瓏的青螺，十分惹人喜愛。三、四兩句詩想像豐富，比喻恰當，色調淡雅，銀盤與青螺互相映襯，相得益彰。詩人筆下的秋月之中的洞庭山水，變成了一件精美絕倫的工藝美術珍品。「白銀盤裡一青螺」，真是匪夷所思的妙句。然而，它的擅勝之處，不只表現在設譬的精警上，尤其可貴的是它所表現的壯闊不凡的氣度和它所寄託的高卓清奇的情致。在詩人眼裡，千里洞庭不過是妝樓奩鏡、案上杯盤而已。舉重若輕，自然湊泊，毫無矜氣作色之態，這是十分難得的。把人與自然的關係表現得這樣親切，把湖山的景物描寫得這樣高曠清超，這正是作者性格、情操和美學趣味的反映。沒有蕩思八極、納須彌於芥子的氣魄，沒有振衣千仞、涅而不緇的襟抱，是難以措筆的。一首山水小詩，見出詩人富有浪漫色彩的奇思壯采，這是很難得的。（周篤文、高志忠）

柳枝詞 劉禹錫

清江一曲柳千條，二十年前舊板橋。
曾與美人橋上別，恨無消息到今朝。

這首〈柳枝詞〉，明代楊慎《升庵詩話》稱「此詩隱括白香山古詩為一絕，而其妙如此。」明胡應麟《詩藪》譽之為「神品」。它有三妙。

一、故地重遊，懷念故人之意欲說還休，盡於言外傳之，是此詩的含蓄之妙。首句描繪一曲清江、千條碧柳的清麗景象。「清」一作「春」，兩字音韻相近，而楊柳依依之景自含「春」意，「清」字更能寫出水色澄碧，故作「清」字較好。「一曲」猶一灣。江流曲折，兩岸楊柳沿江迤邐展開，著一「曲」字則畫面生動有致。舊詩寫楊柳多暗關別離，而清江又是水路，因而首句已展現一個典型的離別環境。

次句撇景入事，點明過去的某個時間（「二十年前」）和地點（「舊板橋」），暗示出曾經發生過的一樁舊事。「舊」字不但見年深歲久，而且兼有「故」字意味，略寓風景不殊、人事已非的感慨。前兩句從眼前景進入回憶，引導讀者在遙遠的時間上展開聯想。第三句只淺淺道出事實，但由於讀者事先已有所猜測，有所期待，因而能用積極的想像豐富詩句的內涵，似乎看到這樣一幅生動畫面：楊柳岸邊蘭舟催發，送者與行者相隨步過板橋，執手無語，充滿依依惜別之情。末句「恨」字略見用意，「到今朝」三字倒裝句末，意味深長。與「二十年前」

照應，可見斷絕消息之久，當然抱恨了。只說「恨」對方杳無音信，卻流露出望穿秋水的無限情思。

此詩首句寫景，二句點時地，三、四句道事實，而懷思故人之情欲說還休，「悲莫悲兮生別離」（戰國屈原〈九歌·少司命〉）的深沉幽怨，盡於言外傳之，真摯感人。可謂「用意十分，下語三分」（宋魏慶之《詩人玉屑》引《漫齋語錄》），極盡含蓄之妙。

二、運用倒敘手法，首尾相銜，開闔盡變，是此詩的章法之妙。它與崔護〈題都城南莊〉主題相近，都用倒敘手法。崔詩從「今日此門中」憶「去年」情事，此詩則由清江碧柳憶「二十年前」之事，這樣開篇就能引人入勝。不過，崔詩以上下聯劃分自然段落，安排「昔—今」兩個場面，好比兩幕劇。而此詩首尾寫今，中二句寫昔，章法為「今—昔—今」，婉曲迴環，與崔詩異趣。此詩篇法圓緊，可謂曲盡其妙。

三、白居易有〈板橋路〉云：「梁苑城西二十里，一渠春水柳千條。若為此路今重過，十五年前舊板橋。曾共玉顏橋上別，不知消息到今朝。」唐代歌曲常有節取長篇古詩入樂的情況，此〈楊柳曲〉可能係劉禹錫改友人之作付樂妓演唱。然此詩就〈板橋路〉刪削二句，便覺精彩動人，頗見剪裁之妙。詩歌對精練有特殊要求，往往「大篇約為短章，涵蓄有味；短章化為大篇，敷演露骨」（明謝榛《四溟詩話》）。〈板橋路〉前四句寫故地重遊，語多累贅。「梁苑」句指實地名，然而詩不同於遊記，其中的指稱、地名不必坐實。篇中既有「舊板橋」，又有「曾共玉顏橋上別」，則「此路今重過」的意思已顯見，所以「若為」句就嫌重複。刪此兩句構成入手即倒敘的章法，改以寫景起句，不但構思精巧而且用語精練。〈柳枝詞〉詞約義豐，結構嚴謹，比起〈板橋路〉可謂青出於藍而勝於藍。劉禹錫的絕句素有「小詩之聖證」（清王夫之《薑齋詩話》卷下）之譽，〈柳枝詞〉雖據白居易原作改編，也表現出他的藝術匠心。（周嘯天）

白居易

【作者小傳】（七七二～八四六）字樂天，晚年號香山居士、醉吟先生。祖籍太原（今屬山西），後遷居下邽（今陝西渭南）。唐德宗貞元進士，授祕書省校書郎。憲宗元和年間任左拾遺及左贊善大夫。後因上表請求嚴緝刺死宰相武元衡的凶手，得罪權貴，貶為江州司馬。穆宗長慶初年任杭州刺史，敬宗寶曆初年任蘇州刺史，後官至刑部尚書。在文學上，主張「文章合為時而著，歌詩合為事而作」（〈與元九書〉），是新樂府運動的倡導者。其詩語言通俗，相傳老嫗也能聽懂。與元稹常唱和，世稱「元白」。有《白氏長慶集》。（新、舊《唐書》本傳、《唐詩紀事》卷三八）

觀刈麥① 白居易

田家少閒月，五月人倍忙。夜來南風起，小麥覆隴黃。
婦姑荷簞食，童稚攜壺漿。相隨餉田去，丁壯在南岡。
足蒸暑土氣，背灼炎天光。力盡不知熱，但惜夏日長。
復有貧婦人，抱子在其傍。右手秉遺穗，左臂懸敝筐。

聽其相顧言，聞者為悲傷。家田輸稅盡，拾此充飢腸。
今我何功德，曾不事農桑。吏祿三百石，歲晏有餘糧。
念此私自愧，盡日不能忘。

〔註〕①題下自註云：「時為盩厔縣尉。」

這首詩是唐憲宗元和二年（八〇七）作者任盩厔（今陝西周至）縣尉時寫的，是作者早期一首著名諷喻詩。這首詩敘事明白，結構自然，層次清楚，順理成章。詩一開頭，先交代背景，標明是五月麥收的農忙季節。接著寫婦女領著小孩往田裡去，給正在割麥的青壯年送飯送水。隨後就描寫青壯年農民在南岡麥田低著頭割麥，腳下暑氣熏蒸，背上烈日烘烤，已經累得筋疲力盡還不覺得炎熱，只是珍惜夏天晝長能夠多幹點活。寫到此處，這一家農民辛苦勞碌的情景已經有力地展現出來。

接下來又描寫了另一種令人心酸的情景：一個貧婦人懷裡抱著孩子，手裡提著破籃子，在割麥者旁邊拾麥穗。為什麼要來拾麥呢？因為她家的田地已經「輸稅盡」——為繳納官稅而賣光了，如今無田可種，無麥可收，只好靠拾麥充飢。這兩種情景交織在一起，有差異又有關聯：前者揭示了農民的辛苦，後者揭示了賦稅的繁重。繁重的賦稅既然已經使貧婦人失掉田地，那就也會使這一家正在割麥的農民失掉田地。今日的拾麥者，乃是昨日的割麥者；而今日的割麥者，也可能成為明日的拾麥者。強烈的諷喻意味，自在不言之中。

詩人由農民生活的痛苦聯想到自己生活的舒適，感到慚愧，內心久久不能平靜。這段抒情文字是全詩的精華所在。它是作者觸景生情的產物，表現了詩人對農民的深切同情。白居易寫諷喻詩，目的是「惟歌生民病，願得天子知」（〈寄唐生〉）。在這首詩中，他以自己切身的感受，把農民和作為朝廷官員的自己作鮮明對比，就是希望「天子」有所感悟，手法巧妙而委婉，可謂用心良苦。

白居易是一位最擅長寫敘事詩的巨匠。他的敘事詩能曲盡人情物態，把其中所敘的事件寫得曲折詳盡，娓娓動聽。而且，他的敘事詩裡總是有著心靈的揭示，因而總是蘊含著感情的。在〈觀刈麥〉裡，他雖然著墨不多，但是卻把割麥者與拾麥者在夏收時那種辛勤勞碌而又痛苦的生活情景，描寫得生動真切，歷歷如畫。不僅寫了事，而且寫了心，包括作者本人的心和農民的心。詩人的心弦顯然是被耳聞目睹的悲慘景象震動了，戰慄了，所以才提起筆來直歌其事，在字裡行間都充滿對勞動者的同情和憐憫。像「足蒸暑土氣，背灼炎天光」、「家田輸稅盡，拾此充飢腸」這樣的詩句，裡面包含著作者多少同情之感、憐憫之意啊！因而這首〈觀刈麥〉在敘事當中是有著作者情的滲透、心的跳動的，作者的心同他所敘的事是融為一體的。

值得稱道的是，作者在真實地寫農民之事的同時，還能夠真實地寫出農民之心，尤其是刻畫出農民在某種特定情況下的變態心理，深刻地揭示詩的主題。〈賣炭翁〉中「可憐身上衣正單，心憂炭賤願天寒」，寫的是賣炭老人為衣食所迫而產生的變態心理。〈觀刈麥〉中的「力盡不知熱，但惜夏日長」，同樣也是一種變態心理。這類描寫把農民之心刻畫入微，深入底蘊。詩中寫事與寫心的完美統一，較之一般的敘事與抒情的統一，更能震撼人心。

白居易又是運用對比手法的能手。他在詩歌創作中，不僅把農民的貧困、善良與統治階級的奢侈、暴虐作了對比，而且還把自己的舒適與農民的窮苦作了對比。這首詩在寫了農民在酷熱的夏天的勞碌與痛苦之後，詩人同樣也聯想到自己，感到自己沒有「功德」，又「不事農桑」，可是卻拿「三百石」俸祿，到年終還「有餘糧」，因而「念此私自愧，盡日不能忘」。詩人在那個時代能夠主動和農民對比，十分難得。這樣一種對比，真是新穎精警，難能可貴，發人深省，因而更顯出這首詩的思想高度。（賈文昭）

宿紫閣山北村　白居易

晨遊紫閣峰，暮宿山下村。村老見余喜，為余開一尊。
舉杯未及飲，暴卒來入門。紫衣①挾刀斧，草草②十餘人。
奪我席上酒，掣我盤中飧。主人退後立，斂手反如賓。
中庭有奇樹，種來三十春。主人惜不得，持斧斷其根。
口稱采造家，身屬神策軍。「主人慎勿語，中尉正承恩！」

〔註〕①紫衣，三品官員之服，此指神策軍頭目。②草草，嘈嚷粗野的樣子。

這首詩，就是作者在〈與元九書〉中所說的使「握軍要者切齒」的那一篇，大約寫於唐憲宗元和四年（八〇九）。

當時，詩人正在長安任左拾遺，為什麼會宿紫閣山北村呢？原來他是因「晨遊紫閣峰」而「暮宿山下村」的。紫閣，在長安西南百餘里，是終南山的一個著名山峰。「旭日射之，爛然而紫，其形上聳，若樓閣然。」（清《西安府志》）詩人之所以要「晨遊」，大概就是為了欣賞那「爛然而紫」的美景吧！早晨欣賞了紫閣的美景，悠閒自得地往回走，直到日暮才到山下村投宿，碰上的又是「村老見余喜，為余開一尊」的美好場面，其心情不用說是很愉快的。但是，「舉杯未及飲」，不愉快的事發生了。

開頭四句，點明了搶劫事件發生的時間、地點和搶劫對象，表現了詩人與村老的親密關係及其喜悅心情，為下面關於暴卒的描寫起了有力的反襯作用，是頗具匠心的。

中間的十二句，先用「暴卒」、「草草」、「紫衣挾刀斧」等貶義詞句刻畫了搶劫者的形象；接著展現了兩個場面：一是搶酒食；二是砍樹。

寫搶酒食的四句詩，表現出暴卒、「我」和主人的三種不同表現。「奪」和「掣」兩個詞，包含著一方不給，一方硬搶的豐富內容，不應隨便讀過。詩人用這兩個詞作「詩眼」，表現出「我」畢竟是個官，敢於和暴卒爭，但還是敗下陣來。這就不僅揭露了暴卒的暴，而且要人們想一想暴卒憑什麼這樣「暴」，為結尾的點睛之筆留下了伏線。

寫兩個搶劫場面，各有特點。搶酒食之時，主人退立斂手；砍樹之時，卻改變了態度，這是為什麼？詩人為了揭示其心理根據，先用兩句詩寫樹：一則指明那樹長在中庭，二則稱讚那是棵「奇樹」，三則強調那樹是主人親手種的，已長了三十來年。這說明它在主人心中的地位，遠非酒食所能比擬。暴卒要砍它，怎能不「惜」！「惜不得」，是「惜」而「不得」的意思。於是，發自內心的「惜」就表現為語言、行動上的「護」，雖然迫於暴力，沒有達到目的，但由此卻引出了暴卒的「自稱」和「我」的悄聲勸告。

結尾的四句詩，在當時很好懂；時過一千多年，就需要作些注解，才能了解其深刻的含義。所謂「神策軍」，在唐玄宗天寶時期，本來是西部的地方軍；後因「扈駕有功」，變成了皇帝的禁衛軍。德宗時，開始設立左、右神策軍護軍中尉，由宦官擔任。他們以皇帝的家奴掌握禁衛軍，勢焰熏天，把持朝政，打擊正直的官吏，縱容部下酷虐百姓，什麼壞事都幹。元和初年，憲宗寵信宦官吐突承璀，讓他做左神策軍護軍中尉；接著又派他兼任「諸軍行營招討處置使」（各路軍統帥），白居易曾上書諫阻。這首詩中的「中尉」，就包括了吐突承璀。所謂「采（採）造」，指專管採伐、建築的官府；採造家，就是這個官府派出的人員。元和時期，經常調用神策軍修築宮殿；吐突承璀又於元和四年領功德使，修建安國寺，為憲宗樹立功德碑。因此，就出現了「身屬神策軍」而兼充採造家的「暴卒」。做一個以吐突承璀為頭子的神策軍人，已經炙手可熱了；又兼充採造家，執行為皇帝修建宮殿和樹立功德碑的任務，自然就更加為所欲為，不可一世。

詩是採取畫龍點睛的寫法。先寫暴卒肆意搶劫，目中無人，連身為左拾遺的官兒都不放在眼裡，使人不能不產生這樣的疑問：「這些傢伙憑什麼這樣『暴』？」但究竟憑什麼，沒有說。直寫到主人因中庭的那棵心愛的奇樹被砍而忍無可忍的時候，才讓暴卒自己亮出他們的黑旗，「口稱采造家，身屬神策軍」。一聽見暴卒的自稱，就把「我」嚇壞了，連忙悄聲勸告村老：「主人慎勿語，中尉正承恩！」諷刺的矛頭透過暴卒，刺向暴卒的後臺「中尉」；又透過中尉，刺向中尉的後臺皇帝！

前面的那條「龍」，已經畫得很逼真，再一「點睛」，全「龍」飛騰，把全詩的思想意義提到了驚人的高度。

（霍松林）

村居苦寒　白居易

八年十二月，五日雪紛紛。竹柏皆凍死，況彼無衣民！
回觀村閭間，十室八九貧。北風利如劍，布絮不蔽身。
惟燒蒿棘火，愁坐夜待晨。乃知大寒歲，農者尤苦辛。
顧我當此日，草堂深掩門。褐裘覆絁①被，坐臥有餘溫。
幸免饑凍苦，又無壟畝勤。念彼深可愧，自問是何人？

〔註〕①絁（音同師）：粗綢，似布。

唐憲宗元和六年（八一一）至八年，白居易因母親逝世，離開官場，回家居喪，退居於下渭村（今陝西渭南縣境）老家。退居期間，他身體多病，生活困窘，曾得到元稹等友人的大力接濟。這首詩，就作於這一期間的元和八年十二月。

唐代中後期，內有藩鎮割據，外有吐蕃入侵，唐王朝中央政府控制的地域大為減少。但它卻供養了大量軍隊，再加上官吏、地主、商人、僧侶、道士等等，不耕而食的人甚至占到人口的一半以上。農民負擔之重，生活之苦，可想而知。白居易對此深有體驗。他在這首詩中所寫的「回觀村閭間，十室八九貧」，同他在另一首詩中所寫的「嗷嗷萬族中，唯農最辛苦」（〈夏旱〉）一樣，當係他親眼目睹的現實生活的實錄。

這首詩分兩大部分。前一部分寫農民在北風如劍、大雪紛飛的寒冬，缺衣少被，夜不能眠，他們是多麼痛苦呵！後一部分寫自己在這樣的大寒天卻是深掩房門，有吃有穿，又有好被子蓋，既無捱餓受凍之苦，又無下田勞動之勤。詩人把自己的生活與農民的痛苦作了對比，深深感到慚愧和內疚，以至發出「自問是何人」的慨嘆。

古典詩歌中，運用對比手法的很多，把農民的貧困痛苦與統治階級的驕奢淫逸加以對比的也不算太少。但是，像此詩中把農民的窮苦與詩人自己的溫飽作對比的卻極少見，尤其這種出自肺腑的「自問」，在古代士大夫中更是難能可貴的。

除對比之外，這首詩還具有幾個特點：語言通俗，敘寫流暢，不事藻繪，純用白描，詩境平易，情真意實。這些特點都體現了白詩特有的通俗平易的風格。（賈文昭）

秦中吟十首：輕肥 白居易

意氣驕滿路，鞍馬光照塵。借問何為者，人稱是內臣。
朱紱皆大夫，紫綬悉將軍。誇赴軍中宴，走馬去如雲。
樽罍溢九醞，水陸羅八珍。果擘洞庭橘，膾切天池鱗。
食飽心自若，酒酣氣益振。是歲江南旱，衢州人食人！

詩題〈輕肥〉，取自《論語‧雍也》中的「乘肥馬，衣輕裘」，用以概括豪奢生活。

開頭四句，先寫後點，突兀跌宕，繪聲繪色。意氣之驕，竟可滿路，鞍馬之光，竟可照塵，這不能不使人驚異。正因為驚異，才發出「何為者」（幹什麼的）的疑問，從而引出了「是內臣」的回答。內臣者，宦官也。宦官不過是皇帝的家奴，憑什麼驕橫神氣一至於此？原來，宦官這種角色居然朱紱、紫綬（二者皆是官服），掌握了政權和軍權，怎能不驕？怎能不奢？「誇赴軍中宴，走馬去如雲」兩句，與「意氣驕滿路，鞍馬光照塵」前呼後應，互相補充。「走馬去如雲」，就具體寫出了「驕」與「誇」。這幾句中的「滿」、「照」、「皆」、「悉」、「如雲」等字，形象鮮明地表現出赴軍中宴的內臣不是一兩個，而是一大幫。

「軍中宴」的「軍」是指保衛皇帝的神策軍。此時，神策軍由宦官管領。宦官們更是飛揚跋扈，為所欲為。

前八句詩，透過宦官們「誇赴軍中宴」的場面著重揭露其意氣之驕，具有高度的典型概括意義。

緊接六句，透過內臣們軍中宴的場面主要寫他們的「奢」，但也寫了「驕」。寫「奢」的文字，與「鞍馬光照塵」一脈相承，而用筆各異。寫馬，只寫它油光水滑，其飼料之精，已意在言外。寫內臣，則只寫食山珍，飽海味，其腦滿腸肥，大腹便便，已不言而喻。「食飽心自若，酒酣氣益振」兩句，又由「奢」寫到「驕」。「氣益振」遙應首句。赴宴之時，已然「意氣驕滿路」，如今食飽、酒酣，意氣自然益發驕橫，不可一世了！

以上十四句，淋漓盡致地描繪出內臣行樂圖，已具有暴露意義。然而詩人的目光並未局限於此。他又「悄焉動容，視通萬里」（《文心雕龍．神思》語），筆鋒驟然一轉，當這些「大夫」、「將軍」酒醉肴飽之時，江南正在發生「人食人」的慘象，從而把詩的思想意義提到新的高度。同樣遭遇旱災，而一樂一悲，卻判若天壤。

這首詩運用了對比的方法，把兩種截然相反的社會現象並列在一起，詩人不作任何說明，不發一句議論，而讓讀者透過鮮明的對比，得出應有的結論。這比直接發議論更能使人接受詩人所要闡明的思想，因而更有說服力。末二句直賦其事，奇峰突起，使全詩頓起波瀾，使讀者動魄驚心，確是十分精彩的一筆！（霍松林）

秦中吟十首：買花

白居易

帝城春欲暮，喧喧車馬度。共道牡丹時，相隨買花去。
貴賤無常價，酬值看花數。灼灼百朵紅，戔戔五束素①。
上張幄幕庇，旁織笆籬護。水灑復泥封，移來色如故。
家家習為俗，人人迷不悟。有一田舍翁，偶來買花處。
低頭獨長嘆，此嘆無人喻。一叢深色花，十戶中人賦。

〔註〕① 戔戔（音同尖）：形容眾多。《易經·賁卦》：「束帛戔戔。」舊註：束帛，指五匹帛；五束素即二十五匹帛；戔戔，委積貌，用以形容二十五匹帛堆積起來的龐大體積。

與白居易同時的李肇在《唐國史補》裡說：「京城貴遊，尚牡丹三十餘年矣。每春暮，車馬若狂，以不耽玩為恥。執金吾鋪官圍外寺觀，種以求利，一本有值數萬者。」這首詩，透過對「京城貴遊」買牡丹花的描寫，揭露了社會矛盾的某些本質，表現了具有深刻社會意義的主題。詩人的高明之處，在於他從買花處所發現了一位別人視而不見的「田舍翁」，從而觸發了他的靈感，完成了獨創性的藝術構思。

全詩分兩大段。前十四句，寫京城貴遊買花；後六句，寫田舍翁看買花。

白居易〈買花〉——明刊本《唐詩畫譜》

一開頭用「帝城」點地點，用「春欲暮」點時間。「春欲暮」之時，農村中青黃不接，農事又加倍繁忙，而皇帝及其臣僚所在的長安城中，卻「喧喧車馬度」，忙於「買花」。「喧喧」，屬於聽覺；「車馬度」，屬於視覺。以「喧喧」狀「車馬度」，其男癲女狂、笑語歡呼的情景與車馬雜沓、填街咽巷的畫面同時展現，真可謂聲態並作。下面的「共道牡丹時，相隨買花去」，是對「喧喧」的補充描寫。借車中馬上人同聲相告的「喧喧」之聲點題，用筆相當靈妙。

這四句寫「買花去」的場面，為下面寫以高價買花與精心移花作好了鋪墊。接著便是這些驅車走馬的富貴閒人為買花、移花而揮金如土。「灼灼百朵紅，戔戔五束素」，一株開了百朵花的紅牡丹，價值竟相當於二十五匹帛，其昂貴何等驚人！那麼「上張幄幕庇，旁織笆籬護。水灑復泥封，移來色如故」，其珍惜無異珠寶，也就不言而喻了。

以上只作客觀描繪，直到「人人迷不悟」，才表露了作者的傾向；然而那「迷不悟」的確切含義是什麼，仍有待於進一步點明。有些白居易的諷喻詩，往往在結尾抽象地講道理，發議論。這首詩卻避免了這種情況。當他目睹這些狂熱的買花者揮金如土，發出「人人迷不悟」的感慨之時，忽然發現了一位從啼饑號寒的農村「偶來買花處」的「田舍翁」，看見他在「低頭」，聽見他在「長嘆」。這種極其鮮明、強烈的對比，揭示了當時社會生活的本質。詩人不失時機地攝下了「低頭獨長嘆」的特寫鏡頭，並從「低頭」的表情與「長嘆」的聲音中挖掘出全部潛臺詞：僅僅買一叢「灼灼百朵紅」的深色花，就要揮霍掉十戶中等人家的稅糧！這一警句使讀者恍然大悟：那位看買花的「田舍翁」，倒是買花錢的實際負擔者！推而廣之，這些「高貴」的買花者，衣食住行，不都來源於從人民身上榨取的「賦稅」！詩人借助「田舍翁」的一聲「長嘆」，尖銳地反映了剝削與被剝削的矛盾。敢用自己的詩歌創作譜寫人民的心聲，這是十分可貴的。（霍松林）

新樂府：上陽白髮人 白居易

愍怨曠也。

上陽人，紅顏暗老白髮新。
綠衣監使守宮門，一閉上陽多少春。玄宗末歲初選入，入時十六今六十。
同時採擇百餘人，零落年深殘此身。憶昔吞悲別親族，扶入車中不教哭；
皆云入內便承恩，臉似芙蓉胸似玉。未容君王得見面，已被楊妃遙側目。
妒令潛配上陽宮，一生遂向空房宿。宿空房，秋夜長，夜長無寐天不明；
耿耿殘燈背壁影，蕭蕭暗雨打窗聲。
春日遲，日遲獨坐天難暮；
宮鶯百囀愁厭聞，梁燕雙棲老休妒。鶯歸燕去長悄然，春往秋來不記年。
唯向深宮望明月，東西四五百回圓。今日宮中年最老，大家遙賜尚書號。

小頭鞋履窄衣裳，青黛點眉眉細長；外人不見見應笑，天寶末年時世妝。

上陽人，苦最多。少亦苦，老亦苦，少苦老苦兩如何？

君不見昔時呂向〈美人賦〉①；又不見今日上陽白髮歌！

〔註〕① 此句作者自註：「天寶末，有密采豔色者，當時號花鳥使，呂向獻〈美人賦〉以諷之。」呂向在開元十年（七二二）召入翰林，兼集賢院校理。

這是白居易〈新樂府〉五十首中的第七首，是一首著名的政治諷喻詩。詩的標題下，作者註云：「愍怨曠也。」古時，稱成年無夫之女為怨女，成年而無妻之男為曠夫。這裡「怨曠」並舉，實際寫的只是怨女，是指被幽禁在宮廷中的可憐女子。原詩前另有一小序說：「天寶五載（七四六）以後，楊貴妃專寵，後宮人無復進幸矣。六宮有美色者，輒置別所，上陽是其一也。貞元中尚存焉。」上陽，指當時東都洛陽的皇帝行宮上陽宮。

詩中沒有一般化地羅列所謂「後宮人」的種種遭遇，而是選取了一個終生被禁錮的宮女做為典型，不寫她的青年和中年，而是寫她的垂暮之年；不寫她的希望，而是寫她的絕望之情。透過這位老宮女一生的悲慘遭遇，極形象而又富有概括力地顯示了所謂「後宮佳麗三千人」（〈長恨歌〉）的悲慘命運，揭露了帝王摧殘無辜女性的罪惡行徑。

開頭八句，以簡潔的素描，勾勒了上陽宮的環境和老宮女的身世。上陽宮已沒有往日的豪華，再不見顯赫的車馬，更沒有輕妙的歌舞，詩人看到的是綠衣監使嚴密監守下一閉多少春的宮門。上陽宮死一般地沉寂，簡直像一座監獄，一座活墳墓。詩人以無限憂鬱、哀嘆的調子，彈出了全篇作品的主旋律。上陽女子由年僅十六的妙齡少女變成白髮蒼蒼的六十老人，在深宮內院幽禁了四十四年。當時被採擇進宮的同命運的女子，如今都已春華秋草般地被摧折而凋零殆盡，活在世上的只剩下她一人了。從「殘此身」的「殘」（餘剩）字中，透露出一種十分悲苦之情。

「憶昔」以下八句，轉入對往事的追憶，重現一個如花似玉的少女，在被脅迫離家入宮時，那種與親人告別的悲慟場面。據記載，唐天寶末年，朝廷專設所謂「花鳥使」，到民間專為皇帝密採美女。這個上陽女，被掠奪離開親人時，連哭都不准哭。「皆云入內便承恩」，實際上只是哄騙之詞，結果連君王的面也未得見，就被當時專寵、嫉妒的楊妃，瞞著皇帝把她暗地裡打入冷宮。

「秋夜長」、「春日遲」兩節，以兩個具體場景，極寫上陽女子一生被幽禁的淒怨生活。作者先以情景交融的手法寫秋夜：秋風，暗雨，殘燈，空房，長夜不寐，形影相弔。這裡，環境的淒涼、冷落與主人公內心的寂寞、孤苦融合在一起，寫景與抒情巧妙地交織在一起，製造出一種濃郁的悲劇氣氛。

接著以情景映襯的手法來寫春日：春光裡，繞梁燕子雙雙飛，宮中黃鶯自在啼，襯托了這個宮女被遺棄，被監禁，不得自由，愁苦寂寞的心情。黃鶯動人的鳴叫，本會引起人們的無限欣喜、高興，可是卻「愁厭聞」；梁燕成雙作對地同飛同棲，會引起一個年輕女子的羨慕、嚮往，甚至嫉妒，可是對於這位老宮女，卻再也惹動不起這種感情。這是十分委婉含蓄而又深刻細緻的心理刻畫。「梁燕雙棲老休妒」的「休妒」二字，有著深沉的內容，在它的後面，分明包含了一個辛酸的過程。「休妒」，不是簡單的不妒，而正說明年年妒，月月妒，直至今天才「休妒」。它包含了上陽宮女由希望到失望以至絕望的悲慘一生。這句話和前面的「宮鶯百囀愁厭聞」，後面的「春往秋來不記年」相對照，正表現了上陽宮女在殘酷折磨下對生活、對愛情、對一切都失去信心和樂趣，心灰意懶，昏昏度日的麻木狀態。她深鎖宮中，既嫌「秋夜長」，又怨「春日遲」：天明盼著天黑，「日遲獨坐天難暮」；天黑又盼著天明，「夜長無寐天不明」。青春在消亡，生命在無聲中泯滅，春去秋來，年復一年，究竟流走多少年月，已經恍惚難記。百無聊賴之中，只有望月長嘆：「唯向深宮望明月，東西四五百回圓」。「唯」字寫出主人公的孤寂；「東西」二字指月亮的東升西落，寫出主人公從月出東方一直望到月落西天，長年累月，徹夜不眠，在痛苦中熬煎。

出人意料的是，在淋漓盡致地抒發了寂寞苦悶的心情之後，詩中主人公卻以貌似輕鬆的口吻，對自己發出了嘲笑。由於「年最老」，得到了「大家」（內宮對皇帝的習稱）的恩典，從京都長安發旨到洛陽上陽宮，「遙賜」給「女尚書」的空銜。可是，以垂暮之年，擔著一個所謂「尚書」的虛名，能抵償一個人一生被幽禁的悲哀嗎？這恰恰證明了「皇恩」的極端虛偽。

接著，她對自己的妝束進行嘲諷：外面已是「時世寬裝束」了，描眉也變成短而闊了，而她還是「小頭鞋」，「窄衣裳」，「青黛點眉眉細長」，一副天寶末年的打扮，無怪她要自嘲道：「外人不見見應笑。」其中無疑是飽含著眼淚的。這也許不符合一般生活邏輯，然而卻是生活的真實。同是悲哀，不一定都痛哭流涕；同是憤怒，不一定都橫眉豎目。悲哀時可能笑，快樂時可能哭；有人傾訴苦難，聲淚俱下，痛不欲生；有人卻把痛苦拿來消遣，憤世嫉俗。這裡以貌似輕鬆的自我解嘲的口吻，表現主人公沉痛的感情，把她悲痛到無以復加的接近變態的心理刻畫盡致。

詩的尾聲部分，用感嘆的情調和諷喻的語詞，寫出詩人的一片惻隱胸懷和「救濟人病，裨補時闕」（〈與元九書〉）的社會理想，顯示出詩人「惟歌生民病，願得天子知」（〈寄唐生〉）的良苦用心。

這首詩，語言通俗淺易，具有民歌的風調。它採用「三三七」的句式和「頂針」等句法，音韻轉換靈活，長短句式錯落有致。詩中熔敘事、抒情、寫景、議論於一爐，描述生動形象，很有感染力，在唐代以宮女為題材的詩歌中，堪稱少有的佳作。（褚斌杰、王振漢）

新樂府‧杜陵叟 白居易

傷農夫之困也。

杜陵叟，杜陵居，歲種薄田一頃餘。三月無雨旱風起，麥苗不秀多黃死。九月降霜秋早寒，禾穗未熟皆青乾。長吏明知不申破，急斂暴徵求考課。典桑賣地納官租，明年衣食將何如？剝我身上帛，奪我口中粟。虐人害物即豺狼，何必鉤爪鋸牙食人肉？不知何人奏皇帝，帝心惻隱知人弊。白麻紙上書德音，京畿盡放今年稅。昨日里胥①方到門，手持尺牒牓②鄉村。十家租稅九家畢，虛受吾君蠲免③恩。

〔註〕①里胥，管理一里的官員。②牓（音同綁），通「榜」，張貼告示。③蠲（音同捐）免，即免除。

唐憲宗元和三年（八〇八）冬天到第二年春天，江南廣大地區和長安周圍，遭受嚴重旱災。這時白居易新任左拾遺，上疏陳述民間疾苦，請求「減免租稅」，「以實惠及人」。唐憲宗總算批准了白居易的奏請，還下了罪己詔；但實際上不過是搞了個籠絡人心的騙局。為此，白居易寫了〈秦中吟十首：輕肥〉和這首〈杜陵叟〉。

這首詩在禾穗青乾，麥苗黃死，赤地千里的背景上展現出兩個頗有戲劇性的場面：一個是，貪官汙吏如狼似虎，逼迫災民們「典桑賣地納官租」；接著的一個是，在「十家租稅九家畢」之後，里胥才慢騰騰地來到鄉村，宣布「免稅」的「德音」，讓災民們感謝皇帝的恩德。

詩人說他的這首詩是「傷農夫之困」的。「杜陵叟」這個典型所概括的，當然不僅是杜陵一地的「農夫之困」，而是所有農民的共同遭遇。由於詩人對「農夫之困」感同身受，所以寫到「典桑賣地納官租，明年衣食將何如」的時候，無法控制自己的激情，改第三人稱為第一人稱，用「杜陵叟」的口氣，痛斥了那些為了自己升官發財而不顧農民死活的「長吏」：「剝我身上帛，奪我口中粟。虐人害物即豺狼，何必鉤爪鋸牙食人肉？」作為唐王朝的官員，敢於如此激烈地為人民鳴不平，不能不使我們佩服他的勇氣。而他塑造的這個「我」的形象，以高度概括地反映了千百萬農民的悲慘處境和反抗精神而閃耀著永不熄滅的藝術火花，至今仍有不可低估的認識意義和審美價值。

正面寫「長吏」只用了兩句詩，但由於先用災情的嚴重作鋪墊，後用「我」的控訴作補充，中間又揭露了封建社會最本質的東西，所以著墨不多而形象凸現，且有高度的典型性。「明知」農民遭災，卻硬是「不申破」，甚至美化現實以博取皇帝的歡心，這個長吏不是很有典型性嗎？「明知」夏秋兩熟，顆粒未收，農民已在死亡線上掙扎，卻硬是「急斂暴徵求考課」，這不是入木三分地揭露了最本質的東西嗎？

從表面上看，詩人鞭撻了長吏和里胥，卻歌頌了皇帝；然而細繹全詩，就會有不同的看法。對於長吏的揭露，集中到「求考課」；對於里胥的刻畫，著重於「方到門」：顯然是有言外之意的。考課者，考核官吏的政績也。既然長吏們「急斂暴徵」是為了追求在考課中名列前茅，得以升官，那麼，考課的目的是什麼，也就不言而喻了。「里胥」有多大的權力，竟敢等到「十家租稅九家畢」之後「方到門」來宣布「免稅」的「德音」，難道會沒有人支持嗎？事情很清楚：「帝心惻隱」是假，用考課的辦法鼓勵各級官吏搜刮更多的民脂民膏是真，這就是問題的實質所在。詩人能懷著「傷農夫之困」的深厚感情，透過筆下的藝術形象予以揭露，是難能可貴的。

事實上，當災荒嚴重的時候，由皇帝下詔免除租稅，由地方官加緊勒索，完成甚至超額完成「任務」，乃是歷代統治者慣演的雙簧戲。宋代蘇軾在〈應詔論四事狀〉裡指出「四方皆有『黃紙放而白紙收』之語」（在唐代，皇帝的詔書分兩類：重要的用白麻紙寫，叫「白麻」；一般的用黃麻紙寫，叫「黃麻」。在宋代，皇帝的詔書用黃紙寫，地方官的公文用白紙寫），就足以證明這一點。此後，宋范成大在〈後催租行〉裡所寫的「黃紙放盡白紙催，賣衣得錢都納卻」，宋朱繼芳在〈農桑〉裡所寫的「淡黃竹紙說蠲逋，白紙仍科不稼租」，就都是這種雙簧戲。而白居易，則是最早、最有力地揭穿了這種雙簧戲的現實主義詩人。（霍松林）

新樂府・繚綾

白居易

念女工之勞也。

繚綾繚綾何所似？不似羅綃與紈綺；
應似天臺山上明月前，四十五尺瀑布泉。
中有文章又奇絕，地鋪白煙花簇雪。織者何人衣者誰？越溪寒女漢宮姬。
去年中使宣口敕，天上取樣人間織。織為雲外秋雁行，染作江南春水色。
廣裁衫袖長製裙，金斗熨波刀剪紋。異彩奇文相隱映，轉側看花花不定。
昭陽舞人恩正深，春衣一對直千金。汗沾粉汙不再著，曳土踏泥無惜心。
繚綾織成費功績，莫比尋常繒與帛。絲細繰多女手疼，扎扎千聲不盈尺。
昭陽殿裡歌舞人，若見織時應也惜。

這首詩，是白居易〈新樂府〉五十篇中的第三十一篇，主題是「念女工之勞」。作者從繚綾的生產過程、工藝特點以及生產者與消費者的社會關係中提煉出這一主題，在藝術表現上很有獨創性。

繚綾是一種精美的絲織品，用它做成「昭陽舞人」的「舞衣」，價值「千金」。本篇的描寫，都著眼於這種絲織品的出奇的精美，而寫出了它的出奇的精美，則出奇的費工也就不言而喻了。

「繚綾繚綾何所似？」——詩人以突如其來的一問開頭，讓讀者迫切地期待下文的回答。回答用了「比」的手法，又不是簡單的「比」，而是先說「不似……」，後說「應似……」，文意層層逼進，文勢跌宕生姿。羅、綃、紈、綺，這四種絲織品都相當精美；而「不似羅綃與紈綺」一句，卻將這一切全部抹倒，表明繚綾之精美，非其他絲織品所能比擬。

那麼，什麼才配與它相比呢？詩人找到了一種天然的東西：「瀑布」。用「瀑布」與絲織品相比，唐人詩中並不罕見，徐凝寫廬山瀑布的「今古長如白練飛，一條界破青山色」（〈廬山瀑布〉），就是一例。但白居易在這裡說「應似天臺山上明月前，四十五尺瀑布泉」，仍顯得新穎貼切。新穎之處在於照「瀑布」以「明月」；貼切之處在於既以「四十五尺」兼寫瀑布的下垂與一匹繚綾的長度，又以「天臺山」點明繚綾的產地，與下文的「越溪」相照應。繚綾是越地的名產，天臺是越地的名山，而「瀑布懸流，千丈飛瀉」（宋樂史《太平寰宇記．天臺縣》），又是天臺山的奇景。詩人把越地的名產與越地的名山奇景聯繫起來，說一匹四十五尺的繚綾高懸，就像天臺山上的瀑布在明月下飛瀉，不僅寫出了形狀、色彩，而且表現出閃閃寒光，耀人眼目。繚綾如此，已經是巧奪天工了；但還不止如此。瀑布是沒有「文章」（圖案花紋）的，而繚綾呢，卻「中有文章又奇絕」，這又非瀑布所能比擬。寫那「文章」的「奇絕」，又連用兩「比」：「地鋪白煙花簇雪」。「地」是底子，「花」是花紋。在不太高明的詩人筆下，只能寫出繚綾白底白花罷了，而白居易一用「鋪煙」、「簇雪」作比，就不僅寫出了底、花俱白，而且連它們那輕柔的質感、半透明的光感和閃爍不定、令人望而生寒的色調都表現得活靈活現。

詩人用六句詩、一系列比喻寫出了繚綾的精美奇絕，就立刻掉轉筆鋒，先問後答，點明繚綾的生產者與消費者，又從這兩方面進一步描寫繚綾的精美奇絕，突出雙方懸殊的差距，新意層出，波瀾迭起，如入山陰道上，令人目不暇接。

「織者何人衣者誰？」連發兩問，「越溪寒女漢宮姬」，連作兩答。生產者與消費者以及她們之間的對立，均已歷歷在目。「越溪女」既然那麼「寒」，為什麼不給自己織布禦「寒」呢？就因為要給「漢宮姬」織造繚綾，不暇自顧。「中使宣口敕」，說明皇帝的命令不可抗拒，「天上取樣」，說明技術要求非常高，因而也就非常費工。「織為雲外秋雁行」，是對上文「花簇雪」的補充描寫。「染作江南春水色」，則是說織好了還得染，而「染」的難度也非常大，因而也相當費工。織好染就，「異彩奇文相隱映，轉側看花花不定」，其工藝水平竟達到如此驚人的程度，那麼，它耗費了「寒女」多少勞力和心血，也就不難想見了。

精美的繚綾要織女付出多麼高昂的代價：「絲細繰多女手疼，扎扎千聲不盈尺。」然而，「昭陽舞女」卻把繚綾製成的價值千金的舞衣看得一文不值：「汗沾粉汙不再著，曳土踏泥無惜心。」這種對比，揭露了一個事實：皇帝派中使，傳口敕，發圖樣，逼使「越溪寒女」織造精美絕倫的繚綾，就是為了給他寵愛的「昭陽舞人」做舞衣！

就這樣，詩人以繚綾為題材，深刻地反映了古代社會被剝削者與剝削者之間尖銳的矛盾，諷刺的筆鋒，直觸及君臨天下、神聖不可侵犯的皇帝。其精湛的藝術技巧和深刻的思想意義，都值得重視。

這首詩也從側面生動地反映了唐代絲織品所達到的驚人水平。「異彩奇文相隱映，轉側看花花不定」，是說從不同的角度去看繚綾，就呈現出不同的異彩奇文。這並非誇張。《資治通鑑》「唐中宗景龍二年」記載：

安樂公主「有織成裙，值錢一億。花卉鳥獸，皆如粟粒。正視、旁視，日中、影中，各為一色」，就可與此相參證。（霍松林）

新樂府·賣炭翁

白居易

苦宮市也。

賣炭翁，伐薪燒炭南山中。滿面塵灰煙火色，兩鬢蒼蒼十指黑。
賣炭得錢何所營？身上衣裳口中食。可憐身上衣正單，心憂炭賤願天寒！
夜來城外一尺雪，曉駕炭車輾冰轍。牛困人飢日已高，市南門外泥中歇。
翩翩兩騎來是誰？黃衣使者白衫兒。手把文書口稱敕，迴車叱牛牽向北。
一車炭，千餘斤，宮使驅將惜不得。半匹紅紗一丈綾，繫向牛頭充炭直。

〈賣炭翁〉是白居易〈新樂府〉組詩中的第三十二首，自註云：「苦宮市也。」「宮市」的「宮」指皇宮，「市」是買的意思。皇宮所需的物品，本來由官吏採買。中唐時期，宦官專權，橫行無忌，連這種採購權也抓了過去，常有數十百人分布在長安東西兩市及熱鬧街坊，以低價強購貨物，甚至不給分文，還勒索「進奉」的「門戶錢」及「腳價錢」。名為「宮市」，實際是一種公開的掠奪（其詳情見韓愈《順宗實錄》卷二、《舊唐書》卷一四〇〈張建封傳〉及《資治通鑑》卷二三五），其受害者當然不止一個賣炭翁。詩人以個別表現一般，透過賣炭翁的遭遇，深刻地揭露了「宮市」的本質，對統治者掠奪人民的罪行給予有力的鞭撻。

開頭四句，寫賣炭翁的炭來之不易。「伐薪」、「燒炭」，概括了複雜的工序和漫長的工作過程。「滿面塵灰煙火色，兩鬢蒼蒼十指黑」，活畫出賣炭翁的肖像，而工作之艱辛，也得到了形象的表現。「南山中」點出工作場所，這「南山」就是王維〈終南山〉詩所寫的「欲投人處宿，隔水問樵夫」的終南山，豺狼出沒，荒無人煙。在這樣的環境裡披星戴月，凌霜冒雪，一斧一斧地「伐薪」，一窯一窯地「燒炭」，好容易燒出「千餘斤」。每一斤炭都滲透著心血，也凝聚著希望。

寫出賣炭翁的炭是自己艱苦勞動的成果，這就把他和販賣木炭的商人區別了開來。但是，假如這位賣炭翁還有田地，憑自種自收就不至於捱餓受凍，只利用農閒時間燒炭賣炭，用以補貼家用的話，那麼他的一車炭被掠奪，就還有別的活路。然而情況並非如此。詩人的高明之處在於沒有自己出面向讀者介紹賣炭翁的家庭經濟狀況，而是設為問答：「賣炭得錢何所營？身上衣裳口中食。」這一問一答，不僅化板為活，使文勢跌宕，搖曳生姿，而且擴展了反映民間疾苦的深度與廣度，使我們清楚地看到：這位勞動者已被剝削得貧無立錐，別無衣食來源；「身上衣裳口中食」，全指望他千辛萬苦燒成的千餘斤木炭能賣個好價錢。這就為後面寫宮使掠奪木炭的罪行做好了有力的鋪墊。

「可憐身上衣正單，心憂炭賤願天寒。」這是膾炙人口的名句。「身上衣正單」，自然希望天暖。然而這位賣炭翁是把解決衣食問題的全部希望寄託在「賣炭得錢」上的，所以他「心憂炭賤願天寒」，在凍得發抖的時候，一心盼望天氣更冷。詩人如此深刻地理解賣炭翁的艱難處境和複雜的內心活動，只用十多個字就如此真切地表現了出來；又用「可憐」兩字傾注了無限同情，怎能不催人淚下！

這兩句詩，從章法上看，是從前半篇向後半篇過渡的橋梁。「心憂炭賤願天寒」，實際上是期待朔風凜冽，大雪紛飛。「夜來城外一尺雪」，這場大雪總算盼到了！也就不再「心憂炭賤」了！「天子腳下」的達官貴人、富商巨賈們為了取暖，難道還會在微不足道的炭價上斤斤計較嗎？當賣炭翁「曉駕炭車輾冰轍」的時候，占據著他的全部心靈的，不是埋怨冰雪的道路多麼難走，而是盤算著那「一車炭」能賣多少錢，換來多少衣和食。要是在小說家筆下，是可以用很多筆墨寫賣炭翁一路上的心理活動的，而詩人卻一句也沒有寫，這因為他在前面已經給讀者開拓了馳騁想像的廣闊天地。

賣炭翁好容易燒出一車炭，盼到一場雪，一路上滿懷希望地盤算著賣炭得錢換衣食。然而結果呢？他卻遇上了「手把文書口稱敕」的「宮使」。在皇宮的使者面前，在皇帝的文書和敕令面前，跟著那「叱牛」聲，賣炭翁在從「伐薪」、「燒炭」、「願天寒」、「駕炭車」、「輾冰轍」，直到「泥中歇」的漫長過程中所盤算的一切、所希望的一切，全都化為泡影！

從「南山中」到長安城，路那麼遙遠，又那麼難行，當賣炭翁「市南門外泥中歇」的時候，已經是「牛困人飢」；如今又「迴車叱牛牽向北」，把炭送進皇宮，當然牛更困，人更飢了。那麼，當賣炭翁餓著肚子，吆喝著困牛走回終南山的時候，又想些什麼呢？他往後的日子，又怎樣過法呢？這一切，詩人都沒有寫，然而讀者卻不能不想。當想到這一切的時候，就不能不同情賣炭翁的遭遇，不能不憎恨統治者的罪惡，而詩人「苦宮市」的創作意圖，也就收到了預期的效果。

這首詩具有深刻的思想性，藝術上也很有特色。詩人以「賣炭得錢何所營，身上衣裳口中食」兩句展現了幾乎瀕於生活絕境的老翁所能有的唯一希望。——又是多麼可憐的希望！這是全詩的詩眼。其他一切描寫，都集中於這個詩眼。在表現手法上，則靈活地運用了陪襯和反襯。以「兩鬢蒼蒼」突出年邁，以「滿面塵灰煙火色」突出「伐薪」、「燒炭」的艱辛，再以荒涼險惡的南山作陪襯，老翁的命運就更激起了人們的同情。而這一切，正反襯出老翁希望之火的熾烈：賣炭得錢，買衣買食。老翁「衣正單」，再以夜來的「一尺雪」和路上的「冰轍」

作陪襯，使人更感到老翁的「可憐」。而這一切，正反襯了老翁希望之火的熾烈：天寒炭貴，可以多換些衣和食。接下去，「牛困人飢」和「翩翩兩騎」，反襯出勞動者與統治者境遇的懸殊；「一車炭，千餘斤」和「半匹紅紗一丈綾」，反襯出「宮市」掠奪的殘酷。而就全詩來說，前面表現希望之火的熾烈，正是為了反襯後面希望化為泡影的可悲可痛。

這篇詩沒有像〈新樂府〉中的有些篇那樣「卒章顯其志」（白居易〈新樂府序〉），而是在矛盾衝突的高潮中戛然而止，因而更含蓄，更有力，更引人深思，扣人心弦。這首詩千百年來萬口傳誦，並不是偶然的。（霍松林）

夜雪 白居易

已訝衾枕冷，復見窗戶明。
夜深知雪重，時聞折竹聲。

在令人目不暇接的詠雪篇章中，白居易這首〈夜雪〉，顯得那麼平凡，既沒有色彩的刻畫，也不作姿態的描摹，初看簡直毫不起眼；但細細品味，便會發現它凝重古樸，清新淡雅，是一朵別具風采的小花。

這首詩新穎別致，首要在立意不俗。詠雪詩寫夜雪的不多，這與雪本身的特點有關。雪無聲無嗅，只能從顏色、形狀、姿態見出分別，而在沉沉夜色裡，雪的形象自然無從捕捉。然而，樂於創新的白居易正是從這一特殊情況出發，避開正面描寫的手法，全用側面烘托，從而生動傳神地寫出一場夜雪來。

「已訝衾枕冷」，先從人的感覺寫起，透過「冷」不僅點出有雪，而且暗示雪大。因為初落雪時，空中的寒氣全被水氣吸收以凝成雪花，氣溫不會馬上下降，待到雪大，才會加重空氣中的嚴寒。這裡已感衾冷，可見落雪已多時。不僅「冷」是寫雪，「訝」也是在寫雪。人之所以起初渾然不覺，待寒冷襲來才忽然醒悟，皆因雪落地無聲，這就於「寒」之外寫出雪的又一特點。此句扣題很緊，感到「衾枕冷」正說明夜來人已擁衾而臥，從而點出是「夜雪」。「復見窗戶明」，從視覺的角度進一步寫夜雪。夜深卻見窗明，正說明雪下得大，積得深，是積雪的強烈反光給暗夜帶來了亮光。以上全用側寫，句句寫人，卻處處點出夜雪。

「夜深知雪重，時聞折竹聲」，這裡仍用側面描寫，卻變換角度從聽覺寫出。傳來的積雪壓折竹枝的聲音，可知雪勢有增無已。詩人有意選取「折竹」這一細節，托出「重」字，別有情致。「折竹聲」於「夜深」而「時聞」，顯示了冬夜的寂靜，更主要的是寫出了詩人的徹夜無眠；這不只為了「衾枕冷」而已，同時也透露出詩人謫居江州（治今江西九江）時心情的孤寂。由於詩人是懷著真情實感抒寫自己獨特的感受，才使得這首〈夜雪〉別具一格，詩意含蓄，韻味悠長。

全詩詩境平易，渾成熨帖，無一點安排痕跡，也不假纖巧雕琢，這正是白居易詩歌固有的風格。（張明非）

長恨歌

白居易

漢皇重色思傾國，御宇多年求不得。楊家有女初長成，養在深閨人未識。
天生麗質難自棄，一朝選在君王側。回眸一笑百媚生，六宮粉黛無顏色。
春寒賜浴華清池，溫泉水滑洗凝脂。侍兒扶起嬌無力，始是新承恩澤時。
雲鬢花顏金步搖，芙蓉帳暖度春宵。春宵苦短日高起，從此君王不早朝。
承歡侍宴無閑暇，春從春遊夜專夜。後宮佳麗三千人，三千寵愛在一身。
金屋妝成嬌侍夜，玉樓宴罷醉和春。姊妹弟兄皆列土，可憐光彩生門戶。
遂令天下父母心，不重生男重生女。驪宮高處入青雲，仙樂風飄處處聞。
緩歌慢舞凝絲竹，盡日君王看不足。漁陽鼙①鼓動地來，驚破霓裳羽衣曲。
九重城闕煙塵生，千乘萬騎西南行。翠華搖搖行復止，西出都門百餘里。
六軍不發無奈何，宛轉蛾眉馬前死。花鈿委地無人收，翠翹金雀玉搔頭。

君王掩面救不得，回看血淚相和流。黃埃散漫風蕭索，雲棧縈紆登劍閣。
峨嵋山下少人行，旌旗無光日色薄。蜀江水碧蜀山青，聖主朝朝暮暮情。
行宮見月傷心色，夜雨聞鈴腸斷聲。天旋地[2]轉迴龍馭，到此躊躇不能去。
馬嵬坡下泥土中，不見玉顏空死處。君臣相顧盡霑衣，東望都門信馬歸。
歸來池苑皆依舊，太液芙蓉未央柳。芙蓉如面柳如眉，對此如何不淚垂。
春風桃李花開日，秋雨梧桐葉落時。西宮南內[3]多秋草，落葉滿階紅不掃。
梨園弟子白髮新，椒房阿監青娥老。夕殿螢飛思悄然，孤燈挑盡未成眠。
遲遲鐘鼓初長夜，耿耿星河欲曙天。鴛鴦瓦冷霜華重，翡翠衾寒誰與共。
悠悠生死別經年，魂魄不曾來入夢。臨邛道士鴻都客，能以精誠致魂魄。
為感君王展轉思，遂教方士殷勤覓。排空馭氣奔如電，昇天入地求之遍。
上窮碧落下黃泉，兩處茫茫皆不見。忽聞海上有仙山，山在虛無縹緲間。

樓閣玲瓏五雲起，其中綽約多仙子。中有一人字太真，雪膚花貌參差是。

金闕西廂叩玉扃，轉教小玉報雙成④。聞道漢家天子使，九華帳裡夢魂驚。

攬衣推枕起徘徊，珠箔銀屏迤邐開。雲髻半偏新睡覺，花冠不整下堂來。

風吹仙袂飄飄舉，猶似霓裳羽衣舞。玉容寂寞淚闌干，梨花一枝春帶雨。

含情凝睇謝君王，一別音容兩渺茫。昭陽殿裡恩愛絕，蓬萊宮中日月長。

回頭下望人寰處，不見長安見塵霧。唯將舊物表深情，鈿合金釵寄將去。

釵留一股合一扇，釵擘黃金合分鈿。但教心似金鈿堅，天上人間會相見。

臨別殷勤重寄詞，詞中有誓兩心知。七月七日長生殿，夜半無人私語時。

在天願作比翼鳥，在地願為連理枝。天長地久有時盡，此恨綿綿無絕期。

〔註〕①「鼙」（音同皮）一作「鞞」（音同餅）。②「地」一作「日」。③「內」一作「苑」。④小玉，傳說中吳王夫差之女。董雙成，傳說中西王母侍女。二者借指仙山上的侍女。

〈長恨歌〉是白居易詩作中膾炙人口的名篇，作於唐憲宗元和元年（八〇六），當時詩人正在盩厔縣（今陝西周至）任縣尉。這首詩是他和友人陳鴻、王質夫同遊仙遊寺，有感於唐玄宗、楊貴妃的故事而創作的。在這首長篇敘事詩裡，作者以精練的語言，優美的形象，敘事和抒情結合的手法，敘述了唐玄宗、楊貴妃在安史之亂中的愛情悲劇：他們的愛情被自己釀成的叛亂斷送了，正在沒完沒了地吃著這一精神的苦果。唐玄宗、楊貴妃都是歷史上的人物，詩人並不拘泥於歷史，而是借著歷史的一點影子，根據當時人們的傳說，街坊的歌唱，從中蛻化出一個迴旋曲折、宛轉動人的故事。

〈長恨歌〉就是歌「長恨」，「長恨」是詩歌的主題，故事的焦點，也是埋在詩裡的一顆牽動人心的種子。而「恨」什麼，為什麼要「長恨」，詩人不是直接鋪敘、抒寫出來，而是透過他筆下詩化的故事，一層一層地展示給讀者。

開卷第一句「漢皇重色思傾國」，看來很尋常，事實上這七個字是全篇綱領，它既揭示了故事的悲劇因素，又喚起和統領著全詩。緊接著，詩人用極其省儉的語言，敘述了安史之亂前，唐玄宗如何重色、求色，終於得到了「回眸一笑百媚生，六宮粉黛無顏色」的楊貴妃。描寫了楊貴妃的美貌、嬌媚，進宮後因有色而得寵，不但自己「新承恩澤」，而且「姊妹弟兄皆列土」。反覆渲染唐玄宗得貴妃以後在宮中如何縱欲，如何行樂，如何終日沉湎於歌舞酒色之中。所有這些，就釀成了安史之亂：「漁陽鼙鼓動地來，驚破霓裳羽衣曲。」這一部分寫出了「長恨」的內因，是悲劇故事的基礎。詩人透過這一段宮中生活的寫實，不無諷刺地介紹了男女主人公：一個重色輕國的帝王，一個嬌媚恃寵的妃子。還形象地暗示，唐玄宗的迷色誤國，就是這一悲劇的根源。

下面，詩人具體地描述了安史之亂發生後，皇帝兵馬倉皇逃入西南的情景，特別是唐玄宗和楊貴妃愛情的毀滅。「六軍不發無奈何」以下六句，寫的就是他們在馬嵬坡生離死別的一幕。「六軍不發」，要求處死楊貴妃，是憤於唐玄宗迷戀女色，禍國殃民。楊貴妃的死，是一個關鍵性的情節，在這之後，他們的愛情才成為一場悲劇。接著，從「黃埃散漫風蕭索」起至「魂魄不曾來入夢」，詩人抓住了人物精神世界裡揪心的「恨」，用酸惻動人的語調，宛轉形容和描述了楊貴妃死後唐玄宗在蜀中的寂寞悲傷，還都路上的追懷憶舊，回宮以後睹物思人，觸景生情，一年四季物是人非事事休的種種感觸。纏綿悱惻的相思之情，使人覺得迴腸蕩氣。正由於詩人把人物的感情渲染到這樣的程度，後面道士的到來，仙境的出現，便給人一種真實感，不以為純粹是一種空中樓閣了。

從「臨邛道士鴻都客」至詩的末尾，寫道士幫助唐玄宗尋找楊貴妃。詩人採用的是浪漫主義的手法，忽而上天，忽而入地，「上窮碧落下黃泉，兩處茫茫皆不見」。後來，在海上虛無縹緲的仙山上找到了楊貴妃，讓她以「玉容寂寞淚闌干，梨花一枝春帶雨」的形象在仙境中再現，殷勤迎接漢家的使者，含情脈脈，託物寄詞，重申前誓，照應唐玄宗對她的思念，進一步深化、渲染「長恨」的主題。詩歌的末尾，用「天長地久有時盡，此恨綿綿無絕期」結筆，點明題旨，回應開頭，而且做到「清音有餘」（明謝榛《四溟詩話》語），給讀者以聯想、回味的餘地。

〈長恨歌〉首先給我們的藝術美是詩中那個宛轉動人的故事，是詩歌精巧獨特的構思。全篇中心是歌「長恨」，但詩人卻從「重色」說起，並且予以極力鋪寫和渲染。「日高起」、「不早朝」、「夜專夜」、「看不足」等等，看來是樂到了極點，像是一幕喜劇，然而，極度的樂，正反襯出後面無窮無盡的恨。唐玄宗的荒淫誤國，引出了政治上的悲劇，反過來又導致了他和楊貴妃的愛情悲劇。悲劇的製造者最後成為悲劇的主人公，這是故事的特殊、曲折處，也是詩中男女主人公之所以要「長恨」的原因。這首詩的諷喻意味就在這裡。

那麼，詩人又是如何表現「長恨」的呢？馬嵬坡楊貴妃之死一場，詩人刻畫極其細膩，把唐玄宗那種不忍割愛但又欲救不得的內心矛盾和痛苦感情，都具體形象地表現出來了。由於這「血淚相和流」的死別，才會有那沒完沒了的恨。隨後，詩人從各個方面反覆渲染唐玄宗對楊貴妃的思念。但故事情節並沒有停止在一個感情點上，而是隨著人物內心世界的層層展示。唐玄宗奔蜀，是在死別之後，內心十分酸楚愁慘；還都路上，舊地重經，又勾起了傷心的回憶；回宮後，白天睹物傷情，夜晚輾轉難眠。日思夜想而不得，所以寄希望於夢境，卻又是「悠悠生死別經年，魂魄不曾來入夢」。詩至此，已經把「長恨」之「恨」寫得十分動人心魄，故事到此結束似乎也可以。然而詩人筆鋒一折，別開境界，構思了一個嫵媚動人的仙境，把悲劇的情節推向高潮，使故事更加迴環曲折，有起伏，有波瀾。這一轉折，既出人意料，又盡在情理之中。由於主觀願望和客觀現實不斷發生矛盾、碰撞，詩歌把人物千迴百轉的心理表現得淋漓盡致，故事也因此而顯得更為宛轉動人。

〈長恨歌〉是一首抒情成分很濃的敘事詩，詩人在敘述故事和人物塑造上，採用了傳統詩歌擅長的抒寫手法，將敘事、寫景和抒情和諧地結合在一起。唐玄宗逃往西南的路上，四處是黃塵、棧道、高山，日色暗淡，旌旗無光，秋景淒涼，這是以悲涼的秋景來烘托人物的悲思。蜀中的山山水水原是很美的，但是在寂寞悲哀的唐玄宗眼中，那山的「青」，水的「碧」，也都惹人傷心。這是透過美景來寫哀情，使感情又深入一層。行宮中的月色，雨夜裡的鈴聲，本來就很撩人意緒，詩人抓住這些尋常但是富有特徵性的事物，把人帶進傷心、斷腸的境界，再加上那一見一聞，一色一聲，互相交錯，在語言上、聲調上也表現出人物內心的愁苦淒清，這又是一層。還都路上，「天旋地轉」，本來是高興的事，但舊地重過，玉顏不見，不由傷心淚下。敘事中，又增加了一層痛苦的回憶。回長安後，「歸來池苑皆依舊，太液芙蓉未央柳。芙蓉如面柳如眉，對此如何不淚垂」。白日裡，從景物聯想到人，景物依舊，人卻不在了，禁不住就潸然淚下，從太液池的芙蓉花和未央宮的垂柳彷彿看到了楊貴妃的容貌，展示了人物極其複雜微妙的內心活動。「夕殿螢飛思悄然，孤燈挑盡未成眠。遲遲鐘鼓初長夜，耿耿星河欲曙天。」從黃昏寫到黎明，集中地表現了夜間被情思縈繞久久不能入睡的情景。這種苦苦的思戀，「春風桃李花開日」是這樣，「秋雨梧桐葉落時」也是這樣。及至看到當年的「梨園弟子」、「阿監青娥」都已白髮衰顏，更勾引起對往日歡娛的思念，自是黯然神傷。現實生活中找不到，到夢中去找；夢中找不到，又到仙境中去找。詩人正是透過這樣的層層渲染，讓人物的思想感情蘊蓄得更深邃豐富，使詩歌「肌理細膩」，更富有感染力。

作為一首千古絕唱的敘事詩，〈長恨歌〉在藝術上的成就是很高的。古往今來，〈長恨歌〉以什麼感染和誘惑著讀者呢？宛轉動人，纏綿悱惻，恐怕是它最大的藝術個性。（饒芃子）

琵琶行

白居易

潯陽江頭夜送客，楓葉荻花秋瑟瑟。主人下馬客在船，舉酒欲飲無管弦。
醉不成歡慘將別，別時茫茫江浸月。忽聞水上琵琶聲，主人忘歸客不發。
尋聲暗問彈者誰，琵琶聲停欲語遲。移船相近邀相見，添酒回燈重開宴。
千呼萬喚始出來，猶抱琵琶半遮面。轉軸撥弦三兩聲，未成曲調先有情。
弦弦掩抑聲聲思，似訴平生不得志①。低眉信手續續彈，說盡心中無限事。
輕攏慢撚抹復挑，初為〈霓裳〉後〈六幺〉。大弦嘈嘈如急雨，小弦切切如私語。
嘈嘈切切錯雜彈，大珠小珠落玉盤。間關鶯語花底滑，幽咽泉流冰下難②。
冰泉③冷澀弦凝絕，凝絕不通聲漸歇④。別有幽愁暗恨生，此時無聲勝有聲。
銀瓶乍破水漿迸，鐵騎突出刀槍鳴。曲終收撥當心畫，四弦一聲如裂帛。
東船西舫悄無言，唯見江心秋月白。沉吟放撥插弦中，整頓衣裳起斂容。

自言本是京城女，家在蝦蟆陵下住。十三學得琵琶成，名屬教坊第一部。
曲罷曾教善才伏，妝成每被秋娘妒。五陵年少爭纏頭，一曲紅綃不知數。
鈿頭雲篦擊節碎，血色羅裙翻酒汙。今年歡笑復明年，秋月春風等閒度。
弟走從軍阿姨死，暮去朝來顏色故。門前冷落車馬稀，老大嫁作商人婦。
商人重利輕別離，前月浮梁買茶去。去來江口守空船，繞船月明江水寒。
夜深忽夢少年事，夢啼妝淚紅闌干。我聞琵琶已嘆息，又聞此語重唧唧。
同是天涯淪落人，相逢何必曾相識！我從去年辭帝京，謫居臥病潯陽城。
潯陽地僻無音樂，終歲不聞絲竹聲。住近湓江地低溼，黃蘆苦竹繞宅生。
其間旦暮聞何物，杜鵑啼血猿哀鳴。春江花朝秋月夜，往往取酒還獨傾。
豈無山歌與村笛，嘔啞嘲哳難為聽。今夜聞君琵琶語，如聽仙樂耳暫明。
莫辭更坐彈一曲，為君翻作琵琶行。感我此言良久立，卻坐促弦弦轉急。

淒淒不似向前聲，滿座重聞皆掩泣。座中泣下誰最多？江州司馬青衫濕。

〔註〕①「志」一作「意」。②「冰下難」一作「水下灘」或「冰下灘」。③一作「水泉」。④一作「聲暫歇」。

本題為〈琵琶引并序〉，「序」裡卻寫作「行」。「行」和「引」，都是樂府歌辭的一體。「序」文如下：「元和十年（八一五），予左遷九江郡司馬。明年秋，送客湓浦口。聞舟中夜彈琵琶者，聽其音，錚錚然有京都聲。問其人，本長安倡女。嘗學琵琶於穆、曹二善才，年長色衰，委身為賈人婦。遂命酒，使快彈數曲，曲罷，憫默。自敘少小時歡樂事，今漂淪憔悴，轉徙於江湖間。予出官二年，恬然自安，感斯人言，是夕始覺有遷謫意。因為長句，歌以贈之，凡六百一十二言，命曰〈琵琶行〉。」「一十二」當是傳刻之誤。宋人戴復古在〈琵琶行詩〉裡已經指出：「一寫六百十六字。」

〈琵琶行〉和〈長恨歌〉是各有獨創性的名作。早在作者生前，已經是「童子解吟長恨曲，胡兒能唱琵琶篇」（唐李忱〈弔白居易〉）。此後，一直傳誦國內外，顯示了強大的藝術生命力。

如「序」中所說，詩裡所寫的是作者由長安貶到九江期間在船上聽一位長安故倡彈奏琵琶、訴說身世的情景。

宋人洪邁認為夜遇琵琶女事未必可信，作者是透過虛構的情節，「直欲攄寫天涯淪落之恨」（《容齋隨筆》卷七），這是抓住了要害的。但那虛構的情節既然真實地反映了琵琶女的不幸遭遇，那麼就詩的客觀意義說，它也抒發了「長安故倡」的「天涯淪落之恨」。看不到這一點，同樣有片面性。

詩人著力塑造了琵琶女的形象。

從開頭到「猶抱琵琶半遮面」，寫琵琶女的出場。

首句「潯陽江頭夜送客」，只七個字，就把人物（主人和客人）、地點（潯陽江頭）、事件（主人送客人）和時間（夜晚）一一作概括的介紹；再用「楓葉荻花秋瑟瑟」一句作環境的烘染，而秋夜送客的蕭瑟落寞之感，已曲曲傳出。唯其蕭瑟落寞，因而反跌出「舉酒欲飲無管弦」。「無管弦」三字，既與後面的「終歲不聞絲竹聲」相呼應，又為琵琶女的出場和彈奏作鋪墊。因「無管弦」而「醉不成歡慘將別」，鋪墊已十分有力，再用「別時茫茫江浸月」作進一層的環境烘染，就使得「忽聞水上琵琶聲」具有濃烈的空谷足音之感，無怪乎「主人忘歸客不發」，要「尋聲暗問彈者誰」，「移船相近邀相見」了。

從「夜送客」之時的「秋蕭瑟」、「無管弦」、「慘將別」一轉而為「忽聞」、「尋聲」、「暗問」、「移船」，直到「邀相見」，這對於琵琶女的出場來說，已可以說是「千呼萬喚」了。但「邀相見」還不那麼容易，又要經歷一個「千呼萬喚」的過程，她才肯「出來」。這並不是她在拿身份。正像「我」渴望聽仙樂一般的琵琶聲，是「直欲攄寫天涯淪落之恨」一樣，她「千呼萬喚始出來」，也是由於有一肚子「天涯淪落之恨」，不便明說，也不願見人。詩人正是抓住這一點，用「琵琶聲停欲語遲」、「猶抱琵琶半遮面」的肖像描寫來表現她的難言之痛的。

下面的一大段，透過描寫琵琶女彈奏的樂曲來揭示她的內心世界。

先用「轉軸撥弦三兩聲」一句寫校弦試音，接著就讚嘆「未成曲調先有情」，突出了一個「情」字。「弦弦掩抑聲聲思」以下六句，總寫「初為〈霓裳〉後〈六幺〉」的彈奏過程，其中既用「低眉信手續續彈」、「輕攏慢撚抹復挑」描寫彈奏的神態，更用「似訴平生不得志」、「說盡心中無限事」概括了琵琶女借樂曲所抒發的思想情感。此後十四句，在借助語言的音韻摹寫音樂的時候，兼用各種生動的比喻以加強其形象性。「大弦嘈嘈如急雨」，既用「嘈嘈」這個疊字詞摹聲，又用「如急雨」使它形象化。「小弦切切如私語」亦然。這還不夠，「嘈嘈切切錯雜彈」，已經再現了「如急雨」、「如私語」兩種旋律的交錯出現，再用「大珠小珠落玉盤」一比，視覺形象與聽覺形象就同時顯露出來，令人耳目應接不暇。旋律繼續變化，出現了先「滑」後「澀」的兩種意境。「間關」之聲，輕快流利，而這種聲音又好像「鶯語花底」，視覺形象的優美強化了聽覺形象的優美。「幽咽」之聲，悲抑哽塞，而這種聲音又好像「泉流冰下」，視覺形象的冷澀強化了聽覺形象的冷澀。由「冷澀」到「凝絕」，是一個「聲漸歇」的過程，詩人用「別有幽愁暗恨生，此時無聲勝有聲」的佳句描繪了餘音嫋嫋、餘意無窮的藝術境界，令人拍案叫絕。彈奏至此，滿以為已經結束了。誰知那「幽愁暗恨」在「聲漸歇」的過程中積聚了無窮的力量，無法壓抑，終於如「銀瓶乍破」，水漿奔迸，如「鐵騎突出」，刀槍轟鳴，把「凝絕」的暗流突然推向高潮。才到高潮，即收撥一畫，戛然而止。一曲雖終，而迴腸蕩氣、驚心動魄的音樂魅力，卻並沒有消失。詩人又用「東船西舫悄無言，唯見江心秋月白」的環境描寫作側面烘托，給讀者留下了涵泳回味的廣闊空間。

如此繪聲繪色地再現千變萬化的音樂形象，已不能不使我們敬佩作者的才華。但作者的才華還不僅表現在再現音樂形象，更重要的是透過音樂形象的千變萬化，展現了琵琶女起伏迴蕩的心潮，為下面的訴說身世作了音樂性的渲染。

正像在「邀相見」之後，省掉了請彈琵琶的細節一樣；在曲終之後，也略去了關於身世的詢問，而用兩個描寫肖像的句子向「自言」過渡：「沉吟」的神態，顯然與詢問有關，這反映了她欲說還休的內心矛盾；「放撥」、「插弦中」，「整頓衣裳」、「起」、「斂容」等一系列動作和表情，則表現了她克服矛盾、一吐為快的心理活動。「自言」以下，用如怨如慕、如泣如訴的抒情筆調，為琵琶女的半生遭遇譜寫了一曲扣人心弦的悲歌，與「說盡心中無限事」的樂曲互相補充，完成了女主人公的形象塑造。

女主人公的形象塑造得異常生動真實，並具有高度的典型性。透過這個形象，深刻地反映了古代社會中被侮辱、被損害的樂伎、藝人的悲慘命運。面對這個形象，怎能不一灑同情之淚！

作者在被琵琶女的命運激起的情感波濤中坦露了自我形象。「我從去年辭帝京，謫居臥病潯陽城」的那個「我」，是作者自己。作者由於要求革除暴政，實行仁政而遭受打擊，從長安貶到九江，心情很痛苦。當琵琶女第一次彈出哀怨的樂曲、表達心事的時候，就已經撥動了他的心弦，發出了深長的嘆息聲。當琵琶女自訴身世，講到「夜深忽夢少年事，夢啼妝淚紅闌干」的時候，就更激起他的情感的共鳴：「同是天涯淪落人，相逢何必曾相識。」同病相憐，同聲相應，忍不住說出了自己的遭遇。

寫琵琶女自訴身世，詳昔而略今；寫自己的遭遇，則壓根兒不提被貶以前的事。這也許是意味著以彼之詳，補此之略吧！比方說，琵琶女昔日在京城裡「曲罷曾教善才伏，妝成每被秋娘妒」的情況和作者被貶以前的情況是不是有某些相通之處呢？同樣，他被貶以後的處境和琵琶女「老大嫁作商人婦」以後的處境是不是也有某些類似之處呢？看來是有的，要不然，怎麼會發出「同是天涯淪落人」的感慨？

「我」的訴說，反轉來又撥動了琵琶女的心弦，當她又一次彈琵琶的時候，那聲音就更加淒苦感人，因而反轉來又激動了「我」的感情，以致熱淚直流，濕透青衫。

把處於社會底層的琵琶女的遭遇，同被壓抑的正直的知識分子的遭遇相提並論，相互映襯，相互補充，作如此細緻生動的描寫，並寄予無限同情，這在以前的詩歌中還是罕見的。（霍松林）

花非花

白居易

花非花，霧非霧，夜半來，天明去。
來如春夢幾多時？去似朝雲無覓處。

白居易詩不僅以語言淺近著稱，其意境亦多顯露。這首「花非花」卻有些「朦朧」，在白詩中確乎是一個特例。

詩取前三字為題，近乎「無題」。首二句應讀作「花—非花，霧—非霧」，先就給人一種捉摸不定的感覺。「非花」、「非霧」均係否定，卻包含一個不言而喻的前提：似花、似霧。因此可以說，這是兩個靈巧的比喻。宋代蘇東坡似從這裡獲得一絲靈感，寫出了「似花還似非花，也無人惜從教墜」（〈水龍吟・次韻章質夫楊花詞〉）的名句。蘇詞所詠為楊花柳絮，而白詩所詠何物未嘗顯言。

單看「夜半來，天明去」，頗使讀者疑心是在說夢。但從下句「來如春夢」四字，可見又不然了。「夢」原來也是一比。這裡「來」、「去」二字，在音情上有承上啟下作用，由此生發出兩個新鮮比喻。「夜半來」者春夢也，春夢雖美卻短暫，於是引出一問：「來如春夢幾多時？」「天明」見者朝霞也，雲霞雖美卻易幻滅，於是引出一嘆：「去似朝雲無覓處。」

詩由一連串比喻構成，這叫博喻。它們環環緊扣，如雲行水流，自然成文，反覆以鮮明的形象比譬一個未嘗點明的本體。詩詞中善用博喻者不乏其例，如〈古詩十九首〉（明月皎夜光）之「南箕北有斗，牽牛不負軛，良無盤石固，虛名復何益」，賀鑄〈青玉案・橫塘路〉的「試問閒愁都幾許？一川煙草，滿城風絮，梅子黃時雨」。但這些博喻都不過是詩詞中一個組成部分，像此詩通篇用博喻構成則甚罕見。再者，前一例用南箕、北斗、牽牛等星象作比，喻在「虛名復何益」；後一例用煙草、風絮、梅雨等景象作比，喻在「借問閒愁都幾許」，其本體（被喻之物）都是明確的。而此詩只見喻體（用作比喻之物）而不知本體，就像一個耐人尋思的謎。從而詩的意境也就蒙上一層「朦朧」的色彩了。

雖說如此，但此詩詩意並不完全隱晦到不可捉摸。它被作者編在集中「感傷」之部，同部還有情調接近的作品。一是〈真娘墓〉，詩中寫道：「霜摧桃李風折蓮，真娘死時猶少年。脂膚荑手不堅固，世間尤物難留連。難留連，易銷歇。塞北花，江南雪。」另一是〈簡簡吟〉，詩中寫到「二月繁霜殺桃李，明年欲嫁今年死」，「大都好物不堅牢，彩雲易散琉璃脆」。二詩均為悼亡之作，它們末句的比喻，尤其是那「易銷歇」的「塞北花」和「易散」的「彩雲」，與此詩末二句的比喻幾乎一模一樣，連音情都逼肖的。二詩都同樣表現出一種對於生活中存在過，而又消逝了的美好的人與物的追念、惋惜之情。而〈花非花〉一詩在集中緊編在〈簡簡吟〉之後，更告訴讀者關於此詩歸趣的一個消息。此詩大約與〈簡簡吟〉屬同類性質的作品，也就是悼亡之作。

另有一說，認為此詩是「為妓女而作」，見於今人施蟄存《唐詩百話》。因為唐代旅客招妓女伴宿，是夜半纔來，黎明即去。如元稹〈夢昔時〉詩有云：「夜半初得處，天明臨去時。」就是描寫這一情況的。由於女方來的時間不多，旅客宛如做了一個春夢。她去了之後，就像清晨的雲，消散得無蹤無影。其說持之有故，點破了此詩寫作的特定社會背景。但接著又作了一個很重要的補充，說白居易寫這樣的詩，「恐怕也還是作為一種比喻」。至於比喻什麼，則沒有說。總之，詩人抽象了具體的內容的同時，使詩朦朧起來，能指範圍擴大，似乎比喻著什麼——比如美好而短暫的人生。正因為如此，它才和〈真娘墓〉、〈簡簡吟〉一類悼亡之作在情調上有了某種程度的相通。

此詩運用三字句與七字句輪換的形式（這是當時民間歌謠三三七句式的活用），兼有節律整飭與錯綜之美，極似後來的小令。所以後人竟採其句法為詞調，而以「花非花」為調名。詞對五、七言詩在內容上的一大轉關，就在於更傾向於人的內在心境的表現。此詩亦如之。這種「詩似小詞」的現象，出現在唐代較早從事詞體創作的詩人白居易筆下，是不足為奇的。（周嘯天）

邯鄲冬至夜思家　白居易

邯鄲驛裡逢冬至，抱膝燈前影伴身。
想得家中夜深坐，還應說著遠行人。

在唐代，冬至是個重要節日，朝廷裡放假，民間互贈飲食，穿新衣，賀節，一切和元旦相似。這樣一個佳節，在家中和親人一起歡度，才有意思。如今在邯鄲（今屬河北）的客店裡碰上這個佳節，將怎樣過法呢？第一句敘客中度節，已植「思家」之根。第二句，就寫他在客店裡過節。「抱膝」二字，活畫出枯坐的神態。「燈前」二字，既烘染環境，又點出「夜」，托出「影」。一個「伴」字，把「身」與「影」聯繫起來，並賦予「影」以人的感情。只有抱膝枯坐的影子陪伴著抱膝枯坐的身子，其孤寂之感，思家之情，已溢於言表。

三、四兩句，正面寫「思家」，機杼與杜甫〈月夜〉相近。其感人之處是：他在思家之時想像出來的那幅情景，卻是家裡人如何想念自己。這個冬至佳節，由於自己離家遠行，所以家裡人一定也過得很不愉快。當自己抱膝燈前，想念家人，直想到深夜的時候，家裡人大約同樣還沒有睡，坐在燈前，「說著遠行人」吧！「說」了些什麼呢？這就給讀者留下了馳騁想像的廣闊天地。每一個享過天倫之樂的人，有過類似經歷的人，都可以根據自己的生活體驗，想得很多。

宋人范晞文在《對床夜語》裡說：「白樂天『想得家中夜深坐，還應說著遠行人』，語頗直，不如王建『家中見月望我歸，正是道上思家時』有曲折之意。」這議論並不確切。二者各有獨到之處，正不必抑此揚彼。此詩的佳處，正在於以直率而質樸的語言，道出了一種人們常有的生活體驗，因而才更顯得感情真摯動人。（霍松林）

賦得古原草送別

白居易

離離原上草，一歲一枯榮。野火燒不盡，春風吹又生。
遠芳侵古道，晴翠接荒城。又送王孫去，萋萋滿別情。

此詩作於唐德宗貞元三年（七八七），作者時年十六。詩是應考的習作。按科場考試規矩，凡指定、限定的詩題，題目前須加「賦得」二字；作法與詠物相類，須繳清題意，起承轉合要分明，對仗要精工，全篇要空靈渾成，方稱得體。束縛如此之嚴，故此體向少佳作。據載，作者這年始自江南入京，謁名士顧況時投獻的詩文中即有此作。起初，顧況看著這年輕士子說：「米價方貴，居亦弗易。」雖是拿居易的名字打趣，卻也有言外之意，說京城不好混飯吃。及讀至「野火燒不盡」二句，不禁大為嗟賞，道：「道得箇語，居即易矣。」並廣為延譽。（見唐張固《幽閒鼓吹》）可見此詩在當時就為人稱道。

命題「古原草送別」頗有意思。草與別情，似從古代的騷人寫出「王孫遊兮不歸，春草生兮萋萋」（《楚辭·招隱士》）的名句以來，就結了緣。但要寫出「古原草」的特色而兼關送別之意，尤其是要寫出新意，仍是不易的。

首句即破題面「古原草」三字。多麼茂盛（「離離」）的原上草啊！這話看來平常，卻抓住「春草」生命力旺盛的特徵，可說是從「春草生兮萋萋」脫化而不著跡，為後文開出很好的思路。就「古原草」而言，何嘗不可開作「秋來深徑裡」（僧古懷〈原上秋草〉），那通篇也就將是另一種氣象了。野草是一年生植物，春榮秋枯，歲歲循環不已。「一歲一枯榮」意思似不過如此。然而寫作「枯—榮」，與作「榮—枯」就大不一樣。如作後者，便是秋草，便不能生發出三、四的好句來。兩個「一」字複疊，形成詠嘆，又先狀出一種生生不已的情味，三、四句就水到渠成了。

「野火燒不盡，春風吹又生。」這是「枯榮」二字的發展，由概念一變而為形象的畫面。古原草的特性就是具有頑強的生命力，它是斬不盡、鋤不絕的，只要殘存一點根鬚，來年會更青更長，很快蔓延原野。作者抓住這一特點，不說「斬不盡、鋤不絕」，而寫作「野火燒不盡」，便造就一種壯烈的意境。野火燎原，烈焰可畏，瞬息間，大片枯草被燒得精光。而強調毀滅的力量，毀滅的痛苦，是為著強調再生的力量，再生的歡樂。烈火是能把野草連莖帶葉統統「燒盡」的，然而作者偏說它「燒不盡」，大有意味。因為烈火再猛，也無奈那深藏地底的根鬚，一旦春風化雨，野草的生命便會復蘇，以迅猛的長勢，重新鋪蓋大地，回答火的淩虐。看那「離離原上草」，不是綠色的勝利的旗幟麼！「春風吹又生」，語言樸實有力；「又生」二字下語三分而含意十分。宋吳曾《能改齋漫錄》說此兩句不若「『春入燒痕青』語簡而意盡」，實未見得。此二句不但寫出「原上草」的性格，而且寫出一種從烈火中再生的理想的典型。一句寫枯，一句寫榮，「燒不盡」與「吹又生」是何等唱嘆有味，對仗亦工緻天然，故卓絕千古。而「春入燒痕青」（宋釋惠崇〈訪楊雲卿淮上別墅〉）命意雖似，而韻味不足，遠不如白句為人樂道。

如果說這兩句是承「古原草」而重在寫「草」，那麼五、六句則繼續寫「古原草」而將重點落到「古原」，以引出「送別」題意，故是一轉。上一聯用流水對，妙在自然；而此聯為的對，妙在精工，頗覺變化有致。「遠芳」、「晴翠」都寫草，而比「原上草」意象更具體、生動。芳曰「遠」，古原上清香彌漫可嗅；翠曰「晴」，則綠草沐浴著陽光，秀色如見。「侵」、「接」二字繼「又生」，更寫出一種蔓延擴展之勢，再一次突出那生存競爭之強者野草的形象。「古道」、「荒城」則扣題面「古原」極切。雖然道古城荒，青草的滋生卻使古原恢復了青春。比較「亂蛬鳴古塹，殘日照荒臺」（僧古懷〈原上秋草〉）的秋原，該是如何生氣勃勃！

作者並非為寫「古原」而寫古原，同時又安排一個送別的典型環境：大地春回，芳草芊芊的古原景象如此迷人，而送別在這樣的背景上發生，該是多麼令人惆悵，同時又是多麼富於詩意呵。「王孫」二字借自《楚辭》成句，泛指行者。「王孫遊兮不歸，春草生兮萋萋」說的是看見萋萋芳草而懷思行遊未歸的人。而這裡卻變其意而用之，寫的是看見萋萋芳草而增送別的愁情，似乎每一片草葉都飽含別情，那真是：「離恨恰如春草，更行更遠還生。」（五代南唐李煜〈清平樂〉）這是多麼意味深長的結尾啊！詩到此點明「送別」，結清題意，關合全篇，「古原」、「草」、「送別」打成一片，意境極渾成。

全詩措語自然流暢而又工整，雖是命題作詩，卻能融入深切的生活感受，故字字含真情，語語有餘味；不但得體，而且別具一格，故能在「賦得體」中稱為絕唱。（周嘯天）

自河南經亂，關內阻饑，兄弟離散，各在一處。因望月有感，聊書所懷，寄上浮梁大兄、於潛七兄、烏江十五兄，兼示符離及下邽弟妹　白居易

時難年荒世業空，弟兄羈旅各西東。田園寥落干戈後，骨肉流離道路中。
弔影分為千里雁，辭根散作九秋蓬。共看明月應垂淚，一夜鄉心五處同。

白居易所處的中唐是一個多難的時代，他從十多歲開始，即因戰亂而離家四處漂泊。德宗貞元十五年（七九九）春，宣武軍（治所在今河南開封）節度使董晉死，其部下舉兵叛亂。繼之彰義軍（治所在河南汝南）節度使吳少誠亦叛，唐朝廷不得不發兵征討，河南一帶再次淪為戰亂的中心。由於漕運受阻，加上旱荒頻仍，關內（今陝西省中部、北部及甘肅一部分地區）饑饉十分嚴重。就在這一年秋，白居易為宣州刺史所貢，第二年春在長安考中進士，旋即東歸省親。這首河南經亂書懷的詩，大約就寫於這一時期。

這是一首感情濃郁的抒情詩，讀來如聽詩人傾訴自己身受的離亂之苦。在這戰亂饑饉災難深重的年代裡，祖傳的家業蕩然一空，兄弟姊妹拋家失業，羈旅行役，天各一方。回首兵燹後的故鄉田園，一片寥落淒清。破敝的園舍雖在，可是流離失散的同胞骨肉，卻各自奔波在異鄉的道路之中。詩的前兩聯就是從「時難年荒」這一時代的災難起筆，以親身經歷概括出戰亂頻年、家園荒殘、手足離散這一具有典型意義的苦難的現實生活。

接著詩人再以「雁」、「蓬」作比：手足離散各在一方，猶如那分飛千里的孤雁，只能弔影自憐；辭別故

鄉流離四方，又多麼像深秋中斷根的蓬草，隨著蕭瑟的西風，飛空而去，飄轉無定。「弔影分為千里雁，辭根散作九秋蓬」兩句，一向為人們所傳誦。詩人不僅以千里孤雁、九秋斷蓬作了形象貼切的比擬，而且以弔影分飛與辭根離散這樣傳神的描述，賦予它們孤苦悽惶的情態，深刻揭示了飽經戰亂的零落之苦。孤單的詩人悽惶中夜深難寐，舉首遙望孤懸夜空的明月，情不自禁聯想到飄散在各地的兄長弟妹們，如果此時大家都在舉目遙望這輪勾引無限鄉思的明月，也會和自己一樣潸潸淚垂吧！恐怕這一夜之中，流散五處深切思念家園的心，也都是相同的。詩人在這裡以綿邈真摯的詩思，構出一幅五地望月共生鄉愁的圖景，從而收結全詩，創造出渾樸真淳、引人共鳴的藝術境界。

全詩以白描的手法，採用平易的家常話語，抒寫人們所共有而又不是人人俱能道出的真實情感。清劉熙載在《藝概·詩概》中說：「常語易，奇語難，此詩之初關也。奇語易，常語難，此詩之重關也。香山用常得奇，此境良非易到。」白居易的這首詩不用典故，不事藻繪，語言淺白平實而又意蘊精深，情韻動人，堪稱「用常得奇」的佳作。（左成文）

同李十一醉憶元九

白居易

花時同醉破春愁，醉折花枝作酒籌。
忽憶故人天際去，計程今日到梁州。

唐人喜歡以行第相稱。這首詩中的「元九」就是在中唐詩壇上與白居易齊名的元稹。唐憲宗元和四年（八〇九），元稹奉使去東川。白居易在長安，與他的弟弟白行簡和李杓直（即詩題中的「李十一」）一同到曲江、慈恩寺春遊，又到杓直家飲酒，席上憶念元稹，就寫了這首詩。這是一首即景生情、因事起意之作，以情深意真見長。

詩的首句，據當時參加遊宴的白行簡在他寫的《三夢記》中記作「春來無計破春愁」，照說應當是可靠的；但《白氏長慶集》中卻作「花時同醉破春愁」。一首詩在傳鈔或刻印過程中會出現異文，而作者對自己的作品也會反覆推敲，多次易稿。就此詩來說，白行簡所記可能是初稿的字句，《白氏長慶集》所錄則是最後的定稿。那麼，詩人為什麼要作這樣的修改呢？在章法上，詩的首句是「起」，次句是「承」，第三句當是「轉」。從首句與次句的關係看，把「春來無計」改為「花時同醉」，就與「醉折花枝」句承接得更緊密，而在上下兩句中，「花」字與「醉」字重複顛倒運用，更有相映成趣之妙。再就首句與第三句的關係看，「春愁」原是「憶故人」的伏筆，但如果一開頭就說「無計破春愁」，到第三句將無法顯示轉折。這樣一改動，先說春愁已因花時同醉而破，再在第三句中用「忽憶」兩字陡然一轉，才見波瀾起伏之美，從而跌出全篇的風神。

這首詩的特點是，即席拈來，不事雕琢，以極其樸素、極其淺顯的語言，表達了極其深厚、極其真摯的情意。而情意的表達，主要在篇末「計程今日到梁州」一句。「計程」由上句「忽憶」來，是「憶」的深化。故人相別，居者憶念行者時，隨著憶念的深入，常會計算對方此時已否到達目的地或正在中途某地。這裡，詩人意念所到，深情所注，信手寫出這一生活中的實意常情，給人以特別真實、特別親切之感。

白居易對元稹行程的計算是很準確的。當他寫這首〈同李十一醉憶元九〉詩時，元稹正在梁州，而且寫了一首〈梁州夢〉：「夢君同繞曲江頭，也向慈恩院院遊。亭吏呼人排去馬，忽驚身在古梁州。」元稹對這首詩的說明是：「是夜宿漢川驛，夢與杓直、樂天同遊曲江，兼入慈恩寺諸院，倏然而寤，則遞乘及階，郵吏已傳呼報曉矣。」巧的是，白居易詩中寫的真事竟與元稹寫的夢境兩相吻合。這件事，表面上有一層神祕色彩，其實是生活中完全可能出現的巧合，而這一巧合正是以元、白平日的友情為基礎的。唐代長安城東南的慈恩寺和曲江是當時遊賞勝地。而且，進士登科後，皇帝就在曲江賜宴；慈恩寺塔即雁塔，又是新進士題名之處。元、白兩人想必常到這兩處共同遊宴。對元稹說來，當他在孤寂的旅途中懷念故人、追思昔遊時，這兩處長安名勝，不僅在日間會時時浮上他的心頭，當然也會在夜間進入他的夢境。由於這樣一個夢原本來自對故人、對長安、對舊遊的朝夕憶念，他也只是如實寫來，未事渲染，而無限相思、一片真情已全在其中。其情深意真，是可以與白詩比美的。

聯繫元稹的詩，更可見兩人的交誼之篤，也更可見白居易的這首憶元稹的詩雖像是偶然動念，隨筆成篇，卻有其深厚真摯的感情基礎。如果把兩人的詩合起來看：一寫於長安，一寫於梁州；一寫居者之憶，一寫行人之思；一寫真事，一寫夢境；而詩中情事卻如唐孟棨《本事詩》所說，「合若符契」。而且，兩詩寫於同一天，

又用的是同一韻。這是兩情的異地交流和相互感應。讀者不僅從詩篇的藝術魅力，而且從它的感情內容得到了真和美。（陳邦炎）

惜牡丹花二首（其一）① 白居易

惆悵階前紅牡丹，晚來唯有兩枝殘。
明朝風起應吹盡，夜惜衰紅把火看。

〔註〕① 〈惜牡丹花〉共二首，此選其一。詩人原註：「一首翰林院北廳花下作。」

在群芳鬥豔的花季裡，被譽為國色天香的牡丹花總是姍姍開遲，待到她占斷春光的時候，一春花事已經將到盡期。歷代多愁善感的詩人，對於傷春惜花的題材總是百詠不厭。而白居易這首〈惜牡丹花〉卻在無數惜花詩中別具一格。人們向來在花落之後才知惜花，此詩一反常情，卻由鮮花盛開之時想到紅衰香褪之日，以把火照花的新鮮立意表現了對牡丹的無限憐惜，寄寓了歲月流逝、青春難駐的深沉感慨。

全詩雖然只有短短的四句，但文氣跌宕迴環，語意層層深入。首句開門見山，點出題意：「惆悵階前紅牡丹」。淡淡一筆，詩人的愁思，庭院的雅致，牡丹的紅豔，都已歷歷分明。「惆悵」二字起得突兀，造成牡丹花似已開敗的錯覺，立即將人引入惜花的惆悵氣氛之中。第二句卻將語意一轉：「晚來唯有兩枝殘」。強調到晚來只有兩枝殘敗，才知道滿院牡丹花還開得正盛呢！「唯有」、「兩枝」，語氣肯定，數字確切，足見詩人賞花之細心。只有將花枝都認真數過，才能得出這樣精確的結論。而唯其如此精細，才見出詩人惜花之情深。這兩句自然樸質，不加雕飾，僅用跌宕起伏的語氣造成一種寫意的效果，透過惜花的心理描繪表現詩人黃昏時分在花下留連忘返的情景，可謂情篤而意深。

既然滿院牡丹只有兩枝殘敗，似乎不必如此惆悵；然而一葉知秋，何況兩枝？詩人從兩枝殘花看到了春將歸去的消息，他的擔心並非多餘。「明朝風起應吹盡」，語氣又是一轉，從想像中進一步寫出惜花之情。明朝或許未必起風，「應」字也說明這只是詩人的憂慮。但天有不測風雲，已經開到極盛的花朵隨時都會遭到風雨的摧殘。一旦風起，「寂寞萎紅低向雨，離披破豔散隨風」（〈惜牡丹花二首〉其二），那種淒涼冷落實在使人情不能堪。但是詩人縱有萬般惜花之情，他也不能拖住春天歸去的腳步，更不能阻止突如其來的風雨，這又如何是好呢？古人說過：「晝短苦夜長，何不秉燭遊？」（〈古詩十九首〉）那麼，趁著花兒尚未被風吹盡，夜裡起來把火看花，不也等於延長了花兒的生命麼？何況在搖曳的火光映照下，將要衰謝的牡丹越發紅得濃豔迷人，那種美麗而令人傷感的情景又自有白天所領略不到的風味。全篇詩意幾經轉折，詩人憐花愛花的一片痴情已經抒發得淋漓盡致，至於花殘之後的心情又如何，也就不難體會了。

白居易此詩一出，引起後人爭相模仿。李商隱的〈花下醉〉：「客散酒醒深夜後，更持紅燭賞殘花。」在殘花萎紅中寄託人去筵空的傷感，比白詩寫得更加穠麗含蓄，情調也更淒豔迷惘。而在豁達開朗的蘇東坡筆下，與高燭相對的花兒則像濃妝豔抹的美女一樣嬌懶動人：「只恐夜深花睡去，故燒高燭照紅妝。」（〈海棠〉）惜花的惆悵已經消溶在詩人優雅風趣的情致之中。無可否認，李商隱和蘇東坡這兩首詩歷來更為人稱道。但後人藝術上的成功是由於擷取了前人構思的精英，因此，當陶醉在李商隱、蘇東坡所創造的優美意境之中的時候，也不應當忘記白居易以燭光照亮了後人思路的功勞。（葛曉音）

酬和元九東川路詩十二首：望驛臺　白居易

十二篇皆因新境追憶舊事，不能一一曲敘，但隨而和之，唯余與元知之耳。

靖安宅裡當窗柳，望驛臺前撲地花。
兩處春光同日盡，居人思客客思家！

唐憲宗元和四年（八〇九）三月，元稹以監察御史身份出使東川按獄，往來鞍馬間，寫下〈使東川〉一組絕句。稍後，白居易寫了十二首和詩，〈望驛臺〉便是其中一首。

元稹〈望驛臺〉云：「可憐三月三旬足，悵望江邊望驛臺。料得孟光今日語，不曾春盡不歸來！」這是元稹在三月的最後一天，為思念妻子韋叢而作。結句「不曾春盡不歸來」，乃詩人懸揣之辭。料想妻子以春盡為期，待他重聚，而現在竟無法實現，悵惘之情，宛然在目。

白居易的和詩更為出色。首句「靖安宅裡當窗柳」，元稹宅在長安靖安里，他的夫人韋叢此時就住在那裡，寫其宅自見其人。「當窗柳」意即懷人。唐人風俗，愛折柳以贈行人，因柳而思遊子。大概是取柳絲柔長不斷，以寓彼此情愫不絕之意。我們從這詩句裡，依稀看見韋叢天天守著窗前碧柳、凝眸念遠的情景，她對丈夫懷念之情太深了！次句「望驛臺前撲地花」，自然是寫元稹。春意闌珊，落紅滿地。他一人獨處驛邸，見落花而念彼如花之人。這一句巧用比喻，富於聯想，也很饒詩情。三句「兩處春光同日盡」，更是好句。「盡」字如利刀割水，效果強烈，它含有春光盡矣，人在天涯的感傷情緒。「春光」，不單指春天，而兼有美好的時光、美好的希望的意思。「春光同日盡」，也就是兩人預期的歡聚落空了。這樣，就自然導出了「居人思客客思家」。本來，思念絕不限此一日，但這一日既是春盡日，這種思念之情便更加重了。一種相思，兩處離愁，感情的暗線把千里之外的兩顆心緊緊聯繫起來了。

詩的中心是一個「思」字。全詩緊扣「思」字，含蓄地、層層深入地展開。首句「當窗柳」，傳出閨中綺思；次用「撲地花」，寫出驛旅苦思。這兩句都透過形象以傳情，不言思而「思」字灼然可見。三句推進一層，寫出了三月三十日這個特定時日由希望轉入失望的刻骨相思。但仍不直遂，只以「春光盡」三字出之，頗富含蓄之妙。四句更推進一層，含蓄變成了爆發，直點「思」字，而且迭用兩個「思」字，將前三句都綰合起來，點明詩旨，收束得很有力量。此詩詩格與原作一樣，採平起仄收式；但又與原詩不同，下筆便用對句，且對仗工穩，不僅具有形式整飭之美，且加強了表達力量。因為，在內容上，這兩句是賅舉雙方，用了對句，則見雙方感情同等深摯，相思同樣纏綿，形式與內容和諧一致，相得益彰。又由於對起散收，章法於嚴謹中有變化，也就增加了詩的聲情之美。（賴漢屏）

酬和元九東川路詩十二首：江樓月

白居易

嘉陵江曲曲江池，明月雖同人別離。一宵光景潛相憶，兩地陰晴遠不知。
誰料江邊懷我夜，正當池畔望君時。今朝共語方同悔，不解多情先寄詩。

唐憲宗元和四年（八〇九）春，元稹以監察御史使東川，不得不離開京都，離別正在京任翰林的摯友白居易。他獨自在嘉陵，見月圓明亮，波光蕩漾，遂浮想聯翩，作七律〈江樓月〉寄樂天，表達深切的思念之情：「嘉陵江岸驛樓中，江在樓前月在空。月色滿床兼滿地，江聲如鼓復如風。誠知遠近皆三五，但恐陰晴有異同。萬一帝鄉還潔白，幾人潛傍杏園東。」。

這是白居易給元稹的一首贈答詩。詩的前半是「追憶舊事」，寫離別後彼此深切思念的情景。「嘉陵江曲曲江池，明月雖同人別離。」明月之夜，清輝照人，最能逗引離人幽思：月兒這樣圓滿，人卻相反，一個在嘉陵江岸，一個在曲江池畔；雖是一般明月，卻不能聚在一起共同觀賞，見月傷別，頃刻間往日歡聚步月的情景浮現眼前，湧上心頭。「一宵光景潛相憶，兩地陰晴遠不知。」以「一宵」言「相憶」時間之長；以「潛」表深思的神態。由於夜不能寐，思緒萬千，便從人的悲歡離合又想到月的陰晴圓缺：嘉陵江岸與曲江池畔相距甚遠，能否都是「明月」之夜呢？離情別緒說得多麼動人。「兩地陰晴遠不知」，在詩的意境創造上堪稱別具機杼。第一聯裡離人雖在兩地還可以共賞一輪團圞「明月」，而在第二聯裡卻擔心著連這點聯繫也難於存在，從而表現出更樸實真摯的情誼。

詩的後半則是處於「新境」，敘述對「舊事」的看法。「誰料江邊懷我夜，正當池畔望君時。」「正當」表現出元白推心置腹的情誼。以「誰料」冠全聯，言懊惱之意，進一層表現出體貼入微的感情：若知如此，就該早寄詩抒懷，免得嘗望月幽思之苦。「今朝共語方同悔，不解多情先寄詩。」以「今朝」、「方」表示悔寄詩之遲，暗寫思念時間之長，「共語」和「同悔」又表示出雙方思念的情思是一樣地深沉。

這首詩，雖是白居易寫給元稹的，卻通篇都道雙方的思念之情，別具一格。詩在意境創造上有它獨特成功之處，主要是情與景的高度融合。看起來全詩句句抒情，實際上景已寓於情中，每一句詩都會在讀者腦海中浮現出動人的景色，而且產生聯想。當你讀了前四句，不禁眼前閃現江樓、圓月，詩人在凝視吟賞的情景，這較之實寫景色更豐富、更動人。（宛新彬）

村夜 白居易

霜草蒼蒼蟲切切，村南村北行人絕。
獨出門前望野田，月明蕎麥花如雪。

這首詩沒有驚人之筆，也不用豔詞麗句，只以白描手法畫出一個常見的鄉村之夜。信手拈來，娓娓道出，卻清新恬淡，詩意很濃。

「霜草蒼蒼蟲切切，村南村北行人絕」，蒼蒼霜草，點出秋色的濃重；切切蟲吟，渲染了秋夜的淒清。行人絕跡，萬籟無聲，兩句詩鮮明勾畫出村夜的特徵。這裡雖是純然寫景，卻如近代王國維《人間詞話》所說：「一切景語，皆情語也。」蕭瑟淒涼的景物透露出詩人孤獨寂寞的感情。這種寓情於景的手法比直接抒情更富有韻味。

「獨出門前望野田」一句，既是詩中的過渡，將描寫對象由村莊轉向田野；又是兩聯之間的轉折，收束了對村夜蕭疏暗淡氣氛的描繪，展開了另外一幅使人耳目一新的畫面：皎潔的月光朗照著一望無際的蕎麥田，遠遠望去，燦爛耀眼，如同一片晶瑩的白雪。「月明蕎麥花如雪」，多麼動人的景色，大自然的如畫美景感染了詩人，使他暫時忘卻了自己的孤寂，情不自禁地發出不勝驚喜的讚嘆。這奇麗壯觀的景象與前面兩句的描寫形成強烈鮮明的對比。詩人匠心獨運地借自然景物的變換寫出人物感情變化，寫來是那麼靈活自如，不著痕跡；

而且寫得樸實無華，渾然天成，讀來親切動人，餘味無窮。無怪清人所編《唐宋詩醇》稱讚它「一味真樸，不假妝點，自具蒼老之致，七絕中之近古者」。（張明非）

欲與元八卜鄰，先有是贈

白居易

平生心跡最相親，欲隱牆東不為身。明月好同三徑夜，綠楊①宜作兩家春。每因暫出猶思伴，豈得安居不擇鄰。可獨終身數相見，子孫長作隔牆人。

〔註〕①《南史．陸慧曉傳》：「慧曉與張融並宅，其間有池，池上有二株楊柳。」

元八，名宗簡，字居敬，排行第八，河南人，舉進士，官至京兆少尹。他是白居易的詩友，兩人結交二十餘年。卜鄰，即選擇作鄰居。憲宗元和十年（八一五）春，詩人和宗簡都在朝廷供職，宗簡在長安昇平坊購了一所新宅，詩人很想同他結鄰而居，乃作這首七律相贈。

詩的前四句寫兩家結鄰之宜行。「牆東」、「三徑」和「綠楊」，都是典故。「牆東」用「避世牆東王君公」典（事見《後漢書．逸民列傳》），「三徑」語出晉陶潛〈歸去來兮辭〉「三徑就荒，松菊猶存」句，都用來指代隱士居住的地方。「綠楊」一句，則借南朝陸慧曉與張融比鄰舊事，表示欲與元氏卜鄰之意。這四句說：你我是生平最知心最親密的朋友，彼此志趣相同，都渴望隱居生活而不謀求自身的功名利祿。既然如此，就讓我們結為鄰居吧，到那時，明月清輝共照兩戶，綠楊春色同到兩家。這幾處用典做到了「用事不使人覺，若胸臆語」（北齊顏之推《顏氏家訓．文章》引邢邵語）。詩人未曾陳述卜鄰的願望，先借古代隱士的典故，對牆東林下之思做了一番渲染，說明二人心跡相親，志趣相同，一定會成為理想的好鄰居。

後四句寫自己卜鄰之懇切。詩人對朋友說：暫時外出，尚思良侶偕行；長期定居，怎可不擇佳鄰？必欲擇鄰，我捨君而求誰，君棄我其誰屬？一旦結鄰，不但終身可時常相見，子孫後代也能永遠和睦相處，豈不是更加令人神往？暫出，定居，終身，後代——襯托復兼層遞，步步推進，愈轉愈深；「豈得」，怎能也；「可獨」，何只也——反問一句，緊追一句，叫人不能不生實獲我心的同感。四句貌似說理，實為抒情；好像是千方百計要說服人家接受自己的要求，其實是在推心置腹地訴說對朋友的極端的渴慕，表現出殷切而純真的友情。

頷聯「明月好同三徑夜，綠楊宜作兩家春」，是膾炙人口的名句。詩人馳騁想像，描繪出明月在天、綠柳拂地的兩幅畫面，抒寫自己對結鄰之後的情景的美麗憧憬：在明月的清輝之中，「三徑」那幾株青松會顯得格外蒼鬱深沉，那夾徑黃花也不減其清芬淡雅。還有那兩家同飲的一池清水，閃著魚鱗般的銀光，那池邊春風吹拂的楊柳，細軟的長條輕輕地蘸著池水。在這幽美的境界中，摯友——詩人和元八，或閒庭散步，或月下對酌，或池畔觀魚，或柳蔭賦詩，恬然陶然，優哉遊哉。這兩句詩總共十四個字，竟能描繪如此富有詩情畫意的境界，啟發讀者展開如此豐富多彩的想像，使人不能不驚嘆於對仗和用典的巨大修辭效用，不能不服膺於詩人那妙筆生花的語言藝術。（趙慶培）

燕子樓

白居易

滿窗明月滿簾霜，被冷燈殘拂臥床。燕子樓中霜月夜，秋來只為一人長。
鈿暈羅衫色似煙，幾回欲著即潸然。自從不舞〈霓裳曲〉，疊在空箱十一年。
今春有客洛陽回，曾到尚書墓上來。見說白楊堪作柱，爭教紅粉不成灰？

詩人張仲素曾以〈燕子樓〉為題，作詩三首。白居易讀後，即以原韻和詩三首。燕子樓的故事及兩人作詩的緣由，見於白居易詩的小序。其文云：「徐州故張尚書有愛妓曰盼盼，善歌舞，雅多風態。予為校書郎時，遊徐、泗間。張尚書宴予，酒酣，出盼盼以佐歡，歡甚。予因贈詩云：『醉嬌勝不得，風嫋牡丹花。』一歡而去，爾後絕不相聞，迨茲僅一紀矣。昨日，司勛員外郎張仲素繪之（按：繪一作續）訪予，因吟新詩，有〈燕子樓〉三首，詞甚婉麗，詰其由，為盼盼作也。繪之從事武寧軍（按：唐代地方軍區之一，治徐州）累年，頗知盼盼始末，云：『尚書既歿，歸葬東洛，而彭城（按：即徐州）有張氏舊第，第中有小樓名燕子。盼盼念舊愛而不嫁，居是樓十餘年，幽獨塊然，於今尚在。』余愛繪之新詠，感彭城舊遊，因同其題，作三絕句。」張尚書名愔，是名臣張建封之子。有的記載以尚書為建封，是錯誤的。因為白居易做校書郎是在德宗貞元十九年到憲宗元和元年（八〇三～八〇六），而張建封則已於貞元十六年（八〇〇）去世，而且張愔曾任武寧軍節度使、檢校工部尚書，最後又徵為兵部尚書，沒有到任就死了，與詩序合。再則張仲素原唱三篇，都是托為盼盼的口吻而寫的，有的記載又因而誤認為是盼盼所作。這都是應當首先加以辯正的。

為便於欣賞，茲將張、白唱和之作一併對照講析。

樓上殘燈伴曉霜，獨眠人起合歡床。相思一夜情多少，地角天涯未是長。——張仲素

滿窗明月滿簾霜，被冷燈殘拂臥床。燕子樓中霜月夜，秋來只為一人長。——白居易

張仲素這第一首詩寫盼盼在十多年中經歷過的無數不眠之夜中的一夜。起句中「殘燈」、「曉霜」，是天亮時燕子樓內外的景色。用一個「伴」字，將樓外之寒冷與樓內之孤寂聯繫起來，是為人的出場作安排。次句正面寫盼盼。這很難著筆。寫她躺在床上哭嗎？寫她唉聲嘆氣嗎？都不好。因為已整整過了一夜，哭也該哭過了，嘆也該嘆過了。這時，她該起床了，於是，就寫起床。用起床的動作，來表達人物的心情，如元稹在《會真記》（鶯鶯傳）中寫的「自從消瘦減容光，萬轉千迴懶下床」，就寫得很動人。但張仲素在這裡並不多寫她本人的動作，而另出一奇，以人和床作極其強烈的對比，深刻地發掘了她的內心世界。合歡是古代一種象徵愛情的花紋圖案，也可用來指含有此類意義的器物，如合歡襦、合歡被等。一面是殘燈、曉霜相伴的不眠人，一面是值得深情回憶的合歡床。在寒冷孤寂之中，這位不眠人煎熬了一整夜之後，仍然只好從這張合歡床上起來，心裡是一種什麼滋味，還用得著多費筆墨嗎？

後兩句是補筆，寫盼盼的徹夜失眠，也就是《詩經》第一篇《關雎》所說的「悠哉悠哉，輾轉反側」。「地角天涯」，道路可算得長了，然而比起自己的相思之情，又算得什麼呢？一夜之情的長度，已非天涯地角的距離所能比擬，何況是這麼地過了十多年而且還要這麼地過下去呢？

先寫早起，再寫失眠；不寫夢中會見情人，而寫相思之極，根本無法入夢，都將這位「念舊愛」的女子的精神活動描繪得更為突出。用筆深曲，擺脫常情。

白居易和詩第一首的前兩句也是寫盼盼曉起情景。天冷了，當然要放下簾子禦寒。霜花結在簾上，滿簾皆霜，足見寒氣之重。簾雖可防霜，卻不能遮月，月光依舊透過窗子而灑滿了這張合歡床。天寒則「被冷」，夜久則「燈殘」。被冷燈殘，愁人無奈，於是只好起來收拾臥床了。古人常以「拂枕席」或「侍枕席」這類用語代指侍妾。這裡寫盼盼「拂臥床」，既暗示了她的身份，也反映了她生活上的變化，因為過去她是為張愔拂床，而今則不過是為自己了。原唱將樓內殘燈與樓外曉霜合寫，獨眠人與合歡床對照。和詩則以滿窗月與滿簾霜合寫，被冷與燈殘合寫，又增添了她拂床的動作，這就與原唱既相銜接又不雷同。

後兩句也是寫盼盼的失眠，但將這位獨眠人與住在「張氏舊第」中的其他人對比著想。在寒冷的有月有霜的秋夜裡，別人都按時入睡了。沉沉地睡了一夜，醒來之後，誰會覺得夜長呢？〈古詩十九首〉云：「愁多知夜長。」只有因愁苦相思而不能成眠的人，才會深刻地體會到時間多麼難以消磨。燕子樓中雖然還有其他人住著，但感到霜月之夜如此之漫長的，只是盼盼一人而已。原唱作為盼盼的自白，感嘆天涯地角都不及自己此情之長。和詩則是感嘆這淒涼秋夜竟似為她一人而顯得特別緩慢，這就是同中見異。

北邙松柏鎖愁煙，燕子樓中思悄然。自埋劍履歌塵散，紅袖香銷已十年。——張仲素

鈿暈羅衫色似煙，幾回欲著即潸然。自從不舞〈霓裳曲〉，疊在空箱十一年。——白居易

原唱第二首，寫盼盼撫今追昔，懷念張愔，哀憐自己。起句是張愔墓前景色。北邙山是漢、唐時代洛陽著

名的墳場，張愔「歸葬東洛」，墓地就在那裡。北邙松柏，為慘霧愁煙重重封鎖，乃是盼盼想像中的景象。所以次句接寫盼盼在燕子樓中沉寂地思念的情形。「思悄然」，也就是她心裡的「鎖愁煙」。情緒不好，無往而非淒涼黯淡。所以出現在她幻想之中的墓地，也就不可能是為麗日和風所煦拂，只能是被慘霧愁煙所籠罩了。

古時皇帝對大臣表示寵信，特許劍履上殿，故劍履為大臣的代詞。後二句是說：自從張死後，她再也沒有心緒歌舞，歌聲雲散，舞袖香銷，已經轉眼十年了。白居易說她「善歌舞，雅多風態」，比之為「風嫋牡丹花」，可見她去伺候其他貴人，是不愁沒有出路的。然而她卻毫無此念，忠於自己的愛情，無怪當時的張仲素、白居易乃至後代的蘇軾等都對她很同情並寫詩加以頌揚了。（〈永遇樂·彭城夜宿燕子樓夢盼盼因作此詞〉是蘇詞中名篇之一。）

白居易的第二首和詩便從盼盼不願再出現在舞榭歌臺這一點生發，著重寫她怎樣對待歌舞時穿著的首飾衣裳。

年輕貌美的女子誰個不愛打扮呢？可是盼盼幾回想穿戴起來，卻又被另外一種想頭壓了下去，即：打扮了給誰看呢？想到這裡，就只有流淚的份兒了。所以，儘管金花褪去了光彩，羅衫改變了顏色，也只有隨它們去吧。「自從不舞〈霓裳曲〉」，誰還管得了這些。〈霓裳羽衣〉是唐玄宗時代著名的舞曲，這裡特別點出，也是暗示她的藝術之高妙。「空箱」的「空」字，是形容精神上的空虛，如婦女獨居的房稱「空房」、「空閨」，獨睡的床稱「空床」、「空帷」。在這些地方，不可以詞害意。張詩說「已十年」，張愔死於元和元年（八〇六），據以推算，其詩當作於元和十年。白詩說「十一年」，當是「一十年」的誤倒。元和十年秋季以前，兩位詩人同在長安，詩當作於此時。其年秋，白居易就被貶出京，十一年，他在江州，無緣與張仲素唱和了。

在這首詩裡，沒有涉及張愔。但他並非消失，而是存在於盼盼的形象中。詩人展現的盼盼，乃是以張愔在她心裡所占有的巨大位置為依據的。

適看鴻雁洛陽回，又睹玄禽逼社來。瑤瑟玉簫無意緒，任從蛛網任從灰。——張仲素

今春有客洛陽回，曾到尚書墓上來。見說白楊堪作柱，爭教紅粉不成灰？——白居易

原唱第三首，寫盼盼感節候之變遷，嘆青春之消逝。第一首寫秋之夜，這一首則寫春之日。

起句是去年的事。鴻雁每年秋天由北飛南。徐州在洛陽之東，經過徐州的南飛鴻雁，不能來自洛陽。但因張墓在洛陽，而盼盼則住在徐州，所以詩人緣情構想，認為在盼盼的心目中，這些相傳能夠給人傳書的候鳥，一定是從洛陽來的，可是人已長眠，不能寫信，也就更加感物思人了。

次句是當前的事。玄禽即燕子。社日是春分前後的戊日，古代祭祀土神、祈禱豐收的日子。燕子每年春天，由南而北。逼近社日，它們就來了。燕子雌雄成對地生活，雙宿雙飛，一向用來比喻恩愛夫妻。盼盼現在是合歡床上的獨眠人，看到雙宿雙飛的燕子，怎麼能不生發人不如鳥的感嘆呢？

人在感情的折磨中過日子，有時覺得時間過得很慢，所以前詩說「相思一夜情多少，地角天涯未是長」；而有時又變得麻木，覺得時間流逝很快，所以本詩說「適看鴻雁洛陽回，又睹玄禽逼社來」。這兩句只作客觀描寫，但卻從另外兩個角度再次發掘和顯示了盼盼的深情。

後兩句從無心玩弄樂器見意，寫盼盼哀嘆自己青春隨愛情生活的消逝而消逝。宋代周邦彥〈解連環〉云：「燕子樓空，暗塵鎖一床弦索。」即從這兩句化出，又可以反過來解釋這兩句。瑟以瑤飾，簫以玉製，可見貴重；而讓它們蒙上蛛網灰塵，這不正因為憶鴻雁之無法傳書，看燕子之雙飛雙宿而使自己發生「綺羅弦管，從此永

休」（唐蔣防《霍小玉傳》）之嘆嗎？前兩句景，後兩句情，似斷實連，章法極妙。

和詩的最後一首，著重在「感彭城舊遊」，但又不直接描寫對舊遊之回憶，而是透過張仲素告訴他的情況，以抒所感。

當年春天，張仲素從洛陽回來與白居易相見，提到他曾到張墓上去過。張仲素當然也還說了許多別的，但使白居易感到驚心動魄的，乃是墳邊種的白楊樹都已經長得又粗又高，可以作柱子了。那麼，怎麼能使得盼盼的花容月貌最後不會變成灰土呢？彭城舊遊，何可再得？雖只是感今，而懷舊之意自在其內。

這兩組詩，遵循了最嚴格的唱和方式。詩的題材主題相同，詩體相同，和詩用韻與唱詩又為同一韻部，連押韻各字的先後次序也相同，既是和韻又是次韻。唱和之作，最主要的是在內容上要彼此相應。張仲素的原唱，是代盼盼抒發她「念舊愛而不嫁」的生活和感情的，白居易的繼和則是抒發了他對於盼盼這種生活和感情的同情和愛重以及對於今昔盛衰的感嘆。一唱一和，處理得非常恰當。當然，內容彼此相應，並不是說要亦步亦趨，使和詩成為唱詩的複製品和摹擬物，而要能同中見異，若即若離。從這一角度講，白居易和詩的難度就更高一些。總的說來，這兩組詩如兩軍對壘，工力悉敵，表現了兩位詩人精湛的藝術技巧，是唱和詩中的佳作。（沈祖棻、程千帆）

藍橋驛見元九詩 白居易

藍橋春雪君歸日，秦嶺秋風我去時。
每到驛亭先下馬，循牆繞柱覓君詩。

唐憲宗元和十年（八一五），元稹自唐州（治今河南泌陽）奉召還京，春風得意，道經藍橋驛，在驛亭壁上留下一首〈留呈夢得子厚致用〉的七律。八個月後，白居易自長安貶江州（治今江西九江），滿懷侘傺，經過這裡，讀到了元稹這首律詩。前後八個月，風雲變幻如此詭譎，白居易感慨萬千地寫下這首絕句。

元稹題在驛亭的那首詩說：「千層玉帳鋪松蓋，五出銀區印虎蹄。」「玉帳」、「銀區」說明他經過這裡時正逢春雪，所以白詩一開頭就說：「藍橋春雪君歸日。」元稹西歸長安，事在初春，小桃初放；白居易東去江州，時為八月，滿目秋風，因此，第二句接上「秦嶺秋風我去時」。「秦嶺」泛指商州（治今陝西商州）道上的山嶺，是他此行所經之地。白居易〈東南行一百韻〉長詩，有一段記貶江州之行，有句云：「秦嶺馳三驛，商山上二邘。」「三驛」，指藍田驛、藍橋驛、商山驛。白居易謫江州，自長安經商州這一段，與元稹西歸的道路是一致的。在藍橋驛既然看到元詩，後此沿途驛亭很多，還可能留有元稹的題詠，所以三、四句接著說：「每到驛亭先下馬，循牆繞柱覓君詩。」

這首絕句，乍讀只是平淡的征途記事，頂多不過表現白與元交誼甚篤，愛其人而及其詩而已。其實，這貌似平淡的二十八字，卻暗含著詩人心底下的萬頃波濤。

元稹於元和五年自監察御史貶為江陵士曹參軍，經歷了五年屈辱生涯。到元和十年春奉召還京，他是滿心喜悅、滿懷希望的。題在藍橋驛的那首七律的結句說：「心知魏闕無多地，十二瓊樓百里西。」那種得意的心情，簡直呼之欲出。可是，好景不常，他正月剛回長安，三月就再一次遠謫通州（治今四川達縣）。所以，白詩第一句「藍橋春雪君歸日」，顯然在歡笑中含著眼淚。更難堪的是：正當他為元稹再一次遠謫而難過的時候，自己又被貶江州。那麼，被秦嶺秋風吹得飄零搖落的，又豈只是白氏一人而已，實際上，這秋風吹撼的，正是兩位詩人共同的命運。春雪、秋風，西歸、東去，道路往來，風塵僕僕。這道路，乃是一條悲劇的人生道路！「每到驛亭先下馬，循牆繞柱覓君詩」，詩人處處留心，循牆繞柱尋覓的，豈止是元稹的詩句，簡直是元稹的心，是兩人共同的悲劇道路的軌跡！友情可貴，題詠可歌，共同的遭際，更是可泣。而這許多可歌可泣之事，詩中一句不說，只寫了春去秋來，雪飛風緊，讓讀者自己去尋覓包含在春雪秋風中的人事升沉變化，去體會詩人那種沉痛淒愴的感情。這正是所謂「言淺而深，意微而顯」（清葉燮《原詩·外篇下》），極盡風人之能事。

一首詩總共才二十八個字，卻容納如許豐富的感情，關鍵在於遣詞用字。如，寫元稹當日奉召還京，著一「春」字、「歸」字，喜悅自明；寫自己今日遠謫江州，著一「秋」字、「去」字，悲戚立見。「春」字含著希望，「歸」字藏著溫暖，「秋」字透出悲涼，「去」字暗含斥逐。這幾個字，既顯得對仗工穩，見記時敘事之妙用；又顯得感情色彩鮮明，盡抒情寫意之能事。尤其可貴者，結處別開生面，以人物行動收篇，用細節刻畫形象，取得了七言絕句往往難以達到的藝術效果。這種細節傳神，主要表現在「循」、「繞」、「覓」三個字上。牆言「循」，則見寸寸搜尋；柱言「繞」，則見面面俱到；詩言「覓」，則見片言隻字，無所遁形。三個動詞連在一句，準確地描繪出詩人在本來不大的驛亭裡轉來轉去，摩挲拂拭，仔細辨認的動人情景。且七言中三用動詞，構成三個意群，吟誦起來，就顯得節奏短而迫促，如繁弦急管並發，更襯出詩人匆遽的行動和急切的心情。透過這種傳神的細節描繪和音樂旋律的烘托，詩人的形象和內心活動，淋漓盡致地展現在我們面前，使人深深為他懷友思故的真情摯意所感動，激起我們對他遭逢貶謫、天涯淪落的無限同情。一個結句獲得如此強烈的效果，更是這首小詩的特色。（賴漢屏）

舟中讀元九詩　白居易

把君詩卷燈前讀，詩盡燈殘天未明。
眼痛滅燈猶暗坐，逆風吹浪打船聲。

唐憲宗元和十年（八一五），宰相武元衡遇刺身死，白居易上書要求嚴緝兇手，因此得罪權貴，被貶為江州司馬。他被攆出長安，九月抵襄陽，然後浮漢水，入長江，東去九江。在這寂寞的謫戍旅途中，他想念那早五個月遠謫通州（治今四川達縣）的好朋友元稹（排行第九，人稱元九）。在漫長水途中，一個深秋的夜晚，詩人伴著熒熒燈火，細讀元稹的詩卷，寫下了這首〈舟中讀元九詩〉。

這首小詩，字面上「讀君詩」，主題是「憶斯人」，又由「斯人」的遭際飄零，轉見自己「同是天涯淪落人」（〈琵琶行〉）的感慨，詩境一轉一深，一深一痛。「眼痛滅燈猶暗坐」，已經讀了大半夜了，天也快要亮了，為什麼詩人還要「暗坐」，不肯就寢呢？讀者自然而然要想到：由於想念元稹，更想起壞人當道，朝政日非，因而，滿腔洶湧澎湃的感情，使得他無法安枕。此刻，他兀坐在一艘小船內。船下江中，不斷翻捲起狂風巨浪；心頭眼底，像突然展現一幅大千世界色彩黯淡的畫圖。這風浪，變成了「逆風吹浪打船聲」。這是一幅富有象徵意義的畫圖，悲中見憤，熔公義私情於一爐，感情複雜，容量極大。

凄苦，是這首小詩的基調。這種凄苦之情，透過「燈殘」、「詩盡」、「眼痛」、「暗坐」這些詞語所展示的環境、氛圍、色彩，已經渲染得十分濃烈了，對讀者形成一種沉重的壓力。到「眼痛滅燈猶暗坐」，壓力簡直大到了超過人所能忍受的程度。突然又傳來一陣陣「逆風吹浪打船聲」，像塞馬悲鳴，胡笳嗚咽，一起捲入讀者的耳裡、心中。這聲音裡，充滿了悲憤不平的感情。讀詩至此，自然要坐立不安，像韓愈聽穎師鼓琴時那樣：「推手遽止之，濕衣淚滂滂」（〈聽穎師彈琴〉）了。詩的前三句蓄勢，於敘事中抒情；後一句才嘩然打開感情的閘門，讓激浪渦流咆哮奔鳴而下，讓樂曲終止在最強音上，收到了「四弦一聲如裂帛」（〈琵琶行〉）的最強烈的音樂效果。

如果你反覆吟哦，還會發現這首小詩在音律上的另一個特點。向來，詩家最忌「犯複」，即一詩中不宜用重複的字，小詩尤其如此。這首絕句，卻一反故常，四句中三用「燈」字。但是，我們讀起來，絲毫不感重複，只覺得較之常作更為自然流瀉。原來，詩人以這個「燈」字作為一根穿起一串明珠的彩線，在節律上形成一句緊連一句的效果。音節蟬聯，委蛇曲折，如金蛇盤旋而下，加強了表達的力量。（賴漢屏）

放言五首（其一）　白居易

朝真暮偽何人辨，古往今來底事無。但愛臧生①能詐聖，可知甯子②解佯愚。

草螢有耀終非火，荷露雖團豈是珠。不取燔柴兼照乘③，可憐光彩亦何殊。

〔註〕①臧生：臧武仲。《左傳．襄公二十二年》杜預註：「武仲多知，時人謂之聖。」《論語．憲問》：「子曰：臧武仲以防求為後於魯。雖曰不要君，吾不信也。」防：武仲封邑。孔子說：臧武仲請求將封邑封給他的後人，雖說不是要脅君主，但我不相信。②甯子：甯武子。《論語．公冶長》：「甯武子，邦有道則知，邦無道則愚。其知可及也，其愚不可及也。」甯武子在國家清明太平時，則顯露才智；國家混亂無道時，則顯得愚笨。旁人可以辦到如他般顯露才智，卻辦不到像他這樣隱藏才智、顯得愚笨。③照乘：珠名。《史記．田敬仲完世家》：「梁王曰：『若寡人國小也，尚有徑寸之珠，照車前後各十二乘者十枚，奈何以萬乘之國而無寶乎?』」

白居易七律〈放言五首〉，是一組政治抒情詩。詩前有序：「元九（按：元稹，憲宗元和五至九年，謫任江陵士曹參軍）在江陵時有〈放言〉長句詩五首，韻高而體律，意古而詞新。予每詠之，甚覺有味。雖前輩深於詩者，未有此作，唯李頎有云：「濟水自清河自濁，周公大聖接輿狂。」斯句近之矣，予出佐潯陽，未屆所任，舟中多暇，江上獨吟，因綴五篇，以續其意耳。」據序文可知，這是元和十年（八一五）詩人被貶赴江州（治今江西九江）途中所作。當年六月，詩人因上疏急請追捕刺殺宰相武元衡的兇手，遭當權者忌恨，被貶為江州司馬。詩題「放言」，就是無所顧忌，暢所欲言。組詩就社會人生的真偽、禍福、貴賤、貧富、生死諸問題縱抒己見，宣洩了對當時朝政的不滿和對自身遭遇的忿忿不平。此詩為第一首，放言政治上的辨偽——略同於近世所謂識別兩面派的問題。

「朝真暮偽何人辨，古往今來底事無。」「底事」，何事，指的是朝真暮偽的事。首聯單刀直入地發問：早晨還裝得儼乎其然，到晚上卻揭穿了是假的，古往今來，什麼樣的怪事沒出現過？可有誰預先識破呢？開頭兩句以反問的句式概括指出：作偽者古今皆有，人莫能辨。

「但愛臧生能詐聖，可知甯子解佯愚。」頷聯兩句都是用典。「臧生」，即春秋時的臧武仲，當時人稱他為聖人，孔子卻一針見血地斥之為憑實力要挾君主的奸詐之徒。「甯子」，即甯武子，孔子十分稱道他在亂世中大智若愚的韜晦本領。臧生姦而詐聖，甯子智而佯愚，性質不同，作偽則一。然而可悲的是，世人只愛臧武仲式的假聖人，哪曉得世間還有甯武子那樣的高賢？

「草螢有耀終非火，荷露雖團豈是珠。」頸聯兩句都是比喻。草叢間的螢蟲，雖有光亮，可它終究不是火；荷葉上的露水，雖呈球狀，難道那就是珍珠嗎？然而它們偏能以閃光、晶瑩的外觀炫人，人們又往往為假像所蒙蔽。

「不取燔柴兼照乘，可憐光彩亦何殊。」尾聯緊承頸聯螢火露珠之喻，明示辨偽之法。「燔柴」，語出《禮記·祭法》：「燔柴於泰壇，祭天也。」這裡用作名詞，意為大火。「照乘」，明珠。兩句是說：倘不取燔柴大火照乘明珠來作比較，又何從判定草螢非火，荷露非珠呢？諺云：「不怕不識貨，就怕貨比貨。」詩人提出對比是辨偽的重要方法。當然，如果昏暗到連燔柴之火、照乘之珠都茫然不識，比照也就失掉了依據。所以，最後詩人乃有「不取」、「可憐」的感嘆。

這首詩，通篇議論說理，卻不使人感到乏味。詩人借助形象，運用比喻，闡明哲理，把抽象的議論，表現為具體的藝術形象了。而且八句四聯之中，五次出現反問句，似疑實斷，以問為答，不僅具有咄咄逼人的氣勢，而且充滿咄咄怪事的感嘆。從頭至尾，「何人」、「底事」、「但愛」、「可知」、「終非」、「豈是」、「不取」、「何殊」，連珠式地運用疑問、反詰、限制、否定等字眼，起伏跌宕，通篇跳蕩著不可遏制的激情，給人以骨鯁在喉、一吐為快的感覺。聯繫詩人直言取禍的冤案，讀者自會領悟到辨偽之說並非泛泛而發的宏論，而是對當時黑暗政治的針砭，是為抒發內心憂憤而做的〈離騷〉式的吶喊。（趙慶培）

放言五首（其三）　白居易

贈君一法決狐疑，不用鑽龜與祝蓍①。試玉要燒三日滿②，辨材須待七年期③。

周公恐懼流言日，王莽謙恭未篡時。向使當初身便死，一生真偽復誰知？

〔註〕①鑽龜：古代用龜甲占卜吉凶。祝蓍（音同師）：古代占卜的一種方法，取蓍草的莖以卜吉凶。②作者自註：「真玉燒三日不熱。」③作者自註：「豫章木生七年而後知。」

唐憲宗元和五年（八一〇），白居易的好友元稹因得罪了權貴，被貶為江陵士曹參軍。元稹在江陵期間，寫了五首〈放言〉詩表示自己的心情：「死是等閒生也得，擬將何事奈吾何」（其一），「兩回左降須知命，數度登朝何處榮」（其五）。過了五年，白居易也被貶為江州司馬。這時元稹已轉官通州司馬，聞訊後寫下了充滿深情的詩篇〈聞樂天授江州司馬〉。白居易在貶官途中，風吹浪激，感慨萬千，也寫了五首〈放言〉詩奉和。

這是一首富有理趣的好詩。它以極通俗的語言說出了一個道理：對人、對事要得到全面的認識，都要經過時間的考驗，從整個歷史去衡量、去判斷，而不能只根據一時一事的現象下結論，否則就會把周公當成篡權者，把王莽當成謙恭的君子了。詩人表示像自己以及友人元稹這樣受誣陷的人，是經得起時間考驗的，因而應當多加保重，等待「試玉」、「辨材」期滿，自會澄清事實，辨明真偽。這是用詩的形式對自身遭遇進行的總結。

在表現手法上，雖以議論為詩，但行文卻極為曲折，富有情味。

「贈君一法決狐疑」，詩一開頭就說要告訴人一個決狐疑的方法，而且很鄭重，用了一個「贈」字，強調這個方法的寶貴，說明是經驗之談。這就緊緊抓住了讀者。因在生活中不能做出判斷的事是很多的，大家當然希望知道是怎樣的一種方法。這個方法是什麼呢？「不用鑽龜與祝蓍」。先說不是什麼，是什麼，卻不徑直說出。這就使詩歌有曲折、有波瀾，對讀者也更有吸引力。

詩的第三、四句才把這個方法委婉地介紹出來：「試玉要燒三日滿，辨材須待七年期。」很簡單，要知道事物的真偽優劣只有讓時間去考驗。經過一定時間的觀察比較，事物的本來面目終會呈現出來的。

這是從正面說明這個方法的正確性，然後掉轉筆鋒，再從反面說明：「周公恐懼流言日，王莽謙恭未篡時。」如果不用這種方法去識別事物，就往往不能做出準確的判斷。對周公和王莽的評價，就是例子。周公在輔佐成王的時期，某些人曾經懷疑他有篡權的野心，但歷史證明他對成王一片赤誠，他忠心耿耿是真，說他篡權則是假。王莽在未代漢時，假裝謙恭，曾經迷惑了一些人。《漢書》本傳說他「爵位益尊，節操愈謙」；但歷史證明他的「謙恭」是偽，代漢自立才是他的真面目。

「向使當初身便死，一生真偽復誰知？」是一篇的關鍵句。「決狐疑」的目的是分辨真偽，真偽分清了，狐疑自然就沒有了。如果過早地下結論，不用時間來考驗，就容易為一時表面現象所蒙蔽，不辨真偽，冤屈好人。

詩的意思極為明確，出語卻紆徐委婉。從正面、反面敘說「決狐疑」之「法」，都沒有徑直點破。前者舉出「試玉」、「辨材」兩個例子，後者舉出周公、王莽兩個例子，讓讀者思而得之。這些例子，既是論點，又是論據，寓哲理於形象之中，以具體事物表現普遍規律，小中見大，耐人尋思。以七言律詩的形式，表達一種深刻的哲理，令人思之有理，讀之有味。（張燕瑾）

大林寺桃花　白居易

人間四月芳菲盡，山寺桃花始盛開。
長恨春歸無覓處，不知轉入此中來。

這首詩作於唐憲宗元和十二年（八一七）初夏，當時白居易在江州（治今江西九江）司馬任上。這是一首紀遊詩，大林寺在廬山香爐峰頂。關於他寫這首詩的一點情況，其本集有〈遊大林寺序〉一文，可參考：「登香爐峰，宿大林寺。大林窮遠，人跡罕到……。山高地深，時節絕晚，於時孟夏，如正二月，天山桃始華，澗草猶短，人物風候，與平地聚落不同。初到恍然，若別造一世界者。」

全詩短短四句，從內容到語言都似乎沒有什麼深奧、奇警的地方，只不過是把「山高地深，時節絕晚」、「與平地聚落不同」的景物節候，做了一番記述和描寫。但細讀之，就會發現這首平淡自然的小詩，卻寫得意境深邃，富於情趣。

詩的開首「人間四月芳菲盡，山寺桃花始盛開」兩句，是寫詩人登山時已屆孟夏，正屬大地春歸，芳菲落盡的時候了。但不期在高山古寺之中，又遇上了意想不到的春景——一片始盛的桃花。我們從緊跟後面的「長恨春歸無覓處」一句可以得知，詩人在登臨之前，就曾為春光的匆匆不駐而怨恨，而惱怒，而失望。因此當這始所未料的一片春景衝入眼簾時，該是使人感到多麼地驚異和欣喜！詩中第一句的「芳菲盡」，與第二句的「始盛開」，是在對比中遙相呼應的。它們字面上是記事寫景，實際上也是在寫感情和思緒上的跳躍——由一種愁緒滿懷的嘆逝之情，突變到驚異、欣喜，以至心花怒放。而且在首句開頭，詩人著意用了「人間」二字，這意味著這一奇遇、這一勝景，給詩人帶來一種特殊的感受，即彷彿從人間的現實世界，突然步入到一個什麼仙境，置身於非人間的另一世界。

正是在這一感受的觸發下，詩人想像的翅膀飛騰起來了。「長恨春歸無覓處，不知轉入此中來。」他想到，自己曾因為惜春、戀春，以至怨恨春去的無情，但誰知卻是錯怪了春。原來春並未歸去，只不過像小孩子跟人捉迷藏一樣，偷偷地躲到這塊地方來罷了。

這首詩中，既用桃花代替抽象的春光，把春光寫得具體可感，形象美麗；而且還把春光擬人化，把春光寫得彷彿真是有腳似的，可以轉來躲去。不，豈止是有腳而已？你看它簡直還具有頑皮惹人的性格呢！

在這首短詩中，自然界的春光被描寫得是如此地生動具體，天真可愛，活靈活現，如果沒有對春的無限留戀、熱愛，沒有詩人的一片童心，是寫不出來的。這首小詩的佳處，正在立意新穎，構思靈巧，而戲語雅趣，又復啟人神思，惹人喜愛，可謂唐人絕句小詩中的又一珍品。（褚斌杰）

建昌江　白居易

建昌江水縣門前，立馬教人喚渡船。
忽似往年歸蔡渡，草風沙雨渭河邊！

白居易作此詩時，正謫任江州司馬，因公到江州附近的建昌江去，以渡口所見所感，寫下了這首絕句。詩表面上寫渡口風光，其實蘊藏了深沉複雜的思想。

原來，白氏在長安作校書郎時，丁母憂去職，在長安附近的渭村住了四年。他從風波險惡的宦場，來到農村的自由天地，心情十分坦盪舒暢。喪服滿了之後，他又被起用為太子左贊善大夫，還是捲進了宦海波濤。僅僅一年，就因開罪權貴貶為江州司馬。現在，他滿懷憂鬱地來到建昌江邊，目擊這渡口風光酷似渭河邊上的蔡渡，就很自然地聯想到當年退居渭村時那種身心閒適的境地，回味起當時「一朝歸渭上，泛如不繫舟」（白居易〈適意二首〉其二）的心情來了。可見，此時此地，他想起渭村，不只是渭村風景優美，人心淳樸，更重要的是，渭村是一個可以躲避政治風雨的安謐的小港；在那裡，他的心靈之舟可以安詳寧靜地停泊。

這首詩看似一幅淡墨勾染的風景畫，其實是一首情思邈遠的抒情詩，熔詩畫於一爐。詩的一、二句是一幅「待渡圖」：一江修水，橫在縣城邊，城郭房舍，倒映在清清江水裡，見其幽；渡船要教人喚，則行人稀少，見其靜。我們就在這幽靜的畫面上，看到立馬踟躕的江州司馬待渡在水邊。陡然接個「忽似」，領起三、四句，又推出另一幅似是而非的「待渡圖」。展現在讀者眼前的依然是一條江水，但這兒是渭水；依然是一個渡口，但這兒是蔡渡。所似者，微風吹拂著岸邊的青草，如銀似雪的細沙鋪滿灘頭；而毛毛細雨，把畫面渲染得一片迷濛。無限往事，湧上心頭；無限歸思，交織在這兩幅既相似又不相同的畫圖裡。「草風沙雨」，色調淒迷，襯托出詩人幽獨淒愴的心境。這種出言平淡而造境含蓄深遠的詩風，正是白居易的獨特風格。

絕句規律，要轉得出，結得好。第三句「忽似」一轉，立見感情跳躍，從而導出了無限風情的第四句。這個「忽似」，妙在凌空而來，觸景而及，推出了新的境界。而這種突然而來的新境界，又正說明詩人經常想著渭村。經常夢魂縈繞，才產生了這突然的聯想，讓我們於無聲處，聽到了詩人在高吟「歸去來」！明鍾惺在《唐詩歸》裡讚許白詩說：「看古人輕快詩，當另察其精神靜深處。……此乃白詩所由出，與其所以可傳之本也。」這詩從「輕快」中取得「靜深」之妙，全賴一轉得之。（賴漢屏）

問劉十九　白居易

綠螘新醅酒，紅泥小火爐。
晚來天欲雪，能飲一杯無？

這首詩可以說是邀請朋友前來小飲的勸酒詞。給友人備下的酒，當然是可以使對方致醉的，但這首詩本身卻是比酒還要醇濃。

「綠螘（同蟻）新醅酒，紅泥小火爐。」酒是新釀的酒（未濾清時，酒面浮起酒渣，色微綠，細如蟻，稱為「綠蟻」），爐火又正燒得通紅。這新酒紅火，大約已經擺在席上了，泥爐既小巧又樸素；嫣紅的火，映著浮動泡沫的綠酒，是那樣地誘人，那樣地叫人口饞，正宜於跟一二摯友小飲一場。

酒，是如此吸引人。但備下這酒與爐火，卻又與天氣有關。「晚來天欲雪」——一場暮雪眼看就要飄灑下來。可以想見，彼時森森的寒意陣陣向人襲來，自然免不了引起人們對酒的渴望。而且天色已晚，有閒可乘，除了圍爐對酒，還有什麼更適合於消度這欲雪的黃昏呢？

酒和朋友在生活中似乎是結了緣的。所謂「酒逢知己千杯少」，所謂「獨酌無相親」（李白〈月下獨酌四首〉其一），說明酒還要加上知己，才能使生活更富有情味。杜甫的〈對雪〉有「無人竭浮蟻，有待至昏鴉」之句，為有酒無朋感慨係之。白居易在這裡，也是雪中對酒而有所待，不過所待的朋友不像杜甫彼時那樣茫然，而是可以招之即來的。他向劉十九發問：「能飲一杯無？」這是生活中那愜心的一幕經過充分醞釀，已準備就緒，只待給它拉開帷布了。

詩寫得很有誘惑力。對於劉十九來說，除了那泥爐、新酒和天氣之外，白居易的那種深情，那種渴望把酒共飲所表現出的友誼，當是更令人神往和心醉的。生活在這裡顯示了除物質的因素外，還包含著動人的精神因素。

詩從開門見山地點出酒的同時，就一層層地進行渲染，但並不因為渲染，不再留有餘味，相反地仍然極富有包蘊。讀了末句「能飲一杯無」，可以想像，劉十九在接到白居易的詩之後，一定會立刻命駕前往。於是，兩位朋友圍著火爐，「忘形到爾汝」（杜甫〈醉時歌〉）地斟起新釀的酒來。也許室外真的下起雪來，但室內卻是那樣溫暖、明亮。生活在這一剎那間泛起了玫瑰色，發出了甜美和諧的旋律……這些，是詩自然留給人們的聯想。（余恕誠）

南浦別

白居易

南浦淒淒別，西風嫋嫋秋。
一看腸一斷，好去莫回頭。

這首送別小詩，款款地流瀉出依依惜別的深情。

詩的前兩句，不僅點出送別的地點和時間，而且以景襯情，渲染出濃厚的離情別緒。「南浦」，南面的水濱。古人常在南浦送別親友。《楚辭．九歌．河伯》：「送美人兮南浦。」南朝梁江淹〈別賦〉：「送君南浦，傷如之何！」故「南浦」像「長亭」一樣，成為送別之處的代名詞。一見「南浦」，令人頓生離憂。而送別的時間，又正當「西風嫋嫋」的秋天。秋風蕭瑟，木葉飄零，此情此景，怎不令人倍增離愁？

這裡「淒淒」、「嫋嫋」兩個疊字，用得傳神。前者形容內心的淒涼、愁苦；後者形容秋景的蕭瑟、黯淡。正由於送別時內心「淒淒」，故格外感覺秋風「嫋嫋」；而那如泣如訴的「嫋嫋」風聲，又更加烘托出離人肝腸寸斷的「淒淒」之情，兩者相生相襯。而且「淒」、「嫋」聲調低促，一經重疊，讀來格外令人迴腸咽氣，與離人的心曲合拍。

後二句寫得更是情意切切，纏綿悱惻。送君千里，終須一別。最後分手，是送別的高潮。詩人捕捉住這關鍵時刻一個最突出的鏡頭：分手後，離人雖已登舟而去，但他頻頻回過頭來，默默而「看」。「看」，本是很平常的動作，但此時此地，這一「看」卻顯得多麼不尋常：離人心中用言語難以表達的千種離愁、萬般情思，都從這默默一「看」中表露出來，真是「此時無聲勝有聲」（〈琵琶行〉）啊！從這個「看」字，我們彷彿看到那離人踽踽的身影，愁苦的面容和睫毛間閃動的淚花。他的每「一看」，自然引起送行人「腸一斷」，湧起陣陣酸楚。詩人連用兩個「一」，把去留雙方的離愁別緒和真摯情誼都表現得淋漓盡致。

最後，詩人勸慰離人：「好去莫回頭。」——你安心去吧，不要再回頭了。此句粗看似乎平淡，細細咀嚼，卻意味深長。詩人並不是真要離人趕快離去，他只是想借此控制一下雙方不能自抑的情感，而內心的悲楚恐怕已到了無以復加的地步。

詩人精心刻畫了送別過程中最傳情的細節，其中的描寫又似乎「人人心中所有」，如離人惜別的眼神，送別者親切而又悲涼的話語，一般人都會有親身體驗，因而能牽動讀者的心弦，產生強烈的共鳴和豐富的聯想，給人以深刻難忘的印象。（何慶善）

後宮詞

白居易

淚濕羅巾夢不成，夜深前殿按歌聲。
紅顏未老恩先斷，斜倚熏籠坐到明。

這首詩是代宮人所作的怨詞。前人曾批評此詩過於淺露，這是不公正的。詩以自然渾成之語，傳層層深入之情，語言明快而感情深沉，一氣貫通而絕不平直。

詩的主人公是一位不幸的宮女。她一心盼望君王的臨幸而終未盼得，時已深夜，只好上床，已是一層怨悵。寵幸不可得，退而求之好夢；輾轉反側，竟連夢也難成，見出兩層怨悵。夢既不成，索性攬衣推枕，掙扎坐起。正當她愁苦難忍，淚濕羅巾之時，前殿又傳來陣陣笙歌，原來君王正在那邊尋歡作樂，這就有了三層怨悵。倘使人老珠黃，猶可解說；偏偏她盛鬢堆鴉，紅顏未老，生出四層怨悵。要是君王一直沒有發現她，那也罷了；事實是她曾受過君王的恩寵，而現在這種恩寵卻無端斷絕，見出五層怨悵。夜已深沉，瀕於絕望，但一轉念，猶冀君王在聽歌賞舞之後，會記起她來。於是，斜倚熏籠，濃熏翠袖，以待召幸。不料，一直坐到天明，幻想終歸破滅，見出六層怨悵。一種情思，六層寫來，盡纏綿往復之能事。而全詩卻一氣渾成，如筍破土，苞節雖在而不露；如繭抽絲，幽怨似縷而不絕。

短短四句，細膩地表現了一個失寵宮女複雜矛盾的內心世界。夜來不寐，等候君王臨幸，寫其希望；聽到前殿歌聲，君王正在尋歡作樂，寫其失望；君恩已斷，仍斜倚熏籠坐等，寫其苦望；天色大明，君王未來，寫其絕望。淚濕羅巾，寫宮女的現實；求寵於夢境，寫其幻想；恩斷而仍坐等，寫其痴想；坐到天明仍不見君王，再寫其可悲的現實。全詩千迴百轉，傾注了詩人對不幸者的深摯同情。（賴漢屏）

夜箏　白居易

紫袖紅弦明月中，自彈自感闇低容。
弦凝指咽聲停處，別有深情一萬重。

若要把白居易〈琵琶行〉裁剪為四句一首的絕句，實在叫人無從下手。但是，〈琵琶行〉作者自己這一首〈夜箏〉，無疑提供了一個很精妙的縮本。

「紫袖」、「紅弦」，分別是彈箏人與箏的代稱。以「紫袖」代彈者，與以「皓齒」代歌者、「細腰」代舞者（李賀〈將進酒〉：「皓齒歌、細腰舞」）一樣，選詞造語甚工。「紫袖紅弦」不但暗示出彈箏者的樂妓身份，也描寫出其修飾的美好，女人彈箏的形象宛如畫出。「明月」點「夜」。「月白風清，如此良夜何？」（蘇軾〈後赤壁賦〉）倘如「舉酒欲飲無管弦」（〈琵琶行〉），那是不免「醉不成歡」的。讀者可以由此聯想到潯陽江頭那個明月之夜的情景。

次句寫到彈箏。連用了兩個「自」字，這並不等於說獨處（詩題一作「聽夜箏」，儼然就有聽者在），而是旁若無人的意思。它寫出彈箏者已全神傾注於箏樂的情態。「自彈」，是信手彈來，「低眉信手續續彈」，得心應手；「自感」，則見彈奏者完全沉浸在樂曲之中。唯其「自感」，方能感人。「自彈自感」把演奏者靈感到來的一種精神狀態寫得維妙維肖。舊時樂妓大抵都有一本心酸史，詩中的箏人雖未能像琵琶女那樣斂容自陳一番，僅「闇低容」三字，已能使人想像無窮。

音樂之美本在於聲，可詩中對箏樂除一個籠統的「彈」字幾乎沒有正面描寫，接下去卻集中筆力，寫出一個無聲的頃刻。這無聲是「弦凝」，是樂曲的一個有機組成部分；這無聲是「指咽」，是如泣如訴的情緒上升到頂點所起的突變；這無聲是「聲停」，而不是一味的沉寂。正因為與聲情攸關，它才不同於真的無聲，因而聽者從這裡獲得的感受是「別有深情一萬重」。

詩人就是這樣，不僅引導讀者發現了奇妙的無聲之美，更透過這一無聲的頃刻去領悟想像那箏曲的全部的美妙。

〈夜箏〉全力貫注的這一筆，不就是〈琵琶行〉「冰泉冷澀弦凝絕，凝絕不通聲漸歇。別有幽愁暗恨生，此時無聲勝有聲」一節詩句的化用麼？

但值得注意的是，〈琵琶行〉得意的筆墨，是對琵琶樂本身繪聲繪色的鋪陳描寫，而〈夜箏〉所取的倒是〈琵琶行〉中用作陪襯的描寫。這又不是偶然的了。清人劉熙載說：「絕句取徑貴深曲」，「正面不寫寫反面，本面不寫寫對面、旁面，須如睹影知竿乃妙」（《藝概·詩概》）。尤其涉及敘事時，絕句不可能像敘事詩那樣把一個事件展開，來一個鋪陳始末。因此對素材的剪裁提煉特別重要。詩人在這裡對音樂的描寫只能取一頃刻，使人從一斑見全豹。而「弦凝指咽聲停處」的頃刻，就有豐富的暗示性，它類乎樂譜中一個大有深意的休止符，可以引起讀者對「自彈自感」內容的豐富聯想。詩從側面落筆，的確收到了「睹影知竿」的效果。（周嘯天）

勤政樓①西老柳　白居易

半朽臨風樹，多情立馬人。
開元一枝柳，長慶二年春。

〔註〕①勤政樓：《舊唐書·睿宗諸子讓皇帝傳》：「玄宗於興慶宮南置樓，西面題曰花蕚相輝之樓，南面題曰勤政務本之樓。」

這首五言絕句，純由對句組成，彷彿是五律的中間兩聯。全詩以柳寫人，借景抒情。首句以「半朽」描畫樹，次句以「多情」形容人，結尾兩句以「開元」和「長慶二年」交代時間跨度。詩人用簡括的筆觸勾勒了一幅臨風立馬圖，語短情長，意境蒼茫。

勤政樓西的一株柳樹，是唐玄宗開元年間（七一三～七四一）所種，至穆宗長慶二年（八二二）已在百齡上下，其時白居易已五十一歲。以垂暮之年對半朽之樹，怎能不愴然動懷呢！東晉時桓溫北征途中，見昔日手種柳樹皆已十圍，就曾感慨道：「木猶如此，人何以堪！」（《世說新語·言語》）可見對樹傷情，自古已然。難怪詩人要良久立馬，凝望出神了。樹「半朽」，人也「半朽」；人「多情」，樹又如何呢？在詩人眼中，物情本同人情。宋代辛棄疾後來也寫過「我見青山多嫵媚，料青山、見我應如是」（〈賀新郎·甚矣吾衰矣〉）這樣情趣盎然的詞句。現在，這株臨風老柳也許是出於同病相憐，為了牽挽萍水相逢的老人，才擺弄它那多情的長條吧！

詩的開始兩句，把讀者帶到了一個物我交融、物我合一的妙境。樹就是我，我就是樹，既可以說多情之人是半朽的，也不妨說半朽之樹是多情的。「半朽」和「多情」，歸根到柢都是詩人的自畫像，「樹」和「人」都是詩人自指。這兩句情景交融，彼此補充，相互滲透。寥寥十字，韻味悠長。

如果說，前兩句用優美的畫筆，那麼，後兩句則是用純粹的史筆，作為前兩句的補筆，不僅補敘了柳樹的年齡，詩人自己的歲數，更重要的是把百年歷史變遷、自然變化和人世滄桑隱含在內，該是怎樣的大手筆！它像畫上的題款出現在畫卷的一端那樣，使這樣一幅充滿感情而又具有紀念意義的生活小照，顯得格外新穎別致。

（陳志明）

暮江吟 白居易

一道殘陽鋪水中，半江瑟瑟①半江紅。

可憐九月初三夜，露似真珠②月似弓。

〔註〕①瑟瑟：深碧色。②真珠：即珍珠。

〈暮江吟〉是白居易「雜律詩」中的一首。這些詩的特點是透過一時一物的吟詠，在一笑一吟中能夠真率自然地表現內心深處的情思。

詩人選取了紅日西沉到新月東升這一段時間裡的兩組景物進行描寫。前兩句寫夕陽落照中的江水。「一道殘陽鋪水中」，殘陽照射在江面上，不說「照」，卻說「鋪」，這是因為「殘陽」已經接近地平線，幾乎是貼著地面照射過來，確像「鋪」在江上，很形象；這個「鋪」字也顯得平緩，寫出了秋天夕陽的柔和，給人以親切、安閒的感覺。「半江瑟瑟半江紅」，天氣晴朗無風，江水緩緩流動，江面皺起細小的波紋。受光多的部分，呈現一片「紅」色；受光少的地方，呈現出深深的碧色。詩人抓住江面上呈現出的兩種顏色，卻表現出殘陽照射下，暮江細波粼粼、光色瞬息變化的景象。詩人沉醉了，把自己的喜悅之情寄寓在景物描寫之中了。

後兩句寫新月初升的夜景。詩人留連忘返，直到初月升起，涼露下降的時候，眼前呈現出一片更為美好的境界。詩人俯身一看：呵呵，江邊的草地上掛滿了晶瑩的露珠。這綠草上的滴滴清露，多麼像鑲嵌在上面的粒粒珍珠！用「真珠」作比喻，不僅寫出了露珠的圓潤，而且寫出了在新月的清輝下，露珠閃爍的光澤。再抬頭一看：一彎新月初升，這真如同在碧藍的天幕上，懸掛了一張精巧的弓！詩人把這天上地下的兩種景象，壓縮在一句詩裡——「露似真珠月似弓」。作者從弓也似的一彎新月，想起此時正是「九月初三夜」，不禁脫口讚美它的可愛，直接抒情，把感情推向高潮，給詩歌造成了波瀾。

詩人透過「露」、「月」視覺形象的描寫，創造出多麼和諧、寧靜的意境！用這樣新穎巧妙的比喻來精心為大自然敷彩著色，描容繪形，令人嘆絕。由描繪暮江，到讚美月露，這中間似少了一個時間上的銜接，而「九月初三夜」的「夜」無形中把時間連接起來，它上與「暮」接，下與「露」、「月」相連。這就意味著詩人從黃昏時起，一直玩賞到月上露下，蘊含著詩人對大自然的喜悅、熱愛之情。

這首詩大約是唐穆宗長慶二年（八二二）白居易寫於赴杭州任刺史途中。當時朝政昏暗，牛李黨爭激烈，詩人諳盡了朝官的滋味，自求外任。這首詩從側面反映出詩人離開朝廷後的輕鬆愉快的心情。途次所見，隨口吟成，格調清新，自然可喜。（張燕瑾）

寒閨怨 白居易

寒月沉沉洞房靜，真珠簾外梧桐影。
秋霜欲下手先知，燈底裁縫剪刀冷。

此詩前兩句寫景，後兩句寫情。其寫情，是透過對事物的細緻感受來表現的。「洞房」，猶言深屋，在很多進房屋的後部，通常是富貴人家女眷所居。居室本已深邃，又被寒冷的月光照射著，所以更見幽靜。簾子稱之為「真珠簾」，無非形容其華貴，與上句洞房相稱，不可呆看。「洞房」、「珠簾」，都是透過描寫環境以暗示其人的身份。「梧桐影」既與上文「寒月」相映，又暗逗下文「秋霜」，因無月則無影，而到了秋天，樹中落葉最早的是梧桐，所謂「一葉落而知天下秋」。前兩句把景寫得如此之冷清，人寫得如此之幽獨，就暗示了題中所謂寒閨之怨。

在這冷清清的月光下，靜悄悄的房屋中，簾子裡的人還沒有睡，手上拿著剪刀，在裁縫衣服。忽然，她感到剪刀冰涼，連手也覺得冷起來了。這是怎麼一回事呢？隨即想起，是秋深了，要下霜了。秋霜欲下，玉手先知。暮秋深夜，趕製寒衣，是這位閨中少婦要寄給遠方的征夫的。（唐代的府兵制度規定，兵士自備甲仗、糧食和衣裝，存入官庫，行軍時領取備用。但征戍日久，衣服破損，就要由家中寄去補充更換，特別是需要禦寒的冬衣。所以唐詩中常常有秋閨擣練、製衣和寄衣的描寫。在白居易的時代，府兵制已破壞，但家人為征夫寄寒衣，仍然是需要的。）天寒歲暮，征夫不歸，冬衣未成，秋霜欲下，想到親人不但難歸，而且還要受凍，豈能無怨？於是，剪刀上的寒冷，不但傳到了她手上，而且也傳到她心上了。丈夫在外的辛苦，自己在家的孤寂，合之歡樂，離之悲痛，酸甜苦辣，一齊湧上心來，是完全可以想得到的；然而詩人卻只寫到從手上的剪刀之冷而感到天氣的變化為止，其餘一概不提，讓讀者自己去想像，去體會。雖似簡單，實則豐富，這就是含蓄的妙處。這種對生活的感受是細緻入微的。在日常生活中，人們常常對一些事物的變遷，習而不察，但敏感的詩人，卻能將它捕捉起來，描寫出來，使人感到既平凡又新鮮，這首詩藝術上就有這個特點。（沈祖棻）

錢塘湖春行　白居易

孤山寺北賈亭①西，水面初平雲腳低。幾處早鶯爭暖樹，誰家新燕啄春泥。

亂花漸欲迷人眼，淺草纔能沒馬蹄。最愛湖東行不足，綠楊陰裡白沙堤②。

〔註〕①賈亭：一名賈公亭。《唐語林》卷六：「貞元中，賈全為杭州（刺史），於西湖造亭，為賈公亭，未五六十年廢。」白居易作此詩時，賈亭尚在。②白沙堤：即白堤，又稱沙堤或斷橋堤。（白居易在杭州時，曾修堤蓄水，灌溉民田，其堤在錢塘門之北。後人誤以白堤混為白氏所築之堤。）西湖三面環山，白堤中貫，在湖東一帶，總攬全湖之勝。

這詩是唐穆宗長慶三或四年（八二三或八二四）春白居易任杭州刺史時所作。

錢塘湖是西湖的別名。提起西湖，就會聯想到宋代蘇軾詩中的名句：「欲把西湖比西子，淡妝濃抹總相宜。」（〈飲湖上初晴後雨二首〉其二）讀了白居易這詩，彷彿真的看到了那含睇宜笑的西施的面影，更加感到東坡這比喻的確切。

樂天在杭州時，有關湖光山色的題詠很多。這詩處處扣緊環境和季節的特徵，把剛剛披上春天外衣的西湖，描繪得生意盎然，恰到好處。

「孤山寺北賈亭西」。孤山在後湖與外湖之間，峰巒聳立，上有孤山寺，是湖中登覽勝地，也是全湖一個特出的標誌。賈亭在當時也是西湖名勝。有了第一句的敘述，這第二句的「水面」，自然指的是西湖湖面了。

秋冬水落，春水新漲，在水色天光的混茫中，太空裡舒捲起重重疊疊的白雲，和湖面上蕩漾的波瀾連成了一片，故曰「雲腳低」。「水面初平雲腳低」一句，勾勒出湖上早春的輪廓。

接下兩句，從鶯鶯燕燕的動態中，把春的活力，大自然從秋冬沉睡中蘇醒過來的春意生動地描繪了出來。鶯是歌手，它歌唱著江南的旖旎春光；燕是候鳥，春天又從南國飛來。它們富於季節的敏感，成為春天的象徵。在這裡，詩人對周遭事物的選擇是典型的；而他的用筆，則是細緻入微的。說「幾處」，可見不是「處處」；說「誰家」，可見不是「家家」。因為這還是初春季節。這樣，「早鶯」的「早」和「新燕」的「新」就在意義上互相生發，把兩者聯成一幅完整的畫面。因為是「早鶯」，所以搶著向陽的暖樹，來試它滴溜的歌喉；因為是「新燕」，所以當它啄泥銜草，營建新巢的時候，就會引起人們一種乍見的喜悅。南朝宋謝靈運「池塘生春草，園柳變鳴禽」（〈登池上樓〉）二句之所以妙絕古今，為人傳誦，正由於他寫出了季節更換時這種乍見的喜悅。這詩在意境上頗與之相類似。

詩的前四句寫湖上春光，範圍是寬廣的，它從「孤山」一句生發出來；後四句專寫「湖東」景色，歸結到「白沙堤」。前面先點明環境，然後寫景；後面先寫景，然後點明環境。詩以「孤山寺」起，以「白沙堤」終，從點到面，又由面回到點，中間的轉換，不見痕跡。結構之妙，誠如清薛雪所指出：樂天詩「章法變化，條理井然」（《一瓢詩話》）。這種「章法」上的「變化」，往往寓諸渾成的筆意之中；倘不細心體察，是難以看出它的「條理」的。

「亂花」、「淺草」一聯，寫的雖也是一般春景，然而它和「白沙堤」卻有緊密的聯繫：春天，西湖哪兒都是綠毯般的嫩草；可是這平坦修長的白沙堤，遊人來往最為頻繁。唐時，西湖上騎馬遊春的風俗極盛，連歌姬舞妓也都喜愛騎馬。詩用「沒馬蹄」來形容這嫩綠的淺草，正是眼前現成景色。

「初平」、「幾處」、「誰家」、「漸欲」、「纔能」這些詞語的運用，在全詩寫景句中貫串成一條線索，把早春的西湖點染成半面輕勻的錢塘蘇小小。可是這蓬蓬勃勃的春意，正在急劇發展之中。從「亂花漸欲迷人眼」這一聯裡，透露出另一個消息：很快地就會姹紫嫣紅開遍，湖上鏡臺裡即將出現濃妝豔抹的西施。

清方東樹說這詩「象中有興，有人在，不比死句」（《昭昧詹言》）。這是一首寫景詩，它的妙處，不在於窮形盡相的工緻刻畫，而在於即景寓情，寫出了融和駘蕩的春意，寫出了自然之美所給予詩人的集中而飽滿的感受。所謂「象中有興，有人在」，所謂「隨物賦形，所在充滿」（金王若虛《滹南詩話》），是應該從這個意義去理解的。（馬茂元）

西湖晚歸回望孤山寺贈諸客

白居易

柳湖松島蓮花寺，晚動歸橈出道場。盧橘子低山雨重，栟櫚葉戰水風涼。煙波澹蕩搖空碧，樓殿參差倚夕陽。到岸請君回首望，蓬萊宮在海中央。

唐穆宗長慶二年（八二二）秋至四年夏，白居易在杭州任刺史。政事之餘，他常喜歡到佛寺裡聽聽僧侶講經。這首詩便是寫他與「諸客」聽講歸來時的感受。作品生動地描繪了孤山寺的秀美，風景中處處點染著詩人的喜悅之情。

「柳湖松島蓮花寺，晚動歸橈出道場。」柳湖，即西湖，因湖上垂柳掩映，故云；松島，即孤山，因山矗立湖中，故稱；蓮花寺，即孤山寺，湖中蓮花盛開，因而以之形容其美；道場，僧侶誦經禮拜之處，即佛殿。這兩句，雖然僅是對詩題「西湖晚歸」的一個交代，但在寫法上卻很見技巧。試以現代的電影攝影手法作比，先是全景：波光漪漣的柳湖。然後鏡頭向前推近：映出松島、蓮花寺。最後是兩個分鏡頭：湖上，天近傍晚，撐船人正搖動「歸橈」，準備接客歸去；寺中，詩人正和「諸客」走出道場，準備「晚歸」。這種寫法，層次分明，主從有序，給人以清晰明快之感。其次，這兩句五處用了富有特徵性的修飾詞語和「借代」之法，從而增加了景物的質感和特徵，寫出了詩人對它的喜悅之情。試想，如果直說「西湖孤山山上寺，晚動歸舟出廟堂」，這就索然無味，不能寫出孤山寺的特色及詩人的喜悅之情。詩貴別趣，意忌直出，沒有詩人的這種精心安排和恰當修飾，就不會使人讀之如身臨其境的。

上二句，從大處寫起，由景到人；下二句，是從小處著筆，由人觀景。「盧橘子低山雨重，栟櫚葉戰水風涼」，這是寫詩人歸路所見。盧橘即枇杷，栟櫚（音同兵驢）即棕櫚。枇杷碩果累累，金實翠葉，本來就多麼令人喜愛，山雨過後，清香四溢，連果枝都被壓得低垂下來。一個「重」字，寫出了詩人對它的多少喜悅之情！棕櫚樹高葉大，儼若涼扇遮徑，雨後清風，闊葉顫動，似乎它也感到了水風的清爽。一個「涼」字，透出詩人多少快感！好的畫境，首先要看它能否表現出典型的物象；好的詩情，首先要看它能否把作者的精神融於畫境。這兩句，可以說是美景爽情的融洽，詩情畫意的結合，似情似景，難解難分。

詩人移步登舟，船行湖上，這時的情景是：在寬闊的湖面上，輕輕的寒煙似有似無，藍藍的湖波共長天一色，所以說「煙波澹蕩搖空碧」。「澹蕩」二字，使人如泛仙槎，如升青冥，寫出了清爽閒適之情。回望孤山寺：「樓殿參差倚夕陽。」「參差」二字，寫出了隨山勢高下而建築的宇觀樓殿的特有景色，從而使人想到簷牙錯落、各抱地勢的瑰麗情景；加之夕陽晚照，紅磚綠瓦，金光明滅，真是佛地宛如仙境，因而詩人發出由衷的感慨：「到岸請君回首望，蓬萊宮在海中央。」——落筆到「回望孤山寺贈諸客」的題旨，作品便戛然而止。蓬萊，神話中海上的仙山，而孤山寺中又有蓬萊閣，兩者渾然一體，不著痕跡，更增加了韻外味，弦外音，使孤山寺的詩情畫境久久縈繞於讀者的腦際。

這首詩，句句寫景，句句含情，讀後如隨詩人遊蹤，在我們面前展現出一幕幕湖光山色的畫圖。它宛如一篇優美的遊記，更配有鏗鏘的韻致，蕩起喜悅的心聲，如畫卷在目，如樂章在耳，給人以情景水乳交融的快感。

（傅經順）

1755

杭州春望　白居易

望海樓明照曙霞，護江堤白踏晴沙。濤聲夜入伍員廟，柳色春藏蘇小家。

紅袖織綾誇柿蒂，青旗沽酒趁梨花。誰開湖寺西南路，草綠裙腰一道斜。

此詩為唐穆宗長慶三年（八二三）或四年春白居易任杭州刺史時作。詩對杭州春日景色作了全面的描寫。前六句都是一句一景，最後兩句為一景。七處景色都靠「望」字把它們聯在一起，構成一個完整的畫面。

首句寫登樓遠望海天瑰麗的景色，有籠住全篇之勢。作者原註云：「城東樓名望海樓。」宋樂史《太平寰宇記》卷九十三中「望海樓」作「望潮樓」，高十丈。次句護江堤指杭州東南錢塘江岸築以防備海潮的長堤。清晨登望海樓，極目遠眺，旭日東升，霞光萬道，錢塘江水，奔流入海，護江長堤，閃著銀光。此聯把城外東南的景色，寫得極其雄偉壯麗。

次聯詩人把目光轉到城內。杭州城內吳山（又稱「胥山」）上有「伍員廟」。伍員，字子胥，春秋時楚國人。因父兄被楚平王殺害，輾轉逃到吳國，幫助吳國先後打敗了楚國、越國，後因勸吳王夫差拒絕越國求和並停止伐齊而見疏，終被殺害。據民間傳說：他因怨恨吳王，死後驅水為濤，故錢塘江潮又稱「子胥濤」。此詩通首所寫均為白日眺望情景，「夜入」是想像之詞，是說看見眼前的錢塘江和伍員廟，想到夜裡萬籟俱寂之時，濤聲傳入廟中，特別清晰。「蘇小」，即南齊時錢塘名妓蘇小小。「蘇小家」代指歌妓舞女所居的秦樓楚館。

這句正寫題面的「春」字，點明季節，並以歌樓舞榭，寫出杭州的繁華景象。應當注意的是，句中之柳非門前屋後之柳，而是極目遠望到的院中之柳。清人所編《唐宋詩醇》卷二十五評這兩句說：「『入』字、『藏』字極寫望中之景。」兩句均引用典故寫景，不但展現了眼前景物，而且使人聯想到伍員的壯烈，昔日杭州的繁華。上句氣象雄渾，下句旖旎動人，富有詩情畫意。

上兩聯主要是寫自然景色，下一聯則把重點移在風物人情上。「紅袖」指織綾女子。「柿蒂」指綾的花紋。作者原註云：「杭州出柿蒂花者尤佳也。」「青旗」即酒招，代指酒店。「梨花」語意雙關。作者原註：「其俗，釀酒趁梨花時熟，號為『梨花春』。」「趁梨花」是說正好趕在梨花開時飲梨花春酒。此聯一句寫遊人沽飲，一句寫婦女織綾。梨花飄舞，酒旗相招；紅袖翻飛，綾紋綺麗。詩意之濃，色彩之美，讀之令人心醉。

末聯又把目光移到遠處，寫最能代表杭州山水之美的西湖，結足春意。「湖寺」指孤山寺；「西南路」指由斷橋向西南通往湖中到孤山的長堤，即白沙堤，簡稱白堤。作者原註云：「孤山寺路在湖洲中，草綠時，望如裙腰。」「裙腰」這個絕妙的比喻，不僅寫出了春日白堤煙柳蔥蒨，露草芊綿的迷人景色，而且把從遠處俯瞰西湖的景象寫得非常逼真生動。同時，寫裙腰，自然使人聯想到裙，宛若看到彩裙飄逸如湖面的水光波影；由裙，又自然使人聯想到嫵媚秀麗的西湖，豈非美麗少女的化身？宋代蘇軾〈飲湖上初晴後雨二首〉其二詩云：「欲把西湖比西子，淡妝濃抹總相宜。」雖不能肯定它就是從白居易這兩句詩衍化而來，但二者的構思，卻是一致的。

這首詩把杭州春日最有特徵的景物，熔鑄在一篇之中，就像用五色彩筆，畫出一幅〈杭州春望圖〉。畫面以春柳、春草、春樹及江水、湖水的翠綠為主色，又以梨花、紅裙、彩綾、酒旗加以點染，朝日霞光映照其間，把杭州的春光妝點得美麗無比，散發著濃郁的春意。詩在寫法上，由城外之東南，寫到城內，然後又寫到西湖，遠近結合，錯落有致，而又次序井然。同時，又將寫景同詠古，攝自然之景同記風物人情結合起來，使景物更加豐富多彩，富有詩味，洋溢著詩人抑制不住的讚美之情。（王思宇）

秋雨夜眠 白居易

涼冷三秋夜，安閒一老翁。臥遲燈滅後，睡美雨聲中。
灰宿溫瓶火，香添暖被籠。曉晴寒未起，霜葉滿階紅。

「秋雨夜眠」是古人寫得膩熟的題材，白居易卻能開拓意境，抓住特定環境中人物的性格特徵進行細緻的描寫，成功地刻畫出一個安適閒淡的老翁形象。

「涼冷三秋夜，安閒一老翁」，詩人用氣候環境給予人的「涼冷」感覺來形容深秋之夜，這就給整首詩抹上了深秋的基調。未見風雨，尚且如此涼冷，加上秋風秋雨的襲擊，自然更感到寒氣逼人。運用這種襯疊手法能充分調動讀者的想像力，增強詩的感染力。次句點明人物。「安閒」二字勾畫出「老翁」喜靜厭動、恬淡寡欲的形象。

「臥遲燈滅後，睡美雨聲中」，「臥遲」寫出老翁的特性。老年人瞌睡少，寧可閒坐閉目養神，不喜早上床，免得到夜間睡不著；老翁若不是「臥遲」，恐亦難於雨聲中「睡美」。以「燈滅後」三字說明「臥遲」時間，頗耐人玩味。窗外秋雨淅瀝，屋內「老翁」安然「睡美」，正說明他心無所慮，具有閒淡的情懷。

以上兩聯是從老翁在秋雨之夜就寢情況刻畫他的性格。詩的下半則從老翁睡醒之後情況作進一步描繪。

「灰宿溫瓶火，香添暖被籠」，以烘瓶裡的燃料經夜已化為灰燼，照應老翁的「睡美」。才三秋之夜已經要烤火，突出老翁的怕冷。夜已經過去，按理說老翁應該起床了，卻還要「香添暖被籠」，打算繼續躺著，生動地描繪出體衰閒散的老翁形象。

「曉晴寒未起，霜葉滿階紅」，與首句遙相呼應，寫氣候對花木和老翁的影響。風雨過後，深秋的氣候更加寒冷，「寒」字交代了老翁「未起」的原因。「霜葉滿階紅」，夜來風雨加深了「寒」意，不久前還紅似二月花的樹葉，一夜之間就被秋風秋雨無情地掃得飄零滿階，多麼冷酷的大自然啊！從樹木移情到人，從自然想到社會，豈能無感觸！然而「老翁」卻「曉晴寒未起」，對它漫不經心，突出了老翁的心境清靜淡泊。全詩緊緊把握老翁秋雨之夜安眠的特徵，寫得生動逼真，親切感人，富有生活氣息。

這首詩大約是唐文宗大和六年（八三二）秋白居易任河南尹時所作。這時詩人已六十多歲，體衰多病，官務清閒，加上親密的詩友元稹已經謝世，心情特別寂寞冷淡。詩中多少反映了詩人暮年政治上心灰意懶，生活上孤寂閒散的狀況。（宛新彬）

與夢得沽酒閒飲且約後期　白居易

少時猶不憂生計，老後誰能惜酒錢？共把十千沽一斗，相看七十欠三年。
閒征雅令窮經史，醉聽清吟勝管弦。更待菊黃家醞熟，共君一醉一陶然。

唐文宗開成三年（八三八），白居易和劉禹錫同在洛陽，劉任太子賓客分司，白任太子少傅，都是閒職。政治上共遭冷遇，使兩位摯友更為心心相印了。詩題中「閒飲」二字透露出詩人寂寞而又閒愁難遣的心境。

前兩聯，字面上是抒寫詩友聚會時的興奮，沽酒時的豪爽和閒飲時的歡樂，骨子裡卻包含著極為淒涼沉痛的感情。

從「少時」到「老後」，是詩人對自己生平的回顧。「不憂生計」與不「惜酒錢」，既是題中「沽酒」二字應有之義，又有政治抱負與身世之感隱含其中。「少時」二字使人想見詩人少不更事時的稚氣與初生之犢不畏虎的豪氣。「老後」卻使人聯想到那種閱盡世情冷暖，飽經政治滄桑而身心交瘁的暮氣了。詩人回首平生，難免有「早歲那知世事艱」（宋陸游〈書憤〉）的感慨。

「共把」一聯承上啟下，亦憂亦喜，寫神情極妙。「十千沽一斗」是傾注豪情的誇張。一個「共」字使人想見兩位老友爭相解囊、同沽美酒時真摯熱烈的情景，也暗示兩人有相同的處境，同病相憐，同樣想以酒解悶。「相看」二字進而再現出坐定之後彼此端詳的親切動人場面。白、劉都生於公元七七二年，時年均已六十七歲，亦即「七十欠三年」。兩位白髮蒼蒼的老人，兩張皺紋滿面的老臉，面面相覷，怎能不感慨萬千？朋友的衰顏老態，也就是自己的一面鏡子，憐惜對方也就是憐惜自己。在這無言的凝視和含淚的微笑之中，包含著多少宦海浮沉、飽經憂患的複雜感情。

「閒征」一聯，具體描寫「閒飲」的細節和過程，將題中旨意寫足。這裡的「閒」是身閒而心未嘗閒，借知識的遊戲來怡情養性是假，排遣寂寞無聊才是真。雖有高雅芳潔的情懷、匡時救世的志向和滿腹經綸的才學，卻只能引經據史，行行酒令，虛擲時光，這不是仁人志士的不幸嗎？這裡的「醉」，似醉而非真醉；與其說是醉於「十千沽一斗」的美酒，不如說是醉於「勝管弦」的「清吟」。雖然美酒可以醉人，卻不能醉心；一般的絲竹可以悅耳動聽，卻無法像知己的「清吟」那樣奏出心靈的樂章，引起感情上的共鳴。這二句，把「閒飲」和內心的煩悶都表現得淋漓盡致。

尾聯，詩人把眼前的聚會引向未來，把友情和詩意推向高峰。一個「更」字開拓出「更上一層樓」的意境，使時間延長了，主題擴大和深化了。此番「閒飲」，似乎猶未盡興，於是二人又相約在重陽佳節時到家裡再會飲。那時家醞的菊花酒已經熟了，它比市賣的酒更為醇美哩，大概也更能解愁吧！「共君一醉一陶然」，既使人看到摯友的深情厚誼，又不難發現其中有極為深重的哀傷和愁苦。只有在醉鄉中才能求得「陶然」之趣，才能超脫於愁苦之外，這本身不就是一種痛苦的表現嗎？

這首詩寫的是「閒飲」，卻包蘊著極為悲愴的身世之感。首句「少時」起得突兀，遂又以「老後」相對；三句寫「沽酒」，四句忽又牽入「相看七十欠三年」句。從一時「閒飲」，推衍到漫漫人生，實在高妙。全詩言簡意富，語淡情深，通篇用賦體卻毫不平板呆滯，見出一種爐火純青的功力。（徐傳禮）

覽盧子蒙侍御舊詩，多與微之唱和。感今傷昔，因贈子蒙，題於卷後

白居易

早聞元九詠君詩，恨與盧君相識遲。今日逢君開舊卷，卷中多道贈微之。
相看淚眼情難說，別有傷心事豈知？聞道咸陽墳上樹，已抽三丈白楊枝！

白居易晚年與「香山九老」之一的盧子蒙侍御交往，一天，翻閱盧的詩集，發現集子裡不少詩篇是贈給元稹的。而此時元稹已去世十年了。白居易不禁心酸，他迅速把詩集翻到最後，蘸滿濃墨，和著熱淚，在空白頁上寫下了這首律詩。

詩一開始，全是敘事，好像與盧子蒙對坐談心。詩句追溯往事，事中自見深情。頭兩句，把三十多年前與微之論詩衡文，睥睨當世，談笑風生的情景，重新展現在眼前。接下去，三、四句寫今日與盧君聚首，共同披閱他的詩卷，也只是平平常常的敘事。然而，情景一轉，詩集中突然跳出了元微之的名字，眼前便閃現出微之的影子，詩情也就急轉直下，發為變徵之音。五、六兩句，轉入正面抒情。「相看」一句，描繪了一瞬間的神態：兩個老人，你望著我，我望著你，老淚縱橫，卻都不說一句話。

詩篇至此，一種無聲之慟，已夠摧裂肺肝，而全詩也已經神完氣足了。最後兩句，詩人又用「聞道」一語領起，宕開詩境，跳到了微之墳上。墓木拱矣，黃土成阡；樹猶如此，人何以堪！歲月的流逝是這樣快，悼念

之情又怎能不這樣深？

這首詩，直抒胸臆，純任自然，八句一氣貫串，讀起來感到感情強烈逼人，不容換氣。全詩用「四支」韻，本來是不十分響的韻部，到了詩人筆下，卻變得瀏亮哀遠，音樂效果特別強烈。古來懷友的名篇，共同的特點是真摯、深刻。白居易此詩是悼亡友，在真摯、深刻之外，又多了一重悽愴的色彩。（賴漢屏）

楊柳枝詞①

白居易

一樹春風千萬枝，嫩於金色軟於絲。
永豐西角荒園裡，盡日無人屬阿誰？

〔註〕①楊柳枝：唐教坊曲名。歌詞形式就是七言絕句，此題專用於詠柳。

關於這首詩，當時河南尹盧貞有一首〈和白尚書賦永豐柳〉，並寫了題序說：「永豐坊西南角，有垂柳一株，柔條極茂。白尚書曾賦詩，傳入樂府，遍流京都。近有詔旨，取兩枝植於禁苑。乃知一顧增十倍之價，非虛言也。」永豐坊為唐代東都洛陽坊里名。白居易於武宗會昌二年（八四二）以刑部尚書致仕後寓居洛陽，直至會昌六年卒；盧貞會昌四年七月為河南尹（治所在今河南洛陽）。白詩寫成到傳至京都，須一段時間，然後有詔旨下達洛陽，盧貞始作和詩。據此推知，白氏此詩約作於會昌三年至五年之間。移植永豐柳詔下達後，他還寫了一首〈詔取永豐柳植禁苑感賦〉的詩。唐孟棨《本事詩》說：「白尚書姬人樊素善歌，妓人小蠻善舞，嘗為詩曰：『櫻桃樊素口，楊柳小蠻腰。』年既高邁，而小蠻方豐豔，因為楊柳之詞（按即詠永豐柳〈楊柳枝詞〉）以托意。」並把教坊歌唱此詩及詔取永豐柳誤為宣宗朝詩人死後之事。其說不可靠。

此詩前兩句寫柳的風姿可愛，後兩句發抒感慨，是一首詠物言志的七絕。

詩中寫的是春日的垂柳。最能表現垂柳特色的，是它的枝條，此詩亦即於此著筆。首句寫枝條之盛，舞姿之美。「春風千萬枝」，是說春風吹拂，千絲萬縷的柳枝，隨風起舞。一樹而千萬枝，可見柳之繁茂。次句極寫柳枝之秀色奪目，柔嫩多姿。春風和煦，柳枝綻出細葉嫩芽，望去一片嫩黃；細長的柳枝，隨風飄盪，比絲縷還要柔軟。「金色」、「絲」，比譬形象，寫盡早春新柳又嫩又軟之嬌態。此句上承春風，寫的仍是風中情景，風中之柳，才更能顯出枝條之軟。句中疊用兩個「於」字，接連比況，更加突出了「軟」和「嫩」，而且使節奏輕快流動，與詩中欣喜讚美之情非常協調。這兩句把垂柳之生機橫溢，秀色照人，輕盈裊娜，寫得極生動。清人所編《唐宋詩醇》稱此詩「風致翩翩」，確是中肯之論。

這樣美好的一株垂柳，照理應當受到人們的讚賞，為人珍愛；但詩人筆鋒一轉，寫的卻是它荒涼冷落的處境。詩於第三句才交代垂柳生長之地，有意給人以突兀之感，在詩意轉折處加重特寫，以強調垂柳之不得其地。「西角」為背陽陰寒之地，「荒園」為無人所到之處，生長在這樣的場所，垂柳再好，又有誰來一顧呢？只好終日寂寞了。反過來說，那些不如此柳的，因為生得其地，卻備受稱讚，為人愛惜。詩人對垂柳表達了深深的惋惜。這裡的孤寂落寞，同前兩句所寫的動人風姿，正好形成鮮明的對比；而對比越是鮮明，越是突出了感嘆的強烈。

這首詠物詩，抒發了對永豐柳的痛惜之情，實際上就是對當時政治腐敗、人才埋沒的感慨。白居易生活的時期，由於朋黨鬥爭激烈，不少有才能的人都受到排擠。詩人自己，也為避朋黨傾軋，自請外放，長期遠離京城。此詩所寫，亦當含有詩人自己的身世感慨在內。

此詩將詠物和寓意融在一起，不著一絲痕跡。全詩明白曉暢，有如民歌，加以描寫生動傳神，當時就「遍流京都」。後來宋代蘇軾寫〈洞仙歌．詠柳〉有「永豐坊那畔，盡日無人，誰見金絲弄晴晝」之句，隱括此詩，讀來仍然令人有無限低迴之感，足見其藝術力量感人至深了。（王思宇）

白雲泉

白居易

天平山上白雲泉，雲自無心水自閒。
何必奔衝山下去，更添波浪向人間！

「天平山上白雲泉」，起句即點出吳中的奇山麗水、風景形勝的精華所在。天平山在蘇州市西二十里。「此山在吳中最為嶒崒高聳，一峰端正特立」（宋范成大《吳郡志》卷十五），「巍然特出，群峰拱揖」，岩石峻峭。山上青松鬱鬱蔥蔥。山腰依崖建有亭，「亭側清泉，泠泠不竭，所謂白雲泉也」，號稱「吳中（今江蘇蘇州）第一水」，泉水清冽而晶瑩，「自白樂天題以絕句」，「名遂顯於世」（宋朱長文《吳郡圖經續記》卷中《山》）。然而，這一名山勝水的優美景色在詩人眼簾中卻呈現為：「雲自無心水自閒。」白雲隨風飄蕩，舒捲自如，無牽無掛；泉水淙淙潺流，自由奔瀉，從容自得。詩人無意描繪天平山的巍峨高聳和吳中第一水的清澄透澈，卻著意描寫「雲無心以出岫」（陶淵明〈歸去來兮辭〉）的境界，表現白雲坦蕩淡泊的胸懷和泉水閑靜雅致的神態。句中連用兩個「自」字，特別強調雲水的自由自在，自得自樂，逍遙而愜意。這裡移情注景，景中寓情。「雲自無心水自閒」，恰好是詩人思想感情的自我寫照。

唐敬宗寶曆元年（八二五）至二年，白居易任蘇州刺史期間，政務十分繁忙冗雜，「清旦方堆案，黃昏始退公。可憐朝暮景，銷在兩衙中」（〈秋寄微之十二韻〉），覺得很不自由。面對閒適的白雲與泉水，對照自己「心為形役」的情狀，不禁產生羨慕的心情，一種清靜無為、與世無爭的思想便油然而起：「何必奔衝山下去，更添波浪向人間！」問清清的白雲泉水，何必向山下奔騰飛瀉而去，給紛擾多事的人世推波助瀾！自唐憲宗元和十年（八一五）白居易貶官江州司馬後，濟世的抱負和鬥爭的銳氣漸漸減少，而「知足保和」（白居易〈與元九書〉）、獨善其身的思想則逐步增加。在蘇州刺史任上，他深深感到「公私頗多事，衰憊殊少歡。迎送賓客懶，鞭笞黎庶難」（〈自詠五首〉其三），渴望能早日擺脫惱人的俗務。結尾兩句流露出「既無可戀者，何以不休官」的情緒，集中反映了詩人隨遇而安、出世歸隱的思想，表現了詩人後期人生觀的一個側面。

這首七絕猶如一幅線條明快簡潔的淡墨山水圖。詩人並不注重用濃墨重彩描繪天平山上的風光，而是著意摹畫白雲與泉水的神態，將它人格化，使它充滿生機、活力，點染著詩人自己閒逸的感情，給人一種饒有風趣的清新感。詩人採取象徵手法，寫景寓志，以雲水的逍遙自由比喻恬淡的胸懷與閒適的心情；用泉水激起的自然波浪象徵社會風浪，「興發於此而義歸於彼」（〈與元九書〉），言淺旨遠，意在象外，寄託深厚，理趣盎然。詩的風格平淡渾樸，清代田雯謂：「樂天極清淺可愛，往往以眼前事為見到語，皆他人所未發。」（《古歡堂集》）這一評語正好道出了這首七絕的特色。（何國治）

李紳

【作者小傳】（七七二～八四六）字公垂，無錫（今屬江蘇）人。唐憲宗元和進士，曾因觸怒權貴下獄。武宗時拜相，出為淮南節度使。與元稹、白居易交遊很密，為新樂府運動的參與者。與李德裕、元稹號「三俊」。作有〈樂府新題〉二十首，已失傳。今存《追昔遊》詩三卷，《全唐詩》另有雜詩一卷。（新、舊《唐書》本傳、《唐詩紀事》卷三九）

憫農二首

李紳

春種一粒粟，秋收萬顆子。四海無閑田，農夫猶餓死。

鋤禾日當午，汗滴禾下土。誰知盤中餐①，粒粒皆辛苦。

〔註〕①一作「盤中飧」。

李紳不僅是中唐時期新樂府運動的倡導者之一，而且是寫新樂府詩的最早實踐者。元稹〈和李校書新題樂府十二首序〉說過：「余友李公垂，貺余樂府新題二十首。雅有所謂，不虛為文。余取其病時之尤急者，列而和之，蓋十二而已。」元稹和了十二首，白居易又寫了五十首，並改名〈新樂府〉。可見李紳創作的〈樂府新題〉對他們的影響。所謂「不虛為文」，不也就含有「文章合為時而著，歌詩合為事而作」（白居易〈與元九書〉）的意思嗎？可惜的是李紳寫的〈樂府新題〉二十首今已不傳。不過，他早年所寫的〈憫農二首〉（一稱〈古風二首〉），亦足以體現「不虛為文」的精神。

詩的第一首一開頭，就以「一粒粟」化為「萬顆子」具體而形象地描繪了豐收，用「種」和「收」讚美了農民的勞動。第三句再推而廣之，描述四海之內，荒地變良田。這和前兩句聯起來，便構成了到處碩果累累，遍地「黃金」的生動景象。「引滿」是為了更有力的「發」。這三句詩人用層層遞進的筆法，表現出農民的巨大貢獻和無窮的創造力，這就使下文的反結變得更為凝重，更為沉痛。「盡道豐年瑞，豐年事若何？」（羅隱〈雪〉）是的，豐收了又怎樣呢？「農夫猶餓死」，它不僅使前後的內容連貫起來了，也把問題突出出來了。勤勞的農民以他們的雙手獲得了豐收，而他們自己呢，還是兩手空空，慘遭餓死。詩迫使人們不得不帶著沉重的心情去思索：是誰製造了這人間的悲劇？答案是很清楚的。詩人把這一切放在幕後，讓讀者去尋找，去思索。要把這兩方面綜合起來，那就正如馬克思所說的：「勞動替富者生產了驚人作品（奇跡），然而，勞動替勞動者生產了赤貧。勞動生產了宮殿，但是替勞動者生產了洞窟。勞動生產了美，但是給勞動者生產了畸形。」

第二首詩，一開頭就描繪在烈日當空的正午，農民依然在田裡勞作，那一滴滴的汗珠，灑在灼熱的土地上。這就補敘出由「一粒粟」到「萬顆子」，到「四海無閑田」，乃是千千萬萬個農民用血汗澆灌起來的；這也為下面「粒粒皆辛苦」擷取了最富有典型意義的形象，可謂一以當十。它概括地表現了農民不避嚴寒酷暑、雨雪風霜，終年辛勤的生活。本來粒粒糧食滴滴汗，除了不懂事的孩子，誰都應該知道的。但是，現實又是怎樣呢？詩人沒有明說，然而，讀者只要稍加思索，就會發現現實的另一面：那「水陸羅八珍」（白居易〈秦中吟十首：輕肥〉）

的人肉的筵宴，那無數的糧食「輸入官倉化為土」的罪惡和那「船中養犬長食肉」（張籍〈野老歌〉）的驕奢。可見「誰知盤中餐，粒粒皆辛苦」，不是空洞的說教，不是無病的呻吟；它近似蘊意深遠的格言，但又不僅以它的說服力取勝，而且還由於在這一深沉的慨嘆之中，凝聚了詩人無限的憤懣和真摯的同情。

我們從幾十年之後唐末農民起義的「天補平均」的口號中，便不難看出這兩首詩在客觀上是觸及到了當時社會的主要問題的。

〈憫農二首〉不是透過對個別的人物、事件的描寫體現它的主題，而是把整個的農民生活、命運，以及那些不合理的現實作為抒寫的對象。這對於兩首小詩來說，是很容易走向概念化、一般化的，然而詩篇卻沒有給人這種感覺。這是因為作者選擇了比較典型的生活細節和人們熟知的事實，集中地刻畫了那個畸形社會的矛盾，說出了人們想要說的話。所以，它親切感人，概括而不抽象。詩人還用虛實結合、相互對比、前後映襯的手法，增強了詩的表現力。因此它雖然是那麼通俗明白，卻無單調淺薄之弊，能使人常讀常新。在聲韻方面詩人也很講究，他採用不拘平仄的古絕形式。這一方面便於自由地抒寫，另一方面也使詩具有一種和內容相稱的簡樸厚重的風格。兩首詩都選用短促的仄聲韻，讀來給人一種急切悲憤而又鬱結難伸的感覺，更增強了詩的感染力。

（趙其鈞）

柳宗元

【作者小傳】（七七三～八一九）字子厚，河東解（今山西運城西）人，世稱柳河東。德宗貞元進士，授校書郎，調藍田尉，升監察御史裡行。因參加王叔文集團，被貶為永州司馬。後遷柳州刺史，故又稱柳柳州。與韓愈皆倡導古文運動，並稱「韓柳」，同被列入「唐宋八大家」。其詩風格清峭。有《河東先生集》。（新、舊《唐書》本傳、《唐詩紀事》卷五）

與浩初上人同看山寄京華親故　柳宗元

海畔尖山似劍鋩，秋來處處割愁腸。
若為化作身千億，散向峰頭望故鄉。

柳宗元透過奇異的想像，獨特的藝術構思，把埋藏在心底的抑鬱之情，不可遏止地盡量傾吐了出來；它的抒情方式，是屬於宋嚴羽《滄浪詩話》裡所說的「沉著痛快」一類。這在唐人絕句中是不多見的。

我們知道，柳宗元是個具有遠大抱負的進步詩人。早年他參加了以王叔文為首的「永貞革新」，不幸失敗，貶為永州司馬。十年之後，又被分發到更遙遠的邊荒之地的柳州（治今廣西柳州）。這詩便是他任柳州刺史時

柳宗元像——清刊本《古聖賢像傳略》

所作。當時，他正當壯盛之年，「一斥不復，群飛刺天」（韓愈〈祭柳子厚文〉），政治上不斷遭受到沉重的打擊，使得他心情憤激不平，終年生活在憂危愁苦之中。《新唐書》本傳說他「既竄斥，地又荒癘，因自放山澤間。其堙厄感鬱，一寓諸文」。這詩裡一連串的奇異的想像，正是他那「堙厄感鬱」心情的寫照。

他之所以「自放山澤間」，為的是借山水以消遣愁懷；然而借山水以消遣愁懷，如同李白所說借酒澆愁一樣，「抽刀斷水水更流，舉杯銷愁愁更愁」（〈宣州謝朓樓餞別校書叔雲〉）。特別是那秋天季節，草木變衰，自然界一片荒涼，登山臨水，觸目傷懷，更使人百端交感，愁腸欲斷。詩人從腸斷這一意念出發，於是聳峙在四周圍的崇山峻嶺，著眼點就在於它的巉削陡峭，在於它的「尖」，從而使群山的形象，轉化為無數利劍的鋒芒，這「愁腸」彷彿就是被它們割斷似的。說「海畔尖山」，正以見地處西南濱海，去故鄉之遠。身在貶所，「望故鄉」而不能歸，當然是痛苦的；然而「悲歌可以當泣，遠望可以當歸」（古樂府〈悲歌行〉），卻又能從痛苦中得到某種滿足。於是在無可奈何的矛盾心情的支配下，他就盡情地望去，唯恐其望得不夠。這無數的像「劍鋩」一樣的「尖山」，山山都可以望故鄉，可是自己只有一個身子，一雙眼睛，該怎麼辦呢？柳宗元是精通佛典的，而和他一同看山的浩初上人，便是龍安海禪師的弟子。佛經中不是有「化身」的說法嗎？在一種微妙的啟示下，於是他就想入非非，想到「化身千億」了。

在這首詩裡，詩人就是透過上述一系列的形象思維來揭示其內心世界的。

詩題標明「寄京華親故」。「望故鄉」而「寄京華親故」，意在訴說自己慘苦的心情、迫切的歸思，希望在朝舊交能夠一為援手，使他得以狐死首丘，不至葬身瘴癘之地。

宋人蘇軾論唐人詩，以柳宗元和韋應物相提並論，指出他們的詩，「發纖穠於簡古，寄至味於淡泊」（〈書黃子思詩集後〉）。清王士禛也說：「風懷澄淡推韋柳。」（〈戲仿元遺山論詩絕句三十二首〉其七）「簡古」、「淡泊」或「澄淡」，乃是柳詩意境風格的一個方面，雖然是其主要的方面，但並不能概括柳詩的全貌。柳詩自有其別調。他的詩，像懸崖峻谷中凜冽的潭水，經過沖沙激石、千迴百折的過程，最後終於流入險阻的絕澗，到徹底的澄清。冷冷清光，鑑人毛髮；岸旁蘭芷，散發著幽鬱的芬芳。但有時山洪陡發，瀑布奔流，會把它激起跳動飛濺的波瀾，發出淒厲而激越的聲響，使人產生一種魂悸魄動的感覺。此詩中詩人跳動飛濺的情感波瀾無法抑制，恰如山洪陡發，瀑布奔流，奔迸而出，因而產生了強烈的藝術感染力。（馬茂元）

重別夢得 柳宗元

二十年來萬事同，今朝岐路忽西東。
皇恩若許歸田去，晚歲當為鄰舍翁。

唐憲宗元和九年（八一四），柳宗元和劉禹錫同時奉詔從各自的貶所永州（治今湖南永州）、朗州（治今湖南常德）回京，次年三月又分別被任為遠離朝廷的柳州（治今廣西柳州）刺史和連州（治今廣東連州）刺史，一同出京赴任，至衡陽分路。面對古道風煙，茫茫前程，二人無限感慨，相互贈詩惜別。〈重別夢得〉是柳宗元贈給劉禹錫三首詩中的一首。

這首詩寫臨岐敘別，情深意長，不著一個「愁」字，而在表面的平靜中蘊蓄著深沉的激憤和無窮的感慨。「二十年來萬事同」，七個字概括了他與劉禹錫共同經歷的宦海浮沉、人世滄桑。二人在德宗貞元九年（七九三）同時進士及第，踏上仕途，迄今已度過了二十二個春秋。二十多年來，他們在永貞改革的政治舞臺上「謀議唱和」，力革時弊，後來風雲變幻，二人同時遭難，遠謫邊地；去國十年以後，二人又一同被召回京，卻又再貶遠荒。共同的政治理想把他們的命運緊緊聯繫在一起，造成了這一對摯友「二十年來萬事同」的坎坷遭遇。然而使詩人慨嘆不已的不僅是他們個人出處的相同，還有這二十年來朝廷各種弊政的復舊。劉禹錫深深理解柳宗元的這種悲哀，所以在答詩中抒發了同樣的感慨：「弱冠同懷長者憂，臨岐回想盡悠悠。」（〈重答柳柳州〉）他們早年的政治革新白白付之東流，今朝臨岐執手，倏忽之間又將各自東西，撫今追昔，往事不堪回首。「今朝」二字寫出了詩人對最後一刻相聚的留戀，「忽」字又點出詩人對光陰飛逝、轉瞬別離的驚心。「西東」，非泛泛言別套語，而是實指一東去連州，一西去柳州，用得正切實事。

由於是再度遭貶，詩人似乎已經預感到這次分別很難再有重逢的機會，便強忍悲痛，掩藏了這種隱約的不祥預感，而以安慰的口氣與朋友相約：如果有一天皇帝開恩，准許他們歸田隱居，那麼他們一定要卜舍為鄰，白髮相守，度過晚年。這兩句粗看語意平淡，似與一般歌詠歸隱的詩歌相同，但只要再看看〈三贈劉員外〉中，詩人又一次問劉禹錫：「今日臨岐別，何年待汝歸？」就可以明白詩人與劉禹錫相約歸田為鄰的願望中深蘊著難捨難分的別愁離恨和生死與共的深情厚誼。劉禹錫云：「會待休車騎，相隨出罻羅（羅網）。」（〈答柳子厚〉）又云：「耦耕若便遺身老，黃髮相看萬事休。」（〈重答柳柳州〉）身處罻羅之中而嚮往遺世耦耕，是古代知識分子在政治上碰壁以後唯一的全身遠禍之道和消極抗議的辦法。因此這「皇恩」二字便自然流露了某種譏刺的意味。「若許」二字卻說明目前連歸田亦不可得，然而詩人偏偏以這樣的夢想來安慰分路的離愁，唯其如此，詩人那信誓旦旦的語氣也就更覺淒楚動人。

這首詩以直抒離情構成真摯感人的意境，寓複雜的情緒和深沉的感慨於樸實無華的藝術形式之中。不言悲而悲不自禁，不言憤而憤意自見。語似質直而意蘊深婉，情似平淡而低迴鬱結。宋蘇東坡贊柳詩「發纖穠於簡古，寄至味於淡泊」（〈書黃子思詩集後〉），這也正是這首小詩的主要特色。（葛曉音）

登柳州城樓寄漳、汀、封、連四州刺史　柳宗元

城上高樓接大荒，海天愁思正茫茫。驚風亂颭①芙蓉水，密雨斜侵薜荔牆。

嶺樹重遮千里目，江流曲似九迴腸。共來百越文身地，猶自音書滯一鄉！

〔註〕①颭（音同展），吹動。

這是首抒情詩，賦中有比，象中含興，展現了一幅情景交融的動人圖畫；而抒情主人公的神態和情懷，也依稀可見。這情懷，是特定的政治鬥爭環境所觸發的。

公元八〇五年，唐德宗李適死，太子李誦（順宗）即位，改元永貞，重用王叔文、柳宗元等革新派人物，但由於保守勢力的反撲，僅五個月，「永貞革新」就遭到殘酷鎮壓。王叔文、王伾被貶斥而死，革新派的主要成員柳宗元、劉禹錫等八人分別謫降為遠州司馬。這就是歷史上所說的「二王八司馬」事件。直到唐憲宗元和十年（八一五）初，柳宗元與韓泰、韓曄、陳諫、劉禹錫等五人才奉詔進京。但當他們趕到長安時，朝廷又改變主意，竟把他們分別貶到更荒遠的柳州（治今廣西柳州）、漳州（治今福建龍海）、汀州（治今福建長汀）、封州（治今廣東封開）和連州（治今廣東連州）為刺史。這首七律，就是柳宗元初到柳州之時寫的。

全詩先從「登柳州城樓」寫起。首句「城上高樓」，於「樓」前著一「高」字，立身愈高，所見愈遠。作者長途跋涉，好容易纔到柳州，卻急不可耐地登上高處，為的是要遙望戰友們的貶所，抒發難於明言的積愫。

「接大荒」之「接」字，是說城上高樓與大荒相接，乃樓上人眼中所見。於是感物起興，「海天愁思正茫茫」一句，即由此噴湧而出，展現在詩人眼前的是遼闊而荒涼的空間，望到極處，海天相連。而自己的茫茫「愁思」，也就充溢於遼闊無邊的空間了。這麼遼闊的境界和這麼深廣的情意，作者卻似乎毫不費力地寫入了這第一聯，攝詩題之魂，並為以下的逐層抒寫展開了宏大的畫卷。

第二聯「驚風亂颭芙蓉水，密雨斜侵薜荔牆」，寫的是近處所見。唯其是近景，見得真切，故寫得細緻。就描繪風急雨驟的景象而言，這是「賦」筆，而賦中又兼有比興。戰國楚屈原〈離騷〉有云：「製芰荷以為衣兮，集芙蓉以為裳。不吾知其亦已兮，苟余情其信芳。」又云：「擥木根以結茝兮，貫薜荔之落蕊；矯菌桂以紉蕙兮，索胡繩之纚纚。謇吾法夫前脩兮，非世俗之所服。」在這裡，芙蓉與薜荔，正象徵著人格的美好與芳潔。登城樓而望近處，從所見者中特意拈出芙蓉與薜荔，顯然是它們在暴風雨中的情狀使詩人心靈顫悸。「風」而曰「驚」，「雨」而曰「密」，「颭」而曰「亂」，「侵」而曰「斜」，足見對客觀事物已投射了詩人的感受。芙蓉出水，何礙於風，而「驚風」仍要「亂颭」；薜荔覆牆，雨本難侵，而「密雨」偏要「斜侵」。這怎能不使詩人產生聯想，愁思彌漫呢！在這裡，景中之情，境中之意，賦中之比興，有如水中著鹽，不見痕跡。

第三聯寫遠景。由近景過渡到遠景的契機乃是近景所觸發的聯想。自己目前是處於這樣的情境之中，好友們的處境又是如何呢？於是心馳遠方，目光也隨之移向漳、汀、封、連四州。「嶺樹」、「江流」兩句，同寫遙望，卻一仰一俯，視野各異。仰觀則重嶺密林，遮斷千里之目；俯察則江流曲折，有似九迴之腸。景中寓情，愁思無限。從字面上看，以「嶺樹重遮千里目」對「江流曲似九迴腸」，銖兩悉稱，屬於「工對」；而從意義上看，上實下虛，前因後果，以駢偶之辭運單行之氣，又具有「流水對」的優點。

尾聯從前聯生發而來，除表現關懷好友處境望而不見的惆悵之外，還有更深一層的意思：望而不見，自然想到互訪或互通音問；而望陸路，則山嶺重疊，望水路，則江流紆曲，不要說互訪不易，即互通音問，也十分困難。這就很自然地要歸結到「音書滯一鄉」。然而就這樣結束，文情較淺，文氣較直。作者的高明之處，在於他先用「共來百越文身地」一墊，再用「猶自」一轉，才歸結到「音書滯一鄉」，便收到了沉鬱頓挫的藝術效果。而「共來」一句，既與首句中的「大荒」照應，又統攝題中的「柳州」與「漳、汀、封、連四州」。一同被貶謫於大荒之地，已經夠痛心了，還彼此隔離，連音書都無法送到！讀詩至此，餘韻嫋嫋，餘味無窮，而題中的「寄」字之神，也於此曲曲傳出，可見詩人用筆之妙。（霍松林）

柳州二月榕葉落盡偶題　柳宗元

宦情羈思共悽悽，春半如秋意轉迷。
山城過雨百花盡，榕葉滿庭鶯亂啼。

就詩人而言，在我為情，在物為境。詩思的觸發，詩篇的形成，往往是我與物、情與境交相感應的結果。柳宗元的這首〈偶題〉，正是一首物我雙會、情境交融的作品。如果設想詩人創作時的狀態，他身為逐客，遠在異鄉，獨立庭院，百感叢集，這時，正如南朝梁劉勰《文心雕龍・物色》所說，心因「物色之動」而搖，辭因「情以物遷」而發。他的詩筆「既隨物以宛轉」，「亦與心而徘徊」。眼中的花盡葉落之境與心中的淒黯迷惘之情是融會為一的。

詩的首句「宦情羈思共悽悽」，是我心蘊結之情。清沈德潛在《唐詩別裁集》卷四中說：「柳州詩長於哀怨，得〈騷〉之餘意。」這是因為柳宗元的身世與屈原有相似之處。他自二十六歲進入仕途，到四十七歲逝世，其間僅二十一年，但卻過了十四年的貶謫生活。他三十三歲時被貶到永州（治今湖南永州），十年才被召回，可是，回到長安只一個月，又被外放到比永州更遙遠、更荒僻的柳州（治今廣西柳州）。這首詩就是他到柳州後，也就是他的政治希望和還鄉希望一度閃現而又終於破滅之後寫的。聯繫他在去柳州途中寫的「從此憂來非一事，豈容華髮待流年」（〈嶺南江行〉）以及在柳州寫的「嶺樹重遮千里目，江流曲似九迴腸」（〈登柳州城樓寄漳、汀、封、連四州刺史〉），「海畔尖山似劍鋩，秋來處處割愁腸」（〈與浩初上人同看山寄京華親故〉）等詩句，就可以知道這一句中所說的「宦情羈思」是什麼況味、什麼分量。而正因為這種情思鬱積在心中已非一朝一夕，這裡用不著以濃墨重彩渲染，只用「悽悽」兩字輕描一筆，就足以表明一切了。人們在欣賞詩歌時常會發現，以平淡的筆墨來顯示深厚的感情，往往更見其深厚，這正是所謂「厚積薄發」的妙用。至於這句中的一個「共」字，則說明這一「悽悽」之感是雙重的，是宦情的悽悽加羈思的悽悽，因而其分量是加倍沉重的。

詩的三、四兩句「山城過雨百花盡，榕葉滿庭鶯亂啼」，是物象構成之境。當時的柳州還是所謂「瘴癘之地」，風土人情不同於中原地區，在逐客旅人的眼中，別是一種殊方色彩、異域情調，在在都足以觸發貶謫之思，勾起懷鄉之念，何況又在陽春二月見到反常的如秋之景。那種落葉滿庭的景象，自然更令人心意淒迷了。這裡，鶯啼而曰「亂啼」，則是詩人情往感物，辭因情發。其實，鶯啼無所謂「亂」，只因聽鶯之人心煩意亂，所以別有感受。

詩人就是當上述的在我之情與在物之境相會相融之際，寫出了這樣一首物來動情、情往感物的詩篇。詩的第二句「春半如秋意轉迷」，正是彼來此往的交接點。而如果從詩的章法看，這是一個承上啟下的句子。句中的「意轉迷」上承前一句，「春半如秋」下啟後兩句，從而在我與物、情與境之間起了綰合作用。

當然，就對詩歌的要求而言，僅僅我與物會、情與境融是不夠的。這首詩之所以特別悽楚動人，還因為詩人所懷的在我之情不是一時的感慨、淡淡的閒愁，詩人所觸的在物之境也不是通常的景色、一般的物象。清人王士禛有一組〈秦淮雜詩〉，第一首云：「年來腸斷秣陵舟，夢繞秦淮水上樓。十日雨絲風片裡，濃春煙景似殘秋。」也是寫「春半如秋」。但王詩所懷的情只是感懷往事的一點惆悵之情，所觸的境只是風雨淒其的江南習見之境，兩者交織成篇，雖然也饒有風韻，不失為一首佳作，而在重量和深度上是不能與柳詩抗衡的。（陳邦炎）

別舍弟宗一　柳宗元

零落殘魂倍黯然，雙垂別淚越江邊。一身去國六千里，萬死投荒十二年。
桂嶺瘴來雲似墨，洞庭春盡水如天。欲知此後相思夢，長在荊門郢樹煙。

唐憲宗元和十一年（八一六）春，柳宗元的堂弟宗一從柳州（今廣西柳州）到江陵（今湖北荊州市）去，柳宗元寫了這首詩送別。全詩蒼茫勁健，雄渾闊遠，感慨深沉，感情濃烈，抒發了詩人政治上、生活上鬱鬱不得志的悲憤之情。

詩的一、三、四聯著重表現的是兄弟之間的骨肉情誼。一聯開篇點題，點明別離，描敘兄弟惜別之情。「越江」，即粵江，這裡是指柳江。兩句意思是說：自己的心靈因長期貶謫生活的折磨，已經成了「零落殘魂」；而這殘魂又遭逢離別，更是加倍黯然神傷。在送兄弟到越江邊時，雙雙落淚，依依不捨。

第三聯是景語，也是情語，是用比興手法把彼此境遇加以渲染和對照。「桂嶺」，在今廣西賀縣東北，這裡泛指柳州附近的山嶺。「桂嶺瘴來雲似墨」，寫柳州地區山林瘴氣彌漫，天空烏雲密布，象徵自己處境險惡。「洞庭春盡水如天」，遙想行人所去之地，春盡洞庭，水闊天長，山川阻隔，相見很難了。

詩的最後一聯，說自己處境不好，兄弟又遠在他方，今後只能寄以相思之夢，在夢中經常夢見「郢」（今湖北江陵西北）一帶的煙樹。「煙」字頗能傳出夢境之神。詩人說此後的「相思夢」在「郢樹煙」，情誼深切，意境迷離，具有濃郁的詩味。宋代周紫芝曾在《竹坡詩話》中提出非議說：「夢中安能見郢樹煙？『煙』字只當用『邊』字。」清代馬位則認為：「既云夢中，則夢境迷離，何所不可到？甚言相思之情耳。一改『邊』字，膚淺無味。」（《秋窗隨筆》）近人高步瀛也說：「『郢樹邊』太平凡，即不與上複，恐非子厚所用，轉不如『煙』字神遠。」（《唐宋詩舉要》）後二說有理。「煙」字確實狀出了夢境相思的迷離惝惚之態，顯得情深意濃，十分真切感人。

這首詩所抒發的並不單純是兄弟之間的骨肉之情，同時還抒發了詩人因參加「永貞革新」而被貶竄南荒的憤懣愁苦之情。詩的第二聯，正是集中地表現他長期鬱結於心的憤懣與愁苦。從字面上看，「一身去國六千里，萬死投荒十二年」，似乎只是對他的政治遭遇的客觀實寫，因為他被貶謫的地區離京城確有五六千里，時間確有十二年之久。實際上，在「萬死」、「投荒」、「六千里」、「十二年」這些詞語裡，就已經包藏著詩人的抑鬱不平之氣，怨憤淒厲之情，只不過是意在言外，不露痕跡，讓人「思而得之」罷了。我們知道，柳宗元被貶的十二年，死的機會確實不少，在永州就曾四次遭到火災，差一點被燒死。詩人用「萬死」這樣的誇張詞語，無非是要渲染自己的處境，表明他一心為國，卻被長期流放到如此偏僻的「蠻荒」之地，這該是多麼不公平，多麼令人憤慨呵！

南宋嚴羽在《滄浪詩話》中說：「唐人好詩，多是征戍、遷謫、行旅、別離之作，往往能感動激發人意。」柳宗元的這首詩既敘「別離」之意，又抒「遷謫」之情。兩種情意上下貫通，和諧自然地熔於一爐，確是一首難得的抒情佳作。（賈文昭）

柳州城西北隅種柑樹　柳宗元

手種黃柑①二百株，春來新葉遍城隅。方同楚客憐皇樹②，不學荊州利木奴。幾歲開花聞噴雪，何人摘實見垂珠？若教坐待成林日，滋味還堪養老夫。

〔註〕①柑：司馬相如〈上林賦〉郭璞註：「黃甘，橘屬而味精。」②皇樹：橘樹。〈橘頌〉：「后皇嘉樹，橘徠服兮。」

宋代蘇東坡曾說柳宗元的詩歌「外枯而中膏，似澹而實美」（《東坡題跋》卷二），能做到「寄至味於淡泊」（〈書黃子思詩集後〉）。本詩正是這樣一首好詩。

詩題點明寫作時間是在貶官柳州（治今廣西柳州）時期。詩的內容是抒發種柑樹的感想。開頭用敘事語泛泛寫來：「手種黃柑二百株，春來新葉遍城隅。」首句特別點明「手種」和株數，可見詩人對柑樹的喜愛和重視。次句用「新」字來形容柑葉的嫩綠，用「遍」字來形容柑葉的繁盛，不僅狀物候時態，融和駘蕩，如在目前，而且把詩人逐樹觀賞、遍覽城隅的興致暗暗點出。

為什麼對柑橘樹懷有如此深情呢？請聽詩人自己的回答：「方同楚客憐皇樹，不學荊州利木奴。」原來他愛柑橘是因為讀「楚客」屈原的〈橘頌〉引起了雅興，而不是像三國時丹陽太守李衡那樣，想透過種橘來發家致富，給子孫留點財產（事見《太平御覽》果部三引《襄陽記》）。心交古賢，寄情橘樹，悠然自得，不慕榮利，詩人的心地是多麼淡泊！然而透過外表的淡泊，正可以窺見詩人內心的波瀾。屈原當年愛橘、憐橘，認為橘樹具有

「閉心自慎，終不失過」和「秉德無私」的品質，曾作頌以自勉。今天自己秉德無私，卻遠謫炎荒，此情此心，對誰可表？只有這些不會說話的柑橘樹，才是自己的知音。這一聯的對偶用反對而不用正對，把自己複雜的思想感情分別灌注到兩個含意相反的典故中去，既做到形式上的對稱，又做到內容上的婉轉曲達，並能引起內在的對比聯想，讀來令人感到深文蘊蔚，餘味曲包。

接著，詩人從幼小的柑樹，遙想到它的開花結實：「幾歲開花聞噴雪，何人摘實見垂珠？」「幾歲」、「何人」都上承「憐」字而來。「憐」之深，所以望之切。由於柑樹已經成了詩人身邊唯一的知音，所以愈寫他對於柑樹的憐深望切，就愈能表現出他的高情逸致，表現出他在盡力忘懷世情。這一聯用「噴雪」形容柑樹開花，下一個「聞」字，把「噴雪」奇觀與柑橘花飄香一筆寫出，渲染出一種熱鬧的氣氛；用「垂珠」形容累累碩果，展現了一個充滿希望的前景。但這畢竟出於想像。從想像回到現實，熱鬧的氣氛恰恰反襯出眼前的孤寂。他不禁向自己的心靈發問道：這幼小的柑橘樹究竟要過多久才能開花？將來由誰來摘它的果實？言外之意是：難道自己真的要在這裡待到柑橘開花結果的一天嗎？

尾聯本可以順勢直道胸臆，抒發感慨，然而詩人仍以平緩的語調故作達觀語：「若教坐待成林日，滋味還堪養老夫。」將來能夠親眼看到柑橘長大成林，有朝一日能以自己親手種出的柑橘來養老，這何嘗不是一種樂趣呢？然而，「坐待成林」對一個胸有塊壘之氣的志士來說，究竟是什麼「滋味」，讀者是不難理解的。清人姚鼐說：「結句自傷遷謫之久，恐見甘之成林也。而託詞反平緩，故佳。」（《唐宋詩舉要》卷五引）應該說，這首詩的整個語調都是平緩的，而在平緩的語調後面，卻隱藏著詩人一顆不平靜的心。這是形成「外枯而中膏，似淡而實美」的藝術風格的重要原因。其妙處，借用宋代歐陽修的話來說，叫做：「初如食橄欖，真味久愈在。」（《歐陽文忠公集》卷二〈水谷夜行寄子美聖俞〉）玩賞誦吟，越發使人覺得韻味深厚。（吳汝煜）

酬曹侍御過象縣見寄　柳宗元

破額山前碧玉流，騷人遙駐木蘭舟。
春風無限瀟湘意，欲採蘋花不自由。

這首頗負盛名的小詩，是作者任柳州（治今廣西柳州）刺史時寫的。一、二兩句，切題中「曹侍御過象縣（今廣西象州）見寄（經過象縣時作詩寄給作者）」；三、四兩句，切「酬（作詩酬答）」。「碧玉流」指流經柳州和象縣的柳江；「破額山」是象縣沿江的山。

作者稱曹侍御為「騷人」，並且用「碧玉流」、「木蘭舟」這樣美好的環境來烘托他。環境如此優美，如此清幽，「騷人」本可以一面趕他的路，一面看山看水，悅性怡情；如今卻「遙駐」木蘭舟於「碧玉流」之上，懷念起「萬死投荒」（〈別舍弟宗一〉）、貶謫柳州的友人來。「遙駐」而不能過訪，望「碧玉流」而興嘆，只有作詩代柬，表達他的無限深情。

「春風無限瀟湘意」一句，的確會使讀者感到「無限意」，但究竟是什麼「意」，卻迷離朦朧，說不具體。這正是一部分優美的小詩所常有的藝術特點，也正是「神韻」派詩人所追求的最高境界。然而這也並不是「羚羊掛角，無跡可求」。如果細玩全詩，其主要之點，還是可以說清的。「瀟湘」一帶，乃是屈原行吟之地。作者不是把曹侍御稱為「騷人」嗎？把「瀟湘」和「騷人」聯繫起來，那「無限意」就有了著落。此其一。更重要的是，結句中的「欲採蘋花」，顯然汲取了南朝柳惲〈江南曲〉的詩意。〈江南曲〉全文是這樣的：「汀洲採白蘋，日暖江南春。洞庭有歸客，瀟湘逢故人。故人何不返？春花復應晚。不道新知樂，只言行路遠。」由此可見，「春風無限瀟湘意」，主要就是懷念故人之意。此其二。而這兩點，又是像水和乳那樣融合一起的。

「春風無限瀟湘意」作為絕句的第三句，又妙在似承似轉，亦承亦轉。也就是說，它主要表現作者懷念「騷人」之情，但也包含「騷人」寄詩中所表達的懷念作者之意。春風和暖，瀟湘兩岸，芳草叢生，蘋花盛開，朋友們能夠於此時相見，該有多好！然而卻辦不到啊！無限相思而不能相見，就想到採蘋花以贈故人。然而，不要說相見沒有自由，就是欲採蘋花相贈，也沒有自由啊！

這首詩語言簡練，寫景如畫。詩人用「碧玉」作「流」的定語，十分新穎，不僅準確地表現出柳江的色調和質感，而且連那微波不興、一平似鏡的江面也展現在讀者面前。這和下面的「遙駐」、「春風」十分協調，自有一種藝術的和諧美。

從全篇看，特別是從結句看，其主要特點是比興並用，虛實相生，能夠喚起讀者的許多聯想。清沈德潛說：「欲採蘋花相贈，尚牽制不能自由，何以為情乎？言外有欲以忠心獻之於君而未由意，與〈上蕭翰林書〉（按：〈與蕭翰林俛書〉）同意，而詞特微婉。」（《唐詩別裁集》）它的言外之意是不是「欲以忠心獻之於君而未由」，可以有不同看法。但結合作者被貶謫的原因、經過和被貶以後繼續遭受誹謗、打擊，動輒得咎的處境，它有言外之意，則是不成問題的。（霍松林）

南澗中題

柳宗元

秋氣集南澗，獨遊亭午時。迴風一蕭瑟，林影久參差。
始至若有得，稍深遂忘疲。羈禽響幽谷，寒藻舞淪漪。
去國魂已游，懷人淚空垂。孤生易為感，失路少所宜。
索寞竟何事？徘徊祇自知。誰為後來者，當與此心期！

唐憲宗元和七年（八一二）秋天，柳宗元遊覽永州（治今湖南永州）南郊的袁家渴、石渠、石澗和西北郊的小石城山，寫了著名的〈永州八記〉中的後四記——〈袁家渴記〉、〈石渠記〉、〈石澗記〉和〈小石城山記〉。這首五言古詩〈南澗中題〉，也是他在同年秋天遊覽了石澗後所作。「南澗」即〈石澗記〉中所指的「石澗」。石澗地處永州之南，故又稱南澗。

這首詩，以記遊的筆調，寫出了詩人被貶放逐後憂傷寂寞、孤獨苦悶的自我形象。

全詩大體分兩層筆墨。前八句，著重在描寫遊南澗時所見景物。時方深秋，詩人獨自來到南澗遊覽。澗中寂寞，彷彿秋天的肅殺之氣獨聚於此。雖日當正午，而秋風陣陣，林影稀疏，給人以蕭瑟之感。詩人初到時若有所得，忘卻了疲勞。但忽聞失侶之禽鳴於幽谷，眼見澗中水藻在波面上蕩漾，便引起了無窮聯想。詩的後八句，便著重抒寫詩人由聯想而產生的感慨。詩人自述遷謫離京以來，神情恍惚，懷人不見而有淚空垂。人孤則易為感傷，政治上一失意，便動輒得咎。如今處境索寞，竟成何事？於此徘徊，亦只自知。以後誰再遷謫來此，也許會理解我這種心情。詩人因參加王叔文政治集團而遭受貶謫，使他感到憂傷憤懣，而南澗之遊，本是解人煩悶的樂事，然所見景物，卻又偏偏勾引起他的苦悶和煩惱。所以宋蘇軾曾有評語說，「柳儀曹詩，憂中有樂，樂中有憂，蓋絕妙古今矣。」（明胡仔《苕溪漁隱叢話》前集引），認為「柳子厚南遷後詩，清勁紆徐，大率類此」（《東坡題跋》卷二〈書柳子厚南澗詩〉）。這道出了柳宗元貶後所作詩歌在思想內容方面的基本特色。

清人何焯在所著《義門讀書記》中，也曾對此詩作過較好的分析。他說：「『秋氣集南澗』，萬感俱集，忽不自禁。發端有力。『羈禽響幽谷』一聯，似緣上『風』字，直書即目，其實乃興中之比也。羈禽哀鳴者，友聲不可求，而斷遷喬之望也，起下『懷人』句。寒藻獨舞者，潛魚不能依，而乖得性之樂也，起下『去國』句。」他這種看法，既注意到了詩人在詩歌中所反映的思想情緒，又注意到了這種思想情緒在詩歌結構安排上的內在聯繫，是符合作品實際的。「秋氣集南澗」一句，是寫景，點出時令，但一個「集」字卻用得頗有深意。悲涼蕭瑟的「秋氣」怎麼能獨聚於南澗呢？這自然是詩人主觀的感受，在這樣的時令和氣氛中，詩人「獨遊」到此，自然會「萬感俱集」，不可抑止。他滿腔憂鬱的情懷，便一齊從這裡開始傾瀉出來。詩人由「秋氣」進而寫到秋風蕭瑟，林影參差，引出「羈禽響幽谷」一聯。詩人描繪山鳥驚飛獨往，秋萍飄浮不定，不正使人彷彿看到詩人在溪澗深處躑躅徬徨、悽婉哀傷的身影嗎？這「羈禽」二句，雖然是直書見聞，「其實乃興中之比」，為下文著重抒寫感慨張本。詩人以「羈禽」在「幽谷」中哀鳴，欲求友聲而不可得，比之為對重返朝廷之無望，因而使他要「懷人淚空垂」了。這詩寫得平淡簡樸，而細細體會，蘊味深長，「平淡有天工」（宋何汶《竹莊詩話》）。

（吳文治）

溪居 柳宗元

久為簪組①累，幸此南夷謫。閒依農圃鄰，偶似山林客。
曉耕翻露草，夜榜②響溪石。來往不逢人，長歌楚天碧。

〔註〕①簪組：古代官吏的冠飾。②榜（音同蹦）：進船。此句意為天黑船歸，船觸溪石而有聲。

唐憲宗元和五年（八一〇），柳宗元在零陵（治今湖南永州）西南遊覽時，發現了曾為冉氏所居的冉溪，因愛其風景秀麗，便遷居是地，並改名為愚溪。

這首詩寫他遷居愚溪後的生活。詩的大意是說：我久為做官所羈累，幸好有機會貶謫到這南方少數民族地區中來，解除了我的無窮煩惱。閒居無事，便與農田菜圃為鄰，有時就彷彿是個山林隱逸之士。清晨，踏著露水去耕地除草；有時蕩起小舟，去遊山玩水，直到天黑才歸來。獨往獨來，碰不到別人，仰望碧空藍天，放聲歌唱。

這首詩表面上似乎寫溪居生活的閒適，然而字裡行間隱含著孤獨的憂憤。如開首二句，詩意突兀，耐人尋味。貶官本是不如意的事，詩人卻以反意著筆，說什麼久為做官所「累」，而為這次貶竄南荒為「幸」，實際上是含著痛苦的笑。「閒依」、「偶似」相對，也有強調閒適的意味；「閒依」包含著投閒置散的無聊，「偶似」說明他並不真正具有隱士的淡泊、閒適。「來往不逢人」句，看似自由自在，無拘無束，但畢竟也太孤獨了。

這裡也透露出詩人是強作閒適。這首詩的韻味也就在這些地方。清沈德潛說，「愚溪諸詠，處連蹇困厄之境，發清夷淡泊之音，不怨而怨，怨而不怨，行間言外，時或遇之。」（《唐詩別裁集》卷四）這段議論是很有見地的。

（吳文治）

秋曉行南谷經荒村　柳宗元

杪秋霜露重，晨起行幽谷。黃葉覆溪橋，荒村唯古木。
寒花疏寂歷，幽泉微斷續。機心久已忘，何事驚麋鹿？

南谷，在永州（治今湖南永州）鄉下。此篇寫詩人經荒村去南谷一路所見景象，處處緊扣深秋景物所獨具的特色。句句有景，景亦有情，交織成為一幅秋曉南谷行吟圖。

詩人清早起來，踏著霜露往幽深的南谷走去。第一句點明時令。杪（音同秒），末也。「杪秋」，即深秋。「霜露重」，固然是深秋景色，同時也說明了是早晨，為「秋曉」二字點題。

中間四句寫一路所見。詩人來到小溪，踏上小橋，到處是黃葉滿地；荒涼的山村，古樹參天。一個「覆」字，說明這裡樹木之多，以致落葉能覆蓋溪橋；而一個「唯」字，更表明荒村之荒，除古木之外，餘無所見。不僅如此，南谷中連耐寒的山花，也長得疏疏落落；從深山谷裡流出來的泉水，細微而時斷時續，像是快枯竭了似的。詩人觸目所見，自然界的一切都呈現出荒蕪的景象。四句詩，處處圍繞著一個「荒」字。

詩人身臨淒涼荒寂之境，觸動內心落寞孤憤之情。這時又見一隻受驚的麋鹿，忽然從身旁奔馳而去。他由此聯想起《莊子．天地》篇裡說過的話：「有機械者必有機事，有機事者必有機心。」詩人借用此話，意思是：我柳宗元很久以來已不在意宦海升沉，仕途得失，超然物外，無機巧之心了，何以野鹿見了我還要驚恐呢？詩人故作曠達之語，其實卻正好反映了他久居窮荒而無可奈何的心情。

此篇多寫靜景：「霜露」、「幽谷」、「黃葉」、「溪橋」、「荒村」、「古木」、「寒花」、「幽泉」。寫荒寂之景是映襯詩人的心境。末句麇鹿之驚，不僅把前面的景物帶活了，而且，意味深長，含蓄蘊藉，是傳神妙筆。

這雖然是一首五言古詩，但中間兩聯對偶工整，如「黃葉」對「荒村」，「溪橋」對「古木」，「寒花」對「幽泉」。這種句式，可以看出它受律詩的影響。古詩中對偶用得好，可以有助於形象的深化，也有助於激化讀者的聯想和想像。唐人寫古詩，往往採用律詩句式，也可能與此有關。（吳文治）

雨後曉行獨至愚溪北池　柳宗元

宿雲散洲渚，曉日明村塢。高樹臨清池，風驚夜來雨。
予心適無事，偶此成賓主。

這首五言古詩作於唐憲宗元和五年（八一〇）。題中「愚溪北池」，在零陵（治今湖南永州）西南愚溪之北約六十步。此篇著重描寫愚池雨後早晨的景色。

起首兩句，從形象地描寫雨後愚池的景物入手，來點明「雨後曉行」。夜雨初晴，隔宿的縷縷殘雲，從洲渚上飄散開去；初升的陽光，照射進了附近村落。這景色，給人一種明快的感覺，使人開朗，舒暢。三、四句進一步寫愚池景物，構思比較奇特，是歷來被傳誦的名句。「高樹臨清池」，不說池旁有高樹，而說高樹下臨愚池，是突出高樹。這與下句「風驚夜來雨」有密切聯繫，因為「風驚夜來雨」是從高樹而來。這「風驚夜來雨」句中的「驚」字，後人讚其用得好，宋人吳可就認為「『驚』字甚奇」（《藏海詩話》）。夜雨乍晴，沾滿在樹葉上的雨點，經風一吹，彷彿因受驚而灑落，奇妙生動，真是把小雨點也寫活了。末二句，詩人把自己也融化入景，成為景中的人物。佳景當前，正好遇上詩人今天心情舒暢，獨步無侶，景物與我，彼此投合，有如賓主相得。這裡用的雖是一般的敘述句，卻是詩人主觀感情的流露，更加烘托出景色的幽雅宜人。有了它，使前面四句詩的景物描寫更增加了活力。這兩句中，詩人用一個「適」字，又用一個「偶」字，富有深意。它說明詩人也並非總是那麼閒適和舒暢的。

我們讀這首詩，就宛如欣賞一幅池旁山村高樹、雨後雲散日出的圖畫，畫面開闊，色彩明朗和諧，而且既有靜景，也有動景，充滿著生機和活力。詩中所抒發的情，與詩人所描寫的景和諧而統一，在藝術處理上是成功的。（吳文治）

中夜起望西園值月上

柳宗元

覺聞繁露墜，開戶臨西園。寒月上東嶺，泠泠疏竹根。石泉遠逾響，山鳥時一喧。倚楹遂至旦，寂寞將何言。

這首五言古詩作於詩人貶謫永州（治今湖南永州）之時。

半夜了，四野萬籟無聲。詩人輾轉反側，夜不成寐，百無聊賴中，連露水滴落的細微聲音也聽到了，多麼寂靜的環境啊！露水下降，本來是不易覺察到的，這裡用「聞」，是有意把細膩的感覺顯示出來。於是他乾脆起床，「開戶臨西園」。

來到西園，只見：一輪寒月從東嶺升起，清涼月色，照射疏竹，彷彿聽到一泓流水穿過竹根，發出泠泠的聲響。「泠泠」兩字用得極妙。「月」上用一個「寒」字來形容，與下句的「泠泠」相聯繫，又與首句的「繁露墜」有關。露重月光寒，夜已深沉，瀟瀟疏竹，泠泠水聲，點染出一種幽清的意境，令人有夜涼如水之感。在這極為靜謐的中夜，再側耳細聽，聽得遠處傳來從石上流出的泉水聲，似乎這泉聲愈遠而愈響，山上的鳥兒有時打破岑寂，偶爾鳴叫一聲。

「石泉遠逾響」，看來難以理解，然而這個「逾」字，卻更能顯出四野的空曠和寂靜。山鳥時而一鳴，固然也反襯出夜的靜謐，同時也表明月色的皎潔，竟使山鳥誤以為天明而鳴叫。

面對這幅空曠寂寞的景象，詩人斜倚著柱子，觀看，諦聽，一直到天明。詩人「倚楹至旦」的沉思苦悶形象，發人深思。他在這樣清絕的景色中想些什麼呢？「寂寞將何言」一句，可謂此時無言勝有言。「寂寞」兩字透出了心跡，他感到自己複雜的情懷無法用言語來表達。

這首詩，構思新巧，詩人抓住在靜夜中聽到的各種細微的聲響，以有聲寫無聲，表現詩人所處環境的空曠寂寞，從而襯托他謫居中鬱悒的情懷，即事成詠，隨景寓情。從表面看來，似有自得之趣，而終難如陶（淵明）、韋（應物）之超脫。（吳文治）

江雪 柳宗元

千山鳥飛絕，萬徑人蹤滅。

孤舟蓑笠翁，獨釣寒江雪。

這是一首押仄韻的五言絕句，是柳宗元的代表作之一。大約作於他謫居永州（治今湖南永州）期間。柳宗元被貶到永州之後，精神上受到很大刺激和壓抑，於是，他就借描寫山水景物，借歌詠隱居在山水之間的漁翁，來寄託自己清高而孤傲的情感，抒發自己在政治上失意的鬱悶苦惱。因此，柳宗元筆下的山水詩有個顯著的特點，那就是把客觀境界寫得比較幽僻，而詩人的主觀的心情則顯得比較寂寞，甚至有時不免過於孤獨，過於冷清，不帶一點人間煙火氣。這顯然同他一生的遭遇和他整個的思想感情的發展變化是分不開的。

這首〈江雪〉正是這樣。詩人只用了二十個字，就把我們帶到一個幽靜寒冷的境地。呈現在讀者眼前的，是這樣一幅圖畫：在下著大雪的江面上，一葉小舟，一個老漁翁，獨自在寒冷的江心垂釣。詩人向讀者展示的，是這樣一些內容：天地之間是如此純潔而寂靜，一塵不染，萬籟無聲；漁翁的生活是如此清高，漁翁的性格是如此孤傲。其實，這正是柳宗元由於憎恨當時那個一天天在走下坡路的唐代社會而創造出來的一個幻想境界，比起晉陶淵明〈桃花源記〉裡的人物，恐怕還要顯得虛無縹緲，遠離塵世。為了突出主要的描寫對象，詩人不惜用一半篇幅去描寫它的背景，而且使這個背景盡量廣大寥廓，幾乎到了浩瀚無邊的程度。背景越廣大，主要

的描寫對象就越顯得突出。

首先，詩人用「千山」、「萬徑」這兩個詞，是為了給下面兩句的「孤舟」和「獨釣」的畫面作陪襯。沒有「千」、「萬」兩字，下面的「孤」、「獨」兩字也就平淡無奇，沒有什麼感染力了。其次，山上的「鳥飛」，路上的「人蹤」，這本來是最一般化的形象。可是，詩人卻把它們放在「千山」、「萬徑」的下面，再加上一個「絕」和一個「滅」字，這就把最常見的的動態，一下子變成極端的寂靜、絕對的沉默，形成一種不平常的景象。因此，下面兩句原來是屬於靜態的描寫，由於擺在這種絕對幽靜沉寂的背景之下，倒反而顯得玲瓏剔透，有了生氣，在畫面上浮動起來，活躍起來了。

也可以這樣說，前兩句本來是陪襯的遠景，照一般理解，只要勾勒個輪廓也就可以了，不必費很大氣力去精雕細刻。可是，詩人卻恰好不這樣處理。這好像拍電影，用放大了多少倍的特寫鏡頭，把屬於背景範圍的每一個角落都交代、反映得一清二楚。寫得越具體細緻，就越顯得概括誇張。而後面的兩句，本來是詩人有心要突出描寫的對象，結果卻使用了遠距離的鏡頭，反而把它縮小了多少倍，給讀者一種空靈剔透、可見而不可即的感覺。只有這樣寫，才能表達作者所迫切希望展示給讀者的那種擺脫世俗、超然物外的清高孤傲的思想感情。至於這種遠距離感覺的形成，主要是作者把一個「雪」字放在全詩的最末尾，並且同「江」字連起來所產生的效果。

在這首詩裡，籠罩一切、包羅一切的東西是雪，而且「千山」、「萬徑」都是雪，才使得「鳥飛絕」、「人蹤滅」。就連船篷上，漁翁的蓑笠上，當然也都是雪。可是作者並沒有把這些景物同「雪」明顯地聯繫在一起。相反，在這個畫面裡，只有江，只有江心。江，當然不會存雪，不會被雪蓋住，而且即使雪下到江裡，也立刻會變成水。然而作者卻偏偏用了「寒江雪」三個字，把「江」和「雪」這兩個關係最遠的形象聯繫到一起，這

就給人以一種比較空、比較遙遠、比較縮小了的感覺，這就形成了遠距離的鏡頭。這就使得詩中主要描寫的對象更集中、更靈巧、更突出。因為彷彿連不存雪的江裡都充滿了雪，這就把雪下得又大又密、又濃又厚的情形完全寫出來了，把水天不分、上下蒼茫一片的氣氛也完全烘托出來了。至於上面再用一個「寒」字，固然是為了點明氣候；但詩人的主觀意圖卻是想不動聲色地寫出漁翁的精神世界。試想，在這樣一個寒冷寂靜的環境裡，那個老漁翁竟然不怕天冷，不怕雪大，忘掉了一切，專心地釣魚，形體雖然孤獨，性格卻顯得清高孤傲，甚至有點凜然不可侵犯似的。這個被幻化了的、美化了的漁翁形象，實際正是柳宗元本人的思想感情的寄託和寫照。由此可見，這「寒江雪」三字正是「畫龍點睛」之筆，它把全詩前後兩部分有機地聯繫起來，不但形成了一幅凝練概括的圖景，也塑造了漁翁完整突出的形象。

用具體而細緻的手法來摹寫背景，用遠距離畫面來描寫主要形象；精雕細琢和極度的誇張概括，錯綜地統一在一首詩裡，是這首山水小詩獨有的特色。（吳小如）

漁翁　柳宗元

漁翁夜傍西巖宿，曉汲清湘燃楚竹。煙銷日出不見人，欸乃一聲山水綠。
回看天際下中流，巖上無心雲相逐。

此篇作於永州（治今湖南永州）。作者所寫的著名散文〈永州八記〉，於寄情山水的同時，略寓政治失意的孤憤。同樣的意味，在他的山水小詩中也是存在的。此詩首句的「西巖」即指〈始得西山宴遊記〉的西山，而詩中那在山青水綠之處自遣自歌、獨往獨來的「漁翁」，則含有幾分自況的意味。主人公獨來獨往，突現出一種孤芳自賞的情緒，「不見人」、「回看天際」等語，又都流露出幾分孤寂情懷。而在藝術上，此詩尤為後人注目。宋蘇東坡讚嘆說：「詩以奇趣為宗，反常合道為趣。熟味此詩有奇趣。」（宋惠洪《冷齋夜話》卷五）「奇趣」二字，的確抓住了此詩主要的藝術特色。

首句就題從「夜」寫起。「漁翁夜傍西巖宿」，還很平常；可第二句寫到拂曉時就奇了。本來，早起打水生火，亦常事。但「汲清湘」而「燃楚竹」，造語新奇，為讀者所未聞。事實不過是汲湘江之水，以枯竹為薪而已。不說汲「水」燃「薪」，而用「清湘」、「楚竹」借代，詩句的意蘊也就不一樣了。猶如「炊金饌玉」給人侈靡的感覺一樣，「汲清湘」而「燃楚竹」則有超凡絕俗的感覺，似乎象徵著詩中人孤高的品格。可見造語「反常」能表現一種特殊情趣，也就是所謂「合道」。

一、二句寫夜盡拂曉，讀者從汲水的聲響與燃竹的火光知道西巖下有一漁翁在。三、四句方寫到「煙銷日出」。按理此時人物該與讀者見面，可是反而「不見人」，這也「反常」。然而隨「煙銷日出」，綠水青山頓現原貌。忽聞櫓槳「欸乃一聲」，原來人雖不見，卻只在山水之中。這又「合道」。這裡的造語亦甚奇：「煙銷日出」與「山水綠」互為因果，與「不見人」則無干；而「山水綠」與「欸乃一聲」更不相干。詩句偏作「煙銷日出不見人，欸乃一聲山水綠」，尤為「反常」。但「熟味」二句，「煙銷日出不見人」，適能傳達一種驚異感；而於青山綠水中聞櫓槳欸乃之聲尤為悅耳怡情，山水似乎也為之綠得更其可愛了。作者透過這樣的奇趣，寫出了一個清寥得有幾分神祕的境界，隱隱傳達出他那既孤高又不免孤寂的心境。所以又不是為奇趣而奇趣。

結尾兩句是全詩的一段餘音。漁翁已乘舟「下中流」，此時「回看天際」，只見巖上繚繞舒展的白雲彷彿尾隨他的漁舟。這裡用了晉陶潛〈歸去來兮辭〉「雲無心以出岫」句意。只有「無心」的白雲「相逐」，則其孤獨無伴可知。

關於這末兩句，蘇東坡卻以為「雖不必亦可」（宋惠洪《冷齋夜話》卷五）。這不經意道出的批評，引起持續數百年的爭執。南宋嚴羽，明胡應麟，清王士禎、沈德潛同意東坡，認為此二句刪好。而南宋劉辰翁，明李東陽、王世貞認為不刪好。劉辰翁以為此詩「不類晚唐」正賴有此末二句（《詩藪·內編》卷六引），李東陽也說：「若止用前四句，則與晚唐何異？」（《懷麓堂詩話》）兩派分歧的根源主要就在於對「奇趣」的看法不同。蘇東坡欣賞此詩「以奇趣為宗」，而刪去末二句，使詩以「欸乃一聲山水綠」的奇句結，不僅「餘情不盡」（清沈德潛《唐詩別裁集》），而且「奇趣」更顯。而劉辰翁、李東陽等所菲薄的「晚唐」詩，其顯著特點之一就是奇趣。刪去此詩較平淡閑遠的尾巴，致使前四句奇趣尤顯，「則與晚唐何異」？兩相權衡，不難看出，後者立論理由頗欠充足。「晚唐」詩固有獵奇太過，不如初、盛者，亦有出奇制勝而發初、盛所未發者，豈能一概抹殺？如此詩之奇趣，有助於表現詩情，正是優點，雖「落晚唐」何傷？「詩必盛唐」，不正是明詩衰落的病根之一麼？蘇東坡不著成見，就詩立論，其說較通達。自然，選錄作品應該維持原貌，不當妄加更改；然就談藝而論，可有可無之句，究以割愛為佳。（周嘯天）

李涉

【作者小傳】自號清溪子，洛陽（今屬河南）人。唐憲宗時，為太子通事舍人，後貶謫峽州司倉參軍。曾為太學博士，敬宗時以事流放南方，浪遊桂林。其詩擅長七絕，語言通俗。《全唐詩》存其詩一卷。（《唐詩紀事》卷四六、《唐才子傳》卷五）

潤州聽暮角①　李涉

江城吹角水茫茫，曲引邊聲怨思長。
驚起暮天沙上雁，海門②斜去兩三行。

〔註〕①潤州：即今江蘇鎮江。角：古代軍中樂器，有銅角、畫角等。②海門：《鎮江府志》：「焦山東北有二島對峙，謂之海門。」

詩題一作〈晚泊潤州聞角〉，與本題恰成補充，說明本詩是羈旅水途之作。這首絕句，是李涉很有名的即景抒情之作，寫得氣勢蒼涼，意境高遠，通俗凝練，耐人尋味。

「江城吹角水茫茫，曲引邊聲怨思長。」「江城」，臨江之城，即潤州。這裡雖然是寫耳聞目睹景象，但字裡行間，都使人感到一個憂憤滿懷的詩人影子。他佇立船頭，眼望著茫茫江面，耳聽著城頭傳來悠揚悲切的邊地樂調。大凡羈途之士，雖非邊地戍卒，總有異地思歸之情。在這一點上，他們的感情是相通的。因而，一聞邊地樂聲，便立刻引起詩人的共鳴，勾起他思鄉歸里的綿綿情思。在這裡，詩人巧妙地借助於邊聲的幽怨之長和江流的悠長，從形、聲兩個方面著筆，將抽象的心中的思歸之情，作了形象具體的刻畫。

「驚起暮天沙上雁，海門斜去兩三行。」暮角聲起，江邊沙灘上的鴻雁驚起，而飛向了遠方。乍看，像是實景的描寫，但仔細品味，這不正是詩人有家不得歸，而且天涯海角，越走越遠的真實寫照嗎？詩人家居洛陽，方向在潤州的西北；而驚雁是向南，越飛越遠。莫說歸里，就是連借飛雁而通家書的指望也沒有哇！「驚起」二字，不言「己」而言雁，是所謂不犯正位的寫法。寫雁的受驚遠飛，實際上也兼含了詩人當時「不虞」的遭際。文宗時，詩人曾因事流放康州（治今廣東德慶），此詩很可能是作於遷謫途中。

這首詩，寫得意態自然，寓情於景。乍讀，作品好像完全是按照事物的原貌來寫的，細細體味，字字句句都見匠心。詩人選擇了生活中最典型最突出的物象，寥寥數筆，便描繪出給人印象極深的一幅畫卷：江邊的城市、浩渺的江水和驚飛的鴻雁，而畫外則傳來悲涼的畫角聲。在每一物象之中，都使人深深地感受到詩人的哀情和跳動著的脈情，情思含蓄，寄慨深遠。（傅經順）

再宿武關

李涉

遠別秦城萬里遊，亂山高下出商州。
關門不鎖寒溪水，一夜潺湲送客愁。

李涉在憲宗元和年間曾官太子通事舍人，因事貶謫出京；文宗大和中，復召為太學博士，不久又因事罷官，流放桂粵。從此詩題「再宿武關」的「再」，以及首句「遠別」、「萬里遊」等詞語看，這首詩很可能是他第二次罷官出京過武關（在今陝西丹鳳東南）時寫的。武關，在商州（治今陝西商州），為秦時南面的重要關隘，故又名「南關」。這首詩，詩人寫他再宿武關時的見聞感受，以抒發去國離鄉的愁苦情懷。

「遠別秦城萬里遊」，開頭一句，詩人就點出他這次再宿武關非同尋常。秦城，指京都長安。詩人告訴我們，他是從京城來，到萬里之外遙遠的地方去。這裡暗示出他因事罷官流放南方之事。因此這次「遠別」意味著和皇城的永別，和仕途的永別；「萬里遊」也並非去遊山玩水，而是被迫飄流到萬里之外。詩人這種愁苦心情，在下面的景色描寫中透露出來。

「亂山高下出商州」，亂山，指商州附近的商山。商山有「九曲十八繞」之稱，奇秀多姿，風景幽勝。「亂山高下」四個字，把商山重巒疊嶂、迴環曲折的氣勢和形貌，逼真地勾勒出來了；一個「出」字，又使靜止的山活動起來，使我們彷彿看到綿延迤邐的商山群峰，紛紛湧出商州城。此句是寫山，更是寫人——寫詩人踏著高低曲折的山道走出商州城時的心情。其實，商山似亂非亂，形亂神不亂，它錯落有致，遠近高低各不同。但此時此地，詩人哪有閒情細細欣賞，由於他「遠別秦城」，心亂如麻，商山在他眼裡就成「亂山」了。而滿目亂山，又格外烘托出人的心緒煩亂；山與人、景與情交融為一體了。

詩的下兩句寫夜宿武關的情景。不難想像，詩人此夜投宿武關，想到明晨將出關南去，與「秦城」相隔更加遙遠，該是何等愁苦；加以孤館寒燈，形單影隻，該有多麼淒涼。他一定是輾轉反側，不能成眠。然而詩人並沒有正面訴說這一切，而是別有巧思，讓溪水去替他傾訴：「關門不鎖寒溪水，一夜潺湲送客愁。」古關靜夜，溪水潺潺，引起夜不成眠的詩人的遐想：那流過古關的潺潺湲湲的溪水，彷彿是為他的不幸遠別而嗚咽啜泣；又彷彿是從他的心中流出，載著綿綿無盡的離愁別恨，長流遠去。「一夜潺湲送客愁」，溪聲、心聲疊合成一體了。「關門不鎖」四字，尤為神來之筆。雄固的武關之門，能封鎖住千軍萬馬，但此時對於淙淙寒溪水送來的愁聲，卻無能為力，怎麼「鎖」也鎖不住，足見這「愁」的分量之重！一個「鎖」字，把看不見、摸不著的「愁」，活靈活現地顯示出來。「一夜潺湲」——整整一夜，詩人哪能合眼，這是多麼痛苦難熬啊！這兩句詩，詩人別出心裁地透過對水聲的描寫，把內心「剪不斷，理還亂」（南唐李煜〈相見歡‧無言獨上西樓〉）的離愁別恨，曲折細膩地描摹出來，使人如臨其境，如聞其聲，具有很大的藝術感染力量。（何慶善）

井欄砂宿遇夜客

李涉

暮雨瀟瀟江上村，綠林豪客夜知聞。
他時不用逃名姓，世上如今半是君。

關於這首詩，宋計有功《唐詩紀事》上有一則饒有趣味的記載：「涉嘗過九江，至皖口（按：在今安慶市，皖水入長江的渡口），遇盜，問：『何人？』從者曰：『李博士（按：涉曾任太學博士）也。』其豪首曰：『若是李涉博士，不用剽奪，久聞詩名，願題一篇足矣。』涉贈一絕云。」這件趣聞不但生動地反映出唐代詩人在社會上的廣泛影響和所受到的普遍尊重，而且可以看出唐詩在社會生活中運用的廣泛——甚至可以用來酬應「綠林豪客」。不過，這首詩的流傳，倒不單純由於「本事」之奇，而是由於它在即興式的詼諧幽默中寓有頗為嚴肅的社會內容和現實感慨。

前兩句用輕鬆抒情的筆調敘事。「江上村」，即詩人夜宿的皖口小村井欄砂；「知聞」，即「久聞詩名」。風高放火，月黑殺人，這似乎是「遇盜」的典型環境；此處卻不經意地點染出在瀟瀟暮雨籠罩下一片靜謐的江村。環境氣氛既富詩意，人物面貌也不猙獰可怖，這從稱對方為「綠林豪客」自可看出。看來詩人是帶著安然的詩意感受來吟詠這場饒有興味的奇遇的。「夜知聞」，既流露出對自己詩名聞於綠林的自喜，也蘊含著對愛好風雅、尊重詩人的「綠林豪客」的欣賞。環境氣氛與「綠林豪客」的不協調，他們的「職業」與「愛好」的不統一，本身就構成一種耐人尋味的幽默。它直接來自眼前的生活，所以信口道出，自含清新的詩味。

三、四兩句即事抒感。「逃名姓」即「逃名」，避聲名而不居之意（白居易〈重題〉詩有「匡廬便是逃名地」之句）。詩人早年與弟李渤隱居廬山，後來又曾失意歸隱，詩中頗多「轉知名宦是悠悠」（〈偶懷〉）、「一自無名身事閒」（〈寄河陽從事楊潛〉）、「一從身世兩相遺，往往關門到午時」（〈山居〉）一類句子，其中不免寓有與世相違的牢騷。但這裡所謂「不用逃名姓」云云，則是對上文「夜知聞」的一種反撥，是詼諧幽默之詞。意思是說，我本打算將來隱居避世，逃名於天地間，看來也不必了，因為連你們這些綠林豪客都知道我的姓名，更何況「世上如今半是君」呢？

表面上看，這裡不過用詼諧的口吻對綠林豪客的久聞其詩名這件事表露了由衷的欣喜與讚賞（你們弄得我連逃名姓也逃不成了），但脫口而出的「世上如今半是君」這句詩，卻無意中表達了他對現實的感受與認識。詩人生活的時代，農民起義尚在醞釀之中，亂象並不顯著，所謂「世上如今半是君」，顯然別有所指。它所指的應該是那些不蒙「盜賊」之名而所作所為卻比「盜賊」更甚的人們，是詩人劉叉在〈雪車〉中所痛斥的「相群相黨，上下為蝥賊」之輩。相比之下，這些眼前的「綠林豪客」如此敬重詩人，富於人情，倒顯得有些親切可愛了。

這首詩的寫作，頗有些「無心插柳柳成陰」的味道。詩人未必有意諷刺現實，表達嚴肅的主題，只是在特定情景的觸發下，向讀者開放了思想感情庫藏中珍貴的一角。因此它寓莊於諧，別具一種天然的風趣和耐人尋味的幽默。據說豪客們聽了他的即興吟成之作，餉以牛酒，看來其中是有知音者在的。（劉學鍇）

施肩吾

【作者小傳】字希聖，自號棲真子、華陽真人，睦州分水（今浙江桐廬西北）人。唐憲宗元和進士。後隱居洪州西山。為詩奇麗。有詩集，不傳。《全唐詩》存其詩一卷。（《唐詩紀事》卷四一、《唐才子傳》卷六）

幼女詞　施肩吾

幼女纔六歲，未知巧與拙。
向夜在堂前，學人拜新月。

施肩吾有個天真可愛的小女兒，他在詩中不止一次提到，如：「姊妹無多兄弟少，舉家鍾愛年最小。有時繞樹山雀飛，貪看不待畫眉了。」（〈效古詞〉）而這首〈幼女詞〉更是含蓄兼風趣的妙品。

一開始就著力寫幼女之「幼」。先就年齡說，「纔六歲」。說「纔」不說「已」，意謂還小著呢。再就智力說，尚「未知巧與拙」。這話除表明「幼」外，更有多重意味。表面是說她分不清什麼是「巧」，什麼是「拙」這類較為抽象的概念；其實，也意味著因幼稚不免常常弄「巧」成「拙」。比方說，會做出「濃朱衍丹脣，黃吻爛漫赤」（晉左思〈嬌女詩〉），「移時施朱鉛，狼藉畫眉闊」（杜甫〈北征〉）一類令人哭笑不得的事。此外，這裡提「巧拙」實偏義於「巧」，暗關末句「拜新月」事。讀者一當把二者聯繫起來，就意會這是在七夕，如同目睹如此動人的「乞巧」場面：「七夕今宵看碧霄，牽牛織女渡河橋。家家乞巧望秋月，穿盡紅絲幾萬條。」（唐林傑〈乞巧〉）詩中並沒有對人物往事及活動場景作任何敘寫，由於巧下一字，就令人想像無窮，收到含蓄之效。

前兩句刻畫女孩的幼稚之後，末二句就集中於一件情事。時間是七夕，因前面已由「巧」字作了暗示，三句只簡作一「夜」字。地點是「堂前」，這是能見「新月」的地方。小女孩做什麼呢？她既未和別的孩子一樣去尋找螢火，也不向大人索瓜果，卻鄭重其事地在堂前學著大人「拜新月」呢。讀到這裡，令人忍俊不禁。「開簾見新月，即便下階拜」（李端〈拜新月〉）的少女拜月，意在乞巧，而這位「纔六歲」的乳臭未乾的小女孩拜月，是「不知巧」而乞之，「與『細語人不聞』（李端〈拜新月〉）情事各別」（清沈德潛《唐詩別裁集》）啊。儘管作者敘述的語氣客觀，但「學人」二字傳達的語義卻是揶揄的。小女孩拜月，形式是成年的，內容卻是幼稚的，這形成一個衝突，幽默滑稽之感即由此產生。小女孩越是弄「巧」學人，便越發不能藏「拙」。這個「小大人」的形象既逗人而有趣，又純真而可愛。

這類以歌頌童真為主題的作品，可以追溯到晉左思〈嬌女詩〉，那首五古用鋪張的筆墨描寫了兩個小女孩種種天真情事，頗能窮形盡態。而五絕容不得鋪敘。如果把左詩比作畫中工筆，則此詩就是畫中寫意，它刪繁就簡，只就一件情事寫來，以概見幼女的全部天真，甚而勾畫出了一幅筆致幽默、妙趣橫生的風俗小品畫，顯示出作者白描手段的高超。（周嘯天）

望夫詞

施肩吾

手爇寒燈向影頻，回文機上暗生塵。
自家夫婿無消息，卻恨橋頭賣卜人。

施肩吾是位道士，但他寫的詩卻很有人情味。此詩寫女子的丈夫出征在外，大約是頭年秋天出發，整整一年沒有音信，眼看又是北雁南飛的時候，所以倍添思念。

首句以描寫女子長夜不眠的情景發端。爇（音同若）即燃。「寒」字略寓孤淒意味。「手爇寒燈」，身影在後，不斷回頭，幾番顧影（「向影頻」），既有孤寂無伴之感，又是盼人未至的情態。其心情的急切不安，已從字裡行間透露出來。這裡已暗示她得到了一點有關丈夫的信息，為後文作好伏筆。

第二句「回文機」用了一個為人熟知的典故：前秦苻堅時秦州刺史竇滔被徙流沙，其妻蘇蕙善屬文，把對丈夫的思念織為回文旋圖詩，共八百四十字，讀法宛轉循環，詞甚悽婉（見《晉書·列女傳》）。這裡用以暗示「望夫」之意。「機上暗生塵」，可見女子近來無心織布。這與「自君之出矣，不復理殘機」（張九齡〈賦得自君之出矣〉）雖同樣表現對丈夫的苦苦思戀，但又不同於那種初別的心情，它表現的是離別經年之後的一種煩惱。

前兩句寫不眠、不織，都含有一個「待」字，但所待何人，並沒有點明。第三句才作了交代，女子長夜不眠，無心織作，原來是因「自家夫婿無消息」的緣故。詩到這裡似乎已將「望夫」的題意繳足，但並不夠味。直到末句引進一個「賣卜人」的角色，全詩的內容才大大深化，突見精彩。

清人潘德輿說：「詩有一字訣曰『厚』。偶詠唐人『夢裡分明見關塞，不知何路向金微』，『欲寄征衣問消息，居延城外又移軍』（張仲素〈秋閨思〉）便覺其深曲有味。今人只說到夢見關塞，托征鴻問消息便了，所以為公共之言，而寡薄不成文也。」（《養一齋詩話》）此詩也深得「厚」字訣。倘說到「自家夫婿無消息」便了，內容也就不免寡薄，成為「公共之言」。而這個「賣卜人」角色的加入，幾乎給讀者暗示了一個生活小故事，詩意便深曲有味。原來女子因望夫情切，曾到橋頭卜了一卦。詩中雖未明說「終日求人卜，回回道好音」（杜牧〈寄遠人〉），但讀者已經從詩中默會到占卜的結果如何。要是占卜結果未得「好音」，女子是不會後來才「恨橋頭賣卜人」的。賣卜人的話自會叫她深信不疑。難怪她一心一意相候，每有動靜都疑是夫歸，以致「手爇寒燈向影頻」（至此方知首句之妙）。問卜，可見盼夫之切；而賣卜人欺以其方，一旦夫不歸時，不能恨夫，不恨賣卜人恨誰？

不過「卻恨橋頭賣卜人」於事何補？但人情有時不可理喻。思婦之怨無處發洩，心裡罵兩聲賣卜人倒也解恨。這又活生生表現出莫可奈何而遷怒於人的兒女情態，造成豐富的戲劇性。這也是作者掌握了「厚」字訣的一種表現。（周嘯天）

崔郊

【作者小傳】唐憲宗元和間秀才。《全唐詩》存其詩一首。（《雲溪友議》卷上、《唐詩紀事》卷五六）

贈婢

崔郊

公子王孫逐後塵，綠珠垂淚滴羅巾。
侯門一入深如海，從此蕭郎是路人。

唐末范攄所撰筆記《雲溪友議·襄陽傑》中記載了這樣一個故事：元和年間秀才崔郊的姑母有一婢女，生得姿容秀麗，與崔郊互相愛戀，後卻被賣給顯貴于頔。崔郊念念不忘，思慕無已。一次寒食，婢女偶爾外出與崔郊邂逅，崔郊百感交集，寫下了這首〈贈婢〉。後來于頔讀到此詩，便讓崔郊把婢女領去，傳為詩壇佳話。

這首詩的內容寫的是自己所愛者被劫奪的悲哀。但由於詩人的高度概括，便使它突破了個人悲歡離合的局限，反映了由於門第懸殊所造成的愛情悲劇。詩的寓意頗深，表現手法卻含而不露，怨而不怒，委婉曲折。

「公子王孫逐後塵，綠珠垂淚滴羅巾。」上句用側面烘托的手法，即透過對「公子王孫」爭相追求的描寫突出女子的美貌；下句以「垂淚滴羅巾」的細節表現出女子深沉的痛苦。公子王孫的行為正是造成女子不幸的根源，然而這一點詩人卻沒有明白說出，只是透過「綠珠」一典的運用曲折表達的。綠珠原是西晉富豪石崇的寵妾，傳說她「美而豔，善吹笛」。趙王倫專權時，他手下的孫秀倚仗權勢，指名向石崇索取，遭到石崇拒絕。石崇因此被收下獄，綠珠也墜樓身死。用此典故一方面形容女子具有綠珠那樣美麗的容貌，另一方面以綠珠的悲慘遭遇暗示出女子被劫奪的不幸命運。於看似平淡客觀的敘述中，巧妙地透露出詩人對公子王孫的不滿，對弱女子的愛憐同情，寫得含蓄委婉，不露痕跡。

「侯門一入深如海，從此蕭郎是路人。」「侯門」指權豪勢要之家。「蕭郎」是詩詞中習用語，泛指女子所愛戀的男子，此處是崔郊自謂。這兩句沒有將矛頭明顯指向造成他們分離隔絕的「侯門」，倒好像是說女子一進侯門便視自己為陌路之人了。但有了前兩句的鋪墊，作者真正的諷意當然不難明白；之所以要這樣寫，一則切合「贈婢」的口吻，便於表達詩人哀怨痛苦的心情，更可以使全詩風格保持和諧一致，突出它含蓄蘊藉的特點。詩人從侯門「深如海」的形象比喻，從「一入」、「從此」兩個關聯詞語所表達的語氣中透露出來的深沉的絕望，比那種直露的抒情更哀感動人，也更能激起讀者的同情。

這首詩用詞極為準確，在古代社會裡，造成這類人間悲劇的，上自皇帝，下至權豪勢要，用「侯門」概括他們，實在恰當不過。正因為如此，「侯門」一詞便成為權勢之家的代詞；「侯門似海」也因其比喻的生動形象，形成成語，在文學作品和日常生活中廣泛運用。（張明非）

裴給事①宅白牡丹　無名氏

長安豪貴惜春殘，爭賞街西紫牡丹。
別有玉盤承露冷，無人起就月中看。

〔註〕①裴給事：即裴潾（?～八三八?），聞喜（今屬山西）人。唐憲宗元和初以蔭仕，官起居舍人，文宗開成中終兵部侍郎。「潾以道自任，悉心事上，疾黨附，不為權近所持。」（《新唐書》本傳）

在唐代，觀賞牡丹成為富貴人家的一種習俗。據唐李肇《唐國史補》記載：「京城貴遊尚牡丹三十餘年矣，每春暮，車馬若狂，以不耽玩為恥。」中唐詩人劉禹錫也有詩為證：「唯有牡丹真國色，花開時節動京城」（〈賞牡丹〉）。

當時，牡丹價格十分昂貴，竟至「一本有直數萬者」（亦見《唐國史補》）。牡丹中又以大紅大紫為貴，白色牡丹不受重視。無名氏這首詩的前兩句便形象而概括地寫出了唐代的這種風習。

「長安豪貴惜春殘，爭賞街西紫牡丹。」唐代京城長安有一條朱雀門大街橫貫南北，將長安分為東西兩半。街西屬長安縣，那裡有許多私人名園。每到牡丹盛開季節，但見車水馬龍，觀者如堵，遊人如雲。選擇「長安」、「街西」作為描寫牡丹的背景，自然最為典型。作者描寫牡丹花開時的盛景，只用「春殘」二字點出季節，因為牡丹盛開恰在春暮。作者沒有對紫牡丹的形象做任何點染，單從「豪貴」對它的態度著筆。豪貴們耽於逸樂，無日不看花，桃杏方盡，牡丹又開，正值暮春三月，為「惜春殘」，更是對牡丹趨之若鶩。以爭賞之眾，襯花開之盛，「惜春殘」一筆確實收到了比描寫繁花似錦更好的藝術效果。

以上使用側面描寫，著意渲染了紫牡丹的名貴。看似與題目無關，實則為後面展開對白牡丹的描寫作了有力的鋪墊。「別有玉盤承露冷，無人起就月中看。」一個「別」字，引出了迥然不同的另一番景象。玉盤，冷露，月白，風清，再加上寂靜無人的空園，與上兩句描寫的情景形成極其鮮明的對比。對白牡丹的形象刻畫雖只是略加點染，但顯然傾注了作者滿心的愛悅和同情。「玉盤」，形容盛開的白牡丹，生動貼切。月夜的襯托和冷露的點綴，更增加了白牡丹形象的豐滿。作者正是透過對紫牡丹和白牡丹這一動一靜、一熱一冷的對照描寫，不加一句褒貶，不作任何說明，而寓意自顯。為豪貴所爭賞的紫牡丹儘管名貴，卻顯得庸俗，相反，無人看的白牡丹卻超塵脫俗，幽雅高尚，給人以冰清玉潔之感。詩人對白牡丹的讚美和對它處境的同情，寄託了對人生的感慨。末句「無人起就月中看」之「無人」，承上面豪貴而言。豪貴爭賞紫牡丹，而「無人」看裴給事宅的白牡丹，即言裴給事之高潔，朝中竟無人賞識。詩題中特別點出「裴給事宅」，便是含蓄地點出這層意思。

短短的一首七絕，可謂含意豐富，旨趣遙深。可以說，在姹紫嫣紅的牡丹詩群裡，這首詩本身就是一朵姣美幽雅、盈盈帶露的白牡丹花。（張明非）

元稹

【作者小傳】（七七九～八三一）字微之，河南（今河南洛陽）人，居京兆萬年（今陝西西安）。早年家貧。舉唐德宗貞元九年明經科，補校書郎。十九年書判拔萃科，曾任監察御史。因得罪宦官及守舊官僚，遭到貶斥。後官至同中書門下平章事。以暴疾卒於武昌軍節度使任所。與白居易友善，常相唱和，世稱「元白」。有《元氏長慶集》。（新、舊《唐書》本傳、《唐才子傳》卷六）

遣悲懷三首 元稹

謝公最小偏憐女，自嫁①黔婁百事乖。顧我無衣搜藎篋②，泥他沽酒拔金釵。
野蔬充膳甘長藿，落葉添薪仰古槐。今日俸錢過十萬，與君營奠復營齋。

昔日戲言身後意，今朝都到眼前來。衣裳已施行看盡，針線猶存未忍開。
尚想舊情憐婢僕，也曾因夢送錢財。誠知此恨人人有，貧賤夫妻百事哀。

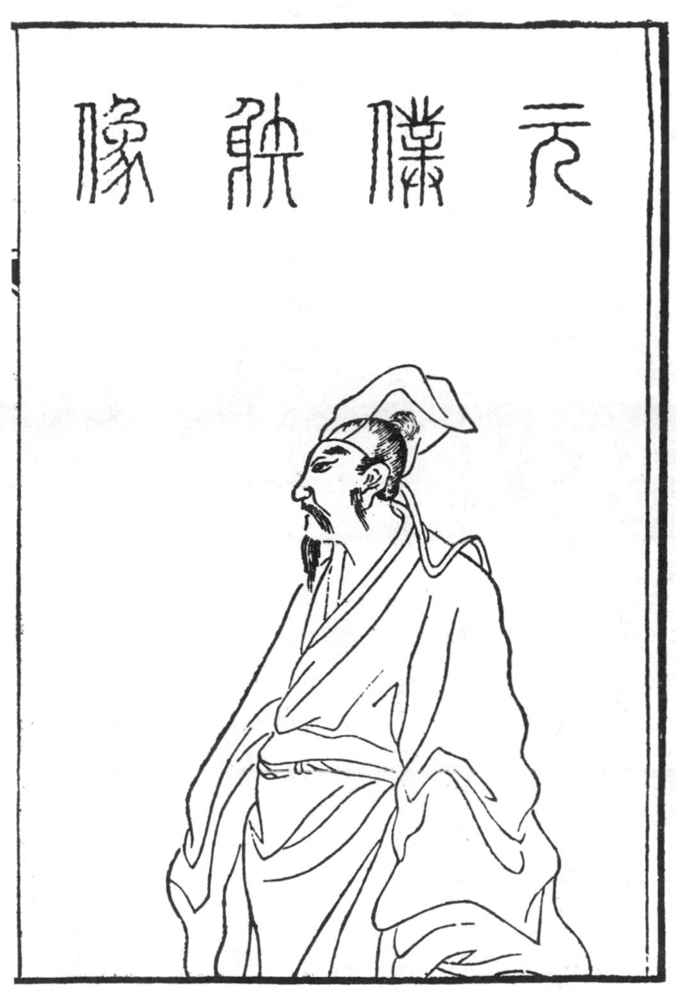

元稹像——清刊本《古聖賢像傳略》

閒坐悲君亦自悲，百年都是幾多時！鄧攸③無子尋知命，潘岳④悼亡猶費詞。同穴窅冥⑤何所望？他生緣會更難期！唯將終夜長開眼，報答平生未展眉。

〔註〕①「自嫁」一作「嫁與」。②藎篋（音同近妾）：竹草編的箱子。③鄧攸：西晉人，字伯道，官河東太守。據《晉書．鄧攸傳》記載，永嘉末年戰亂中，他捨子保侄，後終無子。④潘岳：西晉詩人，字安仁。妻死，作〈悼亡詩〉三首，為世傳誦。⑤窅（音同杳）冥：深暗的樣子。

這是元稹悼念亡妻韋叢（字蕙叢）所寫的三首七言律詩。韋氏是太子少保韋夏卿的幼女，二十歲時嫁與元稹。七年後，即唐憲宗元和四年（八〇九）七月，韋氏去世。此詩約寫於元和六年前，時元稹在監察御史分務東臺任上。

第一首追憶妻子生前的艱苦處境和夫妻情愛，並抒寫自己的抱憾之情。一、二句引用典故，以東晉宰相謝安最寵愛的侄女謝道韞借指韋氏，以戰國時齊國的貧士黔婁自喻，其中含有對方屈身下嫁的意思。「百事乖」，任何事都不順遂，這是對韋氏婚後七年間艱苦生活的簡括，用以領起中間四句。「泥」，軟纏。藿，豆葉，指粗食。中間這四句是說，看到我沒有可替換的衣服，就翻箱倒櫃去搜尋；我身邊沒錢，死乞活賴地纏她買酒，她就拔下頭上金釵去換錢。平常家裡只能食用豆葉之類的粗食，她卻吃得很香甜；沒有柴燒，她便靠老槐樹飄落的枯葉以作薪炊。這幾句用筆乾淨，既寫出了婚後「百事乖」的艱難處境，又能傳神寫照，活畫出賢妻的形象。這四個敘述句，句句浸透著詩人對妻子的讚嘆與懷念的深情。末兩句，彷彿詩人從出神的追憶狀態中突然驚覺，發出無限抱憾之情：而今自己雖然享受厚俸，卻再也不能與愛妻共享榮華富貴，只能用祭奠與延請僧道超度亡靈的辦法來寄託自己的情思。「復」，寫出這類悼念活動的頻繁。這兩句，出語雖然平和，內心深處卻是極其悽苦的。

第二首與第一首結尾處的悲悽情調相銜接。主要寫妻子死後的「百事哀」。詩人寫了在日常生活中引起哀思的幾件事。人已仙逝，而遺物猶在。為了避免見物思人，便將妻子穿過的衣裳施捨出去；將妻子做過的針線原封不動地保存起來，不忍打開。詩人想用這種消極的辦法封存起對往事的記憶，而這種做法恰好證明他無法擺脫對妻子的思念。還有，每當看到妻子身邊的婢僕，也引起自己的哀思，因而對婢僕也平添一種哀憐的感情。白天事事觸景傷情，夜晚夢魂飛越冥界相尋。夢中送錢，似乎荒唐，卻是一片感人的痴情。苦了一輩子的妻子去世了，如今生活在富貴中的丈夫不忘舊日恩愛，除了「營奠復營齋」以外，還能為妻子做些什麼呢？於是積想成夢，出現送錢給妻子的夢境。末兩句，從「誠知此恨人人有」的泛說，落到「貧賤夫妻百事哀」的特指上。夫妻死別，固然是人所不免的，但對於同貧賤共患難的夫妻來說，一旦永訣，是更為悲哀的。末句從上一句泛說推進一層，著力寫出自身喪偶不同於一般的悲痛感情。

第三首首句「閒坐悲君亦自悲」，承上啟下。以「悲君」總括上兩首，以「自悲」引出下文。為什麼「自悲」呢？由妻子的早逝，想到了人壽的有限。人生百年，又有多長時間呢！詩中引用了晉人鄧攸、潘岳兩個典故。鄧攸心地如此善良，卻終身無子，這難道不是命運的安排？潘岳〈悼亡詩〉寫得再好，對於死者來說，又有什麼意義，不等於白費筆墨！詩人以鄧攸、潘岳自喻，故作達觀無謂之詞，卻透露出無子、喪妻的深沉悲哀。接著從絕望中轉出希望來，寄希望於死後夫婦同葬和來生再作夫妻。但是，再冷靜思量：這僅是一種虛無縹緲的幻想，更是難以指望的，因而更為絕望：死者已矣，過去的一切永遠無法補償了！詩情愈轉愈悲，不能自已，最後逼出一個無可奈何的辦法：「唯將終夜長開眼，報答平生未展眉。」《釋名・釋親屬》云：「無妻曰鰥。鰥，昆也；昆，明也。愁悒不寐，目恆鰥鰥然也。故其字從魚，魚目恆不閉者也。」詩人暗用其意對亡妻表白自己的心跡：我將永遠永遠地想著你，要以終夜「開眼」來報答你的「平生未展眉」。真是痴情纏綿，哀痛欲絕！

〈遣悲懷三首〉，一個「悲」字貫穿始終。悲痛之情如同長風推浪，滾滾向前，逐首推進。前兩首悲對方，從生前寫到身後；末一首悲自己，從現在寫到將來。全篇都用「昵昵兒女語」的親昵調子吟唱，字字出於肺腑。詩人善於將人人心中所有、人人口中所無的意思，用極其質樸感人的語言來表現。諸如「昔日戲言身後意，今朝都到眼前來」，「誠知此恨人人有，貧賤夫妻百事哀」，「閒坐悲君亦自悲，百年都是幾多時」等，無不淺俗之極，也傷痛之極。再如「泥他沽酒拔金釵」的「泥」字，末兩句中的「長開眼」與「未展眉」，都是不加修飾的本色語言，狀難寫之景十分逼真，寫難言之情極為自然。在取材上，詩人善於抓住日常生活中的幾件小事來寫，事情雖小，但都曾深深觸動過他的感情，因而也能深深打動讀者的心。敘事敘得實，寫情寫得真，寫出了詩人的至性至情，因而成為古今悼亡詩中的絕唱。

清代蘅塘退士在評論此詩時說：「古今悼亡詩充棟，終無能出此三首範圍者。」（《唐詩三百首》）這至高的讚譽，元稹是當之無愧的。（陳志明）

六年春遣懷八首（其二）　元稹

檢得舊書三四紙，高低闊狹粗成行。
自言併食尋常事，唯念山深驛路長。

唐憲宗元和四年（八〇九）七月，元稹的原配妻子韋叢去世，死時年僅二十七歲。韋叢死後，他陸續寫了許多情真意切的悼亡詩。〈六年春遣懷〉是他在元和六年春寫的一組悼亡詩，原作八首，這是其中的第二首。

前兩句說，一天在清理舊物時，尋檢出了韋叢生前寄給自己的幾頁信紙。信上的字寫得高高低低，參差不齊，行距也時闊時狹，不大勻稱，只能勉強成行罷了。但這字跡行款，對於詩人來說，卻是熟悉而親切的。睹物思人，會自然喚起對往昔共同生活的深情追憶，浮現出亡妻樸質淳厚的面影。詩人如實描寫，不稍修飾，倒正見出親切之情，感愴之意。

三、四兩句敘說「舊書」的內容。信中說，由於生活困難，常常不免要過「併食」（兩天只吃一天的糧食）而炊的日子，不過，這種清苦的生活自己已經過慣了，倒也視同尋常，不覺得有什麼。自己心裡深深繫念的倒是你這個出外遠行的人，擔心你在深山驛路上奔波勞頓，飲食不調，不要累壞了身體。信的內容自然不止這些，但詩人轉述的這幾句話無疑是最使他感愴欷歔，難以為懷的。那舊書上自言「併食」而炊，又怕丈夫為她的清苦生活而擔心、不安，所以輕描淡寫地說這不過是「尋常事」。話雖說得很平淡、隨便，卻既展現出她那種「野蔬充膳甘長藿」（〈遣懷詩三首〉其二）的賢淑品性，又傳出她的細心體貼。自己「併食」彷彿不值一提，而遠行於深山驛路的丈夫才是真正讓人憂念的。真正深摯的愛，往往是這樣樸質而無私的。詩人寫這組詩的時候，正是他因得罪宦官被貶為江陵士曹參軍，亟須得到精神支持之際，偶檢舊書，重溫亡妻在往昔艱難生活中所給予他的關懷體貼，想到當前孤孑無援的處境，能不感慨係之，黯然神傷嗎？

悼亡詩是一種主情的詩歌體裁，完全靠深摯的感情打動人。這首題為「遣懷」的悼亡詩，卻通篇沒有一字直接抒寫悼念亡妻的情懷。它全用敘事，而且是日常生活裡一件很平常細小的事：翻檢到亡妻生前寫給自己的幾頁信紙，看到信上寫的一些關於家常起居的話。事情敘述完了，詩也就煞了尾，沒有任何抒發感慨的話。但讀者卻從這貌似客觀平淡的敘述中，感受到詩人對亡妻那種不能自已的深情。關鍵原因就在於：詩人所敘寫的事雖平凡細屑，卻相當典型地表現了韋叢的性格品質，反映了他們夫婦之間相濡以沫的關係。情含事中，自然無須另置一詞了。

元稹的詩平易淺切，這在其他題材的詩歌中，往往利弊得失參半。但就這首詩而論，這種平易淺切的風格倒是和詩所表達的內容、感情完全適應的。悼亡詩在感情的真摯這一點上，比任何詩歌都要求得更嚴格，可以說容不得半點虛假。而華侈雕琢是往往要傷真的，樸質平易倒是表達真情實感的好形式。特別是當樸質平易和深厚的感情結合起來時，這樣的詩實際上已經是深入淺出的統一了。魯迅所說的白描「祕訣」——「有真意，去粉飾，少做作，勿賣弄」，似乎特別適用於悼亡詩。（劉學鍇）

六年春遣懷八首（其五） 元稹

伴客銷愁長日飲，偶然乘興便醺醺。

怪來醒後旁人泣，醉裡時時錯問君！

元稹對亡妻韋叢有著真誠執著的愛戀，這首「伴客銷愁」，曲曲傳情，寫來沉痛感人。

起句便敘寫他在喪妻之痛中意緒消沉，整天借酒澆愁的情態。伴客銷愁，表面上是陪客人，實際上是好心的客人為了替他排遣濃憂而故意拉他作伴喝酒。再說，既是「伴客」，總不好在客人面前表露兒女之情，免不了要虛與委蛇，強顏歡笑。這樣銷愁，哪能不愁濃如酒！在這長日無聊的對飲中，他喝下去的是自己的眼淚。「酒入愁腸，化作相思淚」（宋范仲淹〈蘇幕遮・懷舊〉），透出了心底的悽苦。

第二句妙在「偶然乘興」四字。這個「興」，不能簡單地當作「高興」的「興」，而是沉鬱的樂章中一個偶然高昂的音符，是情緒的突然跳動。酒宴之上，客人想方設法開導他，而詩人一時悲從中來，傾杯痛飲，以致醺醺大醉。可見，這個「興」字，溶進了客人良苦的用心，詩人傷心的淚水。「偶然」者，言其「醺醺」大醉的次數並不多，足證上句「長日飲」其實喝得很少，不過是借酒澆愁而意不在酒，甚至是「未飲先如醉」，正見傷心人別有懷抱。

結尾兩句，真是椎心泣血之言，讀詩至此，有情人能不掩卷一哭！醉後吐真言，這是常情；醒來但見旁人啜泣，感到奇怪。一問才知道，原來自己在醉中忘記愛妻已逝，口口聲聲呼喚妻子哩！悽惶之態，悽苦之情，撼人心弦。

絕句貴深曲。此詩有深曲者七：悼念逝者，流淚的應該是詩人自己；現在偏偏不寫自己傷心落淚，只寫旁人感泣，從旁人感泣中見出自己傷心，此其深曲者一。以醉裡暫時忘卻喪妻之痛，寫出永遠無法忘卻的哀思，此其深曲者二。懷念亡妻的話，一句不寫，只從醉話著筆；且醉話也不寫，只以「錯問」二字出之，此其深曲者三。醉裡尋伊，正見「覺來無處追尋」的無限空虛索寞，此其深曲者四。乘興傾杯，卻引來一片抽泣，妙用反襯手法取得強烈感人的效果，此其深曲者五。「時時錯問君」，再現了過去夫妻形影不離、詩人一刻也離不了這位愛妻的情景，曩昔「泥他沽酒拔金釵」（〈遣悲懷三首〉其一）的場面，宛在目前，此其深曲者六。醉後潦倒的樣子，醒來驚愕的情態，不著一字而隱隱可見，此其深曲者七。一首小詩，具此七美，真可謂之「七絕」。（賴漢屏）

行宮 元稹

寥落古行宮，宮花寂寞紅。

白頭宮女在，閒坐說玄宗。

元稹的這首〈行宮〉可與白居易〈上陽白髮人〉參互並觀。這裡的古行宮即洛陽行宮上陽宮，白頭宮女即「上陽白髮人」。據白居易〈上陽白髮人〉，這些宮女天寶末年被「潛配」到上陽宮，在這冷宮裡一閉四十多年，成了白髮宮人。這首短小精悍的五絕具有深邃的意境，富有雋永的詩味，傾訴了宮女無窮的哀怨之情，寄託了詩人深沉的盛衰之感。

詩人塑造意境，主要運用了兩種表現手法。一是以少總多。古典詩歌講究精練，寫景、言情、敘事都要以少總多。這首詩正具有舉一而反三，字少而意多的特點。四句詩，首句指明地點，是一座空虛冷落的古行宮；次句暗示環境和時間，宮中紅花盛開，正當春天季節；三句交代人物，幾個白頭宮女，與末句聯繫起來推想，可知是玄宗天寶末年進宮而倖存下來的老宮人；末句描寫動作，宮女們正閒坐回憶、談論天寶遺事。二十個字，地點、時間、人物、動作，全都表現出來了，構成了一幅非常生動的畫面。這個畫面觸發讀者聯翩的浮想：宮女們年輕時都是月貌花容，嬌姿豔質，這些美麗的宮女被禁閉在這冷落的古行宮之中，成日價寂寞無聊，看著宮花，花開花落，年復一年，青春消逝，紅顏憔悴，白髮頻添，如此被摧殘，往事豈堪重省！然而，她們被禁閉冷宮，與世隔絕，別無話題，卻只能回顧天寶時代玄宗遺事，此景此情，令人淒絕。「寥落」、「寂寞」、「閒坐」，既描繪當時的情景，也反映詩人的傾向。淒涼的身世，哀怨的情懷，盛衰的感慨，二十個字描繪出那樣生動的畫面，表現出那樣深刻的意思，所以宋洪邁《容齋隨筆》卷二說這首詩「語少意足，有無窮之味」；明胡應麟《詩藪．內編》卷六以為這首詩是王建所作，並說「語意絕妙，合（王）建七言〈宮詞〉百首，不易此二十字也」。

另一個表現手法是以樂景寫哀。古典詩歌所寫景物，有時從對立面的角度反襯心理，利用憂思愁苦的心情同良辰美景氣氛之間的矛盾，以樂景寫哀情，卻能收到很好的藝術效果。這首詩也運用了這一手法。詩所要表現的是淒涼哀怨的心境，但卻著意描繪紅豔的宮花。紅花一般是表現熱鬧場面，烘托歡樂情緒的，但在這裡卻起了很重要的反襯作用：盛開的紅花和寥落的行宮相映襯，加強了時移世遷的盛衰之感；春天的紅花和宮女的白髮相映襯，表現了紅顏易老的人生感慨；紅花美景與淒寂心境相映襯，突出了宮女被禁閉的哀怨情緒。紅花，在這裡起了很大的作用。這都是利用好景致與惡心情的矛盾，來突出中心思想，即清人王夫之《薑齋詩話》所謂「以樂景寫哀，以哀景寫樂，一倍增其哀樂。」白居易〈上陽白髮人〉「宮鶯百囀愁厭聞，梁燕雙棲老休妒」，也可以說是以樂寫哀。不過白居易的寫法直接揭示了樂景與哀情的矛盾，而元稹〈行宮〉則是以樂景作比較含蓄的反襯，顯得更有餘味。（林東海）

菊花 元稹

秋叢繞舍似陶家，遍繞籬邊日漸斜。
不是花中偏愛菊，此花開盡更無花。

菊花，不像牡丹那樣富麗，也沒有蘭花那樣名貴，但作為傲霜之花，它一直受人偏愛。有人讚美它堅強的品格，有人欣賞它高潔的氣質，而元稹的這首詠菊詩，則別出新意地道出了他愛菊的原因。

詠菊，一般要說說菊花的可愛。但詩人既沒列舉「金鉤掛月」之類的形容詞，也未描繪爭芳鬥豔的景象，而是用了一個比喻——「秋叢繞舍似陶家」。一叢叢菊花圍繞著房屋開放，好似到了陶淵明的家。秋叢，即叢叢的秋菊。東晉陶淵明最愛菊，家中遍植菊花。「採菊東籬下，悠然見南山」（〈飲酒二十首〉其五），是他的名句。這裡將植菊的地方比作「陶家」，秋菊滿院盛開的景象便不難想像。如此美好的菊景怎能不令人陶醉？故詩人「遍繞籬邊日漸斜」，完全被眼前的菊花所吸引，專心致志地繞籬觀賞，以至於太陽西斜都不知道。「遍繞」、「日斜」，把詩人賞菊入迷，留連忘返的情景真切地表現出來，渲染了愛菊的氣氛。

詩人為什麼如此著迷地偏愛菊花呢？三、四兩句說明喜愛菊花的原因：「不是花中偏愛菊，此花開盡更無花」。菊花在百花之中是最後凋謝的，一旦菊花謝盡，便無花景可賞，人們愛花之情自然都集中到菊花上來。因此，作為後凋者，它得天獨厚地受人珍愛。詩人從菊花在四季中謝得最晚這一自然現象，引出深微的道理，

元稹〈菊花〉——明刊本《唐詩畫譜》

回答了愛菊的原因，表達了詩人特殊的愛菊之情。其中，當然也含有對菊花歷盡風霜而後凋的堅貞品格的讚美。

這首詩從詠菊這一平常的題材，發掘出不平常的詩意，給人以新的啟發，顯得新穎自然，不落俗套。在寫作上，筆法也很巧妙。前兩句寫賞菊的實景，渲染愛菊的氣氛作為鋪墊；第三句是過渡，筆鋒一頓，跌宕有致，最後吟出生花妙句，進一步開拓美的境界，增強了這首小詩的藝術感染力。（閻昭典）

西歸絕句十二首（其二） 元稹

五年江上損容顏，今日春風到武關。
兩紙京書臨水讀，小桃花樹滿商山。

這首詩作於唐憲宗元和十年（八一五）元稹自唐州（今河南省唐河縣）奉召還京途中。詩題下原註：「得復言、樂天書。」詩中抒發的便是歸途捧讀友人李復言、白居易書信的興奮喜悅之情。

詩的首句「五年」憶昔日之愁。詩人本在帝都長安任監察御史，由於得罪權貴，元和五年（八一〇）被貶為職位卑微的江陵府（治今湖北荊州）士曹參軍。人世間的屈辱沉淪，長江邊上的風風雨雨，使他身心交瘁，不由得發出「五年江上損容顏」的慨嘆。

次句「春風」露今日之喜。詩人奉召還京，沿唐河，浮漢水，越武關（在今陝西丹鳳東南），溯丹河，水陸兼程，時序又正是春天，更覺喜出望外，心情舒暢。「今日春風到武關」，正是於敘事中襯出詩人此時欣喜的心情。

一、二兩句，直敘其事，遣詞造境平而無奇。然而，三句「臨水」一轉，頓起詩情；四句「小桃」一結，更饒畫意。原來，詩人欲以巧勝人，故意先出常語，而把力量用在結尾兩句上，終使詩的後半部分勝境迭出。

奉召西歸，是一喜；途中又接到李復言、白居易寄自長安的書信，更是一喜。君恩友情，交織心頭，這就加添了「兩紙京書」的感情容量。「臨水」二字一點，全詩皆活，意境畢呈：清清流水，照見了詩人此時欣喜的神色；粼粼波光，映出了詩人此刻歡樂的心情。詩中不著一字，而詩人捧讀音書時盼歸念友的那種急切、興奮、激動、喜悅的情狀，躍然紙上。試想：如果把「臨水讀」，改成「艙內讀」或「燈畔讀」，那詩中的氣氛情韻、意境就完全不一樣了。

結句又偏不進一步從正面寫喜悅之情，卻一下子跳到商山（今陝西商縣東）小桃花樹上，以景語收住全篇。詩人臨水讀罷友人書信，猛一抬眼，忽見岸上嫣紅一片，驚喜中不禁吟出：「小桃花樹滿商山」！這桃花，開在山上，也開在詩人心田。至此，全詩戛然而止，畫面上只留下一片花光水色。不言人的心情如何，只用彩筆點染商山妍麗春色，而人的愉快之情已自流露。

這首詩以敘事抒情，以寫景結情，別有一種獨特的風致和情韻。臨水讀，見桃花，是詩人這次春江舟行中實有之事，並非故意造境設色。然而，詩人攝取這兩個特寫鏡頭，恰到好處地表現出特定場合下的特有心情。詩句清而不淡，秀而不媚，柔和雋永，色調和諧，成功地顯示了這首絕句所特有的一種清麗之美。（賴漢屏）

聞樂天授江州司馬

元稹

殘燈無焰影幢幢，此夕聞君謫九江。
垂死病中驚坐起，暗風吹雨入寒窗。

元稹和白居易有很深的友誼。唐憲宗元和五年（八一〇），元稹因彈劾和懲治不法官吏，同宦官劉士元衝突，被貶為江陵士曹參軍。元和十年，改授通州（治今四川達川）司馬，同年白居易上書，請捕刺殺宰相武元衡的兇手，結果得罪權貴，被貶為江州司馬。上面這首詩，就是元稹在通州聽到白居易被貶的消息時寫的。詩的中間兩句是敘事言情，表現了作者在乍一聽到這個不幸消息時的陡然一驚，語言樸實而感情強烈。詩的首尾兩句是寫景，形象地描繪了周圍景物的暗淡淒涼，感情濃郁而深厚。

元稹貶謫他鄉，又身患重病，心境本來就不佳。現在忽然聽到摯友也蒙冤被貶，內心更是極度震驚，萬般怨苦，滿腹愁思一齊湧上心頭。以這種悲涼的心境觀景，一切景物也都變得陰沉昏暗了。於是，看到「燈」，覺得是失去光焰的「殘燈」；連燈的陰影，也變成了「幢幢」——昏暗而搖曳不定的樣子。「風」，本來是無所謂明暗的，而今卻成了「暗風」。「窗」，本來無所謂寒熱的，而今也成了「寒窗」。只因有了情的移入，情的照射，情的滲透，連風、雨、燈、窗都變得又「殘」又「暗」又「寒」了。「殘燈無焰影幢幢」、「暗風吹雨入寒窗」兩句，既是景語，又是情語，是以哀景抒哀情，情與景融會一體，「妙合無垠」（清王夫之《薑齋詩話》）。

詩中「垂死病中驚坐起」一語，是傳神之筆。白居易曾寫有兩句詩：「枕上忽驚起，顛倒著衣裳。」（〈初與元九別後忽夢見之。及寤而書適至，兼寄桐花詩。悵然感懷，因以此寄：元九初謫江陵〉）這是白居易在元稹初遭貶謫、前往江陵上任時寫的，表現了他聽到送信人敲門，迫不及待地想看到元稹來信的情狀，十分傳神。元稹此句也是如此。其中的「驚」，寫出了「情」——當時震驚的感情；其中的「坐起」，則寫出了「狀」——當時震驚的模樣。如果只寫「情」不寫「狀」，不是「驚坐起」而是「吃一驚」，那恐怕就神氣索然了。而「驚坐起」三字，正是維妙維肖地摹寫出作者當時陡然一驚的神態。再加上「垂死病中」，進一步加強了感情的深度，使詩句也更加傳神。既曰「垂死病中」，那麼，「坐起」自然是很困難的；然而，作者卻驚得「坐起」了。這就表明：震驚之巨，無異針刺；休戚相關，感同身受。元、白二人友誼之深，於此清晰可見。

按照常規，在「垂死病中驚坐起」這句詩後，大概要來一句實寫，表現「驚」的具體內涵。然而作者卻偏偏來了個寫景的詩句：「暗雨吹風入寒窗」。這樣，「驚」的具體內涵就蘊含於景語之中，成為深藏不露、含蓄不盡的了。作者對白氏被貶一事究竟是惋惜，是憤懣，還是悲痛？全都沒有說破，全都留給讀者去領悟、想像和玩味了。

元稹這首詩所寫的，只是聽說好友被貶而陡然一驚的片刻，這無疑是一個「有包孕的片刻」，也就是說，是有千言萬語和多種情緒湧上心頭的片刻，是有巨大的蓄積和容量的片刻。作者寫了這個「驚」的片刻而又對「驚」的內蘊不予點破，這就使全詩含蓄蘊藉，情深意濃，詩味雋永，耐人咀嚼。

元稹把他這首詩寄到江州以後，白居易讀了非常感動。他在給元稹的信中說：「此句他人尚不可聞，況僕心哉！至今每吟，猶惻惻耳。」（〈與元微之書〉）是的，像這樣一首情景交融、形神俱肖、含蓄不盡、富有包孕的好詩，它是有很強的藝術魅力的。別人讀了尚且會受到感染，何況當事人白居易！（賈文昭）

得樂天書 元稹

遠信入門先有淚，妻驚女哭問何如。
尋常不省曾如此，應是江州司馬書！

元稹於唐憲宗元和十年（八一五）三月貶謫通州（治今四川達川）。當年八月，他的摯友白居易也從長安貶謫江州（治今江西九江）。相同的命運把兩顆心連得更緊。元稹的謫居生涯是很悽苦的。他於閏六月到達通州後，就害了一場瘧疾，差一點病死。瘴鄉獨處，意緒消沉，千里之外，唯有好朋友白居易與他互通音問。他後來寫的長詩〈酬樂天東南行詩一百韻〉的序言中，追述了通州期間與白居易的唱酬來往。序文最後說：「通之人莫可與言詩者，唯妻淑（按：繼室裴淑）在旁知狀。」所謂「知狀」，指知道他與白氏詩信往返，互相關切的情狀。這段話，對我們理解這首詩，很有幫助。

這是一首構思奇特的小詩。題目是〈得樂天書〉，按說，內容當然離不開信中所言及讀信所感。但詩裡所描繪的，卻不是這些，而是接信時一家人悽悽惶惶的場面。詩的第一句「遠信入門先有淚」，是說，詩人接了樂天的江州來信，讀完後淚流滿面。第二句筆鋒一轉，從妻女的反應上著筆：「妻驚女哭問何如。」詩人手持遠信，流著淚走回內室，引起了妻兒們的驚疑：接到了誰的來信，引起他如此傷心？這封信究竟帶來了什麼噩耗？妻女由於困惑，發而為「驚」、為「哭」、為「問」。可她們問來問去，並沒有問出個究竟。因為，詩人這時已經傷心得不能說話了。於是，她們只好竊竊私語，猜測起來：自從來到通州，從沒見什麼事使他如此激動，也從未見誰的一封來信會引得他如此傷心。夠得上他如此關心的人只有一個——白樂天！今兒這封信，八成是江州司馬白樂天寄來的了。

小詩向來以直接抒情見長，幾句話很難寫出什麼情節、場面。元稹這首小詩，最大的特點就在於寫出了場面、情節，卻不直接抒情。他在四行詩裡，畫出了「妻驚女哭」的場景，描繪了「問何如」的人物對話，刻畫出了「尋常不省曾如此」的心理活動，而詩人萬端感慨，卻只凝鑄在「先有淚」三字中，此外再不多說。全詩以素描塑造形象，從形象中見深情，句句是常語，卻句句是奇語。清劉熙載《藝概．詩概》說：「常語易，奇語難，此詩之初關也；奇語易，常語難，此詩之重關也。香山用常得奇，此境良非易到。」其實，用常得奇者，豈止白香山為然，香山的好友元微之，早就越過這道「重關」了。（賴漢屏）

酬樂天頻夢微之　元稹

山水萬重書斷絕，念君憐我夢相聞。
我今因病魂顛倒，惟夢閒人不夢君！

這是一首和詩，寫於唐憲宗元和十二年（八一七）。這時，元稹貶通州（治今四川達川），白居易謫江州（治今江西九江），兩地迢迢數千里，通信十分困難。因此，詩一開始就說「山水萬重書斷絕」。現在，好不容易收到白居易寄來的一首詩，詩中告訴元稹，昨晚上又夢見了他。老朋友感情這樣深摯，使他深深感動。詩的第二句乃說：「念君憐我夢相聞」。元稹在通州害過一場嚴重的瘧疾，病後身體一直很壞，記憶衰退。但「我今因病」的「病」字還包含了更為沉重的精神上的苦悶，包含了無限悽苦之情。四句緊承三句說：由於我心神恍惚，不能自主，夢見的淨是些不相干的人，偏偏沒夢見你。與白居易寄來的詩相比，這一結句翻出新意。

白詩是這樣四句：「晨起臨風一惆悵，通川湓水斷相聞。不知憶我因何事，昨夜三更夢見君。」（〈夢微之（十二年八月二十日夜）〉）白詩不直說自己苦思成夢，卻反以元稹為念，問他何事憶我，致使我昨夜夢君，這表現了對元稹處境的無限關心。詩從對面著墨，構思精巧，感情真摯。

「夢」是一往情深的精神境界。白居易和元稹兩個人都寫了夢，但寫法截然不同。白詩用記夢以抒念舊之情，元詩一反其意，以不曾入夢寫悽苦心境。白詩用入夢寫苦思，是事所常有，寫人之常情；元詩用不能入夢寫心境，是事所罕有，寫人之至情。

做夢包含了希望與絕望之間極深沉、極痛苦的感情。元稹更推進一層，把不能入夢的原因作了近乎離奇的解釋：我本來可以控制自己的夢，和你夢裡相逢，過去也曾多次夢見過你；但此刻，我的身心已被疾病折磨得神魂顛倒，所以「惟夢閒人不夢君」。這就把悽苦的心境寫得入骨三分，內容也更為深廣。再說，元稹這首詩是次韻和詩，在韻腳受限制的情況下，別出機杼，更是難得。（賴漢屏）

重贈 元稹

休遺玲瓏唱我詩，我詩多是別君詞。
明朝又向江頭別，月落潮平是去時。

明陸時雍《詩鏡總論》說：「凡情無奇而自佳，景不麗而自妙者，韻使之也。」的確，有些抒情詩，看起來情景平常，手法也似無過人處，但讀後令人迴腸蕩氣，經久不忘。其藝術魅力主要來自迴環往復的音樂節奏，及由此產生的「韻」或韻味。〈重贈〉就是這樣的一首抒情詩。它是元稹在與白居易一次別後重逢又將分手時的贈別之作。先前當有詩贈別，所以此詩題為「重贈」。

首句提到唱詩，便把讀者引進離筵的環境之中。原詩題下自註：「樂人商玲瓏（中唐有名歌唱家）能歌，歌予數十詩。」所以此句用「休遺玲瓏唱我詩」作呼告起，發端奇突。唐代七絕重風調，常以否定、疑問等語勢作波瀾，如「莫愁前路無知己，天下誰人不識君」（高適〈別董大二首〉其一），「休唱貞元供奉曲，當時朝士已無多」（劉禹錫〈聽舊宮人穆氏唱歌〉），這類呼告語氣容易造成動人的風韻。不過一般只用於三、四句。此句以「休遺」云云發端，劈頭喝起，頗有先聲奪人之感。

好朋友難得重逢，分手之際同飲幾杯美酒，聽名歌手演唱幾支歌曲，本是很愉快的事，何以要說「休唱」呢？次句就像是補充解釋。原來筵上唱離歌，本已添人別恨，何況商玲瓏演唱的大多是作者與對面的友人向來贈別之詞呢，那不免令他從眼前情景回憶到往日情景，百感交集，難乎為情。呼告的第二人稱語氣，以及「君」字與「我」字同現句中，給人以親切的感覺。上句以「我詩」結，此句以「我詩」起，就使得全詩起雖突兀而款接從容，音情有一弛一張之妙。句中點出「多」「別」，已暗逗後文的「又」「別」。

三句從眼前想像「明朝」，「又」字上承「多」字，以「別」字貫串上下，詩意轉折自然。四句則是詩人想像中分手時的情景。因為別「向江頭」，要潮水稍退之後才能開船；而潮水漲落與月的運行有關，詩中寫清晨落月，當近望日，潮水最大，所以「月落潮平是去時」的想像具體入微。詩以景結情，餘韻不盡。

此詩只說到就要分手（「明朝又向江頭別」）和分手的時間（「月落潮平是去時」），便結束，通篇只是口頭語、眼前景，可謂「情無奇」、「景不麗」，但讀後卻有無窮餘味，給讀者心中留下了深刻印象。原因何在呢？這是因為此詩雖內容單純，語言淺顯，卻有一種縈迴不已的音韻。它存在於「休遣」的呼告語勢之中，存在於一、二句間「頂針」的修辭格中，也存在於「多」「別」與「又」「別」的反覆和呼應之中，處處構成微妙的唱嘆之致，傳達出細膩的情感：故人多別之後重逢，本不願再分開；但不得已又別，令人戀戀難捨。更加上詩人想像出在熹微的晨色中，潮平時刻的大江煙波浩渺，自己將別友而去的情景，更流露出無限的惋惜和惆悵。多別難得聚，剛聚又得別，這種人生聚散的情景，借助迴環往復的音樂律感，就更能引起讀者的共鳴。這裡，音樂性對抒情性起了十分積極的作用。（周嘯天）

連昌宮詞

元稹

連昌宮中滿宮竹，歲久無人森似束。又有牆頭千葉桃，風動落花紅蔌蔌。
宮邊老翁為余泣：「小年進食曾因入。上皇正在望仙樓，太真同憑闌干立。
樓上樓前盡珠翠，炫轉熒煌照天地。歸來如夢復如痴，何暇備言宮裡事！
初屆寒食一百六，店舍無煙宮樹綠。夜半月高弦索鳴，賀老琵琶定場屋。
力士傳呼覓念奴①，念奴潛伴諸郎宿。須臾覓得又連催，特敕街中許燃燭。
春嬌滿眼睡紅綃，掠削雲鬟旋裝束。飛上九天歌一聲，二十五郎吹管逐。
逡巡大遍涼州徹，色色龜茲②轟錄續。李謨擫笛傍宮牆③，偷得新翻數般曲。
平明大駕發行宮，萬人歌舞途路中。百官隊仗避岐薛④，楊氏諸姨⑤車鬥風。
明年十月東都破⑥，御路猶存祿山過。驅令供頓不敢藏，萬姓無聲淚潛墮。
兩京定後六七年，卻尋家舍行宮前。莊園燒盡有枯井，行宮門閉樹宛然。

爾後相傳六皇帝，不到離宮門久閉。往來年少說長安，玄武樓成花萼廢。
去年敕使因斫竹，偶值門開暫相逐。荊榛櫛比塞池塘，狐兔驕痴緣樹木。
舞榭攲傾基尚在，文窗窈窕紗猶綠。塵埋粉壁舊花鈿，烏啄風箏碎珠玉。
上皇偏愛臨砌花，依然御榻臨階斜。蛇出燕巢盤斗拱，菌生香案正當衙。
寢殿相連端正樓，太真梳洗樓上頭。晨光未出簾影動，至今反掛珊瑚鉤。
指似旁人因慟哭，卻出宮門淚相續。自從此後還閉門，夜夜狐狸上門屋。」
我聞此語心骨悲，「太平誰致亂者誰？」翁言：「野父何分別，耳聞眼見為君說。
姚崇宋璟作相公，勸諫上皇言語切。燮理陰陽⑦禾黍豐，調和中外無兵戎。
長官清平太守好，揀選皆言由至公。開元之末姚宋死，朝廷漸漸由妃子。
祿山宮裡養作兒，虢國門前鬧如市。弄權宰相不記名，依稀憶得楊與李。
廟謨⑧顛倒四海搖，五十年來作瘡痏。今皇神聖丞相明，詔書才下吳蜀平。

官軍又取淮西賊，此賊亦除天下寧。年年耕種宮前道，今年不遣子孫耕。」
老翁此意深望幸，努力廟謨休用兵。

〔註〕①作者自註：「念奴，天寶中名倡，善歌。每歲樓下酺宴，累日之後，萬眾喧隘。嚴安之、韋黃裳輩辟易不能禁，眾樂為之罷奏。明皇遣高力士大呼於樓上曰：『欲遣念奴唱歌，邠二十五郎吹小管逐，看人能聽否？』未嘗不悄然奉詔。其為當時所重也如此。然而明皇不欲奪俠遊之盛，未嘗置在宮禁；或歲幸湯泉，時巡東洛，有司潛遣從行而已。」②色色龜茲（音同丘慈），各種龜茲的樂曲。③自註：「明皇嘗於上陽宮夜後按新翻一曲，屬明夕正月十五日，潛遊燈下，忽聞酒樓上有笛奏前夕新曲，大駭之。明日，密遣捕捉笛者詰驗之。自云：『其夕竊於天津橋玩月，聞宮中度曲，遂於橋柱上插譜記之。臣即長安少年善笛者李謩也。』明皇異而遣之。」④岐薛：唐太宗之弟岐王範、薛王業。⑤楊氏諸姨：貴妃三姊，封韓、虢、秦國三夫人。⑥天寶十四年，安祿山攻破洛陽。⑦爕（音同謝）理陰陽：調和陰陽，指治理國事。⑧廟謨，也作廟謀，朝廷的謀略。

連昌宮，唐代皇帝行宮之一，高宗顯慶三年（六五八）建，故址在河南府壽安縣（今河南宜陽）西十九里。憲宗元和十三年（八一八），元稹在通州（治今四川達川）任司馬，寫下這首著名的長篇敘事詩，透過連昌宮的興廢變遷，探索安史之亂前後唐代朝政治亂的因由。

全詩基本上可分為兩大段。

第一段從「連昌宮中滿宮竹」至「夜夜狐狸上門屋」，寫宮邊老人訴說連昌宮今昔變遷。前四句是一段引子，先從連昌宮眼前亂竹叢生，落花滿地，一派幽深衰敗的景象下筆，引出宮邊老人。老人對作者的泣訴可分兩層意思。

第一層從「小年進食曾因入」至「楊氏諸姨車鬥風」，寫連昌宮昔日的繁華盛況。寒食節，百姓禁煙，宮裡卻燈火輝煌。唐玄宗和楊貴妃（號太真）在望仙樓上通宵行樂。琵琶專家賀懷智作壓場演奏，宦官高力士奉旨尋找著名歌女念奴進宮唱歌。邠王李承寧（二十五郎）吹管，笙歌響徹九霄。李謨傍靠宮牆擫笛（擫，音同夜。按著笛子），偷學宮裡新製的樂曲。詩人在描繪了一幅宮中行樂圖後，又寫玄宗回駕時萬人夾道歌舞的盛況。

第二層從「明年十月東都破」至「夜夜狐狸上門屋」，寫安祿山叛軍攻破東都洛陽，連昌宮從此荒廢。安史亂平後，連昌宮也長期關閉，玄宗以後的五位皇帝都不曾來過。直到元和十二年，使者奉皇帝命來連昌宮砍竹子，在宮門開時老人跟著進去看了一會，只見荊榛灌木叢生，狐狸野兔恣縱奔馳，舞榭樓閣傾倒歪斜，一片衰敗荒涼。安史亂後，玄宗依然下榻連昌宮，晚景淒涼。宮殿成為蛇燕巢穴，香案腐朽，長出菌蕈來。當年楊貴妃住的端正樓，如今物是人非，再不見倩影了。

第二大段從「我聞此語心骨悲」至「努力廟謨休用兵」，透過作者與老人的一問一答，探討「太平誰致亂者誰」及朝政治亂的因由。

詩中稱讚姚崇、宋璟做宰相秉公選賢任能，地方長官清平廉潔，因而出現了開元盛世。姚、宋死後，朝廷漸漸由楊貴妃操縱。安祿山在宮裡被貴妃養作義子，虢國夫人門庭若市。奸相楊國忠和李林甫專權誤國，終於給國家帶來了動亂和災難。

接著詩筆轉而稱讚當今憲宗皇帝大力削平藩鎮叛亂，和平有望。結句，作者意味深長地點明主旨：祝願朝廷努力策劃好國家大計，安定社稷，結束內戰，不再用兵。

這首詩針砭唐代時政，反對藩鎮割據，批判奸相弄權誤國，提出所謂「聖君賢卿」的政治理想。它含蓄地揭露了玄宗及皇帝驕奢淫逸的生活和外戚的飛揚跋扈，具有一定的歷史上的認識意義。前代詩評家多推崇這首詩「有監戒規諷之意」（宋洪邁《容齋隨筆》），「有風骨」（明王世貞《藝苑卮言》），把它和白居易〈長恨歌〉並稱，同為膾炙人口的長篇敘事詩。

這首〈連昌宮詞〉在藝術構思和創作方法上，顯然受到當時傳奇小說的影響。詩人既植根於現實生活和歷史，又不囿於具體的歷史事實，虛構一些情節並加以藝術的誇張，把歷史人物和社會生活事件集中在一個典型環境中來描繪，寫得異常鮮明生動，從而使主題具有典型意義。

例如，有關唐玄宗和楊貴妃在連昌宮中的一段生活，元稹就不是以歷史學家嚴格實錄的「史筆」，而是用小說家創造性的「詩筆」來描摹的。據近人陳寅恪的考證，唐玄宗和楊貴妃兩人沒有一起去過連昌宮。詩中所寫，不少地方是根據傳聞加以想像而虛擬。如連昌宮中的所謂望仙樓和端正樓，實際上是驪山上華清宮的樓名。李謨偷曲事發生在元宵節前夕東都洛陽的天津橋上，並不是在寒食節夜裡連昌宮牆旁。其他如念奴唱歌，二十五郎吹笛，百官隊仗避岐薛，楊氏諸姨車鬥風等，都不出現在壽安縣的連昌宮內或宮前。元稹充分發揮藝術的想像力，把發生在不同時間、不同地點的事件集中在連昌宮內來鋪敘，並且還虛構一些情節，用以渲染安史之亂前所謂太平繁華的景象，突出主題思想。從詩的自註中可以清楚地看出，作者對念奴唱歌、李謨偷曲等事所產生的歷史背景，並不是不知道的，他如此處理，實在是有意識地學習唐人傳奇所常用的典型化方法來創作。這樣一來，整首〈連昌宮詞〉在某些細節上雖不符合具體的歷史事實，但卻形象地反映了歷史和社會生活發展的某些本質，具有藝術的真實性。至於詩中說到平吳蜀、定淮西等歷史事件，則又具有歷史的真實性和濃烈的現實感。

這首詩的情節，寫得真真假假，假中有真，真假相襯，互相對照。正如陳寅恪所指出的那樣：「連昌宮詞實深受白樂天、陳鴻長恨歌及傳之影響，合併融化唐代小說之史才、詩筆、議論為一體而成。」（《元白詩箋證稿》第三章）在古代敘事詩的發展史上，〈連昌宮詞〉有獨自的風格特色。（何國治）

離思五首（其四） 元稹

曾經滄海難為水，除卻巫山不是雲。
取次花叢懶回顧，半緣修道半緣君。

此為悼念亡妻韋叢之作。詩人運用「索物以託情」的比興手法，以精警的詞句，讚美了夫妻之間的恩愛，表達了對韋叢的忠貞與懷念之情。

首二句「曾經滄海難為水，除卻巫山不是雲」，是從《孟子．盡心》篇「觀於海者難為水，遊於聖人之門者難為言」變化而來的。兩處用比相近，但《孟子》是明喻，以「觀於海」比喻「遊於聖人之門」，喻意顯明；而這兩句則是暗喻，喻意並不明顯。滄海無比深廣，因而使別處的水相形見絀。巫山有朝雲峰，下臨長江，雲蒸霞蔚。據戰國楚宋玉〈高唐賦序〉說，其雲為神女所化，上屬於天，下入於淵，茂如松榯，美若嬌姬。因而，相形之下，別處的雲就黯然失色了。「滄海」、「巫山」，是世間至大至美的形象。詩人引以為喻，從字面上看是說經歷過「滄海」、「巫山」，對別處的水和雲就難以看上眼了；實則是用來隱喻他們夫妻之間的感情有如滄海之水和巫山之雲，其深廣和美好是世間無與倫比的，因而除愛妻之外，再沒有能使自己動情的女子了。

「難為水」、「不是雲」，情語也。這固然是元稹對妻子的偏愛之詞，但像他們那樣的夫妻感情，也確乎是很少有的。元稹在〈遣悲懷三首〉詩中有生動描述。因而第三句說自己信步經過「花叢」，懶於顧視，表示他對女色絕無眷戀之心了。

第四句即承上說明「懶回顧」的原因。既然對亡妻如此情深，這裡為什麼卻說「半緣修道半緣君」呢？元稹生平「身委〈逍遙篇〉，心付《頭陀經》」（白居易〈和答詩十首〉贊元稹語），是尊佛奉道的。另外，這裡的「修道」，也可以理解為專心於品德學問的修養。然而，尊佛奉道也好，修身治學也好，對元稹來說，都不過是心失所愛，悲傷無法解脫的一種感情上的寄託。「半緣修道」和「半緣君」所表達的憂思之情是一致的，而且，說「半緣修道」更覺含意深沉。清代秦朝釪《消寒詩話》以為，悼亡而曰「半緣君」，是薄情的表現，未免太不了解詩人的苦衷了。

元稹這首絕句，不但取譬極高，抒情強烈，而且用筆極妙。前兩句以極致的比喻寫懷舊悼亡之情，「滄海」、「巫山」，詞意豪壯，有悲歌傳響、江河奔騰之勢。後面，「懶回顧」、「半緣君」，頓使語勢舒緩下來，轉為曲婉深沉的抒情。張弛自如，變化有致，形成一種跌宕起伏的旋律。而就全詩情調而言，它言情而不庸俗，瑰麗而不浮豔，悲壯而不低沉，創造了唐人悼亡絕句中的絕勝境界。「曾經滄海」二句尤其為人稱頌。（閻昭典）

楊敬之

【作者小傳】字茂孝，虢州弘農（今河南靈寶）人。唐憲宗元和進士，累遷屯田、戶部二郎中。後因事貶連州刺史。文宗時，為國子祭酒，兼太常少卿。《全唐詩》存其詩二首。（《新唐書》本傳）

贈項斯　楊敬之

幾度見詩詩總好，及觀標格過於詩。
平生不解藏人善，到處逢人說項斯。

楊敬之的詩，《全唐詩》僅存二首。其中這一首極為後世傳誦，並且因為眾口爭傳，逐漸形成人們常用的「說項」這個典故。

關於項斯，宋計有功《唐詩紀事》載：「斯，字子遷，江東人。始，未為聞人。因以卷謁楊敬之，楊苦愛之，贈詩云……未幾，詩達長安，明年擢上第。」《全唐詩》收項斯詩一卷，此外也未見有何突出成就，只是因為楊敬之的這首詩，他才為後人所知。

楊敬之在當時是一個有地位的人，而這首詩卻真心實意地推薦了一個「未為聞人」的才識之士。他虛懷若谷，善於發掘人才；得知之後，既「不藏人善」，且又「到處」「逢人」為之揄揚，完滿地表現出了一種高尚的品德。

首句「幾度見詩詩總好」，是襯墊之筆，也點出作者之知道項斯，是從得見其詩開始的；賞識項斯，又是從覺得其詩之好開始的。次句進一步寫見到了項斯本人以後，驚嘆他「標格過於詩」，心中更為悅服。對項斯標格之好，詩不直寫，卻先提一句「詩好」，然後說「標格過於詩」，則其標格之好自不待言。「標格」包括外美與內美，即儀容氣度、才能品德的統一。品評人應重在才德，古今皆然。下文便寫到詩人對於項斯的美好標格，由內心的誠意讚賞發展到行動上的樂意揄揚。

「平生不解藏人善」，這句話很佔身份。世間自有見人之善而不以為善的，也有見人之善而匿之於心，緘口不言，唯恐己名為其所掩的；詩人於此則都「不解」，即不會那樣做，其胸襟度量之超出常人可見。他不只「不解」，而且是「平生不解」，直以高屋建瓴之勢，震動世間一切持枉道、懷忌心的小人。詩人對於「揚人之善」，只是怎麼想便怎麼做，不曾絲毫顧慮到因此會被人譏為「互相標榜」；怎麼做便又怎麼說，也不曾絲毫顧慮到因此會被人譏為「自我標榜」。其古道熱腸，令人欽敬。做了好事，由他自己說出，更見得直率可愛。本來獎掖後進，揄揚人善，一向傳為美談；詩人自為之而自道之，也有自作表率、勸導世人之意。

此詩語言樸實無華，所表現的感情高尚美好。正因為這種難得的、可貴的詩情，它才能廣泛流傳，成為贈友詩中的上品。（陳長明）

【每日讀詩詞】

唐詩鑑賞辭典

第二卷：無邊落木蕭蕭下

作　　者　程千帆等
裝幀設計　黃子欽
內頁排版　藍天圖物宣字社
行銷業務　張瓊瑜、陳雅雯
　　　　　王綬晨、邱紹溢、郭其彬
編輯協力　汪佳穎
副總編輯　王辰元
總 編 輯　趙啟麟
發 行 人　蘇拾平

出　　版　啟動文化
　　　　　台北市 105 松山區復興北路 333 號 11 樓之 4
　　　　　電話：（02）2718-2001　傳真：（02）2718-1258
　　　　　Email：onbooks@andbooks.com.tw

發　　行　大雁文化事業股份有限公司
　　　　　台北市 105 松山區復興北路 333 號 11 樓之 4
　　　　　24 小時傳真服務（02）2718-1258
　　　　　Email：andbooks@andbooks.com.tw
　　　　　劃撥帳號：19983379
　　　　　戶名：大雁文化事業股份有限公司

初版一刷　2018 年 12 月
定　　價　950 元
I S B N　978-986-493-098-2

國家圖書館出版品預行編目（CIP）資料

每日讀詩詞：唐詩鑑賞辭典 . 第二卷 , 無邊落木蕭蕭下 / 程千帆等著 . -- 初版 . -- 臺北市：啟動文化出版：大雁文化發行 , 2018.12
　面；　公分
ISBN 978-986-493-098-2（平裝）

831.4　　　　107019656

圖書許可發行核准字號：文化部部版臺陸字第 107080 號

出版說明：本書係由簡體版圖書《唐詩鑑賞辭典》以正體字在臺灣重製發行，期能藉引進華文好書以饗台灣讀者。